저항의 문학

이어령 전집
01

저항의 문학

베스트셀러 컬렉션 1
문학평론_이어령 문학산맥의 첫걸음

이어령 지음

21세기북스

상상력과 흥의 근원에 관한 깊은 탐구

박보균 | 문화체육관광부 장관

이어령 초대 문화부 장관이 작고하신 지 1년이 지났습니다. 그러나 그의 언어는 여전히 우리 곁에 남아 새로운 것을 볼 수 있는 창조적 통찰과 지혜를 주고 있습니다. 이 스물네 권의 전집은 그가 평생을 걸쳐 집대성한 언어의 힘을 보여줍니다. 특히 '한국문화론' 컬렉션에는 지금 전 세계가 갈채를 보내는 K컬처의 바탕인 한국인의 핏속에 흐르는 상상력과 흥의 근원에 관한 깊은 탐구가 담겨 있습니다.

선생은 우리 시대를 대표하는 지성이자 언어의 승부사셨습니다. 그는 "국가 간 경쟁에서 군사력, 정치력 그리고 문화력 중에서 언어의 힘, 언력言力이 중요한 시대"라며 문화의 힘, 언어의 힘을 강조했습니다. 제가 기자 시절 리더십의 언어를 주목하고 추적하는 데도 선생의 말씀이 주효하게 작용했습니다. 문체부 장관 지명을 받고 처음 떠올린 것도 이어령 선생의 말씀이었습니다. 그 개념을 발전시키고 제 방식의 언어로 다듬어 새 정부의 문화정책 방향을 '문화매력국가'로 설정했습니다. 문화의 힘은 경제력이나 군사력같이 상대방을 압도하고 누르는 것이 아닙니다. 문화는 스며들고 상대방의 마음을 잡고 훔치는 것입니다. 그래야 문화의 힘이 오래갑니다. 선생께서 말씀하신 "매력으로 스며들어야만 상대방의 마음을 잡을 수 있다"라는 말에서도 힌트를 얻었습니다. 그 가치를 윤석열 정부의 문화정책에 주입해 펼쳐나가고 있습니다.

선생께서는 뛰어난 문인이자 논객이었고, 교육자, 행정가였습니다. 선생은 인식과 사고思考의 기성질서를 대담한 파격으로 재구성했습니다. 그는 "현실에서 눈뜨고 꾸는 꿈은 오직 문학적 상상력, 미지를 향한 호기심"뿐이었다고 말했습니다. 그는 마지막까지 왕성한 호기심으로 지知를 탐구하고 실천하는 삶을 사셨으며 진정한 학문적 통섭을 이룬 지식인이었습니다. 인문학 전반을 아우르는 방대한 지적 스펙트럼과 탁월한 필력은 그가 남긴 160여 권의 저작물로 남아 있습니다. 이 전집은 비교적 초기작인 1960~1980년대 글들을 많이 품고 있습니다. 선생께서 젊은 시절 걸어오신 왕성한 탐구와 언어의 발자취를 따라가다 보면 지적 풍요와 함께 삶에 대한 진지한 고찰을 마주할 것입니다. 이 전집이 독자들, 특히 대한민국 젊은 세대에게 문화 전반을 아우르는 교과서이자 삶의 지표가 되어줄 것으로 확신합니다.

100년 한국을 깨운 '이어령학'의 대전大全

이근배 | 시인, 대한민국예술원 회원

여기 빛의 붓 한 자루의 대역사大役事가 있습니다. 저 나라 잃고 말과 글도 빼앗기던 항일기抗日期 한복판에서 하늘이 내린 붓을 쥐고 태어난 한국의 아들이 있습니다. 어려서부터 책 읽기와 글쓰기로 한국은 어떤 나라이며 한국인은 누구인가에 대한 깊고 먼 천착穿鑿을 하였습니다. 「우상의 파괴」로 한국 문단 미망迷妄의 껍데기를 깨고 『흙 속에 저 바람 속에』로 이어령의 붓 길은 옛날과 오늘, 동양과 서양을 넘나들며 한국을 넘어 인류를 향한 거침없는 지성의 새 문법을 만들기 시작했습니다.

서울올림픽의 마당을 가로지르던 굴렁쇠는 아직도 세계인의 눈 속에 분단 한국의 자유, 평화의 글자로 새겨지고 있으며 디지로그, 지성에서 영성으로, 생명 자본주의…… 등은 세계의 지성들에 앞장서 한국의 미래, 인류의 미래를 위한 문명의 먹거리를 경작해냈습니다.

빛의 붓 한 자루가 수확한 '이어령학'을 집대성한 이 대전大全은 오늘과 내일을 사는 모든 이들이 한번은 기어코 넘어야 할 높은 산이며 건너야 할 깊은 강입니다. 옷깃을 여미며 추천의 글을 올립니다.

시대의 언어를 창조한 위대한 상상력

'이어령 전집' 발간에 부쳐

권영민 | 문학평론가, 서울대학교 명예교수

이어령 선생은 언제나 시대를 앞서가는 예지의 힘을 모두에게 보여주었다. 선생은 한국전쟁이 끝난 뒤 불모의 문단에 서서 이념적 잣대에 휘둘리던 문학을 위해 저항의 정신을 내세웠다. 어떤 경우에라도 문학의 언어는 자유가 되어야 한다는 신념으로 문단의 고정된 가치와 우상을 파괴하는 일에도 주저함 없이 앞장섰다.

선생은 한국의 역사와 한국인의 삶의 현장을 섬세하게 살피고 그 속에서 슬기로움과 아름다움을 찾아내어 문화의 이름으로 그 가치를 빛내는 일을 선도했다. '디지로그'와 '생명자본주의' 같은 새로운 말을 만들어 다가오는 시대의 변화를 내다보는 통찰력을 보여준 것도 선생이었다. 선생은 문화의 개념과 가치의 중요성을 일깨우고 그 새로운 방향을 제시하면서 삶의 현실을 따스하게 보살펴야 하는 지성의 역할을 가르쳤다.

이어령 선생이 자랑해온 우리 언어와 창조의 힘, 우리 문화와 자유의 가치 그리고 우리 모두의 상생과 생명의 의미는 이제 한국문화사의 빛나는 기록이 되었다. 새롭게 엮어낸 '이어령 전집'은 시대의 언어를 창조한 위대한 상상력의 보고다.

일러두기

- '이어령 전집'은 문학사상사에서 2002년부터 2006년 사이에 출간한 '이어령 라이브러리' 시리즈를 정본으로 삼았다.
- 『시 다시 읽기』는 문학사상사에서 1995년에 출간한 단행본을 정본으로 삼았다.
- 『공간의 기호학』은 민음사에서 2000년에 출간한 단행본을 정본으로 삼았다.
- 『문화 코드』는 문학사상사에서 2006년에 출간한 단행본을 정본으로 삼았다.
- '이어령 라이브러리' 및 단행본에서 한자로 표기했던 것은 가능한 한 한글로 옮겨 적었다.
- '이어령 라이브러리'에서 오자로 표기했던 것은 바로잡았고, 옛 말투는 현대 문법에 맞지 않더라도 가능한 한 그대로 살렸다.
- 원어 병기는 첨자로 달았다.
- 인물의 영문 풀네임은 가독성을 위해 되도록 생략했고, 의미가 통하지 않을 경우 선별적으로 달았다.
- 인용문은 크기만 줄이고 서체는 그대로 두었다.
- 전집을 통틀어 괄호와 따옴표의 사용은 아래와 같다.
  『 』: 장편소설, 단행본, 단편소설이지만 같은 제목의 단편소설집이 출간된 경우
  「 」: 단편소설, 단행본에 포함된 장, 논문
  《 》: 신문, 잡지 등의 매체명
  〈 〉: 신문 기사, 잡지 기사, 영화, 연극, 그림, 음악, 기타 글, 작품 등
  ' ': 시리즈명, 강조
- 표제지 일러스트는 소설가 김승옥이 그린 이어령 캐리커처.

차례

외로움 속에 계속되는 문학적 저항

『저항의 문학』은 내 첫 번째 문학 평론집으로 1959년에 출간되었다. 같은 세대로 화단에서 전위적인 작업을 하고 있던 박서보 화백이 표지 장정을 했고, 역시 젊은 세대가 경영하는 거의 무명에 가까웠던 경지사耕智社에서 간행된 것이다.

내 초기 문학 비평은 기성세대에 대한 분노와 저항으로 시작되었다. 대학을 졸업하던 해《한국일보》에 처음 기고한 「우상의 파괴」는 지금 읽어보아도 알 수 있듯이 문학 에세이도 지평도 매니페스토manifesto도 더더구나 무슨 문학 비평도 아니다. 일종의 선전 포고문이었던 것이다. 젊은 문학도의 몸짓이고 시선이고 숨소리를 그냥 적은 것이다. 그런데도 그것이 그렇게 큰 반향을 일으키고 또 그것이 계기가 되어 문학 비평을 직으로 삼게 된 것은 단지 '저항'이라는 혹은 '참여'라는 단어 때문이었다.

레지스탕스resistance나 유격대의 무기는 보잘것없다. 정규군과는 다른 방식으로 무장을 하고 전투를 한다. 『저항의 문학』에 발표된 글들은 정상적인 논리나 전통적인 수사학으로 무장되어 있지 않으며 그런 전략으로 상대를 공략하지도 않는다. 그래서 지금 읽어보면 조금은 우스꽝스럽고 낯이 뜨거운 글들도 많다. 평화로운 시대에 유격대원의 남루한 사진을 보는 느낌과 같을 것이다.

그런데도 나는 지금도 문학의 정규군에 가담할 생각을 하지 않고 있다. 정규군의 문학이란 리지티머시legitimacy를 지닌 무슨 문학단체 혹은 어떤 이념을 위해 모인 특정한 유파들의 문단 세력의 조직화된 문학을 의미한다. 그런 점에서 나는 문학의 주류가 되기를 거부하고 늘 우상의 파괴를 지향해온 문학 편에 서려고 했다. 순수 문학이 문단을 지배할 때 나는 반순수 문학, 이른바 참여 문학을 주창했고, 거꾸로 민중이나 참여가 대세를 이룰 때 나는 그와 정반대되는 문학의 순수성을 위한 이론을 폈다.

특히 이번 개정판에 실린 평문 가운데 4·19 직후의 문단을 보면서 《동아일보》에 기고한 글 「저항 문학의 종언」을 주의 깊게 읽어주었으면 한다. 이천 자 안팎의 짧은 시평이지만 그 글은 왜 내가 처음의 저항 문학, 참여 문학의 기치를 내리고 신비평이나 기호학 등의 순수 분석비평으로 눈을 돌렸는지를 암시해주는 랜드마크와 같은 글이기 때문이다.

첫 평론집의 경우처럼 저항의 대상만이 바뀌었을 뿐 나의 문학적 저항은 외로움 속에서 계속되고 있다.

2003년 10월
이어령

I
문학하는 마음

문학하는 마음

두 개의 강

대학을 졸업하게 되는 한 쌍의 연인이 강가를 산책하고 있었다. 아름다운 밤이었다. 그들은 잠시 발걸음을 멈추고 달빛 아래 굽이쳐 흐르는 강물의 흐름을 굽어보고 있었다. 여학생은 감상적인 어투로 이렇게 속삭였다.

"저 강물을 좀 보세요. 지나간 날의 아름다운 추억이 흐르고 있군요. 귀를 기울이면 아름다운 사랑의 밀어라도 들려올 것 같아요."

남학생도 역시 무엇에 도취해 있는 것처럼 묵묵히 강물 줄기를 훑어보고 있었다. 그러나 무뚝뚝한 소리로 이렇게 대답했다.

"저 강물을 막아 댐을 만들면 적어도 오백 킬로와트의 전력을 얻을 수 있을 겁니다."

이것은 〈자라나는 시절〉이라는 영화에 나오는 한 장면이다. 그 여인은 문과 대학생이었고 남자는 공과 대학생이었던 것이다. 단순한 유머라기보다 거기에는 인생의 한 단면이 상징되어 있다. 똑같은 강물이지만 보는 눈에 따라서 그것은 사람의 마음을 움직이는 추억의 밀어일 수도 있고 공장을 움직이는 전력일 수도 있다. 비단 전공이 다른 이 남녀 학생의 경우만은 아니다. 인간의 생각(마음)을 크게 나누어보면 거기에는 두 갈래의 질서가 있다는 것을 알게 될 것이다. 편리하게 말해서 하나를 '신화적 사고'라고 한다면 또 하나의 것은 '과학적 사고'라고 부를 수 있을 것이다.

인생은, 그리고 모든 자연은 하나의 암호처럼 미지의 안개 속에 숨겨져 있는 뜻을 갖고 있다. 우리가 인생을 살아간다는 것은 바로 그와 같은 암호나 안개 속에 감춰진 의미를 하나하나 들춰나가는 것이라고 볼 수 있다. 마치 스핑크스의 수수께끼를 풀어가는 것처럼. 그러나 인생(자연)의 수수께끼란 결코 해답이 하나로 나오는 수학 문제는 아닌 것이다. 문과 대학생처럼 정서나 상상력에 의해서 인생과 자연을 해석하는 사람이 있는가 하면 공과 대학생의 경우처럼 지성이나 추리력에 의해서 또한 그것을 분석해가는 사람도 있다.

별을 보는 마음을 두고 생각해보면 알 것이다. 아득한 천공天空 위에서 한 점의 별이 빛날 때 누구는 망원경으로써 그 정체를 밝히려 했고, 누구는 아름다운 몇 줄의 이야기[想像]로 그것을 설명하려 했다. 그래서 별의 크기와 높이를 재는 과학의 세계가 탄생했는가 하면, 한편에서는 견우직녀나 오리온 성좌의 슬프고 아름다운 신화의 세계가 나타났다. 별뿐일까? 인간사의 모든 것이 그렇다. 탄생과 죽음, 생존과 번식 그리고 사회와 개인……. 그 모든 현상에 대해서 인간은 과학적인 분석과 신화적인 해석으로 규명해갔다. 그래서 형이상학이니 형이하학이니 하는 구별이 생겼고 기하학적 질서니 생명적 질서니 하는 분류가 있어 하나의 장미에 대해서 하나의 구름에 대해서 하나의 바다에 대해서 각기 다른 두 개의 얼굴을 밝혀냈던 것이다.

파스칼은 언젠가 인간의 눈물에 대해서 말한 적이 있었다. 자식을 생각하고 흘리는 어머니의 눈물을 과학적으로 분석해본다면 약간의 수분밖에는 나타나지 않는다는 것이다. 그러나 정서나 상상력을 가지고 그 눈물을 분석해볼 때 거기에는 사랑의 결정물—결코 저울로는 달 수 없는 정신의 무게를 찾아낼 수가 있다.

문학하는 마음이란 바로 인생과 자연을 정서와 상상력에 의해서 풀어가려는 그 마음인 것이다. 나뭇잎을 스치며 무심히 지나가는 바람을 보고 폭풍의 내습을 알아차리는 그 마음은 '과학하는 마음'이지만, 거기에서 생명의 탄생과 죽음을 느끼며 영원의 시각을 듣는 것은 '문학하는 마음'이다. 그러므로 정서와 상상력이 부족한 사람은 문학(예술)하기엔 적당치 않다고 한다.

두보杜甫의 시에 "입렴잔월영 고침원강성入簾殘月影 高枕遠江聲"이란 것이 있다. "그믐달 어슴푸레한 그림자가 발에 들이비치고 베개를 높여 베면 먼 데서 흐르는 강물 소리가 들려온다."는 정황 묘사다. 과학적으로 따져볼 때 여기에는 적지 않은 모순이 있다.

'베개를 높이 베었다'는 것과, 먼 곳의 강물 소리가 들린다는 그 사실은 조금도 과학적인 인과관계가 없는 것이다. 베개의 높이래야 불과 십 센티미터의 차이밖에는 되지 않는다. 그만한 차이로 강물 소리가 들리고 또한 안 들린다는 것은 있을 수 없는 일이다.

그러나 '과학하는 마음'이 아니라, '문학하는 마음'에서 볼 때는 조금도 모순이 없다. 들릴 듯 말 듯한 그 은은한 강물 소리는 분명히 베개가 조금만 낮아도 들리지 않을 것으로 생각된다. 이것이 바로 지성과 감성(또는 정서)의 차이다. 이렇게 과학과 문학에서 감지되는 인과율은 서로 다른 것이고 서로 다른 그 마음이 있기 때문에 누구는 과학자가 되고 누구는 시인이 되고 하는 것이다.

탄탈로스의 마음

그렇다면 문학하는 마음가짐인 그 정서와 상상의 세계관은 어떤 것일까 하는 것을 더 구체적으로 살펴보아야 되겠다. 흔히 문학을 하려면 '한恨'이 있어야 된다고 말하는 사람이 있다. 행복한 환경보다는 불행한 환경이, 승리보다는 패배의 감정이 문학하는 마음을 만들어낸다는 것이다. 서정주 씨의 시에도 그런 것이 있지만 "슬픈 일이 있어야겠다……."라고 역설적인 소망을 말하는 자가 예술가인지도 모른다.

『성서』에 보면, 마음이 가난한 자에게 복이 있고 슬픔이 있는 자에게 천국이 있는 것으로 되어 있다. 예술도 마찬가지다. 앙드레 지드는 이렇게 말했다. "신의 세계에는 예술이 없을 것"이라고……. 생활에 만족하고 운명이 순탄하여 아무런 불행도 느끼지 않는 사람에게는 시와 예술이 필요 없을 것이다. 또 한 줄의 시를 지을 수도 없다. 욕망이 좌절되고 꿈을 이루지 못할 때, 말하자면 마음에 상처가 있을 때 비로소 정서란 것이 생겨난다.

인간이 주위 환경과 원만히 적응하게 되면 정서란 것이 생겨날 수가 없다. 우리가 무엇을 느낀다는 것은 그 '무엇' 밖에 있음을 의미한다. 고향을 그리워하는 감정은 고향에서 떠나 있을 때이며, 애틋한 연정 속에서 괴로워하는 사랑에의 감상은 애인과 헤어졌거나 그 사랑이 불가능했을 때의 일이다. 욕망과 감정은 내가 그것을 지니고 있지 않을 경우 절실해지는 법이다. 일단 그것을 소유하고 나면, 욕망도 감정도 아침의 별처럼 사라지고 만다.

어떤 의학자가 말하기를, 만약 옛날의 의학이 현대 의학처럼 발달했더라면 바이런George Gordon Byron의 시는 없었을 것이라고 했다. 낭만의 극치인 「차일드 해럴드의 편력」이나 「해적」 시편이나……. 너무 독단적인 이야기 같지만 그럴듯한 말이다. 바이런은 귀족이요, 미모의 소유자였다. 만약 그가 의술이 발달한 시대에 태어났더라면 그래서 발을 저는 불구자가 아니었더라면, 그는 아마 시인이 되지 않았을는지 모른다. 무슨 부족함이 있었을까? 불구였기 때문에 그는 세속의 환락과 순탄한 운명에 대해서 만족할 수가 없었던 것이다. 불구라는 약점이 있었으므로, 마음의 상처가 있었으므로, 그는 몇 줄의 시 속에 그의 온갖 정서를 토로하려고 했을는지 모를 일이다.

끝없는 생에의 '목마름' 없이는 예술하는 마음이 생겨나지 않는다는 이야기다. 운명이 그에게 영화를 주고 사회가 그에게 권력의 자리를 준다고 해도 그것에 만족하지 않고 무엇인가 목마름 속에서 추구하는 마음의 가난함이 있어야 한다. 그러므로 프로이트라는 심리학자는 예술을 심적 불만의 승화라고 보았고 고골리는 그것을 비애의 발작이라고 했다. 탄탈로스의 역설적인 운명과도 같다.

탄탈로스는 제우스의 노여움을 사서 지옥으로 떨어져 형벌을 받게 된다. 그 형벌이란 영원한 갈증과 굶주림이었다. 그의 눈앞에는 탐스럽고 먹음직스러운 과실이 주렁주렁 매달려 있다. 그러나 탄탈로스가 그것을 따먹으려고 입을 대면 눈앞에 드리웠던 그 과실들은 허공으로 달아나고 만다. 또 그의 턱밑에는 철렁거리는 물이 있다. 그러나 그가 목이 말라 물을 마시려고 하면 바로 입술 밑에서 넘실대는 물이 갑자기 사라지고 만다. 탄탈로스는 눈앞에 먹을 과실과 마실 물을 두고서도 영원히 굶주림과 갈증을 채울 수가 없다. 이러한 탄탈로스의 고행이야말로 문학하는 사람들의 운명이라고 할 수 있다. 그리고 그 갈증과 굶주림 속에서 번민하는 탄탈로스의 마음이 바로 문학하는 마음이라고 할 수 있다. 인생에 대한 욕망과 그리고 그 영원한 환멸 속에서 영원한 희망을 기구하는 모순이 바로 예술을 탄생시킬 수 있는 괴로운 시련이다. 그 시련 속에서 바닥없는 정서가 생겨나고 괴로움을 주목하려 할 때 높이를 모르고 숭고한 상상의 세계를 획득할 수 있기 때문이다.

상상의 나라

그러나 고민과 슬픔만으로 예술이 생겨나는 것은 아니다. 고민이나 슬픔이나 정서 그 자체가 곧 문학하는 마음은 아니다. 보통 사람은 고민과 슬픔을 현실 속에서 해결하려고 한다. 실직의 괴로움 속에서 허덕이는 사람들은 직장을 얻음으로써 그 고민과 결별하고, 실연의 상처를 안고 눈물짓는 젊음들은 또 다른 애인과의 사랑 속에서 그 슬픔을 잊으려 한다.

그러나 '문학하는 마음'은 그러한 좌절을 현실과의 타협에서 해결하려 하지 않고, 상상의 힘에 의해서 자신을 구제하려고 시도한다. 루소의 말대로 추운 겨울 속에 있을 때 도리어 우리는 봄을 더욱 여실히 상상할 수가 있다. 불행 속에 있을 때 행복의 환각幻覺은 선명해지고 고독 속에 처해 있을 때 타인들을 더욱 분명히 마음속에 그릴 수 있을 것이다.

상상 속에서 현실을 개혁하고 창조한다. 있는 현실을 있을 수 있는 현실로 재구성하는 것이 상상의 힘이라 할 수 있다. 단순히 현실의 괴로움이나 인생의 슬픔만을 맛보는 것이 아니고 그러한 정서에 상상의 불빛을 붙이는 창조에의 동경을 가질 때 비로소 문학하는 마음이 뚜렷해진다.

단테와 베아트리체의 관계를 두고 생각해보자. 단테는 베아트리체를 상실하고 그 순결한 소녀에의 환각을 잊지 못한다. 그러나 단테는 그러한 슬픔을 상상 속에서 창조적인 대상으로 만들어 갔다. 만약 단테가 베아트리체와 같은 또 하나의 소녀를 현실 속에서 그리려 했거나 또는 베아트리체의 상실을 눈물로 애도하기만 했다면 그의 예술은 탄생되지 않았을지 모른다. 그 슬픔, 그 고독, 그 상처를 그는 상상력 속에서 변조變調하여 작품 속에 창조해놓았다. 그것이 바로 『신곡』 가운데에서 부각되어 있다.

헤벨은 유명한 말을 하고 있다. "셰익스피어가 살인자를 많이 창조한 것은 그 자신을 살인자가 되지 않도록 구해낸 수단이었다."라고. 욕구불만이나 마음속의 꿈을 현실에서 실행하려고 하지 않고 상상의 세계에서 자가 전신自家轉身을 꾀하는 그 마음을 헤벨의 명문名文 속에서도 찾아볼 수 있는 것이다. 흑인이 압박을 당하고 있을 때 스토 부인은 그것을 소재로 소설을 썼다. 그러나 링컨은 소설가가 아니다. 직접 남북전쟁이라는 현실적 행위에 의해서 흑인을 구제했던 것이다. 스토 부인이 상상이 아니고 직접 행동으로 흑인을 해방시키려 했다면 그녀는 소설가가 아니라 링컨 같은 정치가(혁명가)가 되었으리라.

우리는 어느 편이 더 인생에 있어서 도움이 되는 것인가를 물을 필요는 없다. 단지 기억해둘 것은 문학을 한다는 것이 현실의 역사를 현실 속에서 바꾸어가는 것이 아니고 상상의 나라 속에서 그것을 개조해가는 것이라는 점이다. 그것이 어리석은 일이든 행복한 일이든, 어쨌든 문학을 하는 재능이나 그 마음은 정치가의 행동과는 다르다는 것이다.

괴테의 사랑은 그의 작품에 나타난 것처럼 그렇게 아름답고 플라토닉platonic한 것은 아니었다. 괴테가 한 '참말 연애'와 '소설 속의 연애'에는 상당한 거리가 있음을 잊어서는 안 된다. 그렇다고 우리는 괴테를 비난할 것인가? 아니다. 괴테의 '참말 사랑'이 그럴 수 없기 때문에 그의 예술은 그토록 아름다운 사랑의 사연으로 차 있어야 했는지도 모른다. 소설처럼 그렇게 사랑할 수 있었다면 괴테는 그런 소설을 쓸 필요가 없었는지도 모른다.

'생활'과 '예술'이라는 이중의 가면을 쓴 것이 예술가의 숙명이라고 해도 과언이 아니다. 언제나 '참회'하는 사람은 이중적인 자아를 갖고 있는 법이다. 살인을 참회하는 자는 벌써 살인하던 그때의 그 사람은 아니다. '참회'는 내가 그렇게 하지 못한 것을 후

회하는 한숨이며 눈물이다. 이 한숨과 눈물이 상상 속에서 아름
다운 결정을 이루도록 노력하는 것이 문학하는 마음일 것이다.

언어의 하인

인생과 자연을 정서와 상상력을 통해서 파악하고 거기에서 새
로운 의미를 창조해가는 것이 과학자나 정치가와 다른 문학하는
이의 마음이라 했다. 그러나 그것만으로 문학하는 마음의 전부라
고는 말하기 어렵다. 왜냐하면 문학하는 마음은 다른 예술(음악이나
미술)과 또 다른 마음이기 때문이다.

음악가는 음을 통해서 상상의 세계, 미의 세계를 만들고, 미술
가는 색이나 선을 통해서 역시 그러한 예술의 세계를 창조한다.
문학가는 음이나 색이 아니라 언어를 선택한다. 여기에 바로 문
학하는 마음의 궁극적인 특징이 있게 된다.

그 정서와 상상이 언어를 통하여 나타났을 때 문학이 생겨나게
된다. 그러므로 문학하는 마음이란 언어를 생각하는 마음이다.
이 '말(언어)'에 대한 정열 감식鑑識, 애호, 그것이 문학하는 사람의
천직이다. 우리 주변에서는 여러 가지 말이 사용되고 있다. 동대
문 시장엘 가도, 정치를 하는 의사당엘 가도, 또 평범한 가정엘
가보아도 인간은 언어를 사용하고 있다. 그러나 그들은 거의 언
어를 의식하지 않고 다만 그것을 하인처럼 부리고 앉아 있을 뿐

이다. 자기 편리한 대로 언어를 도구처럼 부리고 있다는 이야기다. 마치 노예에 채찍을 가하는 이집트인처럼 그들은 언어의 표정이나 언어의 몸가짐에 대해서 아무런 주의도 하지 않는다. 주인이 하인의 감정을 이해하지 않는 것처럼 목적이 달성되면 언어를 버린다.

그러나 문학하는 사람들에 있어 언어는 하인이 아니라 도리어 주인이다. 언어를 주인으로 모시는 것, 이것이 바로 문학하는 마음이라고 할 수 있다. 보통 사람들은 노예처럼 생각하고 있는 언어를 문학하는 이들은 주인처럼 생각한다. 여기에서 굉장한 차이가 생겨나게 된다.

문학하는 사람들은 언어를 위해 봉사하며 언어의 눈치와 감정에 자기 마음을 맞추려고 든다. 보통 사람들은 자기 감정에 언어를 맞추려고 하나 문학하는 사람은 언어에 자기 감정을 맞추려 한다. 이 주객이 전도된 인간과 언어의 관계, 이것이 생활과 문학을 구별짓는 척도가 된다.

언어엔 독자적인 몸가짐이 있고, 빛깔이 있고 순결이 있다. 그것을 들을 줄 알고 식별할 줄 아는 것이 문학인의 재능이다. 음의 성질을 모르는 음악가가 있을 수 없고, 색과 형태의 뉘앙스를 가려낼 줄 모르는 미술가가 있을 수 없듯이 언어의 성격을 가늠할 줄 모르는 문학인이란 있을 수 없다. 언어에의 관심, 언어에의 종사―이것이 최종적인 문학하는 마음의 조건이다.

릴케는 『말테의 수기』에서 어느 성직자의 마지막 임종을 그린 대목을 보여주고 있다. 그는 하녀가 잘못 사용한 언어를 고쳐주고 숨을 넘긴다. 그렇다. 문학하는 사람은 마지막 숨을 넘기는 순간까지도 언어에 대한 관심을 포기해서는 안 된다. 언어 속에 깊이 잠든 아름다움이나 생각이나 신비한 그 목소리들을 겸허하게 들어야 한다. 상상의 나라에 언어의 성벽을 쌓는 것처럼 그것은 어려운 일이다. 그러나 이 어려운 일을 위해 스스로 온 생애를 바치는 것이 문학하는 정열이며 의지라고 말할 수 있다.

정서, 상상력, 언어……. 이러한 조건 속에 문학하는 마음이 있다. 그러나 마지막으로 잊어선 안 될 것은 역시 가치판단을 할 줄 아는 판단력이 있어야 된다는 점이다. 그것이 없으면 맹목적으로 쌓아올리는 만리장성처럼 가치 없는 작업이 될 뿐이다. 궁극적으로 문학하는 마음을 지배하는 것은 재판관과 같은 냉엄한 슬기라고 할 수 있다. 무엇이 옳은 것이며 무엇이 그릇된 것이며 무엇이 아름다운 것이며 무엇이 추한 것인가 하는 것을 판단할 줄 알아야 한다. 그 판결의 육법전서六法全書를 우리는 양식良識이라고 부른다. 또는 휴머니티란 말로도 부른다. 여기에서 문학하는 마음의 모럴이 생겨나게 된다.

일본의 하이쿠[俳句]에 "지지 말아라, 야윈 개구리 / 잇사[1]가 이

---

1) 일본의 하이쿠 시인 고바야시 잇사[小林一茶]. 여기서는 작가 자신을 가리킨다.

곳에 있다."라는 것이 있다. 보통사람은 대개 강자 편에 서서 아첨하지만 문학하는 이의 마음은 언제나 약자를 위해 있는 것이라고 할 수 있다. 살찐 개구리가 아니라 야윈 개구리를 편드는 시인, '잇사'처럼 약자를 위해 울고 약자의 아픔에 같이 마음을 나누는 그것이 문학하는 이의 마음(모럴)이란 것을 결론 삼아 적어두자.

무엇에 대하여 저항하는가

오늘의 문학과 그 근거

상황을 통한 인간의 인식

오늘과 어제의 문학이 어떻게 다르냐고 묻는 사람이 있다면 나는 먼저 "오늘의 인간이, 다시 말하면 오늘의 인간 조건과 어제의 인간 조건이 어떻게 달라졌는가?"라고 반문할 것이다. 스타인은 말했다. "시대에서 시대로 변화한 것은 아무것도 없다. 다만 사물을 보는 방법이 변했을 뿐이며, 이것이 작시作詩의 기초가 되는 것이다."라고.

그러나 그 사물을 보는 방법, 사물을 이해하는 정신 ─ 그러한 것들의 변화는 인간이 놓여진 조건의 변동 위에서 생겨난다. 실존주의자들이 즐겨 쓰는 용어로 이야기한다면 '상황狀況'을 통해서만 우리들 자신(인간)을 인식할 수가 있다. 이러한 이론은 아주 비속한 일상생활에서도 적용된다. 다뉴브 강물이 늘 저렇게 푸르냐고 물으니 그 강변에 사는 사람들이 말하기를 "기분이 좋을 때는 푸르게 보이고 그렇지 않을 때는 뿌옇게 보인다."고 하더라는 이야기에서도 우리는 그와 같은 것을 느낄 수 있다.

그러니까 우리는 꽃이라든가 하늘이라든가 집이라든가 혹은 바다라든가 하는 일정한 사물이 언제나 그것을 바라다보는 사람의 조건에 관계지어져 나타난다는 현상을 잊어버려서는 안 된다.

하나의 꽃, 하나의 강, 이러한 것들의 순수한 의미는 실상 존재하지 않는다. 다만 사형수의 입장에서, 애인의 입장에서, 실업자의 입장에서 시시로 달리 보여지는 꽃의 의미, 강의 의식이 있을 뿐이다.

"국파산하재 성춘초목심國破山河在 城春草木深 감시화천루 한별조경심感時花淺淚, 恨別鳥驚心"[2]이라고 노래한 두보의 이 한 시구에서도 우리는 '꽃'이나 '새의 울음소리'를 보고 듣고 하는 감각 그것조차도 '국파산하재'라는 전쟁의 상황 속에 속박되어 있음을 안다. 그러므로 이미 두보의 '꽃'은 '아름다움'의 상징이 아니며 새의 울음소리는 즐거운 노래가 아니라 마음을 놀라게 하는 불안의 신호다. 그래서 우리는 아름다운 것이 진짜 꽃인지 눈물겨운 꽃이 진짜 꽃인지 어느 것에도 확답할 수가 없다. 평화, 그것이 우리의

---

[2] 국파산하재 – 나라는 파괴되었는데 산하는 남아 있네
　　성춘초목심 – 도성에 봄이 오니 초목이 무성하다
　　감시화천루 – 때맞춰 피는 꽃을 보니 눈물이 쏟아지고
　　한별조경심 – 가족과의 이별에 새 지저귀는 소리도 한스럽구나

상황이었다면 전쟁, 그것도 우리의 상황이기 때문이다. 그렇기에 평화의 눈으로 바라다본 꽃이 아니라 전쟁의 피맺힌 눈으로 바라다본 꽃도 분명 하나의 꽃이다.

결국 인간의 상황과 절연된 아 프리오리a priori한 사물이란 영원한 추상에 불과한 것이며, 또 그런 것은 실상 있을 수도 없다. 경험적인 요소와 심리적인 구김살을 배제한 관조적 상태라는 것도 다름 아닌 인간의 또 하나의 상황일 것이다.

그러므로 우리는 어떠한 상황을 통해서만 비로소 꽃을 이야기할 수 있고, 하늘과 강을 말할 수 있다. 신은 영원한 존재이며 순수한 우리의 대상일 수도 있다고 말하는 사람이 있다. 그러나 신까지도 인간의 상황과 관계지어져 있는 이상 그것의 의미도 결코 순수하지는 않다. 모세는 열사熱沙를 배회하며 쫓기는 이스라엘의 슬픈 군중을 통해서만, 그 기도를 통해서만 신의 음성과 접했다.

19세기의 신과 원자 시대의 신은 이미 다른 얼굴을 하고 있다. 악마가 변하면 따라서 신의 기교도 달라진다. 기아를 구제해주는 신, 전쟁을 구제하는 신, 사랑의 상처를 씻어주는 신, 신은 인간의 욕망과 함께 도처에서 그의 얼굴을 메이크업하고 있다.

어두운 감방에서 드리는 죄수의 기도와 달콤한 인간적인 감상에 사로잡힌 사춘기의 소녀가 드리는 기도가 서로 같을 수 없듯이 그 앞에 나타나는 신의 용모도 같을 수 없다. 그러한 인간의 모든 기도는 모든 인간의 다른 상황 속에서이며, 이 기도에 호응하는 신의 옷자락도 또한 그러한 상황 안에서 열리고 접히고 하는 것이다. 이렇게 인간의 생명 그 자체가 순수한 것이 아닌 이상 순수한 사물이란 있을 수 없으며, 이미 표현이란 것이 대상을 기대하고 있는 이상 순수한 자기 표현self-expression이란 것도 존재할 수가 없다.

우리는 통속적인 견지에서 인간의 조건(상황)과 그 대상(사물)의 관계를 보아왔다. 결국 이상의 말에서 우리가 느낄 수 있는 것은 개인에게는 개인이 놓여져 있는 조건이 있듯이 인간에게는 인간 전체의 조건이란 것이 있다는 것과 그러한 시대적인 조건이 사물을 보는 방법을 규정하고 있다는 그 사실이다.

그렇기 때문에 지난날의 인간 조건과 오늘날의 인간 조건을 살피면 옛 시대의 문학과 오늘날의 문학에 대한 차이가 자명케 될 것이며, 또한 그것이 지금 우리가 모색하고 있는 새 문학의 거점據點이 될 것이다.

인간끼리 싸워야 할 계절

"이 석불石佛을 이렇게까지 마멸시키고 금가게 한 것은 비와 바람만의 자연력이 아니다. 석불의 코를 파내고 단좌한 그의 무릎과 팔을 파괴한 것은 인간의 역사다. 바로 역사가 그것을 때렸다.

그것의 일격은 '자연'의 손길이 닿은 그 흔적보다 더 흉측하고 보다 뚜렷하고 깊숙한 상처를 남겨놓은 것이다. 결국 깨진 그 석불은 그때의 수난과 지난날의 역사를 말하고 있는 증인이다. 이 석불이 만들어진 것은 고려 시대 조야朝野가 한마음으로 부처를 숭상하던 그때의 일이라 생각된다. 그러나 인간의 역사는 변했고 이씨조의 배불拜佛 정책은 이 조그만 석편石片에까지 미쳤다. 그리하여 오랜 세월이 지난 뒤 지금 우리는 여기에 서서 코와 팔과 무릎이 깨진 석불의 한 상흔을 바라보고 있는 것이다."

서울대학 박물관 앞에는 형체도 희잔稀殘한 하나의 석불이 있었는데, 이렇게 그 내력을 이야기해준 K군의 말을 듣고 나는 동작동 국립묘지와 미아리 공동묘지를 동시에 생각했다.

시간은 인간을 사멸시킨다. 그러나 자연만이 아니라 역사도 또한 인간을 죽인다. 하나의 석불이 '자연' 그것에서 받은 상흔과 역사, 그것에서 입은 상흔을 지니고 있듯이 하나의 무덤에도 두 개의 힘은 작용했던 것이다. 대체로 미아리 공동묘지는 자연이 인간을 사멸하게 한 것이며 동작동 국립묘지는 인간의 역사, 말하자면 인간 그것이 인간의 생명을 빼앗은 흔적으로 남아 있다. 죽는다는 것은 아무것도 아니다. 세월이 가고 육체가 노쇠하고 그러다가 죽음은 막을 수 없는 것이 된다. 이러한 죽음에 대해서는 아무런 말도 우리는 할 수가 없다.

그러나 우리가 두려워해야 할 것은 '자연'이 우리의 생명을 빼앗아간다는 그것이 아니라 인간이 인간의 생명에 상처를 내고 있다는 인위적인 학살인 것이다. 석불에 가한 역사의 일격은 자연이 가한 상처 그것보다 더 강하고 더 추악하고 더욱 깊다는 것을 잊어버려서는 안 된다.

대부분 병원 침대에서 숨을 거둔 사람의 죽음보다는 탱크의 캐터필러 밑에서, 포연 속에서 그리고 화염이 스쳐 지나간 어느 강기슭에서 총탄을 맞고 쓰러진 전장의 죽음이 보다 참혹한 것이다. 이러한 '죽음'은 인간 스스로가 꾸며낸 죽음이며 인간 스스로가 생각해낸 살육의 방식이다. 그리고 또한 이러한 죽음은 자연사와는 달리 얼마라도 우리가 막을 수 있고 거부할 수 있고 저항할 수 있다. 아니 그것보다는 그러한 죽음에 대하여 우리는 모두 책임을 지고 있는 것이다. 말하자면 역사가 인간을 살육하는 문명을 낳았다면 그 같은 역사를 만든 책임은 우리 인간이 져야 할 것이며, 따라서 당연히 우리는 그러한 역사의 움직임에 대해서 저항하지 않을 수가 없다.

'자연'이 일으키는 사건 그것의 책임은 신(?)이 져야 한다. 그러나 역사가 저질러놓은 이 현실의 모든 사고는 '인간'이 져야만 할 책임이다. 그러므로 미아리의 비석들은 하늘을 향하여 항거하고 있지만 동작동 군묘軍墓의 십자가는 이 대지를 향하여, 역사를 향하여, 바로 그 인간들의 심장을 향하여 항변하고 있다.

그리하여 우리는 이윽고 인간이 인간과 싸워야 하는 슬픈 계절을 맞이했다. 인간이 인간과 싸워야 한다는 것은 인간이 인간의 역사와 대결한다는 말이며, 그 역사 속에서 우리가 눈을 돌린다는 것이며, 오늘의 이 역사적 현실을 비판하고 폭로하고 그리고 지양해 나아가야 한다는 것이다.

옛날 사람은 자연과 싸웠지만 현대인은 인간 그것과 싸운다. "이천 년 동안이나 제단에 엎드려 무수한 승려가 기도한 향불의 향기는 독가스"(토머스 하디[3])가 되었고, 원자탄이 되었고, 미구에 나부낄 사회死灰가 되려고 한다. 화살을 만들던 인간의 역사는 진보하여 총과 대포를 만들었다. 또다시 그러한 역사는 발전하여 원자잠수함과 핵무기를 만들었다.

맹수를 잡던 총구가―밀림을 벌목하던 칼날이 이제 우리의 가슴을 향하여 돌려졌다. 어린아이들을 대포에게 주고 또 대포를 어린이에게 주는 사람들―우리는 지금 그런 역사 속에서 살고 있다. 현대의 역사는 인간을 살육하기 위하여 무지한 시베리아의 설상雪床 속에서, 코카서스Caucasus의 깊숙한 산맥 속에서 오늘도 끊임없이 모의하고 있다.

지금 역사는 우리 편이 아니다. 인간은 인간을 죽이는 패륜아를 낳았다. 그 아이는 이천 년 동안이나 우리의 손 밑에서 성장했

---

3) Thoumas Hardy, 영국의 시인, 작가. 주요 작품은 『귀향歸鄕』, 『테스』, 『박명薄命의 주드』 등과 시집 『웨식스 시집』, 『패자覇者』 등이 있다.

다. 이 반역아는 동작동의 숱한 묘비를 만들어냈고 방사선에 오염된 환자의 썩은 육체를 그리고 전쟁 미망인의 가난한 눈물, 지하도에서, 어느 으슥한 골목길에서, 역두에서 끊임없이 배회하는 고아를 낳았다. 그리고 또 그것은 우리의 정신과 육체를 대신하는 강철의 오토메이션automation을 만들어냈다.

이러한 위협과 이러한 피해는 참을 수가 없다. 자연의 잔악성에 대해서는 마의麻衣를 입고 그것을 망각이라도 하는 길이 있다. 또 우아한 상아탑이 있다. 그러나 인간이 만든 이 비극은, 참으로 억울한 이 재화는 법당도 청산青山으로도 어찌할 길이 없는 것이다. 이러한 피해로부터 도주할 구멍이란 그 아무 곳에도 존재하지 않는다.

왜 수폭을 만들어야 하나

그러나 오늘과 같은 조건 속에서 우리의 달콤한 휴머니스트의 발언이, 그 고발이 그대로 메아리칠 것인가? '왜 수소탄을 만드는가'라고 묻기 전에 '왜 그러한 수폭水爆을 만들지 않으면 안 되었는가' 하는 문제를 생각해야 된다. '전쟁을 하지 마라'고 부르짖기 전에 '왜 전쟁이 일어나야 되었는가'라는 의문과 맞서야 한다.

우리는 지금 기계문명을 거부하는 글이 기계의 혜택을 입고 출판되어 나온다는 아이로니컬한 현실에 살고 있는 것이다. 전쟁을 거부하기 위해선 그 전쟁에 대비하는 또 하나의 '전쟁'을 생각하지 않으면 아니 되는 아이러니가 우리의 현실이다. 전쟁의 무기는 우리 생명을 위협하는 존재였지만 또한 우리의 자유, 생활을 지켜준 생명의 보루였기도 하다.

지금 미국의 미사일은 수억의 자유민을 보호하고 또 위로한다. 아니 그것만도 아니다. 전쟁이 종식된다 해도 지구의 인구는 나날이 증가된다. 몇십 년 후면 인류는 또 하나의 지구를 필요로 할 정도로 증가된다. 지구는 좁고 노쇠하고 메말랐다.

어떻게 살아갈 것인가? 그때의 인류는 지구 그것에의 혁명을 생각하게 되는지 모른다. 지금 이 순간에도 인구의 증가와 함께 '휴머니즘'은 야위어가고 있다. 만원의 대중 버스가, 시장과 부두의 그 많은 인간들의 값을 타락시키고 있다. 코뮤니스트들은 그래서 잉여 생산품을 처리하는 인간 창고를 생각해냈다. 즉 그것이 강제노동 수용소이며 고독한 도형수徒刑囚들이 모여 사는 시베리아 대지였다.

그리고 마오쩌둥[毛澤東]은 식량난을 그리고 잉여 인간을 처치하기 위하여 인해전술人海戰術을 썼다. 개가 벼룩을 털듯 그들은 한국동란을 이용하여 인구를 털어냈다. 인간의 대량 학살을 꿈꾸는 그들 앞에서 우리는 어떻게 우리들의 고향을 맨주먹만으로 지킬 것인가?

오늘의 역사적 병근病根은 땅속 깊이 뻗어 있기 때문에 허황한 감상만으로는 그 뿌리를 캘 수도 또 볼 수조차 없다. 그 병근이란 한마디로 말해서 인간의 증오를 키우는 악의 뿌리다.

우리의 딜레마는 참으로 깊은 유곡幽谷에 갇혀 있다. 현실적 조건 위에 선 실제적인 휴머니즘을 찾기 위해서 우리는 무엇보다도 현실적인 태도를 가져야 한다. 현실적 조건을 무시한 휴머니즘의 이상은 밀림 속의 야수 앞에서 『성서』를 읽는 것보다도 더 의미가 없다.

작가는 무엇을 할 것인가

그러므로 오늘날 작가가 무엇을 해야 될 것이라는 뚜렷한 신념이 생겨날 것이다. 첫째는 역사에의 관심이며 그것에 대한 책임을 자각하려는 정신이다. 둘째는 인간을 사랑할 수 있도록 애정을 만들어주어야 할 것이다. 셋째는 사람들로 하여금 그의 적과 그의 벗을 명확히 알도록 가르쳐주는 일이다. 그리하여 포문砲門이 열리고 비둘기가 놀던 시계탑이 쓰러지는 날 나의 목마木馬는 기旗가 되어야 한다. 그래서 작가들의 작품은 온갖 사람들의 머리 위에서 나부끼는 정신의 기, 그들에게 하나의 신념을 주는, 그들에게 하나의 기대를 주는 기가 되어야 하는 것이다. 인간의 패배를 다시금 아름답게 불러일으키는 기이며, 학살된 어린아이를 위로하는 기이며, 하나의 저항이며, 그 증거가 되는 기이며, 인간에 대한 사랑의 기이다.

그래서 결국 이제 작가는 석불을 마멸시키는 비와 바람과 같은 '자연성'에 저항하는 것이 아니라 인간을 파괴하는 인간 스스로의 '손', 그 인위성에 저항해야 한다.

되풀이하면, 죽는다는 것은 아무 일도 아니다. 다만 인간의 얼굴에 흠집을 내며 사는 현실 그것이 두려운 것이다. 인간이 하는 일은 인간 스스로가 선택한 것이기 때문에 역사에 의한 살육은 자연에 의한 살해보다 더 참혹하고 애석하다.

우리는 살육 그 정반대의 일을 선택할 수도 있었다. 그런데도 불구하고 우리가 원하지 않는 것을 그대로 해야 된다는 것은, 바꿀 수도 있는 일을 그대로 내버려둔다는 것은 우리의 가장 큰 그리고 무서운 죄악이요 무지일 테니까.

저항으로서의 문학

HOP-FROG의 암시

"이것은 포의 분노도 홉 프로그Hop-Frog의 반역도 아니다. 그들은 다 같이 존재하지 않았으나 그러한 분노, 그러한 반역은 인간의 이름과 함께 영원히 존재하고 있다. 따라서 당연히 그것은 우리들의 것이기도 하다."

절름발이 개구리

홉 프로그는 '절름발이 개구리'라는 뜻이다.

그러나 포가 쓴 이 「홉 프로그」의 이야기는 진짜 개구리가 아니라 어느 불구자 한 사람의 운명에 대한 것이다. 홉 프로그는 분명 하나의 인간이었다. 그렇지만 그는 고향도 이름도 인간다운 형상도 가지고 있지 않다. 농담을 좋아하다 어느 왕의 완구玩具 혹은 한 개의 희롱물로서 사로잡혀온 슬픈 전리품이었다. 절룩거리며 낯선 이향異鄕의 궁정을 서성거리는 이 홉 프로그는 뚱뚱한 왕과 한결같이 배가 나온 일곱 명의 현명한 대신들을 웃기기 위한 삼중의 보물triplicate treasure로서만 존재한다.

그것이 그가 이 궁정에 있어서 살아가는 모든 날의 존재 이유였다. 그렇기 때문에 그는 그의 유아 세례 때 스폰서로부터 명명된 이름이 아니라 홉 프로그라는 동물명으로 불리는 것이다. 고향과 더불어 이름을 빼앗긴 이 불구자는 인간의 모든 것을 상실한 비인非人으로서 살아간다. 어느 곳보다도 날이 긴 궁정의 권태를 메우기 위하여 왕을 웃기고 또 웃음을 받아야 하는 사명을 지켜야 한다. 긴 궁정의 회랑을 혹은 길을 걸을 때마다 홉 프로그는 괴로운 몸짓으로 움직여야 한다. 그때 왕과 그의 대신들은 그것을 보고 웃는다. 그가 줄을 탈 때는 한 마리의 다람쥐나 한 마리의 원숭이를 보듯 그들은 웃는다.

홉 프로그―한마디로 말해서 그것은 인간의 모든 권리를 상실한 그리고 박탈된 가장 어리석은 자의 이름fool's name이다. 그러므로 홉 프로그는 일곱 명의 현자賢者[大臣]를 거느린 왕의 그늘 속에서, 웃음 속에서, 권태 속에서 그리고 그 희롱 속에서 살아간다. 움직이고 숨 쉬고 곡예를 한다.

그때 그에게 있어서의 왕이란 하나의 인간이 아니라 신이며 숙명적인 지배자이며 죽음과 같이 생명과 같이 제어할 수도 또는 탄원할 수도 없는 절대적 존재다. 왕이나 홉 프로그는 이미 같은 인류의 이름으로 불릴 수 없는 두 개의 인간이다. 하나는 현명한 인간의 상징이요, 하나는 우자愚者의 상징이다. 하나는 웃는 사람이요, 하나는 웃기는 사람이다. 하나는 박탈하는 사람이요, 하나는 박탈당하는 사람이다.

전자는 명령하고 희롱하고 모욕하고 주고 빼앗고 내던지고 한다. 그러나 후자는 그러한 전자의 의지 속에서 인간다운 애상에 젖어볼 수도 없이 자기의 고향도 자기의 이름도 벗들에 대한 애정도 회상할 수 없이 살아가야 하는 인간이다. 그리하여 타인의 시간 속에서 절룩거리며 사는 홉 프로그는 전자와 같은 현명한 인간의 눈엔 인간 그것으로 비쳐지지 않는다. 상처 입은 한 마리의 개구리요, 줄타는 다람쥐나 원숭이로밖에 보여지지 않는다. 이윽고 거기 동물로 타락된 슬픈 인간의 이지러진 초상이 탄생된 것이다.

그런데 왕이 그와 같은 현명한 일곱 명의 충신을 거느리고 있듯이 홉 프로그에게도 그와 같이 어리석은 슬픈 하나의 벗, 트리페타Tripetta가 있다. 트리페타는 홉 프로그가 왕의 전리품으로 잡혀오던 날 함께 포로로 붙들려 온 여인이다. 그녀는 홉 프로그처럼 고향을 상실한 난쟁이 불구자이며 왕을 즐겁게 하는 춤추는 인형이다. 인간 권외에서 사는 이 불구의 한 쌍은 다 같이 왕과 그 대신과 상반되는 의미에 있어서 별개의 인간들이다.

포는 이상과 같이 하나의 시간을 낮과 밤으로 분할하듯 하나의 인류를 현자와 우자로 분할해놓았다. 이렇게 해서 궁정의 사람과 그들의 포로는 함께 섞일 수 없는 두 개의 얼굴을 하고 있다. 살찐 사람과 난쟁이, 웃는 사람과 고통에 찬 사람, 이 사이엔 교통할 수 없는 긴 어둠의 벽이 가로놓여 있다.

포는 웃음을 좋아하는 사람은 모두가 살찐 사람이라고 말하면서 살찐 사람이 웃음을 좋아하는 것인지 웃음을 좋아해서 살이찐 것인지 모른다고 말하고 있다.

상징적으로 말하자면 조커Joker와 드워프Dwarf는 두 개의 다른 인류를 뜻하고 있는 것이다. 이 조커와 드워프의 관계는 마치 신과 인류와, 인류와 자연과의 관계처럼 서로 다른 차원에서 관계지어져 있고 그리하여 조커의 웃음은 드워프의 눈물이 되어 흐르고, 드워프의 고통은 조커의 즐거움이 되어 번져간다.

운명은 이들 사이에서 역주하며 이율배반하는 이들의 상대적 행위는 끊임없이 많은 장난을 만들고 있다. 드워프와 조커의 역반응은 빛과 어둠의 두 지역을 서로 관계지어주고 있는 것이다. 이렇게 해서 상극하는 인간과 인간과의 관계는 어떠한 의미를 갖기 시작한다.

폭발된 항묵

이와 같은 부단의 역반응 속에서 홉 프로그가 눈을 뜨기 시작한 것은, 그가 마멸되어버린 자기의 육신 속에서 아직도 꿈틀거리는 '인간의 정신'을 발견하게 된 것은, 그리하여 동물처럼 순응하며 짓밟히며 침묵 속에서 살아가던 그 운명에 반역한 것은, 그 깊은 심연 속에서 다시 인간의 부르짖음을 들었던 것은 은성殷盛한 궁정의 가장 무도회를 앞둔 어느 날의 일이었다.

절름발이 개구리와 줄타는 다람쥐 혹은 원숭이 같은 그 육체의 배면背面에는 무엇으로도 지울 수 없는 하나의 영혼이 살아 움직이고 있었기 때문이다. 인간의 이름으로 불릴 수조차 없는 헐고 뜯기고 이지러진 이 인간 상실자에게서 침묵으로 묻혀진 아름다운 영혼이 다시금 분출했다. 홉 프로그의 반역적 기旗는 세워진 것이다. 어떻게 해서 홉 프로그는 눈을 뜬 것일까? 어떻게 해서 홉 프로그는 상실해버린 그의 이름과 그의 고향과 그의 분노를 회억回憶하게 되었을까. 무엇이 그로 하여금 그 묻혀진 영혼의 침묵을 폭발하게 하였던가.

이 과정은 포의 그 작품 속에 역력히 기록되어 있다. 즉 그것은 타버린 인간의 재에 다시금 불을 질러놓은 현자(왕)들의 장난에서 생겨난 역반응이었다. 이 역반응이 반역의 결의에 이르기까지에는 대체로 세 단계의 감정적 결단이 홉 프로그의 고갈된 마음을 불러일으키고 있었다.

왕이 홉 프로그를 그의 무릎 밑에 불러 술을 권했을 때 반역의 첫 번째 불이 붙은 것이다. 왕은 홉 프로그가 술을 좋아하지 않는 것을 잘 알고 있다. 술은 이 불쌍한 절름발이를 미치게 했던 것이다.

이 미칠 것 같은 마음속에서 술을 마신 홉 프로그는 괴로워해야 하는 것이다. 그래도 왕은 그 미친 것 같은 홉 프로그의 고통을 보고 즐거워한다. 동물에게 인간의 감정을 불어넣어주었을 때의 그것을 보는 것처럼 용은 이 절름발이가 술을 마시는 것을 최상의 오락거리로 안다.

그래서 홉 프로그의 슬픈 광기를 왕은 '즐겁게 하기 위한 것'이라고 부른다. 술을 마신 홉 프로그의 광기나 언짢은 마음이 왕에게는 도리어 하나의 즐거움인 것이다. 이 즐거움을 위해서 왕은 그에게 술을 주고 홉 프로그는 자기의 괴로움을 남에게 웃음거리로 보여주기 위해서 이 술을 마셔야 된다.

홉 프로그가 술을 두려워하는 까닭은 술이 자기를 한 인간으로 의식하게 하기 때문이며, 잠자는 그의 감정이 잃어버린 것들을 다시금 불러일으키게끔 하기 때문이다. 그것은 그를 미치게 한다. 자신을 인간으로서 인식한다는 것은 그에게 있어서 하나의 범죄이며 절망이며 슬픔이다. 더구나 그날 왕은 그를 불러 술잔을 주면서 부재하는 그의 벗들의 건강을 위하여 마시라 했던 것이다.

이를 들은 홉 프로그는 처음으로 한숨을 쉬었다. 그날은 홉 프로그의 생일날이었다. 생일과 부재하는 그의 벗―술은, 또한 부재의 벗이라는 말은, 그리고 생일은, 상실한 것에 대한 그 모든 침묵의 감정을 일깨워주는 것이다.

고향과 이름과 생일, 홉 프로그는 잠자던 이러한 자기의 감정을 발견했을 때 동시에 거기에서 자신의 용모를, 오늘의 운명을 보았던 것이다. 그 순간 그는 동물이 아니라 자의식이 되돌아온 인간으로서 존재하기 시작한다. 그러나 여전히 그에게 있어 인간성은 박탈되어 있다. 그렇게 해서 홉 프로그의 한숨은 눈물로 변한다. 원숭이나 다람쥐나 개구리에 지나지 않던 그의 눈에 인간의 눈물이 괴어 빛나는 것이다.

그러나 왕은 홉 프로그의 눈물을 보자 더 한층 흥겨워진다. 홉 프로그의 한숨이 눈물로 변할 때 왕의 즐거움은 웃음으로 변했던 것이다. 왕의 이 웃음은 다시 그의 눈에 하나의 미광微光을 일으키게 한다eyes gleamed. 이 미광, 그것은 회상의 빛이며 애정(그의 친구들에 대한 우애―인간애)의 빛이며, 귀향의 환상이며 따라서 그것은 다름 아닌 반역의 첫 번째 불씨였다.

홉 프로그가 다시 인간이 된다는 것은, 인간의 감정을 갖는다는 것은 곧 그에 상대되는 또 다른 인간들에게 반역한다는 것이었기 때문이다. 인간 상실자에게 있어서는 반역의 감정 그것이 곧 인간에의 감정이다.

다음으로 반역의 두 번째 불꽃은 사고의 강요였다. 왕은 그에게 가장 무도회 때 자기들의 배역이 되어줄 수 없는 기발한 플랜을 당장에 생각해내라는 것이다. 홉 프로그가 그것을 생각하려고 애쓰는 중이라고 대답할 때 왕은 분노하고 다시 그에게 술잔을 받으라 강요한다. 술이 모자라기 때문에 생각이 안 나는 것이라고 말하면서 단숨에 술을 들이켜라는 왕의 권주는 곧 사고의 강요를 의미하는 것이다. 이때 당황하는 홉 프로그 앞에 트리페타가 나서게 되고 그리하여 반역에의 마지막 세 번째 불꽃이 타오르고 만다.

트리페타는, 불쌍한 트리페타는 그의 외로운 벗, 홉 프로그를 옹호하려고 했던 것이다. 같은 고향의 상실자요 같은 인간의 상실자인 트리페타는 홉 프로그를 옹호하려고 했던 것이다. 그러나 왕의 분노는 한층 더해지고 술은 트리페타의 얼굴에 끼얹어지고 그녀를 발길로 차 탁자 밑에 뒹굴게 하였다.

그 순간 죽은 것 같은 침묵이 흘렀다. 가랑잎이 떨어져도, 가벼운 새털이 떨어져도 들릴 것 같은 그런 침묵이 흘렀다. 침묵은 움직인다. 홉 프로그는 침묵 속에서 눈을 뜬 것이다. 뚜렷한 결의, 뚜렷한 저항, 뚜렷한 반역에의 영혼이 침묵 속에서 분출된 것이다.

자기에 대한 모욕, 굴종 그리고 학대는 참을 수 있었을는지 모른다. 그러나 트리페타에 대한 왕의 폭행을 보았을 때, 슬픈 트리페타의 파리한 얼굴에 끼얹은 술을 보았을 때, 거기에는 참을 수 없고 망각할 수 없고 은둔할 수 없는 저항의 의지가 머리를 든 것이다. 트리페타는 그의 애정이다. 그 애정은 같은 동일한 운명에 대한 사랑이며 그들끼리만이 교통할 수 있는 상실자들만이 느낄 수 있는 이해였을 것이다. 트리페타나, 홉 프로그는 왕과 같은 양지의 인간들과 상대되는, 또 다른 별개의 인간들로서 살아가는 어둠 속의 인간들이다.

그러므로 홉 프로그의 저항은 그러한 인간들로부터 트리페타를 지켜가려는 마지막 결의이며, 그것을 통해서 얽혀진 자기의 해방을 생각하는 싸움인 것이다. 트리페타[隣人]를 인식하고 그 앞에 군림하는 왕의 일곱 명 뚱뚱한 대신의 몸짓을 보았을 때, 오랜 침묵은 폭발된 것이다. 그리하여 그때 그 침묵을 깨뜨리고 한구석 모퉁이에서 들려왔던 소리는—나직하나 그러면서도 거칠고 길게 뻗어가는 그 이를 가는 소리는—바로 홉 프로그의 저항의 신호였던 것이다. 폭발한 침묵의 소리였다.

물론 그 소리는 현명한 그 왕의 한 대신이 증언한 것같이 앵무새가 조롱의 창살을 문대는 소리는 아니었다. 한숨에서 눈물로 그 눈물이 다시 이 가는 소리로 변전해간 것은 결국 상실된 인간의 의미를 다시금 탈환하고자 하는 홉 프로그의 인간적 각성의 역정歷程을 말해주는 것이다.

반전하는 양극

홉 프로그가 동물인 채로 살아가던 자기의 운명을 거역하고 그 운명을 지배하던 왕과 그 일곱 명의 현명한 대신에 저항하여 트리페타와 더불어 자기를 해방시키고 그리하여 그의 고향으로, 말하자면 상실했던 고향, 상실했던 인간의 지역으로 다시 돌아가려는 결의의 전기轉機는 이상에서 본 그대로 세 개의 중요한 단계를 통해서 일어났다.

그러나 무엇보다도 그러한 계기는 트리페타를 통해서 이루어진 것임을 우리는 알고 있다. 자기를 옹호해주려던 트리페타의 얼굴에 던져진 술잔을 본 순간 자기도 모르게 분노의 이를 갈았다. 그 순간 홉 프로그는 왕에의 도전을 꿈꾸었고, 그 저항의 수단이 결정된 것이다.

그리하여 홉 프로그는 왕에게 가장 무도회의 좋은 아이디어가 생각났다고 하면서 여덟 마리의 오랑우탄놀음을 이야기한다. 그 아이디어는 바로 왕이 트리페타의 얼굴에 술을 끼얹고 밖에서 앵무새가 조롱의 철사를 부리로 갈 때(사실은 자기가 이를 간 것이지만) 생각난 것이라고 말했던 것이다. 그 아이디어란 다름 아닌 한 저항의 수단이며 복수의 방법이었으며 더 본질적으로 말하면 자기 행동의 발견, 자기 해방의 수단, 인간 환원의 결의 그리고 그 저항 정신을 뜻하는 것이다.

여덟 마리의 오랑우탄 놀음이란 홉 프로그의 말에 의하면 자기 고향에서 곧잘 거행되는 가장 놀음이라는 것이다. 홉 프로그의 저항은 자기 고향 풍속을 빌려 이방異邦의 현자들과 대결하고 있다.

그 고향이란 무엇이냐, 그것이야말로 정말 인간들의 지역, 인간들의 생명이 있는 영토인 것이다. 그러므로 오랑우탄 놀음이란 기실 인간의 탈을 쓰고 있는 비인들을 제거하는 놀음이며, 트리페타나 홉 프로그와 같은 인간을 지키고 해방시키는 놀음이다. 이렇게 해서 두 개의 대립하는 인간의 양극은 반전된다.

즉 왕이나 일곱 명의 현자들은 여태껏 신과 같은 인간의 권위를 상징하고 있었다. 홉 프로그나 트리페타는 지금껏 한 완구나 짐승으로 타락해 있는 우자들의, 상실자의 상징이 되어왔었다. 그러나 사실은 누구보다도 인간적으로 행세하고 있는 전자들이야말로 오랑우탄 같은 짐승들인 것이다. 외형은 우아한 인간이지만 그 배면背面에는 인간을 유린하고 괴롭히는 흰 이빨과 악마의 웃음과 장난이 도사리고 있다.

그러나 홉 프로그나 트리페타는 다 같이 불구자인 난쟁이요, 또 절름발이의 비인간적 외모를 하고 있으나 그 이지러진 육체의 그 깊이에는 숭고한 인간적인 영혼이 번민하고 있는 것이다. 그리하여 홉 프로그가 왕과 일곱 명의 대신들에게 콜타르로 칠한 오랑우탄의 가면을 뒤집어 씌웠을 때 그리고 그들을 쇠사슬로 함께 묶어놓았을 때 그러한 가장假裝은 기실 그들의 본질을 드러낸 모양이었고, 따라서 그들과 홉 프로그의 위치는 반전되고 만 것이다. 왕이 오랑우탄이 되는 순간 홉 프로그는 개구리의 가장을 벗는 것이다.

이 양극에 놓인 두 개의 인간, 즉 조커와 드워프의 위치가 서로 전도된 것은 은성한 가장 무도회가 열리는 밤이었다.

장난을 좋아하고 인간을 괴롭히고 웃음 짓는 이 악마적 인간들은, 인간의 탈을 빼앗아 써온 이 오랑우탄들은, 말하자면 하나의 왕과 그렇게 한결같이 뚱뚱한 일곱 명의 현명한 대신들은 쇠사슬에 묶인 오랑우탄이 되어 밀려온 관객을 놀라게 하고 그 아우성 치는 광경을 보며 짐승스러운 웃음을 웃을 때, 홉 프로그의 "라스트 제스트last jest"가 있었다. 반역은 끝나고 그 저항은 이루어졌다.

홉 프로그와 트리페타는 거꾸로 이제 그들의 운명을 지배하고 징계한다. 별안간 쇠사슬이 허공으로 이끌려 올라가고 괴로워서 꿈틀거리는 이 여덟 마리의 오랑우탄들에게 홉 프로그의 횃불이 댕겨진 것이다. 콜타르로 날개깃을 단 오랑우탄들은 화염에 싸였다. 이 화염 속에서 홉 프로그는 군중을 향해 말한다. "As for myself, I am simply Hop-Frog, the jester — and this is my last jest."

홉 프로그와 트리페타의 슬픈 곡예는 끝났다. 여덟 마리의 오랑우탄과 함께 끝났다. 웃어야 하는 사람도 웃김을 당해야 하는 사람도 이미 거기엔 없다. simply Hop-Frog. 그리하여 그것은 평범한 하나의 인간으로 환원된, 그리고 상실한 것을 다시 찾은 평범한 한 인간의 이름이었을 뿐이다.

왕은 동물(오랑우탄)이 되어 죽었고, 홉 프로그는 인간이 되어 야생의 지역—그의 고향으로 귀향한 것이다. 트리페타와 함께…….
그렇게 해서 거기 귀향자들의 고요한 합창이 들려온다.

오늘의 홉 프로그

결국 이러한 홉 프로그는 오늘에도 있는 것이다. 수천수만의
홉 프로그가 우리들의 주변 어느 차디찬 지구의 한 모서리를 배
회하고 있는 것이다. 인간의 용모를 상실한 현대의 홉 프로그들
은 어느 철근 콘크리트 밑에서, 지하도에서, 목로주점에서, 항구
의 기중기 밑에서, 그의 다리를 절며 짐승처럼 살아가고 있다. 시
베리아의 설원에는, 강제노동 수용소에서는, 그리고 지저분한 탁
아소의 입구에서는, 집단적으로 도살된 홉 프로그의 슬픈 눈물이
동결해가고 있는 것이다.

지금 우리의 괴로움을 비웃고 있는 살찐 왕과 현명한 일곱 대
신들은 크레믈린 궁전에서, 어느 무기의 실험실 속에서, 사회死
灰 속에서 끊임없이 그들의 조크를 모의하고 있다. 안나 프랑크의
얼굴에 술잔을 부은 것은 히틀러였다. 그러나 지금 히틀러는 오
랑우탄의 얼굴로 화염 속에 사라졌으나 또다시 무구한 얼굴에 술
을 끼얹고 어디선가 웃음 웃는 조커의 그 음성이 들려오고 있다.

역사는 이렇게 조커와 드워프의 두 인간의 지대를 만들었고 이
수수께끼의 역반응은 오늘도 계속하여 우리를 괴롭히고 있다. 두

개의 인간—아니 두 개의 인종—가해자와 피해자의 이 인간관계는 종식되지 않고 계속된다. 오랑우탄들의 전쟁, 웃음의 코러스, 모욕 또 박탈의 그늘 속에서 기아와 상처와 응결한 피의 덩어리를 응시하는 홉 프로그의 행렬이 궁정의 긴 회랑을 지난다.

조커에게서, 그들이 만든 그 역사에서 홉 프로그들이 받고 있는 이 피해란 홍수와 야수나 벼락이나 지진에 의하여 받는 그것보다 참을 수 없이 혹심하다. 인간에게서 받는 인간의 상처, 고향과 이름을 빼앗기고 인간의 감정마저 빼앗긴 사람들이 은성한 가장무도회를 위하여 징발되어가고 거기에서 사고를 강요당한다.

눈에 보이지 않는 어느 왕의 식탁 앞에서 술을 분배받은 홉 프로그들은 자신이 인간인 것을 두려워하고 있다. 인간인 자기를 보는 것이 괴로운 것이다. 이 괴로움은 그들의 웃음이 되어 땅에 떨어지고 그 앞에서 우리는 부재하는 벗들을, 고향을 생각하고 울어야 하는 것이다. 한편 은성한 가장무도회를 위하여 수폭과 ICBM의 현대적인 과학적 기지機智가 요구되고 있다.

우리들의 왕은 도대체 누구일까? 일곱 명의 살찐 대신들은 누구일까? 우리들은 그들을 목격하고 있었다. 천개天蓋 없는 화물차에 실려가던 피난민의 차량 속에서 우리는 목격하고 있었다. 길가에 널려 있는 동시童屍를 바라보고 있었다. 아들로 하여 그 아비의 뒤통수를 때리게 하던 그들의 조크를 우리들은 기억하고 있다. 돌을 져 나르는 노파, 탄약을 싣고 가던 마차 옆에서 밭을 갈

던 그의 소와 함께 쓰러져 죽은 소박한 농부의 얼굴, 눈 속에 잠
든 고아의 사지四肢─우리들, 오늘의 홉 프로그들은 알고 있다.

작가와 그 저항

　그리하여 오늘의 작가들은 눈뜬 홉 프로그의 결의를 필요로 한
다. 그의 붓은 홉 프로그가 가졌던 횃불의 구실을 한다. 왕과 일
곱 명의 대신에게 오랑우탄의 옷을 입히는 것, 그리하여 홉 프로
그의 이지러진 육체를 벗겨서 아름다운 영혼을 보여주는 것, 그
리하여 고향으로 돌아간 귀향자들의 고요한 합창을 들려주는 것,
이것이 오늘날의 작가가 글을 써야 하는 한 사명이다.

　요한 모리츠가 카메라 앞에서 웃기를 강요당하는 슬픔을 그린
게오르규는 싫은 술잔을 강요당하는 현대의 홉 프로그를 그린 것
이요, 프랑스의 그 숱한 레지스탕스들은 트리페타의 얼굴에 술을
붓고 발길로 찬 왕의 폭행을 보고 이를 간 홉 프로그의 소리를 기
록한 것이다.

　현대 작가의 책임은 그리하여 동일한 운명 속에 놓여 있는 트
리페타의 고난을 보고 침묵을 폭발시킨 홉 프로그처럼 가해자의
역사 앞에 선 피해자들의 공동 운명애를, 그 인간애를 저버리지
않는 것이다. 공동 체험, 여기에서 작가적 행동의 전기가 이루어
지는 것이고 그 행동성은 인간의 이름을 빌려 인간의 얼굴을 박

탈한 그들에게 저항하는 것이다. 그리하여 그들에게 오랑우탄의 옷을 입혀주는 일이다.

그렇게 해서 우리의 상황은 반전되며 휴머니티를 가지고 고향의 가장 놀음, 저항하는 작가의 '라스트 제스트'는 나를, 또한 약한 트리페타를 구제해준다. 트리페타를 위하여 횃불을 든 홉 프로그처럼 오늘의 작가들이 해야 할 일은 고향과 육체와 이름의 상실자들을 위하여 조커들의 정체를 여러 사람 앞에 폭로해놓는 일인 것이다.

따지고 보면 현대의 작가가 글을 쓴다는 것은 곧 홉 프로그의 '라스트 제스트'와 같은 것이며 헐고 뜯기고 이지러진 그리하여 거기에서 인간다운 형체도 찾아볼 수조차 없는 오늘의 인간들에게 다시금 인간의 감정을 불러일으켜주도록 하는 것이다.

오늘의 작가가 저항하는 그 작품의 대상은 왕과 일곱 명의 대신과 같은 인간의 탈을 쓴 비인들의 조크이며, 그들이 옹호해야 할 것은 무지한 죄 없는 인간들, 인간의 모습이 박탈된 인간들, 본래의 이름으로 불려지지 않은 인간들, 그러한 드워프 속에 숨겨져 있는 휴머니스트인 것이다.

한숨에서 눈물로 눈물에서 미광gleam으로, 거기서 다시 이가는 소리grating sound로 그리하여 또다시 오랑우탄의 '라스트 제스트'로 옮겨간 홉 프로그의 행위 그것처럼 작가 정신은 발전되어야 한다. 한숨에서만 그친 작가는 값싼 니힐리스트요, 눈물에서만 끝난 작가는 단순한 센티멘털리스트요, 미광의 눈초리에서만 끝난 작가는 겁 많은 휴머니스트의 음성적 레지스탕스요, 이[齒]만 가는 작가는 새터리스트에satirist 불과하다.

역사를 응시하고 인간이 무엇인가를 알고 내가 어느 곳에 위치해 있는가를 참으로 반성한 작가들은 오랑우탄 놀음의 '라스트 제스트'에 횃불을 드는 사람인 것이다(왕들의 웃음을 받으면서 한 마리의 개구리나 다람쥐나 원숭이처럼 그대로 배회하고만 있는 홉 프로그 같은 소위 순수 작가들은 말할 여지도 없다). 이러한 작가의 행동을 통해서만 우리는 정녕 상실한 모든 인간의 의미를 획득할 것이다.

홉 프로그는 반역한다. 트리페타를, 쓸쓸한 이웃을 가지고 있는 홉 프로그는 그에 대한 책임과 그 모럴을 느낀다. 그리하여 훗날 그들을 괴롭히던 왕들은 갔으나 그러한 분노, 그러한 반역의 혼은 인간을 지켜갈 것이다. 새로운 조커들을 부단히 고발해갈 것이다. 인간과 인간과의 끊임없는 역반응은 자유와 호응하고 거기 작가의 '라스트 제스트'는 아름다운 문자와 함께 숭고한 이야기를 남기게 될 것이다.

그러기 위해서 오늘의 작가들에게 필요한 것은 조커의 정체를 찾아내는 일이다. 트리페타의 존재를 인식하는 것이다. 오랑우탄의 놀이를 발견하는 일이다. 그래서 귀향자들의 고요한 합창은 모든 인간의 지역에서 울려올 것이다. 그것을 우리들은 우리들의 산문 예술이라 부를 것이며, 그것을 우리들은 오늘의 작가 정신이라고 명명할 것이다.

　순수 작가의 명칭을 아직도 애용하고 고집하는 작가에겐 영원히 눈뜨지 못한 난쟁이의 절름발이 개구리라는 이름을 그대로 물려주어라. 식탁 밑에 쓰러진 트리페타를 보면서도 창 너머 구름을 바라보는 홉 프로그에겐 한 마리의 다람쥐나 줄타는 한 마리의 원숭이라는 이름으로 불러주어라.

현대 작가의 책임

Je suis encore prisonnière

Et ma robe est toute sale.

나는 아직도 수인囚人이란다.

그리하여 나의 의상衣裳은 모두 더럽혀졌다.

— Denis Jallais

가드와 도그의 유머

'GOD'를 거꾸로 읽으면 'DOG'가 된다고 말한 어느 외국 수필가가 생각난다. 이 사람이 만약 중세인이었다면 틀림없이 신을 모독했다는 죄로 교수형을 받았을 것이다. 하지만 그는 다행히도 현대인이었고 그뿐만 아니라 우연히도 훌륭한 예언자가 되고 말았다. 그 까닭은 바로 라이카견犬을 실은 소련의 제2인공위성 스푸트니크호號가 인간의 하늘을 날았던 까닭이다. 신이 부재하는 허허한 영토, 그 끝없이 높은 하늘을 한 마리의 개가 유유히 떠돌아다녔던 것을 우리는 기억한다.

그래서 지금 존엄하다는 그 인류는 '개집(인공위성)' 밑에서 살고 있는 셈이다. 그러면서도 사람들은 오랜 꿈의 세계가 한 발짝 다가섰다고 그것을 향하여 열광의 박수를 보냈다. 좁은 지구의 울타리로부터 광활한 우주로 내일은 해방될 그 행운을 위해서 그들은 다시 과학의 왕좌를 마련하고 있다.

그리하여 시세에 민감한 저널리스트들은 이미 '인공위성 시대의 철학' 혹은 '우주 시대의 예술과 그 전망' 등등의 성급한 논제를 내걸고 토의하기 시작했다. 이렇게 해서 다시 과학은 현대의 신이 되려는 눈치다.

그러나 우리는 인공위성 시대의 행운을 믿을 것인가? 우리가 월月세계나 또는 화성을 정복함에 따라 인간의 비극, 살육의 습속 또 소외의 고독이 지양되어갈 것인가? 한마디로 말해서 인간은 그 인간의 어쩔 수 없는 한계 상황으로부터 탈출할 수 있을 것인가? 성문은 열리고 우수한 수인들은 넓은 하늘로 나설 것인가? 그것은 의문이다. 아무도 보증할 사람은 없다. 소련의 어느 작가는 황료荒寥한 월세계의 사화산에 적기赤旗가 나부끼는 그 야욕적인 환상을 이미 한 편의 소설로 엮은 모양이다.

그것은 슬픈 인간의 전쟁, 다만 그 무대가 요요한 천계天界의 또 다른 넓은 지역으로 옮겨갈 것에 불과하다는 반증의 암시다. 또 다시 피의 싸움, 월세계의 사화산을 둘러싸고 벌어지는 그 전쟁은 보다 참혹할 것이다. 초토의 전야戰野에는 달이 아니라 지구의 창망滄茫한 광채가 뜰 것이다. 그것은 그들을 보다 외롭게 할 것이고 보다 살벌한 마음을 일으키게 할 것이다.

우주 시대의 인간들은 그리하여 지상의 전쟁과 하늘 위의 전쟁을 동시에 생각하면서 살아가게 되는지 모른다.

믿을 것이 못 된다. 인공위성이 수인으로서 살아가는 우리에게 자유의 하늘, 해방된 생명을 주기에는 너무나 무서운 모체를 가지고 있다. 즉 인공위성을 분만한 것은 평화의 여신이 아니라 실은 살육의 요녀妖女였다는 의미다. 유도탄의 쌍아双兒로서 탄생되었다는 것이다. 그것이 결코 신화와 전설의 나라, 그 아름다운 별과 꿈을 탐색하기 위해 발명된 것이 아니라, 내일의 전쟁을 위한 무기의 부산물로서 나타나게 된 데 불과하다. 그러니까 우리는 인공위성을 놓고 우주의 꿈을 꾸기보다는 언젠가는 우리 머리 위로 쏟아질 숱한 인공유성(유도탄)의 현실을 생각해야 된다.

또한 우주 시대가 도래하여 인간의 한계 상황이 더 확대된다 하더라도 수인으로서 운명은 끝나지 않을 것이다. 우리를 감금하고 있는 지평地平은 밖에 있는 것이 아니라 바로 우리의 마음 그 의식 가운데 둘러져 있는 것이기 때문이다.

신대륙을 발견한 서구인들은 그것으로 하여 새로운 세계가 열릴 것으로만 알았다. 그렇지만 신대륙의 세계에서 살게 된 인간이나 그 이전의 시대에 살던 인간이나 내적 지평인 그 존재의 한계는 변화하지 않았다. 아니 더 좁아졌다고 말할 수 있다. 인간이 가는 곳에 인간의 현실이 있었고, 그리하여 거기엔 평화도 꿈도 붕괴되기 마련이다. 마침내 신세계의 꿈은 깨지고 더 비참한 그리고 한층 과장된 현실의 괴로움이 그들을 영접했을 뿐이다. 월세계의 항로를 개척할 현대의 콜럼버스가 과연 누구일는지 몰라도 그 결과는 그때나 이때나 비슷할 것 같다.

인간의 운명은 바로 발을 디디고 선 여기에 있다. 우리가 말할 수 있는 것도 바로 여기다. 그것이 곧 우리가 갇혀 있는 성이요 지평이다. 우주 자체도 바로 이 속에 있다. 그런 채로 지금 우리는 우리의 하늘을 내다볼 아무런 보증도 받지 못하고 있는 것이다. 그리하여 우리는 우리 스스로의 얼굴과 이웃 사람들의 얼굴을 알아보기도 전에 죽어갈 것이다. 방사능을 품은 빗발과 사회死灰 섞인 토우土雨 속에서 언젠가는 나의 사랑하는 것, 그리운 것, 생명 있는 모든 것이 죽어갈 것이다. 살아 있다는 자신도 변변히 가져보지 못한 채로 오늘의 인간들은 끊임없이 위협과 굶주림과 학대 속에서 죽어갈 것이다.

여기에서 오늘의 작가들은 무엇을 할 것인가? 무엇을 쓸 것인가? 이러한 현실에서 도피할 것인가? 우리들에게 올 내일의 운명은 인공위성을 과학자에게 맡기고 작가는 우화등선羽化登仙의 몽환적 세계만을 노래해도 좋을 것인가. 웃을 것인가. 꽃이, 구름이 있다고 말할 것인가. 그것을 남의 울음이라 할 것인가.

그러나 오늘의 작가는 하나의 태도를 결정해야 된다. 우리는 여기에서 그것을 함께 생각해보자. 작가의 책임에 대해서 그 이유에 대해서 살펴보아야 한다. 따라서 작가의 작업이 수인의 옥벽獄壁을 부술 수 있을 것인가를, 인간에게 자유를 줄 수 있고, 그것이 지평을 열어줄 수 있는가를⋯⋯.

> Zum sehen geboren
>
> Zum schauen bestellt.
>
> 보기 위하여 탄생된 것이다.
>
> 보는 것을 명命하여졌다.
>
> — Goethe

탄생과 보라는 명제

괴테의 말마따나 인간은 보기 위해서, 사물과 그 움직임을 보기 위해서 탄생된 것이다. 그것뿐이다. 인간이 세상에 나올 때 보라는 그것 외로 미리 받은 명제란 아무것도 없다. 또 그러니까 이렇게 살아라, 저렇게 행하라 하는 어떤 아 프리오리한 율법도 최초에는 없었다. '본다는 것' 그것에서부터 모든 것이 생겨난다. 이것의 결과가, 이것의 종합이 인간이 체험한 바의 내용이다. 동시에 그 내용, 거기에서 추리된 것을 우리는 사상이라 하고 또 모럴이라 불렀다.

우리가 다 아는 바와 같이 영어의 'SEE'는 '본다'는 의미와 더불어 '안다', '경험한다'의 뜻으로 사용된다. 그런데 이 '본다'는 것은 타동사다. 타동사는 목적물을 필요로 한다. 목적물은 '나' 아닌 다른 객관적인 대상이다. 자기 얼굴을 보려고 할 때도 거울이라는 나 아닌 객관물을 일단 그 수단으로 사용해야 된다.

그래서 '나'를 이해한다는 것은 '나'를 객관화한다는 말이다. 그러므로 보는 것의 대상은 언제나 '남'이다. 그러나 본다는 작용의 중심은 자기 자신이다. 그래서 그 '남'은 자기와 관계지어져 있는 주위의 사물, 주변의 현상들인 것이다. 그렇기 때문에 나의 체험이란 그 속에 '남'이 있는 것이고 '나'의 사상, '나'의 의미는 '남의 운명'과 함께 관계지어져 있다.

말로André Malraux의 『인간의 조건La Condition humaine』에 나오는 주인공 '첸'은 녹음된 자기 목소리를 듣고 그것이 자기 음성이라는 것이 믿기지 않았다. 자기 음성을 자기 자신이 모르는 까닭은 사람이 자기 목소리를 귀로 듣지 않고 목구멍으로 듣기 때문이라고 한다. 자기 음색을 자기가 들을 수 없는 인간의 그 숙명처럼 '남'을 볼 수는 있어도 자기가 자기 자신을 보기는 어렵다.

그러한 의미에서 '본다'는 행위를 통해 자기를 발견하고 자기를 형성해간다. 그러므로 작가의 자아는 바로 대상적 자아 그것이다. 이것이 또한 인간에 있어서의 나와 타자他者와의 관계다. 그러므로 작가가 사회에 대하여 관심을 갖게 된다는 것은 필연적인 행위다. 사회에서 일어나고 있는 모든 일, 그것은 자기와 이미 관계되어 있는 것이다. 그것은 자기의 생명이 목격되어져 있는 생명 그것이기 때문이다.

그리하여 "내가 보았다는 것은 내가 행위한 것이다."라는 결론이 생긴다. 작가의 책임은, 첫 번째 가장 중요한 책임은 이렇게 모든 것을 '본다'는 데서부터 시작한다. '충실하게 본다'는 것은 '충실하게 했다'는 것이요, '널리 보았다'는 것은 '자기의 생활과 운명을 널리 기록하고 생각했다'는 것이다. 또한 거꾸로 말해서 작가가 쓴다는 것은 작가가 행동했다는 것이며, 작가가 행동했다는 것은 바로 작가가 보았다는 것을 입증한다.

곡물 창고에서 맷돌이 돌고 있어서 오늘은 쓸 수 없다. 어제 그곳에 가보았다. 하지만 맷돌은 곡식을 갈고 있었다. 깍지가 튀어서 그 알맹이들이 땅 위로 굴러다닌다. 뿌옇게 올라오는 먼지로 숨이 막힐 것만 같다. 한 여자가 맷돌을 돌리고 있다. 두 어린아이들이 맨발로 돌아다니며 낟알을 줍고 있다. 눈물이 나올 것만 같다. 이 밖에 더 이야기할 것이 없기 때문이다. 나는 안다. 그렇게밖에는 더 아무것도 이야기할 것이 없을 때 사람들은 쓰려고 하지 않을 것이라는 것을 말이다. 그래도 나는 또 썼다. 그리고 더 이상 같은 것들에 대해서 여러모로 달리 써갈 작정이다.

　지드의 이러한 말에서 우리는 그것을 실감한다. 아무것도 보지
못했을 때 작가는 쓰지 못한다. 이야기할 것이 없다. 지드는 아무
것도 할 이야기가 없어서 눈물이 나올 것 같다고 했다. 아무것도
할 이야기가 없다는 것은 아무것도 보지 못했다는 의미인 까닭
에……. 지드는 그래도 썼다고 했다. 똑같은 사건을 똑같은 사물
을 여러모로 달리 쓰겠다고 했다. 그것은 곧 여러모로 한 사물과
사건을 보려는 의지다. 그렇게 능동적으로 보려는 욕망인 것이다
(이러한 정신은 그의 『팔뤼드』라는 소설에 직접 나타나 있다).

　그렇다면 우리는 이상의 말들에서 이러한 다른 말을 끌어내올
수 있지 않을까. 작가가 현실 사회에서 도피하려는 것은 현실 그
것을 보려고 하지 않는 것이다. 동시에 자기의 구미에 당기는 것
은 보고 그렇지 않은 것엔 눈을 가린다는 것도 작가의 현실 도피
를 의미한다. 또 목격한 것을 쓰지 않는 것도 도피다. 자기에게
직접 닥친 일이 아니라 해서 그것을 보고도 무관심한 태도를 취
한다는 것도 도피다. 어떠한 일을 보고 그것을 그대로 망각하려
고 하는 것 그것도 도피다.

　즉 작가의 도피는 작가에게 주어진, 인간 전체에게 주어진 운
명, 보라고 명해진 그 자신의 운명을 거역하는 것이고 사물을 본
다는 생명에의 욕망, 생명에의 의지를 포기해버린 것이고 그리하

여 끝내는 작가의 책임을 저버린 것이다.

아니 그것보다도 그들은 더 큰 악덕을 범하고 있다. 그들은 자기 자신의 멸망을 그대로 방관하고 있는 것이다. 자기 자신을 알지 못하고 있는 것이 되기 때문이다. 결국 남의 일에 대하여 눈을 가린다는 것은 자기 자신의 운명에 대하여 눈을 감는 것이 되기 때문이다. 사르트르의 다음과 같은 말이 그것을 방증하고 있다.

당신은 절망 가운데 죽는다는 것이 무엇을 뜻하는지 알고 있는가? 죽는다는 것은 아무것도 아니다. 그러나 태어난 것을 후회하면서 치욕과 증오와 공포 속에 죽어간다는 것은 대체 무엇을 의미한다는 것일까? 그것은 근본적인 악이다. 어떠한 승리를 가지고도 막을 수 없는 것이다. 스페인에는 밤의 포도鋪道와 같이 벌써 그들의 그림자는 없다. 이미 늦은 것이다. 그러나 당신들은 희생자의 부르짖음을, 희망의 종언終焉, 그 부르짖음을 들어야 한다. 부르짖음은 이십 년 동안이나 계속되었다. 이제는 벌써 최후로 소리친 사람들도 죽고 여기에 인쇄된 문자만이 남았다. 당신들은 어떻게 희망의 종언이 소리쳐졌나를 알기 위해서 이 책을 읽어라. 왜냐하면 얼마 안 있어 우리들의 차례가 돌아오기 때문에…… 우리들 뒤에는 벌써 누구 하나 소리칠 사람마저 남아 있지 않으리라.[4]

---

[4] 스페인 저항 운동의 기록 『희망의 종언』이라는 책자의 서序에서 한 말이다.

죄 없는 짐승들이 도살되어가는 것처럼 옆에서 많은 사람들이 죽어가는 것을—선량한 이웃과 연약한 여인들이 사슬에 묶여 끌려가는 행렬을, 오늘도 먹을 것을 위하여 값싼 향수의 웃음을 뿌리는 창부의 창백한 육체를—군화 밑에 짓밟힌 장미를—어린이들의 학살을! 그런데도 지금 상인들의 그 홍수같이 거만한 웃음을—어린 곡예사들의 가냘픈 목과 위태한 몸짓으로 아슬한 천공에서 그네를 뛰는 소녀의 그 해진 치마폭을—우랄 산맥 밑에 깊이 잠들어버린 인간의 슬픈 생명을!

그러나 그러한 모든 것을 외면하는 작가들이 있다. 그들은 우리의 고독과 사회의 소용돌이를 보지 않으려는 사람이요, 작가의 책임을 저버린 사람들이다. 그는 벌써 작가가 아니다. 분명히 그러했던 것이다. 그러므로 작가의 책임은 우선 남을 보려는 의지 그 정직한 행동으로부터 생겨나는 것이다. 싫은 것을 본다는 것, 처참한 것을 본다는 것, 숨겨져 있는 것까지 들추어 숨김없이 보려는 것, 이것이 사회에 대한, 그 자유에 대한 작가의 의지이며 생명이다.

그것이 꼭 정치적인 것이 아니라도 좋다. 같은 종교 문제라 하더라도 우리는 베르나노스,[5] 그레이엄 그린의 태도를 들 수 있다.

---

5) Georges Bernanos(1888~1948), 프랑스의 작가. 그의 작품 『악마의 태양 아래서Sous les Soleil de Satan』는 프랑스 소설에 성성聖性의 드라마라는 새로운 주제를 도입한 것으로 유명

말하자면 그들은 악마 앞에서 눈을 가린 사람이 아니었다. 그들의 눈은 끝까지 악마의 가면을 벗기고 그 내심의 심저深底를 꿰뚫어본 사람들이다.

그리하여 그 속에 감추어진 신의 영역을 발견했다. 인간의 참된 모습을 구하는 데에 성공한 것이다. 그들이 지옥에서 천국을, 악마에게서 신을, 비인에서 인정을 찾아냈다는 것은 자기 주위에 악마가 있는 한, 비인이 있는 한 자기의 선과 자기의 인정이 지켜질 수 없었기 때문이다. 자기 혼자 깨끗하고 착할 수 있다는 것은 불가능하다. 타인의 악, 타인의 불행을 본다는 그것 하나로써 이미 자기는 그러한 악과 불행 속에 처해져 있는 것이 되었기 때문이다.

Un nom, univers est construit.
한 이름이여! 그래서 우주는 이룩되어간다.

— R. Canzo

이상에서 말한 대로 한 개인은 '본다'는 그것으로써 남과 관계

하다. 그가 말하는 성성은 결코 초인적인 것이 아니고 인류의 구원에 관계되는 것이며 악마와 격투하고, 악마에게 위협당하고 때로는 영혼의 평형마저 잃게 되는 주인공 도니상 신부에 의해 잘 형상화되어 있다.

지어지고 그래서 결국은 '본다'는 그 작용을 통하여 자기가 그와 같이 한 사회적인 일원으로서 책임을 지게 마련이었다. 남을 본다는 것은 자기를 파악하고 인식하는 방법이기 때문에 그것은 남(사회)을 위한 것인 동시에 자기 자신을 위한 행위이다. 그 사회적인 책임은 결국 자기에 대한 책임이며 나의 운명, 나의 감정 안에서 스스로 우러나온 것이다. 그렇다면 사회적인 책임을 그대로 느끼고만 있어서도 안 된다. 작가는 두말할 것 없이 그것을 글로 쓴다.

그 사회적인 상황이 글로 씌어질 때 그것은 자연적으로 폭로되고 폭로된 상황은 그것으로 하여 변해진다. 언어에 의하여 '나'와 여러 다른 사람들 앞에 개시開示된 사상은 자유와 호응한다. 그리하여 그 울림은 사멸되고 은폐된 또 다른 사물들의 목숨을 불러일으킬 것이다. 이 폭로의 과정을 좀 더 자세히 설명해보자.

우리는 옛날의 이러한 고사 하나를 알고 있다. 폭군이 그의 신하들을 불러놓고, 말 한 마리를 끌어들였다. 그리고 그는 말했다. "이것이 어제 내가 사냥해서 잡은 사슴이다." 신하들은 놀랐다. 그것은 사슴이 아니라 말이었기 때문이다.

그리하여 그중 하나가 그것은 사슴이 아니라 말이 아니냐고 이의를 말했다. 왕은 노하여 그를 곧 사형에 처하고 다른 신하들에게 말을 계속했다. "너희는 이것을 무엇이라고 생각하느냐?" 신하들은 이구동성으로 그것은 사슴임이 분명하다고 아뢰었다.

히틀러의 나치 정권에 가담했던 사람과 그러한 사회 속에서 뻔뻔히 그대로 순응하면서 살아온 사람들은 말에게 말이란 이름 대신 사슴이라는 다른 이름을 사용한 사람들이다. 사슴이라고 불린 말은 그것으로서 존재하려는 바로 그 존재성을 박탈당한 것이다. 이렇게 해서 모든 존재의 자유는 폭군에 의하여 사멸된다.

그러나 이때 작가가 말을 말이라고 부르고 사슴을 사슴이라 이름할 때 이 박탈된 존재, 자유의 상실은 그 존재의 힘을 회복한다. 그리하여 사슴의 가면을 쓴 말의 정체는 정당한 호명으로써 폭로되고 비로소 사람들은 그것을 그것의 존재로 정당히 인식하게 될 것이다. 그래서 말은 그 자신의 의미를 갖고 재현된다.

동시에 말을 사슴이라고 한 폭군의 죄악도 벗겨지고 말 게다. 제2차 세계대전의 프랑스 저항 시인들은 바로 말에게 말이라는 이름을 부여하기 위해서 싸운 사람들이다. 이렇게 잘못 이름 지어진 것에 옳은 이름을 짓는 일뿐만 아니라, 아직 이름 지어져 있지 않은 것들에 이름을 짓는 것, 자기가 본 존재하는 하나하나의 사물에 각자의 이름을 지어주는 것이 또한 작가의 일이다. 사르트르는 그러한 작용을 이렇게 말하고 있다.

"흑인의 압박이라는 것은 '흑인이 압박되고 있다'고 누가 말하지 않는 한, 그것은 없는 것과 마찬가지다. 그때까지는 아무도 그것을 느낄 수 없고 아마도 흑인 자신들까지도 그것을 알지 못했을 것이다. 그러나 그것이 한마디 말해지기만 하면 그것은 곧 의미를 지니게 된다.

나의 곁에 있는 사람의 행동을 내가 이름 짓자마자 그는 자기가 무슨 짓을 하고 있는가를 알게 된다. 뿐만 아니라 그는 내가 그것을 알고 있다는 것을 안다. 그러므로 따라서 또한 나에 대한 그의 태도도 변화된다. ……그러고 보면 작가란 원하든 원하지 않든 그것과 관계없이 사람들 사이의 그 잡기 어려운 관계에 '사랑'이라든가 '증오'라든가 하는 이름을 지어주는 인간, 사회적 관계의 억압이라든가 벗이라든가 하는 이름을 부여하는 인간이다."

작가는 이와 같이 정시正視하기 위해서 있는 사람이요, 그것에 이름을 짓기 위해서 있는 사람이요, 그 이름 지은 것에 의하여 자기와 남을, 즉 그들의 상황을 바꾸어나가는 사람들이다.

자기가 본 것을 이름 짓는다는 것은 자기가 본 것을 군중에게 발표하는 행위다. 그러한 행위는 감추어진 것을, 아직 모르고 있던 것을, 왜곡된 것을 밖으로 폭로하는 것이며 그 폭로된 것은 새로운 행위를 초래할 것이다.

어쩌란 말이냐 문에는 감시병이 있는데
어쩌란 말이냐 우리는 갇혀 있는데
어쩌란 말이냐 길은 차단됐는데
어쩌란 말이냐 도시는 점령되었는데

어쩌란 말이냐 도시는 지금 굶주리고 있는데

어쩌란 말이냐 우리는 무기를 **빼앗겼는데**

어쩌란 말이냐 밤이 오고 있는데

어쩌란 말이냐 우리는 서로 사랑했는데

— 엘뤼아르, 「등화관제」

나치들은 프랑스인의 사랑과 그 자유를 **빼앗았다**. 조국은 폐허가 되고 통행은 금지되어 있다. 이러한 프랑스인의 현실은, 그러한 운명 속에서 살았던 제2차 세계대전의 여러 민족들의 괴로움은 엘뤼아르가 그것을 말해도 말하지 않았어도 그런 채로 있었던 사실이다.

하지만 엘뤼아르가 그러한 심야의 학살 속에서 서로 사랑해야 될 그 상황을 이름 지었기 때문에 우리는 우리의 적을 느낄 수가 있었다. 우리는 우리의 사랑을 느낄 수가 있었다. 그리하여 그 비극은 변화되어가고 휴머니티의 얼굴은 다시 역력하게 어둠 속에서 나타나게 된다. 그것은 신념이다. 고향과 나의 여인과 명멸해가는 모든 자유를 지켜가는 열정이다.

우리는 많은 전쟁 소설을 읽었다. 이미 전쟁은 끝났지만 왜 우리는 전쟁에 대해서 말하려고 하는가. 그것들에게 분명한 이름을 붙이기 위해서다.

노먼 메일러Norman Mailer는 『나자와 사자The Naked and the Dead』

에서 전쟁 속에 죽어가는 것은 인간의 생명이 아니라 바로 인간의 개성, 인간의 자유였다는 것을 폭로하여 전쟁악을 현시顯示했다. 후래아노는 「The shortcut」에서 휴전 상태에서 벌어지는 인간과 그 개성의 내면생활의 부조리성을, 그것의 개인적 책임 같은 것을 절개하여 사회와 개체와의 관계를 명시했다.

인간의 외면이나 내면의 상황과 그 존재 의미를 폭로한 작가들로서 카프카, 어윈 쇼, 게오르규, 오웰, 이루 헤아릴 수 없이 많은 이름들을 생각할 수 있다. 이렇게 해서 이 괴로운 상황은 변해간다. 말해져 있지 않은 상황에서 말해진 상황으로……

Je veux et j'agis, donc j'existe.
나는 욕망하고 행동한다. 고로 나는 존재한다.

—Biran

작가의 책임

인간의 생명을 우울한 사회를, 그 가운데 흐르는 명맥을 변화시키려는 작가는 그들 상황이 내포하고 있는 사건과 의미를 인간의 면전에 폭로한다. 그러나 작가에게 남아 있는 최종의 일이 또 하나 있다. 그것은 폭로된 상황 속에서 인간을 어떻게 행동시켜야 할 것인가에 대해서다. 그것은 어떻게 역사를 만들어가야 할 것인가에 대해서며 어떻게 죽어가야 할 것인가를 말해주는 일이다.

말하자면 작가의 책임은 모럴의 제시에 의해서 완수된다. 그렇기에 오늘의 작가는 한 인물의 성격을 창조해내는 것보다 그들의 행동을, 즉 설정된 상황 속에서 움직이는 그들의 생활을 창조해내야 하는 것이다.

그렇기에 카뮈Albert Camus는 『페스트La Peste』에서 오늘의 상황을 작품의 상황으로 상징 설정했다. 페스트 지역이란 궤라아의 말대로 1950년도의 오랑시市를 나타냈지만 우의상寓意上으로는 독일군에게 점령된 파리를 뜻하는 것이고, 좀 더 광범위하게 말하자면 무의미하고 부조리한 재화災禍 속에 갇힌 그러한 인간의 상황인 것이다.

디노 부차티Dino Buzzati의 『타르타르인의 황야The Tartar Steppe』의 북쪽 사막 지대도 역시 그렇다. 국경 보루에서 적의 내습을 감시하면서 평생을 보내다시피 한 조바니 드로그—적의 정체 그 유무도 알지 못하면서 끝없이 위구를 느껴야만 하는 그 상황, 그것은 미소 간의 냉전적 분위기에 가득 차 있는 오늘의 정치적 정세를 상징한다. 차라리 전쟁이 일어났으면 이 불안이 가실 거라는 감시병 조바니의 그 지대는 현대인의 사회, 그것으로 그려졌다.

이러한 상황을 만들어 거기에서 전개되는 리외와 조바니의 행동과 그 모럴을 제시한 것은 확실히 현대 작가의 한 적극적 태도다. 그러나 이것은 위태하다. 모럴이 너무 강력하게 표면화될 때 예술은 끝난다. 혹은 종교, 하나의 교리로써 그것은 변모된다.

탁월한 예술가는 미래를 가끔 스스로 예견한다. 그리고 다음에 올 인간의 행동에 기수旗手가 되기도 한다. 하지만 미래를 점치기 위해 있는 아라비아의 점성술사는 아니다. 현실과 오늘을 거시巨視하는 그 가운데서 자연히 미래의 환영이 나타나게 되는 것뿐이다. 그러므로 '어떻게 행동할 것이냐?'에 대답하는 것만이 그들의 책임을 실천하는 것이면서도 또한 그것이 작가의 사멸을 말한다는 것을 알아야 한다.

말로는 '첸'[6]을 통하여 인간의 행동 뒤에 숨겨져 있는 어쩔 수 없는 고독을 말했다. 자기 동지들의 손을 붙잡고 비탈진 지붕 위에서 수류탄을 던질 때 이렇게 서로 손을 잡고 그 힘으로 지탱하고 행동하면서도 어쩐지 그는 자기가 혼자 고립되어 있다는 것을 느끼지 않을 수 없었던 것이다. 즉 대중을 향하여 들어가려는 구심력 그것에서부터 이탈되는 고독의 원심력! 이 상극하는 두 힘이 행동의 원운동을 지배한다.

그리스도는 울었다. 암탉처럼 불우한 이스라엘의 민족을 품어주려고 하는데도 그들은 자기편이 아닌 것이다. 그래서 예루살렘

6) 말로의 대표작 『인간의 조건』의 주인공이다.

을, 그 멸망해가는 예루살렘의 도시를 보고 그는 울었다. 작가의 행동, 그 행동에의 모색은 고독 속에서 이루어진다. 군중에 완전히 섞여버릴 때 작가는 자기를 상실한다. 카뮈의 『페스트』는 『이방인L'Étranger』보다 그 모럴에 있어서 한층 뚜렷한 것일지 모른다. 그러나 그렇기 때문에 예술성도 『이방인』보다 우월하다고는 말할 수 없다. 『페스트』의 리외는 감금된 페스트의 구역, 말하자면 우리의 상황 속에서 우리가 행동해야 될 그 모럴을 계시하고 있는 인물이다.

물론 리외의 그러한 건설적 구제 운동은 오히려 희망(삶의 본질성, 페스트 지역으로부터 탈주할 욕망)을 잃었을 때 생겨나는 행동이기도 하다. 그러나 그의 행동이 이해의 세계가 아니라 느낌의 세계 것이어야만 그 예술성이 생겨난다. 독자를 로고스에 의하여 정복하는 것이 아니라 '파토스'로써 움직이게 하는 것, 그 모럴을 스스로 누리게 할 수 있게 하는 것, 그럴 때만이 작가가 제시한 행동의 모럴은 산다.

이러한 점에서 한 인간의 뚜렷한 행동이 제시되었을 때 그는 작가의 책임을 완수하게 되는 것이다. 선악의 아 프리오리한 본질 개념을 거부하고 농민 전쟁에 참가한 게스를 그린 사르트르의 희곡 『악마와 신Le Diable et le Ben Dieu』 등은 절망의 저편에서 행동을 발견하고 거기에서 다시 자유를 발견한 대표적인 예가 될 것이다.

이러한 작가의 정신과 이 시대, 이 사회에 대한 그 책임감은 스스로 작가가 무엇을 써야 할 것인가를 눈짓한다. 개인 생활의 사소한 영탄에서 사회적인, 문명적인 사실로 눈을 돌려야만 하는 이유가 생긴다. 병적 심미성―로마를 태워 숱한 사람을 살해하면서도 오히려 아름다운 불꽃에 하프를 타는 네로적인 순수 작가의 죄를 우리는 알 것이다. 물론 예술성이 상실된 저열한 사회 소설보다는 차라리 우수한 사소설을 쓰는 편이 좋을는지 모른다.

　그러나 우리는 이러한 사소설에 머물러 있을 것인가? 머무를 수 있을 것인가? 앞에서 말한 대로 사회 속에서 죽어갈 나와 이웃 사람의 최후를 생각하면서 우리는 아직도 목가를 불러야 할 이유가 있는가? 이 시대의 작가는 이 시대에 대하여 책임져야 한다.

　이 사회에 대한, 문명의 움직임에 대한 그 책임은 자기의 운명에 대한 책임이다. 다만 나의 운명을 더 크게 그리고 깊이 조망한 것뿐이다. 그렇게 해서 현대 작가는 이 현실을 한결같이 감시하고 도전하고 그것에 이름을 부여하고 그래서 거기 인간의 행동성을 구해야만 된다.

　작가란 결국 실천적 행동이 아니라 언어 그것을 선택한 사람이기 때문에 커다란 의미에서 보면 문학 그것이 이미 도피라 볼 수 있다. 그러나 작가는 언어를 무기로 하여 싸울 수 있다. 그것을 가지고 인간성을 변형하고 인간의 인식을 변화시킬 수가 있다. 또한 모든 감정을……

그렇다면 멸망을 향해 묵묵히 추락하는 인간의 역사를, 사회의 운명을 언어에 의한 호소 그 고발로써 막을 수 있다. 여기에 작가의 책임이 있고 사회死灰 속의 문학 그 전망이 트이게 될 것이다. 그럴 때 문학은 '실천적 행동' 이상의 행동성을 발휘할 수 있을 것이다. 그렇게 해서 인류애는 이상이 아니라 우리의 현실이 될 것이다. 한국 전쟁에서 흘렸던 피, 부다페스트에서의 마지막 절규, 수용소에서 죽어간 어린 유대의 생명과 젊은이들. 또다시 그러한 살육의 음모, 그것에 대해서 작가는 침묵해서는 안 된다.

그것들은 모두 나의 죽음을 의미한다. 그리하여 이 눈에 보이지 않는 그 역사의 폭군과 합리적인 살인자와 미구에 나부낄 사회死灰를 향하여 작가는 발언해야 된다. 또한 그렇게 그것은 책임 지어져 있는 것이다.

참여 문학의 논리

세 개의 알레고리

한 떼의 돼지들이 강가에서 울고 있었다. 그들은 방금 내를 건 넌 것이다. 모두 무사했는지를 알기 위해서 그들은 그들의 무리 를 세어본 것이다. 그런데 아무리 세어도 하나의 수가 모자랐던 것이다. 몇 번이고 몇 번이고 그들은 다 같이 세어보았지만 역시 하나의 수는 부족했다. 그래서 그들은 행방불명된 친구가 분명 히 강물에 빠져버렸을 것이라고 생각했다. 그들은 불쌍한 하나의 '부재자'를 위해서 강물을 굽어보며 울고 있었다. 그러나 아이러 니하게도 '부재자'는 다름 아닌 바로 자기 자신이었다. 그들은 모 두 자기를 빼놓고 자기 집단의 수를 계산했던 것이다.

이 우화는 누구나가 다 알고 있는 것이다. 그리고 또 누구나가 한 번쯤은 비웃어본 일이 있는 이야기다. 그러나 뜻밖에도 이번 에는 우리들 자신이 경멸을 받아야 할 순서다. 왜냐하면 지금 참 으로 많은 사람들이 어리석은 돼지들의 계산법을 열심히 본받아가고 있기 때문이다. 무지한 사람이든 또는 현명한 사람이든 그리고 그것이 의식적이든 무의식적이든 대개 사람들은 어떠한 집단(社會) 속에서 자기 수를 **빼놓고** 살아가기가 일쑤다. 막상 중요한 자기 존재는 잊고 남의 숫자만 계산한 돼지의 그 경우처럼 자기 집단(社會)에 자기 존재를 첨가시키지 않는 사람들이 하나둘이 아니다. 그렇게 하여 결국 사람들은 자기 자신을 사회의 한 부재자로서 착각하게 된다. 이미 한 집단 속에 참가해 있으면서도 그들은 참여하지 않은 것처럼 행세한다.

　좀 더 평이한 예를 들자. 도시의 일요일은 유달리 사람들이 많다. 유원지에, 거리에, 버스 속에 사람의 홍수가 범람한다. 그들은 으레 집으로 돌아와서 한마디씩 하는 소리가 있다. "사람들 참 많더군! 무얼들 먹자고……. 구더기처럼 들끓던걸."

　이 말을 분석해보면 거기에도 역시 돼지의 그 슬픈 계산법이란 것이 나타나게 된다. 그 들끓는 인파 속에 마치 자신은 부재했던 것처럼 이야기하고 있기 때문이다. 구더기처럼 들끓는 사람 속에 자기 존재도 한몫 끼어 있다는 것을 잊고 있다. 자기가 남들을 그렇게 본 것처럼 남이 또 자기를 그렇게 보았을 것이란 것을 조금도 생각하고 있지 않다. 그러고 보면 그 구더기처럼 들끓던 그 사람들은 모두 부재한다. 개개인이 모두 자기를 **빼놓고** 집단의 움직임을 보았다는 것은 곧 열 마리의 돼지가 다 같이 자기를 **빼놓고** 그들의 수를 센 것과 조금도 다를 것이 없기 때문이다. 열 마리의 돼지엔 각각 열 마리의 부재자(자기)가 있는 셈이다. 십만의 군중이 다 같이 자기를 **빼놓고** 이 군중에 참여한다면 그것은 십만의 부재자들만이 모인 것이 된다.

이렇게 집단과 '자기'를 떼어내서 생각할 때 바로 강가에서 울고 있는 돼지의 어리석은 비극이 생겨나게 된다. 결국 사회의 한 부재자로서 자기를 생각하는 경향에서 비非사회 참여의 생활 태도가 생겨나고 그렇게 하여 거기 병든 사회가 나타나게 된다.

그런데 자신을 사회의 한 부재자로서 생각하는 그 버릇은 무의식적인 것과 의식적인 것으로 다시 나누어볼 수 있을 것이다. 전자는 대개 무지에서 오는 것이다. 소박한 농부나 무지한 부녀자들은 사회라는 것을 엄청난 별개의 존재로 생각하고 있다. 이러한 무의식적 습성은 전쟁이라든가 세금이라든가 법률이라든가 폭력이라든가 하는 것들을 자기와는 아무런 관련도 없는 바깥 풍경으로 바라보도록 한다. 보잘것없는 자기가 설마 그 속에 참여하여 있으리라고는 꿈에도 생각하지 않는다. 그것은 다 남들(타인, 사회)이 하는 것이고 자기는 다만 그 한 옆에서 그날그날 연명만 하고 있으면 그만이라는 무의식적인 깊은 체념에 사로잡혀 있는 까닭이다.

이 수동성이 바로 무의식적인 사회의 부재자를 만들어낸다. 홍수나 가뭄처럼 그들은 그들을 괴롭히는 전쟁과 압제를 묵묵히 견디어나간다. 그 주어진 상황을 변화시킬 수 있는 힘의 소유자는 저 많은 타인들이지 결코 자기는 아닐 것이라는 생각이 본능화된다. 왜냐하면 그들은 그 사회에 부재하는 또는 그 밖에서 존재하는 무력자의 환상을 언제나 지니고 살기 때문이다.

'땅을 파먹고 사는 내가 무얼 압니까.'

사회의 부재자들은 모두들 그렇게 생각한다. 십만의 농부가 모두 그렇게 생각한다면 십만의 농부는 모두 사회의 부재자가 되어 버린다. 사회의 부재자는 '나 하나'라고 생각하지만 그러한 생각의 결과는 '십만'이라는 부재의 숫자를 만들어낸다. 그들은 무지하기 때문에 그것을 모르고 있다. '내'가 변하면 십만의 수가 변한다는 것을, 따라서 하나의 상황(역사)이 바뀌어진다는 것을 의식하지 못하고 있다. 사회에 있어서의 개인의 책임, 개인의 중요성을 모르고 있는 그들은 결국 집단에서 자기를 자기도 모르는 사이에 유리시키고 마는 것이다. 여기서 무의식적인 비참여非參與의 생활이 전개된다.

그런데 이것보다도 더 무서운 것은 의식적으로 자기를 한 사회의 부재자로 만들려는 경향이다. 거꾸로 이러한 형상은 무지가 아니라 도리어 일종의 지식 또는 자의식으로부터 발생한다. 방관적인 지식인이나 순수 문학인들의 경우가 그렇다. 한 집단 속에 이미 가담해 있으면서도 그들은 애써 그 사회로부터 자신을 떼어내려고 노력한다. 전자가 자기를 너무 무력한 존재로 생각한 것과는 반대로 후자는 너무 자기를 특수한 존재로 오인한 데서 그와 동일한 비참여의 의식이 생겨나는 것이다. 문학의 비사회적 태도(데가제degage로서의 문학)는 그 작가가 사회에 대하여 한 부재 증명을 쓰는 데서부터 시작한다. 그러니까 그들은 자기가 이 사회에 예속되어 있지 않다는 그 알리바이를 남기기 위해서 예술을 선택한 사람들이다. 이때 예술은 사회의 부재 증서와 동의어가 되어버린다. 이러한 문학을 더 구체적으로 말하려면 '돼지의 우화'에서 다시 안데르센의 우화로 옮겨가야 한다.

안데르센의 「미운 오리새끼」라는 우화는 어느 백조에 대한 이야기다. 이 백조는 불행하게도 어느 농가의 오리들 틈에서 부화된 것이다. 오리들은 자기네들과는 다른 그 백조를 놀리고 학대한다. 어느 날 그 고독한 백조는 오리들 틈에서—농가에서 빠져나온다. 냇물을 타고 끝없이 거슬러 올라간다. 그러다가 이윽고 그 백조는 아름다운 호수에 이르게 된다. 그의 본고향을 찾은 것이다. 그때 호숫가의 어린 소년이 아름다운 백조가 왔다고 경탄한다. 못난 놈으로 놀림받던 백조는 비로소 기쁨과 자유 속에서 아름다운 호수를 유영한다.

대부분의 예술가는 자기를 오리들 틈에서 그릇 부화된 백조라고 착각한다. 사회란 못난 오리들의 집단에 불과한 것이라고 믿고 있다. 그러니까 그들은 모든 사회인을 오리와 같은 속물로 생각하고 자기의 진정한 고향은 어느 곳에 따로 있을 것이라고 생각한다. 그래서 백조의 탈출과 호반의 발견을 꿈꾸는 것이다. 예술이란 농가에서 멀리 떨어진 호반의 세계, 말하자면 속세를 초월한 순수한 상상의 나라임을 고집한다. 이 속에서만 그들은 살수 있다고 생각한다. 예술의 창조란 그러므로 이 호반의 창조이며, 사회에서의 이탈이란 백조의 탈출이 되는 셈이다.

자기는 오리가 아니라는 데에서, 농가는 자기의 주거가 아니라는 데에서 그리고 저 녹색의 수림에 싸인 호반이 자기를 기다리고 있다는 환상에서 이른바 그 비사회 참여의 예술이 생겨나게 된 것이다. 두말할 것 없이 작가가 자신을 백조로 생각한다는 것은 자기를 사회의 한 부재자로서 자처하려 드는 것과 마찬가지다. 이백은 자기를 적선謫仙(귀양살이 온 신선)이라고 생각했고 보들레르는 선원에 붙잡혀온 앨버트로스(신천옹信天翁: 백조와 같은 새)라고 생각한다.

예술을 위한 예술가들은 사회를 일종의 지옥이라고 생각한 사람들이며, 자기는 우연한 실수로 이 지옥의 불꽃에 떨어진 예외적 존재라고 믿었던 사람들이다. 그렇기 때문에 되도록 이 지옥으로부터 자기를 멀리하고 예술의 마력, 그 신비한 상상의 나래를 빌려 상실한 본래의 고향으로 되돌아가려고 모험한다.

속되고 불안정한 사회에서 더 이상 살 수 없었던 그들은 자존자율自存自律의 또 다른 세계를 창조하려 들었고 그 속에서 사회의 우로雨露를 피할 수 있는 은거처를 마련해보려 한 것이다. 백조가 마음놓고 유영할 수 있는 호반의 창조가 그들의 예술적 작업이었음은 두말할 필요도 없다.

　　당신, 주이신 하나님! 원컨대 은총을 베풀어주시옵소서. 아름다운 시
구를 두어 줄 쓰게 하여주시옵소서. 감히 제가 최열最劣한 인간이 아니
요 제가 경멸하는 사람들보다도 좀 더 어리석은 인간이 아니라는 것을
제 자신이 밝힐 수 있도록 그러한 두어 줄의 아름다운 시를 쓰게 하여
주소서.

　　　　　　　　　　　　　　　　　　　　　　　　　　　　　—보들레르

　　이러한 기도가 그들의 유일한 소원이었다. 내가 오리 떼가 아
니라는 것을, 내가 저 추악한 사회 속의 티끌이 아니라는 것을 스
스로 믿게 할 예술—부재 증명이 될 만한 예술—타인의 시선에
서 나를 떼어낼 수 있는 예술—이러한 비참여의 문학, 호반의 문
학을 위해서 그들은 기도를 드렸다.

　　그렇기 때문에 사회에 참여한다는 것은 백조가 오리 속에 섞
여야 하는 것처럼 모독에 가깝고 또한 타락적인 일로 간주했다.
시인이 정치, 사회적 현실에 대해서 말한다는 것은 천사옷에 진
흙을 묻히는 일처럼 생각되었고 예술이 백조의 나래처럼 순수하
기 위해서 미는 언제나 무용無用한 데서 닻을 내려야 한다는 이론
이 생겨난다. 자기를 사회의 부재자로 만드는 데에 있어서 예술
의 힘으로 부족하면 술을 마시고 술로도 모자라면 아편을 빨았

던 것이다. 그러니까 유미적唯美的인 문학, 심벌리즘, 쉬르레알리슴surréalisme 그리고 조소의 문학 등은 의식적으로 자기를 사회의 한 부재자로 만든 비참여의 예술이라고 할 수 있다.

그러나 또 한 가지 색다른 경우가 있다. 자기를 사회에서 떼내지 않는다 해도, 백조라고 생각지 않는다 해도, 아니 자기가 사회에서 살고 있는 최열한 인간이라고 생각한다 해도, 그리고 더욱이 농부와는 달리 사회에 참여해야 된다는 개인적 책임을 잘 알고 있다 해도 비참여의 태도를 가질 경우가 있다.

그것을 분석하기 위해서 우리는 세 번씩의 비화譬話로 다시 이야기를 옮겨야 하겠다. 그것은 저 유명한 피로스와 키네아스의 일화다. 에피루스의 왕 피로스는 이탈리아를 정벌하려는 야심에 들떠 있었다. 그때 그 왕의 고문격이었던 현명한 키네아스는 그 야심의 허망함을 깨우쳐주기 위해 다음과 같은 유도 질문을 하였다.

"폐하! 무슨 이유로 폐하께옵서는 이 위태로운 거사에 손을 대려 하시나이까?"

왕은 대답한다.

"이탈리아의 군주가 되고자 함이오."

키네아스가 다시 묻는다.

"그 일이 끝나시면……?"

"골과 에스파냐를 침입하겠소."

"그다음엔 또 어찌하겠나이까?"

"아프리카를 정벌하러 가겠소. 그리고 최후로 세계를 전부 정복할 것 같으면 나는 만족하여 조용히 여생을 즐기다 죽겠소."

그때 키네아스가 말했다.

"아뢰옵기 황송하오나 만약 그러하시다면 왜 바로 지금 그러한 경애境涯 속에 들어가시지 않으십니까? 어째서 즉시로 최후에 원하시는 궁극적인 생활에 몸을 두려고 하시지 않습니까? 어째서 두 개의 경애 사이에 그렇게도 많은 노고와 위험을 개재시키려 하시나이까?"

키네아스는 현명하다. 그렇지만 키네아스적인 그러한 사고방식에선 비참여의 이론이 생겨날지 모른다. 말하자면 키네아스의 설이 극단적으로 나타나면 자살을 권유할지도 모를 일이다.

어차피 인간의 궁극은 죽음이니 이렇게 살든 저렇게 살든 사람은 누구나가 다 죽는다. 인간의 최후 그 경애는 죽음이기 때문에 인생에 대한, 사회에 대한 욕망은 아무것도 아니다. 전쟁이 일어나거나 평화가 오거나 그렇다면 모두 오십보백보다. 미인도 추녀도 죽으면 모두 해골이 된다. 이것이 궁극적인 사실이라면 세상엔 미인도 추녀도 오십보백보다. 햄릿의 독백처럼 여인들은 해골에 화장을 하고 있으니까……

그리고 보면 사회에 참여한다는 것이 퍽 어리석은 일로 보인다. 사회를 이렇게 고치나 저렇게 고치나 그것은 모두 허무에 바쳐지는 도로徒勞다. 여기에서 "이런들 어떠하리 저런들 어떠하리"의 옵티미스틱optimistic한 페시미즘이 생겨난다.

지성인들은 그래서 자기가 사회를 개혁할 수 있다고 생각하면서도 그것을 행동으로 옮겨놓을 만한 열정도 관심도 포기하고 만다. 번거롭고 귀찮은 일이라고 생각한다. 작가 역시 그러한 태도를 취할 때 비참여적인 문학을 선택하고 마는 것이다.

결국 이상과 같은 세 개의 알레고리를 통해서 우리는 사회에 대한 비참여의 형태를 훑어본 셈이다. 그렇다면 우리는 불가불 이러한 비참여의 태도를 다시 검토해야 할 필요성과 맞서게 된다. 과연 옳은 것이냐? 만약 옳지 않다는 정확한 단언을 내릴 수 있다면 다음엔 그와 반대로 참여의 태도가 어떠한 것인가를 제시해야 한다. 문학이 사회에 참여해야 된다는 이론으로도 부족하다. 어떠한 방법으로 어떠한 이론 밑에 참여하는가? 그 분명한 이야기 없이는 다시 공론空論으로 무의미한 논리의 수레바퀴는 돌아가게 된다.

비참여도 하나의 참여다

설령 자기가 호흡하고 있는 것을 느끼지 않는다 해도 자기는 끊임없이 호흡을 계속하고 있는 것이다. 그 증거로 그는 살고 있지 않는가. 아무리 자기가 사회의 부재자로서 자기를 인식하고 또는 그렇게 내세운다 해도 자기는 이미 그 상황 속에 처해 있는 것이고 참여되어 있는 것이다. 그 증거로 그는 지금 사회 속에서 살고 있다.

먼저의 예를 다시 되풀이해보자. 그는 사람들이 구더기처럼 들끓고 있었다고 말한다. 그런데 자기는 그중의 하나가 아니라고 열심히 변명할는지 모른다. 그러나 만약 그가 그중의 하나가 아니라면 동시에 구더기처럼 들끓는 사람들을 그는 목도할 수도 없었을 뿐 아니라 그런 말조차도 할 수 없었을 것이다. 아니 그러한 사람들이 지상에 살고 있는지조차도 몰랐을 것이다. 자기가 보았다는 것은 자기가 거기 있었다는 것을 의미하는 것이며 자기가 거기 있었다는 것은 그 상황에 함께 처해 있었다는 것을 증명한다.

이미 그가 그 속에 처해 있는 이상, 그의 행위는 그 상황과 관계지어지지 않으려야 않을 수 없다. 그가 그 상황을 자유로 변경시킬 수 없는 것처럼 그 상황에서 자유로 이탈될 수도 없다. 이미 자기는 타인의 시선에 얽매여 있는 존재이며 동시에 자기의 시선 속에 타인을 얽어놓고 있는 존재인 까닭이다.

남을 구더기 떼라고 부른 것처럼 남의 눈에는 이미 자기가 구더기 떼의 하나로 비쳐진 것이다. 속박하고 속박당하는 그런 관계 위에서만 인간은 존재한다. 사회의 비참여는 그러므로 옳지 않다기보다 있을 수 없는 일이라고 규정짓는 편이 낫다. 사회에 무관심한 농부는 사회로부터 이탈되어 있는 것이 아니라 사실은 무관심한 그런 행위를 가지고 사회에 이미 참여해 있는 것이다. 원하든 원하지 않든 그러한 그의 행위는 그 결과로서 어떠한 사태를 저지르게 되기 마련이다. 사회에 대한 수동적 태도, 그리고 무관심한 그들의 태도는 그들에게 어떠한 압제를 가할 수 있고 또 어떠한 불의와 폭력도 행사할 수 있고 어떠한 자유라도 능히 박탈할 수 있는 그 역사에, 그 범죄에 가담해 있는 것과 다름이 없다. 사실상 그가 처해 있는 집단으로부터 자기를 독립시킬 어떠한 둑도 방파제도 인간은 쌓아올릴 수 없을 것이다.

여기에 열 개의 물건이 놓여 있다. 이 열 개가 모여서 어떠한 형태의 구도를 이루고 있다. 그중의 한 물건이라도 그 위치를 변경하게 된다면 나머지 아홉 개도 따라서 변하게 된다. 나머지 아홉 개는 조금도 변하지 않았지만 그중의 하나가 변함으로써 그 전체의 구도가 달라지고 말았기 때문이다. 하나가 변하기 전까지 그것들이 모두 원圓 위에 존재해 있었다고 한다면 다른 하나가 그 위치를 변경함으로써 이미 그들은 그 원의 형태 속에선 존재할 수 없게 되는 것이다.

이 상대적인 변화, 그것이 곧 인간의 상황이며 사회다. 그렇기 때문에 만약 하나의 작가가 자기를 백조라고 생각한다는 것은 그리고 타인들을 모두 오리 떼라고 생각하는 것은 마치 궁전의 문 앞에서 왕좌王座에 앉아 있는 자기를 꿈꾸고 있는 걸인의 환몽幻夢

과도 같은 일이다. 자기를 백조라 생각하려면—사회의 부재자로 서 자기를 내세우기 위해서는 사르트르의 용어대로 그 사람은 적 어도 자기 기만에 빠져 있지 않으면 안 된다.

사회에 대하여 옹호할 만한 아무 가치도 없다고 말하는 그 예 술가나, 인간을 저열하고 무의미한 존재라고 생각하고 있는 작가 들에게 있어서 호반의 세계라는 것은 적어도 자기 기만 속에서만 나타날 수 있는 행복한 환각이기 때문이다.

백조를 자처하고 있는 그들도 역시 치킨을 뜯을 때는 입 언저 리에 기름투성이를 해야만 되는 인간들이며 감기에 걸리면 역 시 추한 콧물을 흘려야만 되는 그런 존재다. 그들이 진실로 추악 한 현실(사회)로부터 자유로운 존재가 되기 위해서는 현실적인 상 황 그 자체를 자기의 사상 그것에 의하여 개혁했을 때만이 가능 해지는 것이다. 그들은 사회적인 속박으로부터 이탈할 때 자신의 자유를 회복하는 것으로 착각하고 있다. 그러나 불행히도 인간 의 자유라고 하는 것은 그렇게 편리한 것이 아니다. 마음대로 맡 기고 찾아내고 하는 은행의 예금액과는 다른 존재이기 때문이다. 사회의 부재자로서 자기를 자처한다는 것은 자기 존재 자체에 대 한 부정이다. 부정화된 자기에겐 자유 그 자체도 있을 수 없는 일 이다.

그러고 보면 자기 상황(사회)에 대한 부재 증서를 쓰고 있는 순 수예술이란 그 상황에 비추어서 자기 본질을 자유로 선택할 수 있다는 바로 그 자유를 포기한 문학이다. 그러한 문학은 아무런 것도 생산해주지 않을 뿐 아니라 어떠한 변화도 일으켜줄 수 없는 것이다. 아니 그것보다도 그들은 가장 우매한 방법으로 사회에 참여하고 있다. 타인이 존재하는 이상, 또 인간의 존재가 상대적인 관련 밑에 얽혀 있는 이상, 어차피 순수한 것은 있을 수 없다. 설령 백조의 호반이 가능하다 해도 도스토옙스키의 다음과 같은 말이 늘 그들을 괴롭힐 것이다.

"나만의 구제는 원하지 않는다. 모든 인간이 지옥에 떨어지고 나만이 천국에 간다면 그것이 무슨 의미를 가질 것인가? 그런 구제는 원하지 않는다."

따라서 우리는 키네아스의 의견에도 역시 반발하지 않으면 안된다. 키네아스는 인간의 생활을 풋볼 경기처럼 생각하고 있기 때문에 두 개의 경애 사이에 끼어 있는 모험의 허망을 설파한 것이다. 그러나 풋볼 경기처럼 일정한 골에 공을 차넣는 것이 인간의 궁극적인 문제는 아닌 것이다. 공을 골에 몰아넣는 것보다는 우리는 공을 몰아가는 그 과정에서 더 많은 의미를 발견한다. 구두를 닦아도 역시 그것은 더러워진다. 더러워질 것을 굳이 닦을 필요가 어디 있느냐는 것이 키네아스의 현명한 사상이다. 인간은 어차피 죽는 존재다. 그러나 어차피 죽기 때문에 살아가는 그 과정이 중요한 것이다. 죽음 그것보다도 어떻게 죽어갔는가가 더 중대한 일이다. 그동안 죽음이 모든 것의 해결이라는 사상이 얼마나 많은 오류를 남겨놓았던가. 인간은 죽어도 그의 가난은 여전히 남는다. 모든 고역과 불안과 분노와 억울한 생은 죽음보다도 기나긴 존재다. 이러한 것을 그대로 둔 채 인간이 죽어간다는 것은 곧 그 영원한 패배와 도피를 의미하는 데에 지나지 않는다.

한 번도 추상적인 것을 위해서 우리가 살아간 일은 없다. 구체적인 것, 그것이 변하고 바뀌고 한다 해도 중요한 것은 역시 지금 눈앞에 생생하게 살아 움직이는 현상들이다. 그것은 오십보백보의 세계가 아니다. 케스트너[7]의 『파비안』은 "작은 차이여 만세"라고 했다. 인간들이 이야기할 수 있는 것도 이 '작은 차이'에 불과한 것이다. 궁극적인 것 그리고 추상적인 것 사이에서 이 '작은 차이'를 무시한다는 것은 마치 인간이라는 이름을 택하고 자기의 고유명사를 내던지는 것과 같다.

"땅으로 돌아오라. 나는 절망을 이야기했다. 아니 반대로 그것은 이제 세상에 있어선 모든 희망이 된다. 땅 위에서는 세울 수 있을 것이다. 나는 그것을 지금 믿는다. 나는 나왔다. 나는 하나의 터전을 가진 것이다."

앙리 미쇼[8]의 말처럼 하늘(영원)에 대한 절망은 지상(현실 사회)에

---

7) Erich Kästner, 독일의 시인, 소설가. 작품 『파비안Fabian』은 인간성이 소외되어가는 대도시의 생활을 새로운 센스와 풍자로 그린 것이다.

8) Henry Michaux(1899~1984), 프랑스의 시인. 앙드레 지드의 소개로 유명하게 되고, 제

있어선 거꾸로 희망이 될 수 있다. 땅으로 돌아오는 정신, 대지에의 귀향—여기에서 호수와 하늘을 포기한 새로운 미학이 싹트고, 사회 참여의 꺼지지 않는 땅의 터전 위에 인간의 건축이 착공되는 것이다.

요약해서 말하자면 우리는 원하든 원하지 않든, 의식적이든 무의식적이든 이미 하나의 상황 속에 참여되어 있다는 점이다. 그러니까 결과적으로 볼 때 비참여란 가장 서투른 방법의 참여를 의미하는 것이며, 자기가 아무리 사회의 부재자라고 생각한다 해도 그것은 한낱 자기 기만이거나 자기 상실의 환각에 불과하다는 결론이 나온다.

자기는 오리 속의 백조가 아니라는 데서, 비재秘在되어 있는 호수가 따로 존재하지 않을 것이라는 데서, 주어진 상황을 고쳐나가는 것만이 진정한 자기 서거棲居의 창조며 또한 자기 해방의 자유라는 데서, 그리고 자기도 남과 관련지어진 그 상태에 있어서만이 진정한 자기의 개성과 그 힘을 발휘할 수 있다는 데서 사회 참여의 문학이 생겨난다. 그러고 보면 '비참여의 문학'과 '참여의 문학'의 차이는 종이 한 장 차이다.

1차 세계대전 때는 특이한 저항 시인으로 활약했다. 미쇼의 시는 거의가 산문시 형태로 꿈속에 있는 듯한 이상한 환상도로 성립되어 있으며, 때로는 비통한 절망의 부르짖음이며 고뇌에 찬 거절과 반항의 드라마를 전개하기도 한다.

자기도 모르는 채 무계획적으로 참여해버린 문학이 비참여의 문학이라면 그것을 뚜렷이 인식하고 스스로 참여에 대하여 일정한 계획을 갖는 것이 '참여의 문학'이라고 정의할 수 있기 때문이다.

그러나 그 결과에 있어선 아주 혹심한 차이가 있는 것이다. 자기도 모르는 채로 이미 참여되고 있는 문학은 몽유병자의 살인처럼 뜻하지 않은 죄악을 저지를지 모른다. 그들은 심심풀이로 총을 쏜 사람들이다. 그 언어의 유탄은 작가가 상상한 의외로 엉뚱한 사태를 저지르게 된다. 이 엉뚱한 사태가 엉뚱하게 자기에게로 돌아온다. 자기가 쏜 유탄이 자기 심장으로 되돌아와, 박힌 것마저 모르는 경우가 있다.

그러므로 참여의 문학은 언어를 환몽 속에서 사용하지 않으려는 의식적인 작업이다. 사르트르의 말대로 작가가 글을 쓴다는 것은 이미 한 사회에 대하여 참여하고 있는 행동이며, 말을 한다는 것은 장탄된 피스톨의 방아쇠를 잡아당기는 행위인 것이다. 이러한 행위에 대해서 작가는 적어도 책임을 짊어지게 되고 이 책임을 받아들이는 데서 참여의 문학이 형성된다.

참여의 문학

그렇다면 대체 '비참여의 문학Littérature degagé'과 구별되는 '참여의 문학Littérature engagé'이란 어떠한 것인가?

물론 이때의 참여engagement란 말은 실존주의자들이 쓰는 특수한 의미를 띠고 있다. 그들의 말에 의하면 인간이란 이미 상황 속에 내던져져 있는 존재이며, 그것에 의하여 속박engage되어 있는 그런 존재다.

그러나 이때의 속박이란 것은 콘크리트의 담과 같은 가변 불가능의 벽 속에 갇혀 있는 그 경우와는 다르다. 그것보다는 장기판에 놓여져 있는 말[駒]들처럼 일정한 관계 속에 얽혀 있는 그런 속박에 가까운 것이다. 장기판의 말들은 하나하나의 그 말들에 의하여 서로 얽혀 있고 그렇게 얽혀 있는 정세가 어떤 상황들을 만들어내고 있다. 그러니까 장기판의 말들이 그러한 상황 속에 얽혀 있는 것처럼 개개의 인간은 인간 상호(타인의 시선)의 관련 속에서 벌어지고 있는 그 상황 안에 구속되고 결정되어 있는 것이다. 그러나 장기판의 말들은 어떠한 외부의 힘(인간의 의)에 의해서만 움직이고 또한 결정되는 존재이지만 인간은 스스로의 힘에 의하여 움직이는 장기 말인 것이다. 여기에서 인간의 자유라는 문제가 대두된다.

즉 인간의 자유라는 것은 그에게 주어진 바의 상황을 신이나 미리 규정된 본질의 손에 의해서가 아니라 자기의 의식에 의하여 현시顯示하고 그것에 어떠한 의미를 부여함으로써 상황 그것을 변경시킬 수 있다는 바로 그 자유다. 장기판은 여러 개의 말들의 위치에 의해서 한 상황을 자아낸다. 만약 이때 장기 말 하나가 위치를 변경한다면 따라서 그 장기판의 전 상황도 자연히 변하게 된다. 인간이라는 장기 말은 그 상황 속에 얽혀 있지만 그 상황을 변화시킬 수 있고 새로운 의미를 가할 수 있는 자유를 부여받고 있는 것이다.

그러므로 자기가 상황 속에 속박되어 있는 존재이고 따라서 그 상황을 새로운 선택과 행동에 의하여 새로운 상황으로 고칠 수 있다는 자유를 인식하게 될 때 비로소 그는 참여할 수 있는 것이다. 그러므로 의식되어진 속박―자기가 스스로 선택한 속박이 곧 참여engager인 것이다. 즉 세계의 측側에서 볼 때는 속박이란 것이 주체 측에서 볼 때는 참가가 된다.

그러므로 참여라고 하는 것은 자기의 주체 밑에 세계를 현시하는 것이고 주어진 상황을 선택이라는 행동에 의해서 새로운 의미, 새로운 변화를 가져오게 하는 움직임이다. 그렇기 때문에 인간은 항상 그를 에워싸고 있는 상황을 변혁시키기 위해서는 자기의 자유(상황에 대한 자기 태도의 변이가 아무것에도 구속되어 있지 않다는)를 의식해야 하며, 자기가 놓여 있는 상황에 의식적인 검토와 적극적인 의미를 선택 부여해나가야만 된다.

물론 이때의 선택이란 것은 어디까지나 상황 안에서의 선택이며 모든 사람과 관련지어져 있는 자기로서의 선택이다. 그러니까 그는 만인을 대표해서 선택하는 것이다. 이때의 선택은 그러니까 인간의 연대성 밑에서 행해지는 윤리성을 갖지 않으려야 않을 수 없다.

그러므로 참여는 의사 리외의 경우처럼 윤리적인 성격을 띠고 나타난다. 그러나 그 윤리는 자기의 개성과 주체를 상실한 타인 지향의, 또는 타율적 교리적인 윤리와는 다르다. 오히려 그런 기성적 윤리관을 파괴하는 윤리다. 그러니까 하는 수 없이 따라야 하는 그런 윤리가 아니라 자기 내부의 소리에 의해서 자연스럽게 꾸며진 윤리다.

여기에 '선전의 문학'과 '참여의 문학'이 구별되는 중요한 건널목이 있다. '사회 참여의 문학'을 '선전 문학'과 혼동한다는 것은 앞서 말한 그 행동성과 윤리성을 이해하지 못한 데서 오는 착란이다.

'선전 문학'이라고 하는 것은(더 쉽게 말하자면) '당黨의 문학'이라든가, '민족주의 문학'이라든가 또는 일정한 목적을 위해서 문학을 한 선전 도구로 사용하는 그 일환—環의 공리적 문학을 뜻하는 말이다.

선전 문학은 주체성 또는 개인을 상실한 문학이며 철저한 타인 지향의 문학이다. 그들은 미리 정해져 있는 어떤 상태에 속박되려고 한다. 그에게 주어진 상황을 변화시키기 위해서가 아니라 도리어 그것을 영속시키고 또 그렇게 고착시키기 위해서 글을 쓴다. 여기서 등장하게 되는 윤리나 사회성은 개인을 희생시켰을 때만 비로소 구현될 수 있는 성질의 것이다. 과거의 우리 민족 문학(항일 문학)이나 또는 비자유 진영에 있어서의 문학들이 그렇다.

'참여의 문학'은 상황 이전의 어떠한 본질적인 의미도 인정하지 않는다. 그러나 선전 문학은 미리 정해져 있는 어떠한 본질적인 문제로부터 시작되고 있는 것이다. 그러니까 선전 문학가들은 자기를 이미 내셔널리스트 또는 코뮤니스트로 규정하고 그 상황 속에 뛰어든다. 내셔널리스트라든가 코뮤니스트라든가 하는 것이 인간의 실존보다 선행한다. 그러니까 그들은 인간 그것보다도 그 위에 붙은 관어冠語가 더 중요한 것이다. 자기 앞에 붙는 이 관어의 존재 속에 자기를 내맡긴 사람들이다.

이것은 '참여의 문학'과 아주 대차적인 현상이며 동시에 정반대의 성질을 띤 문학이다. 이러한 구별을 하기 위해서 '종교 문학'이란 것을 생각해보자. 다 같은 종교 작가라 해도 그의 태도에 따라 '선전 문학'과 '참여 문학'이라는 두 개의 다른 문학이 생겨날 수 있다. '인간을 교의적敎義的인 또는 선험적先驗的인 사상'의 틀 속에 인위적으로 끌어넣고 억제하는 대신에 구체적인 실존 속에 투입하려는 그 의지 속에 키르케고르Søren Kierkegaard, 셰스토프Lev Isakovich Shestov, 베르댜에프Nikolay Alekgandrovich Berdyaev, 우나무노Miguel de Unamuno, 파피니Giovanni Papini, 베르나노스, 모리아크François Mauriac 등의 종교 문학이 생겨난다. 이때의 종교 문학은 종교의 선전 문학이라는 운니雲泥의 차이성을 띤다. 그렇기 때문에 이들은 가끔 법황으로부터 파문을 당하고 또는 규탄을 받았던 것이다. 교리를 통해서 인간을 보지 않고 신과 악마에 의하여, 할거된 전장을 통해서 인간을 보려는 그들의 시선은 종교적 의미에 있어서의 '선전 문학'이 아니라 참여 문학을 탄생케 한 것이다.

당을 통해서, 민족 독립이라는 것을 통해서 인간의 상황에 참여하려 들 때 그것은 정치적인 성명서와 같은 선전 문학이 될 뿐이다. 그러니까 선전 문학에서의 작가는 언제나 당이라든가 민족이라든가 하는 문제 속에 상실되어버린다. 그러나 참여 문학은 거꾸로 자기 상실의 회복으로부터 타인 지향이 아니라 내면 지향의 의식으로부터 개화된다. 결론적으로 말하면 선전 문학과 참여 문학의 차이는 인간의 자유라는 데 있다. 인간의 자유를 위해서 쓴 선전 문학이 있다 하더라도 그것은 이미 자유 문학이 아닌 것이다. 왜냐하면 자유라는 이름 밑에서도 자기 존재를 상실하지 않는 것이 자유의 원성격이기 때문이다.

자유 진영을 선전할 목적 밑에서 쓰인 문학과 공산 진영을 선전할 목적 밑에서 쓰인 문학은 그 내용에 있어선 수화水火의 대립을 가지면서도 그 문학적 태도에 있어선 아주 밀접한 유사성을 띠게 마련이라는 것을 주의해둘 필요가 있다. 그것은 다 같이 작가의 자유를 상실한 선전 문학이다. 일본 사람들이 그들의 식민지 정책을 위해서 황도皇道 문학을 내세운 선전 문학과, 그들의 압제 속에서 민주 독립을 들고 나선 과거의 우리 선전 문학은 다 같이 자각, 아니 자기 존재와 자유를 저버린 선전 문학이었다.

선전 문학은 작가의 자유뿐만 아니라 문학의 자유까지 박탈한다. 문학이 선전 목적의 도구로 화할 때 그것은 노예 구실을 하지 않을 수 없다. 선에 종사하는 노예나 악에 종사하는 노예나 그것이 노예라는 점에선 마찬가지다.

참여 문학은 정치에 참여하면서도 정치 그것에 예속되어서는 안 된다는 철칙을 갖는다. 사르트르는, 약간의 실수는 있었지만, 정치적 관심을 늘 그의 문학 생활과 연결 짓기를 게을리하지 않았고 동시에 자기가 어떤 정치 체제의 목적 밑에 괴뢰가 되지 않을 것을 또한 게을리하지 않았던 것이다. 『더러운 손Les mains sales』에선 좌익을 공격했고 『네크라소프Nekrassov』에선 우익을 풍자했다. 그리고 다시 헝가리 사건이 일어났을 때는 「스탈린의 망령」이라는 당당한 정치적 논문으로 소련 공산당을 강타했던 것이다.

그 결과로 좌익으로부터는 '늙은 미치광이의 부르주아'라는 공격을 받고 우익으로부터는 '겁쟁이'라는 경멸을 받았다. 그러나 그는 기회주의자였을까? 그렇지 않다. 그는 다만 인간이라는— 사르트르라는 이름 밑에 사회에 참여했을 뿐이다. 다만 코뮤니스트로서 부르주아로서 참여하기를 꺼렸을 뿐이다.

인간은 코뮤니스트로서 또는 부르주아로서 탄생된 것이 아니라 자유로운 한 인간으로서 이 지상에 태어난 것이다.

"그렇다면 선생이 저 운동(Ordre Nouveau의 정치 운동을 뜻함)에 참여한 것은 수학자로서, 즉 수학의 입장에 서는 선생의 세계관 밑에서 참여한 것이 아니었습니까?"

"그렇지 않습니다. 나는 인간으로서 참여한 것이지, 수학자로서 참여한 것은 아닙니다."

이렇게 대답한 쉬봐레 교수의 경우는 그대로 사르트르의 입장과 부합되는 예가 될 것이다.

더 정확하고 엄밀하게 말하자면 작가의 사회 참여는 작가로서 참여하는 그것이 아닌 것이다. 드레퓌스 사건이 일어났을 때 졸라[9]는 이렇게 선언하고 그 사건에 참여했다.

"나는 다만 하나의 시인이다."

그러나 이 말은 이렇게 고쳐져야 한다.

"나는 다만 하나의 인간이다."

그 이유는 내가 사회에 참여할 때 당원으로서 민족주의자로서 또는 시인으로서 자기 존재를 한정한다면 자기 존재 그 자체의

---

9) Émile Édouard-Charles-Antoine Zola, 유태계의 육군 대위 드레퓌스의 무죄를 믿는 졸라는 사건의 와중에 휩쓸려 들어가, 격렬한 구호를 쓰고, 대통령에게 유명한 공개장 「나는 탄핵한다」(1898)를 발표하여 정부를 공격했다. 이 사건으로 그는 영국에 망명까지 하였다.

자유를 다른 본질 밑에 구속시키는 것이 되기 때문이다.

우리는 인간으로서—시인의 자유가 아니라 인간의 자유로서 사회에 참여한다. 시인의 입장에서 사회에 참여한다면 이른바 그 병적인 도피 문학, 순수 문학이 생겨날 우려가 있다. 그렇다면 사람들은 이렇게 말할 것이다.

"너는 선전 문학을 공격할 때 문학이라는 그 자유, 작가라는 그 자유를 침해하는 것이라고 공격했다. 그런데 이번에 순수 문학을 거부하는 것을 보면 다시 선전 문학, 즉 문학의 도구화를 인정하고 있지 않은가. 그것은 자가당착이다."

그렇다. 참여의 문학이라는 것은 늘 이런 오해와 공격을 받아왔다. 순수 문학가들은 참여 문학을 선전 문학이라고 규정했고, 선전 문학가들은 참여 문학을 순수 문학이라고 단언했던 것이다.

참여 문학은 통속적으로 말해서 이 양자의 문학 한가운데 존재하고 있었기 때문이다. 그만큼 그것은 복잡하다. 그러나 이러한 오해를 푼다는 것은, 조심해서 생각해본다면 아주 간단한 일이다. 문학은 문학가에 의해서 산출되는 것이 아니라 인간에 의해서 생산된 것이라는 것만 알면 된다. 문학이 있고 인간이 있었던 것이 아니라 인간이 있고 문학이 있었다는 그 평이한 사실을 망각하지 말자.

선전 문학가들은 문학을 생산하는 자가 인간이 아니라 당원이라고 생각하는 사람들이며 순수 문학가들은 문학을 제작하는 자가 인간이 아니라 시인(오리 떼가 아니라 백조)이라고 생각하는 사람들이다. 이러한 본질적 규정으로 문학을 보기 때문에 하나의 비극이 생겨난다.

사회 참여의 문학자들은 그 문학을 창조한 자를 당원도 시인도 아닌 바로 하나의 실존하는 인간이라고 생각한다. 이때 인간이라고 하는 것은 상황 속에 속박되어 있는 한 개인의 존재를 뜻한다. 따라서 그 개인은 그와 관계지어진 상황에 참여하는(변화시키는) 자유를 인식하고 있는 자다. 그때 그 개인은 시인도 아니요 당원도 아닌 그런 무제한의 존재다. 즉 실존한다. 이 실존은 사르트르의 말대로 본질에 선행하고 있기 때문에 그는 자기가 이미 무엇에 의하여 만들어지고 결정되어버린—영원히 그것을 따라야만 하는—도그매틱dogmatic한 인간이 아니라는 것을 알고 있다.

그렇다면 시인이라는 명칭은 자기가 붙인 것이 아니라, 자신이 탄생하기 전에 명명된 것이 아니라, 자기의 선택, 자기의 행동에 의해서 그렇게 이름지어지게 된 것에 불과하다. 즉 시인이란 것은 선택 이후에 붙여진 이름이지 결코 선택 이전에 명명되어진 이름은 아니다. 선택을 한 것은 자기라는 무제한의 개성, 즉 관어冠語가 붙지 않은 인간인 개인이다. 이 전후의 사정을 뒤바꿔서는 안 된다. 그러므로 글을 쓴다는 것은 이미 사회 참여다. 작가란 말은 '의식적으로 참여하고 있는 인간'이란 말과 동의어다. 인간이라는 말은 '무의식적으로 참여되고 있는 인간'과 동의어다. 결국 한 인간이 자기의 상황 속에 놓여 있다는 것을 의식하고 이 상황을 변화시키기 위하여, 적극적으로 참여하기 위하여 글을 쓸 때 비로소 작가라는 이름이 붙는 것이다.

그러니까 참여 문학은 문학을 위한 문학도 아니며 사회를 위한 문학도 아니다. 그것은 자기 존재를 위한 문학이다. 그런데 이 자기를 위하려면 자기 상황을 변화시켜야 되며, 그리고 그것을 변화시키려면 참여해야 된다.

참여하기 위해서 선택한 것이 글을 쓰는 행위다. 인간의 상황은 역사적인 것이고 사회적인 것이기 때문에 결국은 '자기 실존'을 향한 문학은 사회 참여의 문학이 되는 셈이다.

그러니까 근본적으로 문학은 자기의 실존에 예속되어 있다. 문학에 예속되어 있는 것도, 사회에 예속되어 있는 것도 아니다. 그러므로 굳이 명칭을 부여하자면 그것은 휴머니스트의 문학이다.

어떻게 참여하는가?

'참여 문학'이라는 윤곽은 대체로 규정되었다. 그렇다면 어떻게 참여하느냐 하는 구체적인 방법이 문제된다.

사회에 참여하는 여러 가지 방식 중에서 작가는 글을 쓰는 행위를 선택한 사람이다. 글을 쓴다는 것은 무엇인가. 사르트르에 의하면 글을 쓴다는 것은 이름 짓는다는 것과 마찬가지다. 그런

데 이름 짓는다는 것과 사회 참여, 즉 상황을 변화시키는 것은 어떠한 관계가 있는가?

사람들은 사물에 이름 짓는 것을 조금도 행위라고는 생각지 않고 있다. 그리고 그것이 이 엄청난 인간의 상황을 변화시키는 힘을 가지고 있다고는 더욱이나 믿지 않는다. 그러나 지렛대를 가지고 돌을 움직이는 것만이, 수류탄을 갖고 집을 부수는 것만이 행위는 아니다. 행위란 피에르 베르드의 말대로 '무엇인가를 하는 것(Faire quelque chose)'이다. 이 '무엇' 속에는 근육을 매개로 한 것보다 언어를 매개로 한 일이 보다 더 많다. 사르트르는 말하고 있다. "흑인의 압박이라는 것은 흑인이 압박되고 있다."[10]고 누가 말하지 않는 한 그것은 없는 것과 마찬가지다. 그때까지는 아무도 그것을 느낄 수 없고 아마 흑인 자신들까지도 그것을 알지 못했을 것이다. 그러나 그것이 한마디 말해지기만 하면 그것은 곧 의미를 지니게 된다.

"나의 곁에 있는 사람의 행동을 내가 이름 짓자마자 그는 자기가 무슨 짓을 하고 있는가를 알게 된다. 뿐만 아니라 그는 내가 그것을 알고 있다는 것을 안다. 그러므로 또한 나에 대한 그의 태도도 변화된다. [...] 그리고 보면 작가란 원하든 원하지 않든 그것과 관계없이 사람들 사이의 그 잡기 어려운 관계에 사랑이라든가

---

10) 사르트르가 『문학이란 무엇인가』에서 한 말이다.

하는 이름을 지어주는 인간, 사회적 관계의 억압이라든가 벗이라 든가 하는 이름을 부여하는 인간이다."

이름 짓는다는 것—언어라는 것은 마치 어둠을 비치는 서치라 이트처럼 야음에 은폐되어 있는 상황의 얼굴을 밖으로 드러낸다. 감춰졌던 것이 드러났다는 것은 그 상황에 어떠한 변화를 일으켜 주고 있다는 것이다.

마이케르 로버츠도 『시의 비평』이라는 저서에서 이렇게 말한 일이 있었다. "원시 민족 사이에서는 만약 사람이 악마의 이름을 알고 있을 것 같으면 그는 악마를 제어할 수 있다고 믿는다. 마치 그것처럼, 만약 우리들이 자기의 사상이나 감정에 대하여 정확한 말의 형식을 부여할 수 있다면 우리들은 그것들을 제어할 수가 있을 것이다."

언어란 단순히 전달하는 것이 아니라 사물을 현시하는 힘을 가 지고 있다. 그러므로 언어를 부여한다는 것과 침묵한다는 것 사 이에는 굉장한 차이가 있다. 이 차이를 언어로 메우는 것이 작가 의 행동성이며 사상이다.

그러므로 작가는 플래카드를 들고 거리에 직접 나서지 않는다 해도 쓴다는 행위를 통해서 얼마든지 사회에 참여할 수 있는 것 이다(사르트르는 시가 언어를 한 대상으로 하여 그 이미지를 창조한 것이라는 이유에서 회 화와 마찬가지로 그것을 사회 참여에서 제외하고 있다. 그러나 이 오류는 후일에 다시 논급 하겠다).

사르트르는 상황에 이름을 짓는 것으로 작가는 상황과 자기와의 관계를 변화시킨다고 하였다. 그렇다면 무엇에 대하여 이름 짓는가? 이렇게 고치지 않고 왜 저렇게 고치려 드는가? 사회에 무엇을 고치려 하는가? 작가가 먼저 이름 지어야 할 것은 개인의 존재와 인간의 자유를 박탈하려는 그 억압에 대해서다.

원시인의 존재를 위협하는 것은 자연이다. 작열하는 태양, 홍수, 기아 그리고 맹수의 습격. 그러나 현대인에게 있어서 개인의 존재를 억압하고 위협하는 것은 무엇인가? 두말할 것 없이 그것은 정치다. 추상적으로 말하면 역사성이요 사회성이다. 현대는 정치의 계절인 것이다. 흑인의 자유를 억압하는(남아프리카공화국의 경우) 법안이 통과되면 수십만의 흑인에겐 홍수 이상의 위협을 초래하게 된다. 나치의 유태인에 대한 정책이나 중국의 인민 공사 제도는 수십만의 유태인이나 중국인을 화염이나 만지蠻地에 몰아넣는 결과가 된다.

이러한 상황의 파탄은 인위적인 것이며 억압자와 피억압자 사이의 관계 위에서 생겨난다. 그러므로 그 상황 속에서 사는 피억압인의 태도가 달라지지 않는 한 그러한 정치적 상황은 변동되지 않는다(중세기에 있어서 신은 억압자요, 인간은 피억압자였다. 문예부흥은 피억압자가 그 태도를 바꾸려 한 데서 비롯한다).

이러한 법령과 직접 관련이 없는 사람이라 할지라도 하나의 인간이라는 상황 안에서 인간은 모두 연대성을 갖고 있기 때문에 개개인의 책임이라는 것에서 피할 수는 없다.

"보바리 부인은 나다."라고 플로베르Gustave Flaubert는 말했다. "지금 프랑스의 여러 지방에서는 얼마나 많은 마담 보바리가 눈물 속에서 떨고 있는가?"라고 플로베르는 말했다.

그러나 지금은 남자에게 배반당하고 욕망에 의하여 몸을 망친 마담 보바리가 문제가 아닌 것이다. 오늘날의 작가에게 있어서 바로 자기 자신인 보바리는 강제노동 수용소에서 떨고 있다. 폭력과 사회의 모진 조직 속에서 독배를 기울여가고 있다. 그런 모든 인간에 대해서 인간인 작가는 책임이 있다. 그리고 그러한 상황을 바꿔야만 하는 무섭고도 괴로운 자유를 부여받고 있는 것이다.

경관이 군중을 향해 발포할 수 있는 그러한 권리가, 목마와 더불어 놀고 만화책을 보는 나이 어린 소년의 폐부를 뚫어 피를 흘리게 할 권리가 허용된다면, 그것은 마산뿐만 아니라 한국의 모든 지역, 아니 세계의 또 다른 지역에서도 그와 같은 인간의 상황이 가능해지는 것이다. 사회의 그 검은 가스실이 존재하는 한, 인간은 누구나가 그러한 압박 밑에서 자신의 생존을 위협받게 된다.

그렇다면 작가는 신문 기자가 되어야 하느냐. 물론 그럴 수는 없다. 지구에선 지금 하루에도 수없이 살인 사건이, 린치가 그리고 온갖 비인간적 만행이 야기되고 있다. 작가(인간)가 모두 그러한 것에 답변하기 위해선 한 시간 이상을 살 수도 없을 것이다. 침묵이 죄라는 까닭으로 모든 상황에 모든 발언을 해야 된다는 의무가 작가를 해면처럼 지치게 할 것이다. 그러나 그러한 방법이 아니라 작가는 그의 상황을 변화시키는 데, 참가하는 데 특수한 다른 방법을 선택한 사람이다. 작가는 심벌(상징)을 사용한다. 기자는 '사실'을 다루지만 작가는 '허구'를 다룬다. '심벌'과 '픽션'은 보다 절실한 힘을 가지고 인간의 관계를 변화시켜주는 것이다.

골즈워디나 톨스토이는 법률의 맹점과 죄인의 비인간적 취급에 항의하여 입법인들로 하여금 새로운 법령을 내리도록 하였다. 물론 그것도 좋은 일이다. 그러나 카뮈의 『페스트』는 사회에 대하여 구체적인 효과(눈에 보이는)를 일으켜주지는 못했지만 전자의 그것보다 훨씬 더 훌륭한 사회 참여를 한 것이 된다.

왜냐하면 작가가 하는 일이란 '피상적인 제도의 혁명보다 그 인간 의식(사상)의 개혁'에 그 특징을 갖고 있기 때문이다. 마리의 말대로 인간 의식의 개혁이란 인간의 창조를 뜻한다. 카뮈의 페스트균은 악의 온갖 횡포일 수 있고 나치즘 또는 코뮤니즘일 수도 있고 나아가서는 자연적인 것(죽음-부조리)일 수도 있다. 어쨌든 인간을 위협하고 또 나날이 만연되어가는 존재의 위협이란 것은 틀림없다. 이 상황의 심벌 속에서 역시 또 그렇게 심벌릭한 '리외'의 행동을 그는 제시했다. 리외는 모든 사람의 영혼을 드러내어 거기 잠들어 있던 반항정신을 일깨운다.

리외는 창조된 인간이다. 교훈적이기 전에 이미 실존하고 있는 그 모럴은 음악과 같은 힘을 가지고 그 주어진 상황을 움직여 새로운 인간을 탄생시킨다. 새로운 인간의 탄생을 통해서만 새로운 인간의 상황이 가능해진다. 그러므로 작가는 무엇이 인간을 괴롭히고 있는가를 먼저 똑똑히 볼 것이다. 그리고 페스트균처럼 우리를 압박하고 있는 것에 대하여 상징적인 이름을 부여한다. 그렇게 하여 폭력으로 그 상황을 변화시키는 것이 아니라 인간 의식을 통해서 그 관계를 바꾼다. 그것은 절박한 시기에 있어선 너무나 소극적이고 너무나도 더딘 일로 보일는지 모른다.

그러나 인간에 대한 의식, 그 상황에 대한 의식의 변화 없이 바뀌어진 상황(제도)은 언제나 피상적인 것이기 때문에 도리어 그것이야말로 불완전하고 일시적이고 가장 더딘 수선법에 불과하다. 그렇다면 끝으로 작가가 그 상황을 정시하기 위해선 어떠한 태도를 가져야 하는가?

첫째는 목적과 수단을 혼동해서는 안 된다는 것이다. 헉슬리는 이렇게 말한 일이 있다. 나쁜 수단에서 좋은 목적은 얻어질 수 없다. 목적이 수단을 지배하는 것이 아니라 수단이 목적을 지배한다. 정치는 대개의 경우 수단이 목적을 지배한다. 이것을 작가(인간)는 뚜렷이 가려내지 않으면 안 된다. 전쟁은 그 일례인 것이다. 폭력에서 얻어진 목적은 이미 그 자체 내에 모순을 내포한다. 애인을 폭력으로 얻을 수 없는 것처럼 인간의 사랑, 새로운 인간의 식의 변모를 폭력에 의해서 얻을 수는 없다.

둘째로는 자기 개성의 자유를 지켜야 한다. 안데르센은 「벌거벗은 임금님」이란 동화를 쓴 일이 있다. 사치한 왕은 세상에서 섬세한 실로 짠 투명한 비단옷을 입으려 했다. 그래서 멀리 세계적인 직공들이 초대되었다. 그들은 빈손으로 비단을 짜고 있었다. 실도 짜진 천도 보이지 않았다. 대신들은 이상하게 생각했지만 혹시 그런 말을 했다가는 자기가 아주 어리석은 야만인 취급을 당할 것 같아서 도리어 극구 칭찬만 하는 것이었다. "거의 보이지 않을 만큼 섬세하다." 다른 사람들도(사실은 그 옷감이 보이지 않았지만) 덩달아 칭찬들을 하는 것이다.

자기 혼자만 야만인이기 때문에 저 섬세한 옷감이 눈에 보이지 않는 것이라고 믿었기 때문이다. 만약 보이지 않는다고 하면 남들의 웃음거리가 될 것이기 때문에 정말 훌륭한 옷감이라고 자기 자신을 속여 말했던 것이다. 이 보이지 않는 옷은 왕에게 바쳐졌다. 그러나 모든 신하가 다투어 아름답다는 말에 그만 왕도 감탄하고 치하하면서 그 옷을 그대로 입은 것이다.

왕은 나체가 되어 여러 시민들 앞에 이 훌륭한—세계에서 가장 섬세하고 아름다운—옷 자랑을 하게 되었다. 시민들 역시 감탄의 환호성을 질렀다. 자기 혼자 안 보인다고 말할 용기가 없었기 때문에, 자기만 야만인이기 때문에 그 옷을 볼 수 없는 것이라고 생각했기 때문에 그러한 자기의 저열함을 감추기 위하여 다투어 거짓말들을 한 것이다. 그러니까 모든 시민은 모두 자기만 그 옷이 안 보이는 것이라고(속으로만) 생각하고 있을 뿐이다. 그때 한 소년이 왕이 발가벗었다고 소리 질렀다. 이 말을 듣고 그제서야 시민도 대신도 왕도 여태껏 속아온 것을 알게 되었다.

이 안데르센의 동화에서 대신들의 이야기를 위정자들에게 들려주고 싶다. 그리고 그 소년의 이야기는 우리 작가들에게 또한 들려주고 싶은 것이다. 아무것에도 구속받지 않는 그 소년의 눈ㅡ타인의 시선 속에서, 자기 존재를 상실한 군중들 앞에서 담대하게 소리 지를 수 있는 무구함ㅡ을 그 작가는 가지고 있어야 한다. 이것이 상황을 보는 눈이다.

끝으로 새로운 상황을 불러일으키기 위해서 참여의 문학인들은 불침번이 되어야 한다. 모든 사람이 잠들어 있을 때, 졸음이 오고 있을 때, 그 졸음의 타협이 손을 뻗칠 때, 작가는 그 어둠을 묵묵히 뜬눈으로 응시하는 불침번이 되어야 하는 것이다. 그때 그 어둠 속에서 이러한 합창이 들려오고 있음을 깨달을 것이다.

지금 세계의 어느 곳에선가 누가 울고 있다.
이유 없이 세계에서 울고 있는 사람은
나를 울고 있는 것이다.

지금 한밤의 어느 어둠 속에선가 누가 웃고 있다.
이유 없이 한밤중에 웃는 사람은
나를 웃는 것이다.

지금 세계의 어느 곳에선가 누가 걷고 있다.
이유 없이 세계를 걷고 있는 사람은
나를 향해 걸어오고 있는 것이다.

지금 세계의 어느 곳에선가 누가 죽고 있다.
이유 없이 세상에서 죽는 사람은
나를 바라보고 있는 것이다.

—릴케, 「가장 엄숙한 시간」

4월의 문학론

못 다 죽은

애달픈 죽음을

뻐꾸기는 저리 울어예는데

여기 상주와 상객弔客들은

만장輓章의 글귀를 두고 말썽들이오.

— 이어령, 「4월 애가」

서序 / 4월의 만장

정말 4월을 살고 간 사람들은 4월을 말하지 않는다. 지금 그들은 지하에 있다. 진실로 4월의 그 의미와 그 비극과 그리고 그 영광을 말할 수 있는 자는 그렇게 침묵하고 있는 것이다. 다만 구차스럽게 살아남아 밖에서 구경하고 있던 자들이 그날에 대해서 무엇인가를 말하고 싶어 한다.

말하자면 '4월의 만장'에 어떠한 글귀를 써야 할 것인가로 말썽을 일으키고 있는 사람들이다. '슬픈 죽음'들을 생각할 때 대수롭지 않은 만장의 글귀 같은 것을 논의하고 있다는 것은 참으로 어리석은 일에 지나지 않을 것이다. 공허하고 추악하며 비굴한 일처럼 보인다. 그러나 역사적·현실적 양상은 공허하고 추악하고 비소卑少하고 대수롭지 않은 일들에 매달려 있다. 그것이 산다는 인간의 아이러니다.

'슬픈 죽음'을 울어예는 뻐꾸기처럼 4월을 그냥 애도한다는 것은 물론 순수한 일일는지 모른다. 하지만 역사적인 현실은 그런 순수하고 지고한 정념보다 차라리 만장에 어떠한 글귀를 쓰는가의 그 우열한 일에 더 많은 영향을 받고 있다. 어차피 우리는 용사가 아니다. 그리고 영원히 슬픔만을 울어예는 뻐꾸기도 못 된다.

'슬픈 죽음'은 4월의 1인칭이며 그것을 우는 '뻐꾸기'는 이인칭이다. 그러나 '만장에 글을 쓰는 사람들'은 제3자적인 입장에 놓여 있다. 평범한 이 제3자들이 해야 할 일은 만장에 글귀라도 옳게 쓰는 일이다. 4월 혁명을 어떻게 볼 것인가? 그것은 어떠한 의미를 갖고 있는가? 그 정신은? 그 업적은? 작가와 역사가와 사회학자와 그리고 정치가들은 '4월의 만장'에 제가끔 하나의 글귀를 쓰려 할 것이며, 그 제3자의 태도는 거꾸로 4월의 피를 규정할 것이다.

망인亡人들을 위해서 만장은 있는 것이지만 결과적으로는 그 만장이 망인을 지배한다. 이것이 바로 사물과 이름의 관계다. 이름은 사물의 상징에 지나지 않지만 인간의 생활은 이 상징을 통해서 그 사물을 파악하게 된다. 상징이 어떠한 실체를 만들어낸다는 그 우화를 우리는 싫든 좋든 받아들여야 할 현실적 조건 위에서 생존한다. '4월의 만장에 적힌 글'이 온당치 않은 것이라면 그때 그날에 있었던 일도 온당치 못한 일이 되고 말 것이다. 현실의 상징을 창조하는 문학가는 역사의 명명자命名者이기도 한 것이다.

4·19와 한국 문학의 관계를 논하는 이 글도 결국은 '만장에 무슨 글귀를 적어야 하는가?'에 핵심이 있는 것이다. 우선 4월 혁명에 작가들은 어떻게 참여했는가의 물음이며, 둘째는 4월 혁명이 문학에 어떠한 영향을 끼쳤느냐 하는 문제다. 그리고 근본적으로 작가들이 '4·19를 어떻게 보고 있는가' 하는 본질적인 물음이다. 그것은 여러 가지 의미에 있어서 이중적인 작업일 것이다. 왜냐하면 이미 4월 혁명은 문학 작품 속에 쓰여져 있기 때문이다. 작가들은 작품을 통해서 '4월의 만장'에 어떠한 문자들을 남겨놓았다는 이야기다. 앞으로도 그것은 새로운 작품을 통해서 쓰여갈 것이다. 이미 쓰여진 것과 쓰여질 글들을 밝혀보지 않으면 안 된다.

혁명 전야의 예술인들

4월 혁명 전의 한국의 예술인들은 어떠했는가? 작가들은 4월 혁명에 참여했던가? 이것이 우리가 따져보아야 할 첫 번째 물음이다. 혁명과 문학의 관계는 언제나 상호 영향 관계 밑에서 고찰되어왔다. 마치 '달걀과 닭'의 관계처럼 문학이 혁명을 낳고 혁명이 문학을 낳는 순환적인 관련성을 우리는 수많은 문학사에서 보아왔다. 프랑스 대혁명을 말할 때 으레 사람들은 보마르셰 Pierre Beaumarchais의 희곡에 대해서 언급하기를 잊지 않고 있다. 거의 십 년 동안이나 상연이 금지되어 있었던 〈피가로의 결혼Le Mariage de Figaro〉이 오디옹좌座에서 처음 공연되었을 때(1784년) 쇄도해온 군중은 '피가로 만세'를 외치며 파리 시가를 누볐다. 시민들은 거기에서 새로운 생명의 소리를, 새 시대의 양심을, 그리고 어떠한 압박에도 굴하지 않고 뻗어가는 혁명의 비전을 보았기 때문이라는 것이다.

이렇게 프랑스 혁명의 불심지를 〈피가로의 결혼〉에서 발견할 수 있는 것처럼 또한 샤토브리앙의 『비애』나 뮈세Louis-Charles Alfred de Musset의 〈애수哀愁〉 속에서는 프랑스 혁명의 타고난 재를 찾아볼 수 있다. 〈피가로의 결혼〉은 프랑스 혁명을 낳고 프랑스 혁명은 『세기아世紀兒의 고백La Confession d'un enfant du siècle』(뮈세)을 낳았다고 할 것이다. 비록 성질은 같지 않지만 불행히도 우리는 4월 혁명에 있어서 〈피가로의 결혼〉에 해당될 수 있는 그런 작품명을 기억하지 못한다. 우리가 알고 있는 것은 자유당 입후보자의 선거 연설에서 행한 저명한 예술인들의 강연 내용들이며, '제4대 대통령 이승만 박사, 5대 부통령 이기붕 선생 출마 환영 예술인 대회'에서 벌인 연예인들의 쇼이며 그리고 '인간 만송晩松'을 찬양한 시문들이었다.

4·19 전 문화의 동태를 보면 이렇게 새로운 혁명의 소리를 유도한 것이 아니라 거꾸로 그 소리를 말살하는 부패 세력과 야합했다는 사실이다. 그리고 직접적인 문학 활동에 있어서도 대부분의 작가들은 6·25전쟁의 전후적戰後的인 허탈감과 허무의식에 사로잡혀서 패배주의적 경향으로 나아가고 있었다. 비록 사회 참여 이론이 등장하고 사회악을 비판하는 고발 문학들이 쏟아져 나왔다 하더라도 참신한 사회적 감각이나 역사의식보다는 대부분이 관념적인 것들이었다. 단적으로 말하자면 4·19혁명의 인간상을 제시할 수 있는 예언적 인물을 한국의 작가들은 창조하지 못했다는 것이다.

발자크Honoré de Balzac같이 '사회의 충실한 서기書記'를 자처하는 리얼리스트도 시대를 앞서 살았다는 것은 널리 알려진 말이다. 발자크는 "7월 왕정 정치하에서 살고 있었지만 그의 소설 속에서 묘사된 사회는 제2 제정치하의 사회상"과 같다는 것이다.

4·19혁명이 일어나리라는 것을 경무대의 정보원은 예상할 수 없었다 할지라도 작가들만은 이미 그것을 예언할 입장에 있었

다. 참된 작가들이라면 세태의 큰 조류와 변화해가는 시대정신의 사소한 구김살을 통찰할 줄 알아야 한다. 그런데 문학인들은 4·19혁명의 기상도氣象圖를 읽지 못했으며 사실상 아무런 영향도 주지 못했다. 도리어 그 시대의 움직임에 역행하고 있었다는 것이다.

4월 혁명은 지성의 저항이었지만 지성인의 최전선에 있는 문인들은 직접적으로도 그에 참여하지 못했었다. 참여한 것이 있다면 부정 선거에 부채질을 한 물구나무선 사회 참여였다.

「부정 선거와 예술인의 지성」(1960. 6. 《사상계》)이라는 에세이 가운데서 김팔봉 씨는 이렇게 증언하고 있다. "[…] 작금 일이 년 이래 더욱 이번 선거를 치르고서 내가 슬프게 생각하는 것은 문학하는 사람들의 정신이 문학 이하로 떨어져가고 있다는 현상이다. […] 사회의 부정을 폭로하고 현실의 모순을 고발하고 어디까지나 정의와 자유와 진실과 인권을 부르짖으며 민중과 함께 웃고 울고 노래해야 할 예술인들의 본연한 자세는 어떻게 되었는가? […] 41년 전 우리가 독립만세를 절규할 때, 조선인한테도 감히 왜놈들이 집단적으로 사격을 못 했던 총격을 대한민국 경찰관이 마산에서 강행을 하여 젊은 학생들을 죽이기까지 한 이 나라의 현실에서 예술가니, 문학가니, 소설가니, 시인이니 하는 위인들이 민중의 마음을 등지고 그들을 배반하고 가는 곳은 어딘가?"

그나마 이러한 문단인의 자기 비판적 발언이나 혹은 폭력에의 간접적인 항거는 마산 사태가 있고 난 다음부터의 일이었던 것이다. 《새벽》지(1960. 4.)를 통해서 지성인 삼십 명이 지상誌上 데모를 한 것이 고작이었다. 한마디로 말해 문화계와는 아무 관련 없이 4·19혁명이 터졌다는 것을 우리는 잘 알고 있다.

4월의 여섯 가지 이미지

그러나 4·19혁명이 성공하자 삽시간에 문화계에서는 예민한 반응을 보였다. 4·19 전의 침묵과는 아주 대조적인 현상이었다. 시인과 작가들은 어떠한 형태든 모두 한 번쯤은 4월 혁명을 주제로 작품을 썼다. 4월 혁명이 6·25전쟁 다음으로 문학계에 커다란 영향을 끼친 점은 부정할 수 없는 사실이다. 구체적으로 4월 혁명은 어떻게 작품화되었고 문학 활동을 어떻게 자극했는가를 분석해보기로 하자.

우선 가장 흔하게 눈에 띄는 것은 4월 혁명의 찬가였다. 즉 그때의 감동을 직접 작품화한 예이다. 한국 문학에 있어서 무엇보다 결여되어 있는 부분이 있었다면 그것은 바로 '찬가'였다고 볼 수 있다. 대개 작품의 근저를 이루고 흐르는 것은 어두운 절망, 페시미스틱한 좌절을 노래 부른 부정적인 감정의 언어들이었다. 일제 식민지 시대에서 생겨난 문학이나 6·25전쟁의 초연 밑에서 탄생한 전쟁 문학은 자연히 그럴 수밖에 없었다. 밝고 우렁차고 긍정적인 삶을 노래하기엔 너무도 그 사회 현실은 핏기가 없었고, 그 역사는 너무도 열기가 없었던 까닭이다.

기껏 찬가라고 하면 결혼식 축사 같은 의례적 행사시가 아니면 『용비어천가龍飛御天歌』처럼 어용적인 시뿐이었다. 이렇게 늘 부정적이고 암울한 비가조로 엮어진 한국 문학이 무엇인가 긍정적이고 약동적인 힘으로 가득 찬 찬가를 창조했다는 것은 분명 새로운 이미지의 출현이라고 볼 수밖에 없다. 물론 3·1운동의 저항이나 8·15해방 역시 '긍정적인 문학', '찬가의 문학'을 만들어낼 수 있는 역사적 사건임에는 틀림없다. 그러나 그것이 문학성을 띤 시가 되기엔 그 감동의 질과 폭이 한정적이었다. 직접 4·19의 찬가를 놓고 그 이미지의 특성을 분석해보면 알 것이다.

   (A) 서울도
        비슷한 곳
        동쪽에서부터
        이어서 서남북
        거리거리 길마다
        손아귀에
        돌 벽돌만 부릅쥔 채
        떼지어 나온 젊은 대열
        아! 신화神話같이

나타난 다빗군群들

(B) 혼자서만

야망을 태우는

목동이 아니었다

열씩

백씩

천씩 만씩

어깨 맞잡고

팔짱 맞끼고

공동의 희망을

태양처럼 불태우는

아! 새로운 신화 같은

젊은 다빗군들

(C) 골리앗 아닌

거인

살인전제殺人專制 바리케이드

그 간악한 조직의 교두보

무차별한 총구 앞에

빈 몸에 맨주먹

돌알로써 대결하는

아! 신화같이

기이한 다빗군들 (중략)

(D)　중천沖天하는

아우성

혀를 깨문

안간힘의

요동치는 근육

뒤틀리는 사지

약동하는 육체

조형造型의 극치를 이루며

아! 신화같이

싸우는 다빗군들 (중략)

(E)　내흔드는

깃旗발은

쓰러진 전우의

피 묻은 옷자락

허영도 멋도 아닌

목숨의 대가를

절규로

내흔들며

아! 신화같이

승리한 다빗군들

(F) 멍든 가슴을 풀라

피맺힌 마음을 풀라

막혔던 숨통을 풀라

짓눌린 몸뚱일 풀라

포박된 정신을 풀라

싸우라

싸우라

싸우라고

이기라

이기라

이기라고

(G) 아! 다빗이여 다빗들이여

승리하는 다빗이여

싸우는 다빗이여

쓰러진 다빗이여

누가 우는가
너희들을 너희들을
누가 우는가
눈물 아닌 핏방울로
누가 우는가
역사가 우는가
세계가 우는가
신神이 우는가

우리도
아! 신화같이
우리도
운다.

— 신동문, 「아, 신화神話같이 나타난 다빗군群들!」

    (A)의 경우에서처럼, 4·19는 어떠한 구체적인 인물의 이미지를 이루고 있다. 어느 한 개인(영웅)이 아닌 집단적인 행동이면서도, 거기에는 '어린 학생들의 모습'이라는 뚜렷하고 개성적인 한 인물의 성격이 드러나 있는 것이다. 교모校帽를 썼거나 혹은 책가방을 혹은 노트를 낀 얼굴들을 우리는 본다. 그러므로 시인들은 마치 아킬레우스라든가, 롤랑이라든가 하는 인물을 찬미한 고대의

영웅 서사시처럼 4·19를 '인물의 이미저리imagery'로 부각할 수가 있었다.

신동문 씨는 그것을 기적처럼 출현한 어린 목동 다빗으로써 형상화했다. 3·1운동이나 8·15해방에는 이렇게 한마디로 개성화할 수 있는 '인물의 통일된 이미저리'가 없다. 그러나 「아! 신화같이 나타난 다빗군들!」이라는 시처럼 우리는 4·19를 인간화하여 그것을 시적 오브제object로 삼을 수가 있었다. 추상적인 정념이 아니라 구체적인 인간에 대한 감동, 이것이 바로 다른 역사적인 사건보다 특이한 성격을 가진 4·19의 이미지다.

다음은 (B)에서 그려진 대로 '자연 발생적인 집단'에의 이미지다. 4·19혁명은 지도자가 없는 혁명이었다. 혁명에 참여한 개개인이 개개인의 행동자였다. 즉 4·19의 혁명은 한 집단(조직)도 아니며, 그렇다고 한 개인도 아닌 이상한 힘에 의해서 이루어진 것이다. 집단이기에 앞서 그들은 주체적 한 개인으로 참여한 것이며, 또한 개인이면서 그것은 이미 복수적인 것이다. 분명히 그것은 개인만 있고 집단이 부재하는 아나키즘anarchism적인 운동이 아니었다. 그리고 집단만 있고 개인이 부재하는 한 '당원黨員'의 움직임도 전쟁 속의 병사도 아니었다. 4·19는 군집적이면서도 하나하나의 개성미가 있는 화원과 같이 자연 발생적인 힘이 결합된 아름다움을 지니고 있다. 개체성과 사회성을 동시에 지닌 그 이미저리야말로 바로 시적 메타포와 통하는 길이다. 그리고 또한 거기에는 드라마틱한 이미지 (C)가 있다.

거인 골리앗 장군과 맨주먹으로 대결하는 어린 다빗의 싸움과 같은……. 한쪽은 너무 크고(자유당 정권), 한쪽은 너무 약하다(학생). 한쪽은 칼이 있고, 한쪽은 돌밖에 가진 것이 없다. 그러한 싸움부터가 이미 시적 상상력을 자극시키기엔 알맞다. 더구나 그 싸움의 승부가 역전될 때 강렬한 긴장감과 극적인 놀라움이 생겨난다. 혼돈되었던 가치관이 양극으로 갈려 선명하게 대립된 세계다. 그리고 그 갈등 역시 신화적인 암시성을 갖게 된다. 단순한 자유당 정권과 학생의 갈등이 아니라 원초적인 선과 악의 대립이었던 까닭이다.

(D)에서 볼 수 있는 것은 4·19가 지닌 미적美的인 이미지다. 시위하는 젊은 학생들의 약동을 '조형의 극치'라고 한 것처럼, 감방의 어두운 벽 사이에서 사그러져가고 있는 저항이 아니라 그것은 율동적인 생명의 시위였다. 그 군중의 조형성은 매스 게임과 같은 미감美感을 자아낸다. 근육과 절규가 산 조각처럼 꿈틀거리는 데모대의 광경은 다이내믹한 조형적인 이미저리로 구성되어 있다. 그리고 이러한 조형적인 미감과 함께 우리는 비장미를 읽을 수 있다.

(E) 피로 물든 친구의 옷자락을 내흔드는 행진, 치사한 이해타산이 없는 대가 없는 피의 행진, 그 순수성 때문에 비장미는 한결 순화된다. 따라서 그 비장미는 패배가 아니라 승리의 희열과 합

쳐 미묘한 톤을 이루고 있다. 애도哀悼와 축가祝歌가 동시적인 하
모니를 이루는 울림이다.

(F)는 카타르시스다. 4·19는 비장하면서도 우렁차고, 외로우면
서도 생의 희열에 찬 교향곡처럼 울려온다. 그것은 음악이며, 그
음악은 우리의 울분, 권태, 절망, 구속……. 그 모든 멍든 가슴의
억압 의식을 카타르시스하는 힘이다. 근원적인 자유에의 동경인
것이다.

마지막 연의 (G)에서 우리는 4·19가 지닌 울음의 의미를 본다.
'역사', '세계', '신' 그러한 것들이 모두 우는 4·19……. 그 울음
은 크나큰 휴머니즘의 공감이다. 이것이 바로 4·19의 미학이다.
역사적 사건이 역사적 사실 그 자체에서 머무르지 않고 본질적
인간 의식의 근원에까지 닻을 내린 것이 4·19의 울음이다.

이상의 예에서 우리는 4·19를 추모하고 그를 찬미하는 문학
작품이 단순한 행사시에 그치지 않고 문학적인 이미지의 새로운
초원을 주고 있다는 사실을 볼 수 있다.

시학의 변모

4·19가 문학에 영향을 끼친 두 번째 패턴은 작시법作詩法에 대
한 문제다. 4·19의 이미지를 직접 작품으로 형상화하는 것과는
달리 그 역사적 사건을 작시법의 정신으로 삼고자 하는 움직임이

라 하겠다. 4·19 직후 시인의 사회 참여 의식이 높아졌다. 한국의 현대시가 난해해져간다든지 대중적인 생활 감정에서 유리되어 있다든지 역사의식을 외면한 예술의 순수성에만 밀착해 있다든지 하는 문제에 대해서 4·19는 깊은 반성의 계기를 주었다.

　물론 4·19 전에도 그런 경향을 보이긴 했지만 김수영, 김재원 씨 같은 일련의 시인들은 작품을 통해 대담한 사회 비평을 시도했다. 직설적인 언어로써 사회와 시대의 모순을 풍자, 고발, 폭로해갔다.

　　시詩를 쓰는 마음으로
　　꽃을 꺾는 마음으로
　　자는 아이의 고운 숨소리를 듣는 마음으로
　　죽은 옛 주인主人을 찾는 마음으로
　　잊어버린 길을 다시 찾는 반가운 마음으로
　　우리가 찾는 혁명革命을 마지막까지 이룩하자.
　　(하략)

　　　　　　　　　　　　　　　　　—김수영, 「기도」

　4월 혁명을 시의 '오브제'가 아니라 시의 방법이며 그 정신으로 넓힌 경우다. 시를 쓰는 마음과 혁명을 마지막까지 이룩하는 그 마음에 하나의 등식 부호가 쳐진 것이다. 마치 뒹케르크

Dunkerque의 비극을 겪은 프랑스의 시인들이 쉬르레알리슴의 미학과 결별하고 민중을 위한 저항 시편을 쓴 것처럼……

> 5월五月에 죽은 동지同志들을 위하여
> 앞으로는 그들만을 위하여
> 노래여 무기武器들 위에 쏟아진
> 눈물 같은 매력이여 있어라

아라공[11]의 이 새로운 시학 선언과 유사한 경우였다. 포도 위에 흘린 그 죄 없는 피로 쓰인 것 같은 시편들이 약 일 년 동안(5월 혁명 직전까지) 줄기차게 쏟아져 나왔다. 그 시기가 언론 자유의 황금기였던 탓도 있었지만 전에 볼 수 없었던 맹렬한 저항 의식이 문학계를 불태운 것은 전적으로 4월 혁명에 자극된 힘이라고 볼 수밖에 없다.

직접 사회 참여의 문학이 아니라 하더라도 역사의 분광 작용分光作用을 통해 사물의 의미를 조명해내려는 새로운 시선들의 작품 경향이 현저하게 눈에 띄었다. 4월 혁명 이후에 등장한 신인 허의

---

11) Louis Aragon, 프랑스 시인, 소설가. 쉬르레알리슴의 출발이었으나 제2차 세계대전 중 나치스 점령 하의 프랑스 국민에게 저항 정신을 고취하는 시를 써서 저항 문학의 전형으로 널리 알려졌다.

녕 씨. 「4월에 알아진 베고니아 꽃」 같은 것이 그 예다. 하나의 꽃 잎을 관조하는 태도마저 현실적인 상황을 떠나서는 불가능하다. 옛날 두보가 "시대(상황)를 느끼니 꽃 한 송이에도 눈물을 흘린다[感時花濺淚]"라고 한 것과 통한다.

누가 놓았는지 모르지만
병실病室의 꽃
그것이 베고니아라 하기에
가까스로 몸을 일으키고
손을 내밀어
씨종자種子 가리듯
유심히 보고 또 보고
했으니……
그 꽃이 사철 피는
베고니아라 하기에.

선혈鮮血같이 붉은빛 간직타 못해
그냥 쏟아버리고
도려 핏빛을 아신 듯한
그 뜻이 말이다.

아기의 입술마냥
금붕어가 내뿜는 물거품마냥
피었다가 제 발밑에 소롯이 고여가는
귀엽기만 한 그 꽃이
말이다.

화분花盆에 담긴 그 꽃이
베고니아라 하기에
마음 가다듬어 보고파지며
어느새 눈시울이 뜨거웠음은
4월에 알아진 때문이리라.
그러니까?
내가

그날
그 무렵
어쩌다 서울 장안長安에 있었고
물샐 틈 없이 겨눈 어깨가
하늘을 밀고 가던 날에
말이다.

　　　　　　　—허의녕, 「4월에 알아진 베고니아 꽃」

4월을 필터로 하여 내다본 인간 현실은 곪아 터진 상처의 썩은 살 속에서 생생하게 돋아나는 새살과 같은 감촉이 있었다. 탄막彈幕을 통해서 보았던 현실의 암울한 색채와는 달리 페시미즘의 그 저변엔 밝고 짙은 생명으로 착색된 언어가 나타나게 된 것이다.

'버려야 할 것'에서 '지켜야 할 것'으로 참여 문학은 그 차원을 높였다. 무엇에 대해서 쓸 것인가의 문학적 대상이 한결 더 분명해졌다. 단순한 불의나 부정에의 피맺힌 주언呪言만이 아니었다. 산다는 것은 개 목걸이같이 끌려다니는 것만이 아니라는 것을, 세상은 그렇게 공허한 것만이 아니라 외치면 메아리가 있는 공간 속에 숨 쉬고 있다는 것을 몸소 체험한 까닭이다.

4·19는 시적 체험의 영역을 넓혔다. 개인적인 정감에서 인간의 공동 의식으로 문학의 울타리는 한결 더 광활한 곳으로 그 말뚝을 옮기게 된 것이다.

전후 의식에서의 탈피

4·19가 문학에 미친 영향의 세 번째 패턴은 전후 퇴폐성의 청산이었다. 6·25전쟁 이후 이 땅의 문학계를 풍미했던 무드는 니힐리즘nihilism이었다. 허탈과 불신과 자학 속에서 아프레의 생리는 기성적인 가치관이나 윤리성을 거부했던 것이다. 정신적인 폭격이었다. 회신灰燼의 전후 세대가 믿고 의지한 것은 순간적인 충

동과 맹목적인 광열, 자포자기 그리고 살아남은 육체의 본능을 발산하려는 역설적인 향락이었던 것이다. 인간도, 문명도, 윤리도 다 같이 부정되어버린 이러한 허무 의식이 4·19혁명으로 아우프헤벤aufheben되었다는 것은 가장 주목할 만한 일이 아닌가 싶다.

이호철 씨의 소설 『용암류溶岩流』는 바로 아프레의 니힐리스틱한 기질이 4·19라는 새로운 체질로 변신해가는 과정을 극명하게 보여주고 있다. "동훈은 수경과의 약속을 포기하면서까지 그곳으로 갈 생각은 나지 않았다."로부터 그 소설 『용암류』는 시작되고 있다. 수경은 그의 애인이고, 그곳이라고 한 것은 데모(4월 혁명)를 하기 위한 모의 장소이다. 동훈이가 수경과 만나기로 한 그 '낯익은 장소'로 가는가? 그렇지 않으면 석주(데모 주창자)와 만나기로 한 낯선 장소를 선택할 것인가? 하나의 상징적 의미를 띤 결단이다. '수경과 만난다'는 것은 바로 전후적戰後的인 의식 구조를 고수하려는 것이고 석주와의 약속을 선택한다는 것은 무엇인지는 모르나 새로운 정신의 모험 속으로 돌입해가는 것을 뜻한다.

이 작품에서 전후적인 세계관을 상징하는 것은 여대생 수경이다. 그것은 다음과 같은 수경 자신의 말 가운데 여실히 설명되어 있다.

"세상이라는 것을 일단 그대로 승인해두고…… 이를테면 전원 풍경 같은 서정적이라는 것에 대한 혐오, 사랑한다든가, 어쩐다든가 하는 종류를 진부한 것으로 치부해버리고 정작 사람 사이에 오가는 그 교류의 타성, 그 무슨 절대의 벽, 집요한 이기주의를 이미 졸업했다는 투, 눈물이라든가, 고지식한 순진성이라든가 하는 것을 한 푼어치도 값없는 것이라고 치부하고, 어느 질서를 향한 의지라는 것에 대한 타기…… 그러고도 남아돌아가는 것은 여전히 다름없는 강한 삶의 의욕, 그러니까 피차 자기를 지키면서 자기를 누릴 방법은 있을 거야. 적어도 겁보는 되지 말아야 해. 우리를 떠받들고 있는 세상이라는 건 너무도 엄청나게 우리를 가로막고 있는걸. 그것을 그대로 승인해두면서 타협하지 않고, '세상과 타협하지 않고' 대드는 길은 철저히 에고이즘이 되는 거야. 난 타협이라는 건 제일 싫어. 그건 우리 자신이 통째로 망하는 길이야. 돈을 벌고 미국으로 건너가고 무엇인가 무너지듯 세상 속에 파묻혀서 급기야는 우리 자신들이 썩은 세상으로 화해버리고, 그런 건 싫어. 도대체 이 젊은 정열들을 몰아갈 수 있는 틀이 없지 않아……. 그들은 무슨 짓이든 해야 하는 것인데……. 그렇다고 멍청하게 그저 있을 수는 없잖아? ……모두 성냥개비 쏟아놓듯 팽개쳐져 있는걸. 결국은 피차 이렇게 개인적으로 만나고 서로 탐욕적으로 대들고 진을 빨아먹고 이렇게라도 발산을 해야잖아. 퇴폐적이라는 말이 무서워서 퇴폐적이 될 수 없다는 건 얼마나 비겁해. 차라리 철저히 퇴폐적일 수 있는 사람만이 철저히 인간답고 무슨 보루를 지킬 수 있고, 신선해질 수 있는 사람일 거야."

철저한 에고이즘, 현실에 대한 순응의 거부와 그 소외, 퇴폐에의 의지……. 전후의 자의식은 기성적인 일체의 가치관과 타협을 끊고 이렇게 오직 자기의 발밑만 내려다보고 살려고 한다. 거기에는 어떤 개성의 강인성과 아무것에도 구속되지 않으려는 자유가 있다. 그러나 이러한 강인성이나 자유는 형이상적인 현실(모럴의 세계)에 대한 것이지 정치적인, 사회적인 그 시장 속의 현실(형이하적인 것)과는 유리된 것이다. 도리어 일상적 현실에 무관심한 것이 전후파前後派의 한 세계관을 이루는 말뚝이다. 그들은 '술집에 전깃불이 안 들어왔다든가, 돼지 족이 다 팔리고 떨어졌다든가, 서울에서 소비되는 하루당 소가 몇천 마리라든가, 임신을 했다든가 하는 구체적인 인간 생활 내용은 지저분하고 더러운 현실, 무겁고 비린내가 나는 세계'라고 생각하고 있는 것이다.

동훈이는 수경과의 만남에서 생의 발산처를 발견한다. 그것이 거의 유일한 생존 이유처럼 되어 있다.

그러나 동훈은 '데모'를 하자는 석주에게서 수경이에게서는 맛볼 수 없었던 또 다른 세계를 어렴풋이 직감하게 된다. "철판 같은 것…… 어스름하고 막연한 분위기만으로서의 세상이 아니라 빤들빤들한 실체로서의 세상이 번뜩이는 것을 느낀다." 반발을 하면서도 거기에는 낡은 도덕이나 치기나 진부한 이념이라고 간단히 비웃을 수 없는 현실성이 있음을 동훈이는 안다. 그리고 자기가 답답하고 후덥지근한 '대기 상태' 속에 처해 있음을 알게 된다.

수경이에게 가느냐, 석주에게 가느냐의 갈등 속에서 번민하던 동훈이는 이윽고 비린내 나는 현실, 모여서 꿈틀거리며 살고 있는 공동의 광장으로 걸음을 옮기기 시작한다. 서로 섞여서 흘러가는 인파, 외면하고 있던 그 현실에서 흘러나오는 생생한 소리에 눈을 뜬다.

이렇게 해서 이 소설은 동훈이가 수경 쪽이 아니라 석주와의 약속을 지키기 위해 가는 것으로 끝나고 있다. 동훈이는 대기 상태 속에서 결단과 선택을 감행한 것이다. 자기가 선택한 그 세계는 "아직 분명치가 않다. 전혀 원시 상태라고 느끼고 있다."

그러나 우리가 주목할 것은 동훈이가 석주 편으로 가고 있으면서도 "수경아! 나는 너를 사랑한다."고 하는 말이다. 그것은 석주와의 만남이 '수경이와의 만남'을 거부하고 있는 것이 아니라는 점, 말하자면 전후의 그 허무주의와 4·19는 별개의 것이 아니라 바로 그것이 아우프헤벤된 세계임을 말하려 한 것이다. 4·19는 불신과 허무와 전후적인 세계관을 밑받침으로 하여 발전된 점이라는 사실이다. 그대로 수경이와 이어지는 세계 전후의 세계관이 허물 벗은 그 세계이다. 소설 표제 그대로 절망 속에서 끓어오르는 용암들이 밖으로 분출해나온 용암류가 바로 4·19라고 본 것이다. '행동적 니힐리즘'이라 할까? 4·19의 앙가주망engagment, 사회 참여는 수경(전후파)이의 데가주망dégagement, 자기 해방을 전제로 한 것이라는 데에 의미가 있다는 것이다. 거의 이와 비슷한 소설로 우리는 송병수 씨의 『장인』의 경우를 들 수 있다.

타원의 텅 빈 공허를 의식하면서 살아가는 실의의 한 주인공은 그 공백을 메우기 위해 술을 마시고 창녀와 어울리고 한다. 그래도 그 '타원의 공백감'은 없앨 수 없다. 4·19의 저항을 체험하자 이윽고 그 주인공은 타원의 공백에 피 묻은 장인掌印을 찍는다. 공백은 그 피 묻은 손자국으로 메워졌고 그는 어떻게 살 것인가를 알게 된다. 이렇게 전후의 절망 속에서 방랑하던 젊은이들이 생의 신대륙을 4·19에서 찾아보려고 노력한 점은 분명히 에폭메이킹epoch making한 일일 것이다.

사회 의식의 퇴조

4·19는 이렇게 문학에 ①'긍정적인 이미지'를 주고 ②'사회 참여 정신'을 불러일으키고 ③'전후적인 기질에서 탈피할 전기'를 주었다. 그러나 이와는 달리 4·19의 역반응이 일어난 점도 주시해야 될 것 같다.

4·19에 기대를 품었던 희망이 속절없이 무너져가고 있는 데에 대한 환멸감, 그것은 또 하나의 새로운 절망과 불신감으로 번져나간 것이다. 사람들은 모두 4·19가 정치, 사회, 문화 그리고 얼어붙었던 민권에 해빙기를 가져오리라고 믿었다. 구시대의 망령들은 쫓겨간 줄로만 알았다. 폭력의 미신과 독재자가 앉았던 낡

은 의자가 불타 없어진 줄로만 알았다.

그러나 4·19 이후의 사회상과 5·16의 재혁명再革命을 보고 사람들은 그 봄이 진정 봄이 아니라 한겨울 속의 사온일四溫日이었다는 사실을 알게 된 것이다.

혁명革命은 안 되고 나는 방만 바꾸어버렸다……
나는 모든 노래를 그 방에 함께 남기고 왔었을 게다
그렇듯 이제 나의 가슴은 이유 없이
메말랐다
일하라 일하라는 말이
헛소리처럼 아직도 가슴을 울리고 있지만

나는 그 노래도 그 전의 노래도 함께 다 잊어버리고 말았다
　　　　　　　　　　　—김수영, 「그 방을 생각하며」에서

어린 4월月의 피바람에
모두들 위대偉大한
훈장을 달고
혁명革命을 모독하는구나

이젠 진달래도 피면 무엇하리

가야 할 곳은

여기도

저기도 병실病室

모든 자살自殺의 집단集團

멍든

기旗를 올려라

나의 병病든 '데모'는 이렇게도

슬프구나

　　　　　　—박봉우, 「진달래는 피면 무엇하리」에서

'방만 바꾼 혁명', '멍든 기를 올리는 병든 데모', '진달래가 또 피어도 무엇하겠는가'의 회의와 좌절감이 다시금 동면冬眠의 문학을 만들었다.

박연희 씨의 『개미가 쌓아 올린 성』이라는 소설에서 우리는 4·19가 실은 또 다른 절벽이었음을 읽을 수 있다.

신문사 보일러 화부火夫였던 장서방은 4·19에 참여하여 데모를 한다. 그런데 그의 외아들인 화석도 이 데모를 하다가 경무대 앞에서 총탄을 맞고 쓰러진다. 장서방으로서는 엄청난 희생을 당한 셈이다. 그러나 장서방을 괴롭힌 것은 아들의 희생보다도 이젠 없는 사람도 잘살게 될 것이냐는 물음에 동향同鄉 기자인 K로부터 이러한 말을 들었을 때였다. "두고 봐야지요", "그놈이 그놈일지도 모르죠", "그렇진 않을 테지만…… 근본적으로 생각이 같고…… 후에 그 자리에 앉는 것뿐이 다르지요."

장서방은 그 말을 부정해보려고 애써보았지만 그의 입에선 이런 말이 튀어나왔다.

"나랏일을 빙자해서 놈들은 호사하고……에……데렵다……데러와……."

장서방은 흰 관포棺布에 덮인 아들의 시체를 보면서 얼빠진 사람처럼 그 자리에 못박힌 듯 서 있었다. 이 얼빠진 장서방의 모습, 미쳐버린 그 모습……. 이것 또한 4·19가 낳은 부산물이다. 마치 프랑스 혁명 이후 시민들이 품고 있던 꿈이 무너졌을 때 작가들은 그 배신의 상처를 달래며 감상적이고 우수에 찬 글을 초草해갔던 경우와 비슷하다. 5월에 우리는 4월의 꿈을 돌려주었다. 계엄령, 투옥, 군화 소리……. 다시 작가들은 침묵했다. 이번의 침묵은 그전보다도 훨씬 더 깊고 어두운 것이었다.

최인훈 씨의 『회색의 의자』에는 4·19로 새로운 광장을 얻은 줄로만 알았던 확신이 붕괴되어가는 실망이 역력히 재현되어 있다. 우리는 환희까지도 믿지 않게 된 것이다. 8·15해방의 환희도, 피를 바쳐 싸운 6·25전쟁도 그리고 4·19마저도. 무엇인가 잉태한 행운의 산모는 아이를 사산死産하고 죽었다. 정치에의 불신감은 역사에서 소외된 밀실密室의 문학을 낳았고 억압된 붓은 차라리 음풍영월吟風詠月의 은거隱居된 언어를 선택하는 것이 좋았다.

4·19도 그 한 예. 되풀이되는 실망의 하나라는 생각이 들게 된 것이다. 한국의 현대 문학사 가운데서 가장 맥이 빠졌던 시기가 있다면 아마 일제 말기와 5월 혁명이 일어났던 1961년 한 해였으리라. 작가들은 변화가 심한 그 변동기의 기상氣象 속에서 감기를 앓고 있었던 것이다.

4·19의 이러한 역반응은 아마 4·19 직후에 끼쳤던 그 영향보다도 더 크고 직접적인 것이라 생각된다. 불과 이삼 년 전의 일을 먼 옛날의 전설처럼 이야기하게 된 4·19……. 잃어버린 혁명에 대한 향수조차도 나날이 퇴색되어가고 있었다.

하나의 지연이 날려면

그렇다면 4·19는 소나기처럼 지나가버리고 만 것일까? 4·19혁명이 문학에 남긴 것은 해마다 돌아올 기념식전에 붙이는 추모시詩로 그 잔맥을 이어갈 것인가? 우리는 4·19의 만장에 적은 글귀를 다 써버린 것일까? 그렇지 않으면 포기해버린 것일까?

마지막 이 물음에 대해서 우리는 대답하지 않으면 안 될 것이다. 여기서 문학 원론을 장황히 늘어놓을 수는 없지만 역사적인 사건과 맞부딪치는 데서 문학은 항상 전진되었다는 원리에 대해서 다시 한 번 생각해보아야 할 것 같다. 문학 활동은 마치 '연'과도 같은 것이라고 생각된다. '연'은 허공 속에서 날고 있다. 그러나 '연'이 날기 위해서는 지상에서 잡아당기는 하나의 '끈'이 있어야 한다. '끈'은 '연'을 구속하는 것 같지만 실은 '연'을 자유로운 허공에 띄우는 역할을 한다. 그 '끈'이 끊기면 도리어 연은 지상으로 떨어져버리고 만다.

　문학은 적어도 현실의 복사는 아니다. 그것은 사상의 바람 속에 떠 있다. 관리나 사업가처럼 지상에 얽매여 있지는 않은 것이다. 그러나 이 상상력은 역사의 '끈', 사회의 '끈'에 매어져 있지 않으면 안 된다. 그 '끈'이 없는 상상력은 '연'이 아니라 지편紙片처럼 날아오르다가 곧 떨어지고 말 운명에 놓여 있다. 허무맹랑한 전설이나, 공상담空想談이 어째서 예술적인 가치가 희박한가? 그것은 지상의 '끈'(현실-역사)과 단절되어 있기 때문이다.

　수학이 물리학에 의해서 구체화되듯이 문학은 역사의 대기층大氣層을 통해서 구체화된다. 4·19는 우연한 역사적인 사건, 교통사고나 복권 당첨 같은 우연한 일이 아니었다. 우리는 그 역사라는 필연의 '끈'을 찾아내어 자유로운 허공에 지연紙鳶을 날려야 할 것이다. 그 필연의 '끈'이란 대체 무엇일까? 그것을 찾아 문학 작품 속에 살리려 하는 것이 4·19가 문학 속에서 사는 길이다.

　우리 문학에, 아니 우리 정신 가운데 큰 맹점이 있었다면 아마그것은 시민 정신의 결여라고 할 수 있다. 우리는 역사적으로 시민이 자랄 수 있는 기회와 그 단계를 거치지 못했다. 봉건 시대로부터 근대의 식민지 시대로 옮겨왔던 불행한 이 나라의 역사는 '시민 의식'을 자라게 할 젖줄을 주지 않았던 것이다.

우리는 '시민 의식'을 한마디로 규정할 수는 없다. 그러나 그것은 역사와 개인이, 사회와 개인이 직결되어 나타나는 정신, 말을 바꾸면 개인을 통해서 역사는 변화되고 개인의 생활과 의식의 변화를 통해서 세계가 바뀌는 그 질서에의 자의식이라는 점만은 부정 못 할 것이다.

우리 작가(개인)들에게 대체로 역사의식이나 사회 감각이 결여되어 있었던 것은 그들의 생활이 사회와 직결된 생을 체험하지 못했기 때문이다. 그것과는 별개의 것으로 생활은 생활대로 역사는 역사대로 움직여왔다. 계절이 바뀌면 의상을 바꿔 입는 자연 환경과 동일한 시간으로 역사는 존재해왔다. 그러나 자연적인 환경과는 달리 역사란 내가 의상을 갈아입는 데서 바뀌어가는 그런 계절인 것이다. 4·19는 그것을 증명했고 우리는 그 계절의 변화를 잠시나마 체험했다. 그러므로 4·19는 과연 내 식탁에, 내 월급 봉투에 얼마만 한 이익을 가져다주었나로 평가하기보다는 바로 역사란, 그리고 사회란 '나'를 통해 바뀌어가는 것이라는 시민의 자각심을 얼마만큼 자극하고 있느냐로 측정되어야 할 것이다.

이광수 씨는 자기가 일제 경관에 체포되어 옥중살이를 했을 때 그 경험을 토대로 하여 하나의 작품을 썼다. 『무명』이라는 소설이 그것이다. 그러나 그는 감방을 업죄業罪에 시달린 인간 현실로 그려갔을 뿐 감방이 지니고 있는 사회제도의 모순이나 비인도성에는 티끌만 한 비판도 관심도 보이지 않았던 것이다.

같은 인도주의자로 불리고 있으면서도 톨스토이와는 아주 대조적인 태도이다. 톨스토이는 재판의 맹점이나 또는 형제刑制의 모순에 대해서 대담한 비판을 내렸다. 인간에 대한 그의 '사랑'은 추상적인 것이 아니고 이렇게 사회제도나 사회풍속을 통해 구체적으로 표현된다.

어째서 이광수 씨는 '감방'을 그리면서도 감방의 비인도적 상황이나, 억울한 죄수의 이야기나 그들에게 죄를 짓게 한 사회제도에 대해선 언급이 없었을까? 빅토르 위고나 골즈워디처럼 감방을 통해 사회의 불합리를 절개하지 않았던가? 그에게는 근대적인 시민 정신이 결여되어 있는 탓이다. 역사나 사회를 보는 눈이 트여 있지 않았기 때문이다. 이광수 씨의 예에서만 그치지 않는다. 오늘의 작가도 그와 가까운 거리에 있다.

4·19는 우리 역사 가운데 최초로 있었던 시민 혁명이었다. 자각된 민권운동이었다고 본다. 우리는 이 역사적 체험을 통해서 하나의 끈을 얻었던 것이다. 그 '끈'을 버려서는 안 된다.

역사나 사회 감각이란 '큰 차이'보다도 '작은 것의 차이'를 소중히 여기고 또 그것을 재는 감각이다. '그놈이 그놈이다'라든가 '오십보백보'란 말은 '사회적인 비평 감각'이 무딘 데서 오는 말이다. 크게 보면 다 같지만 그래도 서로 다른 작은 차이를 찾아내어 비판하려는 태도, 그것이 바로 역사를 움직이는 힘이 아니었을까?

'큰 차이'를 따지자면 사람은 누구나 나서 죽는다. 이러한 큰 차이로 보면 역사는 엽서 한 장에 기록할 수 있다. 하지만 역사란 그 똑같은 조건 속에서도 사소한 차이를 움직여온 기록이다. 일분 일초가 문제가 되는 세계이다. 4·19는 이 작은 차이의 중요성을 가르쳐준 것이다. 죽음은 막을 것이 없다. 그러나 같은 죽음이라 하더라도 억울한 죽음, 독재자의 횡포에 쓰러지는 그 죽음은 우리의 행동으로써 능히 막을 수 있다.

우리 문학은 지금까지 너무 '큰 차이'만을 따져온 것 같다. 또 역사나 사회를 무슨 자연의 계절처럼 움직일 수 없는 결정적인 힘이라고만 관망해왔다. 사회를 눈 흘기고, 역사의 비극에 통곡하는 문학은 있어도 그에 도전하여 그것을 뛰어넘는, 그리고 그것을 인간의 양심으로 바꿔놓는 문학은 없었다.

4·19는 끝난 것이 아니라 시작된 것이고 그 영향은 이미 있었던 것이 아니라 지금 막 시작하고 있는 것이라고 생각된다. 주어진 자유가 아니라 쟁취되었던 자유란 오직 4·19뿐이었으며, 내 태도의 변화로 사회를 바꿀 수 있었다는 것도 오직 4·19가 처음이었다.

그러나 이 4·19로 간단히 모든 상황이 바뀐다고 기대한다는 것은 역사의 질서를 낙관하는 우리 자신의 오해일 것이다. 어차피 인간의 현실은 크게 말해서 다 같은 지옥일 뿐이다. 현실을 바꾼다는 것은 지옥을 천국으로 옮기는 것이 아니라 보다 괴로운 지옥을 보다 덜 괴로운 지옥으로 바꾸어가는 작업이라고 할 수 있다. 문학 속에서 다루는 역사적인 인간상도 완인完人이나 성자聖者나 신神은 아니다. 그런 인간상이 아니라 어제와는 분명 무엇인가 조금은 달라진 인간상을 제시하는 열정이다.

4·19로 극락이 온다든가 4·19의 인간상이 성자처럼 완인이라는 몽상부터가 역사 감각의 결여에서 오는 일이라고 볼 수밖에 없었다. 4·19의 만장은 지금부터 쓰여야 할 것이다. 완결된 문장을 쓰려고 할 것은 없다. 그때그때의 선택에 의해서 만들어져가는 것일 게다.

인간이 만들어진 존재가 아니라 만들어져가고 있는 존재인 것처럼 4월의 만장에 적은 우리들의 언어도 하나의 문법으로 연결된 완성된 기성품은 아닐 것이다.

4·19 직후에 쏟아져 나온 4월의 찬가나, 혁명을 재현한 작품은 어디까지나 그때의 상황 속에서 적힌 글이다. 지금은 상황이 달라진 것이며, 그 달라진 상황 속에서 우리는 새로운 어휘를 선택해 가지 않으면 안 된다. 침묵한다는 것, 역사 앞에 절망한다는 것, 그것이야말로 4·19가 우리에게 준 재산을 탕진하는 노름이다.

계엄령을 두 번씩이나 겪고 사회는 폭력 밑에 깔려 있는데 저 4월의 만장에 기록할 말들을 우리는 아직 찾지 못하고 있는 것이 아닐까? 그리고 4월의 만장을 넓은 하늘에 '연'처럼 띄우기 위해서 '끈'으로 먼저 그것을 잡아매두지 않으면 안 된다.

'8·15', '6·25', '4·19', '5·16' 이렇게 시대는 바뀌어갔고 문학도 또한 달라져갔음을 우리는 안다. 4·19를 기점으로 한 문장이 분명 어떤 성질의 문학일 것인가는 자명하다.

4월이
지천으로 내뿜는
그렇게도 발랄한
한때
우리 젊은이들의
피를 보았거니
가을에 나의 시는
모성적母性的인 허영을 모두 벗기고
가을에 나의 시는
두이노 고성古城의
라이나 마리아 릴케의 비통으로
더욱 나를 압도하라
압도하라

지금 익어가는 것은

저들 물기 많은 과실果實이 아니라

감미甘味가 아니라

4월에 뚫린

총알 구멍의 침묵이다.

깜깜한 그 침묵이다.

—김춘수,「가을에」

봄의 4·19는 가을의 가라앉은 비극으로 우리를 압도한다. 참된 4·19는 지금 이 가을에 이루어진다. 떨어지고 있는 잎, 익어가는 과실 속의 근원에 있는 것……. 그 총알 구멍의 침묵 같은 그 속에서, 우리들의 시는 쓰여가고 있는 것이다.

대화 정신의 상실

대화가 시작되는 곳에서 우리의 고독은 구제된다. 그리하여 고립된 섬[島]은 바다와 하늘과 그리고 피안의 바람들과 함께 어울릴 수가 있다. 대화는 그렇게 해서 '나'와 '너'의 의미를 성장시키고 나와 너의 관계를 발견케 하고 '나'와 너가 함께 있는 우리의 생명을 형성해간다.

거꾸로 대화가 두절된 곳엔 영원한 침묵과 부재와 고립과 그리고 정숙의 그늘만이 있다. 그렇기 때문에 산문 예술은 대화의 훈련으로부터 시작되고, 비판 정신의 뿌리는 언제나 이 '대화 정신'의 토양 속에서 육성되어간다.

'남'과 관계지어진 '나'의 존재를 파악했을 때 우리는 '대화의 숙명'을 느끼게 된다.

역사와 관계지어진 '오늘'의 의미를 자각했을 때 또한 '대화'의 필요성을 이해하게 된다. 그러므로 지하옥地下屋 속에 유폐된 사람들은, 상아탑의 은사隱士들은, 역사와 현실을 배면背面한 생활의 기권자들은, 불상과 같이 근엄한 자제로 앉아 있는 파르나시앵 parnassien들은 구름과 같이 허공 속에서 배회하는 사람들은, 기계와 같은 사람들은 또한 니힐리스트들은 모두 대화를 필요로 하지 않는 사람들이다.

대화 정신을 상실한 그들은 '나'와 '너'를 그리고 '우리'를 다 같이 망각해버렸다. 금치산 선고를 받은 치인痴人들처럼 그리하여 지금 그들의 생활은 없다. 그들의 독백은 자기 꼬리를 잘라 먹고 사는 굶주린 갈치와도 같이 끝없는 자기 소비만을 위해서 발해진다.

그런데 우리 주변엔 대화를 상실한 이러한 군상이 참으로 많다. 하나의 논쟁이 하나의 문학적 대화일 것 같으면 그것이 불가능한 지금의 우리 문단 및 학계의 실정은 바로 대화를 상실한 불모의 고도孤島일 것이다.

우리가 남의 글을 비판한다는 것은 그것이 나 개인의 영웅심도 따라서 '나'와 '너'의 사감적私感的인 대립도 아닌 것은 물론이다. 그것은 다름 아닌 대화의 한 방법, 그리고 '너'와 '나'를 관계지으려는 모색의 길이다. 속된 말로 누가 누구를 까고 누가 누구에게 까였다는 피상적인 소문에 모든 논쟁의 사명이 있는 것은 결코 아니다.

소문은 바람보다도 쉽사리 사라진다. 아무도 이 덧없는 바람을 위해서 싸움하지는 않을 것이다. 내가 남의 말을 비판할 때, 내가 남의 소행을 폭로할 때 거기엔 절로 하나의 기대가 생겨야 하는 법이다. 그것은 여운처럼 남아 명령하고 지시하고 결단하고 정정하고 보다 나은 것을, 보다 옳은 것을 낳으려 한다. 그렇게 해서 문제는 '너'와 '나'의 싸움이 아니라 결국은 '우리'의 움직임 그것으로 귀착된다.

같은 배 안의 선부船夫들은 다 같이 그것의 방향을 주시한다. 우리는 그것의 올바른 진로를 위해서만 말하고 움직이고 닻을 감고 노를 젓는다. 결국 이 안에서 '나'의 선택을 말한다는 것은 '너'의 선택도 겸해서 말한다는 것이며, 모든 우리의 선택을 이야기한다는 것이다.

그러나 수년 이래 우리는 우리들의 대화를 가지고 있지 않았다. 앞서 지적한 대로 그 '대화(문학 및 학술 논쟁)'는 불가능한 것이었다. 최근에 이르러 국어 및 국문학계나 문단에는 칡덩굴처럼 얽힌 필전筆戰이 전개되고 있음이 그것을 입증한다. 우리는 보아왔다. 그 필전은 거의 다 대화 정신을 상실한 그리하여 독백에서 끝나고 만 슬픈 돈키호테의 싸움이었던 것을 우리는 잘 알고 있는 것이다.

풍차와 싸우는 이 용감한 사람들은 '학學'을 위해서 '예술'을 위해서 논쟁하고 있는 것이 아니라 자기의 체면을 위해서, 자기의 인기를 위해서 싸우고 있는 것이다.

그들은 언제나 '나'라는 좁은 울타리만 생각하고 있다. '우리'

라는 복수적複數的 논쟁이 아니라 언제나 '나'라는 단수적 논쟁—
사적인 이야기에 흥분하고 욕설하고 원망하고 변명한다. '너'가
없는 이 싸움은 분명 대상을 모르고 칼을 휘두른 돈키호테—풍
차와 하룻밤을 두고 피로한 투쟁을 한 그 돈키호테의 희극을 벗
어나지 못할 것이다.

큰기침으로 호령하고 있는 원로급 학자나 예술인이 있는가 하
면 비굴한 소시민적 상술을 발판으로 주판을 튀기듯 자기 이권
을 주장하는 소장 학도도 있다. 그것은 분명 하나의 소음이었던
것이다. 시장의 소음, 부둣가의 소음, 그러나 그 소리들은 도리어
우리들을 하구河口 같은 정적 속에 몰아넣는 것이다.

우리들은 지금 이러한 시속時俗의 소음이 아니라 투명한 하나
의 대화가 그리운 것이다. 니버와 발트의 열기 띤 대화가, 사르트
르와 카뮈의 양식 있는 성실한 대화가 그리고 오늘의 종언終焉 속
에서 서로의 양심을 저울질한 러셀과 훅의 대화가 안타깝게 그리
운 것이다.

서로의 문은 열려졌고 서로의 실화失火는 내일의 영토를 위해
서 불꽃을 일으켰다. 생각하면 우리들의 정신은 너무나도 가난하
다. 우리들의 눈은 하나만의 구멍 앞에 고정되어 있고 우리들의
음성은 한결같이 평탄하다. 변화 없는 '죽음의 골목' 속에서 헤매
는 우리들 부르짖음 속에는 메아리 없는 산령山嶺이 침묵하고 있
다. 또 침묵을 깨뜨리기 위해서 대화 정신은 어서 회복되어야 할

것이며 대화의 윤리는 향기를 찾아야 하는 것이다.

나는 왜 이런 글을 써야만 하는가? 나는 왜 그에게 저항해야 되는가? 나의 목소리는 어떻게 되돌아올 것이며 울려온 그 '메아리'는 어떠한 의미를 갖게 될 것인가? 글을 쓰기 전에 먼저 우리는 이러한 의문 속에 젖어보아야 할 것이다. 그것이 꼭 우리(내가 아니라)에게 필요하다고 느껴졌을 때 우리는 그 발언을 위해서 '언어'들을 불러야 된다. 그리고 글이 쓰이는 대상을 또 한 번 응시하고 그 발언의 방향을 찾아 정신의 핸들을 잡아야 한다. 그때 우리에게 대화의 꽃이 만개하게 될 것이고 풍차와의 우울했던 밤은 지샐 것이다. 건실한 대화가 시작되는 곳에서 우리의 고독은 구제된다. 그리하여 고립된 섬은 바다와 하늘과 그리고 피안의 바람들과 함께 어울릴 수가 있다.

풍란의 문학

당신은 산중 노수목老樹木에 착생着生하는 풍란을 알고 있는가? 대지가 아니라 허공에 뿌리를 뻗고 살아가는 그 슬픈 풍란의 습속을 알고 있는가?

흙에 심고 물을 주면 도리어 고갈하고 만다는 그런 풍란은 아무래도 땅에다간 뿌리를 박고 살 수가 없다. 그래서 '풍란'을 '조란吊蘭'이라고도 이름했던가?

당신은 기억하는가? 당신(전전파 문인)들의 문학이 바로 이 '풍란의 문학'이었음을 알고 있는가?

당신의 문학은 대지(현실)에 뿌리를 박고 있지 않았다. 그러니까 비역사적이며 은둔적이며 무기력한 그 생의 습속—그것은 분명 허공을 향해 뿌리를 뻗고 노수老樹에 감기어 꽃을 피우는 슬픈 풍란의 모습이었다.

그래서 당신들의 문학은 현실에 대한, 그 역사적 체험에 대한 하나의 근거를 갖지 못했다. 혹은 하늘 혹은 구름 서녘 하늘의 놀

속에서 너울거리며 흘러가는 언어뿐이다. 그렇기에 당신들은 아무래도 현대에 사는 중세인이다. 현대에 잔존하는 실루리아기紀의 폐어류肺魚類처럼······.

현실(땅)에 뿌리박고 있지 않은 그 풍류한 예술은 자연히 과거[老樹]에만 눈을 돌리고 지상의 것들을 포기하면서 천연한 낙원만을 찾고 있었다. 영원, 도주, 자연, 도취 그리고 춘향, 신라 그리고 순수라는 이름 밑에서 학鶴을 부르고 꽃을 말하는 패배주의의 문학이었다. 당신들이 별이 되고 달이 되어 하늘에서 허허하게 빛나고 있을 적에 이 지상에는 사벨 밑에서 짓밟히고 학살되고 쫓기어가는 가난한 사람들의 행렬이 있다. 그리하여 모국어는 빛을 잃고 늪에 괸 물처럼 부패했다.

당신들은 땅에서 일어나는 일을 말하지 말라 했다. 그것을 문학의 자살이라 했다. 역사에 대하여 말하는 것을 비순수라는 죄명 밑에서 멸시했다. 그것은 "저 포도는 시다"고 포기했던 『이솝우화』의 여우 같은 자위가 아니었을까? 한마디로 그것은 패배주의의 문학, 은둔의 문학이었다. 사회를 비평하는 것보다는 무당이 춤추는 광경이, 학살된 인간의 얼굴보다도 청노루 눈이 풍란 같은 당신에겐 소중한 것이다. 이러다가 고향은 폐허가 되고 가난한 이웃들이 짐승 같은 울음으로 쫓기어가고 맨발 벗은 어린애들은 웃음 웃는 습관을 잊어버렸다.

전전파 문인들은 이 현실의 독소 속에서 '마스크'를 했다. 이 살벌한 세상의 풍경 앞에서 '색안경'을 썼다. 이 마스크, 이 색안경 이것이 또한 당신네들의 문학이었다. 그리하여 다시 불행한 날(6·25)이 오고 또 다른 제2의 빙하기가 왔다. 그러나 그 슬픈 전쟁은 많은 것을 가르쳐주었다. 포연砲煙은―죄 없는 자가 흘린 피는 책보다 더 절실한 것을 말해주었다. 현대성이라는 것을, 상황에 대한 문학인의 책임을, 인간의 비극을……. 그래서 폭우 속에서 눈을 떴다.

나약한 풍란의 계절은 간 것이다. 땅속(현실, 역사, 사회) 깊이 뿌리박고 사는 새로운 습속을 새로운 의미를 체험했다. 이렇게 해서 '풍란의 문학'은 '대지의 문학'으로 옮겨가고 있다. 당신들은 그것을 알고 있는가? 알고 있다면 결코 우리를 이방인이라고 하지는 않을 것이다.

문학상과 「언덕을 향하여」

명성이란 차라리 한 사람의 성장하는 인간을 세상 사람들이 모여서 두들겨 부수는 것이요, 유형 무형의 그 파괴 뒤에 운집하여 쌓아올린 공사를 짓밟아버리는 것이다.

―R. M. 릴케

고독한 그리고 가난한 예술가에게 명성과 돈을 준다는 것은 굶주린 고아에게 한쪽의 빵을 시선施善하는 것처럼 기특한 일이다. 작가나 시인에게 베풀어주는 이 자선을 사람들은 더구나 문학상이라는 점잖은 이름으로 부르기로 했다.

우리에게도 이 다행스러운 미덕이 생겨나고 그래서 해마다 수종의 문학상이 시상되는 갸륵한 풍경이 있다. 물론 좋은 일엔 으레 못된 악마가 한몫 끼어드는 법이다. 우리 문단에도 이 문학상 제도로 하여 좀 말하기에도 송구스러운 스캔들이 있었던 것을 기억한다. 문학상이 분유粉乳가 아니기 때문에 모든 작가나 시인에게 골고루 배급할 수는 없다. 아마 그런 데서 기인하는 일인가 싶다. 그러나 그러한 것은 여기서 굳이 들추어 말할 필요까지는 없다.

하지만 아무리 눈을 감고 귀를 막아도 이 문학상에 대하여 꼭 한마디 하지 않고는 견딜 수 없는 일이 하나 있다. 지금부터 나는 그것을 이야기하고 싶은 것이다.

아시아 자유 문학상은 우리에게 있어 일종의 정신적 수혈이다. 자유를 사랑하는 우리들의 빈혈을 조심하여 뽑아낸 물보다 짙은 피다. 그동안 많은 작가, 시인들이 이 수혈을 받았다. 과연 혈액형이 맞았는지 염려도 된다. 그런데 이번에는 소설에 있어서 유주현 씨가 「언덕을 향하여」(《자유문학》 6월호)라는 단편으로 그 수혈을 받은 셈이다. 씨의 단편집 『태양의 유산』에 시상되었더라면 나는 '문학상'의 유산이란 것에 대하여 글을 썼을 것이다. 그러나 유독 그의 한 단편인 「언덕을 향하여」에 상이 주어졌기 때문에 나도 불가불 '문학상을 향하여' 한마디 발언하지 않을 수 없게 된 것이다.

이 말을 바꿔서 이야기한다면 『태양의 유산』이라는 여러 개의 단편들에 대하여 상을 주었더라면 그것은 하나의 공로상으로 볼 수 있기 때문에 문제의 논점이 달라질 수가 있다는 것이다. 하지만 「언덕을 향하여」라는 한 작품이 지적되어 시상되었다는 것은 이미 그것이 공로상이 아니라 작품상임을 입증하는 것이다. 그렇다면 「언덕을 향하여」라는 작품이 과연 작년도의 전 작품 중에서 가장 우수한 것일 수 있는가 하는 문제가 생긴다. 여기에서 부득이 발언하지 않으면 안 될 의무감이 생겨나는 것이다. 만약 우리가 그에 대해서 침묵한다면 그 작품을 그런 자리에 오를 수 있는 것으로 시인해주는 것이 된다. 상의 심사란 가장 직접적인 비평 행위다. 그 심사위원들이 그 많은 소설들 중에서 한 편의 단편을 뽑아낼 때는 어느 비평적 규준이 있었을 것이요 또 그만한 근거를 가지고 행사한 것일 게다.

과연 상기 작품이 작년도의 최우수작일 수 있느냐? 어떠한 규준에서냐? 나는 어떤 공석에서도 이야기했지만 결코 이 작품은 신통한 것이 못 된다. 작가 유씨가 신통하지 못하다는 말이 아니다. 왜냐하면 씨는 이 작품 이외에도 많은 작품들을 써냈기 때문이다. 나는 아직도 여름보다 겨울이 덥다고 생각해본 일이 없다. 낮보다 밤이 환하다고 생각해본 일도 없다. 그것처럼 「언덕을 향하여」가 어느 작품보다도 우수하다고 생각해본 기억이 없는 것이다. 그렇기에 모지某誌에 쓴 소설 1년 총평에는 우수작 열두 편 가운데 불행히도 이 작품을 넣어줄 수 없었던 것이다.

소설 그 자체의 흥미라면 오영수 씨가 있다. 소설에서 문제성(시대)을 따진다면 선우휘 씨가 있다. 소설의 분위기나 반공적인 색채를 중요시한다면 이채우 씨가 있다. 독자에게 주는 설득력이나 구성력으로 본다면 손창섭 씨가 있고 실험적이라는 의미에서는 장용학 씨가 있다. 그런데 「언덕을 향하여」가 대표작이 되기 위해서는 우리가 거기에서 무엇을 인정해주어야만 할 것인가? 어떠한 비평적 규준이 이 작품에 영예로운 후광이 되어줄 수 있는 것일까 의문이다.

「언덕을 향하여」는 상징적인 효과를 노린 작품이라 본다. 한 인물을 홍수 속에 몰아넣은 것이라든지 돼지와 갓난아이에서 그중 하나를 선택해야 될 그 입장이라든지, 어지러운 물살 속에서도 언덕을 바라보는 정경이라든지 그 모든 허구가 위기에 놓인 오늘의 시대적 상황과 깊이 관계지어진 인간들의 운명, 그리고 행동을 암시하기 위해서 설정된 것이다. 그러나 이 작품에서 상징적 의미를 느낄 수 있는 행복한 독자가 몇 명이나 될 것인가? 상징이란 독자가 발견하는 것이 아니다. 그것은 작가가 음악처럼 그렇게 일깨워주고 있는 힘이다. 그것이 곧 상징의 힘이다. 이 작품엔 그런 상징적 환기력喚起力이 없기 때문에 단순한 갓난아이의 구제 이야기로 떨어지고 말았다.

그렇다면 신문 기사가 이 소설보다 훌륭한 것이 얼마든지 있다. 이 소설보다 재미있고 아슬아슬한 소설이 얼마든지 있다. 백보 양보해서 이 작품의 상징성을 인정해주기로 하자. 그렇다고 해도 이 상징을 통하여 독자는 무엇을 얻을 수 있을 것인가? 돼지를 버리고 갓난아이(인간)를 구했다는 그 개척민의 행동이 영웅적인 것이 되기 위해서는 인간은 보다 더 타락해야만 된다. 식인종처럼 말이다. 낡은 이야기지만 『25시』의 한 인물은 아내의 죽음보다 말[馬]의 죽음을 더 서러워한다.

　오늘처럼 인간의 시체가 없을 때는 수긍될 만도 하다. 아니 루소파派의 19세기 낭만주의자들도 사람보다 당나귀를 더 사랑했던 일이 있다. 그렇지만 갓난아이를 버리고 돼지를 구한다고 하면 아직은 수긍하기에 곤란한 현실이다. 그러니까 유씨는 너무나도 지당한 말을, 마치 굶으면 배가 고프다는 투의 지당한 말을 한 셈이 된다. 본능과 같은 인간애, 이것이 오늘의 휴머니즘일 수 있을 것인가?

　딱하게도 이 작품이 작년도 대표작일 수 없는 까닭은 그것이 이렇게 테마로 보나 혹은 그 형식적 기교에서 보나 아무 문제성도 가지고 있지 못한 것이다. 이 작품이 만약 영어로 번역된다면 그리고 이것에 대표적인 작품이라고 꼬리표를 달아놓는다면 외국인들은 생각할 것이다. 한국인의 소설은 아무것도 아닌 사실을 되도록 아무것도 아닌 사실 그대로 쓰는 싱거운 이야기라고…….

　문학상이 이런 경우 그것은 참 슬픈 독이 되고 만다. 그릇된 판단에 의해서 던져진 명성이 도리어 작가를 파멸로 이끈다. 가혹하게 말해서 유씨가 상을 타기엔 아직도 야심적인 먼 앞날이 남아 있다. 씨는 엄격한 의미로 작가적 시련기에서 모색하고 있는 사람이다. 씨에겐 지금 명성과 상금보다 꼭 필요한 것이 하나 있다. 그것은 고독이다. 더 많은 고독 속에서만 씨는 자신을 발견할 수 있을 것이다. 그리고 거기에서 하나의 전율을 체득할 것이다.

씨뿐만이 아니라 한국의 작가에겐 명성보다 고립하는 기회를 주는 것이 좋다. 프루스트Marcel Proust가 살던 코르크의 방房과 같은 그리고 이 고립 속에서 쓰는 것만이 모든 것의 종결이라는 작가적 천직을 인식시켜주어야 한다. 이런 의미에서 문학상은 도리어 많은 작가들을 짓밟아왔다. 고독한 그들을 돈과 명성으로 복수하는 수법이었다. 악어 핸드백이 착한 가정부를 타락시키듯이…….

그래서 작가나 시인들은 명성의 아크등 밑으로 나서려 한다. 상인들처럼 계산하는 법과 거래하는 법과 떠드는 법을 배우기 시작한다. 이렇게 해서 대개는 작가적 처녀성을 상실해갔던 것이다.

이런 의미에서 더구나 상에 의하여 부당한 명예를 한 작가에게 지워줄 때 비평은 질서를 잃고 독자는 현혹되며 예술가들은 상인이 된다. 그리고 우리는 '별'을 '별'이라 하고 '달'을 '달'이라고 부를 것을 잊어서도 안 된다. '별'을 '달'이라 부르는 데서 문단적 알력이 생겨나고 문단에도 그레셤 법칙이 적용되고 마는 것이다.

더구나 아시아 자유 문학상의 수혈은 혈액형이 맞는 사람들에게 놓아주어야 한다. 왜냐하면 그들의 피는 눈물보다는 짙은 것이기 때문이다. 그들의 피를 아무에게나 놓아줄 수 있는 링거액으로 타락시켜선 안 될 것이다.

작가적 사고방식

세모歲暮의 거리를 본다. 교통신호의 등불을 따라 군중은 질서 정연하게 움직이고 있다. 모두가 자기 방향을 향해서, 곁눈을 팔지 않고 열심히 걸어가고 있다. 그들은 한 해 동안 잘 훈련되어진 것이다.

문단에도 그와 같은 질서, 그와 같은 일정한 방향이 존재하고 있는 것일까? 이러한 물음에 대해서 슬프게도 우리는 정반대의 대답을 할 수밖에 없다.

글을 쓴다는 것은 영혼의 개발 작업이다. 외부적인 질서는 '즉심卽審'과 '과료科料 백 원' 정도로 다스릴 수도 있는 문제지만 '생의 내면적인 그 질서'는 결코 그렇게 용이하게 되지 않는다. 도리어 혁명기와 같은 행동 과잉의 시대 속에서는 대개 방향감각을 상실하게 되는 것이 작가의 운명인 것 같다. 지난 한 해 동안의 문단 분위기가 바로 그러했던 것이다.

경제 5개년 계획이다, 구악舊惡 일소一掃다, 신생활 운동이다……. 모든 사람은 '재건 언어'(?) 속에서 긴장되어 있다. 작가들도 무엇인가 새로운 일을 해야 된다는 것이다. 그렇지 않으면 방관자의 꼬리표가 붙는다. 그렇다고 '문학 5개년 계획'이나 심훈의 『상록수』 같은 재건 문학을 소리 높이 외칠 수 있는 것일까? 문학 작품은 비료처럼 공장에서 만들어지는 것이 아니기 때문에 양적으로 계산될 수도 없고 무슨 집단적인 계산 같은 것을 세울 수도 없다. 그러한 공리적인 문학이 생겨난다면 한국의 문학사는 뒷걸음질을 쳐야 한다. 소설은 결혼 간소화나 미신 타파를 주장했던 이인직의 『귀鬼의 성聲』처럼 될 것이다. 시는 '학도야 학도야 젊은 학도야……'를 교본으로 삼아야 할 것이며 평론은 침방울을 튀기는 중학교 학생들의 그 웅변술을 모방하지 않으면 안 될 것이다. 〈황성 옛터〉가 다시 유행되고 있는 것처럼 문학은 갑오개혁 시대의 계몽 문학으로 후퇴한다.

그러나 알렉산드로스의 페르시아 정복으로 국민이 법석을 떨고 있었을 때 홀로 통 속에 들어앉아 그것을 굴리고 앉아 있던 디오게네스처럼 초연할 수만 있을 것인가? 불안이니, 부조리니, 고독이니 하는 글을 쓰기가 열없게 되었다. 변동하는 정치적 현실에 대해서 순응할 수도 또 비판을 가할 수도 없이 된 작가들의 그 방향감각 상실은 문학의 침체기를 초래하고 만 것 같다.

문단인들이 행동을 통일하여 성과를 거둔 업적이 하나 있다면 그것은 원고료 면세 운동에서 승리를 거두었다는 것이다. 그러나 결과적으로 그것은 별로 자랑거리가 못 되는 승리였다. 예술가가 소득세를 물지 않는 나라는 멕시코 정도다. 벼룩의 간肝을 내먹지 않는 것은 극히 다행한 일이지만 작가의 수입이 벼룩의 간 같다는 그 굴욕적인 현실에는 아무런 변동도 없다. 작가의 가난을 공인받았다는 슬픈 승리―눈물의 승리다.

그리고 비록 드레퓌스 사건 같은 것은 아니었지만 문인들이 최영오 군의 구명 운동을 진정한 것 등은 휴머니스틱한 행위로 기억에 남을 만한 일이다. 이 밖에도 문인들은 화려한 행사를 많이 했다. 거리에 나와 가장 행렬도 했고 지방 예술제에 나가 시를 읽기도 했다. 그러나 과문한 탓인지 일찍이 진정서나 행사 같은 것을 통하여 문화의 꽃이 피었다는 말은 들은 바 없다.

그런 것보다는 차라리 《사상계》의 신인 문학상을 획득한 서정인 씨의 「후송後送」이라든가 장용학 씨의 장편 『원형圓形의 전설』 그리고 을유문화사의 신작 전집 계획으로 발표된 새로운 장편소설 몇 편을 얻은 것이 우리에겐 위안이 된다.

쓸쓸한 한 해였다. 방향감각을 상실하고 방황했던 한 해였다. 그러나 '서시오', '가시오'가 없는 문단의 메인 스트리트에도 세월은 있다. 언어를 다스리는 관직 없는 통치자―여기에 누구에게도 양보할 수 없는 문인의 긍지가 있다. 너 나 할 것 없이 새로운 방향을 찾기 위해서 내면의 눈을 크게 뜨고 현실을 직시할 일이다.

날이 갈수록 세상살이가 자꾸 단조롭고 싱거워져간다는 것은 비단 결혼식장에서 케이크 상자만을 받아들고 나오는 사람들의 감상은 아니다. 오늘날의 소설을 읽고 난 대부분의 독자들도 역시 그렇게 허전한 마음을 품고 돌아선다. 옛날의 축제는 그렇지가 않았다. 그 은성했던 제식祭式과 누구나 한자리에 어울려 왁자지껄하게 떠들 수 있었던 잔치는 즐거운 것이었다. 잔치가 끝나도 신방까지 들여다볼 수 있는 특권이 허락되었던 시대의 이야기다. 지루한 주례사나 듣고 있다가 의무적으로 테이프를 던져야 하는 그 손님들은 아니었던 것이다. 요즘의 소설 독자들이 불평하고 있는 소리를 들어봐도 그와 비슷한 데가 많다. 적어도 옛날의 소설들은, 말하자면 모파상Henri-René-Albert Guy de Maupassant이나 오 헨리O. Henry시대의 소설들은 아무리 짧은 이야기(단편)라 할지라도 독자를 심심찮게 하는 재미가 있었다는 것이다. 호기심과 경악驚愕, 그리고 기대와 긴장감을 주는 그 제식 형식은 독자들에게 즐거운 잔치를 베풀었다. 그것은 반드시 소설의 통속성만을 두고 하는 소리는 아니다. 김동인의 「감자」나 이효석의 「메밀꽃 필 무렵」을 애독했던 고급의 독자라 할지라도 요즘의 젊은 작가들이 쓰고 있는 단편소설을 대하면 대체로 하품을 하게 마련이다.

대체 그 원인은 어디에 있는 것일까? 성급하게 말해버리자면 그것의 가장 큰 이유로서 '사건의 소멸'이라는 문제를 들 수 있다. 최근의 여러 잡지에 발표된 소설만 보더라도, 오늘의 작가들은 거의 '이야기 사건 중심'을 하지 않고 있다는 사실을 발견하게 될 것이다. 서사 예술의 본질로서 아리스토텔레스가 점잖게 정의한 이른바 발단, 전개, 종말의 그 공식은 옛날의 노예 문서보다도 더 실효성이 없어 보인다.

스토리텔러에 가까운 최정희 씨가 오래간만에 내놓은 「귀뚜라미」조차도 그것이다. 그것은 정년퇴직한 늙은 교직자의 하루—다른 날과 조금도 다를 것이 없는 평범한 그 하루의 기록이다. 죽음의 공포에 시달리는 노인의 심경을 묘사하기 위한 수단으로서만 사건이 점철되고 있을 따름이다. 문장력이 웬만한 노인들의 일기장이라면 아무 데를 찢어내도 우리는 「귀뚜라미」와 비슷한 작품을 얼마라도 얻어볼 수 있을 것 같다. 물론 이 말은 「귀뚜라미」가 범작이라는 것은 아니다. 이제는 옛날 작가들이라 할지라도 '사건의 메뉴'를 내걸려고 하지 않는다는 하나의 예증이다.

서기원 씨의 「말을 주제로 한 변주變奏」는 일제시대의 한국을, 그리고 송병수 씨의 「실증失證」은 6·25 때의 전쟁을, 그리고 최인훈 씨의 「금오신화」는 휴전 후의 남북한을 소재로 한 소설이다. 이들은 모두 특정한 시대, 특정한 인물을 선택하고는 있으나 특정한 사건에는 전연 얽혀 있지 않다. 「말을 주제로 한 변주」는 제목 자체가 암시하고 있듯이 일제시대의 한국적 운명을 한국 말의 그 측면에서 관찰한 소설이다.

문체나 화법에 있어서도 모두가 자서전식이다. 작중인물이 앞으로 어떻게 될 것인가. 또 그 사건들이 어떻게 진전될 것인가 하는 것은 처음부터 관심 밖의 일이다. 무수하게 단절된 삽화들이 문법 책의 예문들처럼 명멸할 뿐이다. 배경 설정이나 시대적인 조건은 김동인의 「붉은 산」과 조금도 다를 것이 없다.

도리어 아편 밀수범, 친일파인 아버지, 일인日人 학교의 한국 학생 등, 그 인물의 다양한 배치는 「붉은 산」보다도 한층 극적일 수 있는 요인을 간직하고 있다. 하지만 「붉은 산」과 같은 일정한 연속성을 지닌 스토리나 극적인 대단원은 찾아볼 길이 없다.

송병수의 「실증」도 예외가 아니다. 그것은 미군의 한 중대가 적군의 포위망을 뚫고 탈출하는 이야기다. 그런데도 아슬아슬한 맛이나 전쟁터의 그 특유한 드라마는 거의 제거되어 있는 셈이다. 작가의 관심은 탈출이라는 사건 전체에 있지 않다. 최인훈 씨의 「금오신화」 역시 배경은 이북이요 주인공은 남파되는 간첩이면서도 호기심을 끌 만한 어떠한 사건의 극적 전개는 전무하다.

이들은 상황만을 다루고 있을 뿐이지 그러한 상황 속에 놓인 인물이 여하히 행동해가는가 하는 데에 대해선 조금도 배려를 하지 않고 있는 것이다. 왜냐하면 이들은 인간의 행위를 혹은 그 현실의 움직임을 하나의 현장 검증과 같은 것으로 파악하고 있기 때문이다. 그것은 모두 역사의 범죄 상황에 대한 관찰이다. 현대에 있어서 이미 사건은 끝나버린 것으로 되어 있다.

오늘의 작가는 새로운 사건을 창조하기보다는 끝나버린 사건들에 대한 판단을 더 중요하게 생각해야 된다고 믿는다. 그러므로 그 소설은 기자처럼 새로운 사건의 뉴스를 제시하는 것이 아니라 법관들이 범죄 사실의 판단 재료를 얻기 위해서, 그리고 그 사실을 확인하기 위해서 이미 끝나버린 사건을 되풀이시키는 현장 검증이다. '현장 검증' 속에서 재현되는 광경은 사건의 신기성이란 것이 없다. 오히려 거기에는 상상적 현상이 사실 그 자체로 옮겨가는 허탈감이 있을 따름이다. '현장 검증'에서 차지하는 사건의 의미는 오직 권태롭고 싱겁고 빤하기 짝이 없는 것이다. 그것은 판단 자료나 범행 사실의 확인에만 공헌할 따름이다.

「말을 주제로 한 변주」에서 중요한 것이 '한국말'과 '리세이킨'과의 관계에 대한 판단이지 그 관계가 빚어내는 사건들의 발견은 아니다. 어떠한 사건이 벌어졌느냐를 이야기하기보다는 벌어진 사건들을 어떻게 판단하고 확인하는가 하는 것이 이들의 소설 미학이기 때문이다. 호디스가 혼자 살아났다는 것이 실증, A가 남파되다가 총격에 쓰러졌다는 것이(「금오신화」) 결코 이들 소설의 결말은 아니다. 그것이 모조 보석이었다는 대목에서 모파상의 「목걸이」는 골인한다. 그러나 '현장 검증'으로서의 소설은 그때부터 소설이 시작되는 것이다.[12] '현실의 재현'보다 '현실의 판단'으로

[12) 오늘의 작가는 이전 작가들의 스토리가 끝난 곳에서 오직 '현장 검증'을 할 뿐이다.

시점을 돌릴 때 사건은 소설의 왕좌에서 물러서지 않을 수 없게 되었다는 것이다.

그런데 이와는 또 다른 이유로서 우리는 이호철 씨의 「마지막 향연」, 남정현 씨의 「현장」, 그리고 송병수 씨의 「신 사과」의 경우를 들 수 있다. 이 소설에서 우리가 사건(극적인)의 신기성을 찾아볼 수 없는 것은 그들이 설정한 인물과 상황, 그 자체가 이미 사건의 부재를 내포하고 있기 때문이다.

「닳아지는 살들」의 연작으로 쓰인 「마지막 향연」은 침체와 허탈과 퇴색한 생의 영락零落들만이 등장하는 묵극黙劇이다. 하루 종일 까닥까닥 호두를 까먹고 있는 백치의 가장家長, 코카콜라를 마시고 게트림과 트럼프장을 떼는 것으로 세상을 살아가는 성인식, 그리고 자기 나이마저도 잊어버리고 살아가는 그 부인……. 그 가족 전체의 분위기가 썩은 늪의 물처럼 괴어 있다. 서로의 대화마저도 통하지 않는 단절된 그 인간들 사이에서는, 그러한 침체된 분위기 속에서는 사건이 일어나려야 일어날 도리가 없다.

남정현 씨의 「현장」도 송병수 씨의 「신 사과」도 다를 게 없다. 무슨 소식이 있기나 기다리며 온종일 우두커니 앉아 있기만 한 구정객舊政客(아버지), 의처증에 걸려 아내나 들볶는 동수 형, 그 사이에 끼어 어찌할 바를 모르고 몽유병자처럼 돌아다니는 주인공

오늘의 소설은 바로 그 '현장 검증'이다.

동민―이들은 모두 박제된 인간이다.

모험도, 의욕도, 생의 결단도 기대할 수 없이 되어버린 인간들이다. 다방을 소요하면서 막연히 무슨 일이 일어나기를 바라는 송병수 씨의 인물 「신 사과」도 그렇다. 수술대 위에서 마취되어버린 인간들, 죽지도 살아 있지도 않는 가사 상태의 인간들, 자기의 존재를 무엇으로도 합리화할 수 없는 부패된 상황, 병원 대합실과 같은 그 침체된 상황―그러므로 작가들은 고의로 사건(드라마)을 제거시켜버리고 만다. 권태와 고독으로 가득히 괴어버린 일상생활의 분위기는 철저한 드라마의 부정을 전제로 하고 있다.

「마지막 향연」에 나오는 '식모'나 이삿짐을 나르러 온 인부, 그리고 「현장」의 여동생 '경아', 「신 사과」의 그 '여대생'들은 다 각기 발랄한 생명력과 건강한 육체를 가진 자들이다. 이들 같으면 무엇인가 사건이, 모험과 드라마가 일어날 법하다. 그러나 이들 작가들은 단지 그 인물들을 암흑을 강조하기 위한 광명으로 사용하고 있을 따름이다. 그들이 말하고 싶어 하는 것은 새로운 타입의 영웅이 아니라 영웅들의 타락, 혹은 영웅이 부재하는 현대의 분위기였던 것이다.

이렇게 작가들이 '현장 검증'으로서 역사의 범행을 다루고 혹은 병원 대합실처럼 자기 부패 속에서 일상적인 현실의 내면을 파헤치려는 데에서 '사건'은 점차로 소설의 영역에서 소멸되어간다. 그러므로 이야기를 듣고 싶어하는 전통적인 독자들은 오늘의 소설에 대하여 싫증을 내고 있다. 싱겁고 답답하다고 말한다.

우리는 소설에서 자취를 잃어가는 그 사건(드라마), 자칫하면 신파로 낙인이 찍혀버리는 그 굴곡 많은 사건 소설의 종언을 어떻게 받아들일 것인가? 체호프Anton Pavlovich Chekhov의 말대로 "사람들이 모두 북극에 가서 빙산에서 떨어질 수만은 없다. 오피스에 출근하고 아내와 싸우고 캐비지 수프를 마시고 있는 것이 인간의 생활이다."

기발한 사건이나 소설적인 허구와 모험 속에서 사는 사람들보다는, 많은 사람들이 평범한 생을 되풀이하고 있다. 그러므로 종래에는 소설의 소재가 될 수 없었던 인물들의 생활에서 한 편의 작품을 만들어낸다는 것이 한층 더 진실할 때가 많다.

그러나 작가들은 사건의 소멸이라는 현대 소설의 운명에 대해서 다시 한 번 반성해볼 필요가 있다. 인간의 패배와 개성의 멸각滅却 속에서 또한 종식해가고 있기 때문이다. 인간이 근육을 잃어갈 때 소설도 사건을 잃었다. 그리고 보면 슬픈 이야기든 기쁜 이야기든, 가벼운 마음으로 밤을 새우며 즐겁게 들려주었던 그 '이야기꾼'들의 시대, 로망스의 시대를 그리워한다는 것은 단순한 회고 취미만은 아닐 것이다.

어찌해서 마르셀 에메Marcel Ayme가 고도한 형이상학적 잔소리를 버리고 시대착오적인 터무니없는 공상 가담을 택했던가 하는 이유를 우리도 한 번쯤은 진지하게 생각해볼 만한 일이다.

한 편의 재미스러운 이야기를 꾸며내는 것—그것이 소설가에게 부여된 본래의 사명이라 한다면 나날이 사건이 소멸해가는 소설에 대해 흰 눈을 흘기고 있는 그 독자들만 나무랄 수는 없는 일이다. 근육이 필요한 인간들을 창조하기 위해서 소설의 유쾌했던 옛날의 그 제식은 다시 한 번 잔치를 벌일 수도 있는 것이다.

술이 반쯤 들어 있는 위스키병을 발견했을 때, 사람들은 서로 다른 두 개의 반응을 보이게 될 것이다. 말하자면 "술이 겨우 반밖에 되지 않는다."고 차탄嗟歎하는 경우와 반대로 그것이 "아직도 반이나 남아 있다."고 기뻐하는 경우다. 버나드 쇼Geore Bernard Shaw는 그것이 바로 페시미스트pessimist와 옵티미스트optimist의 차이라고 생각했다. 페시미스트는 생의 공허한 부분에 더 관심을 기울이고 옵티미스트는 생이 '충만되어 있는 부분'을 더 강조하려고 든다.

그리하여 페시미스트의 문학은 부정적이고 파괴적인 요소를 지니고 있다. 그것은 '눈물'과 분노의 미학을 뒷받침으로 하고 있는 것이다. 그러나 옵티미스트의 문학은 긍정과 화해의 요소를 지니고 있다. 따라서 그것은 '웃음'과 관용의 미학 속에서 빚어지는 것이다. 페시미스트는 혁명을 하고 옵티미스트는 꽃씨를 심는다.

그러나 엄격한 리얼리스트는 이편도 저편도 아니다. 그는 웃지도 않고 또한 울지도 않는다. 다만 확인할 뿐이다. 술이 차 있는 부분과 비어 있는 부분을 각각 공평하게 바라보면서 그는 거기 반병의 술이 있다고 말할 것이다.

최근의 작단作壇에서도 이와 같은 세 개의 판도를 그려볼 수 있다. 오상원 씨의 「훈장」과 송상옥 씨의 「어두운 날」은 페시미스틱한 성격을, 그리고 박영준 씨의 「죽음 앞에서」와 김의정 씨의 「할렐루야」는 옵티미스틱한 성격을 띠고 있다. 전자前者는 다이너마이트처럼 현실의 좌절감 속에서 인간의 꿈을 부수고 그 희망을 부정하고 있지만 후자의 것은 죽음 앞에서도 애써 인간의 어떠한 가치를 긍정하려고 든다.

그런데 송병수 씨의 「인형들의 합창」은 야누스의 얼굴처럼 현실의 옵티미스틱한 측면과 페시미스틱한 측면을 총체적으로 그려놓은 작품이다. 그것은 양면적인 현실 감각을 지닌 리얼리즘이다.

「훈장」(오상원), 「어두운 날」(송상옥)—오상원의 소설은 패배한 영웅들의 수용소다. 이 작가의 관점에 의하면 현대의 영웅들은 모두가 적선赤線 구역으로 추방된 것이다. 그래서 그는 타락해버린 인간들—범죄자, 깡패, 상이군인 등의 그 인간들을 마치 세인트헬레나의 나폴레옹처럼 생각하고 있는 것이다. 「훈장」도 종래의 그러한 작품들과 별로 다른 점이 없다. 전쟁터에서 용감하게 싸웠던 그 영웅들은 이제 그때 입은 상처를 팔아먹고 세상을 살아간다는 이야기다. 무릎에 커다란 흉터를 가진 '차리'는 패배와 좌절과 비정적인 현실의 이미지를 그대로 반영시켜주고 있는 스크린이다.

이 작품을 통해서 작가는 그 독자들에게 값어치 있다고 생각한 일이 실은 아무것도 아니라는 것, 오직 어리석고 환멸에 찬 행위라는 것, 즉 인간이 어떻게 패배해가고 있는가를 가르쳐주기만 하면 되는 것이다. 마치 술집 노파에게 훈장을 보여주면서 "할마이한테 이거 드릴 게 대포 한 잔 주겠어? 할마이는 싫을 거야. 그렇지? 이게 할마이에겐 대포 한 잔 값도 못 되지."라고 넋두리를 하고 있는 그 제대군인처럼……. 우리가 믿고 있던 인생의 의미와 권위를 뒤집어놓는 작업이다. 현실은 우리가 상상하고 있는 것처럼 그렇게 달콤한 게 아니라 보다 냉혹하고 보다 암담한 것이라는 점을 말하려는 것이다.

송상옥 씨의 「어두운 날」도 마찬가지다. 그 소설의 첫머리에 나오는 에피소드처럼 인간의 꿈이 하나하나 깨어져가는 과정을 '의식의 흐름' 수법으로 펼쳐간 소설이다. 생각 같아서는 스키를 타고 펄펄 날 수 있을 것만 같았는데 실제로는 그렇지 않았다는 소년 시절의 좌절감이 이 소설의 전부를 상징해주고 있다. 꿈과 현실의 갭을 다룬 진부한 소재들이지만, 설득력은 높은 편이다. 초등학교 졸업식에서 송사送辭를 읽을 때만 해도 그 주인공은 간단히 생각했던 것이다. 입버릇처럼 "문제없어요", "문제없어요"란 말을 되풀이한다. 그러나 마지막엔 어머니의 약값조차 구해

드리지 못하는 각박한 현실 의식만이 남게 된다.

이 패배의 기록들은 절압 絶壓처럼 끝을 끊고 있다. 「훈장」이나 「어두운 날」이나 모두 '울음'으로 끝나 있는 것이다. "비는 그저 내리퍼붓고 있었다. 인적 하나 없는 뒷길 어둠 속으로 엉엉 우는 울음소리와 함께 비틀거리는 두 그림자가 점점 멀어져가고 있었다." "어머니! 어머니! 어느덧 그의 목소리는 울음으로 변하여 조용한 밤의 공기 속으로 울려 퍼지곤 했으나 그는 어디론지 사뭇 내닫고 있었다."

앞의 것은 「훈장」의 종절이요, 뒤의 것은 「어두운 날」의 끝부분이다. 그저 울음을 터뜨리고 말았다는 것, 어둠 속에서 정처 없이 걸어가고 있다는 것, 그것이 이 두 소설의 같은 결말이다. 그러나 이 두 작품에는 출구가 있다. 「훈장」과 「어두운 날」의 페시미스틱한 눈물의 종지부와는 반대다. 여기에는 인간에 대한 어떤 신념과 긍정적인 비전이 비상구처럼 뚫어져 있는 것이다. 물론 암행어사가 출두하는 『춘향전』이나 봉사가 눈을 뜨는 『심청전』 등 속의 해피엔딩은 아니다. 하지만 이 소설이 도달하고 있는 종착 지대는 분명히 생의 그 공허한 폐허는 아닌 것이다.

김의정 씨의 「할렐루야」는 제목 그대로 인생의 찬미가다. 이 소설은 「어두운 날」과 같이 어머니의 죽음으로 끝을 맺고 있으나 조금도 우울하고 처절한 느낌은 주지 않는다. 말하자면 그 죽음의 신비감에 소녀적인 순결성과 축제의 기분을 혼합해놓은 크리스마스카드 같은 것이다.

　김의정 씨는 어떻게 해서 가장 비참하고 가장 어두운 그 인간의 죽음을 그처럼 아름답고 그처럼 평화롭게 그릴 수 있었던가. 그것은 그 소설에도 직접 나타나 있듯이, '영원으로 통하는 무한하고 절대적인 생명'을 믿고 있기 때문이다. 말하자면 종교적인 비전이라 할 수 있다. 정확히 말하자면 '자신의 천성에 따라 자신의 재능을 천직으로 삼고 느끼는 보람과 기쁨', 즉 주어진 것에 대해서 불평 없이 묵묵히 순응하고 감사하는 그 늙은 산파(어머니)의 봉사적인 일생이다. 거기에서 작자는 아름다운 인간의 한 가능성을 모색하고 있는 것이다.

　'문숙'이가 부르는 「할렐루야」의 노래, 수북이 흰 눈이 쌓이고 쏟아질 듯이 별빛이 흐르는 아름다운 크리스마스의 밤, 그리고 엷은 미소를 지으며 숨을 거둔 어머니의 평화로운 얼굴……. 이러한 라스트 신의 이미저리는 인생에 대한 새로운 꿈을 잉태하고 있는 것이다.

　박영준 씨의 「죽음 앞에서」도 「할렐루야」와 같다. 역시 죽음을 다룬 소설이지만, 그 결말은 흐뭇하고 고요하다. 그러나 인간의 생에 대한 그 긍정적 태도는 여러모로 「할렐루야」와는 다른 점이 있다. 「죽음 앞에서」를 읽을 때 우리가 느끼게 되는 것은 동양적인 달관과 자기 멸각이라는 우리의 그 전통적인 미덕이다. 자식들에게 괴로움을 주지 않기 위해서 스스로 죽음을 준비하는 주인

공의 그 극기적인 행위는 「나라야마 부시코」의 '오링'을 연상케
한다. 더욱이 '금이'를 두들겨 패는 장면이 그렇다. 악착같이 발
버둥치며 죽어가는 비극적인 인간상과는 달리 스스로 화평한 마
음으로 죽음을 준비하고 맞아들이는 주인공의 그 요연한 태도는
동양적인 옵티미즘을 상징하는 것이다. 그러나 평화스러운 표정
을 짓고 죽어가는 그 긍정적인 인간관은 이 두 작품의 공약수이
다.

「인형들의 합창」(송병수)은 한 미혼 여성의 하루를 다큐멘터리
식으로 기록해 내려간 소설이다. 자연적인 시간의 질서에 따라서
소설 역시 아침부터 시작해서 저녁에 끝을 내고 있다. 평범한 하
루, 평범한 사건이지만, 한 여주인공의 내면 속에는 때로는 어둡
고 때로는 밝고 조금은 슬프고 조금은 즐겁기도 한 온갖 일상적
인 생활의 포말들이 명멸해가고 있다.

여주인공은 잠시도 가만히 있지 않는다. 하루에 각각 성격이
다른 네 남자를 만나서 교제를 하는 여인이다. 그러나 한옆에는
소외된 인간의 어떤 고독이 일상적인 권리가 그늘을 던지고 있
다. 흐렸다 개었다 하는 날씨처럼 모든 감정 모든 행위가 양면성
을 띠고 있는 것이다. 그것은 타인으로부터 단절된 자기와 어쩔
수 없이 타인(군중)과의 관계를 희구하고 있는 또 다른 자기 사이
에서 벌어지고 있는 언밸런스다.

'홀로 있는 것'만을 찍어오던 그 사진작가(여주인공)가 시점을 달

리해서 무리[群]진 것을 한번 제작해보려는 것은 부정적인 것으로부터 긍정적인 것으로 나아가려는 생의 한 포즈를 나타낸 것이다. 그리하여 하루의 편력 끝에 인형들이 죽 늘어선 그 빨간 입술들에서 무리진 이미지를 찾아내고 그 여인은 기뻐한다. 하지만 인형들의 무리진 그 입술들의 이미지는 어떠한 것일까? 생명 없는 그러나 싱싱하게 무리져 있는 인형들…… 침묵 그러나 절규…… 말하자면 반은 차 있고 반은 비어 있는 그 현실의 전모를 송두리째 나타낸 이미저리다. 인형들이 합창하고 있는 그 이미지는 부정적인 것과 긍정적인 것을 동시에 내포하고 있다. 우리는 이 소설에서 현실과 소외된 인간의 무의미성을 느낀다. 그것은 어두운 것일지 모른다. 그러나 그것들을 하나하나 합쳐 무리를 이루어놓았을 때 우리는 인형들의 입술에서처럼 뜨거운 생명의 절규를 듣게 된다.

사진은 찍는 것이 아니라 만드는 것이라고 주장하는 그 여주인공의 말이 바로 현실을 대하는 작가 자신의 리얼리즘을 암시해준 것이라 할 수 있다. 사진과 같은 리얼리즘, 그러나 그냥 찍는 것이 아니라 만드는 그 리얼리즘.

우리는 이상의 소설을 통해서 현실을 대하는 작가의 세 가지 태도를 훑어보았다. 그러한 입장들 가운데 어느 것이 옳고 그르다고는 말할 수 없다. 다만 현실을 대하는 이 세 가지 태도 가운데 우리에게 보다 아쉽게 느껴지는 것은 제3의 현실, 즉 페시미스틱한 것도 옵티미스틱한 것도 아닌 전면적인 현실 파악이다.

우리나라의 소설은 대개가 눈물로 뒤범벅이 된 초상집의 비극물이 아니면 야학당의 교훈물이다. 그러나 모든 물체는 그늘과 광명 속에서 그 입체감을 드러내고 있는 법이다. 외곬으로 흐르는 페시미즘 그 재단된 현실에는 어딘가 다 같이 불구적인 데가 있다. '선과 악', '부와 빈', '눈물과 웃음', '강자와 약자', '건강과 병', 이러한 전면적인 현실 감각을 지니고 인간과 생활의 의미를 재발굴해내는 것이 앞으로 우리 작가가 보다 관심을 기울여야 할 과제가 아닌가 생각된다.

II

비평의 세계

비평의 기준

PER의 함수 관계

라스웰[13]은 캐플런과 공저共著인 『권력과 사회Power and Society』
에서 인간의 행위 R(Response)을 그것의 환경 E(Environment)와 행위
자 자체 내의 특질 P(Predisposition)와의 함수 관계로 보고 있다.

"인간의 행위를 연구하는 방법을 발견한다는 것은 민주주의적
인격과 민주주의적 실천을 발전시키는 데에 장애가 되는 방해물
을 제거하는 길이다(『Analysis of Political Behaviour』, p.11)."라는 주장을
가지고 P·E와 이 함수 관계로써 R(행위-반응)을 구명하는 것으로
그는 모든 정치 현상을 비평했고 사회적 발전의 방법을 삼았다.
그러므로 라스웰은 인간의 행위(R)를 그의 본래적 소성素性(P)의 반
응으로써만 추구하는 홉스의 $R=P^n$의 견해를 반박했다. 동시에
경제적 조건, 즉 객관적 외부 환경 E만으로써 R(인간의 행위)을 표시

---

13) Harold Dwight Lasswell, 미국의 현대 정치학자. 정치 현상을 행위학적으로 다룬다.

하는 마르크스의 R=E^n 방법을 부인했다.

그리하여 그는 어디까지나 인간의 행위를 인성(P)과 환경(E)
이 상호 연관된 그 정황situation 밑에서 천명했다. 말하자면 그는
R=P^n·E^{n}의 정의로써 그의 사회 정치학적 기준을 정립했다. 그러
므로 어느 환경과 어느 인성은 하나의 행위를 성격 지어주는 요
소가 되고 다시 그렇게 해서 성격지어진 행위는 다음에 오는 환
경과 인성의 특질을 낳게 된다. 이와 같은 R과 P·E의 함수는 무
한히 계속된다. 이 관계의 이해를 보다 쉽게 하기 위하여 우리는
이와 같은 도식을 생각할 수 있다.

$$E \quad\quad E' \quad\quad E'' \quad\quad E^n \quad\quad E^{n+1}$$
$$\updownarrow \searrow R \swarrow \updownarrow \searrow R' \swarrow \updownarrow \searrow R'' ... \updownarrow \searrow R^n \swarrow \updownarrow \searrow R^{n+1}... f(E \cdot P)$$
$$P \quad\quad P' \quad\quad P'' \quad\quad P^n \quad\quad P^{n+1}$$

(E=Environment, P=Predisposition, R=Response)

가령 중세기의 시대적 환경을 E라 하고 그 시대의 인성을 P라
한다면 르네상스를 일으킨 인간 행위는 R이라 할 수 있다. 만약
인간이 객관적 환경에만 지배된다면 E와 R만이 함수 관계에 있
을 것으로 르네상스의 저항 운동(인간의 자유)이 야기되지 않았을지
도 모르고, 반대로 인간의 행위가 인간의 감정적 주체적 소인에
만 의한 것이라면 오늘날과 같은 메커니즘mechanism의 환경이 생
겨날 리 없었을 것이다.

그 암흑기에서 벗어나려던 행동은 어디까지나 환경의 압력과 그 환경의 압력을 감수하는 주체자, 즉 단순한 기계적 반응이 아니라 다른 무엇을 희망하려는 인간의 자유(중세기의 E와 P의 두 조건) 밑에 이룩된 것이라 할 수 있다. 그와 같은 중세기의 R(행위)은 이윽고 르네상스기의 별다른 환경 E'와 또 다른 인간의 경향 P'를 만들었고 다시 르네상스기의 E'와 P'는 새로운 인간의 행위 R'를 낳았다.

그리고 보면 E에서 E'라는 새로운 환경이 생겨났다는 것은 그 환경에 작용한 인성이 있었기 때문이요, P'라는 새로운 인간 정신의 변모는 그 정신에 작용한 환경의 작용이 있었기 때문이다.

이상과 같은 라스웰의 방법을 문학 비평의 방법에 응용한다면 매우 재미있는 현상을 끌어내올 수 있고 거기에서 스스로 비평 기준의 정립에 커다란 도움을 입게 될 것이다. 말하자면 민주주의적 인격과 민주주의적 실천을 발전시키는 데에 장해가 되는 방해물을 제거하는 그 방법으로 옮겨볼 수 있기 때문이다.

나는 이와 비슷한 비평의 방법론을 「시비평 방법서설」이라는 글에서 언급한 일이 있었다.

비평 기준 도그마

우리는 홉스와 같은 눈으로 작가의 행위 R을 바라보는 비평가들을 수시로 볼 수 있다. 특히 순수 문학을 제창하는 사람들이 대부분 여기에 속하는 사람들이라 할 수 있다.

R=P^{n}으로서의 문학적 비평의 도그마를 우선 여기에서 밝혀보자. 하나의 작품을 인간의 그 근원적 감정의 표현으로 보고 그 가치는 시간을 초월한 것(Timeless)으로 규정한다.

이 세상 어느 한구석에서
인간은 먹고 자고 사랑을 한다.

인간은 오락과 꿈을 지녔다.
일할 때는 노래하고
슬프면 울고
괴로우면 쉰다.
한마디로 하면 인간은 살아 있다.

세상이 노상 같은 세상인 것처럼
인간은 인간을 가르친다.

탁자卓子는 정돈되고 정결하며
그 잠자리가 가장 알맞고
아내가 가장 고운 것을

그는 알고 있다.

이 세상 어느 한구석에
세상사와 어울리어서
행복하다. ……인간은 살아 있다.

이 세상이 노상 같은 세상인 듯이
인간은 인간끼리 모여서 산다.

하나 불안한 날 가운데
굶주림이 오고 불면不眠의 밤이 오고

사랑이 그들을 배반할 때
이 세상 어느 한구석에서
분노에 떠는 주먹을 쥐고
그는 살아간다. ……인간은 살아 있다.

이 세상이 노상 변하여도
그러나 인간은 계속되어간다.

　　　　　　　　　　　　　—클로드 세르네, 「인간」

아무리 시대와 환경이 바뀌어도 인간이 살아 있다는 그 사실, 그 존재는 영원하다고 하는 이 낙관적인 시처럼 R=P를 지향하는 비평가들은 문학에 있어서의 '영원성'이란 문제에만 집념한다. 한 작품이 영원적인 것을 담기 위해서는 E(시대성, 환경의 변화)를 고정시키려고 하고 혹은 그것을 문학의 영역에서 추방하려고 한다.

그러므로 그들은 자연히 시대감각이라든가 상황 의식과 결합된 감정 같은 것을 불순한 것으로 규정하게 되고 비문학적 태도로 간주하려 든다. 또한 그 시대성의 문제를 아널드Matthew Arnold의 "현대의 약소한 행위가 지니는 근대적인 언어, 익숙해진 습속, 현대적 사건에의 언급들은 우리들의 일시적인 흥미와 감정에 호소하는 것뿐이다(『Poetry』, p.8)."라는 말대로 표현의 친근성familiarity 또는 유행성의 현상으로만 포착하려는 경향이 짙다. 그들에게 있어서는 작품(R)을 구명하는 데에 필요한 인간 본질(P)을 향해서 끊임없이 추구해가는 것만이 비평문학의 유일한 생명이요, 의무로 되어 있다. 따라서 인간성 본질 문제가 그러한 비평의 절대 규준이 된다는 것은 췌언할 여지도 없고 $R=P^n$의 관계를 밝히려는 것만이 비평 수단의 근저가 된다.

'하늘'과 '구름'과 '꽃'과 '별'과 그 같은 자연은 '아름다움'의 영원한 상징이 되어야 하며, 그러한 것을 좇는 인간성은 언제나 동일한 것으로 있어야 한다는 것이 그들의 생각이다. 그러니까 시간과 외계에 관계없이 존재하고 있는 어느 아 프리오리한 가치를 설정해놓고 모든 시대, 모든 지역의 인간 행위를 통솔하려는 결과가 생긴다. 이러한 비평 행위는 온갖 작품의 구심력을 구하는 데에만 노력하고 있지만 그것은 사실상 허점을 위한 도로徒勞일 뿐이다. 그렇게 해서 얻은 영원성이 존재 가치를 지니지 못할 때, 그것이 이미 아무런 힘도 발휘하지 못할 때 그것은 있어도 없어도 무방한 사막의 영원성과 같기 때문이다. 오히려 그것은 역사의 질서를 방해한다. 역사에 작용하지 못하는 인간성의 영원성은 이미 존재 이유를 띨 수 없게 되고 상황에 관계지어져 있지 못한 인간성은 행동력을 잃은 단순한 목편木片에 불과한 것이기 때문이다. 더구나 인간성은 어디까지나 역사와 상대적인 의미를 소유했을 때만이 인간으로서 행세하는 것이다.

앞서 인용한 클로드 세르네의 「인간」의 'il vie'라는 생명감은 과연 어느 시대의 인간에게도 공통되는 마음(P)이라 할 수 있다. 그러나 우리가 관심을 두어야 할 것은 이와 같은 마음(P)이, 다시 말하면 생명감에 대한 인간의 마음(P)이 현재 우리의 정황(E)에 어떤 작용을 하고 있으며 그것이 앞으로 어떻게 있을 정황을 규정하며, 또 그것으로 해서 그러한 인간성이 어떠한 존재 이유를 띠게 될 것인가에 대해서 생각하는 데 있다.

그 P의 능동적 가능성을 말하지 않고서는 'il vie'란 P는 단순한 개념이거나 허상에 불과한 것이다. 그리고 보면 P와 관계지어져 있지 않은 작품 R은 비역사적 행위를 의미한다는 것을 알 수 있다. 그렇기에 이러한 E와 P만의 함수 관계는 현실성과 유리된 환상으로서의 행위이고 그것이 아무리 세련되고 고고한 R을 낳았다 해도 화중지병畵中之餠의 경우를 면키 어렵다는 것은 명백한 일이다. 이런 점에서 비평가가 $R=P^n$으로 작품을 비평하려는 것은 그 방법과 기준의 부적당성에서가 아니라 그 불가능성이라는 면에서 마땅히 재검토되어야 할 것이다.

이와 정반대로 $R=P^n$의 관계로 작품을 비평하는 사람이 있다. 앞서 말한 비평은 순수한 인간의 주체적인 경향 P로써 R을 본 것에 비하여 이 후자는 문학(R)을 완전히 시대적인 환경 밑에서만 규정한다.

5월에 죽은 동지를 위하여
또한 이후엔 그들만을 위하여

노래여 무기武器들 위에 쏟아진
눈물 같은 매력이여 있어라.

그리하여 바람과 함께 변하여가는
목숨 있는 이들의 그 모두를 위하여

학살된 사람들의 이름으로
회한悔恨의 하얀 칼날을 갈아라

애석한 말 상처진 주언呪言은
죄악이 아우성치는 노래의 가락들은

비극의 뒤란 깊숙한 바닥 밑에서
노젓는 물소리의 겹쳐진 잡음을 이룬다.

평범하기가 마치 내리는 비와 같고
반사하는 유리창과도 같고

회랑에 걸려 있는 거울과도 같고
옷깃에서 시들어가는 꽃과도 같고

굴렁쇠를 굴리며 노는 어린애와도 같고
냇물에 어리는 달 그림자와도 같고

의걸이 속에 든 좀약과도 같고
기억 속에 떠도는 한 가닥 향기와도 같은

노래여 새빨간 피여
열기가 풍겨나는 노래여

회상시켜다오, 인간들처럼
우리 또한 잔인할 수 있음을.

그리고 우리의 마음이 약해지거든
망각일랑 다시 깨우쳐다오.

소리를 내는 텅 빈 '호야'
저 불 꺼진 램프를 다시 켜다오.

5월에 죽은 동지들 사이에서
나는 언제나 노래하련다.

　　　　　　　　　　　—아라공, 「시론詩論」

　　이 「시론」은 말할 것도 없이 R=E^{n}에 기준을 둔 것이다. 나치들
에게 짓밟힌 됭케르크의 비극 그 5월(E)을 위한 노래다. 물론 이러
한 시는 그 동시대의 사람들에게는 옛날의 어느 위대한 시보다도
커다란 감동을 일으킬 것이지만 이것은 멸망하기 쉬운 것이므로
'일시적인 것'을 가지고 '일시적인 것'에 호소할 뿐이다. 후대의

사람들은 다만 외형적 기교나 그 수사에서만 감동을 구하게 될 것이므로 작품의 생명력이나 그 내용에서 생긴 긴장력이 매우 짧은 것으로 되어버리고 만다. 모든 문학이 R=E의 경향으로만 이루어진다면 문학은 곧 프로파간다propaganda로 떨어지게 될 것이며 앞으로 있을 P'를 낳지 못하는 시사적 기록으로 떨어지게 될 것이 확실하다. 이것이 극단화된 것이 바로 사회주의 리얼리즘의 비평가들이다.

그들이 한 작품을 순전히 R=E의 함수 관계로 보고 그 기준 밑에 문학을 문학 아닌 다른 것으로 재단하는 경우를 우리는 많이 보아왔다. 물론, 콜리지[14]의 말대로 현대 작가의 작품이 과거의 걸작보다 더 많은 감명을 주는 것은 사실이지만 그것은 R=E의 경우에서만 오는 것이 아니다.

The great works of past ages seem to a young man thinks of another race, in respect to which his faculties must remain passive and submissive, even as to the stars and mountains. But the writ-

---

14) Samuel Taylor Coleridge, 영국 시인, 비평가. 워즈워스와 함께 『서정 민요집Lyrical Ballads』을 발간했고, 상징적인 「늙은 선원의 노래The Rime of the Ancient Mariner」, 순수시와 음악미가 풍부한 「쿠빌라이 칸Kubla Khan」 등을 발표했으며 영국 시사상 가장 환상적인 시인이다. 비평에 있어서도 획기적인 이론을 전개했다.

ings of a contemporary, perhaps not many years older than himself, surrounded by the same circumstances, and disciplined by the same manners, possess a reality for him, and inspire an actual friendship as of a man for a man(「Biograpbia Literaria」 chap. I).

흔히들 이러한 R=E를 곧 모더니티로 착오하여 많은 오류들을 자아냈던 사실을 간과해서는 안 된다. 특히 우리나라 모더니스트 들이(그 비평가들까지 합쳐) 문학을 R=E의 함수로 보았다는 것은 그들 이 시류時流를 좇아 패션 모드fashion mode처럼 시를 만들고 있었다 는 점에서도 알 수 있다.

우리나라 작가들이 곧잘 오늘날의 현실을 그리고 혹은 사회 문 제를 그리려다 실패한 것은 그들이 P를 상실하고 있었다는 이유 로 보는 것이 타당하지 않을까 생각된다. 그리고 상황 의식을 고 취시키거나 전 세대의 문학에 저항하여 새로운 문학 이념을 제 창하던 비평가의 대부분이 실패의 고배를 마신 것도 그와 동일한 원인에서가 아니었을까?

비평에 있어서의 모더니티의 의미

그러면 대체로 우리가 그 비평의 기준을 어느 곳에 두어야 하 는가의 암시가 생겼다. 두말할 것 없이 비평의 기준은 모더니티에 두어야 한다. 앞서 설명한 대로 모더니티란 곧 현대 작가의 정당한 R의 특징을 지시하는 것이며, 그 R이 미래의 E·P를 규정하는 함수 관계를 의미한다.

그렇기 때문에 현대의 사회와 그 역사적 조건이 되는 E^n과 그러한 속에서 단련되고 또 창조된 현대인의 성격 P^n 속에서 전개되고 있는 행동력이 비평의 객관적 기준이 되는 것이다.

이미 지나가버린 것들, 오늘과 관계지어져 있지 않은 단순한 과거의 사적事蹟, 이러한 것들에 대해서만 말하려는 아카데미션 academician들은 사르트르의 말대로 하나의 묘지기일 뿐이다. 그냥 내버려두면 곰팡이가 슬고 그래서 완전히 멸망해버릴 것을 논하기 위하여 오늘의 그 행동성을 소홀히 한다는 것은 제사를 지내기 위하여 자식을 고아원에 맡기는 것과 다름없다.

전 역사의 총화가 오늘의 이 시대적 환경이며 현대인의 전 인격은 과거의 그것과 필연성을 띠고 구현된 특징이라는 것을 잊어서는 안 된다. 그러므로 어디까지나 시대란 일시적인 단절된 점이 아니라 모든 지난 시대를 내포하고 앞으로 올 그 시대에 내포당하는 연속성의 일점一點이다. 미래를 기획하지 않는 모더니티란 생각할 수 없고 과거를 기피하는 모더니티란 존재할 수도 없다.

그렇다 해도 비평가는 항상 오늘($P^n \cdot E^n$)의 문제에 귀착되며 거기에서 생겨나는 활동(R^n)이 어떠한 것인가를 그리고 그 R이 산출하는 새로운 세계($E \cdot P$)를 밝혀야 할 의무를 갖는다. 그러니까 현대라는 E^n에 그 비평의 기준을 두고 그 문학의 함수 관계를 분석하게 될 때 어떠한 작품에 대해서 보다 명확하고 타당한 비평을 내릴 수 있을 것이다.

즉 먼저 비평가는 모더니티라는 $E^n \cdot P^n \to R^n$의 관계를 통찰하고 이 함수 관계에 대하여 올바른 수치를 부여할 수 있다면, 작품의 존재가치의 비중을 능히 구명해낼 수 있는 근거를 가질 수 있다.

한 작품은 순수한 시대의 소산도 아니며 그렇다고 한 작가의 상상 속에서만 결정된 환상의 결정물도 아니다. 물은 백 도에서 끓고 영 도에서 언다. 언어도 이와 같은 것일까? 그렇지 않다. 언어에는 시대의 기후만이 아니라 작가의, 그 인간의 체온도 작용한다. 한 시인의 언어, 한 작가의 사상적 결정물은 시대와 한 개인의 체질이 조화하여 미래의 기후를 밝히는 한란계의 수은인 것이다. 그것이 곧 비평의 기본이 되는 자눈이 되어야 한다.

시비평 방법서설

우울한 보루

　그것은 별과 하늘과 꽃과 구름을 동반한 우아한 상아탑이 아니다. 서정의 세계에서마저 추방된 현대의 시인들은 자아의 보루 속에 은신하고 있다. 어두운 보루 위에는 하늘과 그리고 구름이 흐를 것이다. 그러나 치열한 포화와 무수한 유탄으로 하여 그것을 응시할 겨를이 없다. 말하자면 그것은 제2의 실락원이다. 생명의 소용돌이와 현실의 진구렁 속에 추락한 시인들은 그들의 청명한 노래를 부르던 영감의 피리를 상실하고 말았다.

　남루한 시신詩神은 추방되고 꿈은 깨졌다. 그리하여 그들은 보루 속에 있다. 지금 바로 머리 위에서 벌어지고 있는 굉장한 전투를 생각한다. 생명의 전야戰野, 죽음의 도약(Salto mortale), 사람이 죽어갈 것이다. 살육과 환희의 질풍이 광야를 휩쓸 것이다. 여기는 풀 한 포기 없는 황량한 전야다. 누렇게 그은 황토흙—놀처럼 타고 있는 포화와 초연硝煙의 파문—그들은 단지 이러한 풍경만을 바라볼 뿐이다. 그리하며 뻘건 유혈 속에서 그들은 노래할 것이다. 상처 입은 포효咆哮, 신음과 규환叫喚, 그들의 노래와 시는 처절한 생명 그대로의 울음이다.

보루 속에는 햇볕도 들지 않는다. 겨우 몸 하나 의지할 공동空洞에는 습기에 찬 우울뿐이다. 거친 흙덩이와 청태靑苔 낀 편석片石의 낭자한 퇴적堆積, 그 속에서는 이야기할 전우도 또한 명령할 상관도 없다. 그들은 자기와 자기의 그림자만을 응시한다. 그리고 이렇게 외친다.

'모든 것은 나에게 있어 무無다.'

그러나 그들은 비굴한 탈주병이 되기를 원하지 않는다. 탈주는 영혼의 패배이며 생명의 치욕이며 더 큰 허무이다.

비평가들은 그들을 향하여 보루 속에서 뛰어나오라고 외친다. 이 역사적인 전투에 참여하라고 한다. 그러나 보루 밖에는 화연탄우火煙彈雨의 폭풍이 있다. 머리만 들어도 그들은 죽을 것이다. 그것은 영예로운 전사가 아니다. 생명의 탕진이며 무의미한 모험의 비장한 희생이다. 적도 자기편도 아닌 유탄으로 하여 쓰러진다는 것은 애매한 코미디다.

그저 보루 속에 엎드려 있다. 해를 보면 두더지처럼 동공瞳孔이 파괴되기 쉽다. 그리하여 지금은 도피도 출전도 아닌 '정체停滯의 시간'이다. '지적 모험'을 감행하려는 절박한 침묵의 일순이다. 그들은 기다린다. 시종 없는 전투의 변이하는 판국과 어떠한 행위의 명령을 대기한다. 자기가 자기에게 향하는 명령이어야 한다.

보루 속의 공허와 머리 위로 스쳐 지나가는 포성, 그것은 정체와 유동이 상극하는 두 가지 갈망이다. 휴식도 꿈도 존재하지 않는 이 숨 가쁜 전투의 와중 그 보루 속에 칩거하는 현대의 시인—적나라한 인간의 비극과 현실의 휘황한 백주 속에 결론 없이 내던져진 그들은 내일의 전투를 위하여, 내일의 생명을 위하여 초조한 화연火煙 속에서 수정같이 투명한 지성의 무기를 닦는다. 우울한 보루의 냉엄한 침묵을 지키고 있다.

"벽을 향한 자세는 그대로 울음 같은 혼魂……." 이것은 어느 신인의 시편 속에서 발견한 애잔한 파편의 절구다. 모든 시야를 두절한 벽, 바람과 하늘을 가로막은 벽, 나와 너의 과거와 미래의 시간을 닫아놓은 벽, 나의 행동이 끝나는 벽, 죽음의 벽, 육체의 벽—현대 시인은 모두가 이러한 벽 앞에 섰다.

그 벽을 향한 자세는 역시 아폴론의 반신상이다. 분노와 격정이 빙결氷結한 화석 속에 활활 타오르는 넋이다. 열도熱度 없이 균열하는 생명의 화염이 있다. 침묵을 삼킨 입술 그리고 창도 틈도 없는 회심한 벽을 응시하는 눈은, 차라리 죽고 싶은 화사花蛇의 지혜다. 벽과 아폴론의 거리에는 유구한 세월이 흐른다. 그러한 벽을 향한 자세는 오늘도 내일도 울음과 같다. 그것은 요설饒舌이 아니라 침묵이다. 정물처럼 움직이지 않는 정신이다. 감격은 사라

지고 눈물은 고갈했다. 그저 싸늘한 눈만이, 지성의 눈만이 벽을
응시한다.

'고르곤'[15]의 머리를 바라보듯이 벽을 향한 자세는 차가운 돌
이 된다. 피도 체온도 벽의 마술은 무섭다.

"O Seingneur! Donnez moi la foce et le courage de contempler mon coeur et mon corps sans dégoût. (오 주여, 내게 자신의 영혼과
육체를 싫증내지 않고 끝까지 응시할 힘과 용기를 주소서.)"

그래도 신에 대한 기원이 있다. 언제나 이 벽을 향하여 끊임없
는 자세로 대결할 자기 신념에의 기원이다.

현대의 시인 아폴론의 반신상, 그 차디찬 대리석의 생명은 벽
을 느끼고 벽을 투시하는 숙명의 자세를 지킬 것이다. 그 불멸의
에스프리를 도울 것이다.

─하룻밤의 남편을 위하여 곱게 단장해본 모습이었다. 금 브
로치 같은 화사한 웃음으로 유혹하면서 아무의 손에나 매달린 채
그의 고독을 호소한다. "Je vous aime toute la vie." ─그러나 이
"toute la vie"는 밤과 함께 사라지는 허망한 순간에 불과했다. 다
시 창부는 한 아름의 공허를 안고 다음 날 아침으로 돌아온다. 이

---

15) Gorgone, 그리스 신화에 나오는 추녀 고르곤 세 자매. 고르곤의 머리를 보는 사람은
당장에 돌로 변한다.

곳에서 저곳으로 빵 조각처럼 흘린 애정을 주고 다니는 창부—
사실은 아무도 그의 영원한 남편이 될 수는 없다. 아름다운 창부
의 얼굴은 피로와 절망으로 얼룩지고 다시 밤이 올 것을 기다린
다.

현대의 시인이란 모두가 성스럽게 화장한 창부다. 위대한 미학
의 절대적 정절을 위해서 수시로 그들은 간음을 했다. 그러나 어
떠한 내객來客도 휴식과 위안과 만족을 두고 간 일은 없다. 그것은
언제나 감미한 배반이었다. 기대에 퍼붓는 굴욕이었다. 현대의
시인들에겐 어느 한 정견定見만의 정절을 지킬 수 없다. 하나만의
미학과 시적 대상은 이미 그들을 버린 지 오래였다.

사상의 편력이란 창부와 같이 허망하고 천한 것이다. 그러나
현대의 시인들은 어느 하나의 절대적 이데아와 동거하여 복된 가
정을 누릴 수 없다. 코케트리coquetry라서가 아니라 모든 이데아
와 표현의 세계란 너무나 잡스럽고 편협한 반쪽의 남편이었기 때
문이었다. 그리하여 끊임없이 전진하는 창부의 정절이란 서글픈
것이다.

화폐가 아니라 비애와 환멸이라는 보수를 받으면서 그래도 창
부는 가끔 웃는다. 언어의 향유는 날아가고 표현이 고왔던 의상
은 퇴색했다. 그러나 한없이 작열하는 생명의 유혹이 있어 창부
는 어둠 속에서의 향연을 생각해본다. 그리고 다음 날 아침 다시
헤어질 공허와 환멸을 생각했다.

환위와 환계

우리들은 두 개의 상이相異한 세계가 있음을 안다. 하나는 위대한 객관적인, 즉 이학자理學者가 여러 가지 장치를 가지고 계측計測하고 칭량秤量하는 세계이며, 다른 또 하나의 세계는 생물의 감각에 의하여 도달 가능한 주체적인 세계이다.

"우리들이 환계環界, Umwelt라고 부르는 그것이다. 만약 어느 생물에 대한 물리적 세계의 관계를 연구해보려고 할 때는 물론 그 생물을 에워싸고 있는 아주 좁은 구획의 장소만으로 족할 것이다. 이것을 우리들은 그 생물의 환위環圍, Umgebung라고 부른다. 환위에는 여러 가지 세력이 내포되어 있다. 삶을 영위하고 있는 생물에게 있어서는 그것이 동일한 장소에 생존하고 있는 한 그 환위가 동일하다는 명제를 분명히 말할 수가 있다.

그러나 환계의 경우는 정반대의 형상을 자아낸다. 첫째로 밝혀야 될 것은 환계는 환위처럼 조그만 일구획에 지나지 않는다는 것이다. 환계는 항상 환위의 일부분에 지나지 않는다는 것에서 당연히 특정한 동물의 환계에 있어서도 결코 그것이 항상 동일할 수 없다는 것을 인식하게 될 것이다. 후조候鳥가 북쪽에서 아프리카로 건너갈 때 그 환위는 현저하게 변화하고 그와 더불어 그 환계도 또한 변한다.

그러나 그것보다 더 중요한 것은 동일한 환위에 있어서도 환계는 뚜렷이 동물의 기구에 의존해 있다는 것. 따라서 환계는 동물이 스스로 창조한 것임을 통찰할 수 있다. 모든 동물은 각기 다른 동물의 그것과 구별되는 자기 특유의 환계를 가지고 있고 그것과 불가분의 관계로써 밀접하게 연결되어 있는 것이다."

이상의 말에서 환위와 환계에 대한 개념이 명확해졌을 것이다. 특히 환계란 개개 동물이 자기 특유의 기구에 의지하여 환위 속에서 생존에 적당하도록 스스로 창조해낸 주체적인 세계라는 것과 환위가 변하면 자연히 환계도 따라서 달라지게 된다는 사실에 유의만 하면 될 것이다. 그러므로 달팽이에겐 달팽이의 환계가 있을 것이고, 사람에겐 사람의 특유한 환계가 있을 것이다.

그러나 중요한 것은 동물에 있어서의 환위와 환계에 대한 문제가 아니다. 우리의 흥미를 끄는 것은 시인들의 환위와 환계에 대해서 연구하려는 데 있다. 동물에 있어서와 같이 시를 그 환위와 환계의 양면에서 고찰하고 비평한다는 것은 대단히 중요한 일이다. 왜냐하면 발레리Paul Valéry가 「레오나르도 다 빈치의 방법에 관한 서설Introduction à la méthode de Léonard de Vinci」에서 언급하고 있는 대로 예술 작품이란 특수한 마음의 카테고리(관계)의 개인적인 형성을 자극하여 결합하려는(환위와의 관계) 구조물이기 때문이다.

시의 환위라는 것은 모든 동물의 환위와 유사한 것이다. 즉 그 것은 한 시인이 위치하고 있는 시공성時空性과 그 상황을 의미한다. 그 환위란 보다 넓은 의미의 세계이며 과학자나 정치가나 누구나 할 것 없이 모든 인류가 생존하고 있는 그 총체적 환경을 통칭하는 말이다.

이러한 환위는 시간적인 것과 지역적인 것과의 양면에서 볼 수 있고 따라서 시적 환위도 역시 시간적 지역적 양면으로서의 변화를 가지게 된다. 또한 시인의 환계란 그 시공성의 상황 안에서 자기(시인) 특유한 개성과 기능 내지 의식의 차원에 의하여, 즉 환위의 자극에 대한 조정력(regulation)의 기능에 의해서 만들어낸 '시적 세계'를 의미한다.

그러므로 시적 환계란 시인이라는 종속적 특질로 구성된 그 일반적 환계와 다시 시인 개개의 개성적 생리의 질서에 의하여 창조된 '개체적 환계'의 두 가지로 볼 수 있다. 즉 인간을 에워싸고 있는 환위에 있어서 광선 하나를 예로 들 것 같으면 킬로미터를 단위로 하여 셀 수 있는 파장의 무선 전신에 이용되는 것으로부터 아주 짧은 자외선이나 그보다 더한 뢴트겐선에 이르기까지 간격 없이 에테르파는 연속되어 있다.

그러나 이 넓은 범위 속에서 인간의 눈으로 지각할 수 있는 것은 좁은 범위의 가시광선뿐이어서 800밀리미크론에서 390밀리미크론 범위 내에 있는 것뿐이다. 그 밖의 광선은 우리의 인간 감각에는 영구히 폐색閉塞되어 있다.

또한 음의 세계를 보아도 '청력'에서 고음과 저음의 두 방향을 넘어설 수 없는 한계가 규정되어 있다. 가령 그것이 아무리 강음일지라도 애초 15회 이하의 진동음은 들을 수 없고, 또한 그 빈도가 매초 2만 회 이상이라는 진동수의 음도 들을 수 없는 것이다.

이와 같은 인간 특유의 감각적 한계 밑에서 이루어진 것은 인간종속의 일반적 환계의 경우나 다시 노인과 아이, 혹은 인간 개개의 시각과 청각의 기능적 차이에 의해서 다시 '광光'과 '음音'의 환계는 달라질 수 있는 것이다. 그러한 현상과 같이 시인들이 느끼고 있는 세계(환계)도 그들이 위치하고 있는 여러 시공적 상황 중에서 특정한 그들 종속(정치가나 과학자나 사업가 등의 직업적 종별로써 구분되는)의 능력과 기능에 의해서 감지하고 창조해낸 일부분의 세계인 것이다.

그러나 다시 이 시인들의 환계는 개개 시인의 각기 다른 능력과 특이한 기구의 성질에 의하여 무수하게 분할 창조되어간다. 그러므로 우리가 어떠한 시를 비평하거나 또는 어떤 시대의 일반적 시의 경향에 대해서 연구하려 할 때 그것은 당연히 그 환위와 환계의 두 상태 밑에서 분석 평가되어야 한다.

그럼에도 불구하고 과거의 모든 시비평의 도그마는 대부분 이상의 사실을 소홀히 했거나 또한 그를 망각한 방법론적 오류와 빈곤성에서 기인되고 있었다. 환위는 전연 도외시하고 시적 환계만 척결하려던 인상 비평은 심미 일방적 경향으로 흘러 비평의 기준을 상실하게 되고 도리어 환계의 의미를 포착하는 데 꽹장한 도그마를 범하게 되었다.

거꾸로 시의 환계를 망각하고 그 환위의 분석에만 급급하는 객관 비평은 개념과 토우틀의 가치 기준으로 한 예술 작품을 무기 상태無機狀態로 고정화시키고 만다. 후자의 경우에는 브륀티에르 Ferdinand Brunetière, 루카치[16](약간의 의미적 차이는 있으나) 멀리에는 텐[17] 이 있다. 전자에 속하는 비평가로는 시몽, 와일드, 프랑스, 루메이틀 등이 있다.

혹은 환위와 환계의 의미를 착오한 또는 혼동하여 생각해본 불우한 비평가의 일속一屬들이 심각한 딜레마의 계곡 속에서 방황했던 사실도 우리는 그대로 간과할 수 없다. 말하자면 근대 비평 문학의 태두泰斗라 일컫는 매슈 아널드와 같은 경우다.

그러므로 시를 그 '환위'와 '환계'와의 관련성 밑에서 생각하려는 것은 로고스logos(환위적인 면)와 파토스pathos(환계적인 것)의 양정신兩精神이 상호 융합하여 작용하는 지정적知情的 비평인 동시에 인상 비평과 객관 비평의 상호 결합된 모순을 지양시킨 이상적 비

---

16) György Lukács, 헝가리 문학사가, 평론가. 로맨틱한 반전적反戰的, 반자본주의적 지향에서 사회주의 운동에 가담한 그는 비판적 리얼리즘을 부르짖었다. 리얼리즘을 현실에 대한 현실적 방법으로 보지 않는 데서 루카치의 리얼리즘은 책임성이 결여된 형식주의라고 공산권 내에서도 심한 비판을 받는다.
17) Hippolyte Adolphe Taine(1828~1893), 프랑스의 비평가. 환경론環境論의 대표자. 텐의 이론의 골자는 문학, 예술을 안과 밖으로 규제하는 조건으로, 인종·시대·환경의 3대 요소설을 중심으로 작가의 재능의 본질을 규정하는 인자로서의 제문화영역諸文化領域의 상호 의존의 법칙 등으로 구성된다.

평 방법이 될 것이다.

시를 개성적 활동에 의한 개체적인 소산으로 보려는 일방적인 통념이나 또는 순전히 그것을 시대와 사회적 공동 생산물로 보려는 또 다른 편파적인 고정관념도 실은 환위와 환계의 연계성을 분석 감별하는 비평 방법 속에서는 서로 합리적으로 일치될 수 있는 것이다.

그러므로 이러한 시비평 방법의 정신에 있어서 불가변적不可變的인 절대 여건, 즉 환위에 대해 검토하는 전체적 객관적 태도와 다시 가변 유동성 있는 개개 환계를 직감하는 개체적 주관적 태도, 그리고 궁극적으로는 환위와 환계와의 연관성을 문제로 하는 에토스ethos 혹은 센스 데이터sense-data로서의 상태를 상실치 않아야 될 것은 중언할 필요도 없다. 그러므로 시대적 지역적 환위는 모두 동시대 동지역의 시인들에게 있어 동일하다는 것과 단지 주관과 개성의 창조적 자유란 그 환계적인 의미에 있어서만 가능하다는 사실을 망각해서는 안 될 것이다.

그러한 이유로 시인은 그 일정한 환위 안에서는 어떻게 그 환계를 형성화하든지 전연 자유로운 것이 또한 타당한 것이나 환위의 동일한 영향에서 일탈逸脫한 혹은 그를 망각 내지 왜곡한 상태에서는 아무리 훌륭한 환계를 형성했다 하더라도 그것은 실제적인 의미가 없는 것이며, 또한 매머드가 지금 생존할 수 없는 것처럼 일종의 사상누각砂上樓閣에 불과할 것이다.

이상의 사실에서 우리는 다음과 같은 구체적인 가설을 세울 수 있다.

(1) 비교문학에 있어서는 환위의 지역적 차이를 그 비평의 척도로 삼지 않으면 안 된다.

(2) 과거의 시와 현대의 시, 즉 시적 가치의 변이는 환위의 시간적 차이 밑에 고찰 입증되어야 한다.

(3) 시의 일반적 가치 규준은 환위에 가장 적절한 환계를 구성한 그 조정력에 의하여 규정지어져야 한다.

(4) 시의 고전이란 시적 환계의 범위를 최대한 확충 고양하는 어느 특정한 지역과 시간적 환위의 동일한 범위에까지 이르게 된 상태를 의미한다. 즉 한 시인의 개성적 환계의 무한한 외연 작용 外延作用으로 그 환계를 넓히고 따라서 환위 그것을 가장 이상적인 한계에까지 도달시킨 현상을 뜻한다.

(5) 특히 현대시를 비평하기 위해서는 현대의 시공적 환위에 대해서 과학적이며 객관적인 방법에 의하여 충분한 분석을 시도하고 난 후에 개개의 환계를 고찰해야 한다.

여기에 간단한 주석을 부연하여 설명하면,

① 문학의 개념이 세계 문학의 비지역적 의미로 변함에 따라 비교문학의 융성을 초래하게 되었고 현대의 시비평은 그 비평 연

구에서만 가능하게 된 것이다. 더구나 문학의 후진성이 현저한 한국의 실정에 있어서는 특히 더하다고 볼 수 있다.

그러나 여기에서 주의할 것은 현대에 와서 시적 환위가 넓어짐에 따라 그 지역성이 어느 정도 희박해진 것이지 결코 지역적 환위가 전연 동일해진 것은 아니라는 점이다. 후조가 북국에서 아프리카로 건너갈 때 이미 그 환위의 차이에서 환계가 달라진다는 이야기는 전례에서 밝힌 바 있다.

그러므로 때때로 우리가 엘리엇을 평할 때 흔히 시간적 환위의 동일성만을 인정한 나머지 긴요한 지역적 환위의 차이에 대해서 소홀히 하는 경우가 그것이다. 엘리엇의 전통 의식과 그 종교 의식으로 이룩된 그의 시 세계(환계)는 우리 한국 시인들의 환계로서 그대로 받아들일 수 없는 것이며, 따라서 실현될 수도 없는 것이다.

그것은 엘리엇의 지역적 환위와 한국 시인들의 지역적 환위가 전적으로 일치할 수 없다는 점에서다. 엘리엇이 우리에게 문제시되는 것은 엘리엇의 시적 환계 그 자체의 내용에 있는 것이 아니라 환위와 환계의 조정력의 방법에 있다고 할 것이다. 즉 그 시인의 정신과 방법 같은 점이다.

② 구세대의 시, 즉 주정적이며 스퐁타네이테spontanéité한 시관詩觀 등에 비하여 주지적인 파브리카시옹fabrication의 시관 밑에 이루어진 현대시의 경향을 합리적으로 입증해주고 그 필연성을 따

지기 위해서는 구시대와 현대의 환위—환언하면 문화 사회 일반의 추세와 그 문명 비교에 의한—의 역사적 콘텍스트context를 밝혀야 된다는 점이다.

'환위'라는 불가변의 여건 밑에서 시가 지적인 경향으로 흐르지 않으면 안 되었던 필요성을 통찰해내야 된다는 말이다. 결국 환위의 변화에 의한 시적 환계의 변이를 가지고 현대시를 논하는 것이 그 방법의 거점이 되어야 한다.

③ 시의 가치를 사회적 효용성에 둔다든지 또는 시상과 그 표현(포에지와 포엠)의 구조는 시의 비본래적 목적성을 수긍하지 않는 한, 또는 시상에서 완전히 의미를 추방해버리지 않는 한 곤란하게 될 것이다.

시의 활동은 어디까지나 그 근저를 외계에 대한 개인적 생명의 표출 작용(카타르시스)으로서 그와의 평정을 유지하려는 일개인의 심리적 소인에 두어야 될 것이며, 전연 시의 자기 목적적 면에서 비평되어야 할 것이다.

그러므로 요는 시의 궁극적 문제는 환위에서 자기가 안주할 수 있는(생명과 미학의 최고 원리) 환계를 형성하려는 데 있을 것이다. 환위를 환계에 의하며 유지하려는 것은 시인(모든 동물에 있어서도 마찬가지다)의 순수한 원망과 목적이며 그 결과에 있어선 시의 표현과 내용이 다 같이 공헌하고 있는 상태로 귀착하게 될 것이다. 때문에 특정한 어느 환위 속에 어떠한 방법으로 가장 적합한 환계를 창조했느냐는 문제 여하로 시적 가치는 결정될 것이다. 그러므로 워즈워스의 가치는 워즈워스William Wordsworth의 시대(환위) 밑에 규정지어야 하며 보들레르Charles Pierre Baudelaire의 가치는 보들레르의 시대(환위)에 의해서 가능하게 된다.

그러나 가치의 절대성을 말하게 될 때는 그 대상(시)을 비평하는 현대로부터 가장 가까운 환위를 상대로 하여(즉 현대에서는 르네상스 이후) 가치 판단이 이루어지게 된다. 즉 시의 절대적 가치와 상대적 가치(시간적 가치)의 양면성에 대한 검토이다.

④ 시의 고전을 어떻게 규정할 것이냐? 이것은 물론 소홀히 말할 성질의 것이 아닐 성싶다. 그러나 고전이란 초시간적 초공간적인 작품의 절대 가치를 뜻한다는 말에 별반 모순은 없으리라 믿는다. 그러므로 이 절대 가치는 ③에서 언급한 작품의 절대적 가치와 상대적 가치의 이원적 가치 세계에서 떠난 일원적 가치 상태만을 의미한다.

해파리는 바다에서 일단 육지로 옮겨오면 본래의 체모는 전연 달라져서 조그만 곤충보다 더 한층 왜소하게 된다. 또한 대부분의 파충류는 시대가 갈수록 무기력하게 되고 체모도 점차 위축하게 된다. 이렇게 환위의 시간적 지역적 변화에 따라 환계가 용이하게 파괴되는 동물은 해파리나 파충류 자신이 환계를 창조하는 기구와 기능의 빈약성에 있다는 것을 입증하는 것이다.

그와 동등한 현상으로 한 시인의 작품(환계)이 일정한 시간이 지나 다른 시대에 이르게 될 때 또한 일정한 지역에서 다른 지역으로 옮겨오게 될 때 전연 문제 밖의 것이 되었다면 그 시인의 환위에 대한 환계의 조성이 극히 미약한 것이었다는 사실을 발견할 수 있을 것이다. 그러므로 호메로스나 단테가 현대의 환위 속에서도 아직 그 가치를 상실하지 않고 있다는 것은 전기한 사실 그대로 개성(환계)의 무한한 확충에 의하여 환위=환계, 즉 환계에 의한 환위의 소멸, 환위의 수용에 의한 환계의 완벽으로 어느 시대에도 생존 가능한 작품적 생명(환계)을 창조한 사실을 시사한 것이다.

⑤ 이 문제는 이 소논문의 서序가 되었으며 또 다음 장에서 언급하겠기로 여기에선 췌언을 가하지 않겠다.

현대시 비평의 문제

그러고 보면 이상과 같은 시비평의 방법이 현대시를 논하는 데 가장 긴요한 문제가 될 것이다.

우리가 현재 생존하고 있는 환위는 어떠한 성질의 것이며 또한 오늘날의 시인들은 그러한 환위 속에 지배되는 그들 환계를 어떠한 적응력과 어떠한 기능으로써 창조하고 있는가? 즉 그들의 시적 구조가 현대의 사회성과 역사성 밑에서 어떻게 유지되어 나아가며 또한 무엇이 그것과 대결해 나아가는 시 정신의 동력이 되어주는 것일까? 또는 그들의 시학적 혁명은 그 환위에 적절하고 안전한 환계를 이룩하는 데 어떠한 공헌을 하고 있으며 그것이 필연적인 언어의 조직으로 형성되어 있는 것일까?

이러한 여러 가지 의문에 대해서 나는 그 편린이나마 여기에 언급하지 않으면 안 된다. 왜냐하면 그것이 바로 현대시를 비평하는 구체적 방안이 되기 때문이다. 그리하여 우리는 우선 현대와 구세대와의 환위적 차이, 혹은 그 변화에 대해서 살펴보아야 한다. 그것을 검토하는 데 있어 가장 객관적이고 또한 현저하게 그러한 현상을 통찰해낼 수 있는 것은 옛날의 사회상, 말하자면 사회적 발달 현상에서 그것을 찾아보는 것이다.

고대 내지 근대 사회를 일의적一義的으로 말해서 게마인샤프트 Gemeinschaft적이라 할 수 있다. 교통의 미발달, 시야의 협소 등등에 연유한 봉쇄성은 전근대 사회의 도처에서 볼 수 있다. 그곳에서는 외부 사회와의 접촉 교섭은 물론 상상조차 할 수 없었고 동일 집단 내에서도 개개인의 신분은 출생과 함께 결정되는 숙명적인 상태에 놓여졌던 것이다. 이 전형적인 현상은 인도의 카스트 제도에서도 찾아볼 수 있다.

그것은 신분적 심적心的 이동을 불허하는 완전 봉쇄의 사회였다. 따라서 그들은 자기가 출생한 사회의 행위 또는 생활양식에 무비평적으로 복종 또는 적응하기만 하면 되었던 것이다. 그들의 행위는 자연히 충동적인 것이었다. 이와 같은 예는 이미 『Tylor』

그리고 『Ancient Society』의 저작으로 이름 있는 H. 모건Lewis H. Morgan 등의 인류학자나 사회학자들의 미개 사회와 현지답사에서 증명되고 있는 사실이다.

그러나 현대 사회의 성격을 검토해보면 전근대의 그것과는 완전히 대조적이다. 교통·통신의 발달에 수반하는 시야의 확대, 시간적 거리의 축소, 인간 심리의 개성적 경향 등을 특징으로 하는 게젤샤프트Gesellschaft적 형태로 변환한다. 전자의 게마인샤프트 Gemeinschaft는 분리적이고 개성적인 말하자면 인간을 어디까지나 내성적으로 행위하게 하는 것이다. 이와 같은 현상은 사회의 축소 단위라고 볼 수 있는 가족 현상에서도 용이하게 목격할 수 있다.

H. 메인Henry James Maine은 이와 같은 사회적 추이를 "from status to contract"란 말로 표현하고 있다. 또한 독일의 사회학자 피어칸트Alfred Vierkandt도 동일한 의견을 가지고 있는 모양이다. 이상 사회적인 현상이 현대의 환위의 성질을 예시하고 있다고 하겠다. 그것을 간단히 요약하면 다음과 같은 말이 된다.

(1) 현대의 환위는 그 이전의 시대보다 지역적으로 넓어지고 따라서 개성적 환계의 의미가 뚜렷해졌다.

(2) 그러나 심적인 면에 있어서는 단조 부동單調不動한 평온한 상태에서 복잡 유동하는 격랑의 상태로 변했다.

(3) 그 결과로 전근대의 환위는 인간들이 무비판적이고 본능적인 적응력만을 가지고서도 그들의 환계를 무의식적으로 조성해 나갈 수 있는 것이었으나 현대의 환위는 비판적이다. 의식적인 행위로써 그들의 환계를 형성하지 않으면 안 될 조악粗惡 무질서한 성질의 것임을 짐작할 수 있다.

(4) 이와 같은 피상적 사회상을 형이상적 면으로 보면 구세대의 환위란 '합리적인 보편 타당적 개념의 세계'라 할 수 있고 현대의 환위는 '비합리적인 감성과 부조리한 혼돈의 세계'라 할 수 있다.

즉 옛날의 사회 현상은 인생을 ○×식으로 풀 수 있는 개념에 의해 통용될 수 있을 만큼 단조한 것이지만 현대의 인간 의식의 세계는 순탄하고 일의적인 것이 아니라 어느 하나로 규정지을 수 없는 이미 보편 타당적 논리의 세계를 벗어난 극히 소피스티케이트한 것이라고 할 수 있다.

"But the modern man, unfortunately is cut off from that approach by self obstacles. He is less impressed with the order of nature than he is with the disorder of his own mind."

— 풀턴 신Fulton Sheen, 『Peace of soul』

이상의 예에서도 보는 바와 같이 현대 인간이란 이미 자연적 외계의 세계와 괴리된 불우한 상태에 놓여 있는 것이며, 그 주변과 자기와의 어떠한 합리적 결합을 이룰 수 없으므로 그들의 '환계'의 평정 상태를 유지하기에 곤란해진 것이다. 붕괴된 환계가 그들의 내적 질환이다. 이러한 현대의 환위를 상징적으로 표현한 것이 서序에서 언급한 대로 평온한 전원田園이 전야戰野로 돌변한 경우이며 초원의 대지가 메마른 황무지로 변이한 상태다.

> 여기에는 물이 없다. 있는 것은 바위뿐, 바위와 한 방울도 없는 물과 모랫길, 길은 감돌아 산 사이에 접어들고 산은 물 없이 메마른 암산岩山……(중략)……땅은 마르고 발은 모래 속 바위 틈바귀에 물이라도 괸다면, 침조차 뱉을 수 없는 썩어 빠진 이빨의 죽은 산 아귀, 여기는 서도 누워도 앉아도 살 수 없는 땅, 산 사이엔 침묵마저 없는 땅.
>
> —T. S. 엘리엇, 「황무지荒蕪地」

이와 같이 현대의 환위란 그 기후도 토양도 풍경도 모두가 처절하게 고갈해버린 황무지라고 할 수 있다.

그러면 이상과 같은 환위 속에서 일반적으로 현대시의 환계는 어떻게 형성되어가고 있는가. 말하자면 숨 가쁜 이 전야 속에서 그들은 어떻게 녹지대를 확보하고 있는가. 이 건조한 황무지 속에서 어떻게 그들의 꽃을 개화시키고 있는가.

우리는 이상의 사실을 알기 위해서 현대시의 일반적 경향인 파브리카시옹(제작)으로서의 표현 방법과 시가 비평 정신을 필요로 하는 그 본질적 개혁이 그러한 환위와 어떠한 관련성을 맺고 있는지를 살펴보면 될 것이다.

하나의 시적 환위가 비옥한 토양의 녹지였을 때는 그 주위의 적당한 기온, 대지의 흡족한 수분, 때맞추어 내리는 우로雨露의 자연적 혜택, 그러한 풍토 속에서 하나의 꽃(시)은 절로 개화할 수 있었던 것이다. 그러므로 옛날의 시가 '자연 발생적인 것(스퐁타네이테)'이었다는 것은 그들의 환계를 순탄한 환위 속에서 본능적으로 유지할 수 있었다는 것을 의미한다.

즉 그들이 시가 앙스피라시옹inspiration의 신비로운 작용에 의해서 자연발생적으로 이루어지는 것이라고 생각하게 된 것은 녹지의 환위 그 자체의 풍토가 이미 그들의 꽃을 피우는 데 적합했기 때문이었다. 그러므로 그들이 영감이라고 부른 것은 사실 앞서 말한 천부의 기후, 천질天質의 토양을 뜻하는 것이다.

My heart leaps up when I behold

A rainbow in the sky.

So was it when my life began;

So is it now I am a man;

So be if when I shall grow old,

Or let me die!

— 워즈워스, 「무지개」

옛날 시인들은 이렇게 무지개를 보면 절로 가슴이 뛰는 감격과 그러한 정열을 하나의 본능처럼 지니고 있었다. 또한 찬란한 무지개가 솟아 있는 그들의 자연은 질서와 통일성을 갖춘 '미美', 그대로의 세계였던 것이다. 그러므로 그들은 언제나 무지개를 바라보는 경이의 눈초리와 감동과 정열의 미립자微粒子를 가지기만 하면 시는 영감의 줄기를 타고 자연 발생적으로 나오게 되었다.

그러나 현대라는 환위는 앞서 말한 대로 하나의 전야요 황무지이기 때문에 그들의 환계는 불가피하게도 의식적이며 인위적인 조직력을 통해서만 가능하게 되었다. 말하자면 이미 황무지에는 그들의 꽃을 개화시킬 아무런 풍토적 섭리의 혜택이 존재하고 있지 않기 때문이다. 황무지의 작열하는 태양의 열도는 그들의 생명을 고갈시킬 것이며 수분 없는 사진砂塵은 녹색의 감격을 증산蒸散시킬 것이다.

그러므로 그들의 환계는 자연적인 힘으로 환위와의 조응照應을 이룰 수 없고 만약 그들의 모든 의지와 정신력을 선인장이나 타조와 같이 강견하게 하지 않는 한 그들 생명은 필시엔 위축 퇴화되어 사멸하고 말 것이다. 그러므로 자연히 그들은 영감에 의해서 시를 쓸 수 없게 된 것이며, 무지개의 충격(본능)을 통해서 외계의 사상事象을 포착할 수 없게 되어버렸다.

그리하여 그들의 시는 단지 제작의 벅찬 노동을 통해서만 생산할 수 있었다. 즉 그것은 일부 생물학자들이 시베리아의 한랭한 지대에 생존 가능한 농작물을 인위적인 과학적 실험 방법에 의해서 제작하려던 경우와 흡사하다. 이러한 환위의 절대 여건 밑에서 현대의 시는 자연 발생적일 수 없었고, 또한 영감이 아니라 제작 정신을 통해서만 생산할 수 있는 것이 되고 만 것이다.

다음에 현대시가 서정시에서 괴리되어 주지적인 것이 되고 또 난해성을 띠게 된 것도 현대의 환위에서 필연적으로 생겨난 현상으로 생각해야 할 것이다.

> ein Ich im Du(너 속의 나)라는 것과 ein Du im Ich(나 속의 너)의 경우가 성립된다. 그리하여 그것이 서로 이야기하는 것이다. 고립한 자아는 확충되고 '이중의 자아(doppel-Ich)'로 되고 '참된 자아(wahr-haftes-Ich)'로 된다. '사랑의 말'은 모두가 이 통일 종합 작용을 영위하는 것이며 그것은 하나의 순수 감정이다.
>
> '사랑의 말'이 곧 서정시며 서정시는 사랑의 시다. '너 속의 나'와 '나 속의 너'라는 '나'와 '너'의 이원적 감정적 융합(gefühlsvereinigung)을 노래한 것이 서정시다.
>
> ─헤르만 코헨, 『Ästhetik des reinen Gefühls』

코헨은 서정시를 이상과 같이 설명하고 있다. 그것을 다시 환언하면 환위와 환계가 자연적으로 조응된 상태 속에서만 대상과 주체의 이원적 융합이 가능하게 되고 동시에 모든 시는 서정시가 될 수 있다는 것이다.

그러나 전기前記한 사실로 볼 때 구시대의 환위에서는 그 같은 이원의 감정적 융합이 가능한 것이었지만 현대의 환위로 볼 때는 그러한 융합 작용이란 매우 어려운 것이다. 이미 질서와 통일성이 파괴되어버린, 즉 환위와 환계와의 관련성에 합리라는 보편적 유대가 작용할 수 없는 오늘날의 시대적 질환 속에서 이원의 감정적 융합이란 소녀의 일기장에서도 찾아보기 힘들어졌다.

그런 까닭에 현대시는 자연히 목가적일 수 없다. 동시에 소피스티케이트하게 된 것이다.

'너'는 '나'와 합칠 수가 없고, '나'는 '너'와 통할 수 없는 철저한 대상 의식은 곧 비평 의식이며 비평 의식은 주지적 활동이기 때문에 현대시가 주정적인 데서 주지적으로 흐르게 되는 것은 하나의 숙명적이며 필연적인 현상이라고 할 수 있다.

이러한 '서정 세계'의 균열은 무엇보다도 구시대의 환위가 현대적인 환위로 전환하기 시작하던 세기말의 시인들 가운데서 많이 찾아볼 수 있다.

때여 오라, 도취의 때는 오라
언제나 기억도 없이
참으로 많은 날을 견디어왔구나

공포도 오뇌도 하늘 저편으로 떠나버리고

답답한 갈증으로 혈관마다 서리는 어두운 그늘

아 때는 오라, 도취의 때는 오라

더러운 파리 떼의 흉측한 나래 소리

그 속에서 무르익는 깜부기와 향내

그처럼 아무도 가꾸지 않는 목장이

꽃을 피우며 부풀어가듯

아 때여 오라

도취의 때는 오라

— 랭보, 「가장 드높은 탑塔의 노래」

　랭보Arthur Rimbaud의 이 시 한 편에서 우리는 그가 '도취할 때
여 오라'고 영탄詠嘆한 말을 주시하지 않으면 안 된다. 도취란 이
원적 감정 융합을 뜻하는 것이며 '감격'과 '격정'으로 대상과 주
체를 망각하려는 정신 작용이다.

　그렇게 '도취할 때는 오라'고 한 것은 이미 그 랭보 자신 속에
도취할 수 없는—대상 속에 융합할 수 없는 대상 의식과 지적 비
평 의식이 강렬하게 싹트고 있음을 반증하는 것이고, 따라서 현
대적 환위의 전환 속에서 균형 잃은 시인의 환계가 애처롭게 붕
괴해가는 그 비극의 예고가 있었던 것이다.

　이와 흡사한 예는 보들레르의 산문시 속에도 있다. "그들은 모

두 대답할 것이다. 지금은 우리 모두 취할 시간이라고." 보들레르도 역시 취하지 않고는 외계와 융합할 수 없는 고독한 자아(환계)를 지니고 있었던 까닭이다. 시의 이러한 자아의 난파難破는 복잡한 환위에 대하여 창조적인 자기 세계를, 환계를 설정하려는 정신이며 '벽을 향한 아폴론의 싸늘한 자세'라고 할 수 있다.

시도 진화한다

이렇게 현대 시인들은 그들 환위의 악조건 밑에 하나의 환계를 이루기 위하여 혈흔임리血痕淋漓한 노동을 하고 있다.

상징파 시인들은 언어의 음악적 순수성을 빌려 절대라는 맑은 유리벽을 쌓아 그들의 환계를 구축하려 했고, 이미지스트들은 언어의 연금술을 통하여 아름다운 프리즘의 광선과 색채 아래 새로운 감각의 초원을 개척하여 환계의 기초를 닦으려 했다. 또한 엘리엇과 같은 일련의 시인들은 전통과 종교의 마력을 빌려 황무지에 소나기를 내리게 하고 '제비'를 불러 날게 하는 '샨티, 샨티, 샨티'의 축복은 미련에 의해서 그의 광대한 환계를 창조하려고도 하였다.

그러나 아직은 내일의 전투를 위하여 그들의 지성의 무기를 닦고 있는 전야 속의 누첩壘疊처럼 현대 시인의 환계란 은둔처에 불과하다는 것을 우리는 알고 있다. 그들이 이 험준한 환위에 어떻게 그들의 안전한 환계를 창조할 것인가는 아직 미지수이며, 그들의 새로운 시학은 찬란한 환계의 성벽을 구축하는 휴식처일 뿐이다. 이와 같은 현대시의 환위와 환계를 파악지 않고 우리는 현대시를 비평할 어떤 척도도 근거도 가질 수 없는 것이다.

시는 동물과 같이 진화한다. 묵묵히 옮겨가는 세기의 기후와 토질에 의해서 시인의 환계도 그에 조응하여 해체되고 또한 재건축된다. 진화해가는 이 장엄한 생명체가 위치하고 있는 환위의 변화와 그 생명체의 특이한 기구(언어의 세포)에 의해서 창조된 환계의 다양성을 응시하는 그것이 모든 시비평 방법이 될 것이라 생각된다. 끝으로 이 시 한 편을 들어보자.

자기네 사명을 다한 사람들과 우리들을 견주어볼 때 그대들이여 관대하라.

도처에서 모험을 구하고 있는 우리들, 우리들은 그대들의 적이 아니다.

우리는 그대들에 광막廣漠 미지의 초원을 보여주고 싶다.

거기에는 꽃 피는 신비가 그것을 꺾으려는 사람들에게 바쳐지리라.

—아폴리네르

시와 속박

누에의 변신

유감스러운 일입니다만 나는 누에의 생활에 대해서 연구해본 일이 없습니다. 그러나 땅을 기어다니던 흉측한 누에가 어떻게 해서 저 하늘을 날 수 있는 나방으로 변신했는가, 하는 문제에 대해서만은 이야기할 수 있을 것도 같습니다. 나는 가끔 이러한 슬픈 광경들을 보아왔기 때문입니다. 그것은 누에들이 자기 입으로부터 하얀 명주실을 뽑아 스스로 자신을 감금할 하나의 '고치'를 마련하고 있는 그 광경입니다. 우울하고 고독한 속박의 시간─지루하고 몽롱한 혼수기─나는 그것들이 고치 속 유폐된 생활을 겪지 않고서는 한 개의 날개를 얻을 수 없다는 것을 알게 된 것입니다.

나는 지금 또 한 마리 부엉이의 생활에 대해서도 얘기하렵니다. 황홀한 대낮 속에서 몸소 어두운 밤을 기다리고 있는 부엉이의 그 침묵을 말입니다. 놀은 꺼지고 그러면 숲속은 참으로 조용한 어둠에 싸일 것입니다. 그때 비로소 부엉이의 현란한 두 눈이 열릴 것이고 어두운 밤을 헤치는 세찬 날개의 파닥임이 있을 것입니다.

결국 한 마리의 누에가 고치 속에 들어가는 것은 부엉이가 밤을 기다리는 것이나 그것은 모두가 비상할 수 있는 자유를 얻기 위한 수단이요 그 노력에 불과한 것입니다. 이러한 의미로 유추해서 나는 '시와 속박'이란 문제를 두고 한번 생각해보고 싶은 것입니다.

시란 어느 시대를 막론하고 '신화' 창조의 의미로 사용되어왔던 것이 사실입니다. 잘은 모르지만 오늘날 쓰이고 있는 'Myth(신화)'란 말은 그리스어의 미토스(μιθos)에 기원을 둔 것이라고들 합니다. 미토스란 '신의 이야기'를 뜻하는 것이 아니고 로고스와 함께 언어를 의미하는 말입니다. 그것이 후에 오늘날과 같은 의미로 바뀌게 된 것입니다. '로고스(λóγos)'는 논증될 수 있는 언어를 뜻하는 것이고 미토스는 논증될 수 없는 부분의 언어, 즉 사람들의 입에서 입으로 전해진 언어의 의미를 가리키는 것이라 합니다. 비논리적인 파토스적인 언어, 그것이 아마 'Myth'의 본뜻인가 싶습니다. 여기서 우리는 참으로 재미있는 사실을 발견할 수 있는 것입니다. 그것은 어원적으로 따져볼 때 '신화'의 뜻과 '시'의 의미가 매우 유사하다는 그것입니다.

한편 신화나 시가 완전히 해석될 수 없다는 것은 그것이 이미 창조된 또 하나의 자연 또 하나의 현실이라는 이유에서입니다. 한 개의 신화는 자연계의 어느 현상을 그대로 모방한 것이거나 혹은 현실과 동떨어진 상상과 공상의 형식으로 이루어진 것이 아니라고 생각됩니다. 그것은 어디까지나 자연 이상의 자연을 창조하려는 욕망에서 비롯된 것이며, 인간의 숙명이나 내적 한계를 넘어선 별개의 시공時空을 꿈꾸는 노력에서 창조된 것이라고 믿습니다.

쉽게 말하면 신화는 인간이 스스로 창조한 운명일 것입니다. 말하자면 인간의 현실, 주어진 자연의 한계, 운명의 갈등—이러한 것에서 오는 온갖 괴로움을 해소시킬 수 있고 그것을 또 합리화하고 미화하며 영원화할 수 있는 이상한 어떤 에토스(분위기)의 세계를 창조해낸 것이 곧 신화라 해도 무방할 것입니다. 그렇기 때문에 한 개의 신화라는 것은 보다 가혹하고 보다 절실한 현세적인 번민, 그리고 불완전한 환경에 대한 철저한 파악—그와 같은 현실의 속박 속에서 생기게 되는 것입니다. 그러므로 현실의 압력에서 생겨나는 반작용의 힘이 신화의 근저를 이루고 있습니다.

시도 마찬가지입니다. 적어도 시는 인간의 패배를 아름답게 했으며 불완전한 생명의 의미를 보다 성스러운 것으로 바꾸어주고 있었기 때문입니다. 그리고 보면 하나의 신화는—하나의 시는 곧 인간의 구제를 위한 복된 인공 낙원의 창조이겠습니다. 그렇

기에 그것들은 자유로운 천공을 향해 비상할 수 있는 그 생명을
위해서 하나의 '날개'를 얻는 작업이라고 할 수 있습니다.

보들레르의 「Élévation」 그리고 그와 아주 흡사한 서정주 씨의
「학」이 그것을 말해주고 있습니다. 이 시를 보면 앞서 말한 시의
개념이 더욱 명확해질 것입니다.

> 산과 숲과 구름과 바다를 넘어
> 해를 지나서 에테르를 지나서
> 별빛 어린 천공의 한계를 지나서
>
> 나의 넋이여, 그것은 삽시간 움직임이다.
> 경건이 헤엄치는 이 일렁이는 파도를 헤치어 가듯
> 형언形言지을 수 없는 사내다운 쾌락으로
> 심원한 무한 속을 물이랑지며 가는 나의 넋이여
>
> 날아올라라 병든 마비에서 멀리 떠나고
> 드높은 대기大氣를 정화시켜라.
> 맑고 성스러운 리큐어를 마시듯
> 투명한 공간에 차 있는 맑은 불덩이를 마셔라.
>
> 안개에 휩싸인 현존現存을 누르는

엄청난 권태와 오뇌를 물리치고
천명하고 빛나는 지역을 향해
활기 있게 날 수 있는 나래를 가진 이는 행복하여라.

마치 종다리처럼 사색을 지니고
하늘을 향해 마음껏 날아오르는
그래서 쉽사리 꽃들의 이야기와 정물靜物의 말들을 알아차리는
그러한 사람들은 행복하여라.

    그러나 시인이 이렇게 현세적인 괴로움으로부터 비상하기 위해서는 먼저 현실의 시공 속에 속박되어야만 합니다. 저 누에가 어떻게 해서 날개를 얻을 수 있었는가 하는 문제와 부엉이가 눈을 뜨기 위해서 숙명적으로 어둠을 필요로 하는 사실을 기억해야 합니다. 서정주 씨의 「학」이 날기까지에는 얼마나 많은 눈물과 얼마나 징그러운 화사花蛇의 몸부림이 있었는가를 우리는 모두 잘 알고 있습니다. 어떠한 의미가 메타모르포제metamorphose하려면 죽음 이상의 내적 투쟁이 전개됩니다. 그것 없이는 유충이 나방으로 될 수 없듯이 진정한 신화의 문은 열리지 않을 것입니다.
    한 포기의 풀, 흘러가는 구름의 일편, 한 송이의 꽃 그리고 또 한 방울의 이슬—이러한 것들이 늘 우리들 앞에 하나의 미적 대상으로 현시되려면 먼저 전쟁과 살육과 기아, 또 정치·사회·시장

市場 그런 비시적非詩的인 상황에 속박되어야 하고 마침내는 그것을 극복해내는 의지가 그 뒤에 숨어 있어야만 된다는 말입니다.

이러한 내적 대화나 비판 없이 그냥 그려진 한 송이의 꽃은 모래밭에 세운 누각이거나 조화와 같은 한 개의 장식으로 그치게 될 것입니다.

> 장미는 나에게도
>
> 피었느냐고 당신의
>
> 편지가 왔을 때
>
> 5월에……나는 보았다. 탄흔彈痕에 이슬이 아롱지었다.
>
> ─전봉건, 「장미의 의미」

장미의 의미

아름다운 시의 한 구절입니다. '장미의 의미'가 '전쟁의 속박'으로 하여 비로소 강렬한 향기를 내뿜고 있는 시입니다. 나는 오늘의 시가 반드시 산문처럼 전쟁과 그러한 온갖 문명 체제를 비판해야만 된다고는 생각지 않습니다. 그렇지만 우리 주위에서 일어나고 있는 세속적 현실(문명)에 의하여 일단 속박되기를 기대합니다. 물론 속박 그 자체에 머물러 있는 것이면 그것을 시라고 할수는 없습니다. 시는 그러한 모든 속박의 사슬을 푸는 작업이며,

세속적인 것을 고양高揚시키는 데서 얻을 수 있는 자유입니다. 먼저 자기 자신을 속박하지 않고는 그러한 상태로부터 해방될 수 있는 힘을 가질 수 없는 것이 또한 시인의 운명입니다.

이런 점에서 오늘날 청록파 시인들의 시가 우리의 신화가 될 수 없는 까닭을 나는 확실히 표명할 수 있다고 생각합니다. 그들의 자유분망한 이미저리나 포에지는 어떤 속박을 가지고 있지 않습니다. 고치 속에 들어가지 못한 누에의 분장으로써 나타난 것이 그들의 시입니다. 그것은 메뚜기와 같은 불완전 변태입니다. 이 분장과 마술에서의 해방(Entzauberung)이 있어야만 합니다. 마술은 인간의 속박을 푸는 것이 아니라, 단순한 기교로써 속박 상태를 마비하려는 것입니다. 현실을 도피하려는 기만적인 해결이라는 말입니다.

시인이 이러한 마술에 떨어지지 않으려면 역사성과 사회성에 그 미학의 근저를 두어야 하고 진정 그것에서 해방되려는 욕망을 실현시켜가야만 될 것입니다. 우리가 이백보다 두보에게서 더 많은 것을 배울 수 있는 것도 이러한 이유에서입니다.

> 만약 당신이 내 고향 마술사처럼 아름답다면 그리운 이여
> 학살된 병사들과 죽음이 빠져나간 그들 그림자를 울지 않으리
> 우리들에게 죽음은 한낱 사념思念의 꽃
> 날아다니는 후조候鳥의 무리를 꿈꿔야 한다

마치 하나의 흔적처럼

대낮과 한밤의 사이 안에서

태양이 수목樹木으로 경사傾斜할 때에

그리하여 잎새들이 또 다른 목장이 되어갈 때에

그리운 이여

우리는 수인囚人의 푸른 눈을 지니었구나

하여도 서리는 꿈에 육체는 아름다워

우리는 물속에 잠긴 두 개의 하늘이다

하여 유일한 부재不在는 언어言語이어라

—조르주 셰아데,「수인囚人의 푸른 눈」

수인의 푸른 눈

이 조르주 셰아데Georges Schehadé의 시에서는 이미 죽음이, 전율이 한낱 아름다운 사념의 꽃으로 변화되고 육체의 구속과 그 한계도 물속에 어리는 하늘처럼 무한하고 영원한 것의 한 부분으로 표상되어 있습니다. 고매한 시인의 정신이 인간의 언어가 미칠 수 없는 경애境涯 위에서 만개滿開하고 있기 때문입니다. 이렇게 해서 하나의 신화적 세계가 군림해오는 것입니다.

그러나 우리가 놓쳐서는 안 될 구절은 "Nous avons les yeux bleus des prisonniers"입니다. '수인囚人의 푸른 눈'—죽음과 육

체와 생명의 황혼에서 해방되고 비상할 수 있는 하나의 무한한 하늘을 찾은 것은 바로 이 수인의 푸른 눈이 있었기 때문입니다. 현실의 압박과 육체의 질곡—이 속에 감금되어 있는 인간은 하나의 죄수입니다. 그러나 그 죄수의 눈엔 푸른 꿈이 있습니다. 육신은 이 눈에 의해서 사슬을 푼 것입니다.

그러므로 '수인으로서의 자각'이 꿈의 실체를 부여하게 된 것이고 추상과 상상의 영역을 구상화한 것입니다.

많은 울음이 그 울음을 종식시키고 있는 것이며, 보다 긴박한 속박이 해방의 기쁨을 손짓하고 있습니다. 결국 시인은 우화등선하여 이슬을 따먹고 사는 본성을 천부의 것으로 타고난 것이 아니라, 후천적인 노력에 의하여 얻는 것입니다. 그래서 하이데거의 말처럼 "시인은 제비와 같이 자유롭다."는 것은 구속 없는 자의恣意의 원망願望이 아니라 최고의 필연성 그것입니다.

"밤이 자갈들을 내리누를 때에도 그 눈들이 초자연적인 두 꽃에 머물러(Les yeux restent deux fleurs sur-naturelles, Ibid. XVII) 있다."는 셰아데의 시 구절은 음산한 밤을, 고치 속의 우울을 견디어내는 비상한 그 노력을 말하고 있습니다. 그러므로 시는 현실 이상의 현실, 운명 이상의 운명을 창조할 수 있는 것이고 이 창조력은 언제나 현세적 속박의 반작용의 힘에서 얻어지는 것입니다.

이 속박을 거치지 않는 시엔 황당무계한 환상과 해시海市(신기루)와 같은 꿈이 있을 뿐입니다. 그것은 옛날이야기에 나오는 마술의 성처럼 해가 뜨면 곧 나뭇잎이 되어버리는 한낱의 허상에 지나지 않는 것입니다.

시인의 꿈에 리얼리티가 있고 환상 속에 뜨거운 혈액이 임리淋漓되고 날개깃에 바람이 이는 까닭은 속박된 현실을 메타모르포제하는 데 성공했다는 반증입니다. 그런 의미에서 시인은 요술사가 아니라 차라리 정밀한 화공업자입니다.

마지막으로 한 번만 더 기억해주시기를 바랍니다. 땅을 기어다니던 흉측한 누에가 어떻게 해서 저 하늘을 날 수 있는 나방으로 전신轉身했는가 하는 문제를 말입니다. 현실의 속된 생활에서 둔주遁走 기피하지 않고 어떻게 시인이 신화의 하늘을 비상할 수 있는 자유와 그 꿈을 얻을 수 있는가 하는 문제를 말입니다.

한국 시의 두 갈래 길

A. "행동이 끝나는 데서 언어가 시작된다."

B. "언어가 끝나는 데서 행동이 시작된다."

나는 이 모순하는 두 개의 정의를 가지고 현실에 대한 시인의 두 태도를 살피려 한다.

"행동이 끝나는 데서 언어가 시작된다."

이것이 서정주의 시다. 화사花蛇에서 신라 시대까지 서정주는 이러한 시의 미학을 언제나 정조대처럼 띠고 다녔다. 더 이상 생활할 수 없을 때, 더 이상 행동할 기력이 없을 때 그 절망의 단애 저편 쪽 피안에서 공교롭게 언어가 나타난다. 이 언어에 의해 그의 행동은 대상代償된다. 이러한 패배주의로부터 그의 시가 시발되는 것이다.

물론 이때의 언어는 생활화된 일상적 의미를 가지고 있지 않다. 비경험적인 투명한 언어, 한 번도 사람의 폐부에 들어간 일이 없는 공기처럼 순수한 언어다. 이러한 언어들은 현실적 행동과는 아무런 관련이 없다.

그가 말하는 '보리밭'이나 '꽃'이나 '학'이나 '솔방울' 같은 것은 우리가 실제로 주위에서 목격할 수 있는 그런 것과는 또 다른 의미를 지니고 있는 것들이다. 그것은 이미 대지의 것이 아니라 하늘로 승천해버린 언어, 즉 증발된 언어인 것이다. 적어도 이러한 언어를 가지고 시를 건축하려면 지상의 모든 것에 대하여 일단 패배해야 한다. 언어의 의미를 지상(현세)으로부터 이륙시키기 위해서 '땅'을 부정해야 된다. 즉 행동이 끝난 다음에 영접할 수 있는 언어들이기 때문이다.

패배주의자들의 미학이다. 이때 시는 어떠한 것으로 나타나게 될 것인가? 참으로 그것은 뻔한 일이다. 증발된 언어가 구름처럼 결정된 것, 그것이 시이며, 그 구름(시)은 영원한 하늘을 배회한다. 이러한 시인들의 주거엔 호별세戶別稅가 나오지 않는다. 이미 일상적인 현세와는 아무런 계약 관계가 없는 허허한 하늘, 어떠한 땅의 것도 손에 미치지 않는 자유 지대이기 때문이다.

시는 이때 인간의 편에 있는 것이 아니라 신(?)에 속한다. 이러한 시의 미학자美學者들은 인간을 동정할지언정 인간 그것의 운명에 손대지는 않는다. 기껏해야 그 언어를 가지고 인간을 관조할 뿐이다. 왜냐하면 이들에게 있어선 이미 자기의 운명을 자기 자신이 만들어가는 행동의 자유를 포기했기 때문이다. 행동은 끝났다. 그 대신 언어가 나타난 것이다. '제4세기 인간의 혈거 예술穴居藝術'이다.

이때 시의 기교란 최대한도로 자기를 기만하는 것이며 기만할 수 있도록 아름다워져야 하는 것이다. 그러기에 그들이 말하는 현실은 언제나 '언어적'인 것이며, 그들이 말하는 창조라 하는 것도 또한 언제나 언어적인 것이다. 일어나고 있는 전쟁도 그들에 의하면 이미 끝난 것이다. 일어나고 있는 모든 문명 모든 역사도 마찬가지로 이미 끝난 것이다. 남은 것은 언어뿐이다.

그렇기 때문에 이 언어의 지대는 시간도 또 공간조차 없는, 즉 시공時空 저 건너의 무한한 세계다. 필경 서정주의 벽에는 달력이 없을 것이고 서정주의 들에는 꽃이 피거나 지는 일이 없을 것이며 또 울타리도 없을 것이다. 행동이 끝난 데서 언어(시)가 시작된다.

서정주를 중심으로 한 무수한 한국 시인이 대개는 이러한 철칙 밑에서 지금 시를 쓰고 있다. 그들이 사랑하는 신라라는 것은 사막에서 쓰러진 사람들이 흔히 목격할 수 있는 신기루거나 녹지綠地의 환각일 것이다. 신라란 언어만 있고 실체가 없는 놀라운 환상의 성일 수 있기 때문이다.

"언어가 끝나는 데서 행동이 시작된다."

전봉건의 경우다. 그러나 봉건은 전자의 것과 후자의 것이 부단히 순환되고 있다. '행동이 끝나는데서 언어가 시작될 때' 봉건은 테크니션technician이 된다. '언어가 끝나는 데서 행동이 시작할 때' 봉건은 레지스탕스다. 이러한 이야기는 김구용에게도 적용된다. '언어가 끝날 때 행동이 시작하는' 구용은 산문가다. '행동이 끝날 때 언어가 시작하는' 구용은 불상佛像이다.

언어가 끝난다는 것은 포화상태에 있는 구름이 액화液化된다는 이야기다. 이때 나타난 행동은 빗발처럼 대지로 내려온다. 증발되는 언어의 운명과 액화되는 언어의 운명은 서로 다르다. 전자는 하늘(영원, 초월적인 것)로 상승하는 것이며, 후자는 대지로 돌아오는 운명에 놓여 있다.

쉬르레알리슴의 거장들이 레지스탕스로 전향해갔다는 것은 그들이 '행동이 끝나는 데서 시작되는 언어'의 세계로부터 '언어가 끝나는 데서 시작하는 행동'의 세계로 옮아갔다는 것을 뜻하는 것이다. 이때의 시는 하늘이 아니라 대지의 반석 위에 세워진 건축들이다. 이들에게 있어서 시의 연속성이란 언어의 지속이 아니라 사건의 연속성인 것이다.

끝나고 있는 전쟁도 이들에 의하면 시작되어가고 있는 것이다. 끝나버린 역사도 이들에 의하면 탄생되고 있는 것이다. 봉건의 시가 영원할 수 있다는 것은 시 그 자체가 독립된 영원성을 지니고 있는 것이 아니라 그가 대상으로 한 사건(6·25전쟁)이 인간에게 있어선 영원히 존속해갈 것이기 때문이다.

전쟁의 비극이, 지하에서 받는 인간의 수난이 영속하는 한 그들의 사상도 생명을 이어간다. 추려서 말하면 정주의 시가 지닌 영원성은 언어 가운데 있는 것이고 봉건의 시가 지닌 영원성은 행동 속에 있는 것이다. 전자는 시의 영원함을 위해서 지상의 사건으로부터 멀리 떨어져야 하는 것이며, 후자는 거꾸로 지상의 사건으로 접근해가야 한다.

전자는 그리하여 행동에 절망하고 후자는 언어에 절망한다. 우리는 여태껏 행동에 절망하는 것을 보다 시적인 것으로 인식해왔고 언어에 절망하는 태도를 보다 비시적(산문적)인 것으로 생각해왔다. 이 정반正反하는 시의 미학이 그렇게 정반하는 두 조류를 인도해간다.

편의상 '행동이 끝나는 데서 언어가 시작되는' 시의 일파를 A군이라 하고, '언어가 끝나는 데서 행동(시)이 시작하는' 다른 유파를 B군이라 한다면 오늘의 시단詩壇에는 A군의 시인들이 압도적이다. 그리고 그러한 시학을 가지고 성공한 시인들도 많이 있다.

그러나 B군의 시인들은 아직도 뚜렷한 뿌리를 가지고 있지 않다. 그리고 그러한 시학을 가지고 성공한 시인들은 희소하기만 하다. A군의 것은 말할 것도 없지만 B군의 것으로 성공한 시는 거의 없다. 우리는 이영순의 「바람과 햇빛의 상실자」, 김종문의 「아테네 프랑세」 등을 기억할 수 있다.

거친 황토밭

굶주린 얼굴

얼굴들

그러나

나는 알고 있었다. 내일의 강가에 홀로 앉아서

버린 아이처럼 입을 벌리며

영원한 것은 그 어느

곳에도 없었다는 것을……

—이영순, 「바람과 햇빛의 상실자」

뭇슈 '죠세프 콧트'의 강의 속도에 모두들 넋을 잃고 앉아 있을 때

노신魯迅의 후예가 끌려 나갔다. 추방이다. 본국으로.

급장級長이 끌려 나갔다. 징용徵用이다. '아노이'로 다음날도

뒤이어 추방, 징용徵用,

그리고 의옥疑獄

문에서 못 소리가 나던 날,

'빼레 빠스크'의 꼭지들은

'B 29'가 날아드는 하늘을 우러러보며 헤매이었다.

제3 '다다이즘'이 부활하려는 거리를,

—김종문, 「아테네 프랑세」

전봉건의 많은 전쟁시와 그리고 박희진의 「어느 가난한 접장의 노래」를, 또 신인들의 몇몇 애잔한 시편들까지, 이 B군의 시인들이 A군의 시인들과 교체되려는 기색조차 보이지 않지만 새로 일어나는 이 B군의 시파가 활기를 띨 때 비로소 우리의 시사詩史도 또한 변할 수 있다. 천편일률적인 한국의 시학엔 역사가 없다.

마지막으로 이 상반되는 외국 시인들의 이야기를 들어보자.

A. 시라고 하는 것은 언제나 어떤 수수께끼를 내포하지 않으면 안 된다. 문학의 목적은 대상을 일깨우는 것이다. (말라르메Stephane Mallarme)

B. 나도 또한 시를 싫어한다. 이러한 유희보다 더욱 중요한 게 있는 것이다. 거꾸로 매달리는 박쥐, 돌진하는 코끼리, 나무 밑에서 지칠 줄 모르는 여자, 베이스볼 팬, 통계학자, 상업 장부와 교과서, 이러한 것이야말로 즐거운 것이다. 그러나 그것들이 어느 알 수 없는 것 속에 끌려 들어갈 때, 벌써 우리들을 즐겁게 해주지는 않는다. 우리들은 알고 있다. 이해할 수 없는 것은 싫어한다는 것을. 수수께끼는 시가 아니다. (메리앤 무어Marianne Moore)

A. 나는 친했다. 하늘! 하늘! 하늘! (말라르메)

B. 땅으로 돌아오라. 나는 절망을 이야기했다. 아니, 반대로 그것은 이제 지상에 있어선 모든 희망이 된다. 땅 위에서는 사람들

은 집을 세울 수가 있다. 그리고 나는 세울 것이다. 나는 지금 그 것을 믿는다. 나는 나왔다. 나는 하나의 터전을 가진 것이다. (앙리 미쇼)

POETIC DICTION

정치적인 혁명은 제도의 혁명이지만, 시의 혁명은 언어의 혁명 이다. 그러므로 워즈워스가 파괴한 것은 바스티유 감옥이 아니 라 수도 클래시시즘Pseudo classicism의 포에틱 딕션이다. 말하자면 「리리컬 발라드」의 서문은 18세기의 '수도 클래시시즘'에 의해 서 오랫동안 투옥되어 있던 평민 언어들을 해방시키기 위한 운동 이요, 그 폭동인 것이다. 즉 미국의 의고전주의자擬古典主義者들은 평속어平俗語나 하급어下級語를 시어詩語의 터부처럼 생각해왔다. 그들은 귀족적인 아어雅語나 품격 있는 언어, 그리고 유창한 말들 을 규구規矩로 하여 포에틱 딕션을 삼았던 까닭이다.

'초서의 유창한 용어(liquid diction)', '포프의 우언법迂言法' 그리 고 비다의 호메로스의 '나귀'어 비판 같은 것이 그렇다. 이 의고 전주의자들은 워즈워스의 말대로 스페이드[鋤]를 스페이드라고 부르기를 거부한 시인들이다. 스페이드란 말은 농부나 사용하 는 말이지 결코 고상한 시인들이 쓰는 시어일 수 없다고 생각한 것이 그들의 시론이다. 그러므로 그들은 언제나 태양을 'Phoebus'라 불렀고, 새를 'Feathered quires'라 했고, 양¥을 'Fleecy bread'란 명칭으로 바꿔 말했다.

포프는 호메로스 시를 번역하는 데 있어서도 '늙은이'를 '늙은이'라고 하고 '부인'을 '부인'이라고 번역하기를 꺼렸다. 'reverend sage'니 'fair'니 하는 말로 언제나 평속어를 대치시켜놓았던 것이다. 비다는 트로이 전쟁에서 싸운 그리스의 영웅 아작스를 '나귀'에 비유했다는 그 이유 하나로 호메로스에게 무거운 죄명을 지워버렸다. 나귀와 같은 천한 동물은 절대로 시어가 될 수 없다고 믿었기 때문이다.

그러니까 이러한 수도 클래시시즘의 악취미와 공허한 어법에 반기를 들고 나타난 워즈워스 일파의 혁명군은 평속어의 해방을 부르짖게 된 것이다. 평민은 정치에 참여할 수 없다는 그 귀족주의 전제에 항거한 민중의 혁명처럼 이들은 평속어가 시에 참여할 수 없다는 의고전주의의 언어 전제言語專制에 도전했다. 그리하여 농부는 워즈워스의 언어 교사였으며, '나귀'는 루소주의자의 우상이었다. 이 낭만주의 혁명군들은 의고전주의자들에 대항하기 위하여 의식적으로 나귀란 말을 썼고 의식적으로 평속한 농민의 언어를 골라 썼다.

그러나 18세기의 고전주의자들이 언어의 편견을 낳은 것처럼 19세기의 낭만주의자들도 역시 언어의 메커니즘에 빠져버렸다. 그들은 귀족어貴族語에 대항하기 위해서 아르카디안의 평민어 일방으로 흐르게 되었고, 그 결과로 18세기의 시인 못지않은 언어의 편식주의偏食主義들이 탄생되고 만 것이다.

우아한 언어가 아니면 시가 아니라고 생각한 의고전주의와 반대로 그들은 자연적인 농민어가 아니면 시가 아니라는 별개의 감옥을 마련했다. 그래서 니체는 이 루소주의자들을 통칭해서 '오노라트리즘(나귀 예찬주의)'이라고 명명했다.

'나귀'란 말 대신에 '기차'란 말을 쓴다면 '스페이드'를 '스제이드'라고 부르는 이상으로 그들은 놀랐을 것이다. 그 증거로 워즈워스는 철도를 시의 적으로 삼고 있었으며, 모든 19세기 시인들은 문명이나 도시의 속어가 시를 잠식하는 비시적인 해충이라고 단정했다. 여기에서 다시 시의 혁명은 시작된다.

저 단테의 아이들, 20세기 이탈리아의 젊은 시인들은 별과 무지개와 나이팅게일과 장미에게 도전하는 새로운 언어들을 음모했다. 마리네티Filippo Marinetti의 「로마 법왕의 비행기」, 고보니의 「전기의 시」, 퍼르고데의 「발동기의 노래」 그리고 부찌의 「생략법 플러스 나선」과 다르바의 「예검」 등등 그들의 시는 모두 숫자와 과학 용어와 건조한 도식적 언어를 사용함으로써 아르카디안의 농민어農民語를 난타했다. 이른바 그 '미래파의 자유어'는 낭만주의자들이 가장 싫어하는 '금속어金屬語', '식물적 언어가 아닌 것'만으로 조직된 반도叛徒들이다.

E. E. 커밍스[18]는 '튤립'과 '굴뚝'을 나란히 놓음으로써 시니컬 cynical한 도전을 꾀하기도 했고, 엘리엇은 '굴 껍데기', '톱밥', '샌드위치의 포장지', '담배꽁초' 등 이른바 비시적인 일상어를 등용시킴으로써 '나이팅게일'과 '장미족' 시인들을 놀라게 했다. 이같이 시의 혁명은 그 기계화된 포에틱 딕션의 파괴와 재건에서 이룩된다.

한국의 전후戰後 시가 전전戰前의 그것에 비해 색다른 음성, 색다른 육체 그리고 색다른 제스처를 지니고 있다면 그 태반이 바로 포에틱 딕션의 변화에서 오는 것이다. 물론 김광균, 편석촌, 이상 등등의 시에서도 그런 면이 나타나고 있지만 이들 전후 시인은 안서, 김소월 또는 청록파 시인에 반기를 들고 있는 것이다. 전전 시인들의 시어를 '흙'이나 '나무' 같은 것이라면 전후 시인들의 포에틱 딕션은 '광석鑛石', '합성 유지' 같은 것들이라 할 수 있다. 소월의 시는 흙으로 빚은 질그릇이다. 하지만 전후의 대표적인 시들은 모두가 스테인리스, 좀 경제하면 플라스틱 그릇이라고 할 수 있다. 전쟁 용어, 정치 술어 또는 관념적인 철학어에서 현대 문명의 용어에 이르기까지 전전의 그것과는 판이한 대조를 이룬다.

18) E. E. Cummings(1894~1962), 미국의 시인, 소설가. 실험적인 작품 「거대한 방」으로 데뷔. 제1차 세계대전 후에는 로스트제너레이션의 문학가로 널리 알려졌다. 그의 시는 실험적 성질이 짙으며 미국 전위 시인의 제1인자라 할 수 있다.

특히 이 포에틱 딕션이 병적으로 과장되어 나타난 것이 전영경의 시다. 전영경은 '언어의 넝마주이'로서의 서정을 갖고 있는 것 같으며 의식적인 현대적 속어(상말)에 의해서 시의 분장을 노리고 있는 것이다. '도라무통', '할로', '오케', '요강 뚜껑' 등등…… 하층민들의 무학無學한 속인의 언어를 잘 쓴다.

이러한 포에틱 딕션은 이미 1920, 30년대의 외국 시인들에게서 많이 발견될 수 있다.

> ……Some
>
> Guys talk big
>
> about Lundgun Burlin an gay Paree an
>
> Some guys claims der never was nutn like
>
> Nooer Leans Shikago Sain.
>
> Lobey Noo Yorl, an San Fran dictaphones wireless
>
> subways vacunm
>
> Cleaners pial pianolas funnygraphs skyscrapers an safety razors……

> ……어떤 애들은
>
> 런던 베를린 그리고
>
> 즐거운 파리 얘기로

우쭐대고

딴 애들은

뉴올리언스 시카고

같은 곳이 없다고 한다

로베이 뉴욕 샌프란 녹음기 라디오

지하철 진공 소제기

약병 자동 피아노와 춘화 마천루 그리고

안전 면도…… (직역)

　　　　　　　　　　　　　　　　　　　—E. E. 커밍스

　이것은 E. E. 커밍스가 속어를 사용한 시다. 그러나 속어 사용이 비록 새로운 포에틱 딕션으로 제기될 문제이긴 하나 도가 지나치면 언어의 유희밖에는 되지 않는다. 전봉건, 신동문을 비롯한 일련의 시인들이 전쟁 용어를 구사하고 있는 것도 결국은 시대적인 감각 위에 서 있는 시속어時俗語에 속하는 것이라 할 수 있다.

　호메로스는 호메로스의 시대 말로 시를 쓰고, 현대 시인은 현대의 언어로 시를 쓴다. 이것은 조금도 이상할 것이 없고 특기할 사건도 아니다. 그러나 당대의 시인이 당대의 언어만을 쓰게 될 때 속악俗惡한 저널리즘에 빠지게 된다는 것은 경계해둘 필요가 있다. 같은 시속어일지라도 이를 다루는 시인과 기자의 그것은 판이하다.

시인을 위한 아포리즘

　시인은 바닷가에서 조개껍데기를 줍는 소년과도 같다. 이미 마멸되어 형체도 희잔한 일편의 패각. 그러나 거기에는 은미한 바다의 숨결과 수평을 개시하는 무한한 신화가 잠재되어 있다. 보잘것없는 일상생활의 파편들—피로와 퇴색과 평범과 그리고 변화 없는 한 폭의 풍경. 시인은 이렇게 속되고 값어치 없는 사물에서 이렇게 단조하고 허망한 생활에서 무한한 이미지의 아름다운 신화를 찾는다.

　하천가에 떠도는 목편木片, 허물어진 성축城築, 또 남루한 의상衣裳, 진개장塵芥場에 버려진 화병의 유리 조각, 그리고 부서진 장난감, 벽보, 또한 어느 날짜의 신문지. 파도가 윤회하듯 끝없이 밀려오는 세월 가운데 이제는 이지러지고 박제된 그 많은 생활의 유적들, 시인의 작업은 이들에게 하나의 빛과 생명을 주는 것이다. 잃어버린 생활을 되돌아오게 하는 것이다.

　인간의 패배를 영예롭게 하는 것, 상실한 인간의 고향을 다시

한 번 부르는 것, 구름처럼 흐르게 하는 것, 언제나 바람같이 불게 하는 것, 휴식하는 것, 그리고 목마르게 하는 것, 죽고 싶도록 생명을 그립게 하는 것, 인간의 모든 것, 모든 운명을 저버리지 않는 것, 사랑하게 하는 것, 그것이 바로 우리들 시인의 작업이다.

시인은 침묵으로 이야기해야 된다. 하나의 팬터마임[無言劇]처럼 몸짓과 얼굴의 표정으로 마음으로 모든 것을 표현해야 된다. 육체의 '매스'—공간을 차지하고 있는 전체의 몸뚱어리, 그리고 그 자세가 곧 표현 그 자체가 된다. 표현의 전부가 되는 것이다. 시인은 산문가처럼 목소리를 가지고 의미를 전달해서는 안 된다. 아무리 급해도 소리를 내어서는 안 된다. 암시의 세계, 심해深海 속에서 피어나는 해조처럼 그것은 율동해야 된다. '소리 없는 음향'—그리하여 시인은 바로 언어의 유리벽 가운데서 존재한다. 그렇기에 사실 언어는 시인의 편이 아니라 바로 시인의 적인 것이다.

시인이 단순한 '이미저리'만을 가지고 시를 창조하려 할 때 거기에는 해시海市(신기루)의 성城밖에는 어리지 않는다. 그것은 옛날 마술의 성처럼 해뜨면 곧 나뭇잎으로 변환되는 일개의 곡도[幻]에 불과하다. 시인이 창조한 것은 그러한 허상이 아니라, 마술의 성이 아니라 어느 실체가 메타모르포제하여 별개의 실체로 바뀌어 존재하는 것이다. 그러므로 시인은 요술쟁이가 아니라 차라리 정밀한 화공업자다.

한 마리의 누에가 나방으로 변모되어 날기 위해서 스스로 자신을 감금할 '누에고치'를 마련하듯 시인은 먼저 현실 속에 자기의 생명을 속박시켜야 한다. 이 속박과 음울한 기다림이 없이는 창조의 자유를 끝내 획득할 수가 없다. 이렇게 하여 시인이 가지고 있는 그 창조의 힘은 인간을 그의 숙명으로부터 해방시킨다. 신이 우리에게 부과하지 않은 것, 시인은 그것까지를 우리에게 줄 수 있기 때문이다.

형식은 얼굴이다. 비천했던 하나의 상인이 일확천금하여 하루 아침에 거부가 된다고 하자. 그러나 아무리 화려한 의상, 아무리 값비싼 장신구로도 감출 수 없는 것은 그의 얼굴의 품격이다.

시에 있어서 눈부신 '액세서리'의 언어나 그리고 놀랄 만한 수사修辭, 그런 것들이 결코 시의 형식을 좌우할 수는 없다. 시의 형식을 지배하는 것은 어디까지나 시 정신뿐이다. 그 '신세러티sincerity'다. '아폴론'의 정열, 그리고 '뮤즈'의 솜씨를 빌려온다 해도 '신세러티'를 상실한 시인은 영원히 시의 형식을 발견할 수는 없을 것이다.

이브는 인간의 조상이다. 이브는 또한 시인이었다. 만약 그가 시인이 아니라면 저 화사花蛇의 현란한 빛깔과 아름다운 그 달변

達辯에 매혹되지는 않았을 것이다. 도취와 유혹 그 시적 정서, 충격은 선악과를 따먹기 이전에 있었던 일이다.

그것은 시가 인간의 선과 악을 의미하기 이전에도 존재했었다는 반가운 증좌다. 그렇다면 시는 '선악'의 가치 세계와 관계없이 독립해 있는 또 다른 영토를 가지고 있는 것이 아닐까.

결국 태초에 시가 있었다.

시인은 현실에서 둔주할 자유가 있다. 그러나 언어에서마저 도망칠 자유는 없는 것이다. 역사와 시대는 언어의 의미를 지배하고 있다. 계절에 지배되는 한 송이의 꽃이 순수할 수 없는 것처럼 언어도 순수한 것은 못 된다.

꽃잎 속에는 그것이 자라난 토양이나 수분, 기온이 섞여 있는 것이다. 언어는 언제나 시대적이고 역사적인 의미를 내포하고 있다.

시인이 이러한 언어에 직면할 때 그것은 간접적으로 시대와 그 역사에 직면하는 것이다. 시인들은 그리하여 언어와 투쟁한다. 그것은 결국 시대와 역사에 대하여 도전하는 것이다.

지하도, 고가 철도, 공장, 안테나, 텔레비전, 원자운原子雲……. 이러한 말들 옆에는 꽃, 강, 물, 산, 구름, 하늘과 같은 말들이 있다. 학살, 가옥, 증오, 음모, 전쟁 등의 말 곁에는 애정, 낙원, 평화, 신앙 같은 말들이 있다.

시인은 이렇게 상극하는 낱말들의 한복판에 서야 한다. 편식을 하는 것처럼 특정한 시어만을 골랐을 때, 그는 다른 언어로부터의 도피를 생각하는 것이다. 그래서 시인의 은둔 생활이 시작되는 것이다.

히틀러의 콧수염과 채플린의 콧수염은 동형同型이다. 그러나 전자의 것은 수백만의 나치당원을 지배하기 위한 수염이며 후자의 것은 거꾸로 수백만의 관중을 웃기기 위해 마련된 수염인 것이다. 하나의 주의主義에 공식에 의하여 시를 설명하려 드는 사람은 하나의 수염으로 히틀러와 채플린을 동일시하는 어리석음과 같다.

시인이 지키고 있는 온갖 언어와 온갖 사상은 독자의 수면 속에 현몽現夢하여 하나의 빛으로 음성으로 나타나야 한다.

한국 시인들의 주소

Parle et 1' air tourne sur lui-même

Hors du jour vide et du chaos

말하라 그러면 공허한 날과 혼돈 밖에서

공기는 스스로 돌 것이다.

― R. Ganzo, 「Langage」

살구나무 밑에는 길이 생긴다

한국에는 시의 독자보다 시인의 수가 더 많을는지 모른다. 대개의 시가 독사진 같은 것이어서, 작가 이외의 다른 사람은 흥미를 가질 수 없이 되어 있다. 자급자족하는 시인의 경제는 그러니까 자연히 수공업 시대에 있다.

시는 본래 상품이 아니라고 한다. 참 좋은 말이다. 또 매우 초연한 자세다. 그러나 살구나무 밑에는 자연히 길이 생기는 법이다. 넝마처럼 자기 시를 팔러 다니지 않는다 해도 시만 좋으면 스스로 소비되게 마련이다. 그런데 한국의 시인(자그마치 이백여 명이나 된다)이 워낙 고고한 탓인지는 몰라도 요즘의 시는 통 흥정이 되지 않는다. 더구나 시는 강매할 성질의 것도 못 된다.

그리고 보면 내가 마치 플라톤의 이상 국가를 만들기 위하여 시인을 추방하려는 음모나 꾀하려는 것 같지만 사실은 그렇지가 않다. 흔한 말로 악화惡貨가 양화良貨를 구축한다는 '그레셤 법칙'을 얼핏 들은 일이 있기 때문에 하는 소리다. 1957년에 발표됐던 시가 거의 오백 편에 달하는데, 이것은 세계 연감世界年鑑에 기록되어도 부끄럽지 않은 국내 생산의 통계 숫자다.

그러나 그 시의 질에 있어서 9할이 악화惡貨와 같은 사이비 시라면 나머지 1할의 시가 운다. 이런 때 비평가는 좀 자선 사업을 해도 좋다. 독자 없는 시단詩壇을 위해서 말이다. 소박한 농부라 해도 자기 밭의 채소는 곧잘 솎아낸다.

그러한 의미에서 대수롭지 않은 시에는 되도록 묵살의 태도를 취하려 한다. 그리고 하도 장미밭이 어수선하니 나대로 원정園丁의 가위를 대어 정리를 해볼 셈이다(물론 나의 주견이니까 억울한 가지가 잘릴는지도 모른다).

순례자의 종착지

서정주, 박두진, 신석초 이 고독한 세 순례자의 시인들은 최근에 들어서 그들이 종착할 만한 지역을 찾아 거기 머물렀다. 서씨가 찾은 땅은 아주 양지 바른 신라의 하늘 밑이다. 그리고 박씨는 골고다의 하늘, 신씨는 장엄한 동라銅鑼의 음향이 있는 인도의 하늘 아래다. 말하자면 그들은 여기에까지 이르러 일단 순례의 봇짐을 풀고 작업을 개시했다. 곧 그것이 서정주의 「근업초近業抄」요, 박두진의 「갈보리의 노래」요, 또 신석초의 「바라춤」이다.

이렇게 시인이 굵은 하나의 종교적 이미지를 창조한다든가 그 시적 표상表象의 든든한 하이라이트를 갖는다는 것은 매우 즐거운 일이다. 이 세 시인의 순례자는 그러한 이유에서 행운을 맞이한 셈이다.

그런데 무슨 연고인지 우리는 이 순례자의 행운과 더불어 안식할 수 없다. 역시 그것은 배경만 장중한 또 하나의 독사진이었던가? 서씨의 경우부터 이야기하자.

사향麝香 박하薄荷의 뒤안길이다.
아름다운 배암……
얼마나 커다란 슬픔으로 태어났기에
저리도 징그러운 몸뚱어리냐.
꽃다님 같다.

—「화사花蛇」의 1절

이 시는 순례의 길에 오른 씨 당초當初의 풍모다. 원죄의 덩어리 화사가 풍기는 독향의 매력에 탐닉하면서 악마같이 춤을 추는 서씨의 거동은 확실히 보들레르의 동양 축소판으로서 절박감이 있었다. 그런데 이 시를 가만히 들여다보면, '사향 박하'라든가 '꽃다님 같다'는 소박하고 향토적인 표현을 발견하게 된다.

씨에게는 화사를 비유하는 데에 '꽃다님' 대신 '넥타이'란 말을 쓸 수 없는 생리가 있었다. 씨의 시적 비밀은 바로 여기에 있다. 「화사」는 바로 '쌍두사雙頭蛇'였던 것이다. 파리 뒷골목 어느 음울한 카페의 공기를 마신 '의식의 체험'과 전라도의 산골 고요한 오솔길에서 겪은 '생활 체험'의 두 가지 이질적異質的 요소가 화사의 쌍두를 육성시켰다. 초기의 시에서 이들은 서로 친숙하게 공존했지만 「귀촉도」에 와서는 한쪽의 머리(생활 체험에서 오는 토속성)만이 비대해지고 다른 쪽의 머리는 소아마비에 걸려 더 이상 발육하지 않았던 것이다. 그러나 이 쌍두의 화사는 그런대로 밉지는 않았다.

그러나 드디어 일방적으로만 성장한 화사의 한쪽 머리가 학鶴으로 변모하더니, 그것이 비상飛翔을 위해서 (좀 수상한) '신라의 하늘'이란 것이 나타나게 되었다. 그리하여 우리는 슬프게도 서씨의 반신半身만 클로즈업되어 나타난 오늘의 시를 읽게 된 것이다. '문둥이 없는 보리밭', '화사 없는 초원' 가운데 서씨 말년의 군자 같은 꽃들은 피었다.

'될라면 될 테지'의 방관적 페시미즘―'무슨 금은金銀의 소리라도 울리려무나'의 귀족적 원망願望―'물같이 구기잖게 살아가는' 은사풍隱士風의 자적自適, 고고孤高―꽃이 꽃을 보고 웃듯이 해는 그런 마음씨밖엔―아무것도 가진 것이 없는 '내추럴 빙' 그 '점잖은 엑스터시ecstasy'―그러한 「근업초」, 「백결가」, 「노인헌화가」의 시는 표고 수천 척尺 맑은 기류를 마시고 사는 고산 식물을 닮았다.

그러나 'Saint' 서의 정신 연령은 칠순이 넘었고 '꽃피는 것이 기특하다'고 하는 그 오만한 정신은 조물주 이상의 것이다. 그러므로 '신라의 하늘'은 너무나 공기가 희박하여 우리들과 같은 성자 아닌 범인들이 살 곳은 못 된다. 그리고 그것은 또 씨 자신의 변모도 아니다. 확대된 편모이니만큼 소아마비를 일으킨 한쪽 머리의 화사를 어떻게 하지 않고서는 그 으리으리한 성자의 초상이 아무래도 불구의 기형성을 면치 못할 것 같다.

그런 면에서 지난날의 한 모습을 보여주고 있는 것 같은 「8·15의 편지」에서 독자는 더 많은 감명을 받은 것이 아닐까? 'Saint'의 칭호보다 'Poet'의 이름을 더 귀중하게 여긴다면 씨는 다시 한 번 버려진 화사의 운명을 찾아 순례의 길에 올라야 한다. 그때 씨는 본래의 육성을 찾을 것이고, 우리는 또다시 한 사람의 위대한 시인의 이름을 희억하게 될 것이다.

청록파靑鹿派의 우아한 산속에서 뛰어나온 가녀린 사슴이 저 험준한 '골고다의 계곡'을 향해 달려보자는 비장하고 그러나 약간 성스러운 박두진의 각오는 좋다. 더구나 그 수척한 등에 무거운 십자가를 지고…….

그러나 기독基督의 수난과 그 절박한 최후의 몸부림을, 그러면서도 체념 가운데 흐르는 꽃 같은 인간에의 사랑을 복음서를 쓰듯 써내려간 「갈보리의 노래」가 뜻밖에도 시라기보다 합성주에 가까운 것이 되고 말았다. 참으로 송구스럽다. 거기에서는 하나의 반신자半身者 혹은 체면만 차리는 소심한 전도사의 발언밖에 찾아볼 수 없었기에 하는 소리다.

예수가 흘리고 간 생생한 핏방울로 고갈한 시 정신을 위장해 보려던 변신술, 결코 그것이 씨가 애초에 목적한 의도가 아니었기를 바랄 뿐이다. 사슴이 외치는 가냘픈 소리 그것과 기독이 부르짖던 '엘리엘리'의 음성은 아직 하늘과 땅 사이의 거리가 있다. 씨의 크리스체니티Christianity가 '충족적 휴머니티'의 힘이 되어 시 속을 흐르기에는 그 지평이 너무나 요원하다.

'골고다의 하늘' 밑에 안주하기 전에(청산이라도 좋으니) 더 오랜 순례의 고행이 있어야만 하겠다. 말하자면 청록파 시절의 풍류한 꼬리를 완전히 청산하지 못하고는 「상식공화국常識共和國」의 안일한 시밖에 생산될 수 없기 때문이다.

한편 신씨는 원래 가옥假屋으로부터 순례의 길에 오른 시인이라서 그런지 끝내 바라크baraque건물밖에 짓지 못한다. 사실 「바라춤」이란 스케일만 큰 다섯 개의 하꼬방이다. 이 속에서 귀하신 부처님이 살 수 있을까 의심이다.

「바라춤 서사」부터가 여요麗謠「청산별곡」의 현대식 가건축假建築이었으니 말이다.

> 묻히리란다. 청산青山에 묻히리란다.
>
> 살어리랏다. 청산青山에 살어리랏다.
>
> 필 데도 필 데도 없이 나는 우니노라 혼자서 우니노라.
>
> 피리도 피리도 없이 마자도 우니노라.
>
> 낮이란 구름산에 자고 일어 우니노라.
>
> 널라와 시름한 나도 자고 일어 우니노라.

이 중에서 어느 것이 신씨의 시고, 어느 것이 「청산별곡」인지 한 번 라디오 퀴즈 프로에 내놓음직도 한 일이다. '바라춤'을 추기 전에 먼저 '장구춤'이나 '굿거리'부터 해야 될 시인이다. 이렇게 '바라크'만 짓고 말 것이면 굳이 '부디즘Buddhism'의 먼 영역을 찾아 고된 순례를 할 필요가 어디에 있었을까? 좌우간 순례자의 이 종착지는 모두가 불모의 땅이다. 허공의 하늘을 향해 혜식은 분화구를 벌리고 선 서글픈 세 개의 사화산死火山이여!

실험실 속의 비소

완숙의 경지를 향해 돌입한 전기 시인들과는 달리 시를 하나의 플라스크에 넣고 여러모로 실험하고 있는 시인들이 금년에 와서 아주 현저한 수를 나타내고 있다. 어쨌든 그것은 한국의 현대시에 대한 반성기가 왔다는 고마운 증좌다. 그 대표적인 기사技士로 나는 송욱, 박남수 씨를 들겠다.

송욱 씨는 한국의 언어에 대하여 여간 실망을 느낀 모양이 아니다. 그리하여 송씨는 언어라는 하나의 숙명적 조건과 대결하기 위하여 실험실 속으로 들어가기를 주저하지 않았다. 그 실험실의 소산이 바로「하여지향何如之鄕」이라는 동일한 시제詩題 밑에 발표한 기쾌奇快한 6편의 시다.

씨는 그것을 비키니도島가 아니라 바로 우리의 시단詩壇 한복판에다 폭발시켰던 것이다. 대개 천재들은 자기가 숙명적이기를 원한다. 그렇기에 송씨도 김삿갓만 한 재주가 있었다. 그래서 그의 시도 김삿갓만은 하다.

민주民主
주의注意 (칠!)

—「하여지향 6」

씨는 민주주의의 '주의主義'를 동음이의同音異義의 '주의注意'로 표기하고 더구나 거기에 '칠 페인트'란 말까지 넣어 유머러스한 뜻을 가미했다.

'학생은 제미십諸未十이요 선생은 내불알來不謁'이라고 일구 양의一句兩義로 시골 서당 선생을 놀려 먹던 김삿갓의 새타이어satire, 그 위트가 송욱 씨에게 와서 재현된 셈이다. 씨는 '현대인'인 만큼 그 상대가 골방 서당 선생이 아니라 좀 스케일이 큰 20세기의 가두街頭를 방황하는 '정치'로 되어 있다. 그것만도 아니다.

회사會社 같은 사회社會

— 「하여지향 3」

미묘微妙한 묘미妙味

— 「하여지향 6」

치정痴情 같은 정치政治

— 「하여지향 5」

'회사 사회', '미묘 묘미', '치정 정치'와 같이 한 낱말의 음절을 도착시켰을 때 생겨 나오는 '의미 전위轉位'의 '풍자법'은 바로 김삿갓의 "귀락당 당락귀貴樂堂堂樂貴"(당나귀)의 그것과 상통한다.

그러나 이 시인의 의도는 20세기의 '풍류객'이 되자는 데에만 있지 않다. 사실은 야만어와 같이 무딘 한국어를 한번, 저 서구의 시인들이 자유자재로 구사하고 있는 언어처럼 개혁해보자는 야심만만한 협객狹客이었다.

한국어는 서구어나 중국어와 달라 운韻이 없다. 그러므로 우리의 시는 숙명적으로 자수字數의 정형이나 동의어 반복에서 오는 평범한 율律(리듬)만의 청각적 이미지에 기대하는 수밖에 없었다. 더구나 씨는 서양시에 정통한 바 있기 때문에 이러한 우리 언어의 불모성, 다시 말하면 그러한 언어의 조건 밑에 속박되어 없는 한국 시의 좁은 울타리를 누구보다도 통렬히 의식했을 것이다.

재담才談과 육담肉談과 사담私談을 하다
감상感傷과 중담中談과 외상外上을 거쳐
아뿌레가 아폴사

　　　　　　　　　　　　　　　　　　　—「하여지향 5」

아라리요 그렇지요

　　　　　　　　　　　　　　　　　　　—「하여지향 2」

현금現金이 실현實現하는 현실現實 앞에서

　　　　　　　　　　　　　　　　　　　—「하여지향 5」

씨는 이상에서 보는 바와 같이 자음이나 모음의 동일음同一音을 중첩시켜 한국어가 발휘할 수 있는 최대의 '운율 쇼'를 벌이고 있다. 아무리 해도 송욱 씨가 씨의 피부색을 변화할 수 없듯이 한국어를 뛰어넘을 수 없으니, 씨의 야심적인 실험도 장난감 이상의 것을 만들지 못할 것만 같다.

언어의 음상音相에만 급급하여 의미 구성에서 패하고 있으며, 따라서 씨의 새타이어가 사회 비평에까지 파급되기엔 너무 황당하여 일종의 만담漫談이 되어버린 느낌이다. 그러나 거꾸로 읽어도 흥미진진한 씨의 기형적 시가 그렇게까지 밉지 않은 까닭은, 우리도 그와 동일한 언어의 숙명 앞에 머물러 있기 때문이리라.

이렇게 송씨가 언어의 실험을 하고 있을 때 박남수 씨는 보다 소극적이고 온건한 태도로써 한국의 시형詩型을 실험하고 있었다. 그것이 「다섯 편의 소네트Sonnet」이며 「갈매기 소묘」다.

짐작컨대 씨의 '실험 노트'의 초안은 대개 아래와 같은 것이다. "한국의 시형이란 산문을 행行과 연聯으로 옮겨놓은 것에 지나지 않는다. 그러므로 시행이나 혹은 연의 구분이 우연적이다. 그러니까 나는 시형을 우연적인 데 두지 않고 어떤 필연성 위에다 건축하여 내용과의 유기적인 상관성을 갖도록 하여보자……."

그러나 이러한 의욕이 실제로 나타난 씨의 작품 「다섯 편의 소네트」는 그리 탐탁한 것이 못 된다. 전통적인 옥타브와 세스테트sestet로 구성된 씨의 14행 시는 꼭 그러한 형태를 갖추어야 할 하등의 내적 필연성이 없었기 때문이다. 말하자면 14행 시의 형식을 취함으로써 생기는 아무런 특전도 없었다는 이야기다.

그것은 마치 김치를 담그는 데 에트루리아Etruria의 항아리를 구해올 필요가 없는 것과 마찬가지의 경우다. '소네트'란 원래 '잠언시'에서 생겨난 형식인 만큼 '단행시'의 유일한 폼이 되겠지만 그것은 어디까지나 서구어의 조건 밑에서만 그 빛을 발휘할 수 있는 것이 아닐까? 그 형식을 그대로 한국어의 실정에 옮겨온다는 것은 설령 성공해도 무해무득한 것이 되고 만다.

그런 점에서 굳이 씨는 한국의 페트라르카가 되려고 노력하지 않아도 좋다. 그보다는 「갈매기 소묘」의 시형이 훨씬 성공하고 있다.

지지눌러

숨 가쁜

갈매기 하나

있었다.

…… (중략) ……

좀처럼 그려 사는 것인지도

그 실은

알

수

없다.

일견하면 산문에서의 띄어쓰기를 행으로 과장하여 나열해놓은 것 같다. 하지만 '체언'과 '용언'의 각 파트를 분리시켜 그것에 개개의 빛깔을 주고 음악적인 휴식과 진행의 호흡을 시각적으로 나타낸 유니크한 폼이다. 씨는 여기에 와서 시 고유의 형태미를 최고도로 발휘하고 있다. 마치 그것은 눈으로 보는 음악 같다. 그런데 비단 이 양兩 씨뿐만 아니라 그와 같은 여러 시인들에게 한마디 하고 싶은 말이 있다. 실험실 속에는 언제나 유독有毒한 비소砒素가 있다는 말이다. 혹시나 이 비소로 하여 기사技士님들의 몸에 이상이나 생기지 않을는지 한번 기우해본다.

감금된 지성

시적 상상의 새로운 도약대를 위해서 에스프리의 창窓을 닦고 있는 시인들이 있다. 이들에게 필요한 것은 목청과 심장이 아니라 바로 눈과 손이다. 흔히들 말하는 지적 태도라고나 할까. 김춘수 씨의 시에서 우리는 그러한 것을 엿볼 수 있다. 씨의 「나목과 시」 그리고 「꽃을 위한 서시」는 자기 시 정신의 포즈를 조상彫像한 것이다.

존재하는 사물 가운데 은폐되어 있는 의미를 언어에 의해서 개시開示하고 그렇게 해서 열린 존재의 밝음 가운데 나아가려는 자세다. 그러니까 '얼굴을 가린 신부처럼' 은신해 있는 모든 사물의 존재가 씨의 시적 오브제가 된다. 그것의 그림자를 그의 아이디어(플라톤)에 비추어(혹은 상상이라 해도 좋고 하이데거가 말하는 존재의 부름 소리를 대기하고 준비하는 '사색'의 뜻으로 보아도 좋다) 이름 지은 것이 씨가 생각하고 있는 시다.

'나체로 선 무화과'란 가면을 벗고 나타난 존재의 알맹이며 그 예민한 가지 끝에서 명멸하는 것은 그 존재의 표상, 즉 시다.

> 너[언에]는 나타내었다. 창공과 산들바람
> 전나무 가지의 흔들리는 율법律法을

이 시 한 구절과 쌍아雙兒 같은 「나목과 시」는 존재의 탐구라는 거창한 문제를 내포하고 있다. 그러나 그것은 그렇게 하겠다는 자세지 그렇게 움직인 것이 아니다. 「우계雨季」라는 시를 볼 것 같으면 씨의 포즈가 그러한 포즈에서 그치고 말았다는 것이 입증된다.

거기엔 비의 리듬도 비 뒤에 숨어 있는 존재의 표정도 없다. 불투명하고 모호한 이미지만이 구성된 빗발처럼 흐르고 있을 뿐이다. 씨는 멋진 포즈만 잡을 줄 아는 펜싱 선수여서, 실지로 생동하는 존재의 심장을 찌르지는 못한다. 그것은 씨의 지성이 동물원의 공작처럼 비상할 수 없는 완상용玩賞用 지성이란 것을 뜻한다.

La poésie est 1'instrument privie légié de la connaissance.

시란 특전적인 지식의 악기다.

— Leon Gabriel Gros

그러나 씨의 시는 소리 안 나는 악기다. 아주 정관하고 참으로 우아하나 소리 없는 악기—「부다페스트의 소녀」 같은 시시걸걸한 소리라도 좋으니 씨는 포즈 다음에 오는 소리의 움직임이 좀 있어야겠다. 그러나 김수영의 「예지叡智」, 「눈」 같은 작품은 어쨌든 시원스럽게 소리나는 지성의 악기다. 하나의 사물, 하나의 논리가 이미지로 변조되는 특수한 악기의 기능, 그의 지성은 그런대로 성공하고 있다.

기침을 하자
젊은 시인이여 기침을 하자
눈 위에 대고 기침을 하자
눈더러 보라고 마음 놓고
기침을 하자

활달한 언어 구사는 눈(현실)과 시인 사이의 싸늘한 공간에 시적인 교통로를 부여하고 있다. 그렇게 해서 '현실'은 움직이고 그의 지성은 직접 '현실' 가운데 맑아진다.

신진新進으로는 성찬경 씨가 시를 '지성의 수정水晶'으로 만들기 위한 설계를 하고 있다. 「태극太極」은 상대하는 존재의 양극이 교합하는 지점, 즉 적멸寂滅과 영생永生이 교차하는 곳의 이미지를 그려내는 데(번잡스럽긴 하나) 조금은 성공하고 있다.

그러나 한국인은 지성과는 아무래도 인연이 먼 모양이다. 언어 자체가 식물성이다. 지성 앞에서 시인은 무력한 어린애처럼 국척踢蹐하고 그 유리벽 가운데 유폐되어버리는 수가 일쑤다. 주지적 시인들이 걸어간 길이다. 네로의 살모殺母처럼 자기를 낳아준 모체인 지성을 죽이고 넘어설 때 시인은 진정 자유로워지는 것이 아닐까?

녹슨 풍향기

폐허의 도시에는 녹슨 풍향기風向器가 있다. 언제나 그것은 바람이 불어오는 쪽을 가리킨다. 우울한 날이 오고 하늘이 흐릴 적에 풍향기는 스스로 피리 같은 소리를 내고 운다. 현대의 민스트럴minstrel(음영시인) 조병화 씨와 이일 씨의 경우다.

반도 호텔 옥상屋上 글래스 룸은

서울의 스카이라운지

노을이 번지는 유리창 안에서

이것은 조 씨의 '스카이라운지sky lounge' 즉흥시의 연서聯序이다. 옛날의, 전원 시인들도 아마 씨와 같았으리라. 도시에서 숨 쉬는 것 그것이 곧 시다. 말하는 것 그것이 곧 시다. 그래서 샹송을 듣는 듯한 기분이다.

이 도시의 서정시인은 피로한 우리들에게 경음악 같은 위안과 휴식을 주고 있다. 그러니 우리는 그에게 별로 할 이야기가 없다. 그저 듣고만 있으면 된다. 시는 그런 게 아니라느니 깊이가 모자르다느니 피부에 스치는 바람결 같다느니 핏대를 올려 수선을 떨어봤대야 그것은 무익한 일이다. 왜냐하면 그는 지금 많은 독자들의 처마 밑 조롱鳥籠 속에서 울고 있는 한 마리의 새니까! 그대로 울게 하라.

그러나 씨에게도 몇 마디 할 말이 있다. 「유예」라는 시에서도 씨는 즉흥적인 인간의 운명을 노래했다. 언젠가도 씨가 '시간의 수인囚人'으로서의 안타까운 심정을 노래했지만, 이 시에도 집행유예를 받은 인간의 유한적 존재를 개탄하고 있다. 시가 운명에 패배한 그대로의 엘레지라고 생각한다면 잘못이다. 목을 옭아맨 것이 시인이라면 도대체 치열한 시의 불붙는 생명을 우리는 어디에서 구할 것인가? 씨는 시의 '창조적 정신'이란 것이 무엇을 의미하는지 깊이 이해하고 있는 것 같지 않다.

빨간 입술을 훈장勳章처럼 달고
밀회密會의 전율戰慄을 등어리에 끼는 야회복夜會服의 속도速度
꿈은
실의失意를 꿈처럼 먹는 소복素服의 미망인未亡人

이일의 「메트로폴리스metropolis」는 도시에 흐르는 기류를 보다 은유적이고 보다 세련된 호흡으로 노래하고 있긴 하다. 그러나 씨의 고독은 상품화된 벨벳제製다. 커피를 마시고 난 입술 위에 떠도는 그러한 고독도 좋지만 좀 더 치열해질 수 없을까? 도시의 고독을 그대로 유산流産하지 말라는 이야기다.

상황의 아이들

'타임리스timeless', '스페이스리스spaceless'가 시의 궁극적인 의미가 되는지도 모를 일이다. 그러나 인간의 시공적 세계에서 그대로 벗어날 수는 없다. 비행기가 자유로이 천공을 난다 해도, 그것이 이륙할 활주로는 필요하다.

머리도 어디에선가 "산문이 끝난 데서 시가 시작된다."는 말을 한 적이 있다. 시의 모태가 '산문'이라 해도 그리 과언은 아니다. 더구나 현대시는 상황적인 터전을 망각할 수가 없다. 그러나 시에 있어서의 상황 의식과 산문에 있어서의 그것은 서로 다르다.

"나는 절대로 신문을 읽지 않습니다. 뉴스가 내게로 전해집니다만 내가 찾아다니지는 않습니다. 정치가나 혹은 그 유流의 애국자 뒤에는 언제나 사악한 일이 숨겨져 있는 법입니다. 애국심과 상관을 안 하는게 좋을 겁니다."

"좌우간 지난 대전大戰의 경험은 반드시 선생님에게도 영향을 주었을 텐데 그런 걸 느끼십니까?"

"어떤 기억은 아주 다 쉽게 잊혀지는데 어떤 일은 영 잊혀지지 않는다는 걸 깨달았습니다. 전사한 사람들은 거기에서 탈출한 사람들보다는 훨씬 죄가 덜하지요. 나는 사람들이 무얼 하기를 원하는가를 압니다. 그는 비극의 주인공이 되고 싶었던 것입니다. 그러나 경계하십시오. 여기에는 아무런 비극도 없으려니와 주연主演도 없습니다. 전에 나는 '존재의 어려움Difficulty of being'에 관해서 책을 저술했는데, 모든 외국어가 그것을 '생활의 어려움Difficulty of living'이라고 번역했습니다. 이 두 가지는 근본적으로 다릅니다. 어려운 것은 존재입니다. '존재의 어려움'이란 여기 당신과 같이 있어서 이야기를 하고 지금 막 끝난 교회의 축복 예배에 참석하고 하는 것입니다. 하지만 생활한다는 것은 아주 다른 사실입니다."

이것은 P. 토인비Theodore Philip Toynbee의 물음에 대답하고 있는 장 콕토Jean Maurice Eugene Cocteau의 이야기다. 여기서 보듯이 '외부적인 상황(생활)'과 '내부적인 상황(존재)'이 서로 다른 의미를 가지고 있고 시인은 이 후자의 상황과 대결해가고 있다.

그러나 한국의 젊은 시인들은 '상황'을 전쟁, 기아, 남북통일, 신문 3면 기사와 같은 외부적인 상황만으로 해석하고 그것을 그대로 소묘하려 든다. 그래서 대개는 시의 정도正道를 벗어나 수필류의 것이 되어버리는 수가 많다.

민재식 씨의 「속죄양贖罪羊 Ⅲ」에서는 그들이 지금 위치하고 있는 바로 그 내부적인 상황을 향하여 동공瞳孔을 연 생생한 정경이 부각되어 있다.

"지금 우리를 보장할 아무런 서류도 서명도 없는 땅 위에 내린 금족령", 지구라는 커다란 어항에 감금되어 있는 정황 속에서 "사보텐에도 꽃은 피듯 언제 무엇이 일어날지도 모르는 지도의 색깔과 영원한 바다의 빛"을 대조해가면서 살아야 한다는 씨의 증언은 곧 현대 인간의 내면적인 세계를 암시한 것이다. 그러나 같은 의미의 이미지가 과다하게 반복되어 있는 탓으로 씨의 시에는 광채가 없다. 뿐만 아니라 정신의 높이에 비해서 씨의 언어는 너무나도 투박하다.

그러나 현대시가 지향해야 할 어느 한 길을 시사하고 있다는 면에서 「유리의 어항」은 의의 있는 작품이다. 민씨의 시는 꼭 소설 같다. 더구나 「속죄양 Ⅲ」은 회화체로 된 것이어서, 어느 관념 소설의 한 토막을 읽는 느낌이다. 그러나 인간의 시추에이션 situation을 엘리엇풍風으로 포착 전개시킨 씨의 시는 그리 허망한 것은 아니다.

현대의 상황—가장 지근至近한 우리의 문제를 노래하고 있는 이러한 시인들이 많이 등장하고, 또한 순순히 성장해간다면, 우리나라 시도 이제 민요적이고 장식적인 낡은 의상에서 탈피될 것이다.

소박한 마술

상황 의식은 외면하면서 소박한 마술魔術로 현존現存의 고뇌를 망각 혹은 순화純化하려는 시인들이 한쪽 편에서 대치한다.

태어나는 모든 지상의 풍경에 안개의 베일을 씌워, 그것을 몽환적夢幻的이고 신비한 천국의 풍경으로 변이시켰다. 그런데 김윤성 씨는 「수묵화」와 같은 수법으로 온갖 사물을 승화시키려는 교묘한 은둔술을 익히려고 한다.

나는 모르겠다.
아무런 감상感傷 없이 눈앞에 펼쳐지는
이 너무나도 명백한 자연의 빛깔들을
나는 붓을 들어 차라리 수묵화水墨畵를 그린다.

이 「수묵화」의 종연終聯에서 보다시피 되도록 이 세상을 담담한 안개 속의 풍경으로 바라보기 위한 정신의 훈련―말하자면 대상을 폐하여 시적인 관조 세계에서만 머물러 있으려는 노력이 씨의 태도다. 씨에게도 코로의 이 같은 기원이 있을 것이다. 그리고 그것이 그의 시다.

"나는 매일 신에게 내가 나를 언제나 '유아幼兒'인 채로 둬 두기를 빌었다. 즉 나는 유아의 눈The eye of a child으로써 사물을 보고 사물을 그릴 수 있도록 탄원했다."

김윤성 씨가 그리고 싶어 하는 수묵화에서 원망願望을 직접 시로써 그려낸 사람이 김관식 씨다.

강물을 따라서
세월歲月은 가고
구슬이 울리는
다리 아래의
영산홍暎山紅도 봄바람에 벙그러진다.

「사계절四季節」이라는 씨의 시 한 연이다.

'춘하추동'의 변이를 따라 하얀 명주폭에 그려지는 아름다운 묵화, 놀랄 만큼 소박한 마술이다. 언어도 이쯤 구사할 수 있으면 굳이 우리는 '회구繪具'를 찾을 필요도 없다.

박재삼 씨의 「춘향이 마음」이 있으니 그것은 소박한 마술이 아니라 뻔한 마술에 불과했다. 그만하면 춘향이의 옷도 벗겨졌을 터인데 어디 새로운 여인을 찾아볼 수 없을까? 한국에 춘향이가 있다는 것은 씨 하나만을 위해서도 다행한 일이었다. 그러나 이 모든 시인의 소박한 마술이 지금 현실에 통용되기는 너무나 무력하지 않을까?

만리성의 축사

올 일 년 동안에 가장 야심 있는 난공사의 청부를 받은 네 사람의 시인이 있다. 전봉건, 김구용, 장서언, 박희진 제씨의 장시長詩다. 이분들은 '장난감' 같은 집을 짓기에 싫증이 나서 한번 그 풍모도 웅장한 만리성萬里城을 쌓아보자는 의욕이 있었기 때문이다.

그러나 천하의 진시황제도 만리장성의 축사築事에는 견디기 어려웠다. 장편소설도 어려운 우리 실정에 이렇게 '장시'의 길을 개척하는 이분들의 노고란 처절하기까지 하다. 그러나 의욕은 좋지만 혹시 시황제와 같이 파멸의 운명을 걷지 않을까 염려도 된다. 역시 노작勞作이니만큼 종이 몇 장 위에 내가 이렇다 저렇다 까불어놓을 계제가 못 된다. 하지만 일 년의 사건이니 말하지 않을 수도 없는 형편이다.

그러고 보니 난처한 것은 도리어 내가 되고 말았다.

김구용 씨의 「소인消印」은 씨가 종래 가지고 있던, 오늘 같은 시에서 볼 수 있는 산문적 에스프리esprit가 드디어 지운地韻을 뚫고 분출된 것이라고 믿는다. 사람들은 이것을 '산문'이라고 하였는데 나는 그것을 읽을 때 아무래도 이것은 '그냥 긴 글'이라는 느낌이 들었다.

하나의 '줄글'이며 이것은 소설도 시도 산문시도 아니고, 씨가 평소에 거리에서 겪은 말하자면 유실流失한 시의 소재들을, 그 단편들을 삼태기에 쓸어 모아놓은 것이라 하겠다. 『이상한 나라의 앨리스』 이야기 같다. 솔직히 말해서 「소인」 같은 시를 쓸 수 있는 시인이 우리나라에 김씨 하나밖에 없다는 것이 여간 다행이 아니다. 이런 분들이 하나만 있어도 평론가는 폐업할 우려가 있다. 첫째로 150매의 새까만 활자들을 읽어낼 재간이 우리에겐 도무지 없다. 그냥 새까만 심야처럼 깜깜한……

그러나 어쨌든 씨가 형식주의에 빠진 구교에 대하여 성실한 반역을 한 청교도처럼 시의 운율, 교황권에 반기를 들어 '의미'의 신교권을 찾으려 하는 이분의 태도는 우리가 주목해둘 만한 일이다. 누구든 한 번쯤은 이런 유혹과 부딪치고 있을 것이다.

장서언 씨의 「나무와 시인」은 한 입으로 말해서 "무용無用한 꼬리가 너무나도 길어 날 수 없이 된 한 마리의 새 같은 것"이었다. 옛날엔 참 재미나는 동요 같은 시를 쓰시던 이런 분이 어쩌자고 이렇게 어려운 시를 썼을까? 한 백 년 지나면 고고학의 재료로 남게 될는지도 모를 일이지만……

전봉건 씨의 「사랑을 위한 되풀이」는 읽힌다는 면에서 첫 번째 관문을 무난히 돌파했다. 「은하를 주체로 한 바리아시옹」의 장시적長時的인 초기 증세가 여기에 와서도 이른바 알레고리의 이야기 전개로 지루한 맛을 벗어나게 한다.

그러나 씨의 결정적인 실수는 한국을 '토끼'에 비유하고 있는 점이다. '토끼'는 이 장시의 주인공 격이다. 그런데 마치 소설에서 주인공이 버주알라이스되지 못하면 그 전체가 죽어버리고 말듯이 이 시에서는 이 주인공의 '상징성'이 희박해서 전편 시의 그 긴 성벽이 무너지고 말았다. 한국의 지형이 토끼처럼 생겼다 해서 한국을 '토끼'로 비유했다는 것은 부적당하다. 그것은 심벌이 아니라 '사인'의 세계이기 때문이다.

시는 우화寓話가 아니라 상징이어야 한다는 것을 씨는 알았을 터인데. 예를 들면 '십자가'보다 성모상이 종교적인 상징적 밀도가 더 크다는 것을, 또 보다 시적이라는 것을 한번 생각해주길 바란다. 어쨌든 시를 통해 우리의 비극적 체험을 노래하고 있다는 점에서 어필할 수 있다는 것이었고, 또 장시의 가능성과 그 의욕을 엿보여주는 작품이다.

박희진 씨의 「미아리 묘지」는 전자들의 시보다 길이가 짧다. 그러나 어느 것보다도 장시적인 품격을 갖추고 있다. 스틸의 데생이 평소에 씨의 장기였던 만큼 시의 골격을 다시 꾸며나가는 데 있어서도 전자와 같은 알레고리에 의존하지 않고 직접 시의 오브제를 향해 직핍直逼하고 있다. 'Life of death' 엘리엇의 냄새가 풍긴다. 나는 이 시를 읽으면서 프랑스의 현대시 한 구절이 생각난다.

Pour nous la mort est une fleur de la pensée.
우리에게 죽음은 한 개의 사념思念의 꽃

그러나 장시로서의 체제를 볼 때 좀 어중간한 것이다. 메타포의 평범성과 해이解弛된 언어의 연결이 도리어 의젓한 맛을 주긴 하나, 너무 힘이 없어 긴장감을 상실하고 있다.

이 밖에도 언급되어야 할 시인들이 많다. 말하자면 '자연의 무한천국無限天國'에 사다리를 놓고 끊임없이 상승하여 올라가고 있는 유치환 씨라든가(씨는 최근 천상에까지 가끔 소풍놀이를 하러 다니시는 모양이다) 1910년대의 '깨묵'을 여태껏 소중스러이 짜고 있는 초현실파 김경린 씨, 혹은 「손」과 같은 가작佳作을 발표하여 호평받은 박성룡 씨, 현대의 서정시인 신경림 씨 그리고 여타 추천 시인들의 그 많은 미아迷兒들까지.

대체로 1957년의 시단은 그 시의 생산율도 많았을 뿐만 아니라 이와 같은 시인들의 의욕도 치열했다. 군웅群雄이 할거하듯 그들은 장미밭을 위하여 판도를 넓히려고 노력하고 있다.

갈릴레이가 없어도 지구는 돈다. 그러니 비평가의 시비와 상관없이 그들은 그들의 길을 갈 것이다. 하나 나는 또 나대로 말해 보고 싶었던 것이다.

한 마리의 누에가 나방으로 변신해 날기 위해서 스스로 자신을 감금하는 누에고치를 마련하듯 시인은 먼저 현실 속에 자기의 생명을 속박시켜야 한다. 이 속박과 음울한 기다림 없이는 창조의 자유를 그리고 비상의 해방을 획득할 수가 없다. 그렇게 하여 시인이 지키고 있는 온갖 언어와 온갖 사상은 독자의 수면 속에 현몽하여 하나의 빛으로 하나의 계시啓示로서 나타나야 한다.

"지금 네 자신도 모르는 사이에 성스러운 것을 잉태했느니라." 고 그렇게 수태고지受胎告知를 해야 한다. 그리하여 독자는 전연 예기할 수 없었던 성스러운 기적, 아름다운 기대, 그러한 보람을 그의 의식의 동굴 속에서 육성시켜간다.

그러한 사소한 불평, 덧없는 영탄, 어리석은 경이 그리고 실체 없는 허상虛像에의 찬미, 그러한 것들을 노래 부르는 포에트로[三文詩人]는 독자의 의식 속에 아무런 것도 고지告知하지 못한 채, 수태시키지 못한 채 무수한 언어만을 탕진하리라.

"독자에 수태 고지를 할 수 없는 시인, 그 시인은 틀림없이 시인이 아니라 언어의 도박사일 것이다."

나는 이러한 관점 밑에서 이 글을 초草했을 뿐이다.

자기 확대의 상상력
이육사의 시적 구조

    황혼의 이미지는 '시간적'인 것과 '공간적'인 두 관점에 따라 전혀 다른 양상을 띠게 된다. 시간의 흐름으로 볼 때 황혼은 죽어가는 하나의 빛인 것이다. 아침에 태어난 신생의 빛이 정오의 젊음을 거쳐, 황혼의 노쇠 속에서 멸망해간다. 시간의 그러한 전통적 의미 때문에 황혼의 붉은빛은 바로 붉은 피, 즉 태양의 출혈이 된다. 그것은 몰락과 붕괴, 그리고 모든 것의 희망과 성장을 닫아버리는 휘장의 이미지가 되어버린다. 그러므로 그것이 불러일으키는 정서 역시, 외로움이나 비탄 혹은 무기력과 불안감으로 채색될 수밖에 없다. 우리가 일상생활이나 일반적인 시의 세계에서 흔히 볼 수 있는 황혼의 이미지는 대체로 이 같은 시간축 위에서 전개되어온 것이라 할 수 있다.

    그러나 황혼을 시간으로부터 떼어내어 공간적으로만 바라볼 때, 그 빛은 전혀 다른 특수한 빛이 된다. 황혼의 빛은 끝없이 파문을 그리며 번져가는 확산의 이미지로 바뀌게 되는 것이다. 이미 태양은 둥근 하나의 점이 아니다. 그것은 붉은 고리쇠로부터 풀려나와 세계의 크기만큼 넓어진 태양이라고 할 수 있다. 그래서 황혼은 액체로 변해버린 빛이다. 수면에 돌을 던졌을 때처럼 황혼은 그 파문으로써 빈 공간을 가득 채우며 작은 하나의 점이 호수 전체와 이어져 서로 구별할 수 없게 된다. 뿐만 아니라 황혼은 정오의 잽싸고 가벼운 빛으로부터 사물 속에 배어 스며들어가는 무게를 지닌 빛으로 옮겨진다. 그러므로 공간화된 황혼은 종말의 시간적 이미지와는 달리 우리에게 궁극적인 확대의 몽상을 준다.

결국 한 시인이 자연 현상이나 삶의 의미를 시간적인 면에서 바라보고 있는가, 그렇지 않으면 공간적인 것으로 파악하고 있는가의 발상법의 차이에 따라 황혼의 이미지는 각기 대립된 언어의 질서를 띠게 되고, 그것이 한 시인의 본질을 결정짓기도 한다.

이육사의 「황혼」이 그의 처녀 발표작이란 점에서만 의미가 있는 것이 아니라는 이유도 바로 거기에 있다. 육사의 황혼은 이렇게 시작되고 있다.

내 골방의 커튼을 걷고
정성된 마음으로 황혼을 맞아들이노니

이미 이 황혼은 아침이나 정오의 시간과 관계를 맺고 있는 것이 아니라 '골방'과 대응된 황혼이란 사실을 예고해주고 있다. 육사가 위치해 있는 곳은 '골방'이다. 어째서 그는 그냥 방이나 집이라고 말하지 않고 '골방'이라고 했는가? 두말할 것 없이 그것은 인간이 살아가고 있는 공간을 최소한으로 축소시킨 장소, 말하자면 더 이상 좁힐 수 없는 생활 공간으로서의 점이다.

커튼을 닫은 골방은 외부와 완전히 단절되어 있다. 나는 이 폐쇄적인 좁은 밀실 속에 갇혀 있고 그 골방의 공간은 한 인간이 지니고 있는 의식의 내면적 공간의 넓이이기도 하다. 그렇기 때문에 "바다의 흰 갈매기들같이도 인간은 얼마나 외로운 것이냐"로 그 시구는 이어지고 있다. 인간의 외로움은 바로 축소된 공간과 동의어이다. 무한히 넓은 바다에 떠 있는 '갈매기'와 무한한 황혼 속에 젖어 있는 골방 속의 '나'는 '확대된 공간(황혼·바다)'과 '축소된 공간(골방·갈매기)'의 대응을 나타낸다는 점에서만 비로소 그 비유의 조직이 가능해지기 때문이다.

여기에서 토스토 근방을 산책하고 있는 에마 보바리의 의식 공간을 분석한 조르주 풀레Geores Poulet를 생각해본다면 수축과 확대의 의미는 더욱 선명해질 것이다. 사슬에서 풀려난 그레이하운드가 원을 그리며 벌판을 뛰어다닐 때 에마의 마음도 그 개처럼 확산되어 그 시선은 좌우로 떠돌다가 지평선까지 뻗쳐간다. 그러나 에마의 마음은 자신에게로 돌아오고 그녀의 시선은 잔디를 찌르고 있는 상아의 양산 꼭지에 머무른다. 마음은 벌판의 지평선에서 양산 꼭지의 점으로 축소되고 에마는 이렇게 탄식한다.

"아, 대체 어떻게 하다가 나는 결혼하게 되었는가?"

벌판은 확대된 공간이며 양산의 뾰족한 끝은 더 이상 축소 불가능한 점이다. 에마의 마음이 그레이하운드를 따라 지평선으로 자유분방하게 확산되었을 때와는 달리 이 축소된 점으로 돌아왔을 때의 그녀는 현실의 절망적인 고독에 빠지게 된다. 우리가 에마의 이 의식 공간을 역으로 진행시켜보면 이육사의 골방과 황혼의 대응 관계를 손쉽게 파악할 수 있을 것이다. 골방은 에마의 양산 끝으로 찌른 뾰족한 점이며, 그 점의 의식은 바다에 떠 있는 갈매기처럼 외로운 인간의 현실 의식이 될 것이다. 다만 에마의 의식이 확산(벌판)에서 축소(양산 끝)로 돌아오고 있는 데 비해서 육사의 황혼은 축소(골방)에서 확대된 공간으로 나가고 있다.

골방의 닫혀진 커튼을 여는 순간부터 육사의 시는 시작되고 황혼을 맞이하는 데서부터 그 시의 몽상은 전개된다. 만약 황혼이 없었더라면 골방의 커튼은 닫힌 채로 있었을 것이고, 골방의 나는 그 문턱을 넘어서지 못한 채 외로운 점 속에 갇혀 있을 수밖에 없다. 골방의 그 폐쇄된, 그리고 외계와 단절되고 축소된 공간이야말로 에마가 탄식하는 양산 끝의 점과도 같은 육사의 현실적 상황이며 동시에 고립된 자아의식이다. 그것은 시가 쓰이기 이전의 부정적인 상황과 현실 의식의 공간이다.

그러나 육사의 골방은 황혼을 맞아들이는 순간에서부터 확산

되기 시작한다. 산책하고 있는 에마 앞에 나타난 그레이하운드의
그 역할이 육사의 시에서는 황혼이 되는 셈이다.

> 황혼아 네 부드러운 손을 힘껏 내밀어라.
> 내 뜨거운 입술을 맘대로 맞추어보련다.
> 그리고 네 품 안에 안긴 모든 것에 나의 입술을 보내게 해다오.

황혼은 의인화되어 '너'라고 불리고 있으며 '손을 힘껏 내밀어
(악수)', '네 품 안에 안긴 모든 것(포옹)', '입술을 보내게 해다오(키
스)'라는 말에서 '나'는 그 '너'와 사랑하는 남녀처럼 융합되기를
기도하고 있다.

황혼과 만나고 악수하고 포옹하고 입맞춤하는 몽상을 통해서
골방 속의 나는 단계적으로 황혼 속에 젖어 들어간다. 정확하게
말한다면 황혼은 모든 것을 품 안에 끌어안듯이 온 세계로 번지
고 스며 들어간다. 그것은 빈틈을 주지 않고 끝없이 확대되면서
단절되고 분할되어 있는 모든 것을 붉은빛으로 용해시키며 감싸
주고 있다.

감금된 골방으로 황혼의 빛이 젖어 들어온다는 것은 바로 그
골방이 황혼만큼 확대된 공간으로 넓어진다는 것이며, 내가 너라
고 불리는 황혼에게 입을 맞춘다는 것은 곧 내가 황혼과 일체가
되어 그 의식의 넓이가 황혼처럼 번져간다는 의미가 된다. 이미

골방 속의 나는 고립의 벽을 무너뜨리고 황혼처럼 번져간다. 이 번져가는 몽상은 모든 타자의 외로움과 이어진다.

저—12성좌의 번쩍이는 별들에게도
종소리 저문 산림 속 그윽한 수녀들에게도, 시멘트 장판의 그 많은
수인에게도, 의지가지 없는 그들의 심장이 얼마나 떨고 있는가.

각자의 좁은 골방 속의 외로움은 번져가는 황혼의 품 안에 안기게 되고 그 유폐된 공간은 고비 사막으로 아프리카로 말하자면 지금 황혼이 적시고 있는 지구의 반쪽으로 확대된다. 그냥 확대되는 것이 아니라 황혼에의 적극적인 몽상을 통해서 그렇게 되기를 소망하고 있다. 그래서 골방으로부터 시작된 그 시는 어느새 지구의 반쪽으로까지 옮아가는 것이다.

고비 사막을 걸어가는 낙타 탄 행상대에게
아프리카 녹음 속 활 쏘는 토인에게라도
황혼아 네 부드러운 품 안에 안기는 동안이라도
지구의 반쪽만을 나의 타는 입술에 맡겨다오.

나를 고립의 골방으로부터 확대된 지구의 반쪽으로까지 번지게 하려는 소망은 정감이라기보다도 차라리 의지라고 부르는 편

이 좋을 것이다. '커튼을 연다'는 의지는 육사에게 있어 바로 시의 세계를 연다는 것이며, 그 고립을 깨뜨리고 내가 세계로 번져 가려는 그 의식의 확대는 시의 행동이 되는 것이다. 그렇다면 번져가고 부드럽고 또 스며들어가는 황혼의 공간적 특성은 육사의 언어 자체이며 시 그 자체라 할 수 있다.

황혼이 지니고 있는 시간적인 특성은 고립이고 종말이고 아침의 탄생을 닫는 것이고 죽은 것이지만, 그 속성을 공간적으로 파악하고 있는 육사의 황혼은 도리어 외로움을 무너뜨리는 융합이고 종말이 아니라 시작이며, 닫고 죽는 것이 아니라 열고 새로 태어나는 빛인 것이다. 시간적인 황혼의 이미지와 부합하는 것이고 인생의 끝인 헤어짐과 이어진다.

그러나 육사의 황혼은 가을이나 겨울이 아니라 신록처럼 재생하고 있는 5월의 황혼이며, 헤어지는 것이 아니라 내일에 또 만나는 것이며, 닫아버리는 것이 아니라 커튼을 걷게 하는 것으로 그려진다.

> 내 5월의 골방이 아늑도 하니
> 황혼아 내일도 또 저 푸른 커튼을 걷게 하겠지.

이 황혼과의 밀회를 통해 육사는 주어진 현실—그것이 정치적인 상황이든, 시공 속에 갇혀 지내는 인간 존재의 한계 의식이든,

또는 개인적인 어떤 좌절이든—의 골방에서 그 외로움에서 지구의 반으로까지 번져가는 커다란 나, 넓어진 나, 열려진 나를 몽상하고 있다.

그러나 이 몽상은 황혼만큼 짧다. 지구의 반쪽을 끌어안았던 황혼의 빛이 사라지고 나면 골방 속에 홀로 남아 있는 '나'가 다시 떠오른다. 그렇게 간단히 골방의 벽, 현실의 두꺼운 벽은 허물어지지 않는다. 육사는 한국인으로서, 그리고 한 인간으로서 이 현실을 살아간다는 것이 곧 골방 속에 유폐되어 있는 것이라는 사실을 명확히 의식하고 있다.

　　암암히 사라진 시냇물 소리 같아서
　　한번 식어지면 다시는 돌아올 줄 모르나 보다.

황혼의 시는 이렇게 끝을 맺고 있다. "나는 어떻게 하다가 결혼을 했는가."라는 에마의 탄식 같은 것을 육사의 시에서도 듣게 된다.

그러나 현실에서 시를 쓴다는 의미와 그 상징적 행위는 언제나 골방을 넘어서 지구 반쪽으로 확대된 나를 찾는 노력이었고 그것이 자신과 인간의 구제라고 육사는 생각하고 있다. 황혼이 암암히 사라져버려도 또 내일 또 황혼을 맞이할 준비를 하는 것이고 커튼을 걷게 하는 삶의 의지, 그 시의 의지를 포기하지는 않는다.

그렇기 때문에 황혼은 골방의 현실에 대응하는 시의 세계가 된다. 말하자면 지금 있는 세계가 아니라 앞으로 찾아야 할 세계이고 그러한 시적 세계의 몽상은 황혼처럼 확대와 포옹의 이미지를 가진 사물들에 의해 가능해지는 것이다.

황혼의 추구는 닫혀버린 축소된 세계에서 확대된 열린 세계를 추적하는 것이며, 육사에게 있어서는 그것이 그 시학의 근본을 이루는 출발점이 된다. 커튼을 여는 것, 황혼을 맞이하는 것, 황혼과 일체가 되는 것, 그래서 지구만큼 자신이 커지는 것……. 이미 육사는 처녀 시에서 예고한 이 같은 확대의 몽상을 그 뒤에 쓴 시에서도 대상을 바꿔가며 끝없이 되풀이하고 있다.

「청포도」에서 '골방'은 '포도알'이 되고 '황혼'은 '하늘'과 '바다'가 된다. 청포도의 알알은 골방처럼 극한으로까지 축소된 점이지만, 그 점은 무한한 공간인 '먼 데 하늘이 꿈꾸며 알알이 들어와 박혀 있는' 점이며, 마을의 전설(그것은 확대된 공간과 마찬가지로 시간을 확대시킨 고대의 영원한 시간이다)이 주저리주저리 열린 것이다. 포도는 우주적인 넓은 공간과 영원의 전설적 시간을 담고 있다. 마치 황혼이 들어온 골방처럼.

육사는 황혼처럼 번져가고 넓어져가는 빛들의 언어를 찾아 헤맨다. 그것이 「노정기路程記」에서는 어촌의 오래 묵은 포범布帆을 단 '배'이며 서해를 밀항하는 '쨩크', '지평선' 그리고 번져가는 '열대식물'로 나타난다. 「자야곡子夜曲」에서는 '파이프에 타오르는 불꽃의 향기'와 '돛대처럼 날리는 연기'와 '숨막히는 마음속에 흐르는 강물'이 되는 것이다. 물론 이같이 확산되는 황혼 같은 빛의 언어 옆에는 그와 대응하는 골방이라는 점의 언어들이 있다는 것을 잊어서는 안 된다. 고양이처럼 바짝 웅크렸을 때만이 기지개를 펴며 늘어날 수 있고 뛰어오를 수가 있다.

노랑나비도 오잖는 무덤(「자야곡子夜曲」)이나 유폐된 후궁(「반묘斑猫」), 어디다 무릎을 꿇어야 할지도 모르며 한발 물러 디딜 곳조차 없는 겨울 고원의 끝(「절정絶頂」)이 골방으로 상징되는 점의 언어들이다. 그리고 이 축소된 공간은 몽상이 시작되는, 즉 시가 싹트는 예비의 자리가 된다. 「절정」에서 육사가 더 이상 디디고 나갈 수 없는 극한의 자리를 말할 때 이미 그 속에는 저 황혼의 꿈인 몽상이 똑같이 예고되어 있다는 것을 우리는 알고 있는 것이다. 그 몽상(시)이 있기 때문에 육사는 한발 물러 디딜 곳이 없는 데서, 발을 옮겨놓을 수 있는 확대된 공간을 발견할 수 있다.

이러매 눈감아 생각해볼밖에
겨울은 강철로 된 무지갠가 보다

골방에서 커튼을 열듯이 몽상의 커튼을 연다. 그것이 눈감아 생각해볼 수밖에 없는 상상력을 향한 의지, 시적 의식의 커튼을 여는 행위이다. 그때 겨울은 황혼의 경우처럼 땅과 하늘을 이어주고 단절된 공간을 연결해주는 강철로 된 무지개가 된다. 고통과 유폐를 뛰어넘는 확대의 몽상은 결국 육사가 부르는 노래와 동질의 언어이다. 황혼, 그 번지는 빛, 그것은 다름 아닌 시 그 자체인 것이다.

황혼이 그를 골방으로부터 고비 사막과 아프리카, 밀림으로 나가게 했듯이 「강 건너간 노래」의 시에서는 노래 자체가 하늘 끝의 사막으로 제비같이 날아서 가는 것이다.

그 노래(시)에 의한 자기 구제는 그 유명한 「광야」의 시에서 분명하게 읽을 수가 있다. 천지가 처음 개벽하는 태초와 눈이 내리고 있는 겨울의 얼어붙은 현재, 그리고 천고의 뒤에 백마를 타고 초인이 오는 미래, 광야에 서 있는 현재의 나를 골방 속의 점이라 한다면, 그는 여기에서 어떻게 저 광야만큼 커질 수 있겠는가.

이 감금된 현재 속에서 어떻게 나는 태초와 먼 미래로까지 확대될 수 있는가? 「황혼」에서 시작된 황혼과의 그 밀회가 이 광야에서는 가난한 노래의 씨를 뿌리는 행위로 옮겨져 있을 뿐이다. 왜냐하면 노래는, 영혼의 그 언어는, 천고의 뒤에 오는 초인이 부를 수 있을 만큼 번져가는 것이니까! 확대되어가는 '나'의 욕망, 이것이 육사가 지닌 시의 욕망이었다. 그 욕망을 이루기 위해서 추적해가는 몽상의 언어, 이것이 육사가 그 시에서 보여주고 있는 물처럼 파문을 그리며 번져가는 빛, 무게를 가진 빛, 바로 황혼의 빛이었다. 그 황혼의 빛은 그가 생각한 노래(시) 바로 그것이었다.

현대 문학과 모순 구조의 발견

현대 비평문학의 사조

1869년 플로베르는 조르주 상드Georges Sand에게 보낸 편지글에서 비평가의 문제에 대해서 다음과 같이 한탄했다.

"라 알프 때의 비평가는 문법가였다. 그리고 생트 뵈브와 텐 시대의 비평가는 역사가였다. 어느 때가 되어야 그들은 예술가가, 참된 예술가가 될 것인가?"

그 뒤 백 년이 지난 오늘날, 플로베르의 소망대로 문학 비평가들은 과연 예술가로, 그것도 참된 예술가로 되었는가? 만약 플로베르가 다시 부활해 주네브학파를 대표하는 조르주 풀레의 플로베르론을 읽는다면 무엇이라고 말할 것인가? 자크 에르망Jacques Hermant과 같은 구조주의 비평가들이 『보바리 부인』을 분석한 끝에, "마담 보바리가 남편 샤를 보바리보다도 그녀를 에워싸고 있는 프랑스의 자연으로부터 받아들인 것이 더 많았기 때문에 비극이 생긴 것"이라는 결론을 내린 것을 보고 플로베르는 또 어떤 편지를 쓸 것인가? 문법가와 역사가란 말에 다시 현상학자와 문화 인류학자란 말을 첨가하게 될 것인가? 적어도 플로베르가 살고 있던 당대의 문학 비평가들보다도 더욱 인접 학문과 밀접해진 것이 현대의 문학 비평가들이다.

보드킨Moud Bodkin, N. 프라이Northrop Frye, 피들러Leslie A. Fiedler에 의해 쓰인 원형 비평은 신화학과 민속학, 그리고 프로이트와 융의 정신 분석학에서 비롯된 것이고, 휴겐, 에스카르피Robert Escarpit, 쉬킹, 하우저Arnold Hauser 같은 비평가들은 문학론의 표제 정면에 아무 부끄러움 없이 사회학이란 말을 내놓고 있다. 수사학적 비평에 속하는 미국의 신비평가들까지도 의미론이나 심리학 분야를 비평적 무기로 사용하고 있다.

이렇게 현대 문학 비평을 훑어보면 라 알프나 생트 뵈브의 시대보다 사태는 훨씬 나빠진 것처럼 보인다. 그러나 좀 더 근접 거리에서 관심 있게 오늘날의 비평문학을 읽어보면 현대의 비평가들은 플로베르의 입장과 별로 다를 것이 없다는 것을 깨닫게 될 것이다. 그들이 이용하고 있는 방법론이 문제가 아니라, 그러한 방법론에 의해서 밝혀내려고 하는 것이 무엇인가? 정치성인가, 사회성인가, 경제성인가, 과학성인가라는 물음을 던져볼 때, 스스로 그 해답을 얻을 수 있을 것이다. 구조주의 비평이든, 원형 비평이든 현대의 새로운 비평적 시도에 있어서 그들의 방법론은 모두 다르고 또 비문학적인 과학 지식을 배경으로 삼고 있는 것은 사실이다. 그러나 그들이 그 같은 방법론으로 해명하려는 것은 과학성이나 정치성이 아니고 어디까지나 문학성이며, 또 문학 작품을 문학 작품인 채로 읽어내려는 노력에 하나의 공약수를 지니고 있다는 사실을 알게 될 것이다.

시인 매클리시Achibald Macleish가 하버드 대학에서 문학 강의를 하고 있을 때의 경험이다. 학생들에게 헤밍웨이의 「심장이 두 개인 큰 강Big Two-Hearted River」을 읽고 리포트를 쓰게 했다. 그 결과 학생들은 한 사람도 예외 없이 닉이 낚시질하는 이야기를 모두 우의적으로 해석했다. 즉 낚싯줄에 걸려 나오는 물고기에게 신비적 의미를 부여, 프로이트적, 융적―키르케고르적 상징으로 풀이했다. 문학 비평의 이러한 경향에 대해서 시인 매클리시는 물론이고 비평가 자신인 H. 리빈 역시 100년 전에 한탄했던 플로베르와 똑같은 한숨을 쉬었다. 즉 H. 리빈은 그것을 현대 문학 비평의 병적 경향이라고 지적했던 것이다.

그런데 놀라운 것은, 작품이 지닌 현실의 맛을 그대로 파악하지 않고 작품 배후의 중층적 의미를 탐색하는 그 병적 경향의 예로서 비난을 받아야 할 신화 비평가인 N. 프라이가 H. 리빈이 「상징주의와 소설」에서 한 말과 동일한 발언을 하고 있다는 사실이다. N. 프라이는 마치 H. 리빈이 매클리시의 실험적 경험을 인용했듯이, 하워드 애덤스Howard Adams의 리포트를 예로 들고 있다.

단지 헤밍웨이의 소설이 아니라 블레이크William Blake의 「병든 장미The Sick Rose」라는 것만이 다를 뿐 학생들의 반응 역시도 마찬가지였다. 애덤스가 「병든 장미」의 시를 60명의 학생들에게 읽히고 리포트를 쓰게 했더니 단 한 명의 학생을 제외하고는 모두 그 시를 우의적으로 해석했다는 것이다. 다만 60명 가운데 원예학 전공 학생 하나만이 '장미가 병들었다.'는 이야기로 풀이했을 뿐이다. 그런데 작품 해석을 신화 체계로 풀이하고 있는 N. 프라이는 H. 리빈과 똑같이 '우의적' 해석을 하고 있는 학생들을 비난하면서 원예과 학생만이 올바르게 작품을 읽고 있다고 말했다.

N. 프라이의 신화 비평을 피상적으로 이해하고 있는 사람들은 누구나 놀라게 될 발언이다. 왜냐하면 N. 프라이 같은 신화 비평은 원예 전공 학생 편이 아니라 성서적 신화의 우의로 풀이한 학생 편이라고 생각했을 것이기 때문이다. 이러한 편견에서 대부분의 현대 비평에 대한 오해가 생겨나는 것이며, 그러한 오해의 결과로 현대 비평의 병적인 부작용이 나타나기도 한다. 오히려 N. 프라이는 작품을 작품 그대로의 맛으로 풀이하기 위하여 신화적 체계를 비평 방법 속에 끌어들이고 있는 것이다. N. 프라이만이 아니다. 모든 원형 비평의 진정한 목적은 문학 작품을 민속학이나 신화학으로 변질시키는 데 있는 것이 아니라 정반대로 문학을 문학이도록 하는 그 자체의 질서를 해명하려는 데 있는 것이다.

N. 프라이는 학생들이 어째서 시를 우의적으로 풀이하고 있는가를 이렇게 풀이하고 있다. 한 편의 시가 무엇을 의미하는가를 설명하려고 할 때 사람들은 그것을 흔히 우의적으로 생각한다.

블레이크는 식품의 병에 대해 말하려는 것이 아니라 그것을 통해 무엇인가 인간적인 것을 이야기하려고 한 것이라고…….

그래서 그 시에 나타난 장미나 벌레를 '설명'하려고 드는 것이며 그 결과로 그것을 인간의 생활이나 감정으로 바꿔놓으려고 한다. 여기에서 문학 작품을 우의적으로 풀이하려는 경향이 나타난다. 그러니까 N. 프라이와 같은 원형 비평은 작품을 그와 같이 설명하지 않으려고 할 때, 즉 문학 작품을 일상적 생활이나 감정으로 환원시키려 하는 태도가 정당치 않다고 생각할 때 비로소 생겨날 수 있는 비평 방법이라는 사실을 알 수 있다.

문학 작품을 작가의 생활로 환원시키지 않고, 있는 그대로 그 전체의 상징을 받아들이기 위해서 신화의 체계가 요청되는 것이다.

"아이스킬로스나 셰익스피어가 오레스테스나 햄릿의 상을 만들어낼 때, 그들의 마음속에 존재했던 것은 무엇인가를 물으려는 것은 아니다. 그리고 이와 같은 '상'이 그리스나 엘리자베스 시대의 청중에게 어떻게 작용했는가를 물으려고 하는 것도 아니다. 내가 이 책의 독자에게 던지는 질문은 다음과 같은 것이다. '우리들이 그리스 비극이나 셰익스피어의 비극을 보고 읽고 또는 생생하게 머리에 떠올릴 때 오레스테스나 햄릿의 상이 우리에게 전달된 체험이 의미하는 것은 과연 무엇인가'라고."

같은 원형 비평에 속해 있는 보드킨은 『시에 있어서의 원형』이라는 저서에서 이렇게 자신의 비평 태도 그리고 그 방법론을 뚜렷하게 제시하고 있다.

그 글을 분석해보면 그 글을 쓴 작가의 마음, 즉 의도를 따지는 전기적 비평 방법을 배제한다는 것이며, 그 시대의 청중에 작용하는 영향을 따지는 텐풍의 사회 비평의 시대상도 배재하고 있다는 사실을 알 수 있다. 보드킨이 추구하고 있는 것은 오직 작품을 보고 읽을 때 전달되는 체험의 양상을 해명하려는 데 있다. 말하자면 창작 동기나 그리스, 엘리자베스 왕조 시대의 사회성(청중의 반응)으로 작품을 평가하려는 것이 아니라, 작품이 그것만으로 자기 완결된 범위 안에서 어떤 의미를 우리에게 전달하고 있는지를 알아내려는 데 그 비평의 방법과 목적이 있다는 선언인 것이다.

프랑스의 새로운 비평 경향이라 할 수 있는 '누벨크리티크nou-velle critique' 또는 '주네브학파'의 경우도 이와 같은 시점에서 고찰될 수 있다. 바슐라르Gaston Bachelard는 『공간의 시학Poetique de l'espace』 서문에서 꽃을 설명하려다가 비료를 설명하려는 경우가 되어버린 본말 전도의 전기 비평, 역사 비평에 대해 명백한 반기를 들고 있다. 그는 "시의 이미지를 있는 그대로의 존재로 받아들이지 않으면 안 된다."고 주장하고 있는 것이다. 플레도 J. P. 리샤르도 그리고 모리스 블랑쇼Maurice Blachot도 다 같이 작품을 작자나 사회의 생활을 통해서 읽는 것이 아니라 작품 자체로 읽는 행위, 즉 작품을 현상적으로 파악하는 숙독 방법을 강조하고 있다.

구조주의 비평은 말할 것도 없다. 언뜻 보면 그 비평이 문학 비평이 아니라 문화 인류학자이거나 언어학자의 논문같이 보이지만 좀 더 검토해보면 문학이도록 하는 독자적인 문학성의 연구가라는 것을 납득하게 될 것이다. 오늘날의 구조주의가 러시아 포멀리즘formalism에서 비롯되었다는 것은 하나의 상식에 속하는 일이다. 그리고 그것이 야콥슨과 같은 언어학 이론에서 출발한 사상이라는 것도 웬만한 사람이면 다 알고 있을 것이다.

그런데 러시아 포멀리즘의 단적인 특징은 세계를 헤겔이나 마르크스처럼 이성의 세계로 생각하지 않고 기호의 세계로 파악하려는 데 있다. 그러므로 러시아 포멀리즘은, 언어 표현에 있어서도 그 사상적 내용이 문제가 아니라 언어를 구성하고 있는 양상이 관심의 초점이 된다.

그러므로 구조주의가 문학 비평과 관계를 맺을 때, 문학의 의미는 그 작품을 쓴 작가의 이념이나 전기적 사실로 환원되는 것이 아니라는 입장을 택하게 된다. 문학이 문학일 수 있는 까닭은 그 내용의 이념 때문이 아니라 일상 언어와 다른 시적 언어를 사용하고 있기 때문이다. 그리고 시적 언어는 일상 언어가 지니는 전달 기능을 무로 돌려버린 내재적인 구조에 지배되어 있는 것이라고 야콥슨Roman Jakobson은 주장한다.

피에르 마슈레Pierre Macherey는 "참된 문제는, 문학은 무엇인가? 즉 사람이 글을 쓸 때(또는 읽을 때) 사람은 무엇을 하는가?라는 것이 아니라, 작품은 어떠한 형태의 필연성을 지시하며 작품은 무엇에 의해 구성되며, 또 그 현실성을 부여받고 있는 것일까?라는 사실이다."라고 구조주의적 비평의 태도를 밝히고 있다.

문학 비평가가 정치 비평가, 사회학자, 심리학자, 역사학자와 구별되어야 한다는 것, 독자적인 자기 존재의 이유를 가져야 한다는 것, 플로베르의 한숨 섞인 어조로 번역한다면 참된 예술가가 되어야 한다는 것, 이것은 문학 비평의 현대적인 과제요 방향이라 할 수 있다.

지금까지 문학 비평의 적은 이미 쓰인 문학 작품을 쓰이기 이전의 상태로 환원시키는 행위였다. 전기 비평이나 텐풍의 역사 비평들이 모두 그에 속하는 것이다. 그렇기 때문에 작품 자체를 완결된 세계로 보고, 즉 그 의미를 작품 이전의 세계로 환원시키지 않고 문학 작품을 문학 작품으로 파악하려는 노력이 끊임없이 시도되어왔다. 그러기 위해서는 작품 자체가 사회 과학이나 철학과 다른 독자적인 의미를 지닌 구조물이었을 때만이 그러한 노력은 가능해진다. 오히려 이러한 비평적 입장에서 본다면 이제는 플로베르와 정반대의 한탄이 비평가 쪽에서 흘러나올 수 있는 가능성이 있다. "언제가 되어야 소설가나 시인은 참된 예술가가 될 것인가?" 그들이 소설을 쓰고 시를 쓰지만 그 작품이 독자적인 의미 구조를 갖지 못한 단순한 역사의 서술이요, 뻔한 일상인의 눈물과 다름없는 감정 표현이라면 문학 작품을 문학 작품으로서 비평한다 하더라도 끝내는 문학 비평가가 역사가요 문법가가 되고 말 것이기 때문이다.

그러므로 대체 문학성이란 무엇이며, 문학 작품이 스스로 잉태하고 있는 독자적 의무는 무엇인가를 해명하지 않고는 문학 비평가는 문학 비평가일 수가 없다. 이러한 발상을 충족시키기 위해서 과학적·일상적 의미는 어떻게 다른가? 하는 것에 현대 비평의 초점이 맞춰진다. 그 결과로 여러 가지 다양한 문학 비평의 유파가 생겨났지만, 한 가지 공통점은 문학 작품은 모순의 구조로 이루어져 있다는 생각들이다.

종래의 이념 세계는 인간의 의미를 단일화한다. 즉 일상인이나 과학자들은 인간의 경험이나 자연 현상이나 모순을 제거하기 위해서 무엇인가를 사고하고 행동한다. 그러나 예술가는 인간의 생체험에 있어 모순을 제거하여 단일의 것으로 하는 것이 아니라 도리어 그 모순을 창조적으로 발전시키고 결합시켜 조정하는 데 있다. 이것이 바로 과학적 인식이나 일상적 체험과 구별되는 예술성이요, 문학성인 것이다.

콜리지가 현대 비평가에게 문제되는 까닭은 무엇인가. 그것은 그가 상상력을 단순한 기억의 변형이라는 경험론이나 현실을 초월하는 선험적인 힘으로 보는 플라토니즘platonism의 관점을 다 같이 취하지 않고 모순을 통합시키는 힘으로 파악했기 때문이다. I. A. 리처즈Richards의 여러 공적 가운데 가장 두드러진 것 역시 이러한 콜리지의 상상력 이론을 의미론과 심리학 이론으로 발전시킨 데 있다. 과학은 의미를 제거해서 단일화한 것이지만 문학은 모순을 포함하여 그 의미를 중층적으로 복합적으로 통합한다.

그렇기 때문에 제각기 서로 다른 의견을 가지고 있지만 미국의 뉴크리틱스들이 한 묶음으로 논의될 수 있는 까닭은 문학 작품을 의미론적으로 접근했다는 것보다도 문학 작품의 의미 조직을 모순의 구조를 통해 해명했다는 점에 있다. 클리언스 브룩스Cleanth Brooks가 시의 본질을 '패러독스'나 '아이러니'로 본 것이나, 테이트가 '텐션(인텐션intention과 익스텐션extention)'으로 파악한 것이나, 그리고 '텍스처texture(언어의 운율이나 메타포)'와 '스트럭처structure(언어의 논리적 의미)'의 결합으로 본 것이나 모두가 마찬가지다. 즉 문학 작품에 독자적인 의미가 있다면 그것은 과학의 세계와는 달리 서로 모순하는 이중적 의미의 긴장이라는 것이 뉴크리틱스의 비평적 핵심이 된다.

프랑스에서 현대 비평의 주류를 이루고 있는 누벨크리티크(주 네브학파까지 포함해서)의 방법은 미국의 신비평파와는 다르다. 그러면서 한 가지 점, 문학을 상충하는 모순의 구조로 파악하고 있는 점에서는 동일한 양상을 띠고 있다. 일일이 예거할 수는 없어도 주로 현상학적 방법으로 문학에 접근하고 있는 풀레나 리샤르의 경우를 생각해보면 이해가 빠를 것이다.

풀레의 플로베르론, 『마담 보바리』의 분석의 요점은 모순 구조의 발견이라 할 수 있다. 풀레가 『원의 변용』이라는 논저에서 추구한 것은 모든 서구의 문학은 확산과 수축이라는 기하학적 공간의 상상력이라는 것이었다.

『마담 보바리』도 그 예의 하나이다. 『마담 보바리』의 소설 구조는 어떻게 진행되어가고 있는가? 작품 외면에 나타난 플롯이나 사건을 지탱해주고 있는 숨어 있는 진정한 구조는 끝없이 밖으로 번져가는 원의 확대와 반대로 끝없이 중심점으로 응결해 들어오는 인식의 운동이다. 마담 보바리가 남편과 결혼을 했다는 것을 공간적으로 보면 자기가 살던 작은 마을에서 조금 더 큰 마을 토스토의 촌락으로 확대되었다는 것을 의미하고 소설의 진행에 따라 토스토는 욤빌로, 욤빌은 다시 항구가 있는, 그리고 정부가 있는 루앙으로 확대되어간다. 그러나 이러한 확대의 이미지는 실질적으로 마담 보바리의 인식을 원의 중심으로 응집시키며 좁혀 들어오는 모순의 이미지와 겹쳐진다. 이것이 그녀의 비극이고 이상(꿈)과 현실의 상충하는 원의 구조가 된다. 이러한 원의 확대와 원의 중심으로 축소되는 모순적 이미지는 식사 시간, 종소리, 마담 보바리의 산책 장면 등 소설의 도처에서 유기적인 구조를 지니고 중첩되어 나타난다.

리샤르 역시 시의 의미를 '깊이'로 보고 있는데 이때의 '깊이'란 네르발에 있어 아랍의 여인들처럼 '얼굴을 가린 베일 속에서 빛나는 눈'에서 생겨나는 것이다. 은폐하면서 동시에 열어 보이는 모순 속에서 시적인 깊이가 생겨난다. 작품에 나타난 이미지를 현상학적 방법에 의해서 접근한 결과 그가 얻은 것은 랭보도 보들레르도 다 같이 모순 구조를 지닌 이미지의 힘이었던 것이다. 랭보의 「새벽」은 어둠과 빛이 공존하는 모순의 깊이에서 이루어진 것이고, 보들레르의 「고양이」는 한없이 웅크러들면서 안에 발톱을 감추고 있는, 그래서 그것이 겉으로 신장되는 잠재력을 가진, 억제와 폭발의 모순을 지닌 이미지다. 시에 있어서 깊이란 리샤르에게 있어서는 이미지가 내포하고 있는 모순의 구조와 동의어가 된다.

구조주의자 야콥슨과 레비 스트로스Claude Levi Strauss의 보들레르의 「고양이」 분석도 정밀한 언어의 구조 분석, 그리고 문화 인류학적인 신화 연구의 접근 방법을 시도하고 있지만 그 결과는 일상적인 현실 인식이 신화적 인식으로 이행되어가는 시의 그 구조적 특성의 발견이었다. 그리고 그러한 특성은 한 마리의 고양이 속에 내재해 있는 모순하는 두 마리의 다른 고양이의 발견이었고, 어떻게 연인(관능·육체)과 학자(지식·정신)에게 다 같이 사랑을 받는 고양이가 서로 합쳐지고 또 집 안에만 갇혀 있는 밀폐된 고양이가 우주적인 고양이로 뻗어가는가의 그 모순의 통합 속에 있는 것이다.

원형 비평의 이론도 작품 속에 숨어 있는 신화적인 원형을 찾아내는 것이고, 그 원형 속에 잠재되어 있는 모순 구조를 지니고 있는 힘을 탐색해내는 데 있다. 작품을 민속학적인 제식으로 보거나 단일 신화의 시스템에 적용하는 것이 결코 원형 비평의 목적은 아니다. 제임스 조이스의 작품을 이니시에이션initiation, 즉 통과 제례通過制禮의 민속학 방법으로 읽는 것이 중요한 것이 아니라 통과 제례 속에 담겨져 있는 '죽음'과 '재생'의 모순 구조를 문학적 구조로 본 데 있는 것이다.

통과 제례는 마치 불사조의 전설처럼 "죽어야만 다시 살아난다."는 모순 구조를 담고 있는데, 이것은 세례를 할 때 사람을 물에 담그었다 꺼내는 제례에서도 찾아볼 수 있다. 물에 담근다는 것은 죽음 속에 빠진다는 것이다. 그리고 그것은 과거의 세계를 단절한다는 것이다. 새로 물에서 꺼낸다는 것은 새 사람으로 다시 태어난다는 상징 행위다. 마치 어머니의 자궁 그 양수(물)에서 나오는 것처럼, 애가 어른이 되는 것도 새 사람으로서 태어난다는 상징이 된다. 이때의 통과 제례 역시 고통, 격리, 시련으로 상징되는 여러 가지 의식을 통해 죽음을 상징적으로 통과하는 것이다. 생과 사의 모순이 결혼 같은 통과 제례에서는 동일한 것으로 나타난다. 즉, 죽음=재생의 모순 구조다. 그래서 결혼식은 여러 모로 장례식과 동일한 형식을 지니게 된다.

원형 비평은 문학 작품을 제식이나 신화가 지니는 이 모순 구조와 동일 체계의 것으로 본다. 그것은 작품이 지닌 전체 상징을 신화나 민속으로 설명 환원하려는 방법이 아니라 그러한 체계에

의해 있는 그대로의 상징을 상징인 채로 받아들이고자 하는 노력
이라 할 수 있다.

여기서 현대 비평의 시조라 할 수 있는 바슐라르 계통의 현상
학적 비평, 보드킨, 피들러, N. 프라이 같은 원형 비평 그리고 야
콥슨과 레비 스트로스에게 영향을 받은 구조주의적 비평을 극명
하게 이해시킬 수는 없다. 다만 그러한 비평들이 왜 현대에 와서
생겨났는지, 그리고 거기에 어떤 공통점이 있는지를 밝혀 현대
비평 정신의 한 동향을 살펴본 것이다.

그리고 우리는 그 결론으로 이렇게 말할 수 있을 것이다.

① 현대의 문학 비평은 오랫동안 문학을 비문학적인 상태로 환
원시키는 전기 비평이나 역사주의적 입장에서 벗어나기 위해 노
력하고 있다는 것.

② 그러므로 작품의 표면적인 세계, 이념의 세계를 논하는 것
이 아니라 그러한 메시지를 구성하고 있는 숨어 있는 작품의 구
조 속에서 문학의 진짜 의미를 찾아내려고 한다는 사실.

③ 그리고 그 독자적인 의미는 과학이나 일상생활적인 단일한
의미가 아니라 상충하고 모순하는 복합적인 구조물로 이루어져
있다는 사실.

④ 이러한 모순의 구조물을 통해서 우리는 과학적이고 일상적
인 평면의 생, 그리고 기계화하는 비생명적 세계에서 생생하고
풍부한 생명 체험을 전달받는다는 사실.

⑤ 그것이 작품과 동일화를 이루는 비평적 체험이 되는 것이며, 그 공감의 영역을 발견하고 질서화하기 위해서, 인접 학문의 방법을 빌려오고 있다는 사실.

⑥ 그래서 "언제 우리는 비평가들이 문법학자나 역사가로부터 참된 예술가가 되는가." 하는 플로베르의 열망이 조금씩 실현되고 있으며, 많은 오해를 낳고 있지만 원형 비평이나 현상학적 비평이나 구조주의 비평과 같은 비평문학의 공시적共時的 방법은 문학을 이념이라는 역사적·과학적 의미로 본 19세기 헤겔의 통시적通時的 비평 전통으로부터 탈피하려는 과감한 노력이라는 점이다.

한국 비평의 역사와 특성

오해와 모순의 여울목

현대 비평의 출발기(1919~1924)

정직한 사람이라면, 한국의 신문학 운동을 순수한 문학적인 운동이라고는 보지 않을 것이다. 이른바 개화 운동의 분파로 고찰하는 것이 양식 있는 사람의 안목일 것 같다. 문학 의식보다 사회 의식이 먼저 앞섰던 것을 우리는 도처에서 발견한다. 육당六堂도 그렇고 춘원春園도 마찬가지다. 그들은 그들의 신문학을 전개하는 데 있어 문학 비평을 배경으로 삼고 있지 않았다. 그 문학 운동을 뒷받침해주는 것은 문학적 이론의 근거가 아니라 사회적인 계몽성이었기 때문에, 자연히 그들의 에세이는 민족 개조론과 같은 것이 되어버렸다.

그렇기 때문에 한국의 비평문학은 필연적으로 신시新詩나 신소설新小說의 그것보다 한층 뒤늦게 출발된 것이다. 따라서 그 출발점도 애매하다. 아무리 계몽적인 문학이라 할지라도 양식의 차이에 의해서 고대 시나 고대 소설과 확연히 구별되는 것이지만, 비평문학은 브륀티에르의 말대로 하나의 창작적 장르가 아니기 때문에, 현대 비평의 기점은 형식적으로 뚜렷이 설정할 수가 없다. 비평문학의 구조는 창작 문학처럼 외형적인 형태로 규정되는 것이 아니고 그것의 기준, 기능(목적), 방법 등의 비평관에 의해서 결정된다고 할 수 있다.

그러므로 이해조가 그의 소설 『화의 혈』의 서문에서 "소설이라 하는 것은 매양 빙공 촬영憑空撮影으로 인정에 맞도록 편집하여 [⋯] 애독하시는 열위列位 부인 신사의 진진한 재미가 일층 더 생길 것이요." ⋯⋯ 운운한 것을 비평이라고 말할 수는 없다. 또 춘원이 《청춘》지에서 모집한 현상 문예의 심사 소감에서 "신문명의 풍조가 반도에 들기 비롯한 지 삼십여 년 내에 각 방면으로 들어온 겨자씨만 한 발효소들이 신청년의 영 속에 들어가서 조금씩 조금씩 발효되어오다가 이제사 비로소 방순한 향기가 솥뚜껑 틈으로 발산하기 시작한 것이 아닌가?" 운운한 잡문을 현대 비평의 발원으로 볼 용기도 없다. 이러한 신문학 운동가들의 작문은 그야말로 솥뚜껑 틈으로 발산하기 시작한 비평 정신이라고도 보기 힘들 것이다. 그들의 문학적 잡감에서 어떠한 비평적 기준이나 비평적 방법을 찾아내려고 든다는 것은 암흑의 방 속에서 있지도 않은 흑모黑帽를 찾으려 드는 경우와 같다.

다만 우리가 확언할 수 있는 것이 있다면 한국의 비평문학이 신문학 운동에 대한 비평에서부터 비롯되었다고 하는 견해다.

즉, 전 시대의(기존) 문학에 대하여 앤티라는 접두어가 붙기 시작하면서부터, 말하자면 순수한 문학 의식이 대두되면서부터 비평 활동이 시작되었다는 것이다. 그러니까 1919년 《창조創造》동인(당시 동경 유학 중에 있던 김동인, 주요한, 전영택)이 등장할 그 무렵을 근대 비평의 초창기라고 규정할 수밖에 없다고 생각한다. 《창조》동인이 춘원 문학에 대하여 반발을 느끼고 한국 문단에 등장할 때 이미 그들의 관심은 '문학' 그 자체에 쏠려 있었고 그러한 '문학'에의 관심은 문학 이론의 배경을 요구하게 되었기 때문이다. 춘원 문학의 계몽성에 반기를 들기 위해서는—전 시대의 문학에 도전하는 새로운 문학을 전개하기 위해서는—문학 비평이라는 무기가 필요하게 된 까닭이다.

김동인의 「근대소설고」나 「춘원연구」 그리고 리얼리즘 문학에 대한 단편적인 소개 비평이 그것이다. 한국의 비평문학이 이렇게 '반동反動의 미학'으로부터 시발되었으며 문학 운동의 도구로서 혹은 작가의 프로테스탄트로부터 출발되었다고 볼 수 있다. 박종화가 '역의 예술'을 부르짖고 염상섭이 「개성과 예술」이라는 평문評文을 쓰게 된 것도 모두가 그러한 부류에 속하는 비평 활동이다. 말하자면 한국의 비평문학 서장은 작가들의 신장개업 광고문과 같은 존재로서 일단 막을 열게 된 것이다. 아리스토텔레스로부터 흘러나오는 고전적인 비평의 전통에 대해서 새로운 비평의 기준과 방법을 모색한 서구의 근대 비평과는 근본적으로 다른 것이라 하겠다.

비평문학의 형성기(1924~1934)

작가의 프로파간다로서 등장하게 된 이러한 초창기의 비평문학이 작단作壇으로부터 분가하여 하나의 평단評壇을 이룩하게 된 것은 1924년 백조파白潮派가 붕괴하고 신경향파 문학新傾向派文學이 싹튼 그 무렵이라고 볼 수 있다. 김팔봉, 박영희 그리고 조금 뒤에는 이헌구, 백철, 홍효민 등의 직업적 비평가들이 출현했던 시대다.

비단 직업적 비평가들만이 아니라 작가들의 비평이라 할지라도 이미 그것은 창작의 여기餘技가 아닌 뚜렷한 비평 의식 밑에서 쓰인 것들이다. 비평의 기준과 목적 그리고 비평 방법 등이 자기 나름으로 비로소 의식화되었던 시기다. 그러니까 1924~1934년까지, 즉 경향문학傾向文學의 발아기에서 프로문학의 쇠퇴기에 이르는 그 무렵의 비평들을 우리는 '비평문학의 형성 과정'이라고 말할 수 있다.

그렇다면 대체 비평적 기준은 무엇이었으며 비평의 목적과 방법은 어떠한 것이었던가? 이 시기에 발표된 비평 작품을 잠시 훑어보는 것만으로 우리는 간단히 공통분모를 찾아낼 수가 있다.

첫째, 그들은 비평의 기준을 '사회적'인 데 두었다. 말하자면 문학의 외부적인 조건이 비평 행위의 척도가 되어 있었다는 점이다. 김팔봉의 「신경향 문학의 의의」라는 소론所論은 사회 상태의 계급적 대립이 생활의식을 분열케 하고 생활의식의 분열에서 미의식의 분열이 생겨난다는 것을 주제로 한 것이다.

사회의식=생활의식=미의식이라는 이 등식은 팔봉을 위시한 프로문학의 모든 비평가들에게 그대로 적용될 수 있는 문학관이었다. 문학을 이야기하기 위해서는 생활의식을 말해야 되며, 생활의식을 분석하기 위해서는 사회의식을 구명해야 된다고 생각한 그들에게는 사회적인 계급과 제도를 논하는 것이 곧 문학을 평가하는 기준점이었다. 팔봉이 살인이나 자살을 소재로 한 작품을 작가의 사회의식 밑에서 고찰한 것이나, 회월이 문예 운동의 에너지를 "무산계급無産階級의 계급적 임무를 목적의식적으로 토의하는 것"이라고 보았던 것을 생각해보면 알 것이다.

프로문학을 주장한 비평가들만이 아니다. 그에 대하여 비판적이었던 비평가들도 결국 따지고 보면 문학의 평가 기준을 사회적인 문학에 두고 있었다는 점이다. 이광수가 1926년에 발표한 「중용과 철저」라는 평문評文은 프로문학에 대한 비판으로 볼 수 있는 것이지만 여전히 문학을 평가하는 그 안목은 대중(사회적) 그것이었다. 그가 혁명적 문학에 회의를 품고 '중용'을 내세운 것은 문학적인 미의식에 근거를 둔 것이 아니고 당시의 한국적인 사회성을 토대로 한 것이다. 문학에 있어서 중용이라고 하면 조화와 균형을 목표로 하는 클래시시즘의 이론과 통하는 것이고, 결과적으로는 문학적 가치 의식(미의식)과 결합되는 것이다. 그러나 춘원은 중용을 '예술성'이라는 미학적 입장에서 주장하지 않고 '조선인'이 처해 있는 현실적인 기준 밑에서 논의한 것이었다.

즉, 혁명적민 문학은 자극제와 같은 것이고 평범한 중용 문학은 일상적인 음식과 같다는 이야기다. 그런데 조선인은 중병을 앓고 난 사람과 같기 때문에 강력한 자극제보다는 신선한 음식과 과격하지 아니한 동작이 필요하다는 것이다. 이것이 혁명 문학을 부정하고 중용 문학을 내세운 비평적 기준이다. 두말할 것 없이 '중병을 앓고 일어난 조선인의 입장'이란 문학적인 가치 기준이 아니라 사회적인 공리적 입장에서 평가된 것임은 부정할 수 없다.

이에 대하여 반박한 양주동 씨의 소론도 한 울타리의 것이다. 미적 가치 의식에 기준을 둔 것이 아니고 한국 현실에 있어 어느 문학이 더 도움이 되느냐 하는 사회적 효용성에서 반론을 펴고 있었기 때문이다.

되풀이하지 않는다 해도 프로문학이나 민족 문학에 입각한 비평들이 문학의 형식성(미적 가치)보다는 내용(이념적 가치)을 더 중시한 것임을 알 수 있다. 그러나 형식과 내용의 문제를 두고 논전을 펴는 데 있어서도, 그 비평적 기준은 여전히 사회적인 데 있었다는 점을 주의할 필요가 있다. 양주동, 백철, 유인 등이 이데올로기 일변도의 프로문학 이론에 대해서 문학의 형식을 말했지만 그 것은 아직 수정주의修正主義에 불과한 것이었다. 형식 면을 소홀히 하지 말라는 경고이며, 당의정적糖衣錠的인 입장에 선 절충론이다.

비평의 목적과 기능은 또 어떻게 생각했던가? 이것은 당시에 발표되었던 평론들의 목차만 나열해놓아도 바로 알 수 있는 일이 다. 그들은 비평의 구실을 마치 의회에서 입법을 하고 법원에서 사법권을 행사하는 것처럼 생각했다.

말하자면 비평의 목적은 순수한 문학 이론의 추구도 아니며 문 학 작품의 분석도 아니었다. 비평적 목적은 작가의 교도敎導와 문 학의 방향 지시라는 지도성에 있었다. 러너 씨의 분류를 따라 이 야기하자면 "문학이란 무엇인가?"를 따지는 '이론적 비평'도 아 니며 "이 작품에는 무엇이 쓰여 있는가?"라는 '실천적 비평inter-pretative criticism, practical criticism'도 아니다. 또 독자를 향해서 "이 러한 문학이 있다"고 알리는 '블룸스베리 서클'의 비평 같은 서 베이도 아니다. 춘원투로 말해서 그것은 '우리가 가지고 싶은 문 학' 혹은 "문학은 이래야 된다." "작가는 이런 글을 써야 된다." 는 계몽적·교도적 비평, 좋게 말해서 프래그매틱pragmatic한 비평 이었다. 심하면 유물 변증법적 창작 방법까지 등장했으니까! 따 라서 그 비평 방법에 있어서는 개개 문학 작품을 통한 귀납적인 비평이 아니라 추상적인 문학 이론을 통한 연역적 방법을 쓰고 있었다. 이른바 월평月評이나 작품론이라 할지라도 그것은 작품 그 자체를 평가한 것이 아니고, 어떠한 문학 이념을 연역적으로 적용해놓은 것들이 대부분이었다.

모든 비평은 구체적인 작품이나 작가를 토대로 한 것도 아니며 실례를 인증引證하여 자기 주장을 논술해나간 것도 아니었다. 이 시대의 비평적 스타일을 보면 '여하간'이란 말이 많이 등장하고 있으며 "……이라면……이겠다."의 가정법, 그리고 "……하자!" 등의 권유법이다. 논리의 독선적 고집인 '여하간'이란 말이 나오고 가정법과 권유어가 문학의 도처에서 횡행하게 된 것을 보면 추상적인 창검을 휘두르며 플래카드를 들고 문단을 행진하던 당대의 비평적 기질을 짐작할 수 있을 것이다.

한국 비평의 전환기(1934~1945)

이러한 비평 태도에 대해서 반성을 하고 비평문학 자체에 대하여 의식적으로 자각을 하게 된 것은 프로문학의 퇴장기, 그리고 모더니즘 문학 운동이 대두되던 1934년을 시점으로 하고 있다. 더 구체적으로 말하면 김환태, 최재서, 김기림의 등장일 것이다.

김환태나 최재서는 1920년대의 한국 비평이 외부적인 사회 조건에 그 기준점을 둔 데 대해서 다 같이 반기를 들고 있으며, 비평의 대상은 문학 그것이어야 한다는 이론을 전개시키고 있다. 김환태는 「비평문학의 확립」이라는 일문—文에서 순문학적 기준 밑에서 새로운 비평이 이루어져야 된다는 것을 명백히 하고 있다. "문예 비평의 대상은 사회도 정치도 사상도 아니요 문학이다. [...] 그러나 과거의 우리 문예 비평가들은 이 극히 상식적이요 부분적인 이 사실을 전연 망각하고 있지 않았던가?", "문예 비평가는 한 작품이 얼마만 한 선전과 계몽의 힘을 가지고 있는가를 지시하는 사람이어서는 안 된다."라고 말하면서 "문예 비평가는 [...] 그 작품에 나타난 사상과 현실이 얼마만 한 정도에 있어서 작가의 상상력과 감정 속에 용해되었으며 [...] 그 작가의 의도가 얼마만 한 정도에 있어서 실현되었는가? 그리고 그 결과 그 작품이 얼마만 한 정도로 우리를 감동시키고 기쁘게 하였는가를 말하지 않으면 안 된다."라고 그 입장에 못을 박아놓았다. 이러한 비평적 기준은 의심할 것 없이 문학의 외부적 조건에서 내부적인 곳으로, 즉 '사회적 가치'에서 '미적 가치'로 전환된 것을 의미한다. 그리고 최재서도 과거의 비평이 정치사상을 너무 과대시過大視한 데 그 허물이 있었음을 밝히면서 문학의 가치 기준을 문학 자체의 질서 위에 두어야 한다는 것을 밝힌 바 있다.

이러한 비평 기준의 변화는 자연히 비평가의 기능(목적)이라는 문제에 있어서도 과거의 그것과는 판이한 대조를 이룬다. 김환태는 "비평가는 과연 작가에게 창작 방법을 가르칠 수 있을까?"라고 반문하고 있다. 그는 비평가가 작가에게 어떤 창작 방법을 명령하고 그 창작 과정을 감시하는 그런 의미에 있어서의 지도성은 부정한다고 했다. 그리고 최재서는 「문학 발견 시대」의 글 가운데서 "비평가가 문학의 장래를 예언한다든가 작가에게 처방을 써낸다든가 하는 일은 비평사에서나 볼 전 시대의 유습遺習"이라고 말한 일이 있다.

이러한 그들의 비평관은 작가의 계몽을 위주로 한 종래의 비평적 기능을 거부하고 그것을 비평가 자신의 레종데트르raison d'être 속에서 발견해내려고 한 태도의 산물이다. 다만 김환태는 이른바 'Creative criticism' 또는 'Aesthetic criticism'이나 'Imaginative criticism'을 염두에 두고 비평의 목적을 논한 데 비해서 최재서는 작가와 독자의 중개적 역할이라는 좀 공리적인 면에서 그 기능을 논한 것이 다른 점이다.

그러나 그들의 의견은 비평의 가장 기초적인 문제인, 그러나 과거의 비평가들이 망각하고 있었던 그 문제인 '무엇이 어떻게 씌어져 있는가 하는 것을 밝혀내는 일이 비평의 목적이다.'(괴테)라는 명제 앞에서 일치된 견해를 표명하고 있다.

이들의 비평관(비평적 기준과 기능)은 1920년대의 비평관과 엄연히 구별되는 것이며 그것은 한국의 비평사에 초라하나마 하나의 금을 그을 수 있는 계기를 주었다고 볼 수 있다. 더구나 김기림의 「시론」은 영국의 모더니즘(네오클래시시즘neoclassicism이란 말이 좋을지도 모른다) 이론을 전개한 것으로 현대 비평의 형태를 갖추게 되었다. 그러나 비평문학 자체의 그 반성 속에서 현대적인 비평의 도약대

가 마련되기는 했지만 실제적인 그 비평 방법에 있어서는 구태의
연한 것이었다.

물론 T. E. 흄Thomas Ernest Hulme이나 I. A. 리처즈의 문학 이론
을 소개한 최재서에게는 비평적인 체계가 서 있으며 김환태의 창
조적 비평관에는 확고한 배경이 마련되어 있었음을 부정하지는
않는다. 그러나 그러한 이론(비평관)을 실제로 적용하여 작품 비평
을 한 예는 극히 적고 실제 작품평을 한 것을 보아도 자신의 비평
관과는 거리가 먼 것이다. 최재서가 김기림의 장편시 「기상도」
를 분석한 것은 어디까지나 작품 자체의 구조를 따지는 방법 혹
은 버벌 아낼리시스verbal-analysis의 실제 비평은 아닌 것이다. 자
기의 주지주의 문학 이론을 부연 설명하기 위한 연역적 비평이었
다. 따라서 비평가는 작가와 독자의 중매인이라고 말하면서도 그
의 「풍자문학론」은 그 부제(副題-문단 위기의 일타개책-打開策으로서)가
암시하듯이, 그리고 본문에서도 직접 밝혀져 있듯이 "문학 비평
이 조선 문학의 장래에 관하여 지시할 수 있는 가장 합리적인 방
향은 무엇일까."라는 입장에서 쓰인 것이다.

김환태 역시 연역적 비평 방법을 비난하고 있으면서도 그는 그
실천적 비평에 있어서는 이렇다 할 힘을 발휘하지 못했다.

한 입으로 말해서 T. E. 흄이나 I. A. 리처즈를 소개한 최재서의
글에는 그들의 관념이 번역되어 있긴 하지만 그 비평 방법과 최
재서의 비평 방법에는 유사성을 찾기 힘들다. 이론과 실천 사이

에서는 슬픈 강물이 흐르고 있었던 까닭이다.

그러면서도 1930년대에 활약한 이들 비평가들을 현대에 이르는 비평적 관문이라고 부르지 않을 수 없는 이유는, 첫째로는 그들이 비평문학 그 자체에 대하여 최초의 자각을 가진 점이요, 둘째로는 비평문학의 그 기준이 오늘의 현대 비평과 암합暗合되어 있는 까닭이다.

이러한 전환기를 거친 한국의 비평문학은 1945년 민족 해방기에 들어서자 다시 시련을 겪었다. 비평문학은 좌우익 양 진영의 투쟁 속에서 프로파간다로 다시 후퇴했다. 순수 문학을 내세운 김동리, 조연현 등과 김동석을 비롯한 좌파左派 비평가들 사이에 벌어진 그 공방전은 가장 비평 활동이 활발한 시기였음에도 실은 비평문학의 우울한 부재기不在期였다. 이유는 간단하다. 비평의 기준이 순수 문학이든 프로문학이든 정치적 이해관계 밑에서 움직였던 시대니까!

이러한 비평문학의 상흔은 아직도 치유된 것 같지 않다. 6·25전쟁 이후로 신세대의 비평가들이 속출했으나 비평의 기준이나 그 방법은 여전히 혼미의 길을 걷고 있다. 1930년대의 문학 비평에서 별로 앞선 것이 없다는 외로운 결론이다.

문학에 있어서의 '민족 전통론民族傳統論'이나 '사회 참여 이론' 등이 새로운 비평문학의 아치 게이트로 등장했으나 그것이 곧 비평문학 자체의 새로운 진전으로는 생각되지 않는다. 오히려 오늘의 평단은 김환태나 최재서의 비평 이전의 그것과 맞먹는 점이 없지 않다. 비평의 기준이나 그 방법이 유사하다는 점이다(물론 질적인 차이는 있다).

1930년대의 비평가들이 제시한 비평의 문제들은 조금도 해결되지 않은 채 미결 서류로 남아 있다. 근자에 뉴크리티시즘이 논의되고 있는데, 그것이 아마도 후퇴되었던 오늘의 비평을 다시 일깨우는 활력소가 되지 않을까 생각된다. 그들이 미처 실천하지 못한 분석적 실제 비평이 뉴크리티시즘의 대두로 구현될 단계에 있는 것으로 본다.

한국 비평의 맹점과 그 특수성

이상 한국의 비평문학이 걸어온 오십 년의 여울목을 약술해보았다. 이 빈곤한 비평사를 두고 왈가왈부할 열정이 일어나지 않지만, 통틀어 그것을 결산해볼 때 다음과 같은 한국 비평의 몇 가지 특수성을 추려낼 수 있다(특수성이라고 한 것이 곧 맹점盲點일 수도 있다). 첫째로 우리가 느끼게 되는 것은 한국의 비평은 슬로건에서 그친 서문 비평이라는 것이다. 문제 제시가 기껏이다. 오늘이나 예나 다름이 없다. 그러니까 사실은 비평의 기준이나 비평관을 가지고 논한다는 것부터가 어리석게 생각된다. 낭만주의에 입각한 것이든, 리얼리즘이나 프로문학이나 혹은 주지 문학이든 그것이 비평적 문자로 나타날 때는 언제나 '청사진'으로 비칠 뿐이지 하나도 구체적으로 실천화되어 나타나 있지 않았다는 이야기다. 공리공담空理空談으로 수백 년을 보낸 이조의 선비 기질이 아직 가시지 못한 탓인지도 모른다.

춘원은 '중용의 문학'을 말했다. 그러나 그러한 중용의 문학을 비평적 방법으로서 도입했던가? I. A. 리처즈는 이 중용의 미학을 자기의 문학 이론으로서 도입 발전시켰다. 그런데 춘원이 "시삼백일언이폐지왈사무사詩三百一言而蔽之曰思無邪"라는 공자의 이론이나 혹은 "선언善言을 충실케 하는 것, 그것이 미다."라고 말한 맹자의 미의식 하나라도 문학의 비평 방법론으로서 실천시켜보았던가?

프로문학의 이론가들이 유물사관이니 계급사회니 하고 떠들긴 했지만 과연 유물사관적인 방법론 밑에서 비평 활동을 했던가? 이론과 실제 행동(비평)이 서로 괴리되어 '지킬 박사와 하이드'의 드라마를 연출한 현상은 앞서 지적한 대로 1930년대의 비평에 있어서도 마찬가지다. 오늘에 있어서도 조연현과 그 아류 몇몇은 한국적 문학과 전통을 말하는 데 그 필요성만을 슬로건으로 내세우고 있을 따름이지 실제로 한국의 문학적 전통의 정체가 무엇인지를 한마디도 밝혀내려고 들지 않는다. 하다못해 조연현이 고려 가요나 흔해 빠진 민요 한 가락을 놓고라도 민족 전통을 구명한 글을 발표한 적이 있었던가?

백철은 뉴크리티시즘의 이론을 소개하고 있지만, 그 방법으로서 실천적 비평을 해준 예는 거의 없다. 아다시피 원래 뉴크리티시즘은 '시비평'에만 해당되는 방법이다. 그 증거로 뉴크리티시즘을 소설에까지 적용하여 그 영토를 넓힌 마크 쇼러Mark Schorer의 모험이 화제의 대상이 되었던 것을 생각해보면 될 것이다. 그런데 어째서 백철은 시 비평이 아니라 소설 평을 하였을까? 우리는 그 소설평에서 과연 뉴크리티시즘의 방법을 볼 수 있는 것일까? 의심스럽다. 공소空疎한 이론의 유령성幽靈城만을 쌓고 실천적 비평은 거의 없었던 것이 한국 비평의 특수성이라면 특수성이다.

그러나 이 말이 절대로 한국 비평이 '이론적 비평', 즉 "문학이란 무엇인가?"라는 원칙론을 따진 비평이란 말은 아니다. 적어도 이러한 이론적 비평은 철학 내지 미학(문예학) 그리고 고도한 보조과학을 필요로 하는 것이다. 주로 대학의 강단에서 머리털이 허연 교수님들이 하시는 비평이다. 이건 우리 비평과 더구나 거리가 멀다. 방법론의 빈곤, 실천적 비평의 부재라는 뜻 정도다.

즉, 그들의 이론이란 것도 실은 수상하기 짝이 없는 것으로 대개가 비평적 체계가 없는 사제私製문학 이론이다. 기초적인 소양이 없기 때문이다. 문학 비평은 문학 이상으로 상아탑의 신세를 지고 있다. 그런데 과거 수십 년 동안 한국에는 아카데미즘이라는 것이 확립되어 있지 않았기 때문에, 비평가들은 문학에 대한 기초적인 개념도 없이 쉽사리 문학 이론을 휘두를 수 있었던 것이다. 여기에서 비평적 용어와 그 개념의 혼란이 일어나게 된다. 적어도 비평문학은 '지식의 예술'이라는 운명에서 벗어날 수는 없다.

일일이 예거할 수는 없지만 각 시기별로 하나씩 예를 들어 그들이 얼마나 기본적인 문학 이론에 어두웠던가를 훑어보자. 염상섭 씨의 「자연주의 문학론」은 이러한 결론으로 맺어져 있다. "예술미藝術美는 작가의 개성, 다시 말하면 작가의 독이적獨異的 생명을 통하여 투시한 창조적 직관의 세계요 그것을 표현한 것이 예술적 표현이라 하겠다." 이것이 자연주의의 문학 이론인가? 문학 이론을 똑똑히 읽은 사람이면 누구나 이것이 자연주의의 문학관이 아니라 극단적인 낭만주의의 선언이라고 할 것이다. 베르그송의 이론을 듣는 것 같은 이 말과 "프랑스 사회는 하나의 역사가이며 나는 다만 역사가의 비서다."라는 발자크의 자연주의 이론과 비교해보라. 한쪽은 작가의 독이獨異한 개성을, 한쪽은 작가의 몰개성을 말하고 있지 않은가?

프로문학을 내세운 김팔봉 씨의 그것도 마찬가지다. 그는 자연주의에 반항하는 데서 신경향파 문학이 싹튼다고 하였다. 이것은 참으로 놀라운 이론이다. 프로문학은 넓은 의미에서 볼 때 자연주의 문학 이론의 한 변종이 아니었던가? 그렇기에 프로문학을 사회주의 리얼리즘이라고 부르지 않는가?

가장 아카데믹하다는 1930년대의 최재서나 김환태도 차항을 벗어날 수는 없다. 최재서의 풍자 문학론이나 김기림의 시작 비평에서 유머, 새타이어, 아이러니의 개념을 혼동하고 있으며, T. E. 흄이나 I. A. 리처즈를 이해하는 데 가장 중요한 부분, 비생명적 예술관(예술의 비인간화)에서 비롯되는 예술의 매체에 대한 관심을 잘 이해하지 못하고 있다.

현대에 이르러서는 김동리의 「제3휴머니즘」이 가장 놀랄 만한 문학 이론이며, 조연현의 「문학과 사상」도 그에 못지않은 것으로 매우 중요한 예로 인용될 만한 것이다. 조연현은 '메타피직스'와 '피직스'의 편리한 용어를 두고도 사상을 양분하는 데 자기 나름으로 땀을 흘리고 있다. 드디어 사설 분류법私說分類法으로 사상을 이데올로기와 팡세로 양분해놓고 전자의 것은 문학의 사상이 될 수 없다는 탁견卓見을 발표하고 있다. 정치사상이나 경제사상은 문학이 될 수 없고 형이상학적인 관념(그는 그것을 팡세라고 부른다)만이 문학의 사상이 될 수 있다는 조씨 이론은 누가 보아도 ABC 문학에 저촉될 만한 것임을 알 것이다. 사상의 성질이 문제가 아니라 그것을 형상화하는 작가의 상상력에 따라 결정될 문제라는 것은 문학의 초보적인 이론이기 때문이다. 스탕달의 소설이 정치사상에서 출발된 것이라는 점은 그의 작품 『파르마의 수도원La Char-treuse de Parme』을 가리켜 "마키아벨리가 19세기에 이탈리아로 망명해서 쓴 소설 같다."고 평한 글을 보아도 알 수 있을 것이다. 딱하게도 이데올로기를 다루면 문학이 될 수 없다는 조씨의 이론을 스탕달은 그만 몰랐던 것이다. 문학 비평에 있어서 가장 기초적인 여건은 비평 용어의 확립에 있는 것이다. 자의적恣意的으로 비평 용어를 만들어낸다거나 혹은 주관적으로 이해하고 함부로 남용한다는 것은 비평 이전에 속하는 현상이다. 한국 비평계에는 아직 비평 용어가 통일되어 있지 않은 채 난맥상을 이루고 있다. 이것은 곧 비평적 전통이 서 있지 않음을 의미한다. 비평적 용어가 불투명할 때 모든 문학적 논쟁이나 그 비평 체계는 한 조각 구름과 다를 것이 없다.

끝으로 한국 비평의 맹점을 한 가지 더 지적한다면 한국 비평은 너무도 문단적이라는 점이다. 작가를 상대로 한 비평이 대부분이었기 때문에 독자를 상대로 한, 혹은 작품의 구조 그 자체를 대상으로 한 비평이 거의 없었다는 점이다. 비평가가 문단의 시그널이나 방향 제시판이 되기 전에 먼저 제 빛을 가져야 할 것이 아닌가.

이렇게 한국의 근대 비평은 50년이란 세월을 두고 공전空轉을 거듭해왔다. 새로운 비평 의식 없이는 이 지루한 여울물이 앞으로도 끝없이 뻗쳐가리라. 작품은 작품대로 비평은 비평대로 별개의 텐트를 치고 야영을 하리라. 큰 소망은 바랄 수 없고 앞으로의 비평이 작품을 대상으로 한 실천적 비평의 방향으로 고개를 돌렸으면 싶다. 비평문학의 목적의식이나 그 기준과 방법에 대하여 새로운 반성과 정비가 있어야 하겠다.

비평 활동과 비교문학의 한계

친애하는 청중 여러분—

나는 먼저 「비교문학의 한계」라는 에고이스틱egoistic한 제목을 내세운 데 대하여 몇 마디의 변명을 하지 않으면 안 될 것 같습니다. '한계'라는 것은 국경 지대의 삼엄한 경계나 또는 철조망이나 그렇지 않으면 교도소의 높은 담을 연상시켜주는 불길한 말이긴 합니다. 그러나 내가 굳이 비평 활동과 비교문학과의 한계선을 뚜렷이 그으려고 시도하는 것은 몇 가지 이유가 있기 때문입니다.

우리는 대포로 참새를 잡으려 들지도 않을 것이며, 또 공기총으로 토치카를 분쇄하려고 들지도 않을 것입니다. 경우에 따라서 무기의 한계라는 것이 생겨나는 것처럼 문학을 연구하고 비평하는 데에도 역시 그 방법론의 한계라는 것이 있는 것입니다. 이런 한계선을 넘을 때 바로 논리의 폭군인 도그마라는 것이 생겨난다는 것을 우리는 잘 알고 있습니다.

첫째, 비교문학이라는 것은 어디까지나 문학을 하나의 학문적인 대상으로 취급하고 있다는 점을 주시할 필요가 있습니다. 특히 그것은 문학사적인 연구 방법에 있어서 그 기능을 발휘하는 것입니다. 비교문학이라는 새로운 방법론은 비교사학比較史學이 싹트고부터 대두하게 되었다는 점을 보아서도 그것을 짐작할 수 있으리라 믿습니다.

그러니까 비교문학에서 생명이 되는 과제는 작품 그 자체보다도 그러한 작품이 형성되게 된 요인을 따지는 데 있다는 것입니다. 그것은 결국 문학의 배경을 새 관점에서 보려는 혁신적인 방법, 혁신적인 문학관일 뿐입니다.

19세기까지는 생트 뵈브도 비교문학이라는 말을 썼고 그 이전에도 세계 문학이라는 문제를 많이 말하긴 했지만 그것이 본격적인 것으로 나타나게 된 것은 역시 20세기 '프랑스학파'를 중심으로 해서 고찰해야 될 것 같습니다. 작품의 배경을 한 민족이나 한 어족語族 안에서만 검토했던 것을 비교문학적 연구를 통해서 국가와 국가 간의 영향 또는 세계 조류와의 관련 밑에서 따지게 되었다는 것은 괄목할 만한 사건이 아닐 수 없는 것입니다.

토인비의 말대로 현대의 문화는 잡종雜種 문화입니다. 한 나라의 풍토나 사회 현상을 따짐으로써 작품의 배경을 고찰하는 낡은 시대는 지나가고 만 것입니다. 대단한 실례입니다만 우리 주위의 '개'나 '닭'을 보아도 그러한 현상을 쉽사리 이해하게 될 것입니다. 잡종인 '개'나 '닭'을 우리는 한정된 고유한 풍토만을 가지고 따질 수는 없을 것입니다. 이상이나 이효석 같은 작가는 우리의 풍속, 우리의 언어 습관 그리고 우리의 그 시대적 환경에서보다도 더 많은 것들을 외국 작가의 작품에서 배우고 익혔던 것입니다.

그러나 이러한 비교문학의 방법은 꽃(작품) 그 자체가 아니라 어디까지나 그 꽃을 키운 '토양'에 대해서 말하려고 들 때 필요한 것입니다. 그렇기 때문에 비교문학자들은 '꽃의 토양'을 따지는 사람이며 문학 비평가들은 꽃 그 자체의 가치를 발견하는 사람이라는 커다란 한계선이 그어지게 됩니다. 만약에 비평 활동에 있어서 어느 비평가가 비교문학적 방법을 남용한다면 그는 꽃을 말하려는 본래의 의도를 상실하고 슬픈 지질학자가 되어버리고 말 것입니다. 우리는 이러한 지질학자가 되기를 희망하지 않습니다.

문제는 항상 작품(꽃)으로 귀착해야 될 것입니다. 어떠한 풍토, 어떠한 토양에서 자라났든 간에 최후로 이야기해야 될 것은 그 꽃의 아름다움과 값어치에 대해서 이야기하지 않으면 안 된다는 사실입니다. 어떠한 작품을 비평할 때 그 작품의 소스(원천)나 영향 관계만을 분석하고 또 그런 것만을 편중한다면 '꽃의 의미(작품 분석)'는 상실되고 말 것입니다.

둘째로 비교문학의 대상은 작품보다 작가를 그 연구 대상으로 삼고 있다는 것에 주의할 필요가 있습니다. 영향 문제를 따지는 것이 비교문학에서 가장 중요 과제로 되어 있으니까 그러한 현상은 필연의 결과입니다. 그래서 비교문학자들에게 있어선 바이오그래피나 비블리오그래피의 정리가 중요한 위치를 차지하게 되는 것입니다. 말하자면 작품 이외의 여러 가지 재료들이 문학 연구에 있어서 어떤 거점據點을 이루고 있다는 것입니다. 물론 한 작품은 사람의 모자에서 나온 것도, 또 만년필 촉에서 생겨난 것도 아닙니다. 한 작가의 머릿속에서, 심장에서 나온 것임은 두말할 나위도 없습니다. 그러므로 한 작품을 연구할 때 그 모체인 작가의 생활이나 행동을 따져본다는 것은 필요한 것입니다.

그러나 만약 비평가가 작품 이외의 재료를 너무 중시할 때 그 비평가는 험상궂은 정탐가偵探家로 변해야 되는 것입니다. 또는 작가의 알리바이를 조사해야 될 검사의 입장에 서야 됩니다.

비교문학자들은 영국의 상징주의를 논하는 데 있어서 으레 도슨이나 시먼즈의 프랑스 체류 그리고 그 여행을 앞세웁니다. 그리고 그들이 누구와 만났던가를 일일이 제시하곤 하는 것입니다. 또 보들레르나 말라르메를 논하기 위해서 그들은 그들의 어학 실력이나 영어 교사의 직업에 대하여 즐겨 이야기합니다. 포와의 관련성을 따지기 위해서 말입니다.

한편 어떠한 작가가 누구의 어떠한 작품을 읽었겠느냐 하는 것이 항상 문제의 초점이 되어왔습니다. 이렇게 나가다가는 작가의 여행시에 머무른 호텔 번호까지 비평가들은 일일이 알아두어야 할 것이며, 작가의 하녀나 근친자들을 매수해둘 필요까지 생겨나는 것입니다. 이러한 방법론이 그대로 비평 활동에 이입된다면 거기엔 참으로 큰 혼돈이 생겨나고 말 것이라고 생각됩니다.

작품을 논하는 데 작가를 너무 내세운다는 것은 여간 곤란한 문제가 아닙니다. 몸의 브론테론論을 두고 생각해보십시오. 그리고 작가의 자서전이나 그 전기에 얼마만 한 신비성을 두어야 하는가도 문제입니다. 또 설령 그것이 신비성이 있다고 하더라도 작품의 규준을 작가에 둔다면 '기술'이라는 그 예술의 독자적 가치를 무시하는 것이 될 것입니다. 그리고 작가의 사생활을 알 수 없는 말하자면 그늘 속에서 글만을 남겨놓은 작품은 자연히 그런 연구 방법에선 제거되지 않을 수 없는 것입니다(특히 이것은 일반 문학과 비교문학을 엄격히 분리해서 말하고 있는 프랑스학파의 경우에 있어서 더욱 그러한 것입니다).

일례를 들어 이상의 작품을 봅시다. 그는 불행히도 비교문학자를 실망시키기에 꼭 알맞은 인물입니다. 그의 작품을 보면 서구 작가 특히 쉬르레알리슴이나 신심리주의 작가들의 영향을 가장 많이 입은 흔적이 보이면서도 그는 그것을 입증할 만한 장서 목록 또는 일기 같은 것을 남기지 않았던 것입니다. 서구 문학과 이상의 그 문학을 연결지으려면 많은 억설이 생겨날 것이고 그러자면 비평가들은 점쟁이를 찾아다니거나 고도한 직관술을 배워야 할 것입니다. 세상에는 우연의 일치라는 것이 많기 때문입니다.

토마스 만이나 로렌스David Herbert Lawrence는 프로이트를 알기 전에 이미 훌륭한 '선의식先意識'이나 '오이디푸스 콤플렉스'에 대하여 언급했고 조이스나 프루스트는 서로 알지 못하면서도 의식의 흐름이라는 동일한 소설 기법을 발견했던 것입니다. 다행히도 상호의 영향을 받지 않았다는 그들 자신의 증언이 있기에 망정이지 그렇지 않았던들 로렌스는 프로이트의 성실한 제자요 프루스트와 조이스는 실질적인 공모자 내지는 하수인의 낙인이 찍혔을 것입니다.

이상은 "빛보다 빠른 속도의 비행기를 타고 날면 과거를 볼 수 있다."는 뜻의 시를 쓴 일이 있습니다. 그러나 이러한 이론은 이미 아인슈타인의 가설에도 나와 있는 것입니다. 그렇다면 이상은 아인슈타인에게서 영향을 입은 것으로 보아야 할 테니 이것 역시 도그마가 클 것입니다.

소월의 "산산이 부서진 이름이여"가 테니슨의 "브레이크 브레이크 브레이크"에서 온 이미지라고 말하는 천재적인 비교문학도의 말을 믿기 위해선 우리 한민족은 수세기 전에 영국과 통상 무역을 하고 있었다고 믿어야 될 것입니다. 왜냐하면 "불 없는 곳엔 연기가 없다."는 그것과 너무나도 흡사한 것이기 때문입니다.

한 작품에서 재료의 원천을 캐고 타국 문학과의 영향 관계를 살피는 일이 중요한 일일는지는 모르나 자칫하면 견강부회의 난센스를 초래하기에 알맞은 행위도 야기되고 말 것입니다. 특히 한국 작가의 경우에 있어서 그렇습니다. 작품보다 작가에 중점을 두는 비교문학의 이러한 방법론이 비평 활동에 그대로 적용된다면 우리의 평론은 더욱더 혼미 속에 빠져야 될 것입니다.

비평은 무엇보다도 작품이 문제입니다. 레그혼이 낳은 달걀이든 햄프셔가 낳은 달걀이든 우리가 하나의 달걀을 감정할 때 필요한 것은 그것이 신선한 것이냐 부패했느냐, 무정란無精卵이냐 아니냐 하는 것들입니다.

작품의 비인격적 요소를 지향해야 할 비평문학에 있어서 작품의 인격적 요소를 필요로 하는 비교문학이 무질서하게 난입해 들어온다면 안 되겠기 때문에 그 한계선을 우리는 인식해두어야 한다는 것이 그러니까 내 결론입니다.

물론 비교문학적인 넓은 시점으로 문학을 다루어야 한다는 것은 두말할 필요도 없을 것입니다. 문학의 국제성이나 세계화라는 것은 필연적인 시대의 흐름이기도 합니다. 내 이야기는 그 방법론(미국식 '비교문학'은 제외)이 비평 활동의 방법론으로 옮겨졌을 때 여러 가지 애로와 경계할 점이 있다는 것을 밝히려던 것입니다.

되풀이하면 작품 이외의 것을 가지고 작품을 재단하거나 또는 작품 배경만을 따지다가 작품 그 자체의 조직에 대해서 소홀해진다거나 하면 이 새로운 비교문학의 방법 도입이 전화위복이 아니라 전복위화轉福爲禍로 떨어지게 될 것이라는 것입니다.

송강松江이 셰익스피어를 읽고 도스토옙스키가 허균에게 영향을 입었다는 괴상망측한 논설을 시인할 수 없듯이 나는 다만 현대에 산다는 이유만으로 한국의 작가들을 함부로 외국 작가와 결부시켜 비평하지 않기를 희망하는 바입니다.

담은 무너졌습니다. 좁은 환경(민족)의 산란産卵으로 작품을 시찰하던 시대는 지났습니다. 그러나 넓어진 담이라 해서 알파벳과 한글이 뒤범벅이 될 필요도 없거니와 비평가가 탐정가나 지질학자가 되어야 할 하등의 이유도 없습니다.

나 자신을 두고 생각해보아도 외국의 어떤 작가, 어떤 비평가가 내게 영향을 주었는지 확연히 말할 수 없습니다. 계절처럼 그것은 알지 못하는 사이에 어렴풋한 영향력을 가지고 내 정신의 꽃을 피워갔다고 생각됩니다. 이 어렴풋한 영향—그것을 재단하기 위해서 도그마를 범한다는 것은 흐르는 강물에서 그 원천인 우물물과 빗방울을 가려내는 것처럼 어렵고 또 그렇게 부질없는 장난이 되는 수가 있다는 것을 끝으로 강조해두렵니다. 경청해주셔서 감사합니다.

Ⅲ
현대 예술은 왜 고독한가

실존주의 문학

카프카에서 사르트르까지

실존주의적 사상

실존주의적 사상은 17세기의 파스칼에게까지 거슬러 올라갈
수 있다. 그러나 이러한 사상이 문학적 경향으로 나타나서 하나
의 주의를 형성하게 된 것은 20세기로 들어선 후의 일이었다.

콜럼버스 이전에도 미대륙은 있었다. 그와 마찬가지로 카프카
나 사르트르 이전에도 물론 실존주의적 경향을 띤 문학이 없었던
것은 아니다. 횔덜린[19], 도스토옙스키, 랭보 그리고 지드는 모두
그 어둡고 정막한 실존의 고도에 표류되었던 조난자들이다. 그
러나 그들은 그 고도에 대해서 뚜렷한 하나의 이름을 부여하지는
못했다. 그러므로 실존주의 문학을 논하는 데 있어서 콜럼버스적

---

[19] Friedrich Hölderlin, 독일의 서정시인. 그의 시는 격조 높은 역동감에 차 있고 인류
의식을 바탕으로 예언적 경지의 순수성과 함께 특이한 시 세계를 창조했다.

역할을 한 카프카[20]와 실제로 그 영토의 위치를 정확히 파악하고 그것에 한 이름을 부여한 아메리고 베스푸치적 역할을 한 사르트르[21]가 두 개의 말뚝이 되는 셈이다.

콜럼버스와 아메리고 베스푸치 사이처럼 역시 카프카와 사르트르 사이에는 이삼십 년이라는 한 세대의 간격이 있는 것이다. 그래서 나는 지금 카프카와 사르트르의 두 말뚝에 하나의 선을 이어보려고 한다. 결국 그것은 실존주의 문학이 불연속적이나마 어떻게 형성되어 어떻게 전개되어갔나를 따지는 작업일 것이기 때문이다.

세기의 고독아 카프카

발자크, 그는 훌륭한 공동탕共同湯의 관리인이었다. 그의 앞에서 모든 사람은 의상을 벗지 않을 수 없었다. 사회 각계각층의 인간들이 그의 작품 속에선 모두 나체가 되어버린다. 『인간 희극LA

---

20) Franz Kafka(1883~1924), 체코슬로바키아의 독일어 작가. 유작에 의해 유명해졌는데, 현대 실존주의 문학의 선구자로 꼽는다. 작품에 『변신』, 『성』, 『심판』, 『아메리카』 등이 있다.

21) Jean Paul Sartre(1905~1980), 무신론적 실존주의를 제창하여 제2차 세계대전 후 유행 사조로 만든 현대 프랑스의 철학자요, 작가. 작품에 『구토』, 『자유에의 길』 등과 『존재와 무』라는 대저가 있다.

Conmédie humaine』은 사회라는 한 개의 공동탕이며 그 풍경화였다.

그런데 한편 졸라Émile François Zola는 그 자신도 자처하고 있듯이 자선사업을 겸한 외과의사였다. 그는 평생을 두고 사회의 종기를 따고 다녔다. 그에게 있어 언어는 사회를 수술하는 메스요, 붕대요, 고약이었다. 『루공마카르 총서Les Rougon-Macquart』는 그래서 거대한 외과 수술실이 되었다.

공동탕의 관리인이나 외과 의사나 사실 따지고 보면 매한가지다. 말하자면 인간의 내부가 아니라 외부의 사실에 충실하다는 점에 있어서 말이다. 결국 자연주의 문학은 세기말을 거쳐 1910년대에 이르기까지 붕괴의 계단을 밟고 있었다. 외면적 현실 추구에서 내면적 현실 추구로…… 그리고 물질에서 생명으로…… 정서에서 의식으로……. 그래서 영혼의 거대한 밤 속에서, 내적인 질환을 예고하는 징후가 불길한 날개를 폈다.

이때 그 흐느적거리는 혼돈의 늪 속에서 출현한 것이 바로 저 기구한 세기의 고독아, 프란츠 카프카였던 것이다. 그를 낳은 아버지가 정력적인 유대의 상인인 것처럼 그를 낳은 시대적 상황도 역시 근대산업주의의 비정적 혈맥이었다. 시장 개척을 위해서 상인들은 전쟁을 생각하고 있었다. 사회는 기계화되어가고 인간들은 상품처럼 또는 주판알처럼 때 묻어갔다. 치차齒車 속에서 그는 현대의 위기를 재빠르게 인식했고, 실존하는 인간의 고독한 운명을 향해 그 비극의 눈을 뜬 사람이다.

그러면 그의 작품에 있어서 실존적 사상은 어떻게 형상화되었던가? 가장 널리 알려져 있는 『변신(Die Verwandlung, 1916)』을 중심으로 그것을 따져보는 것이 좋을 것이다. 이 소설은 주인공 '그레고르 잠자'가 어느 날 아침 출근을 하려고 눈을 떠보니까 자기의 몸이 끔찍한 누에 같은 벌레로 변신되었다는 데서부터 시작된다. 잠자가 한 마리의 벌레로 변신되었다는 그 상징적 허구로부터 잠자의 실존적 생활은 시작되는 것이다. 아니 더 정확하게 말하면 자기의 실존에 눈뜨기 시작한 인간의 추상적인 조건을 구체적으로 표상한 것이 잠자의 변신이다.

변신되기 이전의 잠자는 아침 일찍 출근해야 되며 상인들의 비위를 맞추어야 하며 회사에서는 하나의 사원으로, 가정에서는 하나의 아들로서 살아간다. 그때 그의 존재는 일상적 현실의 관어冠語 밑에서만 어떤 의미를 띠게 된다. 세일즈맨으로서의 잠자, 한 시민으로서의 잠자 또는 아무개의 아들, 아무개의 오빠, 아무개의 친구 등등으로 설명되는 잠자…… 신분증명서의 '나'가, 숨쉬고 있는 실제의 나보다 우위에 서는 경우다.

이러한 일상적 생활의 인과관계에서 움직이고 있는 관어 붙은 인간들은 정말로 존재하는 자신의 의미를 알지 못한다. 배우처럼 기계처럼 혹은 생활의 표면만 미끄럼 타는 곡예사처럼 살아갈 뿐이다. 그러므로 잠자가 변신되었다는 것은 잠자가 잠자로서 존재한다는 것을 의미한다. '너'와 '나' 그리고 '어제'와 '오늘'이 단절된, 즉 외부와 단절된—인간 관어를 벗어버린 인간—이것이 곧 실존하는 인간이며 자신의 내부로 눈을 돌린 인간이다. 말하자면 변신된 잠자다.

그래서 그는 이미 '남'과 '어제'와 교통될 수 없는 자기만의 절대 고독 속에 머물게 된 것이다. 그 고립 속으로 뛰어든 변신의 세계 실존)에서는 오직 자기만이 있을 뿐이며, 이 자기는 남에 의하여 과거에 의하여 설명될 수도 없을 뿐 아니라 또한 자기의 생을 남에게 이해시킬 수도 없다. 변신의 세계에서는 언어도 애정도 감정도 또 고독 그 자체도 서로 나눌 수가 없다. 이러한 상태에 있어서 자기 존재와 자기 모든 생명은 오직 자기에 의해서만 결정될 수 있고 자기에 의해서만이 그것은 새로운 의미를 지닌다.

변신되기 이전의 잠자의 생활과 변신되고 난 후의 잠자의 생활은 전연 별개의 것이며, 그것들은 서로 모순되어 있다. 그러므로 변신된 잠자와 그 가족(일상적 현실)과의 관계도 일변한다. 깊은 단절의 구렁 사이에서 그들은 '먹이'를 주는 것으로만 관계지어져 있다. 대화도 몸짓도 서로 통할 수 없는 두꺼운 유리벽, 그 존재의 벽은 그 무엇으로도 뚫고 나갈 수 없는 것이다. 그러면서도 잠자는 어머니와 섞이고 싶은 것이며, 어머니는 그 아들의 고독을 이해하려고 든다. 그러나 이 타인과의 관계는 언제나 실패하고 그것으로 하여 자기의 내폐(內閉)된 고독과 부조리는 한층 두꺼워

만 지는 것이다. 그 결과로 어느 날 잠자에게 치명적인 사과가 던져진다. 그 등 위에서 썩고 있는 사과처럼 그는 병들고 만다. 절망의 가장 깊숙한 심연에 침잠해 들어간 것이다.

그러나 이렇게 하여 병들어버린 잠자는 새벽 교회의 종소리를 들으며 숨을 거두기 전날 밤, 피안彼岸에서 흘러나온 한 줄기의 햇빛을 발견한다. 그것은 여동생의 바이올린 소리였던 것이다. 조금도 움직일 수 없을 것 같던 잠자는 감금된 방 안으로 흘러 들어오는 한 줄기의 음악에 이끌려 자신도 모르는 사이에 문턱 너머로 기어 나가고 있다. 참으로 먼 곳에까지……

음악─어두운 심연 저편 쪽에서 울려 나오고 있는 음악, 한 발자국도 움직일 수 없었던 잠자의 병든 몸을 손짓하여 부르는 은미한 음악─문턱을 넘어서게 한 음악. 이 음악으로 하여 그는 드디어 그의 실존을 초월한다. 이 음악으로 해서 그레고르는 존재의 옥벽獄壁에서 해방되고 두 번째의 변신을 한다. 흐느적거리던─지네 같은 발이 웅성거리던─그 벌레는 이제 잠자의 껍데기일 뿐이다.

그런데 그 무서운 실존의 상황으로부터 그를 해방시킨 음악이란 대체 무엇일까? 변신된 잠자와 최초로 결합된 이 음악이란 무엇일까? 키르케고르에 의하면 그것은 무無의 심연 앞에서 듣는 신의 음성이며, 하이데거Martin Heidegger에 의하면 실존의 개시에 의하여 나타난 인간 상주常住의 고향인 것이다. 카프카는 그 괴로운 실존을 초월하는 오솔길로서 이 음악을 내세운 것이다. 음악이 상징하고 있는 초월자의 음성—그 음성을 듣기 위하여 마련된 '고독한 귀'—실존하는 그 귀가 인간에 대한 희망으로서 나타난다.

하지만 「구멍」이라는 우화 속에 나오는 그 괴기한 짐승, 끝내 이르지 못하는 『성城』 밑의 산모퉁이에서 끝없이 배회하고 있는 K, 그리고 알 수 없는 재판을 받기 위하여 항상 불안 속에 날을 보내다가 개처럼 맞아죽은 『심판』의 주인공 요제프—등등이 등장하는 불길하고 음산한 그의 대부분의 소설은 다만 실존하는 인간 조건의 괴로운 운명만을 재현시켰을 뿐이다. 불안, 고독, 갈등, 그러한 실존의 비극만이 생생하게 부각되어 있을 뿐 그러한 실존적 운명을 해결하는 음악의 정체가 뚜렷이 나타나 있지는 않다.

그러므로 카프카에게 있어서 실존주의 문학은 베일에 감춰진 인간의 실존적 구조를 밖으로 드러내 보여주는 데서 그치고 있다. 그런 의미에서 그의 문학은 차원을 달리한 하나의 리얼리즘—'피콩Gaétan Picon' 식으로 말해서 '형이상학적 자연주의'라 할 수 있다.

"카프카가 그려내는 리얼리즘은 언제나 상상력을 넘어서고 있다. 묘사의 그 치밀한 정확성에 의하여 어쩔 수 없이 사람들을 끌어들이고야 마는 상상적인 세계의 자연주의적 재현, 또는 비밀에

가득 찬 것을 표현하는 언어, 문체의 정확 무비한 대담성, 이 이
상 놀랄 만한 것을 나는 아직 모르고 있다."라고 그를 극찬한 앙
드레 지드의 말에서도 엿볼 수 있을 것이다.

인간의 실존적 상황을 그는 언제나 심벌라이즈하고 있으면서
도 그것이 또 언제나 구체적인 것으로 전개되어 있는 것을 보면,
리얼리스틱한 그의 문학 태도를 짐작할 수 있을 것이다.

불귀순 지역의 정복, 말로와 생텍쥐페리

실존에 눈뜬 인간 운명의 모습만을 파헤친 카프카의 리얼리스
틱한 실존주의 문학은 보다 적극적이고 보다 행동적인 '힘'의 문
학으로서 변모되었다. 1930년대의 말로[22]와 생텍쥐페리[23]의 경
우다(물론 카프카와 이들 사이에는 아무런 관련성이 없다. 카프카는 1910년대의 작가이지
만 그의 중요한 작품과 또 그의 진가는 이들보다도 후에 문제시되었던 까닭이다).

22) Andre Malraux(1901~1976), 일찍이 동양어를 배워 인도차이나에 건너가 모험에 투신.
1936년에는 스페인 내란에 의용군으로 참가, 제2차 세계대전 때는 저항 운동에도 참가했
다. 1936년에는 드골 내각의 공보 담당 국무상이 된 현대 프랑스의 작가, 비평가. 작품에
『정복자』, 『왕도』, 『인간의 조건』 등이 있다.
23) Antoine de Saint-Exupéry(1900~1944), 프랑스의 비행사, 소설가. 항공 소설을 개척.
위험을 무릅쓰고 행동하는 인간의 아름다움과 고귀함을 그렸다. 작품으로 『인간의 대지』,
『야간비행』 등이 있다.

이들은 카프카처럼 인간의 존재를 정관靜觀하거나 그것을 개시開示하는 것이 아니라 행동 그것을 통해서 실존하는 인간의 의미를 직접 체득하고 그 허무한 부조리를 생과 대결시킴으로써 그것의 고뇌를 넘어서려고 한다. 여기에서 그들은 고독한 자아의 결실을 얻고 그것을 긍정의 눈으로 바라보려고 든다.

　그레고르 잠자는 어두운 한 칸 방에서 썩은 야채 줄기와 곰팡이 난 수프(즙)를 빨고 살아가지만 이들의 잠자는 수천 피트 사막의 하늘을 횡단하는 조정실 속에서 혹은 시가전이 벌어진 도시의 지붕 위에서 행동하고 있다. 요약해서 말하면 인간의 내면을 깊이 정관함으로써 실존하는 인간의 의미를 발견해간 카프카의 실존주의적 방법이, 인간의 행동을 통해서 그 실존을 체험하고 또한 그것을 그 자신의 힘으로 초월시키려는 낭만주의적 태도로 변해갔다는 것이다.

　하나의 인간을 벌레로 변신케 하여 극한 상황에 몰아넣은 카프카의 방법은 어디까지나 상상적인 것이었다. 그런데 사하라 사막이나 정글의 만지蠻地나 빙벽氷壁의 산맥과 같은 극지에 인간을 몰아넣은 말로나 생텍쥐페리의 그것은 가공이 아니라 행동하는 인간 자신의 의지에서 생겨나는 드라마다. 또 카프카에겐 인간 앞에 있는 절대자(신 혹은 음악과 같은 피안적 존재)가 항상 실존하는 인간의 실상이 되며 이 대상과의 결합에 의하여 실재의 구속에서 해방되는 것이었지만, 이들에겐 이미 정해진 그런 실상이 존재해 있지 않다. 자기 자신이 발 받침이 되어 그 자신을 넘어선다. 그러니까 허무로부터 그들을 끌어올리거나 혹은 그를 뿌리치거나 하는 것도 다름 아닌 이들 자신의 행동 가운데 있는 것이다.

"인생은 느끼는 자에게 있어선 비극이요, 생각하는 자에겐 희극이다. 그러나 행동하는 자에게 있어선 인생은 하나의 발견이며, 곧 자기 창조인 것이다."

'밭을 갈아 자연의 비밀을 조금씩 캐내는 농부'처럼 허무의 밭(극한 상황)에서 전개되는 이들의 행동은 실존하는 인간의 발굴이다. 거기에서 발견된 생의 의미에 의하여 그들은 존재의 지평(죽음)을 뛰어넘으려 든다. 그래서 모든 인간은 신이 되려고 꿈꾸는 것이다.

정글 속 만지에서 겪는 클로드와 페리캉[王道]의 모험이나 사하라 사막의 한복판에 추락하여 갈증과 모래와 싸우는 생텍쥐페리의 모험들이 그것이다. 그들은 그러한 불귀순 지역(죽음)을 정복하는 자신의 행동으로 인간의 실존을 넘어서려 한다.

열아홉 시간이면 사람을 말려버린다는 서풍이 불어온다. 그 사막 한가운데서 석고같이 말라 비틀어진 혀를 빨며 한 발자국 한 발자국 기어 나가는 생텍쥐페리는 "사막, 그것은 나다."라고 외친다. 그리고 클로드와 페리캉은 정글 속 폐허의 사원에 묻힌 무희의 조각을 떼내기 위하여 망치질을 할 때 적의에 가득 찬 그 돌은 바로 그들과 한 덩어리가 된다.

"사막 속에서 길을 잃은 사람이 기를 쓰고 기어가듯이 클로드는 거의 넋을 잃고 마냥 망치를 내려치는 것이었다.—한 번만 더, 한 번만 더. 끝없이 한 번만 더였다. [...] 나를 가둔 감옥의 벽 [...] 그리고 죽어라 하고 그 벽을 써는 줄칼처럼 이 망치질—끝없는 망치질……."

"그 순간 그는 오직 그들에 부딪치는 충격 속에 사는 것이었다. 망치가 돌에 부딪칠 때마다 전신이 진동하고 마치 현기증처럼 그를 정글의 위협에서 놓아주는 그 충격 속에……."

잠자는 음악에 의해서 감금된 방으로부터 해방되었으나 생텍쥐페리나 클로드는 자신의 행동적 불꽃에 의하여 죽음의 위협(실존)에서 빠져나간다. 그래서 이들은 자기 자신으로부터 사막이나 정글이나 돌 그것으로 뛰어들어간다.

그렇게 해서 그들의 고립은 그들의 행동으로 하여 죽어 있는 사막의 심장(존재)을 불러 일깨우고, 고사원古寺院의 정적 속에 묻혀 있는 부조浮彫의 무희를 들추어낸다. 그리하여 은폐되어 있는 실존의 통로, 자연의 암호를 풀어가는 것이다. 사막과 정글(죽음)과 싸우는 이 현대의 영웅들은, 그럼으로써 들판에 여기저기 흩어져 있는 몇몇의 불빛(타인의 실존)과 통신을 하고 나아가서는 인간을 초월함으로써 인간을 파괴하는 그것을 정복한다.

클로드와 페리캉이 불귀순 지역의 정글 속에서 죽음과 대결할 때 그들의 고독한 실존은 서로 포옹하고 결합했다. 그때에야 그들은 죽음 그 자체의 허무를 정복하는 것이다. 여기에 그들의 행동적 니힐리즘의 건강성이 있고, 그레고르(실존적 인간)에게 새로운 힘을 열었다. 이렇게 해서 한 개인의 실존은 개인의 그 울타리를 뚫고 타자와 관계를 맺으며 확대된다. 불귀순 지역을 개척한 것처럼 그들은 실존하는 인간의 영역을 한층 더 넓혀준 것이다.

앙가주망과 반항—사르트르와 카뮈

그러나 말로나 생텍쥐페리의 경우에 있어서도 '실존'이란 문제는 암시적인 것에 불과하다. 그리고 그 니체이즘의 영웅들이 인간의 모럴이 되기에는 너무나도 로맨틱한 점이 많다. 말로는 오히려 루소의 경우처럼 파괴적 요소만을 가지고 있을 뿐이다. 카프카의 인간상(실존적)이 벙어리나 무기력자라면, 말로나 생텍쥐페리의 그것은 투우사다. 자칫하면 심미성으로만 떨어질 우려도 있는 것이다.

그런데 1940년대에 처참한 전쟁이 있었다. 정열에 들뜬 젊음은 포성과 초연 속에 시들어버렸다. 피난민의 행렬, 고아들의 울음, 포로수용소—전쟁은 모든 것을 부수고 모든 것을 지배한다. 인간도 더불어 변해갔다. 여태껏 믿고 있었던 것이—생의 지주가 되어오던 것들이—한 발의 포탄에 의해서 보잘것없이 무너져가는 것을 목격했다. 남아 있는 것이 죽음이며 앙상한 육체뿐이란 것, 그것을 사람들은 알았다. 자기 아닌 존재에 구애되어 열심히 남의 생을 살아왔다는 것도 알았다. 그래서 전후의 인간들은 부서진 도시, 소실된 가옥보다도 먼저 붕괴된 자신의 의미부터 재건축하지 않으면 안 되었던 것이다. 낡은 도덕적 가치나 합리적인 행동의 척도가 깨지고 만 셈이다. 이러한 시대적 상황과 또한 사르트르와 카뮈[24]의 출현에 의해서 실존주의 문학은 완전한 개화기로 들어섰다.

그러나 문제는 이들이 실존주의 사상을 직접 액면에 내세웠다든가(카뮈는 자기 사상을 실존주의와 구별해서 부조리의 철학이라고 말하고 있지만) 대중의 인기를 거두었다는 것보다도 실존하는 인간 그 자체에서 어떤 사회적인 모럴을 발견해낸 데 있다.

물론 사르트르의 초기 작품 『구토(La Nausée, 1938)』나 카뮈의 『결혼(Nuptials, 1938)』 같은 에세이에선 그런 모럴을 읽을 수 없다. 오히려 『구토』는 카프카의 『변신』과 맞먹는 작품이다. 로르봉 공작의 생애에 몰두하고 있는 로캉탱은 세일즈맨으로서의 잠자에 해당되는 존재다. 그리고 자기 실존을 합리화시킬 수 없는 구토의 세계에 칩거蟄居해 들어가는 로캉탱은 변신해버린 잠자와 같은

---

24) Albert Camus(1913~1960), 프랑스의 작가, 극작가. 제2차 세계대전 중 저항 운동에 참여하면서 소설 「이방인異邦人」, 평론집 『시지프의 신화』를 발표하고 종전 후에 『페스트』, 『반항적 인간』 등을 발표하여 1957년 노벨 문학상을 받았다.

경우다. 그리고 마지막에 카페의 낡은 레코드음악 소리에서 어떤 해방을 느끼는 로캉탱은 바이올린 소리를 듣고 실존의 문턱을 넘어간 잠자의 그것과 유사하다.

"멜로디는 사물처럼—또는 인간처럼 실존하지 않는다. 그것은 엄밀한 것이며 필연성인 것이다. 우리들도 멜로디 위에 존재할 수는 없을까? 실존하는 것이 아니라 '존재하는' 것, 책이나 회화처럼 실존의 허망함과 우연성에서 탈출하며 실존의 그 위에 무엇을 창조할 수는 없는 것일까?"라고 로캉탱은 독백하고 있다.

그러나 사르트르는 『실존주의는 휴머니즘이다(L' existentialisme est un humanisme, 1946)』라는 에세이를 기점으로 해서 그러한 미학적 유혹과 결별한다. 그리고 그는 환상 없이(종교적 내지 상상력에 의한 미적 창조) 인간 조건의 형이상학적인 면을 그리려고 노력하는 한편, 사회의 움직임에 전적으로 참여하는 앙가주망의 문학과 손을 잡는다. 이것은 그가 『출구 없는 방(Huits clos, 1944)』에서 영원히 남을 저주하는, 즉 "지옥—그것은 타인들이다(L'enfer c'est les autres)."라고 부르짖는 그 실존의 벽을 부수는 일이었다.

그러므로 그는 음악과 같은 영원한 존재와 결별하고 앙가주망이라는 실존의 새로운 사회적 태도로 시선을 옮겨간다. 즉 "실존은 본질에 선행한다." 그렇기 때문에 인간은 어떠한 의미도 애초에는 지니지 않고 있는 것이다. 이 백지, 그것이 인간의 자유다.

인간은 무엇이든지 자기가 원하는 것을 이 백지 위에 이룩할 수 있다. 그것이 인간의 선택이다. 그러나 이때의 선택은 인간의 상황 그것과 관계있는 것이다. 그러므로 내가 선택한다는 것은 만인과 관계지어져 있는 것이며, 따라서 그 선택의 자유는 당연히 사회적 책임이라는 문제를 야기시킨다. 거기에서 실존적 인간의 한 모럴이 있는 것이다. 인간을 만들어가는 것은 이러한 인간 자신의 선택에 의존해 있다. 이것이 곧 신이 없는 인간의 자유이기도 하다.

그의 '앙가주망'에 대한 이론은 자기 의식 속에서만 머물러 있는(예를 들면 보들레르) 퇴폐적인 실존적 인간에 새로운 출구를 열어준 것이다. 그러므로 사르트르에게 실존이란 이미 허무 그것이 아니라 바로 인간의 이상, 인간이 존재하는 정당한 방식 그것이다. 실존하는 인간에 직면해 있는 무無는 인간이 인간의 운명을 선택하고 결정지을 수 있다는 다름 아닌 인간 그 자신의 자유다. 그 실존적 생의 독자성은 사회에 대한 개인의 책임(선택) 그것을 통하여 역사성을 띠게 된다.

그러므로 그의 희곡 〈악마와 선신(Le diable et le bon dieu, 1951)〉의 '게츠'나 『자유의 길Les Chemins de la liberté』의 '마티유'는 모두 이러한 역설적인 인간의 모럴에 의하여 움직이고 있다. '게츠'가 농민 전쟁에 참가하는 그 행동의 모럴은 선이라든가 악이라든가 하는 아 프리오리의 개념을 포기했을 때 비로소 생겨나는 모럴이다. 이 말은 인간의 모럴이 인간의 실존을 방해하지 않는다는 이야기다. 개인의 독자적 생을 구속하는 외부적인 모럴이 아니라 실존하는 인간들이 실존 그것의 터전으로부터 빚어낸 자율적인 모럴이란 뜻이다. 개인의 존재를 희생하지 않고 도달할 수 있는 사회적인 질서는 실존적인 인간의 질서이기도 하다.

개인주의적인 니힐리즘이 사회적인 성격을 띠고 나타날 때 거기엔 아나키즘anarchism과 같은 사회적 파괴 운동이 일어난다. 이와 반대로 코뮤니즘이 인간의 존재를 지배할 때 거기엔 개인의 파괴적 운동이 일어나는 것이다.

그러나 사르트르의 실존적 모럴은 한 개인의 모럴이자 동시에 전체적(사회적)인 질서를 위한 것이 된다. 하나하나가 살아 있는 커뮤니티이기 때문이다. 그것은 내가 '추위'를 느낄 때 남도 '추위'를 느끼는 것과 같은 의미에 있어서다. 추위는 나의 추위이며 동시에 남의 추위인 것이다. 실존한다는 것은 이렇게 동일한 하나의 상황을 자각하는 것이며, 내가 추위를 방어한다는 것은 동시에 남의 추위도 막는다는 것이다. 또한 나의 추위가 남의 것이 되는 것처럼 자기가 처해 있는 상황의 한 파국이나 위협을 변경시키려는 나의 모럴은 자연히 그러한 상황 앞에 놓여 있는 타인들에게도 필요한 모럴이 되는 것이다.

그러므로 사르트르는 작가가 글을 쓴다는 행위는 곧 이러한 사회 참여의 방법이 되는 것이라고 말한다. 작가가 하나의 상황에 이름을 부여할 때 이미 그 사물, 그 상황은 변화를 일으킨다는 점에서 말이다. 그러나 시인은 언어를 전달의 도구로 쓰는 것이 아니라 언어 그 자체를 대상으로 하여 이미지를 창조하는 사람이기 때문에 사회에서의 이탈이 가능하다고 말한다.

한편 카뮈는 사르트르처럼 호적과 관계있는 사건(역사)엔 통 관심이 없지만(이것 때문에 피차 간에 논쟁이 있었던 것을 우리는 안다.) 그러나 "니힐리즘의 가장 어두운 곳에서 나는 니힐리즘을 초극하는 이유밖에 구하지 않았다."는 그의 말은 의미가 없다는 것이 도리어 인간에게 어떤 의미를 낳는다는 사르트르적 사고와 유사한 발상이다. 또 인간이 인간의 운명을 좌우할 수 있다는, 즉 인간이 바로 인간의 신神이라는 것을 증명하기 위해서 자살한 '킬리로프'에 무한한 관심을 쏟고 있는 그의 태도는 신이 없는 이 세상에선 인간이 곧 인간의 운명을 만들어가는 주인임을 말한 사르트르의 그것과 일맥상통한다. 다만 인간을 에워싸고 있는 그 상황의 의미가 하나(사르트르)는 역사적인 것으로 나타나 있고 또 다른 하나(카뮈)엔 자연적인 것(비역사적인 것)으로 귀결되어 있다는 점이 다르다. 카뮈의 비역사적 태도는 『반항적 인간L'homme révolté』뿐 아니라 그의 『결혼』이나 『여름L'Été』과 같은 에세이에 직접 나타나 있다. 그의 관심은 지중해적인 자연이다.

따라서 사르트르는 사회에 참여하기 위해서 글을 쓴 것이지만 카뮈는 인간의 부조리를 증명하기 위해서 글을 쓴다. 매사에 무관심할 수밖에 없었던 전후 프랑스의 인텔리를 가장 잘 파악한 뫼르소만 해도 바로 그러한 부조리적 인간의 증거물로서 그의 작품 속에 나타나 있는 것이다. 그러나 부조리한 재앙 '페스트'에 둘러싸인 한계 상황(오랑 시)에서 인간의 존재를 위협하는 병균과 싸워나가는 리외의 행동은 사르트르가 말하는 그것과 별 차이가 없다. 페스트균의 의미 해석이 다를 뿐이다. 앙가주망이든 반항이든 인간을 억누르는 상황에 대하여 인간 스스로 어떤 새로운 개혁을 일으켜나간다는 점은 동일하다.

이 페스트균은 사람에 따라 전쟁일 수도 있고 혹은 나치즘일 수도 있으며 죽음이라는 형이상학적 문제일 수도 있다. 어쨌든 존재하는 것의 어려움을 극복하고 나아가려는 리외의 태도는 자기의 독자적인 생에의 관심에서 나온 모럴이다. 그러한 모럴은 재앙 속에 있는 모든 오랑 시민에의 모럴이 되는 것이다. 추위를 느끼듯이 그들은 다 같이 페스트의 공포를 느낀다. 이 공포를 헤치고 나오려는 리외의 행동은 리외 개인을 위한 것인 동시에 또 타인을 위한 것이기도 하다. 리외의 그런 행동(모럴)에 의해서 오랑 시의 상황은 바뀐다. 병균이 사라진 오랑 시에 감금령이 해제되어 축제가 열리듯이, 실존한다는 공포로부터 해방된 인간에 생의 희열이 온다.

카프카(그린, 베르나노스와 같은 유신론적 실존주의 작가들)는 존재의 얽매임을 절대자(신, 음악과 같은 존재의 피안)에의 귀의로 해방시키려 했고, 말로나 생텍쥐페리는 행동의 모험에 의하여 그것에서 빠져나오려 했다. 그런데 이들(사르트르, 카뮈)은 인간의 연대성을 통하여 생의 부조리성을 극복하려고 한다. 그러니까 모럴리스트로서의 성격을 띠지 않으려야 않을 수 없게 된다. 그러니까 리얼리즘, 로맨티시즘, 아이디얼리즘과 같은 색채를 띠고 실존주의는 전개되어온 셈이다.

삶의 궁극적 문제

이상에서 대체로 실존주의 문학이 걸어온 길을 잠깐 훑어본 셈이다. 결국 실존주의 문학이란 인간이 어떻게 살아야 하느냐 하는 삶의 궁극적인 문제로부터 시작되는 문학이다. 더 단순하게 말하면 일상적인 생의 의식儀式에 속지 않고 진정한 자기의 삶을 살려는 관심에서 시작되는 문학이다. 큰 의미에서 보면 문학—그것이 이미 실존하는 인간에의 관심인 것이다.

참 그런데 '실존'이란 말 자체를 나는 이야기하지 않았던 것 같다. 번잡하게 생각하지 말자. 실존이란 말은 인간의 생 그 주변에서 우리가 사는 것이 아니라 그 생 자체로 뛰어들어가 존재한다는 것이다. 생 그대로 알몸뚱이로 선다는 것이다.

먹고 마시고 남과 이야기하고 출근하고 자식을 낳고 하는 삶의 기존적인 의식에 사로잡히지 않고 그런 의식 밖으로 뛰어나간다는 뜻이다. 그때 인간들은 생이라는 무無의 심연 앞에 나서게 된다. 그리하여 거기에서 생겨나는 온갖 무의미와 불안과 내적 갈등을 체험하는 것이다. 이것이 부조리한 생의 체험이다. 이 체험의 내용을 글로 쓰고 또한 그 체험의 내용을 척결하는 방식이나 극복하는 양상은 여러 가지로 나타나 있다.

혹은 신에 의하여 혹은 행동에의 의지에 의하여, 인간의 모럴에 의하여 실존하는 인간의 괴로움을 지양시키려 하고 있다. 생과 사의 투쟁, 존재하는 인간의 방식, 굳이 실존주의란 이름을 붙이지 않는다 해도 이러한 문제는 인간을 기록하는 문학과 함께 영원히 존재할 것이다.

개인의 독자적 생의 의의로부터 사회적인 문제에까지 진전된 오늘의 실존주의 문학을 우리는 한층 더 주시할 필요가 있다. 그리고 또 앞으로의 '추위'를 함께 모색해보아야 할 의무가 있다. 우리는 지금 똑같은 '추위' 속에서 떨고 있으니까……

앙티로망의 미학

새로운 소설 형식의 탐구

교사로서의 예술과 창부로서의 예술

밤과 낮은 하루를 대표하는 두 개의 얼굴이다. 이들은 서로 반동하면서 교체한다. 어둠에서 밝음으로, 밝음에서 어둠으로……. 그래서 끊임없는 밤과 낮의 되풀이 속에 긴 시간이, 그리고 하나의 역사가 전개된다. 역시 예술의 세계에도 그것을 대표하는 두 가지 다른 얼굴이 있다. 그리고 그 상반되는 두 개의 요소는 서로 발전해가면서 변화 많은 한 궤적을 그어가고 있다. 그것을 '그레코로만 시대' 때의 사람들은 '교사로서의 예술'과 '창부로서의 예술'이라 이름했던 것이다.

그러니까 그것은 예술에 대한 근본적 태도의 2대 구별이다. '교사로서의 예술'이 인간 모럴의 탐구, 그리고 그것의 사회적 효용성에 기저를 두고 있는 것이라면 '창부로서의 예술'은 거꾸로 모럴의 탐구가 아니라 인간에게 어떤 미적 쾌락을 부여하는, 그리고 사회적 질서와 유리된 독자적 존재의 미를 모색하는 순수예술이라 볼 수 있다. 그러므로 전자의 예술에 있어서는 내용성(윤리성·사상성)이 그 핵심이 되고 후자의 경우에 있어서는 그 형식성(예술·기술)이 생명이 될 것이다.

이렇게 상극하는 두 예술관은 19세기에 이르러 그 유명한 '인생을 위한 예술'과 '예술을 위한 예술'의 대결로 나타나기도 했다. 20세기에 있어서도 마찬가지다. 문학의 형식적 의미와 그 순수성을 부르짖는 예술가(창부로서의 예술)에의 반동으로 문학의 모럴, 또는 사회 참여를 약속하고 일어선 일군의 작가(교사로서의 예술가)가 있었던 것이다. 요컨대 그 의미와 성질에 있어서 많은 차이가 있긴 하나 '교사'에서 '창부'로 '창부'에서 '교사'로 부단한 반동과 교체의 반복 가운데 예술은 오늘에까지 이른 것이다.

그런데 최근까지의 예술을 우리는 '교사적 예술'의 승리라고 말할 수 있을 게다. 20세기의 작가들은 사실상 '아티스트'란 말보다 '모럴리스트'란 이름으로 행세해왔다. 그래서 우리는 결국 제2차 세계대전을 전후한 문학을 '윤리의 시대'라고 불러왔다. 이 '모럴리스트'들은 한때 20세기의 상아탑 예술(상징주의와 신심리주의 작가)에 반하여 이른바 가두문학이라든가 프로파간다 문학을 제창하던 그 후예들인 것이다. 모든 예술은 '음악적 상태'를 동경하는 것이 아니라, '철학적 상태' 또는 '의학적 상태'를 동경하는 것으로 바뀌었다.

더구나 프랑스에 있어서의 사르트르나 카뮈는 가장 세련된 '교사적 예술'을 수립해놓았으며, 그 레지스탕스 문학이라든가 앙가주망(문학의 사회 참여 이론)의 이론 등은 전후 문학에 거대한 날개를 편 것이다(물론 사르트르는 시와 산문을 엄격히 구분하고 그 앙가주망의 이론을 산문 예술에만 국한시키고 있지만……).

'제정일치祭政一致'의 시대처럼 '문정 일치文政一致'(?)의 시대가 오는 기분이었다. 이러한 풍토에서 또다시 새로운 문학이 머리를 들게 된다면 대개 그것이 어떠한 성질을 띠게 될 것인가는 능히 짐작이 간다. '내용 편중'에서 '형식 위주'로 '사회성'에서 '예술성'으로 '모럴의 탐구'에서 '기술의 발견'으로 말하자면 교사적인 데서 창부적인 데로 옮겨질 가능성이 농후하다.

예술성에의 복귀

앙티로망의 운동─최근 프랑스의 신인들에 의해서 주장되고 있는 그 신소설과─이 바로 그러한 반동 세력을 대표한다. 앙티로망[反小說]이란 말이 암시하듯이 나탈리 사로트[25], 알랭 로브그리예Alain Robbe-Grillet, 미셸 뷔토르Michel Butor 등이 문제를 삼고 있는 것은 인간의 모럴이 아니라 소설 그 자체의 기교인 것이다.

---

25) Nathalie Sarraute(1902~1999), 프랑스의 여류 작가. 처녀작 『트로피즘』(1938) 이후 많은 작품을 발표하였다.

그러니까 그들은 문학을 그 사회성에 의해서 개혁하려는 것이 아니라 문학 그 자체의 미적 질서의 새로운 형식에 의해서 발견하려 드는 것이다. 말하자면 의미가 아니라 형식이다. 그러므로 소설의 사회적 기능에 대해선 무관심하거나 그렇지 않으면 자연히 소홀한 태도를 취하게 된다. 가장 심한 '반反사르트르주의자'라고 말할 수 있는 로브그리예는 문학에 있어서의 사회적 역할을 강조한다는 것은 예술 그것의 모욕이거나 침해로 단정하고 있다. 소설은 소설 그 자체에 의하여 비판되어야만 하며 소설가에 있어서 역사와 관련을 맺는다는 것은 오직 소설의 전진만을 생각할 때 가능한 것이라고 그는 생각한다(《렉스프레스L'Express》지).

　로브그리예의 견해는 그러니까 작가가 글을 쓴다는 것이 곧 윤리요, 그 상황에 구속(앙가주망)시키는, 그리고 그것을 깨닫는 것이 완전한 작가가 되는 것이라는 사르트르의 이론과는 정반대다. 그는 사르트르를 사회에 참여하기 위하여 문학적인 직능을 일부 포기한 작가라고 규정짓고 있는 것이다. 물론 앙티로망파의 한 사람인 뷔토르 같은 사람은 로브그리예의 그러한 비사회적 예술관을 정면에서 반대하고 있긴 하다. 그는 19세기적인 '예술을 위한 예술'의 이론을 계승하고 있는 유일한 인물이라고 로브그리예를 비난했던 것이다. 그러나 뷔토르 자신도 "기교는 독창성을 신축시키기 위한 최량最良의 수단"이라고 생각하는 한 그들이 내세우고 있는 것이 또 혁명하고자 하는 것이 작품의 사상성 또는 사회성이 아니라 형식면이라는 걸 부정할 수는 없을 것이다. 그러므로 무엇보다도 기교 제일주의인 그들의 운동을 일단 '예술의 복귀'라고 보아도 무방할 것이다. 그렇다면 그들이 내세우고 있는 '앙티로망', 즉 그 소설 형식과 작법 기술의 전복이란 도대체 어떤 것인가 하는 의문을 따져볼 필요가 있다.

새로운 신화

'앙티로망'을 직역하면 '반소설'이 된다. 문자 그대로 해석한다면 소설에 반대하는 소설이란 의미가 될 것이다. 그렇게 따지고 보면 매우 모순되는 말이다. 그러나 이때의 소설이라는 것은 19세기적인 개념(형식적인)으로서의 소설로 국한시켜서 생각해보면 이해가 갈 것이다. 그러한 한 편의 소설을 만드는 데 있어 인물의 성격, 전형, 사건의 전개와 플롯, 내레이션 또는 그러한 모든 허구를 설정해야 되었던 종래의 소설(19세기적인 소설) 양식을 파괴시키고 새로운 기법과 양식을 탐구하려는 운동이 반소설이라고 간단히 정의할 수 있다.

그런데 19세기적 소설의 개념을 파괴하는 앙티로망의 명칭은 비록 사로트 여사가 최초로 명명한 것이긴 하지만(그들도 시인하고 있는 것처럼) 그것은 이미 20세기 초두의 작가들에 의하여 야기되었던 문제이다. 버지니아 울프Virginia Woolf, 프루스트, 조이스, 포크너William Faulkner와 같은 여러 작가들의 이른바 '모놀로그앙테리외에르'는 앙티로망의 선봉으로 볼 수 있을 것이다. 그들은 허구를 사용하거나 플롯이나 작중인물의 성격 묘사(외면적인)를 하지 않고서도 보다 훌륭한 비허구적 소설의 독자적인 길을 발견해냈다. 『댈러웨이 부인Mrs. Dalloway』, 『잃어버린 시간을 찾아서À la recherche du temps perdu』[26], 『율리시스Ulysses』[27] 등의 작품들은 최초로 구소설의 개념을 전복시키는 '해머'와 같은 작품들이다.

프로펠러 없이도, 또는 날개 없이도 날 수 있는 비행기를 만든 셈이다. 그들은 인물의 창조나 허구(이야기)와 같은 서사성을 통하지 않고서도 한 편의 소설을 만들 수 있는 '의식의 흐름'이나 '자유연상自由連想' 또는 '시적 이미저리'와 같은 기교를 발견함으로써 소설 문학의 차원을 높였다. 그리고 그러한 형식과 기교를(반 19세기적 소설) 창조함으로써만 전환된 시대에 존재할 수 있는 예술의 빛깔을 간직할 수 있었던 것이다.

20세기 초, 인간들의 내면적 혼돈이나 그 정신적 질환을 그리는 데 있어서 발자크나 플로베르의 19세기적 소설 개념을 고수한다는 것은 원자 전쟁 시대에 있어서 단발 쌍엽기를 타고 다니려는 것과 같을지도 모른다. 인물의 외형도 사건의 전개도 없이 평

---

26) 마르셀 푸르스트의 작품이다.
27) 제임스 조이스의 작품이다.

범한 하루 동안의 의식 내면에 빗줄기처럼 내리고 있는 무수한 심리적 포말들을 그려나가고 있는 내적 독백의 불투명한 소설들이—한때 그 기맥을 상실해가고 있었지만—프랑스의 앙티로망에 의해서 다시 계승 발전해간 것이다.

발자크, 플로베르와 같은 19세기 소설은 그와 연결되었던 프티 부르주아의 사망과 함께 소멸해버렸다고 생각하는 로브그리예는 19세기적 소설 양식을 결정적인 형식으로 생각하는 사람들에게 반기를 든 것이다. 소설이 현존하기 위해선 "끊임없이 전환하고 매일 새로운 형식을 발견해야 한다."는 그의 말은 마치 구세기 소설 문학의 전통적 계승자인 베넷[28])에게 마주 대결한 울프 여사를 연상케 한다.

그런데 그들이 말하고 있는 앙티로망의 형식은 20세기 초두의 내적 독백의 형식과 반드시 짝지은 것이라고만 생각해서는 안 된다. 허구 중심의 이야기투 소설에 반대한다는 의미에 있어서만 어떤 공통성을 찾아볼 수 있을 따름이다.

소설에서 인물이나 사건(이야기)을 제거한 20세기의 새로운 소설 방법은 앙티로망이 아니고서도 그 유형을 얼마든지 찾아볼 수 있다. 로브그리예가 가끔 백안시하는 사르트르의 『구토』(로브그리예도

---

28) Enoch Arnold Bennett(1867~1931), 프랑스 자연주의를 고수한 제1차 세계대전 후의 영국의 대표적인 작가이다.

이 작품의 가치만은 인정한다.)라든가, 릴케의 『말테의 수기Die Aufzeichnun des Malte Laurids Brigge』와 같은 에세이식 소설을 첨가할 수 있다.

그러나 앙티로망의 특색은 인물이나 허구를 소설 작법에서 축출해냈다는 그것보다도 더 다른 특색을 가지고 있는 것이다. 그들은 '프레컨시어스니스'라든가 현상학적 방법에 의해서 사물을 기록하려 드는 것이다. 울프나 조이스만 해도 주위 사물에 대하여 주관적인 자기 의식을 투영시킴으로써 주관적인 세계의 한 의미를 형성시켜갔던 것이다.

이른바 조명에 의하여 계시된 사물들이 그들 작품의 세계를 이루고 있다는 것이다. 그때의 모든 사물은 비단실로 변화되어버린 뽕잎이나, 초[酸] 속에 들어간 달걀처럼 그 본래의 윤곽을 상실하고 만다. 인간의 주관과 그 의식에 의하여 함부로 변형되어 있는 사물들은 그 사물 자체의 의미가 아니라 인간 그것이 투영된 관념의 그늘로 나타나게 될 뿐이다.

로브그리예는 그러한 감정이입으로서의 예술관을 거부하고 실재하는 세계, 오직 그것만을 묘사하려고 든다. 그에 의하면 세계는 그저 거기 있는 것, 어쨌든 거기 있다는 것, 그것이 제일 눈에 띄는 특색인 것이다.

그러니까 그들은 프로이트주의가 아니라 현상학을 배경으로 한다. 인간 주변에서 일어나고 있는 모든 현상, 모든 사물을 애니미스틱animistic한 상징이나 신화적 방법으로 작품화하지 않고 '있는 그대로의 대상'을 '있는 그대로의 현상'으로서 작품에 옮겨놓으려는 것이다. 그러므로 인간과 사물을 엄격히 분리시킬 때 서로 침투될 수 없는 고체의 세계가 전개된다. 그것은 인상주의에 반대한 '노이에 자흐리히카이트Neue Sachlichkeit(신객관주의)'의 시나 혹은 포크너의 『음향과 노여움The Sound and the Fury』의 백치 앞에 나타난 사물계와 유사한 것이다. 태양빛을 반사하고 굴러가는 마차의 쇠바퀴—가시 철망 너머로 푸른 잔디밭에 뼈[骨] 공이 굴러가고 기旗가 나부끼는 골프장—이러한 풍경들을 포크너는 그들보다 앞서 한 백치의 눈을 통하여 즉물적卽物的으로 그려냈던 것이다. 신화를 배제했을 때 또 하나의 다른 신화는 탄생한다. 인간을 사물에서 떼어내었을 때 거기엔 몇 개의 또 다른 세계가 전개되는 것이다.

로브그리예의 『질투La Jalousie』에 나타난 인물(아내)이나 태양 광선 등은 포크너의 백치 앞에 나타난 풍경 그것처럼 즉물적이며 또 순수 시각적인 것이라 할 수 있다. 그런 세계는 카프카의 상징적 세계나 울프의 무의식 세계나 조이스의 신화적 세계와는 또 다른—말하자면 작가의 의식이 개입되지 않는, 아니 사물을 의식이라는 함정으로부터 건져낸 순수한 자연(사물)계가 작품 속에 영사된다. 주관이 없는 세계, 언어의 렌즈에 비친 사물 그 자체의 표정—그것은 무엇이기 전에 거기 있는 그대로의 제스처와 대상만이 있는 세계다.

그렇기 때문에 로브그리예와 같은 앙티로망은 인간 의식의 소산인 온갖 문화와 역사가 그 작품 속에 젖어들어오지 않도록 하는 방수벽의 구실을 한다. 그러니까 그들의 작품엔 무엇보다도 허구(어떠한 인물의 운명을 작가가 상상한 사건 속에서 움직이게 하는)라든가 인물의 전형성이라든가 하는 것이 나오지 않을 뿐 아니라 사물을 그리는 데 있어서도 "……라고 생각되었다.", "……인 것처럼 느꼈다." 등등의 주관적인 정념情念이나 비유가 등장하지 않는다.

로브그리예는 말한다. "나는 푸른 바다를 보고 있었다."와 "바다는 푸르렀다."는 아주 다른 말이라고……. '……처럼 있는 것'이 아니라 '그냥 있는 것'이 더욱 중요하다는 이야기다. 그러므로 앙티로망은 도리어 '순수한 소설'이라고 결론짓는 편이 좋을 것이다. 그것은 마치 시의 순수한 그 독자적 기능을 살리기 위하여 시 아닌 다른 요소를 제거한 상징주의자들처럼 이들은 소설이 아니고는 표현할 수 없는, 소설 그 자체의 순수한 기능을 발견하고자 하는 것이다.

어떤 사건의 서술이나 인물의 성격 묘사들은 텔레비전이나 라디오 드라마를 통해서 얼마든지 대치될 수 있는 것이다. 텔레비전이나 다른 예술로서는 표현 불가능한, 환언하면 소설 아니고는 표현할 수 없는 그 순수한 표현의 세계를 개척하려는 방법을 이들의 과제로 보아야 된다. 또한 철학이나 평론으로서는 말할 수 없는 것을 말하기 위해서 앙티로망은 그 사상성도 따라서 배제한다.

미해결의 장

과연 그러고도 한 편의 소설을 쓸 수 있을 것인가? 그런데 그들은 말한다. 그렇기 때문에 작가의 새로운 기교가 필요한 것이 아니냐고⋯⋯.

앙티로망의 문학에는 인간은 추방되고 사물만이 남는다. 그러고도 로브그리예의 그 반역이 가능할 수 있을까? 과연 인간 의식을 배제하고 사물을 있는 그대로 그려낼 수 있을까? 그냥 있는 세계만 일일이 눈으로 보아가다가는 작가는 모두 안질眼疾에 걸려버릴 것이다. 그렇다면 그들은 언어로 낚시질을 하는 어부가 아닐까? 그리고 또 비상징적 세계라는 것이 있을 수 있을까?

그러한 소설이 사실은 시에 패배한 산문 예술의 종언이 아닐까?

어떤 화가가 컵이 아니라 사과를 선택했다면 그는 벌써 사과가 아니라 컵을 그린 화가와 다른 주관을 가지고 있는 사람이다. 이런 의미에 있어서 로브그리예는 어떻게 자기 주관(의식)의 한계로부터 탈출할 수 있을 것인가? 그런 소설이 가능하다 해도 대중으로부터의 고립을 어떻게 할 것인가?

여러 가지 문제가 생겨난다. 그러나 비판하기엔 너무도 앙티로망의 연령은 어리다. 아직 어려서 기어다니는 귀여운 아이를 두고 왈가왈부할 수는 없을 것이다. 좀 더 두고 볼 일이다. 다만 문학사적인 면에 있어서 앙티로망의 대두는 매우 의의 있고 또 흥미 있는 일이라는 것만은 우선 시인해두어도 괜찮다.

분노의 미학

  18세기 옛날의 계몽주의자들은 '크 세 주Que sais-je?'라고 소리 쳤다. "내가 무엇을 아는가?"라는 무지에의 자각이었다. 그렇기에 그들은 지식을 탐구하려는 끝없는 야망 속에서 미래에의 신념을 다짐했던 행복한 인간들이었다. 그러나 현대인들은 '크 세 주'란 말 대신에 '아 쿠아 봉A quoi bon'이라고 말한다. '아 쿠아 봉(무슨 소용이 있느냐?)'은 체념의 불신의 회의의 목소리다. "희망을 가진들 무엇하느냐?", "지식이 있어서는 무엇하느냐?", "전쟁에 이긴들 무엇하느냐?" ……그리고 궁극적으로는 '살아서는 무엇하느냐?'의 침울한 고백이다.

  '아 쿠아 봉'―모든 가치, 모든 행동, 모든 야망을 향해서 씁쓸한 부정의 미소를 짓는 현대의 니힐리즘은 인텔리의 비극적인 대명사가 되고 있다. 그러므로 오늘날 지식인에게 부여된 과제의 하나는 '아 쿠아 봉'의 물음에 어떻게 답변할 것인가 하는 데 있다. 여기에서 삶의 모럴이 시작된다.

'크 세 주'에서 '아 쿠아 봉'까지 흘러온 인간의 역사를 장황하게 늘어놓을 필요는 없다. 더구나 우리 동양인들은 체념이 무엇인지를 잘 아는 민족들이다. 동양의 미덕이 순응에 있었고, 인내에 있었고, 침묵 속에 있었다는 것은 오래전부터 '아 쿠아 봉'의 의미를 생활하고 있었음을 증명하는 것이다. "무엇을 해도 소용이 없다."는 그 사상, '천명' 속에 몸을 맡기고, 자연의 순리에 조용히 무릎을 꿇고 살아간 그것이 바로 우리 조상들의 모습이었음을 누가 부정할 수 있겠는가? 무위자연無爲自然을 말한 노자老子나 장자莊子도 그렇게 가르쳐주었다.

민중도 체념의 사상을 알고 있었다. 텁텁한 막걸리 몇 사발만 들이켜도 "짜증은 내어서 무엇 하나…… 인생 일장춘몽인데……"쯤의 노랫가락이 거침없이 흘러나온다. 허무의 심연 속에서 울려나오는 이 '아 쿠아 봉'의 영탄에 몸을 맡길 때, 그들은 슬픔이 있어도, 불의 폭군을 보아도, 억울한 모욕을 당해도 금세 체념해버린다.

정몽주를 꾀기 위해서 "이런들 어떠하며 저런들 어떠하리"의 「하여가何如歌」를 불렀던 방원芳遠의 의도도 바로 거기에 있다. 허무는 모든 가치관을 부정하는 것이기 때문에 경우에 따라서는 그것이 불의와 전제專制를 행하는 좋은 역할을 해줄 때도 있다. 순응하고 절망하는 것이 어느덧 우리의 생리처럼 되어버렸고, 그러한 생리 속에서 온갖 폭정暴政이 묵인되어왔다는 점을 우리는 부정할 수 없다.

　로버트 프로스트[29]의 시를 읽으면 생각나는 것도 바로 그것이다. 그가 말년에 황혼을 앞두고 쓴 「들어오라Come in」의 시를 감상해보라.

　　　　내가 숲의 모롱이에 이르렀을 때

　　　　아, 그러면 들어라, 티티새의 노랫소리를

　　　　지금 바깥이 황혼이라면

　　　　숲속은 한밤의 어둠

　　　　숲은 너무도 어두워

　　　　새는 가벼운 날갯짓도 하지 못해

　　　　밤을 지새울

　　　　편안한 나뭇가지로도 옮길 수 없다.

　　　　그러나 울 수는 있구나

　　　　해는 벌써 서녘으로 침몰했어도

　　　　마지막 잔광殘光이

　　　　또 하나의 노래를 위해서

　　　　아직도 티티새의 가슴속에 남아 있다.

　　　　기둥[柱]져 늘어선 어둠 속 깊이에서

---

29)　Robert Frost(1875~1963), 미국의 시인.

티티새의 울음이 울려온다.

어둠과 비관 속으로 들어오라고

부르는 것처럼

아니 그러나 싫다.

나는 별을 보기 위해서 밖에 있었다.

나는 들어가려고 하지 않는다.

그렇게 권유한다 하더라도 들어가지 않으리라.

그리고 그런 권유를 받은 일도 없었다.

　죽음을 앞둔 노경老境에서 프로스트는 어둠 속의 휴식(죽음)을 그리워한다. 숲속의 정적 속에 마지막 생을 귀의시키려는, 그리고 서글픈 티티새의 영탄에 침몰해가려는 이러한 유혹 속에 우리는 금세 자기 몸을 맡겨버린다. 체념이 빠른 탓이며, 자연의 질서에 순응하는 버릇이 생리화되었기 때문이다.

　그러나 프로스트는 마지막 연에 "But no"라고 소리치고 있다. 숲의 어둠 속으로 들어가지 않겠다고…… 밖에서 별을 구하고 있겠다고…… 또 하나 다른 빛깔을 찾아야 한다고……. 어둠을 노래하는 티티새의 그 유혹을 뿌리치고 숲의 모롱이 그 밖에 서 있기를 다짐한다.

　이 점이 바로 우리와 다른 생활 태도다. 죽음이 가까이 오고,

운명의 벽이 눈앞에 다가선다 할지라도 "But no……"라고 그들은 외칠 줄 안다. 허무의 심연 속에 떨어진다 하더라도 스스로 그 심연을 뛰어넘는 행동에의 정신을 포기하지 않는다. "But no, I was out for start", 이렇게 그들은 불가항력인 줄 알면서도 꺼지지 않는 마음의 별을 모색하고 있다.

정적, 휴식, 죽음……. 이러한 유혹을 뿌리치고 무엇인가 삶의 꽃을 쟁취하려는 메이플라워의 혈맥(개척 정신)이 프로스트의 시 구절 속에서 향기를 발하고 있다. 다른 시에서도 그는 "내가 잠들기 전에 수 마일을 더 나가야지(And miles to go before I sleep)."라고 노래하고 있다.

'잠들기 전에……' 한 발짝이라도 더 나가야 한다는 그 정신이 우리에겐 부족했었던 것 같다. 우리는 잠들기도 전에(죽음─패배) 미리 그것에 절망하고 그 자리에 주저앉는다. 그 증거로 우리의 시조를 보면 대개 종장이 프로스트의 경우처럼 "But no"가 아니라 "……하여 무삼하리오."로 끝나는 것이 많다. 패배의 미학이다. 그러나 과거를 가지고 너무 따지지는 말자. 패배의 미학과 몌별袂別하는 행동의 미학, 분노의 미학에 대해서 우리의 눈을 돌려보는 것이 현명한 일이다.

패배의 미학, 순응의 윤리 속에서 살아왔던 한국의 은자隱者들에겐 언제부턴가 분노를 죄악시하는 습속이 있었다. 분노를 나타내는 것은 군자가 아니다. 즉 분노를 참는 것이 미덕으로 통하는 사회였다. 그러나 서양의 역사와 문명을 움직인 것은 분노의 제거가 아니라 분노 그것의 발견이었다. 서구의 신과 성인은 동양의 그것과는 달리 곧잘 노여워한다. "Ira Dei"란 말은 '하나님의 노여움'이란 뜻이다. 제우스 신은 말할 것도 없으며 가장 정신적인 존재인 여호와 신도 분노와 복수의 신으로서 그려져 있다는 점은 주목할 만한 일이다.

정서는 관용寬容이 아니라 신의 분노에서 시작하여 분노로 끝난다. 선악과를 범한 인간을 에덴에서 추방시켰을 때, 즉 하나님의 분노가 최초로 나타나게 되었을 때, 비로소 인간의 역사와 신의 관계가 생겨났다. 그리고 인간의 최후 심판일은 하나님의 분노를 받는 날이다. 인간에게 내린 십계명도 또한 분노(모세)와 함께 내려진 것이다. 원수를 사랑하고 죄인을 일곱 번의 일곱 번을 용서하라고 했던 예수까지도 『성서』의 문헌을 보면 분노하고 있다. 또 그것은 얼마나 치열한 것이었던가?

예루살렘의 신전에서 장사치의 무리를 채찍으로 몰아내고 비둘기장을 내던진 분노의 예수는 골고다에서 십자가를 짊어진 속죄의 예수와 구별될 수가 없다. 바리새인을 향해서 '회칠한 무덤'이라고 분노의 저주를 가했던 예수는 곧 자기를 죽이는 자들을 향해서 용서와 축복을 내린 그 예수가 아니었던가? 그의 사랑과 용서에는 분노가 있었다. 우리는 이와 같은 말을 십계명을 던져 그것을 깨뜨렸던 모세에 대해서도, 그리고 대사장大司長의 종, 말고의 귀를 자른 베드로에게 대해서도 똑같이 말할 수 있다.

신이나 성자와 마찬가지로 사탄(악마) 역시 순수한 분노를 지니고 있다. 밀턴John Milton의 『실낙원失樂園』에서 사탄의 모습이 가장 아름답고 가장 순수하게 그려진 것은 바로 그가 분노를 느낄 때다. 사탄의 반란군이 신의 군대에게 완전히 패하고 나락奈落 속으로 떨어졌음에도 사탄은 절망하지 않고 분노의 목소리로 이렇게 외친다.

"[…] 그가 선을 권할 때 나는 악을 권하련다. 그가 악을 징벌하려면 나는 선을 징벌하련다. 그들의 선은 나의 악이다. 그렇게 하여 그를 괴롭히고 그를 애통케 하고자 함이다. 이것 또한 어찌 즐거운 일이 아닐까 보냐."

그리고 불의 산, 불의 강, 불의 들판으로 화한 자기(사탄)의 영지를 바라보며,

"[…] 애처로울진저, 이 광경, 이것이야말로 나의 땅, 이것이야말로 나의 집 […] 물러가거라, 하늘의 나라, 어서 오거라, 무서운 불의 나라, 거기에는 부자유의 질곡桎梏이 있어도 여기에는 기쁘게도 자유의 바람이 다투어 분다. 마음만이 천국이라면 나락인들 두렵겠느냐? 하늘의 노복奴僕이 되기보다는 차라리 나락의 왕이 되리라……."

신의 분노는 신의 존재 이유이며, 사탄의 분노는 사탄의 존재

이유이다. 그러므로 미키 기요시三木淸의 말대로 '노여움의 하나님'은 정의의 하나님이며 법칙의 하나님이다. 정의가 유린되었을 때 신의 노여움이 나타난다. 이 말을 반대로 하자면 '분노의 사탄'은 악의 신이며 법칙의 신이다. 악이 유린되었을 때 사탄의 노여움이 나타난다고 할 수 있다. 신에게서 분노를 빼고 사탄에게서 노여움을 제거할 때 이 두 개의 법칙도 소멸되는 것이며 그 신격神格도 순수성도 따라서 소멸되고 만다.

우리는 또한 인간의 노여움에 대해서도 생각한다. 서구의 문학, 특히 휴머니즘의 문학 가운데서 이 분노의 문제를 빼내고는 생각할 수 없는 것이다. 셰익스피어의 작중 인물들 가운데는 분노의 화신이라고 말할 수 있는 존재들이 많다. 오델로의 분노, 리어 왕의 분노, 그리고 우유부단한 햄릿이 의부義父의 가슴에 칼을 찔러 선왕先王의 복수를 하게 되는 순간도 바로 분노를 가졌을 때다. 그들에게 분노의 화염이 일어났을 때, 우리는 진실로 그들에게서 인간적인 생을 느끼게 된다. 신이나 사탄의 경우처럼 분노는 인간이 인간이게끔 한 그 존재 이유를 부여하고 있다. 인간의 독립 선언 속에는 언제나 분노의 힘이 작용한다. 허무(죽음)에 도전하는 인간들은 분노의 화산을 걸머지고 있다.

멜빌[30]의 『모비딕Moby Dick』은 에이해브 선장의 분노에 의해서

---

30) Herman Melville(1819~1891), 미국의 소설가, 시인. 걸작 『모비딕』 외 작품 다수.

시작되고 그 분노에 의해서 끝나는 드라마다. "고래는 고래다."
라고 외칠 때 에이해브는 인간의 긍지를 지닌다. 그리고 모비 딕
(흰 고래)이 이 긍지를 손상시킬 때 에이해브의 분노는 끓어오른다.
모비 딕과의 싸움이 무의미하고 절망적이고 패배할 수밖에 없는
것인 줄 알면서도 에이해브는 그것을 추격하고 결국은 그것에 의
하여 파멸된다. 이 파멸을 에이해브는 알고 있다. 그러나 그 파멸
속에 스스로 뛰어들어가는 에이해브의 행동에는 인간의 '분노'란
것이 있었기 때문이다. 이 분노가 없었다면 에이해브의 드라마도
없다.

　헤밍웨이의 도전도 마찬가지다. 그 주인공들은 언제나 패망하
지만 언제나 분노하고 있다. 그렇기에 그 패망은 동물의 패망과
구별된다. '산티아고 노인'은 패망했지만 사자 꿈을 꾸었고, 「킬
리만자로의 눈The Snows of Kilimanjaro」의 주인공은 죽어가면서도
킬리만자로의 만년설을 마음속에 그린다.

　'행동적 니힐리즘'이라고 부르는 일련의 현대 문학 사조는 모
두가 인간적 분노의 밀교密敎를 가지고 있는 것이다. 생텍쥐페리
나 말로의 휴머니즘은 니힐리즘의 심연에서 울려오는 '아 쿠아
봉'의 영탄을 '인간적인 분노'로 하여 극복해가는 데에서 출발한
다. "해서는 무얼 하느냐? 그러나 그렇게 하지 않을 수 없다."는
행동적 니힐리즘은 합리적인 논리성으로는 설명되지 않는다.

　19만 710피트의 킬리만자로의 산봉우리에 한 마리 표범의 시

체가 쓰러져 있는데, 그것이 그렇게 높은 곳까지 무엇을 구하러 왔는지를 아무도 설명할 사람이 없는 것처럼…… "무의미한 일이지만 그래도 그렇게 행동하지 않을 수 없다."는 것은 논리의 모순이다. 이 논리의 모순, 합리의 벽을 뚫는 것은 싸늘한 이성이 아니라 분노의 감정이다. 분노는 논리 이전의 것이며 논리를 초월한 결단이기 때문이다.

카뮈의 시시포스도 마찬가지다. 시시포스가 돌을 굴린다는 것은 무의미한 일이다. 이 무의미를 받아들이고 도리어 그 부조리를 수락하는 시시포스의 행위는 논리적으로는 설명될 수 없다. 그 행위의 가치는 논리의 가치가 아니라 인간의 생명에서 용솟음치는 용기이기 때문이다. 이 용기는 어디에서 생겨나는 것일까? 그것이야말로 패배에 대한 인간의 분노감에서 발생되는 힘이다. 그렇기에 시시포스의 철학이 '반항'의 철학으로 발전된 것은 극히 필연적인 일이라 할 수 있다. 그 분노란 무엇인가.

"[…] 인간의 노여움은 명예심에서 오는 노여움인 것이다. 명예심은 개인의 의식과 불가분의 것이다. 노여움에 있어서 인간은 무의식적이지만, 자기가 개인이라는 것, 독립한 인격이라는 것을 나타내려고 한다. 거기에 노여움의 윤리적 의미가 숨어 있다."(미키 기요시)[31]

31) 三木淸, 일본의 철학자.

인간이라는 명예심, 그리고 인간이라는 독립성을 빼낼 때 오늘날의 휴머니즘은 성립되지 않는다. 패배할 수밖에 없는 인간의 운명을 알면서도 그와 같은 인간에의 긍지와 독립성이라는 명예심을 잃지 않고 있기 때문에 휴머니즘은 아직 남아 있는 것이며 인간은 또한 분노할 수가 있는 것이다.

사막에 추락한 생텍쥐페리는 어떻게 해서 그 절망의 상황 속에서도 인간일 수 있고, 만지蠻地 속에서 동물처럼 숨을 거두어간, 펠리칸은 어떻게 해서 인간일 수 있었던가? 어떤 동물도 해치울 수 없는 일을 그들은 했다. 그것은 분노였다. 인간이라는 긍지와 명예심에서 오는 분노였다. 더 이상 그들이 인간일 수 없을 때, 인간으로 행세할 수 없을 때 그 앞에서 분노를 느낀다.

이 분노의 불꽃이 꺼지지 않는 한 그들은 인간인 것이다. "노여움에는 어딘가 귀족적인 데가 있다."고 말한다. 그리고 "고독이 무엇인가를 알고 있는 자만이 참으로 노하는 것을 알고 있다."고도 한다. 인간에의 높은 긍지를 가질수록, 자기 자신에 대한 높은 자의식을 지닐수록, 분노는 해일처럼 크다.

이러한 인간의 분노가 집단적으로 사회적으로 나타나게 될 때 '혁명'이란 것이 있게 된다. 분노를 모르는 동양 사회에 진정한 시민들의 혁명이 없었던 것은 극히 당연한 일이다. 또 휴머니즘도…….

신의 분노, 사탄의 분노 그리고 인간의 분노는 각각 그 존재 이유를 나타낸 순수한 자기 표현이요, 그 개성의 발로라는 것을 말했다. 다시 말하면 분노는 주체성에서 생겨나는 것이다. 그렇기 때문에 분노의 상실이란 자기 개성의 포기이며 자기의 주체성을 망각하고 남의 질서에 매몰해가는 순응을 의미한다.

　　분노는 분리에의 감정인 것이다. 그래서 첫째로 우리가 화를 낸다는 것은 남에게 모욕을 당했을 경우다. 분노는 언제나 자기를 전제로 하고 있다. 내가 나를 거부하고 내가 나를 지키려고 하는 마음이 없을 때는 남이 모욕을 가해오고 나를 침범한다 해도 마치 노예나 뉴펀들랜드의 개처럼 꼬리를 칠지언정 분노를 느끼지는 않는다. 그리고 둘째로 우리가 화를 낸다는 것은 불의를 보거나 배신을 당했을 경우다. 그것은 단순한 윤리적인 감정이라기보다는 질서에의 감정이다. 법칙을 수호하려는 감정이다. 스포츠의 관객들이, 심판이 부정을 행하여 패자에게 승리를 주거나 혹은 페어플레이를 하지 않고 반칙을 되풀이하는 선수의 게임을 보면 분노한다. 그것은 모든 법칙을 깨뜨리는 것이기 때문이다.

　　셋째로 우리는 구속을 받게 될 때 분노를 느낀다. 이것은 둘째번의 경우와는 정반대로 법칙에 대한 반발심이다. 즉 자기가 하고자 하는 욕망이 금제禁制를 당했을 때 분노를 느끼는 것은 생리적인 것이다. 육체적으로 괴로움을 당했을 때 분노를 느끼는 경우다.

첫째 번의 분노는 인간의 노여움이며, 둘째 번의 분노는 신의 노여움이며, 셋째 번의 분노는 사탄의 노여움이며, 마지막 노여움은 동물적인 노여움이라고 할 수 있다. 인간은 신의 노여움에서 동물의 노여움까지 서로 상반하는 분노의 감정을 모두 소유하고 있다. 그러나 현대에 이르러서(동양은 옛날부터 그러했다.) 인간은 '신의 노여움'을 상실했고, 다음으로는 '인간의 노여움'을 상실했으며, 날이 갈수록 이제는 '사탄의 노여움'과 '동물적인 노여움'까지도 잃어가고 있는 것이다.

슬퍼할 줄은 알아도 화를 내진 않는다. 되풀이해서 인용하지만 미키 기요시는 "오늘날 노여움의 윤리적 의미만큼 많이 잊어버리고 있는 것도 없다. 노여움은 단지 피해야 하는 것같이 생각되고 있다."고 말한 적이 있다. 세속적인(동물적인) 분노가 겨우 남아서 우리를 지배한다. 그러므로 지금은 동서양 할 것 없이 '반항의 시대', '혁명의 시대'가 아니라 '순응의 시대'에 들어선 정숙한 계절이다. 소나기와 천둥이 치던 폭풍의 계절은 지나갔는가?

'아 쿠아 봉'의 니힐리스틱한 백기를 들고 되도록 노여움을 피하며 살아가려는 군중이 나타나고 있다. 자기 운명에 대해서와 마찬가지로 도덕이나 정치에 대해서 다 같이 무관심한 풍조가 오늘의 인간을 지배하고 있다. 잘 노여워하는 사람은 어딘지 모르게 시대에 뒤떨어져 있는 사람, 옛날 사람과 같은 인상을 준다고들 한다.

그만큼 세상은 몰개성적沒個性的으로 되어가고 있으며 명예심을 잃어가고 있는 것이다. 얌전한 노예처럼 무릎을 꿇고 운명을 기다리며, 학대를 견디며, 모욕을 감수하면서 '머리 깎인 삼손'처럼 연자방아를, 반복하는 생활의 그 연자방아를 돌리고 산다. 위대한 시대엔 위대한 분노가 있었다. 제신諸神이 노여워하고 황제가 분노에 떨며, 영웅들이 오만한 입술을 깨물던 그런 시대가 이제는 비문처럼 낡아져가고 있다. 그러므로 휴머니즘의 새로운 부활은 다시 그 고풍古風한 분노의 감정으로부터 가능해질는지도 모른다. 아니 그러한 분노의 미학은 벌써 시작되고 있다. 영국의 젊은 세대 앵그리 영 맨Angry Young Men(노여운 젊은 세대)이나, 비트 제너레이션Beat generation은 인간의 분노에 그 미학의 토대를 두고 있는 것이다.

『성난 얼굴로 돌아보라Look back in anger』의 지미 포터는 노여워하기 위해서 세상을 살아간다. 인간의 개성이나 사고를 획일적으로 그리고 무력하게 만드는 신문에 대해서, 안가安價한 메커니즘을 검처럼 씹고 다니는 미국에 대해서 그리고 교회당의 청승맞은 종소리와 시체 냄새가 풍기는 상류사회의 예절에 대해서 지미 포터는 노여워하고 있다. 아니 노여워할 줄을 모르는 오늘의 인간들에 대해서 노여워하고 있다.

"누구라도 좋다. 인간이 죽는 걸 보지 못한 놈은 처녀막병處女膜病에 걸린 놈이다. 꼬박 일 년 동안을 나는 아버지가 죽어가는 걸

보고 있었다. 아버진 스페인 전쟁에서 귀환했던 것이다. 거기서 독신자篤信者라는 신사놈들 앞에서 시달릴 대로 시달려가지고, 이젠 목숨을 건져낼 도리가 없는 몸이 되었어……. 하지만 진심으로 근심한 건 나밖에 없었다. 가족들은 귀찮게만 여겼지……. 어머니는 어머니대로 어처구니없는 사내와 결혼했다고 후회막심이었다. 아버지는 열에 들떠 짓눌려버렸는데, 그 이야기를 들어주는 것은 겁에 질린 조무래기뿐이었어. 이렇게 해서 나는 어릴 적에 분노라는 것이 무엇인가를 알아버렸다. 분노와 절망을 말이다……. 사랑에 대해서도…… 죽음에 대해서도…… 나는 열 살 때 알아버렸다. 당신들은 평생 가도 알지 못할 것을 말이다."

지미 포터는 분노의 선구자다.

이 분노의 미학은 유행이 아니라 바로 피부 색깔, 그것처럼 노랗게 들떠 굴종屈從의 미덕 속에서만 살아왔던 우리 동양인에게 한결 절실한 과제다. '아 쿠아 봉'의 현대인의 독백을 극복하기 위해서 우리에겐 신의 노여움이, 사탄의 노여움이 그리고 휴머니티의 노여움이 있어야 한다.

문학만이 아니라 모든 생활에 있어서, 그리하여 우리는 모든 자유를 억압하는 자들의 ─ 불의의 편이 되어, 어린이 놀이터에 감방을 만들어놓은 자들의 ─ 숱한 인간들의 눈물을 마시고 비대해진 자들의 ─ 총칼로 시인의 붓대를 꺾고 흙 묻은 발로 조용한 저녁 식탁을 짓밟고 지나가는 자들의 ─ 애국을 전매품專賣品처럼 팔고 돌아다니는 정치적 상인들의 그 모든 위선과 횡포에 대해서 분노해야 된다.

그리고 인간을 모독하는 모든 것—인간의 정신에 제복을 입히고, 서커스의 무리들처럼 인간의 사랑을 곡예처럼 그네 태우는 것들…… 아니다, 비정의 인간에 대한 분노보다 더 큰 또 하나의 분노가 있다. '죽음'이라든지, '성性'이라든지 하는 그 모든 자연과 운명이나 인간 조건에 대해서 분노를 느껴야 한다. 은행과 공장과 텔레비전과 창녀 같은 상품 광고와 수폭水爆의 검은 버섯들을 향해서 노여워할 줄 모르는 자에게 노여움을 가르쳐주어야 하는 그 노력이다.

앵그리 영 맨과 분노의 의미

콜린 윌슨의 경우

건방진, 참으로 건방진 앵그리

우리들의 화제가 아주 궁해질 무렵, 공교롭게도 젊은, 그리고 역시 건방진 콜린 윌슨Colin Wilson이 나타났다. 사르트르나 카뮈의 이름에 지칠 대로 지친 유행아들은 벌써부터 그러한 존재의 출현을 갈망하고 있었는지도 모른다.

유럽과 미국에 일대 파문을 던진 그 『아웃사이더The outsider』는 권태의 치료제가 된 셈이다. 그것은 1954년, 그러니까 윌슨의 나이 스물네 살 때의 일이다. 바이런이 하루아침에 일약 세계적인 시인이 된 것처럼 그는 이 책 한 권으로 병 속에서 나온 신드바드의 거인처럼 세계의 화제 속을 왕래한다.

그러나 그는 바이런처럼 귀족 출신은 아니다. 제화製靴 공장에서 일하는 한 하층민의 아들로 변변히 학교 교육도 받지 못했다. 열여섯 살 때 그는 학교를 떠난 것이다. 그리고 엉뚱하게도 그의 소양은 문학이 아니라 화학과 원자 물리학이었다. 하지만 엘리엇과 만난 것이 계기가 되어 닥치는 대로 문학책을 읽고 희곡, 소설, 평론 할 것 없이 손에 잡히는 것이면 무엇이든 썼다. 한때 라이세스터 세무서에 근무한 일도 있었지만 그러한 문학열 때문에 결국은 파리로 옮기기까지 했다. 그는 《메를렝Merlin》과 《파리 레뷔Paris Révue》 등의 잡지사에서 일을 보게 된 것이다. 그러다가 1954년에 다시 고국으로 돌아오고 드디어 그의 일생을 결정지은 획기적인 비평서 『아웃사이더The Outsider』를 발표했다.

밤에는 접시닦이를 하고 낮에는 브리티시 도서관에서 그 야심작을 집필했다고 한다. 계속해서 또 하나의 비평서—20세기의 불안을 분석한—『종교와 반항인Religion and the rebel』이 나왔다. 이렇게 해서 그의 이름은 '앵그리 영 맨'이라는 유행적인 상표와 함께 살롱의 화제로 오르내렸다. 하지만 사람들은 돌연한 그의 출현에 대해서 약간의 의심도 품고 있었다. 솔직하고 대담한 그의 항변이 어쩌면 무식에서 오는 것일는지도 모른다는 생각이다. 20세기의 문인을 한자리에 정렬시켜놓은 다음 그는 무차별의 일제 사격을 퍼분 것이다. 참으로 건방지고 버릇없는 이 백면서생白面書生의 독학자를—사격수를 점잖은 아카데미시앙들은 어떻게 대접해야 좋을는지 몰랐을 것이다.

그런데 1959년—바로 작년의 일이다. 윌슨은 또 하나의 쾌저 『패배의 시대(The age of defeat, 1959—미국에서도 'The stature of man'이라는 표제로 같은 해에 간행되었다)』를 씀으로써 어리둥절해하는 그들에게 재삼再三의 속공을 가해왔다. 그것은 결정적인 강타였다. 때문에 그의 문학적인 자세는 한층 뚜렷해지고 그 위치는 한층 더 확고해졌다. 사람들은 서서히 그에게 추파를 던지기 시작했다. 그러나 중요한 것은 그런 데 있지 않다. 우리는 오늘날 젊은 문학인들이 노여워하고 있는 그 대상이 무엇이며 또 안타깝게 갈구하고 있는 내일의 그 환상이 무엇인가 하는 문제를 비교적 뚜렷하게 가려낼 수 있었다는 점이다.

물론 윌슨은 앵그리 영 맨의 한 사람으로 불리고 있었다. 하지만 그는 존 오즈번John Osborne이나 킹즐리 에이미스Kingsley Amis와 같은 앵그리 영 맨과 자기를 동일시하지 않는다.

"[…] 그들은 앵그리 영 맨이라는 이름 밑에 한 덩어리로 뭉쳐져 있다. 하지만 이러한 명칭은 아주 부적당하다. 그들은 그 전 세대의 작가들과 꼭 마찬가지로 성내지 않고 있기 때문이다(『The stature of man』, p.50)." 이러한 말로 미루어보아 그는 "진짜로 노여워하고 있는 청년은 오직 자기 하나"라는 오만한 신념을 가지고 있는 것 같다. 그렇다면 진짜(?) 앵그리 영 맨인 이 윌슨은 대체 무엇에 대하여 노여워하고 있으며, 무엇에 대하여 부정하고 또 반항하고 있는지 그의 저서를 중심으로 분석해보기로 하자.

히어로의 죽음에 대한 노여움

『패배의 시대』라는 월슨의 비평은 "The vanishing hero(소멸된 히어로)"라는 간판 밑에서 전개된다. 우리는 우선 업투데이트한 이 신장新裝 간판을 조심스럽게 훑어보지 않으면 안 된다. 그의 모든 노여움은 시종일관해서 이 '사라진 히어로'라는 문제에 못 박혀 있으니 말이다.

그런데 '사라져버린 히어로'가 어찌됐단 말인가. 이제 와서 세인트헬레나에 유배된 히어로—나폴레옹의 그 복위復位를 꿈꾸는 시대착오자의 한숨이란 말인가? 그러나 월슨이 말하는 히어로에는 좀 까다롭고 상징적인 뜻이 내포되어 있는 것 같다.

월슨이 20세기의 문명(사회)과 그 문학의 특징을 "unheronic hypothesis" 밑에서 고찰할 때 적어도 그 '히어로'라는 말에는 '주체성'이라든가 '생의 긍정'이라든가 '개성'이라든가 "inner-direction(내면 지향)"이라는 형이상학적인 색채가 가미되어 있기 때문이다.

"히어로이즘이란 단순한 육체적 용기나 신념과는 다른 것이다. 「러버 딩기」(고무로 만든 보트)를 타고 콩고 강을 거슬러 올라간다거나 빵 굽는 포크 하나만으로 무장하고 악어들 틈으로 뛰어드는 사람이 있다 할지라도 우리들은 그를 히어로라고는 부르지 않을 것이다. 아니 멍텅구리라고 부를 게다. 통 속에 들어가 나이아가라 폭포와 함께 떨어지는 사람이 있어도 그의 무모한 용기를 칭찬할지는 모르나 히어로라고는 생각지 않을 것이다. 그저 도박자라고 해둘까? 히어로이즘이란 단순한 용기가 아니라 방향 지어진 용기이다."(Ibid. p.74)

윌슨은 이렇게 자기가 말하고자 하는 히어로의 개념이 상식적인 의미와 혼동되지 않을 것을 극력 주장한다. 그리고 그의 독특한 음성으로 히어로의 뜻을 다음과 같이 정의하고 있다.

"발전expand을 필요로 하는 인간—그의 행동을 위하여 보다 넓은 영역을 필요로 하는 인간—이것이 히어로의 개념이다. 히어로는 현상status quo을 받아들일 수 없는 인간이다. 그는 현재의 생활방식에 반대하는 그것을 곧 자유의 관념으로 삼고 있는 그런 인간이다."(Ibid. p. 75.「What is a hero」.)

그렇다면 오늘날 그러한 히어로가 사라졌다는 근거가 어디 있는가? 대체 현실에 만족하고 사는 사람들이 어디 있단 말인가? 사람들은 곧 반문할 것이다. 이때 윌슨은 미소한다. 그러한 반문을 그는 기다린 것이다. 그것을 증명하는 것이 바로 『패배의 시대』라는 비평의 주목적이었기 때문이다.

그는 그것을 먼저 사회학적으로 입증한다. 증인으로는 『고독한 군중The lonely crowd』의 저자 리스먼David Riesman, 그리고 『오거나이제이션맨The organization man』의 화이트William Whyte 또는 드토크빌Alexs de Tocqueville, 번스James Byrnes, 패카드 등의 사회학자가 출두된다. 그리고 증거물로서는 주로 미국인을 중심으로 한 회사

사무원을 필두로 대학생, 아메리칸 차일드, 선전원, 텔레비전 프로 그리고 심지어는 성스러운 빌리 그레이엄Billy Graham 목사까지 동원된다.

윌슨은 리스먼의 증언을 토대로 해서 생물과 무생물을 구별하듯이 인간을 두 가지 타입으로 나누었다. 하나는 '타인 지향他人志向(other-direction)'의 인간이며, 또 하나는 '내면 지향內面志向(inner-direction)'의 인간이다. '타인 지향'의 인간이란 한마디로 말해서 일종의 허수아비형의 인물이다. 자기가 무엇을 원하고 있는가 하는 것보다 남들이 무엇을 생각하고 있는가에 더 정신을 팔고 있는 인간들이다. 말하자면 철저한 안티히어로, 즉 주어진 상황에 안주하기 위해서 적응력만 기르고 타협만을 일삼는 범인凡人의 경우다. 그리고 어떠한 조직 속에 자기 몸을 맡기고 만족해 있는 '조직인(organization man)'이다.

이러한 타인 지향의 인간들에게 있어서는 '자유의 동경'이란 것이 없다. 그들은 아내와 가정과 한 병의 포도주만 있으면 그것으로 만족하는 것이다. 자신도 없고 보다 높은 생에의 모험도 없다. 다만 타인만을 문제로 하고 있는 이들의 생활은 거울과 같이 공허하게 빛나는 반사 운동이며, 그 공허한 빛 속에 불모의 외계만을 충실히 받아 반영하고 있는 기계적인 삶의 되풀이에 지나지 않는다.

그러나 내면 지향의 인간은 "진리란 주체성이다"라고 한 키르케고르의 말을 잘 알고 또 실천하는 사람이다. 그는 '내면의 불꽃'을 가지고 있다. 이 내면의 불꽃을 가지고 외계를 지배하는 야심과 그 투쟁을 동경하는 사람이다. 그는 자기 긍정자이며 생의 계발자이다. 말하자면 앞에서 이야기한 히어로의 경우다. 남의 시선을 두려워하거나 남의 이야기에 신경을 쓰는 사람이 아니라 자기가 원하고 있는 생애, 그 환희에 묵묵히 접근해갈 줄 아는 인간이다. 여기에선 개인이란 것이 언제나 문제시되고 목적이 주어진 반향이란 것이 언제나 중요시되고 있다.

그런데 세계는 이러한 내면 지향의 인간에서 타인 지향의 인간으로 서서히 이행되어가고 있다는 것이다.

특히 현저하게 그 현상을 나타내고 있는 것이 미국의 사회다. 미국의 대학생들에게 있어서 나날이 발달되어가고 있는 것은 '조직에의 두뇌(organization mentality)'다. 그들이 자기 장래에 대하여 생각하는 것은 단조할 정도로 공통된 것이다. 가정—아내—대기업에의 취직(왜냐하면 '대기업'은 안전하기 때문에), 방이 다섯 개 있는 집, 많은 식구, 가정적인 아내. ……이러한 범인 숭배의 경향, 조직 속에서의 유안愉安(주체성 없이 남에게 끌리어 생을 영위하는)이 결국 히어로(내면 지향)를 학살하고 만다.

내면 지향에서 타인 지향으로 인간의 성격이 변하게 된 것은 곧 '생산의 시대에서 소비의 시대'로 이행되고 있는 현대 자본주의의 특징과 깊이 관련되어 있다.

'비그 비즈니스 오거나이제이션'이라든가 '매스컴', '과대 선전', '쇼맨십' 등이 활개를 치는 사회에서 인간은 완전히 개성을 박탈당하고 순응의 논리와 획일, 일치, 안전의 목적 밑에 '반대'라는 저항력을 상실하고 만 박제 인간이다.

여기에서 이른바 '개인의 비중요성'이라는 것이 대전제가 되어버리고, 그리하여 자기는 한 평범한 사회인으로서 '훌륭한 오거나이제이션 맨'이 되고 사회와 잘 조화하기만 하면 그만이라는 기계적인 사고방식이 나타나고 만다. 그래서 타인 지향적인 범인들로만 우글거리는 패배의 대중은 모두 멋진 자동차를 갖기 위하여, 보다 나은 샐러리를 얻기 위하여, 보다 푹신거리는 침대에 눕기 위하여, 텔레비전을 보고 주말여행을 즐기는 시간을 얻기 위하여 공장의 한 부속품처럼 뜻없이 움직이고 있다는 것이다. 말하자면 소비를 해주기 위해서, 보다 많이 소비를 해주기 위해서 그들은 산다. 소비가 많아지면 부유한 사회가 출현된다고 하는데 이 범인 왕국의 유복한 사회는 오히려 많은 위기를 내포하고 있는 것이다.

"생활수준의 향상은 생산의 향상에 의존한다. 생산의 향상은 소비의 향상에 의존한다. 그렇기 때문에 사회를 개선하는 가장 좋은 수단은 생산을 촉진하고 소비를 보다 많이 하는 것이다."

갈브레이스John Kenneth Galbraith가 지적한 이 엄청난 경제학의 기만 속에서 인간은 소비하는 도구가 되었을 뿐이며 자동차라든가 기계라든가 하는 물자가 풍부해지는 것이 누군가를 행복하게 했다는 증거는 아무 데도 없다. 도리어 이 유복한 사회는 개인의 영혼을 약화시키고 생에의 의지를 허약하게 만들어놓는 데에만 공헌한 것이다. 그 증거로 세계에서 가장 유복하다는 덴마크와 스웨덴은 따라서 그 자살률도 그에 못지않게 높다. 전시 중에는 으레 평화시보다 자살률이 저하된다는 사실을 보아도 알 수 있다.

이러한 20세기 자본주의의 사회에서 인간은 개성과 독창적인 창조성을 상실하고 자기가 부질없는 인간이라는 서글픈 확신을 갖게 되는 것이다. 그러므로 히어로는 사라지고 말았다. 종교도 아주 형식적이고 기계적인 것이 되어버린다. 빌리 그레이엄 목사가 인기를 거두고 있는 것이 바로 그것이다. "종교란 인간이 자기 자신의 고독을 취급하는 것이다"라는 화이트헤드Alfred Nerth Whitehead의 말은 불행히도 흥행사 빌리 그레이엄에게 적용되지 않는다. 빙 크로스비Bing Crosby가 부르는 〈화이트 크리스마스〉가 전통적인 크리스마스 캐럴이 아닌 것처럼 빌리 그레이엄의 집회에서 부르는 찬송가는 학교에서 부르는 그 찬송가와는 거리가 멀다. 매스 미디어—영화와 텔레비전의 선전술을 종교에 응용한 것에 지나지 않는 빌리 그레이엄의 집회는 벌써 타인 지향적인 종교(형식적인)—정신의 공허한 그 종교다. '여호와의 증인'의 그 기계적인 성경 해석도 바로 현대 메커니즘의 타인 지향적 산물의 하나다.

이러한 타인 지향의 증대와 내면 지향의 좌절 그리고 그 절멸―이러한 미국 사회는 곧 '히어로가 사라진 현대 사회'를 가장 단적으로 입증하고 있다는 것이다. 그리고 미국 아닌 다른 지역에 있어서도 그러한 경향이 나날이 혹심해져가고 있을 뿐만 아니라 쇼맨십이나 매스 미디어 그리고 과대 선전 같은 것에 면역이 된 미국인들보다도 피해는 한층 더 클 것이라는 결론이다.

윌슨은 '히어로의 소멸'을 사회학적으로 입증한 다음, 다시 그것을 문학적인 입장에서도 역시 증명하려 든다. 그의 소설所說을 간단히 훑어보면 현대 소설엔 히어로가 부재하고 있거나 혹은 히어로의 시체가 있을 뿐이라는 것이다. 그는 『케인호의 반란』과 『지상에서 영원으로』의 두 통속 작품이 미국 사회 조직(타인 지향)과 얼마나 흡사한가를 용의주도하게 설득시키고 있다.

이 두 작품의 히어로는 프로이스(『지상에서 영원으로』의 주인공)도 마리크(『케인호의 반란』의 주인공)도 아니다. 작품의 중심을 이루는 히어로는 어떤 한 조직체―그 눈에 보이지 않는 사회 그 자체인 것이다. 더구나 놀라운 것은 『케인호의 반란』을 읽는 미국 대학생들의 여론 통계다.

그들은 정신병자인 쿠이그 함장에 반항한 마리크 대위를 비난한 것이었다. 옛날 대학생 같으면 폭군적인 상관을 거역하고 위험한 폭풍 속에서 무사히 배를 구출한 마리크 대위의 편이 되어

주었을 것이다. 그러나 '오거나이제이션 멘탈리티'의 훈련을 받은 오늘의 대학생들은 '주위의 사정은 여하간에 역시 인간은 질서를 따르지 않으면 안 된다'는 이유로 정신병자인 함장을 지지하고 있다.

결국 미국의 대부분 소설은 '패배한 히어로'만을 그리는 데 일치점이 있다고 윌슨은 생각하고 있다. 포크너는 '패배자의 연구'를 하기 위해서 소설을 쓰고 있으며, 히어로의 전통이 어떻게 소멸되어가고 있는가를, 즉 히어로의 시대가 지나갔다는 것을 증명하기 위해서 소설을 쓰고 있다는 것이다.

포크너는 『8월의 햇빛』의 리나 그로브, 『음향과 분노』의 딜시와 같이 평범한 그러나 잘 견디고 있는 앤티히어로의 숭배자라고 윌슨은 혹평하고 있다.

뿐만 아니라 유진 오닐[32], 더스 패서스[33], 테네시 윌리엄스[34] 그리고 『세일즈맨의 죽음』을 쓴 아서 밀러Arthur Miller까지도 패잔자의 문학 속에 집어넣고 있다. 그들은 모두 내면 지향(히어로)형의 인간을 창조하는 데 실패하고 있다는 것이다. '개인 대 사회'의 투쟁에 있어서 개인은 절대로 이길 수 없다는 사실을 가르쳐주기

---

32) Eugene O'Neill, 미국의 극작가. 유명한 작품 『느릅나무 밑의 욕정』이 있다.

33) John Dos Passos, 미국의 작가. 『USA』라는 3부작으로 된 작품이 있다.

34) Tennessee Williams, 미국의 극작가. 『욕망이라는 이름의 전차』로 유명하다.

위해서 그들은 소설을 쓰고 희곡을 썼다는 것이 윌슨의 견해다. 이러한 그의 견해는 아주 엄격한 것이어서 헤밍웨이까지도 앤티 히어로이즘의 틀에다 감금해놓았다.

"헤밍웨이의 코즈모폴리터니즘cosmopolitanism은 대부분의 현대 미국 작가의 작품 속에 미만해 있는 철저한 패배의 턴으로부터 그를 구출해주고 있는 것 같다. 그의 소재는 캐나다의 삼림지이며, 스페인의 투우이며, 플로리다의 낚시질이며, 아프리카의 수렵이다. 때문에 그는 동시대의 작가나 그의 젊은 추종자들보다도 발랄한 생명력과 그리고 개인주의적인 그 색채를 얻을 수가 있었던 것이다. […] 투명한 아침, 맛 좋은 술, 섹스, 스포츠 그리고 살고 있는 것에 대하여 아직도 열광적인 그런 인물들을 발견한다는 것은 아주 시원스러운 일이다. 그러나 해가 지남에 따라 헤밍웨이도 역시 그의 시대가 낳은 한 아이에 지나지 않는다는 것을 드러내고 말았다."

윌슨은 헤밍웨이에게서 약간의 히어로이즘을 인정하긴 했지만 후기 작품을 꼬집어 '자연에 돌아가라'는 문예판文藝版이라고 비난했고, "너희들은 죽었다. 그것이 무엇이었는지도 모른 채 너희들은 죽고 말았다. 그러한 것을 배울 시간도 너희들에겐 없었다. 그저 주위에 늘어붙어 있거라. 그러면 죽게 되는 것이다"라는 헤밍웨이의 말을 인용해놓고 "이것은 꼭 패배에 대한 헤밍웨이의 자백서 같다"라고 비꼬아주고 있는 것이다.(Ibid. p. 51~52)

윌슨은 여기에서 그치는 것도 아니다. 흔히 히어로이즘이나 반역아의 상징으로 알려져 있는 미국의 젊은 세대 비트 제너레이션까지도 그는 인정하려 들지 않았다. 그 이유는 비록 그들이 타인 지향에 대한 순수한 반동일지라도 다만 거기에서 그치고 마는 그 반항은 기대할 것이 못 된다는 점에서다. 이와 똑같은 말을 그는 그의 앵그리 영 맨 일파에 대해서도 하고 있다. 즉 앵그리 영 맨의 거장 존 웨인John Wain의 「급히 내려오라(Hurry on Down)」라는 작품을 두고 다음과 같이 단정해버린 것이 바로 그것이다.

"이 소설의 포인트는 타협하는 대신에 반항을 선택한 데 있다. 그리고 내면 지향이 이 작품에 나타난 히어로의 욕망이다. 하지만 이 반항은 비트 제너레이션의 반항 그것처럼 명확성이 결여되어 있다. 그리고 계속해서 역시 같은 앵그리 영 맨인 킹즐리 에이미스의 『러키 짐Lucky Jim』이나 존 오즈번의 『성난 얼굴로 돌아보라』와 같은 작품을 방향 없는 반항, 또는 타인 지향적인 인간이 반역의 가면을 쓴 것"이라고 공격한다.

그리고 최후로 그의 히어로이즘과 동일시될 우려가 있는 비트 제너레이션과 앵그리 영 맨의 반항을 기만적인 것이라고 다음과 같이 규정짓고 있다.

"[...] 반항을 위한 반항의 형태로 나타날 때 흔히 용의주도하지 못한 관찰자의 눈에는 내면 지향으로서 착각되기 쉽다. 사실 그것은 움직이고 있는 대상을 공격하고 있는 뱀의 행동처럼 내면 지향적일 수 없는 것이다. 그들의 반동적 기질은 방향(주어진 목적)의 결핍과 방어적인 제스처 이상의 것을 생각지 못하고 있다는 점, 그리고 그 제스처가 성공하게 되면 곧 '반항'도 끝나버리고 만다는 그러한 점에서 증명될 수 있다. 자기의 반항이 주목을 끌고 갈채를 받으면 작가는 곧 타인 지향의 성격을 띠게 된다. 그리고 타인 지향의 기준과 가치를 받아들이고, 가치의 문제에 대한 관심이 근본적으로 결여되어 있음을 폭로해버리고 만다. 반항 이상의 것은 생각하려고 들지도 않는 까닭은 반항 그 자체가 정서적인 반발에 지나지 않기 때문이다. 연기가 흩어져 맑아지고 아우성이 멈추어버리면 케케묵은 패배주의와 피로가 반항을 가장했을 뿐이라는 것이 분명하게 드러나고 말 것이다."(Ibid. p. 69)

이러한 윌슨의 20세기 문학관을 통해서 본다면 그들은 모두가 타인 지향형이며 진정한 히어로를 출현시키지 못한 패배자들뿐이라는 결론이 생겨난다. 그리고 19세기 문학, 특히 그 졸라나 스탕달의 문학은 히어로를 학살한 문학, 즉 히어로의 붕괴를 예고한 문학이라는 것을 염두에 두어야 한다.

노여움을 푸는 길

그러고 보면 대체로 윌슨의 노여움이 어떠한 것이고 어떠한 성질의 것인가를 짐작하게 된다. 결국 개성의 쇠퇴―순응―법인 숭배—안이한 생활—기분적인 반항기—이러한 것에 대한 노여움이며 반항이다. 그리고 그 반항은 지적인 것이어야 하며, 뚜렷한 가치를 띤 방향을 향해 돌진해야 되는 것이다.

그러나 윌슨 자신도 새로운 히어로의 윤곽을 어렴풋이 이야기할 수는 있어도 그것이 무엇인가를 확실히 언급해주지는 않고 있다. 다만 버나드 쇼나 체스터튼과 같은 작가 그리고 현대의 작가로는 로버트 무질[35]의 작품 속에 등장하는 울리히(『특성 없는 사나이』의 주인공)와 같은 히어로와 가깝다는 점만을 짐작할 정도다. 그러나 그것은 윌슨 자신의 교묘한 자기변명에 의할 것 같으면 지금 만들어지고 있는 도중이라는 것이다. 그리고 그것은 「데일 부인의 일기」, 다이애나 더스, 아메리카의 성공 숭배成功崇拜와 영국의 왕도 숭배王道崇拜, '뉴스월드', '뉴스테이트맨', T. S. 엘리엇, 데일 카네기 그리고 '영원의 앰버', 수폭水爆, 제임스 딘, 여호와의 증인, 윌프리드 피클스 등등의 것들에 대한 반항으로 얻어진다는 것이다.

그 답답하고 따분한 회색 사상—생의 은둔자들, 남의 눈치만 보고 점잔만 떠는 속물들—이러한 타인 지향자를 낳은 현대 문명의 메커니즘과 그 경박, 불모의 사회 조직—이 담벽을 향해 그

---

35) Robert Musil, 오스트리아의 작가(1880~1942). 『특성 없는 남자』는 그의 대표작으로서 20세기 독일 문학의 기념비적인 작품이다.

는 그의 노여움과 반항의 화살을 쏘고 있다.

그러므로 월슨이 희망하고 있는 인간은 내면 지향의 새로운 그러나 오늘의 시대에 맞는(히어로는 시대에 의해서 좌우된다고 그는 말하고 있다. 왜냐하면 히어로는 그가 살고 있는 시대가 무엇보다도 필요로 하는 능력을 어떤 방법으로 구체화해주고 있는 인간이기 때문이라는 것이다. 그 일례로서 그는 오디세우스의 교활함은 말로가 그리는 아서 왕의 시대에선 미덕이 되었을 것이라고 주장한다.) 생의 긍정자이며 강력한 개성의 소유자 그리고 현대의 획일주의와 싸워 이길 수 있는 히어로이다.

이 '히어로'는 아직도 개척되지 않은 인간의 주체성을 개발하는 자이며, 4세기에 걸쳐 과학상의 발견으로 표현되어진 인류의 힘을 다른 방향으로 향하게 하는 새로운 내면의 시선을 가진 자인 것이다. 그러므로 월슨이 청사진으로 호주머니에 간직하고 있는 그 문학은 '인간의 자유를 해명해야 된다'는 20세기 문학의 그 책무責務인 것이다.

그런 점에서 월슨은 일단 실존주의(카뮈와 사르트르)의 내면 지향의 히어로를 인정하고 있다. 그러나 몹시 우물쭈물하고 있지만 그는 이 실존주의를 수정하여 '새로운 실존주의'가 탄생되어야 한다는 것을 시사한다. 아마도 카뮈와 버나드 쇼를 결혼시킬 구상인 모양이다.

그러니까 '새로운 실존주의'가 새로운 히어로를 낳는 산실이라고 그는 막연하나마 확신을 가지고 단언하고 있다. 그리고 새로운 실존주의의 첫 단계는 프로이트주의, 마르크스주의, 논리적 실증주의 또 인시그니피컨스insignificance라는 착오를 싹트게 하여 창조적 노력의 필요로부터 주의를 돌리게 하는 모든 이즘 등을 우선 공격하는 부정적 단계에 있다는 것이다.

　이쯤 되면 대개 콜린 윌슨의 노여움이 무엇이며, 그 노여움을 푸는 길이 무엇인가 짐작할 수 있을 것이다. 그러나 한 가지 우리가 꼭 주목해두어야 할 점이 하나 있다. 그것은 이 '패배의 시대'가 용두사미로 끝나고 있다는 그 점이다. 자기 자신도 그것을 시인하고 있는 눈치다. 왜냐하면 그는 아주 맥빠진 나직한 목소리로 다음과 같이 결론을 맺고 있으니 말이다.

　"이와 같은 결론은 […] 애매해서 독자를 실망시킬는지도 모른다. 하지만 결론은 필연적으로 그같이 되는 수밖에 없다. 진짜 작품은 이제부터 씌어지지 않으면 안 된다. 이 논문은 그 방향을 예견하고자 하는 시험에 지나지 않으니까."

　참 윌슨답지 않은 겸손한 이야기다.

비트 제너레이션 점묘

기계와 조직 속의 개성

이단자의 탄생

먼저, 저 정밀한 공장 속의 기계를 생각하라. 어둠을 카무플라주하는 야시夜市의 휘황한 스카이라인과 때묻은 금화金貨와 같은 인간들의 그 무수한 눈을 생각하라. 그리고 바둑판처럼 계산되어진 어느 회사의 메모판과 융통성 없는 실리자들의 메모장과 또 법률 조항같이 늘어서 있는 도시의 건물과 상품 광고—그런 산문적 사회의 검은 심장을 생각하라. 이 그늘 없는 합리의 지대 그 기계 문명의 건조한 공장 속에선 영원을 위한 꿈도, 개성도, 열정도, 그리고 신비한 밀어도 허용되지 않는다.

그래서 여기 무엇인가 도취하지 않고는—반발하지 않고는 견딜 수 없는 일군의 인간들이 있다. 그들은 거부하고 망각하고 탈출하고 또는 충돌한다. 재즈의 빛깔 속에서, 어느 나이트클럽과 마약굴에서 하나의 자극과 충동 속에 생명을 다시 불사르려고 한다. 그리하여 초록빛 베레모, 텁수룩한 수염 그리고 셔츠 바람으로 샌들을 끌고 다니는 20세기의 성스러운 야만인들이 탄생한다. 그러나 그들의 광란은 하수구의 물처럼 조용히 흘러가는 인간의 애상을 지녔다. 현대의 양심—세계의 양심을. 그렇기에 그들은 사회의 인습—빅토리아왕조 식으로 웃음 웃는 속물 신사—엄숙한 표정으로 먼지 속의 서재에 앉아 있는 아카데미션—그리고 잡지상들과 결탁한 매춘적인 작가들, 모든 스퀘어(속물)를 향해 공격의 화살을 날리기도 한다. 타협할 줄 모르는 굴레 벗은 말들—우상 파괴자며, 개성주의자며, 낙천가며 때로는 신비주의자인 이 미국의 젊은 세대들이야말로 다름 아닌 비트 제너레이션이다.

패배 그러나 지복至福의 생활

현대의 반역아들—인간 복권復權을 위하여 새로운 서부를 개척하는 비트파의 젊은 예술인들은 모든 스퀘어들과 외면하고 그들만의 특수 부락을 만들어 생활한다. 그것이 바로 샌프란시스코의 이른바 '아티스트 콜로니(예술가 부락)'라는 소굴이다. 그들은 재즈와 마약과 술에 취하여 스피드나 섹스를 찬양하며 신비한 ZE-N[禪] 속에서 지복의 경지를 찾으려 한다. 그리하여 비트라 하면 먼저 우리의 머리에 떠오르는 것은 재즈와 나이트클럽과 그리고 질주하는 자동차, 섹스, 마약 등이다. 형식도 일정한 질서도 없이 깊은 카오스의 소용돌이를 이루는 재즈의 선율, 거칠고 야생적이며 관능적인 음향은 비트 제너레이션의 반문명적 기질을 단적으로 상징한다.

비트beat란 말부터가 재즈의 음악 용어에서 나온 것이다. 재즈의 박자, 혼란 속의 엑스터시, 문명을 거부하는 리듬의 굴곡이 곧 비트다. 그리고 또 비트 하면 얻어맞은(패배된) 세대의 뜻까지 있고 보니 이 말 속에는 패배의 어두운 그늘까지도 서려 있다. 그러나 비트닉스는 그들의 니힐리스틱한 감정을 정면으로 내세우지는 않는다. 재즈의 경쾌한 리듬 속에 서려 있는 역설적인 그 애상처럼 그들의 감정, 그들의 정서는 와일드하고 낙천적이고 조악한 광란 밑을 흘러가고 있다. 〈시바여 돌아오라(Come Back, Little Sheba)〉라는 영화를 본 사람이면 다음과 같은 장면을 기억하고 있을 것이다. "여러분, 슬픈 일이 있으십니까? 우울한 일과 생활에 권태를 느끼고 계십니까? 잊을 수 없는 슬픈 과거와 고독 속에 잠기신 분은 없습니까? 자! 그런 것을 잊기 위하여 여기 5분간의 매혹적인 터부―남양의 선율―를 들으십시오." 아나운서의 이러한 말이 끝나자 라디오로부터 재즈의 리듬이 흘러나온다.

그때 사람들은 재즈의 경쾌하고 그 열광적인 선율이 꽤 역설적이라는 것을 느꼈을 것이다. 그러므로 재즈로 상징되는 비트닉스를 표면상으로 볼 때는 무목적한 생활을 위한 생활론자이며 에고이스틱한 관능 해방자이나 그 이면에는 성실하고 우울한 낭만적인 센티멘트가 깃들여 있다. '비트'란 말이 '패배'이자 동시에 '신의 지복至福'이란 뜻(beatific)을 내포하고 있듯이 재즈는 곧 거부와 긍정이라는 이중의 명암을 지니고 있는 음악이다. 니힐리즘을 뒤집어놓은 옵티미즘, 그 역설적인 무관심과 신비주의—이러한 현대 미국의 세대적 감성을 표방하고 나선 것이 그러니까 비트 제너레이션의 작가들이다. 제1차 세계대전 후의 로스트 제너레이션에 상대하여 제2차 세계대전 후의 이번엔 비트 제너레이션의 문학이 등장하게 된 셈이다.

여기에 속해 있는 작가, 시인, 비평가 들은 모두가 젊은 사람으로서 그 젊은 세대의 기분을 그 작품 속에서 호흡한다. 트릴링 교수의 문하생이었던 비트파의 원로 긴즈버그Allen Ginsberg도 당년 32세의 젊은 시인인 것이다. 한때 축구 선수였고 또한 상선의 선원이었던 작가 케루악Jack Kerouac은 36세, 그들 이론의 일익을 담당하고 있는 코르소Gregory Corse는 28세, 또 이 비트파 작가들의 작품을 전문적으로 출판하고 있는 편집자 펄링게티Lawrence Fer-linghetti는 38세다. 이밖에 여러 비트 작가들과 시인들도 모두 2, 30 안팎의 젊은 세대들인 것이다. 이들을 한 묶음으로 해서 그 문학적 특징을 훑어볼 때 우리는 대개 다음과 같은 몇 가지 속성을 끌어낼 수가 있다. 프라이슈만 교수의 말을 중심으로 그것을 잠시 살펴보기로 하자.

첫째로 비트 제너레이션의 문학엔 일정한 형식과 스타일이 없다는 것이다. '셰익스피어의 표절로부터 휘트먼의 다양한 스타일에 이르기까지 그리고 더스 패서스를 방불케 하는 산문으로부터 델리케이트한 다다이스트의 짜릿한 경구警句에 이르기까지 가지 각색의 실험적인 스타일'의 산재散在다. 긴즈버그가 아폴리네르 Guillaume Apollinaire나 쉬르리얼리스트들의 솜씨를 도입하고 있는 데 대하여 코르소는 랭보나 키츠풍風의 그리고 맥리르는 의식적으로 재즈 리듬을 말하자면, 순수한 정서를 음악으로부터 연어의 표현으로 옮기려 든다.

이것이 뚜렷한 형식 의식을 내세우고 있는 프랑스의 앙티로망과 대치되는 성격이다. 물론 시와 소설의 경우는 다르나 문학에 있어서의 형식 의식이란 면에서 비교된다. 그러나 대체로 그들의 스타일이 과격한 어조와 비합리적인 이미지, 그리고 거칠고 생생한 리듬을 갖고 있다는 점을 시인하지 않을 수 없다. 그뿐만 아니라 아무 형식에도 구애됨이 없이 독자적인 스타일을 마음대로 구사한다는 점에서도 공통적인 요소를 발견할 수 있다. 하지만 비트닉스의 스타일은 그들이 그들에게 중심적 통일성을 주는 공통적 비평 목표의 선언이나 언급이 없는 것처럼 일정한 스타일을 내세우지 않는 데 그 특징을 갖는다. 이미지즘 운동만 해도 그들에겐 어떤 공통의 스타일이란 것을 명백히 밝히고 그 목표를 이루기 위해서 그들은 노력했다. 하지만 어디 그럴 필요가 있는가? 비트닉스들은 무한정한 개성, 그 거대한 무관심을 가지고 있으니까.

둘째로 비트닉스들의 주제다. 그러나 사실 '다다'들에게 사상이 없듯이 이들에게도 무슨 깊은 사상이 있는 것은 아니다. 한마디로 그것은 현대의 미국 사회를 저해하는 안개와 같은 무드의 산물이다. 그러나 그들에게는 추악한 현대의 의상과 맞서는 정신을 엿볼 수는 있다. 그들은 부르주아의 저속한 사회 인습과 그리고 합리적인 문명으로부터 해방하려 든다. 긴즈버그의 주제는 현대 미국에 관련된 방대한 비판이라고 할 수 있고 케루악은 어쩔 수 없이 야기되는 악행惡行―그 뒤에 스며 있는 인간의 황금빛 심장의 고동을 들으려 한다.

비트닉스들은 그러니까 고정 관념과 시대 문명에 피로할 대로 피로해진 인간의 개성을 회복하려는 것이며, 그런 20세기 문명악文明惡과 절연하고 성스러운 야만인으로서 행세하려는 모험을 감행한다. 케루악의 『길 위에서On the Road』의 주인공들은 마치 지드의 라프카디오처럼 무계획적인 비합리의 행동 속에서, 그 모험 속에서 생활의 궁극적인 계시를 찾으려 든다.

그러한 주인공들의 행동을 뒤집으면 판에 박힌 현대 사회의 매너리즘과 침체한 메커니즘의 울타리가 가로놓인다. 그래서 결국은 무작정한 생활을 위한 생활에 의해서 그런 계시는 얻어진다. "한 곳에 머무르지 말라"는 지드의 출발 사상처럼 케루악은 결코 머무르지 않는―어떤 방향으로든지 가는―그 움직임 자체가 하나의 목적인 긍정적 인물을 내세우고 있다. 문명의 황혼을 노래

부르는 것도 아니다. 애상에 잠긴 파리한 지하실적 인간의 회의
도 아니다. 현대 악의 싸늘한 비평과 폭로도 아니다. 그들이 노래
부르고 서술하고 생각하는 것은 침체하고 합리적이고 틀에 박힌
문명의 울타리를 부술 만한 탈출에의 열정이다. 구속되지 않는
개성, 자유, 행동, 사랑, 질주하는 자동차 그것처럼 엑스터시 속
에 몸을 맡기는 방임, 여기에서 차츰차츰 어떤 오리지널한 생의
의미를 발견해가고자 하는 것이다.

그러므로 그들은 어떤 그들 과거의 문학에 대해서도 긍정적이
나 현대 문명의 현상과 타협하는 바로 그것을 최대의 적으로 삼
고 있다. 비트 제너레이션의 화살에 맞아야 할 대상들은 뉴욕과
애틀랜틱에 지쳐버린 독자의 구미에 알맞도록 작품을 쓰는 모든
시인과, 시장을 위하여 생산하는 모든 작가, 독창성을 가장한 교
실 작문 연습 같은 시를 쓰는 모든 아카데미 문학들이다. 이들은
자기 자신의 개성과 독창성을 위해서 타인의 시선이나 문명과의
타협을 거부한다. 인간 외부의 가치관이나 기성 질서의 학교 교
육 같은 모럴을 파괴하고 그래서 자기 내부의 가치관에 의해서
세계를 감수하는 것—그리고 생을 부조리 속에 충돌시키는 것,
이 오리지널한 생은, 실존주의자들의 그것과 유사하나 그들은 그
실존에서 오는 어떠한 속박도 받으려 하지 않는 데 또 하나의 특
징을 갖게 된다. 이 비트닉스의 선구자들은 딜런 토머스, 기욤 아
폴리네르, 하트 크레인Hart Crane, 에즈라 파운드Ezra Pound 등이며

그 배후에는 휘트먼이나 랭보, 또는 도스토옙스키 들이 있다.

낭만과 신비

　그렇다면 셋째로 그들의 문학정신의 정체를 따져볼 필요가 있다. 그런데 프라이슈만은 이 비트 제너레이션의 문학을 움직이고 있는 공통적인 요소를 낭만주의적 경향으로 단정하고 있다. 합리주의에 반대하고 개인의 독창성과 감정과 끊임없는 정서에 의해서 사회적 통일성에 대한 요구를 표현하는 비트닉스의 수법, 그 실험적 기분의 밑바닥에는 한결같이 로맨티시즘의 정신이 흐르고 있다는 것이다. 그는 긴즈버그의 시를 '모든 가능한 세계의 죄악이라고 생각되는 것 속에서 최선의 것을 희구하는 낭만적 서정'이라고 규정한다. 또한 케루악의 작품을 가리켜 '그것은 인간과 인간 사이의 또 하나의 사랑, 다시 말하면 이성에 대한 정서의 승리와 그를 어디까지나 낭만적 작가로 만드는 개성의 신장'이라고 말한다. 코르소의 서정시는 대담한 낭만적 표현이고 맥리르나 펄링게티의 시도는 낭만적 신장이라고 본다.

　그의 말이 아니라도 기성 질서에 항거하고 문명에 도전하는 그리고 개성과 남에게 구애됨이 없는 독창성을 추구하는 비트닉스의 정신이 하나의 낭만 정신에 입각했다는 것을 쉽사리 짐작할 수 있다. '모든 것은 느끼는 것'이라는 낭만주의 시인들처럼 그들은 지성 대신 직관을, 이성 대신 감성을 섬긴다. 자유 분망하고 과격 저돌적인 그들의 문학적 에스프리는 완전과 적막과 균형을 생명으로 하는 고전적 요소와 멀리 떨어져 있는 것이다. 아니 그러한 합리적 요소가 인간의 개성을 저해하고 자유로운 개성적 행동을 기계화하기 때문에—비정적인 문명 앞에 그들이 꿈과 열광을 상실했기 때문에 다이너마이트처럼 스스로 폭발하는 낭만적 행동을 선택하고 만 것이다.

이러한 낭만주의적 경향이 신비주의적 경향으로 나타나게 되고 그것이 선종禪宗(불교)과 연결을 맺기도 한다. '그들은 시간 밖에 있는 영원에 대하여 투표하기 위해서 지붕 밖으로 시계를 내던졌다'고 긴즈버그가 노래했을 때 어쩌면 그의 마음속으론 합리적인 기계 문명의 톱니바퀴가 이를 수 없는 어느 영원의 천공이 쏟아져 들어왔을지도 모를 일이다.

〈레인 메이커Rainmaker〉라는 연극에서도 보듯이 모든 것을 합리적인 것으로만 계산하고, 머리로만 따지는 인간들이 맛볼 수 없는 행복, 그런 기적을 이 전후파 비트닉스들은 맛보려 드는 것이다.

오늘의 젊은 세대들은 그들 문명에 대하여 긍정적일 수 없는 것이다. 그러나 비록 현대 문명으로부터 하나의 도피처를 마련하려 하고 고갈된 정서와 잃어버린 육체를 찾으려 하는 이 비트닉스들에 대하여 우리는 뜨거운 공감을 느낄 수 있지만 전적으로 긍정할 수는 없다.

 프라이슈만의 말처럼 만일 비트 작가들이 그들의 업적을 뒷받침하는 비평적 논증을 발전시키지 않는 한—그것은 20세기 미국 문학사의 한 중요한 위치라기보다 호기심의 대상밖에는 안 될 것이다. 새로운 파토스와 함께 새로운 로고스를 짝지어주는 것만이 그들을 단순한 탕아의 소란 속에서 구출하는 길이 될 것이다. 그러나 그것을 그저 문학의 서부지대에 또 하나의 폭동이 일어났다는 '뉴스거리'로만 간주해버려서도 물론 안 될 것이다.

현대 예술은 왜 고독한가

예술의 디저트 타임

"늙은 소설가는 갔다. 마치 산타클로스 할아버지가 지나간 것처럼."―1905년 쥘 베른이 숨을 거두었을 때 파리 신문이 내건 조사弔辭의 한 구절이다. 분명히 그렇다. 베른만이 아니라 그의 시대까지도 산타클로스처럼 사라지고 만 것이다.

그가 떠난 지 반세기가 지난 오늘, 세상은 많이도 변했다. 그의 대표작인 『80일간의 세계 일주』를 두고 생각해보자. 베른은 필리어스 포그라는 작중 인물을 80일 만에 세계 일주를 시켜 전 세계의 독자를 흥분 속에 몰아넣었다.

그러나 이 소설이 발표된 지 불과 7년 후 여기자女記者 넬리 블라이는 72일 만에 실제로 세계 일주를 함으로써 그 기록을 깨뜨리고 말았다. 지금은 말할 것도 없고, 초음속 제트기를 타면 불과 수십 시간 내에 지구를 한 바퀴 돌 수 있으며, 인공위성을 탄 우주인 같으면 90분밖에는 더 시간을 소비하지 않는다. 또한 베른의 공상 소설『해저 2만 리』속에서나 출몰하던 잠수함 노틸러스호가 오늘날엔 핵잠수함으로 건조되어 극빙양 밑을 유유히 횡단하고 있다. 이름도 꼭 그대로인 미국의 노틸러스호가 바로 그것이다. 그는 한편『2890년의 미국 신문 기자In the Year 2889』라는 공상 소설에서 폭이 100미터나 되는 도로, 300미터의 높이를 자랑하는 마천루, 광고문이 구름에 영사映寫되고 또한 인간이 기후를 마음대로 조절하는 우주 도시 뉴욕의 미래도未來圖를 묘사한 일이 있다.

그러나 이 모든 것은 우리들 자신이 목격하고 있는 그대로 천년이나 더 일찍 실현되고 말았다. 베른은 팔천만의 독자를 가진 통신사를 공상했지만 지금 텔스타는 전 인류를 상대로 통신을 보내고 있지 않은가? 현대인에게 그의 소설은 현실 그 자체에 지나지 않으며, 그의 사상은 구체적인 체험 내용에 불과한 것이다.

가공적인 소설이 현실화되었다는 그 점만을 가지고 베른의 시대에 조사를 보내자는 것은 아니다. 더욱 중요한 변화는 소설 그 자체에 대한 대중의 반응이다. 베른이《르 탕Le temps》지에『80일간의 세계 일주』를 연재하고 있었을 때, 전 세계의 독자들은 주인공 퍼그의 여정旅程에 내기를 걸고 주시하고 있었다.

그리하여 뉴욕이나 런던의 기자들은 매일매일 포그가 지금 어디쯤을 지나고 있는지를 중계 보도했다. 더구나 뉴욕에 도착한 포그가 영국으로 타고 갈 배를 놓친 대목에 이르자 대서양 횡단의 모든 선박 회사에서는 작가 베른을 매수하려고 애썼다. 즉 포그가 자기네 회사의 배를 타도록 줄거리를 전개시킨다면 거액의 돈을 내겠다는 것이다.

한 소설이 이렇게 전 세계를 발칵 뒤집을 수 있었던 것은 역시 베른의 시대였기 때문이다. 되풀이해서 말하지만 지금은 베른의 시대가 아니다. 소설을 매일같이 중계하던 그때의 기자들, 그리고 작가를 매수하려던 선박 회사의 중역들은 베른과 함께 무덤 속에 누워 있다.

오늘의 기자들은 원폭 실험을, 베를린의 봉쇄를, 콩고의 폭동을, 그리고 우주인의 여정과 백악관의 생활을 보도하기 위하여 혈안이 되어 있다. 그리고 오늘의 선박 회사 중역들은 매수하기 어려운 점잖은 작가들이 아니라, 관능적인 나체의 여배우를 이용하여 고객의 관심을 끌려고 한다.

현대의 비극은 정치요, 현대의 운명은 과학이요, 현대의 비화秘話는 섹스이기 때문이다. 소설 속의 인물이나 화폭 속의 풍경이나 혹은 무대 위의 파리한 스포트라이트에 신경을 쓰기보다는 신문 정치면의 가십을 보다 조심스럽게 들여다보는 것이 현대인의 풍속이다. 살롱에 모여 담론한다는 것은 구식으로 통한다. 그것보다는 유행하는 여인들의 스커트 길이와 변동하는 증권 시장의 주가株價에 대해서 이야기하는 것이 시류에 맞는 것으로 되어 있다.

예술의 향연이 디저트 타임에 들어선 것, 그것이 바로 우울한 현대다. 그렇다, 우리는 그것을 이야기한다. 산타클로스처럼 왔다가 사라진 예술의 운명에 대해서 말한다. 현대 예술이 왜 고독한가를, 그리고 그것이 이 원폭의 시대, 정치의 계절 속에서 아직도 살아남을 권리와 그 가능성을 지니고 있는지를…… 우리는 지금 그것을 생각하고 있다.

대중의 시선

지드는 이미 20세기 초부터 앞으로 닥쳐올 예술의 위기를 예상하고 있었다. 그 위기란 다름 아닌 예술의 고립을 의미하는 것이었다. 예술가에게는 대중(독자)이 필요하다. 예술적인 감동을 체득하고 있는 선택된 일단―團―예술가는 이러한 대중의 평가를 기준으로 하여 또한 그들을 대상으로 하여 하나의 작품을 창조해가는 것이다. 괴테를 둘러싸고 있던 바이마르의 대중이 그러했고, 한때 프랑스 고전파를 길러낸 17세기의 신사들이 그러했다.

그런데 지금은 날이 갈수록 대중이 사라져가고 있다. 그리하여 예술가는 대중을 망각하고 도리어 대중이 없는 것을 당연한 조건으로 생각한 나머지 자기 자신 속으로만 빠져 들어가게 된다. 여기에서 혼돈이 생기고 예술을 위한 예술, 나아가서는 작가 하나만을 위한 예술이 탄생하게 된다.

지드가 본 현대 예술의 운명은 대체로 이상과 같은 것이었다.

대중을 상실한 예술—이러한 관점에서 그는 현대 예술의 고립을 말했고 그것의 위기를 논했다. 우리는 지드의 말에 잠시 공감을 표명해둘 필요가 있다. 대중과의 단절이 현대 예술의 비극이라는 것을 아무도 부정할 수 없기 때문이다.

그러나 지드는 현대 예술이 왜 대중을 상실했는지를 똑똑히 밝혀내지 못하고 있다. 현대의 예술가가 대중을 버린 것인지, 현대의 대중이 예술을 버린 것인지조차 확실하지 않다. 다만 그는 대중의 중요성만을 강조했을 뿐이고 현대에는 그러한 대중층이 형성되어 있지 않다는 현실만을 지적해주었을 따름이다. 그러므로 우리는 바로 지드가 화제를 끝맺은 그 자리에서 문제의 출발점을 찾아야 할 것이다. 현대의 대중이 예술을 버렸는가? 현대의 예술가들이 대중을 망각했는가? 이러한 물음에 대해서 우리는 그 어느 한쪽도 택할 수 없다. 적어도 현대 예술의 고립은 어느 한쪽만의 이유 때문이 아닌 것이다. 대중이 예술을 버렸고 예술도 또한 대중을 버렸다. 그것은 일방적인 승리가 아니라 쌍방의 합의로 이루어진 이혼 같은 것이다. 그러므로 왜 현대 예술이 고독한가를 해명해주는 대답이 두 개로 나오는 2차 방정식 같은 수식을 갖게 된다.

먼저 대중이 예술을 버리게 된 이유, 즉 현대 예술을 고립시킨 외부적 조건부터 따져보기로 하자. 카프카의 단편 「단식 광대(Ein Hungerkünstler)」는 대중이 예술로부터 떠나게 된 시대 풍속의 한 단면을 상징화한 작품이다. "최근 수십 년 동안 단식 광대에 대한 관심은 아주 하락해버렸다. [...] 시대가 바뀐 것이다." 그 작품의 첫 줄에 나오는 카프카의 이 말은 고립해가는 현대 예술의 입장을 그대로 암시한 것이다.

한때 '단식 광대'의 인기는 대단한 것이었다. 창살 달린 작은 우리 안에 갇혀 40일 동안을 꼬박 굶는 묘한 흥행을 보기 위해서 온 도시는 떠들썩했다. 단식하는 광대 때문에 관중은 밤낮으로 밀려왔고, 더구나 단식 최종일에는 열광적인 관객들로 원형 극장은 터질 듯했다. 군악대가 연주를 하고 화환이 장식되고…….

그러던 것이 시대가 변하자 관객들은 단식 구경에 싫증을 느끼기 시작했다. 단식의 전성시대는 가고 이제 그 광대는 서커스의 한 프로 속에 섞이게 되었다. 단식만을 구경하려고 드는 사람이 없어졌기 때문에 단독 흥행이 불가능해진 탓이다. 그것도 중요한 프로가 아니면 무대 밖에 있는 동물의 우리 옆 한구석을 차지했을 뿐이다. 휴식 시간에 짐승들을 구경하려고 몰려오는 관객을 이용하여 '단식 광대'도 아울러 감상케 하자는 방식이었다. 그러나 그나마도 점점 관심이 사라져서 그의 존재는 완전히 잊혀지고 만다. 단식 일수를 흑판에 기록하던 계원係員도 싫증이 나서 떠나가버리고 관객도 흥행주도 없는 외로운 우리 안에서 광대만이 혼자 굶는 재주를 계속하고 있다. 그 자신도 며칠을 단식했는지 알 수 없었다.

드디어 오랜 세월이 흐른 뒤에 단식 광대는 외로운 우리 속에서 숨을 거둔다. 그리하여 그가 들어 있던 우리에는 한 마리의 젊은 표범이 대신 들어가게 되었다. 오랫동안 방치되었던 황폐한 그 우리는 갑자기 생기에 가득 찼다. '단식 광대'와는 달리 표범은 무엇이든 먹어 치운다.

'단식 광대'처럼 늑골이 나오고 여윈 것이 아니라 야성적인 전신에는 터질 듯 부푼 생기로 충만되어 있다. 이제는 이 표범을 보기 위해서 관객들이 모여들기 시작했다. 그들은 그 자리를 떠날 줄 모르고 표범의 야성적인 율동을 응시하는 것이다.

많은 설명은 필요 없다. 졸듯이 묵묵히 우리 속에 들어앉아 끝없이 단식을 계속하고 있는 그 광대의 표정을 마음속에 그려보라. 그리고 하나, 둘, 그 곁으로부터 떨어져 나가는 관객들을 생각해보라. 파리한 얼굴, 흑색 트리코트의 타이트를 입고 앙상한 늑골을 드러낸 단식 광대와 날쌔게 먹이를 물어뜯는 표범의 하얀 이빨, 타는 듯이 붉고 기름진 동체胴體를 비교해보라. 우리는 그 고독한 단식 광대에서 예술가의 고행을 느낄 수 있을 것이며, 단식 광대의 쇠약한 육체를 버리고 표범의 강건한 육체에서 새로운 전율을 느끼는 관객들의 그 열광 속에선 현대 사회의 대중을, 그 대중을 지배하는 시대 풍조를 볼 수 있을 것이다.

단식이란 물질계를 거절하는 행위다. 그것은 육체를 일상적 현실을 그리고 야성적인 수성獸性에 대한 반항이며 경멸이다. 그러므로 단식자는 현실 부정을 통한 창조자의 상징이며 예술과 종교와 정신적인 모든 문화의 주체자임을 의미한다. 물질과 세속적 욕망을 거부함으로써 순수한 영靈의 세계에 도달하려는 자기 초월의 방식, 창조적 활동에 필요한 극기의 훈련, 그것이 곧 단식의 의미이다.

그런데 표범은 단식자의 세계와 정반대의 것을 상징한다. 무한정한 식욕, 쾌락 그리고 본능과 육체의 승리를 의미한다. 거기에는 회의도 자의식도 창조도 없고 현실의 끝없는 욕망과 행동만이 깃들여 있다. 교양의 파괴와 야성의 해방이 있다. 그러므로 단식자(종교, 예술, 정신문명)를 존경하던 대중이 표범(물질, 육체, 일상적 현실)에게 관심을 돌렸다는 것은 곧 영적인 속세 부정의 문화(형이상학적 세계)에서 현실 긍정의 새로운 바버리언barbarian의 대두를 뜻한다. 단식 광대를 경멸하고 표범을 예찬하는 현대 대중의 정신, 그것이야말로 가공할 현대의 메커니즘, 물질주의 그리고 프래그머티즘으로 요약되는 사회 조류다.

"[…] 전 세계는 순수한 생활인, 즉 농민·전사戰士·정치가·장군·기업가·모험가·도박사 등 실사회와 사무의 세계에 살면서 번영과 지배와 투쟁과 행동을 욕구하는 사람과, 다른 한편에는 정신력에 의해서 또는 어떤 혈통의 결함으로 지성인의 팔자를 타고난 사람들, 즉 성인聖人·승려·학자·이상주의자·이론가 등의 두 종류로 구분된다 […] 종국에 가서는 결국 행동적인 인간, 운명의 사람만이 현실의 세계, 즉 정치적·군사적·경제적 실천의 세계에서 활동하게 되며, 그 세계에서는 관념이나 사상 체계는 거의 문제가 되지 않을 것이다 [...] 정치가나 군인들이 세계 역사가, 지성의 세계를 위하여, 즉 학문이나 예술 같은 것을 위하여 존재한다고 생각하는 매문가賣文家나 책벌레들을 멸시한 데에는 일리가 있다."

승려나 예술가와 같은 사색적 인간보다 정치가나 기업가 등의 실천적 생활인을 우월시한 슈펭글러36)의 이와 같은 사상이야말로 단식 광대(예술)를 버리고 표범 쪽으로 달려간 현대 대중의 옹호라고 말할 수 있다.

단식 광대가 아니라 표범이 지배하는 금시대의 특성은 슈펭글러뿐만 아니라, 입장은 서로 다르나 토인비37), 다닐렙스키Nikolay Danilevsky, 베르댜예프 등에 의해서 구체적으로 분석되어 있다. 베르댜예프는 서구 문명을 야만 시대, 중세 기독교 시대, 인문적 세속 시대 그리고 신중세 시대로 구분하고 있다. 그런데 지금 서

---

36) Oswald Spongier(1880~1936), 독일의 문화철학자. 주저 『서구의 몰락』에서 세계사 형태학이라 일컬어지는 과학적 방법론의 입장에서 서구의 몰락을 예언하여 큰 반향을 일으켰다.

37) Arnold Joseph Toynbee(1889~1975), 영국의 대표적 역사가. 슈펭글러, 마르크스의 결정론적 사관에 대하여 인간 및 인간 사회의 자유로운 결의와 행위에 의한 역사, 문화의 형식을 강조했다. 현대의 가장 해박한 지식인으로 대표작 『역사의 연구』 등이 있다.

구 문명은 예술적 창조성이 분출되었던 인문주의 시대를 지나 그 창조력이 모두 개방되어버린 신중세 시대의 단계로 들어서고 있다는 것이다. 이 시대의 특징은 앞서 말한 대로 표범의 동경, 즉 충족된 현실 생활에 대한 갈망—번영과 행동과 생의 향락에 대한 욕망이며, 창조적 활동에 필요한 극기의 훈련을 억압하는 데 있다는 것이다.

표현은 다르지만 토인비나 다닐렙스키 역시 공리주의에 대하여 전통이, 물질적인 가치에 대하여 정신적 가치가 제각기 우위를 차지했던 위대한 거장들의 시기가 지나갔음을 말한다. 현대 문명은 종교에 대하여 물질주의가, 내면적인 감정에 대하여 공리적인 타산이, 그리고 재능에 대하여 기술이 각각 우위를 차지하기 시작하여 드디어는 문명의 최종 단계인 창조력의 상실기에 들어서고 있다고 지적한다. 이미 토인비가 문명의 최종 단계의 한 특징으로 내세운 '양식樣式의 소멸'을 우리는 지금 목격하고 있다.

이와 같은 문명사가들의 견해를 가장 단적으로 예견한, 그리고 그것을 예술과 결부시킨 것으로 아나톨 프랑스Anatol France의 다음과 같은 말이 있다.

"우리들 문학자들의 지위는 로마의 시인과 비슷한 점이 있다. 드디어는 새로운 중세가 시작되어 우리들의 작품을 읽으려 드는 사람은 아무도 없게 될 것이다."

신로마의 시민인, 오늘의 대중은 현대의 기계 문명과 대중의 시대―오르테가 이 가세트Ortega Y Gasset가 이미 지적한 바 있는―라는 주어진 두 여건을 최대한으로 이용하여 생生, 그것을 향락하려고 든다. 더구나 오늘의 대중은 건장하고 무한에 가까운 표범의 위胃를 권장받고 있는 것이다.

"생활 수준의 향상은 생산의 향상에 의존한다. 생산의 향상은 소비의 향상에 의존한다. 그렇기 때문에 사회를 개선하는 가장 좋은 수단은 생산을 증진시키기 위하여 소비량을 많게 하라"는 이른바 갈브레이스의 '의존依存의 효과'가 그것이다.

보다 값비싼 신형 자동차, 전기 냉장고, 보다 큰 욕실이 딸려 있는 아파트, 쉴 새 없이 몰려드는 월부 판매품들, 그리고 자동식이라는 접두어가 붙은 그 모든 생활 도구들…… 미국의 브로드웨이에서 우글거리는 그 많은 군상들은 창조가 아니라 소비를 위해서 생존하고 있는 것이다. 그리고 그들은 소비야말로 창조의 활력이라는 신념까지 가지고 있다.

범람하는 광고, 상품 전시회, 패션쇼, 경마, 스포츠, 스트립쇼, 미인 행렬…… 그리고 주식 거래소와 은행과 지폐와 대공장…… 이런 것들은 시詩를 대신하는 흥분이며, 미美와 사상을 대신하는 신화들이다. 이 표범들의 근육, 표범들의 위는 침묵을 거부하고 극기의 고행을 조소하며 상상력과 허구를 멸시한다. 『일리아드』의 서사시 속에 나오는 헬레네보다는 실제로 만날 수 있고 직접적으로 만족을 줄 수 있는 하룻밤의 콜걸이 문제인 것이다.

그렇다. 그들은 단식자를 원하지 않는다. 매리스가 60개의 홈런을 날리느냐, 리즈와 버턴은 결혼을 할 것인가, 강철의 주가가 더 폭락할 것인가. 이러한 화제들이 햄릿이 의부 클로디어스를 죽이느냐 그러지 않느냐 하는 문제보다도 절실하게 느껴진다.

체호프는 온종일 달려도 밀가루 시세의 화제밖에는 말하지 않는 3등 객차의 여객에 권태를 느껴야 했지만, 요즘은 특등 객차라 할지라도 밀턴이나 셰익스피어의 이야기를 기대하기 어려울 것이다. 지금은 모두가 3등 객차에 오른 시대, 이른바 대중의 시대, 실리의 시대다. 누가 이제 예술가에게 계관桂冠을 씌워주겠는가? 적어도 예술가라고 하면 현실의 패배자, 혹은 꿈의 벌레로서 인식될 따름이다.

루이스 언더마이어의 증언에 의하면 미국 주간지 만화에 웃음거리의 자료로 가장 많이 쓰이는 인물이 시인, 그 다음이 장모丈母라는 것이다. 이 가난한 친구(시인)는 언제나 흩어진 긴 머리카락과 멍청한 눈을 뜨고 유령처럼 달을 쳐다보고 있는 것으로 풍자 만화에 등장하고 있다.

물론 오늘의 대중도 예술을 이해하고 예술의 가치를 인정하고 있다. 텔레비전의 단막극, 주간지의 유머 소설, 재즈 그리고 서투르게 각색한 명작의 영화, 상업 미술을 응용한 플라스틱 제품…… 등이 예술이라면 말이다. 이것은 마치 단독 흥행이 어려워진 '단식 광대'가 서커스 프로에 섞여 '덤'으로 끼어 나오는 그 것과 다를 것이 없다. 예술이 아니라 엔터테인먼트entertainment로서 겨우 대중 속의 한 자리를 차지하고 있지만 미구에 완전한 고립이 오리라는 것은 예측하기 어렵지 않다.

대중이 예술을 완전히 말살해버릴 수 있는 사회는 우선 두 종류라고 할 수 있다. 하나는 세속적인 욕망이 최대 한도로 팽창되어버린 자본주의 사회이고 또 하나는 개인이 말살되는 전체주의 사회라고 할 수 있다. 옛날의 로마는 이 양자를 합쳐놓은 것이었지만 현재에는 양분되어 전자는 미국, 후자는 소련에서 각각 그 징후를 나타내고 있다. 전자의 사회는 올더스 헉슬리Aldous Huxley가 『멋진 신세계(Brave new world)』에서, 그리고 후자의 사회는 조지 오웰George Orwell의 『1984년』에 제가끔 상상적으로 묘사되어 있다.

『멋진 신세계』는 포드 기원紀元 632년이라는 미래의 인류 사회를 그린 것으로 포드 기원이란 연호가 암시하듯이 미국의 메커니즘과 프래그머티즘을 극단화시킨 것이다. 공동, 획일, 안정이 이 사회의 종교다. 모든 것은 과학적인 합리주의 밑에 기계화되어 있다. 이미 인간은 어머니의 자궁 속에서 탄생되지 않는다.

포드식 공장의 컴컴한 인공 부화실에 늘어서 있는 유리병 속에서, 그것도 대량 생산으로 만들어지는 사회다. "이브가 선악과를 따먹었기 때문에 여자는 영원히 출산의 괴로움을 받을 것이며 남자는 영원히 땀 흘려 일하는 고통을 겪어야 한다"는 『성서』의 신화가 무색하게 된 사회다. 인간의 의식, 사회의 계층까지도 모두 전기 자극에 의하여 조건 도야條件陶冶의 방법으로 형성되고 그 밖의 감정, 의지까지도 모두 기계화된다.

병도 없고 슬픔도 없는 완전한 능률인만이 존재한다. 이런 사회에서는 예술이 발디딜 곳이 없다. 플라톤의 이상국처럼 예술가가 추방된 사회다. 다만 이 세계에 회의를 품은 유일한 인물 하나만이 이렇게 외치며 자살해버린다. '나는 안일을 원치 않는다. 필요한 것은 신이다. 시詩다. 참된 모험이다. 자유다. 죄악이다'라고.

현대의 메커니즘을 미래에 의하여 포착한 헉슬리의 공포, 거기에는 예술의 추방이라는 플라톤적인 주문이 부활되어 있다. 지드의 말대로 예술은 빵이 아니다. 정신적이든, 물질적이든 그것은 굶주림을 채워주는 빵이 아니다. 예술은 도취를 줄 뿐이다. 그러므로 정신이나 물질의 공복만을 채우는 것을 생의 전부로 생각하는 공리적인 메커니즘의 사회에서는 예술은 불필요한 것이며 도리어 위험한 것으로 인식된다. 고민이 없고 회의가 없고 현실에 대한 불만이 없는 공장의 나사못처럼 조직화된 대중은 예술에의 관심을 가질 수 없게 된다. 예술을 추방해버린 대중, 그야말로 새로운 로마가 탄생된 것이다.

한편 대중이 예술을 말살해버리는 또 하나의 세계는 미래 소설

『1984년』에서 보는 바와 같이 모든 것이 전체주의화된 독재 사회다. 예술의 가장 무서운 적, 예술의 가능성을 송두리째 박탈해 버리는 그 사회적 요인은 바로 개인의 자유, 표현의 자유가 없는 전체주의적 사회 체제라 할 수 있다.

『1984년』을 보면 사생활이나 개인적 비밀이 금지되어 있는 공포사회가 등장한다. 인간의 사생활은 방송 영사막放送映寫幕이며 동시에 감시의 눈이기도 한 텔레스크린이라는 이중의 기관에 의하여 온종일 감시당하게 된다. 연애도 법으로 정해져 있으며 생식의 행위는 당黨에 대한 의무 이외는 일체 금지되어 있다. 그야말로 지구와 별의 거리도 당의 방침 여하에 따라 길어질 수도 있고 짧아질 수도 있으며, 손가락이 네 개로 줄어들 수도 있고 여섯 개로 많아질 수도 있는 사회다.

모든 진리와 인간의 생애는 정부의 의지 하나로 결정된다. 정부가 일단 죽었다고 발표하면 아무리 피둥피둥 살아 있는 사람이라 할지라도 그는 일체의 문서와 현실에서 영원히 사라져야 한다. 이러한 일당 독재 밑에서 예술은 존재할 수 없다. 예술을 아편이라고 부른 히틀러 치하의 예술이 어떠한 것이었으며, 오늘날 전체주의 국가의 예술가가 어떤 상처를 받고 있는가를 생각해볼 때, 우리는 예술이 근절되는 사회가 바로 가까운 문턱에 와 있다는 것을 느끼게 된다.

발표의 자유가 문제가 아니다. 쥘 베른도 미래를 휩쓸 전체주의의 공포사회를 예견했지만, 사생활이나 개인의 감정이 용서되지 않는 그런 사회에서는 예술적인 창조나 상상력마저도 고갈되어버리고 말 것이다. '만족蠻族의 군단軍團' 앞에서 소리 없이 붕괴되어가는 예술의 황혼을 1984년 아닌 오늘에도 우리는 목격하고 있다. 결국 '표범의 위胃'에 의하여 그렇지 않으면 '표범의 이빨'로 인하여 예술은 종언을 고하게 될지도 모른다.

망명자의 미학

오늘의 대중이 예술로부터 떨어져가고 있는 것은 앞에서 지적한 대로 현대 문명의 한 특징, 즉 창조력의 상실, 양식樣式의 소멸, 충족한 현실 생활을 갈망하는 공리주의 등 여러 원인을 들 수 있다. 요컨대 현대는 창조와 사색과 양식의 시대가 아니라는 점, 즉 '단식 광대'가 '표범'에게 인기를 빼앗긴 시대이며, 정치가, 장군, 기업가들의 행동인(the fact man)이 판을 치는 시대라고 할 수 있다.

마차꾼까지 호메로스의 시를 읊으며 다녔다는 플로렌스의 문예 부흥시대, 시인에게 계관을 씌워주었던 그 예술의 황금기는 간 것이다. 대중의 추세는 거의 막을 길이 없다. 나날이 인간의 직관력과 상상력 그리고 비합리적인 생의 의식은 위축되어만 간다.

맨 처음에 성당으로 몰려들었던 대중은 예술가의 문전으로 옮아 왔고 다시 또 그 대중은 과학자의 실험실에 늘어서 있었다. 그러다가 드디어는 국민 의회에서 떠들어대는 정치가와 시장에서 소리치는 상인들 곁으로 달려간다. 이 대중의 이동은 문명의 계절, 그 기후의 조건 때문이다.

대도시가 생기고, 대중에게 힘이 생기자 국경이 좁아지고, 생활양식이 기계화되고, 누구나가 다 정치에 관여하는 매스 소사이어티, 메갈로폴리스의 시대, 평민의 시대가 도래했다. 뮤즈를 에워싸고 있던 대중의 붕괴가 시작된 것이다. 그러나 이러한 외부적 조건 외에도 현대 예술이 오늘의 대중으로부터 고립된 데에는 내부 자체의 조건도 있었던 것이다.

지드의 말대로 현대의 예술가들은 대중이 없다는 것을 당연한 조건으로 전제해놓고 하나의 미학을 수립해놓는다. 심지어 진정한 예술은 진정한 예언자와 같이 현대의 대중이 아니라 미래의 독자에게 말하는 것이라는 생각이 지배적인 힘을 나타내고 있다.

"나는 자기 자신을 위해서 글을 씁니다. 나에겐 특정한 독자란 없습니다 [...] 작가는 독자를 염두에 둘 필요는 없다고 생각합니다. 만약 독자를 염두에 둔다면 그 독자를 매도하기 위해 쓰는 것과 다름없습니다. 절대로 독자의 마음에 들려고 글을 써서는 안 되는 것입니다."

가스통 배갈의 앙케트에 대답한 쉬르리얼리스트 필리프 수포 Philippe Soupault의 독자관은 대부분의 현대 예술가의 사고를 대변해준 것으로 볼 수 있다. 독자는 예술을 통속화하는 위험물이요, 창조의 순수성을 방해하는 사람, 말하자면 40일의 단식 기도를 행하던 예수에게 온갖 유혹으로 그를 방해하려던 사탄의 존재와 같다고 생각하는 것이다.

여기에서 이른바 예술은 대화가 아니라 독백이라는 나르키소스narcissos의 미학이 생겨난다. 현대 예술의 주류를 이루고 있는 모든 미학을 분석해볼 때, 우리는 그것이 모두 독자나 실생활에서 멀리 떨어져 있는 무인고의 고성孤城임을 알 수 있다.

예술의 반인간화라는 현대 예술의 이론이 그런 것이다. 말라르메Stéphane Mallarmé나 발레리Paul Valéry의 상징주의 시에서 영미英美의 모더니즘에 이르는 주지주의 시파의 예술—그것은 시가 눈물처럼, 한숨처럼 흘러나온다는 뮈세류類의 자연 발생적 정서 편중의 시론에 반기를 든 것이다. 시는 감정이나 인격이 아니라 언어이며 기술이라는 현대시의 주장이 결국 시의 난해성을 만들고 독자의 불모지대를 초래했던 것은 부정할 길이 없다.

메타포, 아이러니, 패러독스와 같은 시의 기법은 인간 생활의 일반적 체험의 소산이 아니라 특수하고 고도한 미적 체험의 궁극에서 얻어지는 산물이다. 공장에서 일하고, 실연失戀을 하고, 비행기를 타고, 자식들을 키우기 위해 사무용 의자에서 반평생을 지내는 생활 체험만을 가지고는 그러한 미적 체험의 세계에 영원히 도달할 수 없을 것이다. 현대시를 읽기 위해서는 전문적이고 고립된 또 하나의 체험, 즉 언어에 대한 체험을 필요로 한다.

발레리의 「바다」, 말라르메의 「하늘」, 엘리엇의 「황무지」 등은 해수욕장의 그 바다와 고층 빌딩의 피뢰침 위에 펼쳐진 도시의 스카이라인과 그리고 서부 활극에서 보는 사바나 지역과는 또 다른 하나의 표상이다.

소설도 마찬가지다. 내적 독백(의식의 흐름)에 의하여 묘사된 조이스의 『더블린 사람들Dubliners』은 이미 그림엽서에서 보는 그런 도시가 아니며, 포크너의 『시계』는 시계 방벽에 걸려 있는 그러한 시계와는 다르다. 그것은 외부적인 경험이 아니라 생의 내적 체험에서 그리고 의식의 안개 속에서 피어나는 풍경들이다. 카프카나 피츠제럴드Scott Fitzgerald의 상징 역시 마찬가지다.

발자크처럼 가시적인 생활의 저변을 그린 소설, 호적부戶籍簿와 경합하는 실생활의 풍속적인 서사시는 이제 찾아볼 수 없게 되어 버렸다. 즉 실생활에서 망명한 자들의 미학이 뮤즈를 독점했다.

또한 현대의 소설은 독신자의 예술이다. 가정이나 사회 풍속 같은 것은 거의 문제가 되지 않는다. 말로의 주인공들이나 헤밍웨이의 대부분의 인물은 가정을 갖지 않은 독신자들이다. 그 행동을 묘사한 작품이다. 설령 현대 소설의 주인공들이 결혼하고 직장을 가졌다 할지라도 그것이 제시하는 현실이란 적어도 실생활의 풍속이 아니라 관념적인 정신의 편력을 나타내는 로드사인으로 그려질 뿐이다.

미국에는 아직 사회나 풍속을 본격적으로 취급한 소설이 등장하지 않고 있다고 트릴링Lionel Trilling은 말한다. 그러나 '미국'만이 아니라 또한 '아직'이 아니라 오늘의 소설은 되도록 사회나 풍속을 기피하고 밀실의 의식 속에 칩거하려는 데 특색을 지닌다. 사회나 풍속과 같은 일상생활의 드라마와 감각 그리고 그 체험의 표현은 텔레비전 프로나 속악한 영화에 의해서 독점당해 있다.

현대시와 소설이 실생활의 체험과 접촉하는 저변을 잃고 추상적인 스페인의 성곽을 이루고 있는 것처럼 회화나 다른 예술도 역시 마찬가지 입장에 놓여 있다. 회화나 조각의 세계에서 문제되고 있는 것도 생활 체험이 아니라 미적 체험이다. 이른바 사물의 추상화나 형태의 플롯타입의 추구 그리고 제작자의 의도가 개재되어 있지 않은 재료미나 비구상의 미라고 하는 것은 생활 체험의 재현이 아니다. 결국 현대 예술은 생활 대중과의 그 공동적인 체험 속에서 등장한 것이 아니라 자기 밀실의 미적 체험을 기저로 한 것이기 때문에 예술은 스스로 대중과의 커뮤니케이션을 단절하고 만 것이다. 예술은 이제 대중을 이끌어가는 교사도 아니요 대중에게 쾌락을 주는 창녀도 아니다. 결국 그것은 현대의 폭우를 막기 위한 사설 피난소, 한 개인이 머무를 수 있는 달팽이의 껍데기 같은 존재다.

현대 예술이 자기 구제를 위한 기도의 자세로 떨어졌건, 혹은 언어나 매체의 조율사調律師로 떨어졌건(현대 예술이 과거의 미학과 가장 다른 점은 예술의 수단으로 생각했던 표현 매체, 즉 언어·음·색 등을 이제는 예술의 목적으로 생각하는 데 있다. 즉 매체는 수단이 아니라 목적이라는 미학은 모든 현대 예술의 공통점이 되어 있다.) 혹은 생활 감정을 상실하고 상징의 성에 칩거했건, 가장 중요한 것은 대중의 광장에서 스스로 이탈해버린 자패自敗의 태도라 하겠다.

관중도 없고 자기 자신의 신념도 상실한 채, 홀로 단식을 감행하는 단식 광대, 이것이 현재의 예술가들이다. 그 고독 속에서 더 이상 견딜 수 없고 살아나갈 수 없어 오늘날 앙가주망의 예술 이론이 횡행하고 있지만, 사실 이것은 예술을 한층 더 위태롭게 만든 부작용을 낳았다.

고래는 지상에서 살기가 부적당했기 때문에 바다 속으로 들어간 것이다. 고래가 다시 육지로 나오는 것처럼 예술이 현실 속에 뛰어들 때에는 멸망하게 될 우려가 있다. 종교의 세속화가 종교의 협잡이 되었던 것처럼 예술의 세속화나 공리화는 역시 하나의 협잡을 만들어낸다.

"나는 맛있는 음식을 찾지 못했기 때문에 단식을 한 것이다. 입에 맞는 음식을 내가 찾아내기만 했던들, 이따위 인기 끄는 일 같은 걸 하지 않고 당신이나 여러 사람 모양 진탕 먹고 지냈을 것이다." 마지막 숨을 거두며 이렇게 고백한 단식 광대처럼, 고독의 극한 속에서 앞으로 예술가들은 자패를 선언할 것인가? 그렇지 않으면, "대중을 현대 예술로 이끌어오는 유일한 방법은 현대 예술이 인간에 대하여 고전 예술이 모르고 있던 새로운 계시를 부여해준다는 것을 인식시켜주는 일이다……. 즉 시적 흥미 이외로 정당한 인간적인 흥미를 띠게 하도록 현대 예술에 심리학적 도덕적인 의의를 부여해주는 것이다"라는 방자망 크레미외_{Benjamin Crémieux}처럼 예술적 흥미를 인간적 흥미로 고쳐나갈 것인가?

릴케처럼 뮈조의 고성에서 외로운 날을 지냈다 하여 결코 그 예술까지도 고독한 것은 아니며, 말로처럼 드골 내각에 들어가 대중과 섞여 바쁜 나날을 보냈다 하여 그 예술이 고독하지 않은 것도 아니다. 문제는 그 예술이 대중에게 하나의 메아리를 던짐으로써, 그 음향이 새벽의 햇살처럼 퍼져나갈 수 있느냐, 그렇지 않느냐에 따라 예술의 고독은 좌우된다는 것이다.

과연 예술은 공룡이나 매머드같이, 역사의 한 표본만으로 남게 될 것인가? 그렇지 않으면 인공위성을 경이의 눈으로 쳐다보고 있는 오늘의 대중에게 보다 아름다운 또 다른 꿈을 줄 수 있을 것인가? 누구도 이 물음에 답변할 수는 없지만 현대 예술이 플라톤의 시대처럼 고독한 것만은 사실이며 몇 세기 전의 필립 시드니_{Philip Sidney}처럼 『시의 옹호_{The Defence of Poesy}』를 써야 할 입장에 우리가 놓여져 있다는 것은 감출 수가 없다.

현대 문학과 인간 소외

소외의 의미

소외疎外란 말을 정의하라고 하면 누구나 이 말을 맨 처음 쓴 헤겔의 'Entfremdung'이라는 까다로운 철자를 끄집어내려 할 것이다. 그리고 포이어바흐Ludwig Feuerbach나 마르크스의 이야기도 나올지 모른다.

그러나 우리는 좀 더 그 말이 지닌 어의를 일상적인 생활 감각을 토대로 풀이하지 않으면 안 될 것 같다. 왜냐하면 한 용어 역시 지나치게 전문화해버리고 체계화하면 본래의 그 뜻에서 소외되어버리는 현상이 일어나기 때문이다. 사실상 우리는 소외란 말 자체가 이따금 소외되고 있는 아이러니를 겪고 있는 것이다.

그러나 다행히도 소외의 참된 의미를 생활 감정으로부터 실감할 수 있는 인상적이면서도 매력적인 한 삽화를 기억하고 있다. 그것은 『말테의 수기』 가운데 나오는 소년의 한 괴로운 체험담인 것이다.

말테는 몰래 골방에 들어가서 여러 가지 고대의 낡은 의상과 야회복 같은 것을 훔쳐 입고 변해버린 자기 모습을 거울 앞에 비춰보며 장난을 한다. 그는 거기에서 의상과 거울의 비밀을 조금씩 체험해가는 것이다. '그런 낡은 옷을 입으면 용서 없이 그 기괴한 힘에 지배된다는 사실을, 그리고 그 거동과 얼굴의 표정과 우연한 생각까지도 자기의 자유로만은 되지 않는다는 것'을 발견하게 된다.

말테는 여러 가지 종류의 옷들을 보면서 자신이 팔려가는 노예의 계집이라든지, 잔 다르크든지, 늙은 왕이든지, 마법사든지 무엇이든 될 수 있다는 가능성을 느낀다. 드디어 그는 가면을 뒤집어쓰고 완벽할 정도로 변해버린, 새로운 자기의 자태를 거울에 비춰보고 있을 때 바로 결정적인 그 사건이 돌발하게 된다.

거울 앞에서 연기를 하던 말테는 우연한 실수로 도제陶製의 앵무를 깨뜨리자, 그것을 치우기 위해 거울을 보며 가면과 목에 졸라맨 망토의 끈을 풀려고 한다. 그러나 뜻대로 되지 않는다. 모든 상황은 완전히 뒤바꿔져버린 것을 느낀다. 거꾸로 거울이 명령자가 되고 자신이 일종의 거울로 변했음을 느끼는 것이다. 말테는 그때의 심경을 "끊임없이 사라져가는 자기라는 존재에 대해서 무어라고 말할 수 없는 비통한 그리고 무익한 동경을 깨달았다. 그러나 그 동경마저 곧 사라지고 뒤에는 기괴한 명령자만이 남아 있었다."라고 적고 있다.

밖으로 뛰어나간 그는 하인들을 만나게 되자 그들이 자신을 구해줄 것이라고 생각한다. 그러나 그들은 선 채로 웃고만 있다. 아무리 그들에게 도와달라고 애걸해도 가면 속에 숨겨진 자신의 표정과 마음은 그들에게 전달되지 않는 것이다. 가장한 것을 보고 그들은 그가 지금 가장 놀이를 하고 있는 중이라 생각하고 있다. 울음을 터뜨려도 눈물은 바깥으로 나타나지 않는다. 다만 가면 속의 자기 뺨으로만 흘러내린다고 했다.

더 이상 이 삽화에 긴 주석을 붙이지 않아도 우리는 소외가 대체 무엇이며 그것이 왜 일어나고 또 그 고통과 비극이 무엇인지를 알 수 있을 것이다.

옷은 사람을 위해 존재한다. 사람이 '주'고, 옷은 그에 종속된 '객'이다. 그러나 그것이 어떤 경우엔 거꾸로 옷이 사람의 성격과 행동을 규정하고 그것을 입은 사람을 도리어 지배하게 된다. 주객이 전도되고 수단과 목적은 도치된다. 그것이 바로 거울 속의 그림자가 실체 구실을 하며, 실체가 반대로 거울의 그림자처럼 되어버린 세계다. 자기가 만든 것이 주인이 되고 자기가 그 수단이 되는, 노예로 되는 이 역전이 된 가치 세계에서 인간들은 빼앗긴 자신을 회복하려고 애쓴다. 그러나 이미 거기에는 구제를 청하고 구제를 받아야 하는 자기 자신마저 가면 속에 파묻혀 있으므로 고뇌의 모든 몸짓과 그 음성은 전달되지 않는다. 비통한 눈물의 흔적까지도 자신의 것으로 보일 수가 없다.

이것이 바로 '소외'인 것이다. 인간이 주인의 자각을 가지고 역사와 문명을 만들기 시작한 것은 르네상스 이후의 근대였다. 인간의 행복과 자유를 위해서 제도를 만들고 기계를 만들고 많은 기술을 습득했다. 두말할 것 없이 인간을 위해서 자신을 위해서 사용한 수단들이었다.

그런데 어떤가? 그 문명이, 즉 그 기계와 제도와 노동이 이제는 프랑켄슈타인처럼 역습을 가해오는 '복수의 시간' 속에서 움직이고 있음을 우리는 목도하고 있다. 인간이 빚어낸 온갖 관념의 그 거울마저도 이제는 명령자가 되어 인간 자신을 지배하고 있다.

무엇이든 만든다는 것은 세 가지 단계의 역사를 지니게 되는 경우가 많다. ① 창조기 ② 매너리즘 ③ 창조물에의 구속(소외) 그래서 단적으로 말하면 르네상스 시대는 ①, 산업 혁명기는 ②, 현대는 ③의 단계에 있다고 할 것이다.

근대 문명이 극도로 관료화되고, 기계화되고, 도시화됨에 따라서 인간들은 자신이 만든 문명과 사회에서 소외되어가고 있다. 주인 방에서 머슴 방으로 옮겨 앉은 이러한 현상은 근대 문명에 전면적인 회의와 절망을 느끼기 시작한 20세기, 좀 더 정확하게 말한다면 근대의 산업 혁명기에 종지부를 찍고 파장할 무렵부터 대두되기 시작했다고 보는 것이 타당할 것 같다.

사람을 위해서 율법이 있는 것이지, 율법을 위해 사람이 있는 것이 아니라던 예수의 말은 구약시대에 대한 반성이었다. 그것은 반성만이 아니라 새로운 기원紀元의 시작이다. 평범하게 말해서 근대 문명의 인간 소외를 자각하고 그에 도전하는 그 시기부터 현대 의식이라는 새로운 서장이 펼쳐진다.

문학에 나타난 인간 소외

문학의 경우도 다를 것이 없다. 19세기 말만 하더라도 문학이 사회와 운명을 비판한다는 것은 마치 주인이 머슴을 호령하는 듯한 어투를 지니고 있었다. 워즈워스의 문명거부의 발언은 오만하기 짝이 없다. 신이나 운명처럼 인간 스스로 만든 문명과 그 사회를 인간의 2인칭으로 부르지는 않았다. 혹은 마치 백화점에서 의상을 고르듯이 이 옷은 구식이라든가, 재단이 좋지 않다거나, 색깔이 조화를 이루고 있지 않다고 불평하는 여인들의 말씨를 닮은 데가 있었다. 그것이 플로베르와 같은 시민 사회의 사투리냐, 발자크 같은 표준어냐 하는 차이는 있었지만 말씨의 태도는 근본적으로 같은 것이었다.

그리고 그들은 그러한 말투 속에서 한 인간의 성격을 창조하는 것이 중요한 과제 중 하나였다. 인물의 성격을 그리는 데 전념할 수 있는 열정을 지닌 작가는, 아직도 한 인간의 생을 지배하고 있는 긴 이야깃거리들이 성격에서 비롯되는 것이라고 믿었던 탓이다.

그러나 이미 카프카나 로렌스의 시대만 이르러도 인물의 성격 같은 것은 증발되어버리고 만다. 발자크의 소설 주인공들은 한 환경이 만들어낸 '사회의 종'일망정 성격이란 것을 가지고 있었고, 그 성격과 사회는 밀접한 함수 관계를 지니고 있었던 것이다.

이에 비해서 문명과 사회에서의 소외 의식은 한 인간에게 뚜렷한 성격마저도 부여할 수 없다는 그 특징을 갖는다. 카프카의 주인공들은 자기의 한 성격을 가지고 사회와 대치하고 있는 것이 아니라 영원히 그 속에 들어갈 수 없는 성城의 주변에서 끝없이 방황하는 나그네로서 그려진다. 쉽게 말해서 문학에 나타난 인간 소외 의식은 한 인물의 성격이 문제가 아니라 그 성격을 정착시킬 한 주거를 찾는 것이 문제인 그러한 문학이다.

자기는 한 직장에 있으면서도 실은 그 직장에 있지 않은 것이다. 도시에 살고 있으면서도 이미 도시는 자기와는 무관한 한 타향인 것이다.

왜냐하면 자기 자신은 밖으로부터 규정되어 있다. 그리고 자신은 다만 기성복처럼 이미 정해진 치수를 골라 몸에 걸치기만 하면 된다. 고도로 관료화된 현대 사회에서는 한 인물의 성격이 아니라, 그 성격을 규정해주는 직함과 종이의 조직표만 입수하면 된다. 이것이 바로 엘리엇의 「프루프록의 연가(The Love Song of J. Alfred Prufrock)」에 등장하는 '핀에 꽂힌 나비들'의 세계다.

"그리고 나는 이미 그 눈을 알고 있다. ……사람을 공식화한 문구로 눌러버리는 그 눈들을, 그리고 공식화된 내가 핀촉 위에서 몸을 척 늘어뜨리고 있을 때, 내가 핀에 꽂혀 벽 위에서 파닥거릴 때 어떻게 내 생활과 내 태도의 한 토막 한 토막을 모조리 뱉어낼 수 있겠는가?"

겉으로부터 규정된다는 것은, 꼭 표본 상자 속의 나비처럼 자신이 한정되어버린다는 것이다. 외부의 시선이 자기에게로 닿는 순간 생명의 날개를 가지고 허공을 날아다니던 나비는 사라져버린다. 다만 공식화되어버린 핀에 꽂힌 나비들만이 문명과 사회와 그 조직의 벽 위에 남아 있게 된다. 그렇기 때문에 공식화되지 않은 본래의 나는 타인의 시선이 얽혀 있는 그 세상, 그 생활에는 언제나 결석된 채로 있다고 할 것이다.

이 결석자로서의 자기는 다름 아닌 소외자로서의 자신이다. 작든 크든 현대 문학에 나타나는 인간들은 현실 속에 참여되어 있는 나와 결석자로서의 나의 이중성으로 구성되어 있는 것이 특징이라 할 수 있다. 이 세상에서 자기가 존재하는 것을 승인받기 위해서 구두시험口頭試驗을 치르는 영원한 아마추어적 사회인들의 이야기인 것이다. 모든 가치와 질서가 역전되어 있기 때문에 옛날엔 내가 존재하고, 그 존재 밑에서 온갖 생활의 의미가 승인되었었다. 그것이 곧 사회요, 문명의 의미였던 것이다. 그러나 카프카의 주인공들처럼 현대에는 고정된 생활과 문명이라는 성이 먼저 거기 있고 자기 존재가 그로부터 삶의 허가를 받아야 한다.

나비는 핀에 꽂히지 않고서는 표본 상자 속에 진열될 수가 없다. 획일화되고 조직화되고 기계화되어버린 오늘날의 사회에서는 모든 개인과 그 생은 진열되어야만 하는 불가피한 숙명을 지니고 있는 것이다.

결국 현대 인간의 소외 의식을 어떻게 다루느냐 하는 것이 곧 현대 문학의 성격을 여하히 분류할 수 있느냐의 척도가 된 것이라 해도 과언이 아니다.

인간 부재의 언어들

특히 현대의 서사문학敍事文學을 보면 인간들이 모두 징발되어 있음을 알 수 있다. 아지랑이 같은 추상명사로 화한 인간들이 현대 문학의 주민 등록자들인 것이다. 인간을, 구체적인 개인의 초상을 그리던 문학은 19세기와 함께 종언한 것 같다. 이러한 현상은 아이로니컬하게도 현대 작가가 도리어 인간 소외의 문명을 강렬하게 자각할수록 심해지고 있다.

문명과 사회에서만이 아니라 문학 작품 자체에서 구체적 인간들은 소외되는 결과를 초래했다. 왜냐하면 무엇보다도 리얼리즘의 뜻이 변질해버렸기 때문이다. 오늘날의 작가들은 정치나 사회를 폭로하고 해부할 때 19세기의 그 메스를 사용하지 않는다. 사용하지 않는 것이 아니라 사용할 수가 없다.

나무가 있고 그 그림자가 있을 때 사람들은 나무라는 실체를 잡으면 그만이다. 그 그림자는 일광에 따라 항상 유동하는 것이지만 그 실체는 중심에서 변하지 않는다. 그러나 거꾸로 그림자가 본질 노릇을 하고 나무가 도리어 그 그림자에 지배당할 때 사람들은 벌써 구체적인 나무의 의미를 파악하는 것을 포기하게 될 것이다. 그들은 그 그림자를 그려야 한다. 이미 거기에는 구체적인 수목은 소멸될 수밖에 없다.

비근한 예로 한 직장의 성격이 사장의 인격에 좌우되는 시대라면 작가는 직장 생활을 사장이라는 구체적 인물을 대상으로 그려 갈 수 있다. 그런데 개인이 아니라 관료화된 조직의 힘이 한 직장을 지배하는 경우에선 사장의 몫은 미미하기만 하다. 사장의 성격이나 그 능력보다도 거대한 직장은 조직의 성격에 의해서 좌지우지된다. 누가 사장이 되어도 마찬가지다. 문제는 조직이라는 그림자가 주인인 것이다.

이러한 관료 체제에서 폭군은 눈에 보이는 수염이나 비곗덩어리의 배를 내밀고 다니는 사장이 아닌 것이다. 어떤 추상적인 제도, 서류, 규약 사시社是 등등의 것이 그 자리를 대신한다. 원래는 인간이 그 조직을, 그 규약을 만들었다. 그런데 일단 그 조직과 규약이 만들어지면 인간에 의해서 고쳐지기보다는 거꾸로 인간들이 그 조직과 규약에 의해서 수정당하게끔 된다.

그러므로 오늘날의 리얼리즘은, 관념적 형태를 띠고 나타날 수밖에 없다. 주객이 바뀌었으므로 그림자가 그 실체보다 더 중요한 구실을 하기 때문이다. 이것이 바로 현대 사회의 의미를 폭로하기 위해서 헉슬리가 『멋진 신세계』에서, 그리고 조지 오웰이 『1984년』에서 보여준 우화적 미래 소설의 수법이다. 그것들은 인간을 그리기 위해서 인간 아닌 조직, 정치, 경제, 기계들의 거대한 환상이 주인공 노릇을 하고 있다.

카프카의 경우도 그런 것이다. 형이상학적인 세계를 그리기 위해서만 그는 관념적인 상징 언어를 사용한 것은 아니다. 정반대로 그가 그린 『성』이나 기묘한 『심판Der Prozeß』이야말로 우리가 살고 있는 이 실제의 거리, 관청과 은행과 시장이 임립林立해 있는 그 빌딩의 리얼한 풍경화일 수 있다.

체호프는 여인의 성격을 그리기 위해서 붉은 양말을 택했다. 헉슬리나 조지 오웰의 경우에서는 붉은 양말을 그리기 위해 그것을 신은 인간을 그렸다. 붉은 양말은 자본이고 공장의 조직이고 과학이다. 이것들을 위해서 인간들이 여하히 봉사하는가를 그리는 것이 그들의 리얼리즘이다.

또 하나의 경향은 형이상학적인 인간 존재의 문제를 다루는 작가라 해도 그 수법은 인간을 대상으로 하고 있지는 않다는 것이다. 이데올로기라는 거울, 자의식이라는 거울, 인식, 감각, 정념情念, 그 모든 게 인간 속에 있는 것이 아니라 거울로 화해버린 그런 세계다. 이런 것이 앙드레 지드의 『교황청의 지하실Les Caves Du Vatican』이며, 장 주네Jean Genet의 『도둑일기Journal du voleur』이며 카뮈의 『이방인』이다.

줄리앙 소렐의 정념과 라프카디오의 야망은 같은 것일 수 없다. 노라의 자유와 테레즈 데케루의 자유는 같은 것일 수 없다. 추상적인 정념이나 관념이라 해도 전자의 것들은 언제나 현찰로 바꿀 수 있는 약속어음이다. 그러나 후자의 것은 구체적으로 바꿔도 거울 속에서의 현찰인 것이다. 거울의 그 그림자를 인간이 모방한다. 왜냐하면 인간 생존의 수단과 목적이 뒤바뀐 탓이다. 옛날의 윤리는 인간이 살기 위한 수단이었지만 그것이 목적으로 화하며 인간이 어떤 사상을 위해 목숨을 바치는 시대로 변했기 때문이다.

마지막으로 콜린 윌슨의 말을 우리는 기억하지 않으면 안 된다. 대중 사회의 인간형은 개인은 무기력하다는 신앙의 틀에서 찍혀 나온 존재들이다. 영웅이 세계를, 운명을, 그 역사를 창조하던 시대는 지났다고 믿는다. 그러므로 문학 역시 한 영웅을 그리려 들지 않는다. 오직 소외된 자신을 소외되어 있지 않은 것처럼 꾸미는 새로운 로맨티시즘의 대두, 그것이 이른바 반항이니, 무슨 제너레이션이니 하는 가장된 몸부림으로 감정을 발산하는 현대적 주정주의 문학이다.

인간이 소외된 문명 속에서 다시금 인간 그것을 문명의 주인으로 복귀시키려면 문학의 언어들이 근원적인 그 고향의 비전을 갖지 않으면 안 된다. 횔덜린의 「귀향Heimkunfu」와 같이 인간 존재의 고향 풍경을 그려주는 언어들, 소외된 인간들은 거기에서 실종된, 결석한, 추방된 자기 얼굴을 찾는다.

이상은 산의 짐승들이 동물원에 붙잡혀 와 갇힌 것이 아니라 거꾸로 동물원의 짐승들을 산에다 풀어놓은 것 같은 착각을 느낀다고 말한 적이 있다. 인간 개개의 머릿속에 도사리고 있는 이 역전된 의식을 고향의 언어들로 다시 역전시켜놓았을 때 표본실의 핀에 꽂힌 나비들은 다시 하늘로 날 것이고, 말테의 가면에게 빼앗긴 자기 얼굴은 다시 탈환해 올 수 있을 것이다.

백색이 아닌 그 목소리들

서序 / '아프로 아시아'의 운명

고대 서양 사람들은 지중해를 '우리들의 바다(mare nostrum)'라고 불렀다. 세계의 지도도 바로 그 바다를 중심으로 그려져 있으며, 유럽 이외의 다른 나라들은 모두 '미지의 나라(terra incognita)'라고 표기되어 있었다. 고대의 서양인들은 지중해 문명이 곧 세계요, 인류요, 진리라고 생각했던 것이다.

그러나 지도는 바뀌었다. 지중해가 문자 그대로 세계의 한복판에 있는 바다가 아니라는 것을 알았다. '미지의 나라'라고 적었던 그 땅 위에도 역시 문명과 역사와 그리고 피부 빛깔은 다를망정 분명히 인간들이 살고 있다는 것을 발견했다. 문제는 바로 그 점에 있다. 옛날 미개했던 시절에 서양인들이 지중해 중심으로 세계의 이미지를 그려갔던 것은 당연한 일이며, 탓할 일이 못 된다.

하지만, 세계는 둥근 것이고 인종은 장미의 종류처럼 다양한 것이고 풍속과 역사는 서로 침범할 수 없는 울타리를 갖고 있다는 사실을 잘 알고 있는 오늘날—아직도 서양인들이 지중해를 세계의 중심으로 생각하고 있다는 데 문제가 있다.

서양에는 아프리카의 밀림이나 금광이 유럽 귀족들의 침실을 장식하기 위해서 존재하는 것이고 비록 영양이 나쁘고 항상 굶주리고는 있으나 넓은 논과 밭을 가지고 있는 동양인들은 유럽인의 식탁을 기름지게 하기 위해서 땀을 흘리고 있는 것이라고 믿고 있는 사람들이 많은 것이다. 콜럼버스 이후 수세기가 지난 오늘날에도 낡은 고대의 지도만을 고집하며 살아왔기 때문이다.

그리하여 아시아·아프리카의 원주민들은 엄청난 거리와 서로 다른 풍속의 차이를 갖고 있으면서도 대개 비슷한 고난, 비슷한 눈물, 비슷한 진통의 근대사를 갖고 있었다. 아름다운 젊음들을 식민지 치하에서 살았다는 육체적인 그 괴로움에 있어서만 같았던 것은 아니다.

아시아·아프리카의 넓은 지역, 세계 대륙의 3분의 2를 점하고 있으면서도 불과 970만 제곱킬로미터밖에 되지 않는 유럽인의 눈치를 보며 그들은 살아왔다. 그러나 우리가 간과해서 안 될 것은 식민지의 역사 속에서 아시아·아프리카인들은 근대적인 인간 훈련을 학습하고 있었던 것이다. 그들 백인에게서 받은 것은 굴욕과 함께 묻어 들어온 자유의 개념, 역사의 개념, 자아와 평등과

법과 시민이라는 의식이었다.

굴욕과 채찍 밑에서 눈을 뜬 근대사, 나라와 민족을 잃었으나 대부분의 아시아·아프리카인들은 그 상실 속에서 도리어 나라와 민족의 의미를 수천 년이나 잠들어 있던 그 매몰의 의미를 발견했었다. 이 역설적인 근세사를 치르면서 그들은 성장해왔고, 그래서 수천 년의 역사와 전통을 갖고 있으면서도 오늘날 신생국이라는 아이로니컬한 이름으로 불리고 있는 것이다.

피부가 유색有色이라서, 우리들의 관심이 아프리카나 혹은 동남아로 향하고 있는 것은 아니다. 그리고 이그조티시즘exoticism 때문에 그런 것도 아닐 것이다. 엄격한 의미에서 오늘날엔 비백인 문명非白人文明이란 것이 존재하지 않기 때문이다.

사실상 지금까지 우리가 아프리카나 중동, 또는 동남아에 대해서 호기심을 품었던 것은, 백인의 입장, 유럽인의 그 입장에서 바라다본 것뿐이었다. 외인 부대를 망루望樓가 서 있는 사하라 사막, 국제화된 알제리의 카스바, 모로코와 나일 강과 회교 사원—서양 영화나 그림책이나 그들의 글을 통해서, 즉 백인의 어깨너머로 우리는 아시아·아프리카의 이그조티시즘을 길렀던 것이다.

그런데 우리가 지금 아시아·아프리카에 대해서 새로운 관심을 가져야 한다면 그것은 어떤 성질의 것인가? 후진국의 운명 새로운 내셔널리즘nationalism이라는 20세기 후반의 신화…… 그런 정치적인 이해 관계일까? 물론 그것을 부정할 수는 없다. 오늘날 세계사는 반세기 전만 해도 암흑의 대륙이요, 은자의 대륙으로 망각되어 있던 아시아·아프리카로부터 새로운 도전을 받고 있기 때문이다. 그렇다고 해서 갑자기 유행어가 된 '아프로 아시아'의 정치 문제만이라고 성급한 해답을 내릴 수는 없을 것이다.

오랫동안 우리는 서구의 문명에 대해서만 생각해왔다. 어쩌면 근대화를 겪고 있는 우리로서는 당연한 일이기도 하다. 그러나 지금 우리는 그 시점을, 항상 '주는 쪽'에만 머물러 있던 그 시점을 '받는 쪽'으로 돌릴 때가 된 것 같다. 아시아·아프리카의 문학에 대해서 한번 알아보자는 노력도 바로 거기에 있다.

우리나 그들이나 전통 사회의 양식을 청산하지 못한 채 서구 문명을 받으며 현대사를 살고 있다. 거기엔 모순과 혼란과 고민이 있다. '주는 쪽'보다 '받는 쪽'이 그 동요가 언제나 크다. 그렇다면 근대 문학 반세기 동안에 우리가 서양인에 빚을 지고 커온 그 언어와, 암흑의 대륙, 혹은 황색의 대륙에서 우리와 꼭 같이 백인에게 빚을 지고 성장해온 그 언어 사이에는 어떤 공통점과 어떤 차이가 있는 것일까? 우리는 어떻게 받아들였으며 그들은 또 어떻게 그것을 받아들였을까? 받는 자들의 문화에 우리가 시선을 돌릴 때 우리는 한층 더 선명하게 우리가 걸어온 그 근대사의 마일스톤을 읽어볼 수 있을 것이다.

스포츠는 스코어로, 상품은 품질 조사로 견주어볼 수가 있을 것이다. 그러나 언어(문학·사상)의 활동은 막연하며 주관적이다. 그나마 아시아·아프리카 문학은 전연 미지의 자리에 있다. 속된 호기심으로 우선 그들의 문학이 어느 정도일까? 그들의 고민은 무엇이며, 그들이 말하고 싶은 내용은 무엇일까? 하는 문제도 우리는 풀지 못했다.

여기에 실린 10여 편의 낯선 나라, 낯선 그 작가들의 작품[38]에서 우선 그 아쉬움을 풀어보기로 하자.

그리고 그것을 계기로 백인이 아니라 우리들 입장에서 그 미지의 대륙 속에서 숨 쉬는 인간들의 표정을 살펴야 될 것이다. 그리고 세계라고 하는 것은 결코 지중해변에만 머물러 있는 것이 아니라는 것을…….

안으로 향한 저항의 눈

아시아·아프리카의 현대 문학은 아무래도 식민지적 생활의 고발 문학이 그 척추를 이루고 있는 것이 아닌가 싶다. 우선 인종 차별이 심하고, 백인의 통치권이 오늘날에도 강력하게 남아 있는 남아프리카공화국의 경우, 피터 에이브러햄스Peter Abrahams의 「말레이 캠프 삽화」에서 우리는 그것을 엿볼 수 있을 것 같다. 앞에서 언급한 바대로 백인의 지배를 강하게 받은 나라일수록 부

---

38) 《한국문학》(1966, 여름호)이 특집으로 꾸민 '아시아·아프리카 문학'을 말한다.

조리하게도 그 나라의 문명도文明度가 높다는 사실을 잊어서는 안 된다. 아프리카 대륙 가운데에서 가장 개발된 나라가 바로 남아프리카공화국이고 그 문학적인 면에서도 우수한 수준을 보여주고 있다.

남아프리카공화국은 6, 7월이 겨울이고 크리스마스 시즌이 가장 더운 때로 되어 있다. 그러나 계절은 정반대지만 「말레이 캠프 삽화」를 읽을 때 우리는 왕년의 일본 통치기의 한국이 연상되기도 한다.

피터 에이브러햄스가 그리고 있는 저항의 시각은 백인에 대한 증오라든가 인종 차별의 모순이라든가 하는 피상적인 현상으로만 쏠려 있지 않다는 데 특징이 있다. 단적으로 말하면 흑인들 자신, 백인화白人化 되어가는 흑인의 인텔리 자신들에 대한 항거인 셈이다. 그 수가 많지는 않지만 우리도 일제 식민지기에 저항적인 양상을 띤 문학이 있었음을 기억한다. 그것은 야학당을 만들어 대중을 계몽한다든가 흙의 농민 운동이라든가 좀 대담한 경우라면 일본인에 대한, 친일파에 대한 증오와 저항이었다.

그러나 「말레이 캠프 삽화」처럼 국민을 이끌어가는 지도자, 대중 앞에서 외치는 독립 운동자 자체에 대한 비판은 거의 없었다. 피터 에이브러햄스의 저항과 비판은 훨씬 더 본질적이고 차원이 높다. 즉 그가 화살의 표적을 삼고 있는 것은 투전장이 흑인을 쫓고 있는 백인 경관이기 전에, 도리어 그 흑인을 도와주려고 하는 의사, 즉 자기네와 똑같은 흑인 미니 의사였던 것이다.

미니 의사는 백인의 압력 밑에서 흑인을 구제하려는 흑인 지도자상像을 상징하는 것이라고 해도 무방하다. 미니 의사는 인텔리이며 법이 무엇인지를 알고 있고 또 동족들인 흑인이 어떤 대우 밑에서 살고 있는가를 잘 알고 있는 사람이다. 그리고 그는 경관에 쫓겨 지붕 위에서 떨어진 투전꾼 흑인을, 아무도 감히 도우려 들지 못한 그 흑인을 구하기 위해서 위험을 무릅쓴다. 상식적인 저항 문학은 대개 여기서 끝나는 법이고 미니 의사를 영웅적인 것으로 꾸미기 위해 그 미학을 받치게 된다. 우리 문학도 대체로 그렇게 되어 있다.

하지만 피터 에이브러햄스의 문학은 바로 거기서부터 출발한다. '과연 미니 의사는, 흑인 지도자들은 정당한가? 옳게 생활하고 있는가? 존경할 만한 행위인가?'

에이브러햄스는 미니 의사를 끈덕지게 추구한다. 그리하여 거기에서 백인화 되어가는 흑인 지도층의 나약하고 이기적이고 타산적인 안가安價한 동족애, 가식된 동족에의 사랑, 그 허위를 벗겨내고 있다.

"둘 다 같은 종족(흑인)이었다. 그러나 아주 차이가 있었다. 곁의 사람(투전꾼 흑인)은 천대받는다. 이렇게 천대받는 사람은 많다. [⋯] 그러나 앞자리에 앉은 사람(미니 의사)은 달랐다. 아까 둘레에 모여 섰던 모든 사람과도 달랐다. 백인조차도 다르게 보고 다르게 취급했다. 그런데 그는(미니 의사) 자기와 꼭 같은 피부의 인간이었다.”

미니 의사는 백인들과 꼭 같은 집에서 살고 백인과 꼭 같은 생활, 꼭 같은 사고방식을 갖고 사는 것이다. 다만 자기 신변이 위험하지 않는 범위 내에서, 자기가 손해 보지 않는 한도 내에서만 그 흑인을 도우려고 했을 뿐이다. 이미 미니 의사는 흑인들의 안에서 살고 있는 흑인이 아니라 백인들의 울타리 안에서 살고 있다. 피부가 까만 하나의 백인에 지나지 않는 것이다. 주마가 작별 인사를 할 때 내민 미니의 아내 손 역시 백인의 손처럼 부드럽고 작은 것이었다.

「말레이 캠프 삽화」처럼 만약 우리가 글을 썼다면 법法의 대우를 받아가면서 민족 운동을 했던 일인화日人化된 우리 과거의 지도자들, 신분 높은 그 지도자들에의 회의와 비판이 될 것이다. 피터 에이브러햄스의 저항적 시각은 우리 문학에서는 찾아보기 힘든 것이다. 그렇기에 그것은 우리에게 많은 시사점을 던지고 있다.

저항의 언어가 외부가 아니라 내부로 향하고 있다는 그 특징은 인도네시아의 작가 토에르의 「미명에 태어나다」에서도 찾아볼 수 있다. 이 작품은 전반부와 후반부의 작중 인물의 시점視點이 뒤섞여 있어서 구성상으로 결점이 많다. 후리프라는 학생의 이야기에서 아버지 이야기로 바뀐다든지, 자기 시점에서 이야기하던 것이 어머니의 내면적 시점으로 옮겨가는 것들이 그렇다. 그러나 우리가 주목해야 할 점은 피터 에이브러햄스의 경우처럼 네덜란드의 식민지 정책보다도 더 준엄하게 자기 자신들의 패배주의, 체념, 타협, 안일을 비판하고 있다는 점이다. "잘못되면 조상 탓, 잘되면 내 탓"이라는 속담은 우리 문학의 기본적인 발상법에서도 찾아볼 수 있다. 우리 문학의 일반적 경향은 자기 자신에겐 관대하고 타인에 대해서는 엄격한 태도를 취하고 있다는 사실이다. 가난과 비극이 언제나 나의 잘못이 아니라 사회나 악자惡者들 때문이라는 원망, 그 변명의 구실을 찾는 것이 우리의 리얼리즘이었다.

그러나 토에르의 분노는 네덜란드인들의 식민 통치의 탄압 그것보다도 그 세력 밑에서 속절없이 무너져가는 비굴한 인도네시아의 국민들 자신으로 향하고 있다. '스와데시 배척 운동'이니, '전통'이니, '단결'이니, 네덜란드인에 대한 '투쟁 운동' 같은 것이 유행처럼 휩쓸다가 탄압을 받게 되면 까마득하게 전설처럼 사라져버리는 구호들―. 실의와 자포자기 속에서 사는 나약한 인도네시아 국민들을 고발대에 올려놓았다.

"사내애라구! 녀석은 제 에미 애비보다도 훌륭한 놈이 될 거야." 무력한 민족 운동가의 아내는 새벽에 아들을 낳고 그 아기에게 기대를 건다. 이 소설의 메인 서브젝트이기도 한 미명未明에 태어난 새로운 세대의 민족―. 토에르의 이 작품이 우리에게 보여주고 있는 것은 그들이 얼마나 자기 자신들에 대하여 준엄한 비판을 가하고 있는가 하는 발랄한 문학적 비판 정신이라고 할 수 있다. 체념과 패배주의적인 색채가 짙은 아시아 민족에의 비판, 후회 그리고 반성 같은 것을 느끼게 하는 작품인 것이다.

뜻밖에도 이 「미명에 태어나다」에서 우리는 우리들 자신의 초상과 만나게 된다. 야학당을 경영하는 시골 선생의 민족 운동이라든지 자전거를 타고 찾아오는 식민지 경찰에 대한 불안한 이미지라든지, 하나 둘…… 패배하고 전향해서 끝내는 망각 속에서 사라지는 민족운동의 열의라든지, 아마 장소와 주인공 이름만 바꾼다면 우리의 상황 그대로를 작품에 옮긴 거나 다름없을 것 같다.

「말레이 캠프 삽화」와 「미명에 태어나다」가 식민지적 인간상을 그린 것이라면 나이지리아 작가 에퀜시의 「북과 소리」는 전후 신생국의 아프로 아시아의 한 현실적 측면을 보여주고 있다. 「북과 소리」는 르포르타주reportage와 같은 리얼리스틱한 수법으로 씌어진 소설이다. 그러나 그 구성과 주제는 상징적으로 처리되어 있다. 또한 시적인 이미지가 풍부하게 사용된 향토색 짙은 작품이지만, 그것이 결코 관광객 상대의 로컬리티를 노린 것이 아니라는 점, 훌륭한 솜씨를 보여준다.

물론 이 소설에는 독수리의 깃을 단 추장이나 25종족들의 각기 다른 춤과 북소리, 종려주棕櫚酒의 독한 냄새와 만드라스, 붉은 허리띠, 그리고 콰라(나이지리아의 수도)와는 달리 순수한 아프리카의 마음을 지니고 있는 토속의 세계가 등장하고 있다. 그러나 에퀜시가 「북과 소리」에서 다루고 있는 주제는 소박한 향토주의나, 감상적인 전통의 찬미에 있지 않다.

방송 녹음 차를 몰고 다니는 이 소설의 주인공과 마찬가지로 에퀜시는 원시의 밀림 속에 아직도 남아 있는 흑인들의 북과 그 소리만을 채집하려 하지 않고 그 북과 소리 속에 있는 새로운 그 민족들의 상징적 단결이 목표였던 것이다. 주인공 자신이 그렇게 말하고 있다. "북과 소리의 매개를 통해서 이 마을의 영혼을 붙잡는 것이다 [⋯] 말하는 북, 속삭이는 북이다. 춤추는 북, 싸우며 또 사랑하는 북이다. 소리를 잡아라, 늙은 사내의 목소리, 늙은 여자의 목소리, 젊은이의 소리, 나무 밑에 있는 처녀들의 소리, 말 많은 사람들의 소리……."

에퀜시가 말하고 있는 그 북소리는 사실적 의미에서는 나이지리아인들이 이오지 신神을 믿고 있는 전통적인 풍속을 그린 것이지만 상징적으로 볼 때 신생국 아프리카의 새로운 독립의 북소리를 의미한다. 그것은 나이지리아 국민들의 정치이며, 경제이며, 생활인 것이다.

그러므로 주인공 앨프렛(방송국의 직원, 북소리를 녹음하기 위해 고향을 찾아간)이 막상 그 북과 소리를 녹음하려고 여러 종족을 모아놓았을 때, 제각기 먼저 자기 종족의 북과 춤을 녹음해달라고 싸운다는 것은, 그래서 녹음이 불가능하게 된 것은 상징적 의미로 볼 때는 신생국 나이지리아의 정치적 민란, 우중遇衆들의 분쟁, 자치 능력의 상실에서 오는 무질서라고 할 수 있는 것이다.

오늘날 신생 국가들은 대부분이 제 북을 먼저 두드리려다 서로의 북소리를 방해하는 비극을 자아내고 있지 않는가! 아프로 아시안의 민주주의가 적신호를 울리고 있는 그 심각한 딜레마를 에퀜시는 밀도 있는 상징으로 반영시켜주고 있다. 그런데 에퀜시는 그 상징적 리얼리즘에만 만족하지 않고 한 걸음 더 나아가기를 희망한다.

앨프렛은 그 혼란 속에서 울려오는 소음을 그대로 녹음한다. 그리고 추장들에게 그것을 들려주면서 이것은 당신네들이 떠드는 소리이고…… 이 모든 우리의 잡음을 그대로 세계를 향해서 방송하겠다고 한다. 그제서야 추장들은 설복을 당하고 질서를 회복한다. 앨프렛은 북과 소리를 녹음하는 데 성공한 것이다.

해피엔딩으로 끝난 이 「북과 소리」의 녹음 이야기에는 신생국 나이지리아의 해피엔딩을 원하는 작가의 강력한 이상이 작용되어 있다고 할 수 있다. 토속적인 것을 토속적인 것으로만 그리지 않고 고민하는 현실을 현실 그대로만 투영시키지 않은 에퀜시의 이 '북과 소리'는 자기 목소리로 자기 운명을 그려가야 하는 아프로 아시아의 후진국 문학의 가장 이상적인 형식이라고 할 수 있다.

자화상自畵像을 그린 고민苦悶

아시아나 아프리카의 원주민들은 오랜 압박과 미개한 생활 속에서 살았다. 그러므로 정치나 경제나 그 생활은 아직도 암흑 속에 처해 있는 것이다. 국민들은 게으르며 관리들은 부패해 있다. 식민지적 생활에서 해방되었다고는 하나, 그 적敵은 바다 건너에 있는 것이 아니고 바로 그들 내부 속에 도사리고 있다. 그들은 외부의 적들인 지배 민족에 대해 독립의 무기를 들었지만, 그래서 피부가 하얀 식민주의자들이 사라져가고 있지만 지금은 새로운 내면의 적과 맞싸워야 한다. 이것이 아시아 아프리카의 신생국들이 겪고 있는 공통적인 과제이다.

이집트 작가 마하포즈의 「파아샤의 딸」, 터키 사키르의 「당나귀 자서전」, 아프리카 가나 단쿠아의 「건망증」, 인도네시아의 작가로 널리 알려진 루비스Mochtar Lubis의 「하지 자카리아의 복권福券」 등은 모두 그러한 사회 문제를 풍자적으로 혹은 암시적으로 제시하고 있다.

「파아샤의 딸」은 이집트의 관리들을 희화화戱畵化한 소설이다. 파아샤(고관을 뜻하는 경칭, 그는 전직 장관이었다)가 아내와 파티에서 밤늦게 집에 돌아왔을 때 경관이 그의 집 담에서 뛰어넘어 온 도둑을 잡아온다. 그러나 알고 보니 그것은 자기 딸의 정부情夫인 가난한 서기였다는 것이다. 아내는 파아샤에게 초등학교밖에 나오지 않았다는 그 남자를 외국의 대사관에라도 앉혀 딸과 결혼시켜야 한다고 역설한다. 파아샤는 큰소리를 치지만 결국 풀이 꺾인다. 그 자신이 바로 아내와 그런 식으로 결혼을 했기 때문에, 장인의 세력으로 장관의 자리에 오른 자였기 때문이다.

오 헨리 식인 전통적인 단편 형식을 따르고 있는 작품이지만, 후진국에서 흔히 볼 수 있는 부패한 정치인들을 시니컬하게 풍자하고 있는 그 점엔 참신한 맛이 있다. 우리도 그들과 조금도 다름 없는 상황 속에서 살고 있으며 또 그런 상황 속에서 글을 쓰고 있다. 그런데 정실 인사나 고관高官들의 허위적인 생활은 기껏해야 신문의 가십난欄에서만 오르내리고 있을 뿐이다. 마하포즈가 보여주고 있는 그 참신하면서도 위트 있는 풍자적 소설은 우리 작가에게 가장 결여되어 있는 부분이 아닌가 싶다. 따라서 단편의 긴장된 재미, 암시성 자조自嘲에 빠지지 않는 건강한 풍자적인 웃음…… 특히 우리의 현 상황에서는 그런 밀도 있는 소설이 요구되고 있다. 고관의 딸과 밀통을 하면 '도, 레, 미'를 몰라도 교육부의 음악 교육 국장이 될 수 있고, 초등학교밖에 안 나온 서기라도 점잖은 외교관 자리에 오를 수 있는 후진국의 권력 사회—.「파아샤의 딸」을 읽을 때 우리는 그들이 우리 작가들보다 훨씬 사회적인 감각이나 그 고발정신이 세련되어 있다는 사실을 발견하게 된다. 난삽하지도 않고 소피스티케이트하지도 않고 마하포즈와 비슷한 체질을 가진 작가가 얼른 우리의 머리에 떠오르지 않는다는 것은 분명 슬픈 일이 아닐 수 없다.

「당나귀 자서전」 역시 관리들의 부패나 어리석음을 우화적 수법으로 고발한 것이다. 농림부의 관리들은 다 늙어 빠진 당나귀를 악질 상인에 속아 종마種馬로 사들이고 당근과 비싼 사료를 먹여 가꾼다. 그러나 시장판에서 이 종마를 끌어다 막상 접을 붙이려고 할 때 그들은 그것이 늙은 당나귀라는 것을 안다. 군중은 그 광경을 보고 이렇게 소리 지른다.

"하하, 이놈은 일할 생각이 없어! 그저 홍당무나 먹고 놀 뿐이지." "이놈은 공무원이란 말야, 아무 일도 하지 않는단 말야." "글쎄 내가 뭐라든? 목이 타서 죽게 되는 한이 있더라도 정부에서 판 우물은 찾아가지 말라니까, 물이 있을 까닭이 없지."

터키는 중동에 있다. 우리와 얼마나 멀리 떨어져 있는 나라인가! 그러나 또 얼마나 우리와 가까운 나라인가! 「당나귀 자서전」을 읽으면서, 우리는 그들이 바로 이웃에서 한숨을 쉬고 있는 사람들임을 느끼게 된다. 다만 다른 것이 있다면 그쪽 공무원은 먹고 일하지 않아 국민들로부터 불신을 사고 있는데 이쪽 공무원은 차라리 먹고 가만히 놀고만 있어도 좋겠다는 원망을 받는다는 그 정도다. 특히 공감을 느끼는 것은 후진국일수록 경제학자님들이 뻐기고 있다는 통렬한 풍자다. 경제학자라고 불리는 뚱뚱한 두 사람을 태우고 당나귀는 시골길을 간다. 그 등에 탄 사람들은 나라의 경제에 대해서 지껄여대기 시작한다. 그때 당나귀는 독백한다. "과거 6세기 동안이나 우리 등에 이 나라의 경제를 짊어지고 왔는데도, 그래도 부족한지 이제 또 누룩 돼지 같은 경제학자를 싣고 가야 하는구나."

우화라고 하기보다는 상징에 가까울 정도로 리얼리티가 있는 대목이다. 당나귀는 곧 백성들이라고 할 수 있다. 그들은 묵묵히 지난 수세기 동안 일만 해왔다. 나라의 경제를 등에 지고 다녔다. 그런데 경제 이론가들은, 애국지사를 자처하는 정치인들은 그들의 등에 올라타서 나라의 경제를 입으로만 지껄이고 있는 것이다. 이 작가는 정공법正攻法으로 현실을 다루지 않고서도 절박한 후진국의 맹점, 그 리얼리티를 통렬히 찌르고 있다. 우리 입장에서 볼 때에도 사키르의 「당나귀 자서전」은 분명 차원 높은 사회 비판적 소설임에 틀림없다.

아프리카 가나의 여류 작가 단쿠아의 「건망증」도 역시 풍자가 강하고 오 헨리 식으로 결구結句의 묘妙를 살린 소설이다. 설화풍의 스타일도 독특할 뿐 아니라 낯익은 서구 작가의 그 서술 방법과는 다르다.

그야말로 밀림의 종려 그늘 밑에서 흑인들이 낮잠을 자고 일어나 한마디씩 주고받는 순박한 웃음의 이야기, 그런 설화다. 아그와 신왕, 40명의 처를 거느리고 사는 왕, 항상 새 여자에게 마음이 쏠리는 호색가, 취임 20주년 기념식에서도 그 왕은 춤추는 여인에게 마음이 쏠린다. 보통 때와 마찬가지로 50파운드를 내고 그 여인을 아내로 맞아들인다. 그런데 실은 그 여인은 그 왕이 거느리고 있는 40명의 아내 중 하나였던 것이다.

비록 이 소설의 '웃음'은 설화풍으로 윤색되어 있긴 하나 그것은 바로 오늘의 가나, 가나의 그 남성과 가나의 구습舊習에 대한 웃음인 것이다. 짤막한 소품小品을 통해서 이 작가는 아내마저 모르는 가나의 건망증을 비판하려 한 것이다.

「파아샤의 딸」과 「당나귀 자서전」과 「건망증」에는 다 같이 하나의 웃음이 있다. 그러나 그 웃음은 영국식 유머도 아니며 프랑스적인 기지의 웃음도 아니다. 바로 오늘의 아시아·아프리카인들의 웃음, 가시와 진통의 피가 묻어 있는 검고 노란 웃음들이다. 따라서 그 웃음은 자기 자신을 향한 웃음이다.

몇 개의 작품만 가지고 보아도 아시아 아프리카의 현대 문학은 모두 자기 비판적이라는 뚜렷한 자의식의 목소리를 지니고 있다. 과거의 유산이나 오늘의 혼돈에서 빠져나가려는 노력이다.

「자카르타의 황혼」으로 우리나라에 소개된 일이 있던 루비스 (인도네시아)의 작품을 보면 그것이 한층 더 명확하게 나타나 있다.

낙관적이고 투기적이며 미래의 설계가 없는 맹목의 생을 살아가는 인도네시아의 한 인간상—그것이 바로 「하지 자카리아의 복권」이다. 자카리아는 복권을 사 모으는 사행심 많은 부호富豪다. 전 재산을 그것으로 탕진하고 만다. 메카 순례를 하고 복권을 사면서 그날그날을 나태하게 보낸다. 그는 미래를 예측하며 살아가는 인간이 아니라 우연 속에 생을 투기하는 인물이었다. 남들이 고무나무를 심어 돈을 벌었다니까 그제서야 커피 밭에 고무나무를 심는다. 그 고무나무가 자랐을 때에는 커피 값이 오르고 고무 값이 폭락한다. 이번엔 다시 고무나무를 자르고 커피를 심는다. 하지만 커피를 수확할 무렵에는 다시 커피 값은 폭락하고 고무 값이 폭등하게 된다. 이렇게 사회를 뒤늦게 쫓아가는 지각생이었던 그는 완전히 파산해버리고 만다. 그에게 남은 것은 한 상자의 휴지쪽 같은 복권뿐이었다.

루비스는 자카리아가 누구인지를 잘 알고 있다. 친절하고 착하고 악의가 없는 늙은이, 그러나 그가 왜 망해야 했는지의 비극을 알고 있다. 자카리아는 인도네시아인의 전형이기도 한 것이다. 그런데 더욱 중요한 대목은 내레이터인 내가 자카리아의 복권이 얼마나 무의미했던가를 비판해주고 그 때문에 그 노인이 충격을 받아 자살했다는 점이다. '나'는 자카리아의 딸을 사랑하고 결혼을 하려고 하지만, 이론적으로 보면 자기가 그 애인의 아버지를 죽인 것과 다름이 없다. 딸의 입장에서 보면 '나'는 '원수'이며 '애인'이다.

루비스의 고민도 거기에 있는지 모른다. 인도네시아의 무지를 일깨울 때 그는 사랑하는 그 이웃들로부터 도리어 원수 같은 입장에 놓일 것이다. 그것은 고독한 파이어니어의 초상이다. 내레이터는 종국에 가서 이렇게 말한다. "제발 하지 자카리아가 자살한 것은 복권 때문이 아니라, 보상받지 못한 국채 때문이었다는 확증만 있다면, 그렇다는 증거만 있다면 아나는 얼마나 그지없이 행복한 마음으로 마리얌을 내 아내로 삼을 수 있는가?"

만약 그가 보상받지 못한 국채 때문에 자살했다면 그것은 사회가 질 몫이다. 그러나 복권 때문이라면 그것은 개인의 책임, 그 개인의 책임을 일깨워준 나 자신이 질 책임이다.

루비스는 물론 그의 자살이 복권 때문이라는 것을 잘 알고 있는 것이다. 그 파멸에 있어서 개인의 책임이 더 무겁다는 것을 알 것이다. 그래서 행복한 마음으로 마리얌을 아내로 맞이할 수 없다는 슬픔 속에 쫓기고 있다. 이것을 누가 인도네시아의 한 인간상의 비극이라 할 것인가? 우리들의 복권은 어떻게 되었던가? 마리얌을 신부로 맞이해야 될 우리들의 마음은 또 어떤 것일까?

서양과의 거리

세계는 하나라는 구호—피부 빛깔과 언어의 울타리를 넘어선 인간의 보편적 진리라는 신화—그러나 그것은 하나의 관념이라는 점을 우리는 안다. 실제 감각의 세계에 이르면 서양과 아시아는, 그리고 아프리카는 서로 마주칠 수 없는 높고 높은 벽을 가지고 있다는 것을 알 수 있다. 관념과 감각의 그 괴리乖離—그것도 아프로 아시안이 치러야 할 한 시련이다.

단적으로 말해서 이란의 작가 추바크가 쓴 「장난감 말」은 국제

결혼의 파경을 다룬 것이라 할 수 있다. 하나의 사랑으로 평등한 인간으로서 그들은 결혼한다. 프랑스의 여인은 피부색이 다른 이란 유학생과 결혼하는 데에 주저하지 않았던 것이다. 그녀는 그를 사랑했던 것이다.

그러나 이란의 공항에 내리자마자 총검을 들고 노려보는 헌병에게서 그녀는 위축감과 단절을 느끼게 된다. '나는 당신의 노예입니다'라고 말해야 하는 이란인 인사말을 외며 시집 식구와 인사를 할 때 이미 그녀의 비극은 싹트게 된다. 풍속, 민족 감정, 종교…… 이런 감각의 벽이 날로 높아져가는 것을 그녀는 느낀다. 이러한 장벽이 가장 집약적으로 나타나 있는 것은 그녀가 이란의 독특한 변소의 악취와 자기 몸에서 풍기는 프랑스의 디오르 향내를 맡고 구역을 느끼는 장면이다. 파리 떼가 날아다니고 등잔불이 깜박거리는 그 변소의 냄새, 이란의 냄새와 마로니에의 가로수, 센 강의 계단을 내려갈 때 풍기는 디오르의 그 향내와는 도저히 결합할 수 없는 두 개의 생활이 가로놓여 있는 것이다.

남편도 프랑스에서 보던 그 남자가 아니다. 그는 쉽게 고국 땅과 동화해간다. 친절하고 부드러우며 유럽화된 그 사나이는 다시 수염을 기르고 라이플 총을 들고 있는 옛날의 그 빨치산의 모습으로 바뀌어가고 있다.

그녀가 아이들을 낳았을 때는 이미 결혼 생활의 막이 내렸다. 그녀에게 남은 것은 다시 프랑스로 가는 비행기표와 슈트케이스,

그리고 증오와 구역질뿐이다. 그녀는 장난감 말을 안고 잠든 곱슬머리 아이에게, 아버지 나라에 대한 증오를 가르쳐주겠다고 생각한다. 그리고 사람이 세상을 살아가는 데는 사랑만 필요한 것이 아니라 증오의 감정도 또한 그에 못지않게 중요한 것이라는 걸 깨닫는다. 그녀는 장난감 말을 부숴 꺼져가는 난로에 던진다. 그것이 추위에 떠는 아이를 따뜻하게 만들 것이라고 생각했기 때문이다.

이 소설은 근본적으로 프랑스와 이란의, 서양과 중동의 거리를 말하려는 데 있다. 사랑이란 관념, 감각의 풍속을 초월한 사랑의 결합은 장난감 말 같은 것에 지나지 않는다는 이야기, 생명이 없는 장난감 말을 사랑하는 것과 다를 것이 없다는 이야기다.

뿌리 깊은 민족감정이나 생활 풍속의 차이에서 오는 소외감은 하나의 현실이며, 이 현실을 우리는 곧잘 관념 속에서 무시하기 쉬운 법이다. 이란은 이란—프랑스는 프랑스—아무리 노력하고 이해하고 결합하려 해도 변소 냄새와 디오르 향수는 조화를 이룰 수는 없을 것이다. 오직 그 두 개의 냄새가 부딪치는 곳엔 구역이 있을 뿐이다.

나는 이 글을 쓰며 부끄럽게 생각한다. 어째서 우리 작가는 추바크와 같은 관점으로 오늘의 한국, 오늘의 그 한국과 서양의 거리를 소설로 다루지 않았던가? 우리는 우리 주변에서 국제결혼의 파경을 보고 또 흔히 들어왔다. 평범하고 통속적인 사건으로 덮어두기 전에 무엇이 그 파경의 원인이며 궁극적으로 그것이 상징하고 있는 의미란 무엇인가를 왜 묻지 않았던가?

추바크의 소설은 구성이나 심리 묘사나 감각의 대조적 기법에서 훌륭한 솜씨를 보이고 있다. 그러나 더욱 놀라운 것은 이란을 아웃사이더인 프랑스인의 안목으로 보고 있다는 것이며, 관념과 감각의 승리를 통하여 서로 단단하게 남아 있는 정신적 국경의 의미를 극명하게 부각시켜준 점에 있다.

장난감 말을 태우는 사람들, '인형의 집'이 아니라 장난감 말을 부숴야 하는 여인의 이 이야기는 현대의 탈출극이라고 할 수 있다. 유학을 가고 서로 문화를 교류하고 하나의 문명이 세계를 휩쓸어도 너와 내가 같다는 것은 장난감 말의 목을 놓지 않으려고 두 손으로 부여잡고 잠든 아이의 몽상이라는 것을 우리는 알고 있다. 서양 문명과 동양 문명의 국제결혼은 파경할 수밖에 없도록 운명지어져 있는 것이다.

서양과 비백인 문명의 거리를 비단 작품의 소재로만 보여주고 있는 것이 아니라 직접 그런 발상법으로 소설을 전개하는 것도 눈에 띈다. 인도의 작가 찰람의 「사라다」가 그런 경우다.

어느 장관의 정부인 사라다가 무료한 틈을 타서 소년과 부정한 관계를 맺는다. 그런데 이 작가는 그 사건을 평면적인 차원에서 다루지 않고 영적인 환상의 세계와 실제적 현세의 두 시각에서 전개시키고 있다. 직접적으로 말하면 유령이 현몰하는 이야기인

데 서양의 경우 같으면 '고딕 노블Gothic Novel'에서나 볼 수 있는 현상이다. 그리고 그것은 '고딕 노블'에서 볼 수 있는 공포, 신비, 초월의 이야기로서 유령을 그려간 것이 아니라는 데 유니크한 동양적 발상법이 있다. 유령으로서의 사라다와 육체를 가진 사라다가 동시적으로 현실 속에 공존한다. 이러한 복합성은 서양 작가가 즐겨 다루고 있는 무의식 탐구의 심리 소설과도 그 성질이 다르다.

영적인 것은 현세적인 것과 교섭하는 동양 고유의 사유 양식思惟樣式을 근대적인 소설 수법으로 적용한 것이라고 할 수밖에 없다. 과학주의 그리고 심리주의적 메커니즘, 이런 것이 근대 소설을 뒷받침하고 있는 받침대였다. 그러나 동양인들이 만약 동양적인 사유로 서사 문학을 근대화시킨다면 그와는 또 다른 방법을 발견할 수 있을 것이다. 「사라다」는 그것을 우리에게 암시해주고 있다.

「사라다」와 대조를 이루고 있는 소설은 필리핀 작가 놀레도가 쓴 「사랑의 찬가」다. 물론 이 소설의 소재가 모두 필리핀을 배경으로 삼고 있으며 궁핍하고 거칠고 무질서한, 특정한 그 사회에 작품의 초점을 맞추고 있다는 것을 부정할 수는 없다. 문제는 그 소재가 아니라 이 소설이 지니고 있는 주제, 기법, 모든 것이 얼마나 서구 문학의 영향을 강력히 받고 있었는가 하는 데 있다. 영화의 콘티처럼 짜여진 자연 묘사나 인물 성격의 추출은 서구 소

470 저항의 문학

설에 많은 빚을 지고 있다는 것을 증명한다.

하드보일드의 터치, 간결한 생략법, 어두운 생활 속에서도 근육을 가지고 움직이는 주인공…… 그 모든 것이 헤밍웨이를 연상시켜주고 있다. 따라서 그 주제 역시 보편적인 현대물이다. 미국이라도 좋고 유럽의 어느 곳이라도 좋다. 디이스틱deistic한 사랑과 폭력의 부조리한 결합―거기서 빚어지는 발언은 다만 현대인이란 문제이다. 아시아·아프리카 문학이라고 꼬리표를 단다 해도 역시 「사랑의 찬가」처럼 그중에는 보편적인 현대인―지도와 관계없는 현대인의 불안이나 그 질환이 그려질 수도 있다.

이스라엘의 작가 슈타인베르크의 「눈먼 처녀」도 중동적이란 데 의미가 있는 것은 아니다. 소설 미학 자체가 던지고 있는 감동이라 할 수 있다.

「눈먼 처녀」의 내부에 관점을 둔 이 소설은 치밀한 객관성 때문에 그 소설을 읽는 독자도 눈이 먼 것 같은 상태에 빠져버린다. 소설의 끝에 이르러서 눈먼 처녀가 자기와 결혼한 사람이 무덤 파는 인부요, 그녀가 살고 있는 집이 묘지가에 있다는 것을 알게 될 때, 독자도 그녀와 똑같이 놀라고 슬픈 감정을 맛본다. 역시 예술은 한 시대, 한 사회의 고민을 그리는 데서만 감동을 주는 것이 아니라는 것을 이 「눈먼 처녀」는 증명하고 있다. 아마도 이스라엘의 슈타인베르크나 필리핀의 놀레도는 우리 작가와 비슷한 위치에 앉아 있는 것이라고 해도 좋을 것 같다. 아시아·아프리카라는 특수한 지리적인, 정치적인, 그 조건을 떠나서 창작 행위를 한다는 그 점에서 말이다.

앞에서 본 아시아·아프리카 문학의 여러 작품들에는 백색이 아닌 자기 목소리의 발상법으로 인생을 노래하고 있는 데 비해 한국의 작가는 비교적 국적 없는 에스페란토식 노래를 부르고 있다는 점을 느낀다.

결론

우리는 처음으로 아아 문학亞阿文學을 읽었다. 낯선 작가, 낯선 언어들이다. 그 작품들을 읽고 우리는 무엇을 느끼는가?

첫째로 우리가 상상하고 있는 것보다 우수한 작품을 쓰고 있다는 소박한 인상이다. 물론 테크닉이나 폭의 넓이와 깊이에 있어서는 아무래도 한국 작가가 그들의 상석에 앉아야 할 것이다. 그러나 제 목소리를 가지고 있다는 점에서는, 뚜렷한 자기 자세를 가지고 있다는 점에서는 우리가 본받아야 할 일이다.

둘째로 준엄한 자기비판의 태도이다. 우리는 자기 자신에 너무 관대하다. 민족의 찬가讚歌만이 민족을 위하고 사랑하는 것으로 안다. 그러나 그들은 자기의 아픔, 자기의 낙백落魄, 자기의 모순을 향해서 좀 더 진지하게 발언할 줄 아는 것 같다. '내셔널 센티멘트'가 우리보다 세련되어 있다는 점이다. 우리는 자화상을 그리는 데 자조自嘲 아니면 자인自認밖에 모르고 있는 불구의 화가였다. 이 점도 또한 아아 문학을 읽으면서 반성할 점이다.

셋째는 그들의 문학에는 건전한 웃음이 있다는 것이다. 병든 감상이나 무력한 회의에 곧잘 빠지고 있는 한국 문학에서는 찾아보기 힘든 라블레 식의 웃음—건장한 비판 의식의 남성적인 근육을 가진 웃음으로 변조되어 나타난다. 물론 여기에 수록된 작품들은 아아 문학의 작은 비늘에 지나지 않을 것이다. 그러나 우리는 거기에서도 흰빛이 아닌 노랗고 까만 목소리를 들을 수가 있다. 그 목소리는 세상은 백색만이 아니라는 것을 다시 한 번 깨닫게 한다. 그리고 세상은 좀 더 넓은 것이라는 것을 말이다.

IV

병영화 시대의 예술가

프로이트 이후의 문학

그의 20주기周忌에

    프로이트를 시인이라고 보기엔 너무나도 리얼리스틱하고 과학자라고 부르기엔 지나치게 몽환적이다. 그러나 그가 퍼스터의 말처럼 '무의식의 콜럼버스'—말하자면 위대한 하나의 발견자라는 것은 의심할 여지가 없다. 콜럼버스에 의해서 침묵하고 있던 하나의 대지가 눈을 뜬 것처럼 오랫동안 베일에 싸여 있던 무의식의 세계는 프로이트의 출현으로 하여 비로소 구체적인 음성을 갖게 된 것이다.

    물론 그 이전에도 수많은 무의식의 콜럼버스들이 있었다. 라이프니츠, 쇼펜하우어 그리고 피에르 자네와 같은 사상가들이 그렇다. 하지만 실제로 그 어둡고 착잡한 무의식의 처녀림에 최초의 기旗를 꽂은 사람은, 그리고 그곳에 하나의 오솔길을 연 사람은 바로 지그문트 프로이트였다. 그렇게 해서 20세기의 문학에도 커다란 혁명이 일어나게 되었던 것을 우리는 잘 기억하고 있다. 그러니까 그의 심층 심리학은 폐쇄화된 구세기의 자연주의 문학이나 세기말적 문학 사상 속에서 새로운 기적을 기다리던 문학인들에게 일종의 활로를 베풀어준 셈이다.

사실 프로이트가 현대 문학에 끼친 영향은 세계대전의 그것보다 한층 더 강렬한 것일지도 모른다. 신심리주의 작가들이나 쉬르레알리슴을 논하기 위해서 사람들은 언제나 프로이트의 이름을 앞세울 것을 잊지 않았다. 과장해서 이야기하자면 그리스도를 중심으로 해서 인간 역사를 기원전과 기원후로 나누듯이 프로이트를 기점으로 구세기의 문학과 신세기의 문학이 분류된다고도 할 수 있다.

프로이트 이전의 문학, 말하자면 자연주의 문학자들은 인간의 외부적 현실만을 추구했다. 외면에 나타난 인간의 현실(행동)을 충실히 분석하고 기록하는 것이 그들의 야심이었다. 그러한 결과로 그들은 마치 외과의와 같은 구실을 했을 뿐이다. 언어는 고약과 같은 것이고, 예술은 메스나 혹은 붕대와 같은 것들이었다. 이렇게 메마른 문학에 대하여 반발을 일으키고 있을 무렵 프로이트의 무의식 이론이 공교롭게 등장한 것이다(『꿈의 해석Die Traumdeutung』, 1900). 그러므로 작가들이 보다 넓고 깊숙한 이 무의식의 세계에 눈을 돌리게 된 것은 필연적인 결과다. 거기엔 인간의 깊은 영혼의 밤이 있었다. 그리고 이 밤의 어둠이야말로 다름 아닌 인간의 본체였다. 산의 비보秘寶가 그 표면에 있지 않고 그 내부의 광맥에 있듯이 그리고 빙산의 정체가 바다 위에 떠 있는 부분이 아니고 도리어 그 해면 밑에 가라앉은 부분이듯이 인간의 현실적 구조란 것도 나타난 외면의 행동이 아니라 그 내부에 자리 잡고 있는 무의식의 내용 속에 잠존해 있다는 것이다.

그래서 제임스 조이스라든가 버지니아 울프 그리고 마르셀 프루스트 같은 제작가들은 그의 눈을 의식 내면으로 돌리기 시작했다. 발자크라든가 에밀 졸라의 소설은 바다와 표면에서 일어나고 있는 파도의 움직임이었다. 그러나 그들의 문학엔 해면의 요동이 아니라 해저의 침묵 속에서 일어나고 있는 해조의 율동 그것이다. 그들이 즐겨 쓰는 '내적 독백(또는 의식의 흐름)'은 사실 해저(무의식)에 도달하기 위한 잠수복에 지나지 않는다.

물론 이 일련의 심리주의 작가들이 순전히 프로이트에 의존해서 성장한 버섯은 아니다. 그들은 그들의 독자적인 직관력을 가지고 무의식 전의식前意識 또는 자유 연상自由聯想과 같은 방법을 발견해간 것이다. 프루스트는 프로이트의 글을 한 줄도 읽지 않고 『잃어버린 시간을 찾아서』를 썼으며 로렌스는 오이디푸스 콤플렉스의 이론을 알기 전에 『아들과 연인Sons and Lovers』을 썼던 것이다. 하지만 우리는 '빗발처럼 내리고 있는 무의식의 아톰'을 점철해가는 그들의 작품 세계가 프로이트의 이론을 울타리로 하고 있다는 사실을 부정할 수 없을 것이다. 토마스 만의 다음과 같은 말에서도 그것을 입증할 수 있다.

"『키 작은 프리데만 씨Der Kleine Herr Friedemann』로부터 『베네치

아에서의 죽음Der Tod in Venedig』, 『마의 산De Zauberberg』 및 『요셉
과 그 형제들Joseph und seine Brüder』에 이르기까지의 내 작품에 대
하여 프로이트 학도들이 언급해준 호의적인 관심 덕택으로 나는
나의 작품 경향과 프로이트주의 사이에 무엇인가 공통적인 것이
있다는 것을 이해하게 되었다. 말하자면 그들(프로이트류)의 학설과
연결되고 있는 전 의식적인 잠재적인 공감을 나에게 의식시켜준
것이다."

결국 오늘날의 문학이 내면성을 띤 새로운 '리얼리티'로 방향
을 옮긴 것은 크든 작든 프로이트의 엄호掩護를 받았다는 것이다.
표면으로부터 내면으로, 사회 현상으로부터 개인의 경험으로, 픽
션으로부터 논픽션으로 이행해간 것이 프로이트 이후의 문학적
특징이다. 한마디로 말해서 프로이트의 정신 분석은 작가의 눈을
그 내면으로 돌리게 한 대담한 계기가 되었다는 것이며, 자연주
의의 외부적 현실주의로부터 탈피하려는 세기 초의 문학적 풍토
에 하나의 기가 되어줄 수 있었다는 것이다. 이렇게 해서 프로이
트 이후의 문학은 "우리들이 공허한 것, 허무한 것으로 간주했던
바의 저 영혼의 거대한 밤"에 대하여 눈을 돌렸고 그것에 대하여
이야기하기 시작했다.

둘째로 우리가 따져야 할 것은 스판테이니어스한 생의 문학에
대한 그의 영향이다. 공식주의적이고 기계화된 합리적 생명에 절
망한 '다다이스트dadaist'의 폭동 뒤에 '쉬르레알리슴'의 놀랄 만

한 곡예가 등장했다는 것을 우리는 안다. 수포나 브르통André Breton, 엘뤼아르 등의 해방과 기교다. 즉 그들은 화폐처럼 때묻은 현실과 인습에 얽매인 언어들로부터 탈출하여 스판테이니어스한 해방된 생명을 갖기 위해서 프로이트의 신봉자가 된 것이다. 말하자면 정신병자에 최면술을 걸거나 혹은 자유 연상을 통해서 잠재의식의 파편들을 드러내는 방법이 쉬르레알리슴에 와서는 자동기사법自動記寫法이라는 작시作詩의 기교가 된 것이다.

꿈은 자아라는 검열관을 뚫고 억압된 무의식의 내용을 노출시킨다. 그렇기 때문에 그 꿈이야말로 가장 스판테이니어스한 인간의 생이라 할 수 있다. 프로이트의『꿈의 해석』은 그러한 시인의 욕망을 옛날의 음영吟咏 시인으로 퇴보시키지 않고서도 현실화시킬 수 있는 계기가 되어준 것이다. 그러니까 인습의 끈에서 해방된 쉬르레알리슴의 그 꿈(자생적 생)은 자동 기사법에 의해서 철해갔던 그늘 밑에서만 가능했다고 말할 수 있다. 언어의 비문법적 결합, 비합리적인 이미지의 돌연한 해후, 그러한 데페이즈망 dépaysement 속에서 잠재되었던 무의식의 자유로운 비상飛翔이 이루어졌을 때, 때묻지 않은 해방된 생(스판테이니어스)이 구현된다.

셋째로 '섹슈얼리티'의 문제다. '섹스'의 문제는 두말할 것 없이 프로이트 사상의 중축이다. 그중에서도 오이디푸스 콤플렉스(엘렉트라 콤플렉스)가 가장 큰 것이다. 그런데 이것이 문학에 준 영향은 참으로 막대한 것이었다.

프로이트 이후의 문학에 있어서 그러한 섹스의 문제는 무엇보다도 지배적인 위치에 놓여져 있는 것으로 유진 오닐이라든가 테네시 윌리엄스 등의 희곡은 프로이트 학문의 예문과도 같은 인상을 주고 있다. 프로이트에게 있어서 예술이란 성적 본능의 승화에 불과한 것이다. 뿐만 아니라 인간의 모든 행동은 오직 그 '섹스 리플레이션'에 연유된 것이고 그 비극도 '오이디푸스 콤플렉스'에 원천을 두고 있는 것이다. 이러한 '성의 이론'을 통해서 인간의 내적 질환을 분석해가는 현대 작가의 한 상식이 되어버린 것이다.

요컨대 프로이트에 의해서 오늘날의 문학이 한층 더 개성주의적인 경향과 스판테이니어스하고 내향적인 성격을 띠게 되었다는 사실을 우리는 부정할 수 없을 것이다. 그러나 프로이트주의가 오늘날의 문학 정신과 그 기교에 끼친 영향은 비록 막대한 것이었지만 반면에 그 해독이란 것도 이만저만한 것이 아니다. 자연주의자들이 범했던 그 공식주의와 같이 프로이트주의 문인들도 그와 똑같은 심리적 메커니즘에 빠져버리고 말았기 때문이다.

더구나 프로이트주의가 스판테이니어스 문학관을 낳게 했다는 것은 랑거Susanne Langer 여사의 말대로 문학 정신의 후퇴를 의미하는 것이다. 뿐만 아니라 심리적 경향의 문학은 필연적으로 인간의 외형을 상실하게 되고 그래서 거기엔 'X레이' 사진과 같은 투명한 내부의 상만 남게 된다는 사실은 반성해볼 필요가 있는 것이다.

그리고 우리가 무엇보다도 경계해야 할 것은 비평문학에 있어서의 프로이트적 방법의 도입인 것이다. 오트 랑크의 『햄릿론』처럼 자칫하면 문예 비평이 아니라 정신병의精神病醫의 '카르테Karte'가 되어버리는 수가 있기 때문이다. 에드먼드 윌슨, 리오넬 트링, 허버트 리드Herbert Read 그리고 케네스 버크Kenneth Burke와 같은 20세기의 쟁쟁한 비평가들은 모두 프로이트 사상의 영향을 입고 있는 사람들이긴 하다. 그러나 항상 조심할 것은 프로이트의 방법을 문학에 이용하는 것이 아니라 문학을 프로이트의 방법에 이용당해서는 안 된다는 것이다. 많은 칭찬과 많은 욕설 속에서 프로이트가 숨을 거둔 지 20년—우리가 다시 한 번 그의 정체를 냉철하게 회고하고 비평하기에 알맞은 시간이다. 20세기의 가장 은성했던 그 신화와 가장 기묘했던 그 곡예의 텐트가 아직도 걷히지는 않았기 때문이다.

문학은 과학에 도전하는가
과학 시대에 있어서의 문학

과학과 문학은 가끔 반대어로 쓰인다. '그것은 문학적이다'라고 말할 때 그 말의 이면에는 '그것은 과학적이 아니다'라는 말이 숨겨져 있는 것이다. 그러나 과학이 반드시 문학과 대칭되는 것이라고는 단정하기 어렵다.

우리가 생각하는 것보다 그것은 문학과 훨씬 더 가까운 것이다. 과학이나 문학은 사실상 여러 가지 점에서 일치한다. 우선 그 발견이나 창조라는 면에서 상호간의 유사점을 얼마든지 지적할 수 있는 것이다.

그러니까 과학자의 생애와 한 시인의 생활을 견주어볼 때 많은 공통성이 있다는 것을 우리는 이해하게 된다. 아인슈타인이나 다윈은 모두가 고독 속에서 위대한 것을 발견하고 창조한 사람들이다. 아인슈타인이 비 내리는 길을 혼자 묵묵히 걸어다니는 것을 좋아했던 것이나 뉴턴이 마음의 성곽에 자리하여 남과의 거래를 끊었던 것이나—그것은 모두 릴케나 워즈워스가 한 줄의 아름다운 시를 쓰기 위하여 정밀靜謐한 침묵을 맛본 것과 조금도 다를 바 없다. 그렇기 때문에 "재능은 정적 속에서 만들어진다"고 괴테가 말했을 때 이 말은 비단 예술가뿐만 아니라 모든 과학자에게 있어서도 그대로 적용되었던 것이다.

"자연은 자기의 일을 지킨다. 세계의 개화에는 아르키메데스나 뉴턴과 같은 사람이 있지 않으면 안 된다. 그래서 자연은 그들을 몰취미로 빠뜨려 보호하는 것이다. 만약 그들이 색한色漢으로서 댄스나 술이나 클럽을 즐겨했다면 '구면론球面論'이고 『프린키피아Principia』고 간에 생겨나지는 않았을 것이다. 그들에게는 천재가 느끼는 고독이 필요했던 것이다."

에머슨의 이러한 말은 과학자보다 시인의 그것에 접근시켜주고 있다. 그뿐만 아니라 아인슈타인은 물리학을 코난 도일Arthur Conan Doyle과 같은 추리 소설에 비교해서 이야기한 일까지 있었다. 하나의 사건을 풀어나가는 소설 그것처럼 감춰져 있는 우주의 비밀을 한꺼풀 벗겨나가는 것이 물리학이라는 것이다. 그리고 뉴턴이 사과가 떨어지는 것을 보고 만유인력을 발견한 것은 마치 블레이크가 한 알의 모래에서 우주를 보고 야생의 꽃에서 천당을 보았다는 유추 작용類推作用과 맞먹는 것이라 할 수 있다. 다만 과학자는 지적인 통찰력을 가지고 작업하는 데 반하여 시인은 직관력을 가지고 모든 것을 관찰한다.

그러나 직관 없는 지성이 무의미한 것처럼 지성 없는 직관도 역시 무의미하다. 과학자나 예술가는 그런 면에서 서로의 적이 아니라 오히려 상호 부조하고 있다는 편이 나을 것이다. 과학자들이 새로운 문제를 향해서 돌진할 때 그들은 보다 시인의 경우와 가까워진다. 왈슨 박사의 이야기대로 현대 물리학이 양자 현상量子現象에 이르게 된 것은 '어렴풋한 회색의 미개척 지대'를 직관할 줄 아는 그 힘이 있었기 때문이다.

이 회색 지대라는 것은 논리의 힘으로는 이룰 수 없는 '불확실한 반영半影의 지대'를 의미하는 것이다. 이와 반대로 새로운 이미지를 형성시키기 위해서 현대 문학의 방법은 스판테이니어스한 감정으로부터 도피하여 항상 지성(과학적)의 실험 속에서 발전해갔다는 것을 생각할 수 있다. 20세기 주지주의 문학 작품을 읽어보면 잘 알 수 있을 것이다.

지성 없는 직관이란 일개 본능에 불과한 것이라고 생각할 때, 또 직관의 세계가 고도화하기 위해선 항상 지성이라는 발디딤터가 있어야 된다는(베르그송) 말을 생각할 때, 과학은 문학을 파괴한 것이 아니라 도리어 보다 높은 차원으로 이끌어 올린 힘이라고 말하지 않을 수 없다.

예술은 두말할 것 없이 상상력의 소산이다. 그러나 이 상상력에 직관이 관여되었을 때만이 그 추상적 힘은 구체적인 빛으로 환원되는 것이다. 석유 등잔에서 불꽃이 타오르고 있는 것과 마찬가지다. 이 불꽃은 분명 석유가 연소하고 있는 것이다. 그러나 그 심지가 없이 석유는 하나의 불꽃으로 타오를 수 있을 것인가?

문학에 구체적인 형식과 그 언어에 어떠한 질서를 주는 그 조직력은 바로 '지성이라는 심지'가 있었기 때문인 것이다. 지성은 상상의 세계를 실현화한다. 그렇기 때문에 문학에 있어서 한창 주지주의 문학론이 성행할 무렵 과학계에서는 '비非유클리드 기하학' 또는 '비아리스토텔레스 논리학'이란 것이 문제되고 있었다는 기묘한 현상이 일어났다. 이러한 가치 교환을 통해서 문학은 문학의 영토를, 과학은 과학의 영토를 넓혀갔다는 현상을 주시해둘 필요가 있다.

유기물(생명체)을 대상으로 한 과학이 곧 문학이며 무기물(비생명체)을 대상으로 한 시가 곧 과학이라고 우리는 말할 수도 있을 것이다.

그러나 성급한 친구들은 금세 얼굴을 붉히고 항의할 것이다. '대체 너는 무슨 이야기를 하고 있느냐. 지금 수십억의 인류는 언제 원자탄의 세례를 받을지 모르는 불안 속에서 헤매고 있지 않은가. 현대인들은 눈에 보이지 않는 두터운 연제복鉛製服을 입고 살아가지 않느냐. 그리고 과학 문명 속에서 기계의 노예가 되어가고 있는 이 슬픈 계절을 너는 망각하고 있는 것이 아니냐······.'

물론 우리는 그러한 것을 부정하지는 않는다. 아니 내가 말하려고 한 것이 바로 그것이다. 그러나 대체 그것이 과학의 죄였던가? 과학자가 전쟁을 일으킨 일이 한 번이라도 있었던가? 인간을 기계의 노예로 만든 것이나 인간을 원자탄의 밥이 되게 한 것이나—그런 것들은 모두 상인과 정치가들이 과학을 이용한 결과로 나타난 현상이다.

과학자들에게 죄가 있었다면 그러한 죄인들에게 이용당했다는 것뿐이다. 순수했다는 그것뿐이다. 과학자들은 시인처럼 고독하고 양처럼 죄 없이 순진한 자들이다. 과학뿐만 아니라 시인들도 때로는 착하기 때문에 세계적인 시류時流에 낯설기 때문에 거만한 통치자와 탐욕한 상인들에게 똑같이 이용당하고 있는 것이다. 나쁘게 이용된 과학 그것처럼 악용된 문학 작품도 또한 기계나 핵무기에 못지않게 무서운 법이다. 나치는 니체를 이용했고 코뮤니스트들은 서민 작가들을 악용했다. 그러니까 과학 정신—그것은 메커니즘이나 핵무기 사용의 그 반인간적 속물근성과 엄연히 구별되어야 한다.

갈릴레이가 종교적인 세력 때문에 그의 진리를 포기하지 않으면 안 되었던 그 입장을 동정해주지 않을 수 없는 것처럼 현대의 과학자들에 대해서도 우리는 똑같이 동정하지 않으면 안 될 것이다. 그러니까 핵무기를 만든 것은 그리고 현대인에게 강철을 뒤집어씌운 것은 그리하여 인간들을 공장 속에 몰아넣고 어느 조직 속의 나사못으로 만들어놓은 것은 과학자들이 아니라 저 탐욕한 상인과 비인간적인 정치가들이었다는 것을 똑똑히 보아두어야 한다.

고독과 생명을 모르는 우둔한 자들이 합세해서 무고無辜한 예술가와 순수한 과학 이론과 그리고 소박한 인생을 모독하기 위해서 생각해낸 '이아고'들의 음모를 직시해야 된다. 교만하고 경박한 그 세속한世俗漢들은 참으로 무서운 손들을 가지고 있다. 그리하여 그 손톱은 끊임없이 예술가와 과학자들의 말하자면 순수한 인간의 얼굴에 흠집을 내놓고 즐거운 웃음을 웃는다. 그렇기 때문에 예술가들은 과학정신을 옹호할지언정 결코 그것에 도전할 어떠한 이유도 근거도 가지고 있지 않다.

미워해야 할 것은 인간의 사랑에 흠집을 내놓는 현대의 '이아고', 현대의 '메피스토펠레스'들이다. 이 '이야고'와 '메피스토'들은 공장을 움직이고 인민 공사人民公社를 만들고 먹을 것을 빼앗아 당과 로켓을 만들고 있다. 인간의 생활과 다 아무 관계도 없다. 엄청난 우상을 섬기기 위하여 인간들의 피를 그 제단에 뿌리려 든다. 마야콥스키Vladimir Mayakovsky는 자살한 것이 아니라, 바로 그러한 죄인들의 손에 의하여 타살된 것이다.

그러므로 과학 시대에 있어서의 문학은 드디어 과학 그것과 손을 잡아야 하는 것이다. 메피스토펠레스 손에서 과학을 해방시켜주어야 하는 것이다. 그래서 과학을 악마의 편에서 문학(인간적인 것)의 편으로 옮겨오도록 하는 것이다. 그리고 문학은 현대 과학의 그 지성을 통해서만이 이 현실에서 살아 움직일 수 있는 구체적인 그 힘을 발견해낼 수 있다.

미신으로 현대인의 마음을 움직일 수는 없는 것이다. 결국 과학자와 손을 잡아야만 한다는 결론이다. 그럼으로써 과학이 정치가에게 상업인에게 이용되지 않도록 하기 위해서 그러한 속한俗漢들에게 인간의 의미를 가르쳐주어야 한다. 한 줄의 시로써 그불모의 가슴을 적셔주는 것이다. 그러기 위해선 구체화된 상상력이 필요한 것이다. 그 유액乳液과 같은 상상력을 응결(구체화)시키기위해선 두부를 응결시키는 '간수'와 같은 지성(과학)이 필요하게될 것이다. 과학을 악용하려는 자들과 싸워 이렇게 현대 과학을선용하는 것이 과학 시대에 있어서의 문학 과제라고 단언한다.

"홍당무를 뽑을 때는 흙이 묻지만 그러나 깨끗한 흙이지요. 물에 씻을 필요조차 없답니다. 양복바지에 닦으면 되거든요. 우라늄은 어떤 폭탄의 화약을 만드는 데에 사용된다지요. 그 빌어먹을 우라늄! 우리 친구들은 옛날처럼 나에게 호감을 갖지 않고 있어요. 어떤 친구들은 질투를 하고 또 몇 친구들은 내가 우라늄을어떻게 발견했는가 하는 말을 안 한다고 해서 화를 내고 있어요. 내가 말만 하면 자기들도 나와 꼭 같은 수표手票를 받을 수 있다고생각하는 모양이죠. 그러나 홍당무에는 아무 비밀도 없습니다. 아무 비밀도 없이 훤하게 개방된 들에서 일을 할 수 있는 물건이죠. 잠깐 일을 멈추고 사방을 둘러보면 다른 사람들도 역시 뽑고 있는걸 볼 수 있지요. 나는 그 사람들을 볼 수 있고 그 사람들은 나를볼 수 있지요. 서로가 무엇을 하고 있는지 알 수 있지 않아요."

담배를 사러 가다가 우연히 우라늄의 광맥을 발견한 흑인 패디가 기자에게 한 말이다. 이 소박한 패디의 말처럼, 그 뉘우침처럼 현대의 과학자들도 역시 같은 마음인 것이다.

로젠베르크의 일기와 패디의 말은 무엇인가 통하는 점이 있다. 문학은 패디의 편이다. 그리고 위대한 자연을 개시하고 있는 순수한 과학자의 편이다. 그러므로 오늘의 시인들은 과학 문명을 비판하거나 그와 동떨어진 철없는 낭만적인 꿈만 슬픈 선율로 읽을 것이 아니다.

워즈워스가 자연을 상처 입힌다는 그리고 인간의 여행을 기계화 한다는 그런 이유로 철도 부설을 단시短詩로 항의했던 그런 천진하고 센티멘털한 마음으로 이 시대의 과학 문명에 도전해선 안 된다. 과학 문명의 이막裏幕을 찢어서 거기 이아고의 흉계를 폭로하라. 그것이 시인의, 모든 예술가의 양심이다.

문학은 워크냐 플레이냐

　우리는 잠시도 쉬지 않고 움직이고 있다. 휴식한다든가 잠을 잔다든가 하는 것까지도 하나의 행동으로 볼 수 있는 것이다. 죽는 날까지 이러한 행동은 끊임없이 계속되어갈 것이다. 그런데 사람들은 생활 속에서 전개되고 있는 그러한 행동을 서로 다른 두 가지 말로 표현했다.

　즉 워크WORK(일하는 것)와 플레이PLAY(노는 것)라는 말이 그것이다. 그러니까 우리들의 일상적 행동을 크게 나누어 '워크'와 '플레이'로 양분할 수가 있다. 농부가 밭을 간다든가 운전사가 차를 몬다든가 학생이 공부를 하는 것 등은 모두 워크에 해당될 것이다.

　그러나 아침 저녁의 산책, 스포츠, 공을 가지고 노는 아이들, 다방에서의 한담 그리고 바둑이나 송구 등등의 것들은 플레이로 볼 수 있다. 이러한 구별을 간편하게 정의하자면 전자의 경우에 있어서의 행동이란 어떤 목적에 대한 수단이 되는 것이며, 후자의 그것은 행동 그 자체에 목적을 두고 있는 것이라 할 수 있다.

농부가 밭을 가는 것은 흙을 가는 그 자체에 목적이 있는 것이 아니라 어디까지나 양식을 얻기 위한 수단, 말하자면 먹기 위한 양식을 얻으려는 행동이다. 그러니까 자연히 워크라는 것은 행동 그 자체에 의미가 있는 것은 아니다. 언제나 기대는 행동이 끝난 그 다음의 결과에 있다. 하지만 플레이는 이와 정반대의 현상을 자아낸다. 공을 차고 노는 아이들에겐 공을 찬다는 그 행동이 곧 목적이 된다. '무엇을 위해서' 공을 차는 것이 아니라 공을 차기 위해서 공을 찰 뿐이다. 행동과 결과는 동시적이다. 플레이에 있어서 모든 의미는 행동이 끝난 다음에 있는 것이 아니라 행동하는 그 자체 속에서 발견된다. 그것을 사람들은 '재미' 있는 것이라고 말한다.

이 '재미'는 행동과 분리되어 있는 것이 아니라 행동하는 그 가운데서 절로 얻어진다. 행동이 끝나면 '재미'도 함께 소멸한다. 그래서 워크는 좋든 싫든 간에 어떤 의무 밑에서 수행되는 행동인 것이다. 일종의 강요된 행동이며 타율적인 것이며 구속된 행위라 할 수 있다. 적어도 그것은 자족적自足的인 것은 아니다.

그러나 플레이는 이와는 정반대로 조금도 어떤 의무감을 느끼지 않는 행위다. 의무를 느끼기 시작할 때 그 플레이는 무의미한 것이 되어버린다. "하던 짓도 멍석을 펴놓으면 하지 않는다"는 우리나라 속담이 그것을 단적으로 표현하고 있다. 직업적으로 바둑을 두어야 한다든가 운동을 해야 할 경우 그것은 플레이가 어떤 목적의식(의무 강요)으로 해서 워크로 변해져버린 상태다. 그러니까 플레이는 자율적인 것이고 자기 목적적인 자유로운 행위다. 결국 그만큼 플레이라고 하는 것은 워크에 비해서 순수하다고 할 수 있다.

그렇다면 작가가 하나의 소설을 쓴다는 그 행위는 워크냐 플레이냐 하는 중대한 문제가 생겨난다. 이러한 문제는 몇 세기 동안이나 되풀이되며 논쟁의 목적이 되어왔었다는 것을 우리는 기억하고 있다. 그리고 여전히 지금도 이러한 싸움은 계속되어 가고 있다. '예술을 위한 예술'이냐 '인생을 위한 예술'이냐 하는 그 19세기의 세기적 논쟁이 바로 그것이다. 20세기에 들어서면서도 사람들은(비록 그 진부한 말을 직접 액면에 내세우기를 꺼려했지만) 이 두 가지 견해의 충돌에서 벗어날 수 없었다.

두말할 것 없이 '예술을 위한 예술'을 주장하는 문예 이론가들은 예술가가 작품을 쓰는 행위를 플레이라고 생각하는 사람들이다. 그리고 '인생을 위한 예술' 또는 예술의 공리성을 주장하는 평가는 그것을 워크로 보려는 사람인 것이다.

여기까지 글을 읽은 사람들은 오늘날 작가의 사회적 참여를 운운하는 사람들은 모두가 후자에 속하는 사람들(예술의 행위를 워크로 보는)이라고 속단할 것이다. 아니 여태껏 많은 사람들이 그렇게 오해하고 있었다. 그래서 그들은 사회 참여 운운하는 젊은 예술가들에게 플래카드를 들고 데모를 하든지 정당에 가입하든지 자선

사업가가 되든지 하는 것이 글을 쓰는 것보다 더 효과적일 것이라고 비꼬았던 것이다. 그리고 그와 같은 이론이 문학의 순수성을 침해하고 하나의 프로파간다로 떨어뜨린다고 비난도 했던 것이다.

그러나 우리가 말하는 문학의 사회 참여란 결코 문학을 살해한다든가 또는 문학 그 자체를 정치적 도구로 생각하고 있는 것은 아닐 것이다. 적어도 문학 행위를 워크로 규정할 수는 없다. 작가에겐 쓴다는 것이 생명이다. 작가의 목적은 한 편의 작품을 제작하는 것으로 끝난다. 그 작품이 사회에 어떠한 영향을 주었느냐 하는 것은 부차적인 문제이다. 작가는 적어도 자기의 자유를 시험하기 위해서 글을 쓴다. 그것은 나 자신으로부터 우러나온 행위다. 그렇기에 당의 지령을 받고 써야만 하는 코뮤니스트의 작가처럼 불행한 사람은 없다. 마야콥스키와 같은 비극적 자살을 우리는 원하지 않는다.

결코 문학이란 빵이나 버터와 같은 식료품은 아닌 것이다. 그렇지만 그것이 또 목걸이나 다이아몬드 반지와 같은 고가高價한 장식품일 수도 없다. 인생을 위한 예술가들은 문학을 빵이나 버터를 얻기 위한 노동으로 생각했고 예술을 위한 예술가들은 문학을 야회夜會에 참석하기 위한 목걸이로 생각했다. 말하자면 고급한 오락물로 간주했다.

그러나 이러한 생각은 모두 그릇된 예술관이다. 그래서 사회 참여의 이론이란 모순된 예술관으로부터 시작되는 것이라 말할 수 있다. 예술가의 행위는 워크도 플레이도 아니다. 우리는 그것을 그러한 합리적 공식으로 분류하기를 거부한다. 다시 말해서 그것은 우리가 밥을 먹는다는 것이 플레이냐 워크냐 하는 것처럼 어리석은 일이기 때문이다.

영양을 섭취한다는 의미에서 보면 그것은 일종의 워크다. 그러나 먹는 '맛'으로 볼 때는 플레이다. 사실 우리가 밥을 먹는다는 행위는 워크이자 동시에 플레이인 것이다. 만약 그것이 순전히 영양을 섭취하기 위한 목적에서라면 밥을 먹는 것처럼 괴로운 일이란 없을 것이다. 그러나 우리들은 세 끼 밥을 먹는 것을 결코 고통스러운 노동이라고 생각지 않는다. 아니 도리어 그것은 쾌락이다.

밥을 먹는 그 행위 가운데는 쾌락이라는 것과 영양을 섭취한다는 두 개의 사실이 공속公屬하고 있다. 글을 쓴다는 것도 마찬가지다. 글을 쓴다는 그 순수한 쾌락(즐거움—예술성)과 그것이 사회를 위해서 유용한 결과를 낳는다는 것은 동시적인 문제이다. 심미주의 작가들은 로마의 미식가들처럼(그들은 식도락을 즐기기 위해서 음식을 삼키지 않고 뱉었다. 그래서 '로마'에는 그 유명한 '토하는 장소'라는 것이 마련되어 있었다.) 쾌락만을 위해서 글을 썼다. 이와 반대로 사회주의 작가들은 쓰고 맛없는 그 영양제의 환약만 먹고 살아가려고 한 사람들이다.

이들은 결과적으로 '쓴다는 행위'의 반밖에는 수행하지 못한 셈이다. 앙가주망의 이론은 이 두 가지 사실을 모두 부정한다. 사회와 절연된 예술이라는 것은 완전한 예술이 아니다. 따라서 사회만을 위해서 있는 예술이라는 것도 물론 완전한 예술일 수 없다.

진정한 예술가의 행위는 플레이이자 동시에 워크인 것이다. 아니 예술이란 워크를 플레이로 만드는 놀라운 힘을 가지고 있는 것이다. 게으른 농부에게 씨를 뿌리는 희열과 푸성귀 같은 아침의 들판에서 흙을 가는 그 노동의 즐거움을 가르쳐주는 것처럼 작가는 고독한 자기 운명에 절망을 느끼고 있는 그 모탈mortal에게 그들 자신의 의미를 일깨워주는 사람이다. 그래서 인생을 살아나가는 괴로운 작업(워크)은 즐거운 놀음(플레이)으로 바뀌어진다.

이렇게 쓴다는 그 행위는 작가의 순수한 원망이며 동시에 그것은 상황(사회)과 관계 지음으로써 하나의 의미를 창조하는 것이며, 따라서 그 상황을 바꾸어나가는 행위가 될 것이다. '쓴다는 그 행위'에 대해서 진실로 자각하고 있는 작가들은 원하든 원치 않든 간에 스스로 사회 참여의 길에 오르게 되는 것이다.

병영화 시대의 예술가

수단의 언어와 목적의 언어

러시아워에 흔히 경험했을 줄 안다. 버스를 탄다는 것은 어디까지나 교통수단에 지나지 않는다. 목적은 다른 데 있다. 직장에 간다는 것 그리고 거기에서 일을 해야 한다는 것이다. 그러나 버스를 타는 것이 순조롭지 않게 될 때 순간적으로 사람들은 본래의 목적을 잊어버리는 수가 있다. 버스를 타느라 애쓰다 보면 어느덧 수단이 목적처럼 바뀌어지고 마는 것이다. 말하자면 버스를 탄다는 것이 목적처럼 화化해버린다.

이 비유는 다시 확대될 수 있다. 직장은 생활수단이다. 그러나 직장의 조직적 생활에 말려들어가다 보면, 직업 자체가 생활의 목적으로 바뀌어진다. 직장의 출퇴근 시간에 의하여 가정생활의 모든 의미는 수정되고 그 내용은 재편성된다. 지루하지만 이 비유는 다시 또 한 걸음 확대될 수 있다. 인간을 위해서 온갖 제도라는 것이 있다. 인간을 위한다는 것이 목적이고 제도는 그것을 달성시키기 위한 일종의 승용물乘用物 같은 수단이다. 그러나 그것은 인간을 지배하고 도리어 인간을 그것에 봉사하도록 수단화해버린다. 현대에 있어 정치, 경제의 사회 제도는 인간 생활의 수단이 아니라 이미 목적처럼 변질되어버렸다.

학교 교육과 입시 제도를 생각하면 이해가 빠를 것이다. 좋은 교육을 다시 받기 위해 일류교에 입학한다는 그 수단이 오늘날엔 교육을 위한 입시가 아니라 입시를 위한 교육으로 전도된다. 그 결과로 교육(목적)은 입시제도(수단)에 밀려나고 만다. 그것이 바로 입시 경쟁이라는 지옥의 풍경이다. 결코 교육만의 현상은 아니다. 모든 제도가 그 본질을 삼켜가고 지옥화 하는 현상이 도처에서 벌어지고 있는 것이다.

이것이 바로 오늘날 우리가 목격하고 있는 '세계의 시장화市場化'와 '세계의 병영화兵營化'이다. 현대 사회는 거대한 밀리터리 캠퍼스와 슈퍼마켓으로 바뀌어져간다는 뜻이다. 자본과 기술의 지배하에 있는 경제 정책은 하이데거의 말대로 "인간의 아름다운 면, 사물의 사물다운 면"을 계산된 시장의 교역 가치로 해소시켜가고 있는 것이다.

그리하여 모든 존재자는 계산이라는 행위 속으로 말려들어가고 있다. 이와 같은 인간 생활의 시장화는 권력과 조직의 지배하에 있는 정치 현상에서는 병영화로 나타나게 된다. 오늘날엔 군복을 입은 사람이든 평복平服을 입은 사람이든 규격화한 하나의 병영 속에서 살고 있는 것이다.

원래 병영이라는 것은 생활 그 자체가 아니다. 생활을 지키기 위해 있는 울타리와 같은 것이다. 그러나 이 울타리는 수목처럼 자라난다. 폭풍과 비바람이 많을수록 나무의 뿌리와 가지는 더욱 굳게 번성한다. 그러다가 끝내는 그 울타리 안에 있는 생의 공간까지 덮어버리고 만다.

사회 전체가 병영으로 바뀌어져갈 때 애초에 지키려던 울타리 안의 알맹이는 어느덧 흔적도 없이 증발되어버리고 만다. 권력은 이미 착한 알라딘의 램프에서 나온 거인처럼 주인에게 봉사하지 않는다. 거꾸로, 권력 자체를 위해서 인간은 동원되어야만 한다. 20세기의 유행어처럼 되어버린 인간 상실이나 방향 감각의 해체 과정은 시장화와 병영화 속에서 생겨나는 현상의 하나이다.

오늘의 작가와 지성인들은 그러한 시대에서 예술의 운명은 어떻게 되며, 또 우리는 어떻게 그 운명을 극복하는가를 물어야 한다. 시를 쓰는 일보다도 '결핍의 시대에서 무엇을 위한 시인인가?'라는 횔덜린의 그 물음이 더욱 선행되어야 할 시급한 문제인 것이다.

병영화 시대의 특징은 무엇보다도 목적의 언어가 실종되고 수단의 언어만이 증대된다는 데 그 위기가 있다. 실질적으로 자유보다는 자유를 지키는 행위가 더 중요하게 되고, 평화보다는 평화를 확보하는 방법이 도리어 궁극의 목표가 되어버리는 현상이다.

시장화의 현상도 마찬가지다. 인간의 행복보다도 그 행복을 얻기 위한 사회 건설의 수단이 우선한다. 기술과 자본은 시발역이 아니라 종착역이 되어버린다. 병영과 시장 속에서 살아가는 주민은 "무엇인가?"라고들 묻지 않고 "어떻게!"라고들 묻는다. 아무도 이렇게는 묻지 않는 것이다. "무엇인가?", "우리는 왜 사는가?", "그것은 왜 거기 있어야 하며, 그것은 왜 거기 있어서는 안 되는가?"라고.

그 대신 그들이 묻는 것은 "어떻게 해야 돈을 벌고, 어떻게 해야 집을 짓고, 어떻게 하면 그 일을 할 수 있는가?"라고 묻는 것이다. 존재에 대한 물음은 어둠에 묻혀 있다. 말하자면 그게 어디로 가는 기차인가는 묻지 않는다. 그 차에 타는 것만이 문제인 것이다. 병영과 시장 속에서 살아가는 주민들은 그것이 어디로 가는 기차인지도 모르고 찻간의 의자가 편한지 아닌지, 스팀이 들어오는지 어떤지, 어떻게 하면 혼잡한 3등 찻간을 면하고 1등차의 좌석을 잡을 수 있는가? 하는 경쟁의 수단에만 얽매여 있는 승객처럼 되어버린다. 이것이 릴케가 말하는 '세계의 종식終熄'이며 '존재의 멈춤'이다.

결국 수단의 언어는 살쪄가고 목적의 언어는 야위어가는 이 시대 속에서 한 작가와 지성인은 어떠한 언어를 다루어야 하며, 그것으로 무엇을 할 수 있는가를 밝히는 것이 가장 기본적인 문제라 할 수 있다. 그리고 또 분명한 것은 기술자와 행정가와 상인은 수단의 언어를 다루는 사람들이며, 작가와 지성인들은 생의 근원적인 목적의 언어를 만들어내는 사람들이라는 점이다.

엘리엇의 「네 사중주Four Quartets」에 나타난 강을 두고 그 문제를 생각해보기로 하자. 통상 운송업자와 교량업자의 시선 속에서는 강은 이미 강으로서 존재하기 어려워진다. 말하자면 그 갈색褐色의 신神(강)은 도시인들에겐 거의 망각되고 있으며, 기계 숭배자들에게는 존경받지 못하고 등한시된다. 그러나 엘리엇은 그 강을 "인간들이 잊고 싶은 것을 회상시키는 자"라고 부르고 있다. "그 강의 리듬은 어린아이의 침실에 있었고, 4월의 앞마당 무성한 개가죽 나무숲에 있었고 가을 식탁에 오른 포도 향기 속에, 겨울밤 가스등을 둘러싼 저녁 모임 속에도 있었다"라고 말한다.

강을 바라보는 시인의 이미지는 단순한 심미적 장식이 아니다. 통상 운송업자와 교량업자 그리고 도시인들의 수단의 언어에 의해서 매몰되었던 강은 다시 그 시인의 이미지에 의하여 존재의 밝음 속으로 나타난다. 엘리엇의 언어들은 매몰되어버린 어둠에 감춰져버린 그리고 감각과 사고로 분열되어버린 모든 사물의 존재를 밝혀내고 끌어내고 화합시키는 조명의 언어, 발굴의 언어, 접착제의 언어가 된다. 강이라는 자연에 대해서만 이러한 말이 적용되는 것은 아니다. 그것이 추상적인 자유이든 화폐이든 기계이든, 의회와 군대와 관리이든, 시인과 작가의 무기는 그것들을 이미지를 통해서 생각한다는 데 있다. 그것이 '목적의 언어'다.

대체 그 목적의 언어를 선택한다는 것은 무엇을 의미하는가? 첫째로 그것은 고향의 언어라는 것이다. 병영과 시장으로 화化한 오늘의 문명은 존재의 고향으로부터 멀리 떨어져 있다. 애초에 출발한 그 지점 그리고 도달해야 할 목적지를 상실한 가숙假宿의 어느 벌판에서 현대인들은 떠들썩한 야영의 텐트를 치고 있는 것이다.

그들은 몇 배나 더 날쌔고 굳센 기능적인 낙타를 갖고 있으며, 헤르메스와 같은 날개 돋친 구두를 발견해가고 있지만 그 낙타가 그 구두가 무엇 때문에 여기 있는가를 모른다. 그들이 알고 있는 것은 그러한 낙타와 구두를 만드는 데에만 골몰해 있기 때문이다. 작가와 지성인의 언어는 그 야영 생활의 제도들—불공평한 불침번이나 식량 배급의 그 제도를 고치려고 할는지도 모른다. 그러나 그것은 다 같은 수단의 언어를 다른 수단의 언어로 바꾸려는 것에 지나지 않는다. 우리가 필요로 하는 것은 언어의 문법 자체를 개조하는 일이다.

말하자면 고향의 언어, 상실한 존재의 고향을 이 야영과 시장 속에 투사投射해주지 않으면 안 된다. 이것은 기피의 언어가 아니라, 보다 본질적인 참여와 개조의 언어일 것이다. 시인이나 작가는 수단의 언어를 다루는 한, 경제학자와 사회과학자를 따를 수 없다. 그들은 계산하고 조사하고 맡은 자료를 갖고 있다. 시인이나 작가 역시 '만드는 사람'임에는 틀림없으나 건설업자처럼 고

속도로를 만드는 사람은 아니다. 그들이 그들보다 무엇인가 뛰어난 솜씨로 만들 수 있는 것이 있다면 상실된 존재의 고향 풍경의 미니어처를 만들어내는 그 이미지의 창조다. 숫자가 아니라 상상력이며 실천이 아니라 실천의 원천이 되는 생명력의 에너지다.

둘째로 수단의 언어가 방법과 기술의 언어라면 목적의 언어는 물음의 언어라는 점이다. 순수시와 참여시의 불화나 시적 언어의 본성을 따지는 데 에천스베르가 '한 편의 시는 어떻게 성립하는가?'를 밝힌 것은 매우 현명한 발상법이었다. 그는 시인이 하얀 백지를 펼쳐놓고 etwas, das라고 쓸 때 시인의 상태가 생겨난다는 사실을 밝히고 있다.

아무것도 이야기하지 않는 두 개의 이 단어, 이 두 개의 텅 빈 말의 단서로부터 시작해갈 때 누구나 다 알고 있고 누구나 다 그렇게 행동하고 있는 일상적인 수단의 언어들은 거미줄에 얽히고 만다.

참여시에 있어서 고발의 언어는 이러한 물음이 아니라 또 하나의 수단의 언어에 지나지 않는다. 그들은 아무것도 묻지 않는 것이다. 자기 손에 움켜쥔 해답의 언어로 다른 틀린 해답의 언어를 공박하고 있는 데 지나지 않는다. 시인이 참으로 이 사회에 참가하려면 '어떻게……'라는 수단의 언어에 '그것은 무엇인가!'의 물음의 언어를 던지는 순간에 있다. 시인 자신도 그 물음의 해답을 모르고 있다. 이 '모르고 있다'는 점이 실은 알고 있다고 생각하는 것보다 훨씬 더 중요하고 보람 있는 일이다. 세상은 질문지를 던지면 금세 해답을 꺼내주는 컴퓨터와 같이 되어가고 있다. 우리는 새로운 질문을 던지고 또 던진다. 그렇게 함으로써만이 병영과 시장에 말려들어간 인간들에게 망각의 여로를 회억回憶시켜 줄 수가 있다.

셋째로 목적의 언어란 리처즈의 용어로 설명한다면 '제거의 언어'가 아니라 '종합의 언어'다. 현대인의 경험은 항상 사물 자체의 전일적全一的 체험이 아니고 그 일부, 필요한 부분만을 남겨놓고 다른 것을 제거해버린다.

가위질을 한 프렌치 가든처럼 질서정연하지만 이미 그것은 참된 존재의 모습을 상실하고 있다. 모순과 혼합을 종합시키지 않고 배제하고 제거해버리는 '제거의 언어' 속에서 존재는 왜곡된다.

사이비 참여시는 이러한 제거의 언어로 점철되어 있기 때문에 항상 자기를 주장하기 위해선 다른 생의 체험들을 도려내버리고 만다. 그들은 정치가와 경제인과 마찬가지로 또 하나의 도식주의에 빠져버리고 마는 것이다. 인간의 존재를 컴퍼스로 그릴 수 있다고 생각하는 데서 이른바 그 병영의 획일화가 생겨난다.

오늘날의 작가나 지성인의 의무는 수단 속에 매몰되고 상실된 그러한 목적의 언어들을 탈환해서 병든 존재를 회복시켜주는 일이다. 목적이 수단으로, 수단이 목적으로 뒤바뀐 인간의 생을 재역전再逆轉시키려면 고향의 언어로써 물음의 언어로써 그리고 그 종합의 언어로써 증대되어가는 수단의 언어를 제압해주어야 할 일이다. 오식誤植된 단어의 수정만으로 조직화한 현대 문명의 어둠을 역전시킬 수 없다. 근본적으로 이 문명의 언어를 뒤엎는 정신적 문법 자체의 개혁이 있어야 하는 것이다.

오늘날 한국의 작가와 지성인들에게 있어서 사회와 정치를 대하는 그 근본적인 발상법이 달라져야 한다는 것도 그 때문이다. 목적화한 수단과 수단화한 목적을 재역전시키는 길만이 병영화, 시장화 속에서 본래의 인간적 이미지를 상실한 병든 사회를 회복시키는 일이다.

새로운 사회적 이미지의 창조는 끝없이 먼 존재의 근원적인 고향의 이미지이기도 하다. 그것을 현실 도피요, 복고주의라고 오해하는 사람이 있다면, 쥐덫에 놓인 생선을 쥐에 대해 선심을 쓰는 것이라고 눈을 흘기는 어리석은 식모와 그 지능이 별로 다르지 않을 것이다.

명과 실의 배리背理

역성혁명적易姓革命的인 한국 근대 문학

장리장인莊里丈人은 장남의 이름을 '도盜', 차남의 이름을 '구毆'라고 지었다. '도'가 외출했을 때 아버지는 그 뒤를 쫓아가며 그의 이름을 불렀다. "도! 도!" 그때 지나가던 포리捕吏가그 말을 듣고 '도'를 잡아서 묶어버렸다. 도둑인 줄 알았기 때문이다.

당황한 부친은 차남을 불러 사실을 설명하려고 이번에는 '구'의 이름을 불렀다. "구! 구!" 포리는 그것이 때리라는 말인 줄만 알고 '도'를 사정없이 내리쳤다. '도'는 숨이 끊어질 정도로 심한 매를 맞았다.

이것은 「윤문자尹文子」에 나오는 일화다. 우리나라에도 이와 비슷한 소화笑話가 있다. 그러나 이 이야기의 목적은 단순히 남을 웃기려고 꾸며낸 것이 아니라 '名'과 '實'의 배리를 설명하기 위한 우언寓言으로 사용한 것이다. 명실名實이 부합되지 않는 사회에서는 언제든 이런 비극과 희극이 끊일 날이 없다. 따지고 보면, 장리장인은 바로 우리들 자신이라는 사실을 깨닫게 될 때가 많다.

'名'과 '實'의 배리가 한국의 사회만큼 격심한 데도 아마 없을 것이기 때문이다.

한국인의 사유 방식은 정치를 할 때든 장사를 할 때든 그리고 남과 사교를 할 때나 심지어 한 편의 시를 쓰는 데 있어서도 언제나 '名'과 '實'의 배리라는 이중 구조를 드러내고 있다. 겉으로는 민주정치를 내세우고 있으면서도 실은 반민주적인 의식을 가지고 정치를 한다.

간판에는 박리다매라고 써붙여놓고 실은 남의 집보다 한 푼이라도 더 비싸게 물건을 팔려고 한다. 정찰正札(名)의 값과 실질적으로 거래하는 값이 다르다. 경찰은 '민중의 지팡이'라고 자처하지만 현실적으로 '민중의 몽둥이'라는 데서 항상 말썽이 일어난다. 참으로 기묘한 것은 밀수 회사나 부정 식품을 파는 회사의 사장실에 가보아도 '홍익인간'이나 '경천애인敬天愛人' 정도의 점잖은 족자가 걸려 있다.

물론 명실이 상부한 이상적 사회라는 것은 에덴동산 이후로 일찍이 이 지구상에 존재해본 적이 없었을 것이다. 그러나 문제는 명실의 배리보다도 그러한 모순을 얼마만큼 인식하고 사느냐에 달려 있다. 한국 사회에서는 그 배리감을 의식하기보다는 명과 실은 원래가 다른 것이라고 주장할 만큼 그에 토대를 두고 세상을 살아가고 있는 일이 많다. 그것이 이른바 구호 문화이다.

구호[名]는 구호대로 실제의 생활은 실제의 생활대로 분열된 두 개의 사회를 형성해가고 있다는 이야기다. 말하자면 모든 생활의 양상이 '名'과 '實'로 양분되어 생리화되었기 때문에 의식의 심층을 들여다보면 누구나 이중장부를 갖고 있지 않은 사람이 없다. 이중장부는 기업가에게만 있는 것이 아니다. 정치인이든 교육자이든 문인이든, 겉에 내세우는 '의식의 장부'와 '실속에 있는 장부'가 각각 별개의 것으로 기장되어 있다.

우리는 어렸을 때부터 사고의 이중성에 대한 훈련을 배워왔다고 해도 과언이 아니다. 가정생활과 학교생활은 동떨어져 있다. 생활양식부터가 그런 것이다. 집에서는 장판방에서 살지만, 학교엘 가면 의자 생활을 한다. 토착적 생활과 서구화한 근대 생활이 벌써 초등학교만 들어가도 분립되어 존재한다. 집에서는 가족 중심의 윤리를 강요받고 학교에서는 사회 중심의 윤리를 배운다. 모순된 두 개의 가치관이 서로 갈등을 일으키는 것이 아니라 '집'은 '집', '사회'는 '사회'라는 '名'과 '實'의 배리로 등을 맞대는 것이다.

선생님은 의사 표시의 자유를 가르친다. 교과敎科 내용은 근대화해 있지만 가르치는 사람은 옛날 서당 선생과 오십보백보다. 그래서 함부로 질문을 했다가는 건방지다고 매를 맞는다. 매를 든 선생님은 바로 조금 전에 분필을 들고 '의사 표시의 자유'를 가르친 바로 그 선생이시다. 분필을 든 선생이 '名'이라면 매를 든 선생은 '實'이다. '법'도 일종의 '名'에 불과하다는 생각이 어렸을 때부터 싹트게 된다. '법대로 하자면……' 그렇지만 '實'은 그런 게 아니라는 것을 생활의 도처에서 배우게 된다.

　이러한 사고의 이중성은 한국의 문학적 현상에서도 그대로 드러나 있다. 많은 설명보다는 우선 여기 두 편의 시를 읽고 생각해 보면 알 것이다.

　A
　검정 수목두루마기에 흰 동정 달아 입고 창에 기대면
　박넝쿨 상기 남은 겨울은 울타리 위로 장독대 위로
　새하얀 눈이 나려 쌓인다.
　홀로 지니던 값진 보람과 빛나는 자랑을 모조리 불사르고
　소슬한 바람 속에 낙엽처럼 무념히 썩어가며는
　이 허망한 시공時空 위에 내 외로운 영혼 가까이 꽃다발처럼 하이얀 눈발이 나려 쌓인다.
　마음 이리 고요한 날은 아련히 들려오는 서라벌 천千년의 풀피리 소리.
　비애로 하여 내 혼이 야외기는 절망이란 오히려 나리는 눈처럼 포근하고나.

　B
　찻집 미모사의 지붕 위에

호텔의 풍속계風速計 위에

기울어진 포스트 위에 눈이 내린다.

물결치는 지붕 지붕의 한 끝에 들리던

먼 소음의 조수 잠든 뒤

물기 낀 기적만 이따금 들려오고

그 위에 낡은 필름 같은 눈이 내린다.

이 길을 자꾸 가면 옛날로 돌아갈 듯이

등불이 정다웁다

내리는 눈발이 속삭거린다. 옛날로 가자, 옛날로 가자.

    A는 조지훈의 「눈 오는 날」, 그리고 B는 김광균의 「장곡천정長谷川町에 오는 눈」이라는 시다. 흔히 사람들은 조지훈과 김광균의 시는 서로 다른 경향을 대표한다고 믿고 있다. 즉 김광균은 모더니스트로 알려져 있고, 조지훈은 반대로 전통주의자라고들 말한다. 그러나 이 두 시의 차이는 다만 '名(포에틱 딕션)'이 다를 뿐 '實(내용)'은 조금도 다를 것이 없다. 만약 A의 시에서 '장독대', '검정 수목 두루마기', '흰 동정', '박넝쿨' 같은 토착 언어들을 B의 경우처럼 외래어나 도시어인 '미모사', '찻집', '풍속계', '포스트', '호텔'이라는 딕션으로 바꾸면 거의 똑같은 시가 된다. A도 B도 눈에서 향수를 느끼는 감정에는 아무런 변화가 없다. 한쪽은 눈발 속에서 '옛날로 가자'는 말을 듣고 있으며 또 한쪽에서는 '서라벌

천년의 풀피리 소리'를 듣는다. 설경雪景을 보고 옛날이 그립다는 감정의 세계는 거의 구별이 되지 않는다. 눈은 즐겁게도 볼 수 있고, '무'일 수도 있고, 죽음일 수도 있다. '눈'의 표상表象을 파악하는 인식에 따라 눈의 표상은 달라질 수 있다. 그러나 이 두 시에서는 전통과 현대라는 대립을 이루면서도 '눈'의 실상에는 '전통'과 '현대'의 아무런 특징도 없는 것이다.

전통과 현대는 다만 그 '名'만 달리 나타나 있다. 김광균의 도시적인 언어가 도시적인 사물 인식으로 발전되지 못하고 있다는 것은 곧 한국의 시가 시대에 따라 그 옷[名]만을 갈아입는 데 지나지 않는다는 방증이라고 볼 수 있다. 사물을 보는 시적 인식이나 그것을 받아들이는 감정의 세계에는 조금도 변화가 일어나지 않은 채 장식적인 형식만을 새로운 감각으로 꾸며낸 데 불과했다는 것이다. 이를테면 유성기留聲機를 축음기蓄音機라고 부르고, 축음기를 레코드라고 부른 이름만의 역성혁명易姓革命이 근대화 구실을 해왔다.

그렇기 때문에 한국의 시는 장식적인 이미지만이 바뀌었지 기능적인 이미지로 시학이 달라지지는 못했다. 시를 감정의 노래가 아니라 사물이나 인간을 인식하는 방법으로 생각지 못한 것도 바로 '名'과 '實'의 배리 사상에서 비롯된 현상의 하나라고 볼 수 있다. '名'이 '實'이 되고, '實'이 '名'이 되는 유기적 연관성을 우리는 구조라고 부른다. 한 구조는 형식[名]과 내용[實]이 따로 떨어져 있는 것이 아니다. 그것이 어떤 필연에 의하여 결합된 것을 의미하는 말이다.

담을 쌓으려고 블록을 길에 쌓아놓은 것은 구조라고 부를 수 없다. 그것은 단순한 퇴적일 뿐이다. 그러나 일단 그것들이 하나의 건축물로서 블록이 서로 모여 어떤 형태를 이루었을 때 우리는 그것을 구조라고 부른다.

시에 있어서의 형식과 내용의 이분법二分法처럼 무의미한 것은 없다. 이것이 서로 유기적인 관념을 맺어 하나의 의미 구조를 이루었을 때 비로소 시가 생겨나는 법이다. 한국의 시에는 그런 구조가 약하다. 형식은 형식, 내용은 내용으로 분립한 채 '名'과 '實'의 배리를 그대로 승인하고 있는 것이다. 대부분의 한국시란 산문적인 내용을 시적으로 서술한 데 지나지 않는다. 최남선의 「해에게서 소년에게」를 산문으로 쓴다 해도 그가 말하려는 의미는 조금도 달라지지 않는다. '名'을 바꾼다 해도 '實'은 아무런 영향을 받지 않는다는 이야기다.

이러한 관계는 현대시라고 예외가 아닌 것이다. 참여시 때문에 더욱더 한국의 현대시는 산문적 의미에 가락을 붙여놓은 것 같은 인상을 주고 있는 것이다. '名'을 바꾸면 '實'이 달라지는 것이 현대시의 핵심이라고 해도 과언이 아니다. 현대시의 이미지는 장식적인 것이 아니라 기능적인 것이고, 시는 감정을 노래하는 것이 아니라 사물과 인간을 인식해가는 방법이기 때문이다. 과학자는 숫자나 실험 도구를 통해서 자연 현상과 사물의 법칙을 파악한다. 거기에 대응해서 시는 언어를 통해 자연과 사물과 인간의 의미를 파악한다. 이때의 언어는 '實'과 배리된 '名'이 아니다. 그 '名'에 의해서 '實'을 찾아내는 유기적인 연관성을 맺고 있는 힘이다.

정치든 경제든 사회든 문화든 지금 우리에게 필요한 것은 전통과 근대, 윤리와 행동 형식과 내용 등등의 분립된 '名'과 '實'을 유기적으로 관련시키는 데 있다. 이러한 접착제를 얻지 못할 때 역사는 항상 공전空轉하게 된다. 외형이나 구호만이 바뀌는 정체停滯 속에서 벗어날 수 없을 것이다. 20년 동안에 바뀐 것은 외형뿐이다. 외형이 바뀌었다는 것이 잘못이 아니다. 외형이 바뀌었는데도 실질적인 그 속 알맹이가 조금도 달라지지 않았다는 데 문제가 있는 것이다.

사회 체제의 변화가 인간의 사유 방식에 영향을 주고 인간의 정신이 바뀌면 사회 체제가 바뀌게 되는 그러한 상호 영향의 구조 속에서만 참된 근대화가 있는 법이기 때문이다. 공장 몇 개를 세웠다고 해서 근대화가 되는 것도 아니며 합리적인 정신을 가졌다 해서 근대 사회가 이루어지는 것도 아니다. 외적인 것과 내적인 것이 하나의 구조적인 것으로 얽히게 될 때 명실상부한 근대적 사회, 근대적인 문화가 열리게 될 것이다.

저항 문학의 종언

4·19 이후 문인들에게 주는 글[39]

카스토르여.[40]

지금은 어려운 시대다. 더구나 이런 시대에 태어나서 한 줄의 글을 쓴다는 것은 얼마나 괴롭고 또 얼마나 어려운 일인지 모르겠다. 모든 사람은 우리들 곁에 머물러 있기를 거부하고 있다. 그들이 말하고 있는 것은 투표장의 숫자이며 공급의 액수이며 오늘 저녁 식탁에 오를 그 '메뉴'에 관한 것이다. 그들은 모든 것을 숫자로 환산하려고 한다. 돈과 권력과 직접적인 쾌락 이외는 아무것도 생각하고 있지 않다. 그것은 필요한 것이냐, 그것은 편리한 것이냐, 그것은 안락한 것이냐 하는 판단이 이 시대의 모든 가치 모든 선악 모든 사랑을 대신하고 있다. 말하자면 생활의 외피 항시 유동

---

39) 「현실과 문학인의 위치 – 오늘의 작가에게 말한다」, 《동아일보》(1961.2.14.).
40) '카스토르'는 자기와 동류의 인간들, 즉 여기에서는 같은 문학에 종사하는 동료를 뜻하는 말.

하고 있는 그 해면의 굴곡밖에는 보지 않고 있다. 해저의 어두운 정밀靜謐, 그 깊숙한 생명의 내류를 탐색하기 위해서 사색이라는 무거운 잠수복을 입기를 누구나가 다 꺼려하고 있는 시대다. 그렇기에 오늘의 인간들은 사색 대신 '가이가' 기器를 메고 살아간다.

카스토르여. 그러므로 우리들의 언어는 이들 앞에서 얼마나 무참하게도 붕괴되어갔던가? 지루한 밤을 견디며 며칠이고 며칠이고 우리는 몽롱한 언어의 숲을 방황해야 했다. 그러나 그러한 언어를 말하자면 우리의 시와 산문은 저 시장의 훤소喧騷나 공장의 잡음이나 혹은 의회의 고함 소리에 비해 얼마나 취약하고 공허한 것으로만 느껴졌던가?

카스토르여, 하지만 우리의 고립과 가난과 그 수난에 대해서 절망해서는 안 된다. 결코 저 군중의 아우성 가운데 휩쓸려서는 안 된다. 군중 속에 휩쓸릴 때 그대의 눈은 어두워지고 귀는 아무것도 들을 수 없이 된다. 낙엽이 대지를 향해 떨어지는 그 은미隱微한 공기 속의 파문波紋과 구름이 찢기어가는 그 사소한 율동을 보기 위해서 카스토르여, 좀 더 그대는 저 거리로부터 물러서기를 주저하지 말라. 그 맑은 시각을 가지고 그 예민한 청각을 가지고 저 군중의 호흡 그리고 그 몸짓을 보다 잘 시찰하기 위해서 도리어 우리에겐 그린 거리가 필요한 것이다. 선택한 것은 언어어며 상상이며 생명의 뒤안길이며 영원한 인류의 사랑과 문명의 양심이란 것을 잊어서는 안 된다.

그러나 카스토르여, 결코 그대의 언어(문학)를 노아의 방주와 같은 것으로 생각해서는 안 된다. 이 세기의 폭풍으로부터 은신할 수 있는 그대만이 그 재난으로부터 피할 수 있는 도피의 기적으로 문학을 생각해서는 안 된다. 사실 그런 도피처는 아무 데도 없다. 도리어 그대의 언어는 익사해가는 저들의 물거품과 같은 것이다. 광란의 물결 속으로 인간의 얼굴이 소멸해가려 한다.

그때 긴 한숨처럼 내쉬는 최후의 호흡 그 인간 최후의 호흡에서 끓어오르는 물거품이 바로 카스토르여, 그대가 매만지고 있는 언어들이다.

모두들 갔다. 상흔을 직접 만져보지 않고는 신의 부활을 믿을 수 없었던 현명한 그 '로마'들만이 남아 이곳에 있다. 그러나 오랜 세월이 흘렀기 때문에 신의 상흔은 완전히 치유되었고 이제는 부활한 예수님이 손을 내민다 해도 그 증거가 될 만한 못 박힌 자국을 찾아낼 수가 없는 것이다.

카스토르여, 그러므로 이제는 그대가 그 상흔이 되어야 한다. 그대 자신이 피 묻은 상흔이 되어야 하는 것이다.

불행한 카스토르여, 그대는 그대 자신이 로마 앞에서 하나의 찢긴 상흔이 되어야 한다는 것이 얼마나 괴롭고 어려운 일인가를 생각하고 있을 것이다. 그대는 인간을 사랑한다고 섣불리 말해서는 안 된다. 안이한 휴머니즘처럼 해로운 병도 아마 없을 것이다. 카스토르여, 우리가 어떻게 저 탐욕하고 오만하고 추악한 인간을 사랑할 수 있을 것인가? 지방 덩어리인 저 상인들을, 상상력이 결여되어 있는 저 무식한 정치가들을 우리는 어떻게 사랑할 수 있단 말인가?

그리하여 고독한 카스토르여, 그대 자신이 부패하지 않고는 상처 입지 않고 저들을 사랑할 수가 없는 것이다. 저들을 사랑하기 위해서는 먼저 그대 자신에게 절망하지 않으면 안 된다. 그리고 끊임없이 인간을 저주하고 증오하지 않아서는 안 된다.

이 자기 부패와 끝없는 증오 속에서 마치 그대는 콜럼버스처럼 목적 없는 항해를 되풀이하는 것과 같다.

그렇다. 카스토르여, 휴머니즘은 죽음의 항해 끝에서만 미지의 항로 끝에서만 발견되는 대륙인 것이다. 해결을 모르는 이 자기 부패와 인간이 불신과 증오로 이룩된 죽음의 항해 속에서 그대는 하나의 멍든 핏자국의 상흔을 얻을 수가 있다. 이러한 출발과 이러한 상흔을 갖지 않는 휴머니즘은 모두가 위선적인 분장에 지나지 않는 것들이다.

슬픈 카스토르여―그대는 또한 정치적인 혁명을 믿어서는 안 된다. 그것은 마치 빙산을 향해 터지는 '다이너마이트'에 지나지 않기 때문이다. 카스토르여―그대는 4월의 보도, 그 봄의 보도 위에서 총성과 연막탄 속에서 죽어간 젊은 영혼을 생각하고 울 것이다. 그러나 슬픈 카스토르여, 그들의 죽음은 곧 또 다른 손에 의해서 매장되고 헐리고 이용되고 하는 그 운명을 울어야 한다.

빙산은 다이너마이트에 의해서 뻐개졌지만 다시 그 모진 한파는, 또 다른 그리고 보다 견고한 빙산을 만든다는 것을 잊어서는 안 된다. 카스토르여─가난한 나라의 카스토르여─그 일시적인 파괴적인 비약(?)을 믿어서는 안 된다. 빙산을 녹이기 위해서는 전체적인, 그리고 눈에 띄지 않는 훈기의 바람이 불어야 한다.

카스토르여─이 계절의 이행移行이 그 해빙기가 결코 정치나 직접적인 파괴로 이루어지지 않는다는 것을 믿어야 한다.

그것이 지루하고 아무리 더딘 것이라 할지라도 계절의 변화를 기다릴 수밖에 없다. 그리고 그 계절의 변화는 행복한 카스토르여, 그대의 호흡, 그대의 상흔, 말하자면 그대의 금金·언어(어語와 대문對文)에 의해서 서서히 형성되고 있다.

그러므로 행복한 카스토르여, 그대의 작업은 역설적인 것이라는 것을 잊지 않도록 부탁한다. 그대가 고독할 때 군중은 고독하지 않고 그대가 글을 쓴다는 그 사명의 어려움을 느낄 때 시대는 모든 어려움 속에서 벗어난다. 그리고 그대는 증오 속에서 사랑을 찾을 수 있는 것이며 절망 속에서 희망을 보는 것이며 무목적의 항해 끝에서 황홀한 목적지를 얻는다.

친애하는 카스토르여, 그러므로 전 세계를 그대에게 준다 해도 그 유혹을 거부할 수 있는 작가의 순교 정신이 필요하다. 그대가 침묵할 때 저 숲속의 새들도 하늘의 별도 침묵한다. 모든 사랑이 침묵한다. 카스토르여!

이어령 혹은 한국 문화의 거점

권영민 | 문학평론가, 서울대학교 명예교수

1.

이어령 선생의 비평적 글쓰기는 비평이란 무엇인가를 끊임없이 되묻게 한다. 비평은 문학이 스스로 자기 존재와 위상을 정당화하기 위해 필요로 하는 하나의 인식 행위이다. 비평이라는 말속에는 문학의 가치에 대한 판단과 그 식별의 뜻이 포함되어 있다. 문학이 문학의 자리에 온전히 서 있기 위해서는 비평의 임무가 그만큼 중요하다. 하지만 최고의 비평은 문학의 내용이나 의미에 대한 판단만으로 가능한 것은 아니다. 문학 비평은 문학을 다른 어떤 사상으로 대치시켜놓는 것이 아니라, 문학의 존재 의미를 가능하게 하는 미적 속성을 밝혀내는 작업이다. 문학의 위상을 있는 그대로 드러내어 보여주지 못한다면 비평의 존재 의미를 인정받기 어렵다.

문학 비평은 언어로 이루어진 독특한 예술 형태인 문학 작품을 대상으로 한다. 그러므로 문학에 대한 비평적 논의는 어느 시대에도 그것이 언어적 산물이면서 동시에 상상적 산물이라는 사실에서 크게 벗어난 적이 없다. 문학 비평이 문학의 전체적인 모습을 균형 있게 제시하기 위해서는 비평적 방법의 확립이 중요하다. 문학 비평의 방법은 그 대상으로서의 작품이 없으면 성립되기 어려운 것이며, 문학 비평의 방법에 대한 다양한 논의는 결국 다시 작품으로 떳떳이 돌아오고자 하는 목표에서 이루어지는 것이다. 그렇기 때문에 문학 비평의 확립이란 그 방법론의 모색이 어느 정도 성공적이냐를 따지는 데에서 만족될 수 없으며, 그러한 방법론의 적용이 얼마나 작품의 의미에 활기를 불어넣느냐에 더 큰 의미를 부여할 수 있다.

2.

이어령 선생의 비평집 『저항의 문학』(1959)은 한국 현대문학에서 비평적 방법의 전환을 말해주는 하나의 정신적 좌표에 해당한다. 이 책이 출간되기 이전의 문학 비평 흐름을 검토해보면, 문학 외적인 상황이나 어떤 사회적 이념이 비평의 논리와 방법을 크게 좌우해왔음을 알 수 있다. 이러한 현상은 문학 비평이 시대적 조건이나 현실 상황에 긴밀하게 대응하고 있는 중요한 정신 영역의 하나임을 말해주는 것이다. 문학 비평이 문학 외적인 상황에 따라 그 논리와 방법을 바꾸어왔다는 것은 문학 자체의 미적 의미

보다는 사회적 요건을 더욱 중시하고 있음을 뜻한다. 비평집『저항의 문학』은 이 같은 해방 이후 비평의 방법론적 한계를 지적하면서 문학의 미학적 확립을 문제 삼고 있다는 점에서 그 의미를 평가할 수 있다.

『저항의 문학』은 전후사회의 현실적 부조리 속에서 자유와 해방, 자기 주체의 발견, 인간적 가치의 회복을 문학을 통해 새롭게 구상한다. 모든 것들이 다 불타버린 잿더미 위에서 새 생명의 싹을 틔워야 했던 것이다. '화전민'의 개척의식을 강조하고 있는 이 책에서 가장 돋보이는 것은 '부정'과 '저항'이라는 말이다. 이 두 개의 용어는 매우 격렬한 투쟁적 의미를 지니고 있지만, 사실은 인간적인 가치에 대한 옹호를 뜻한다.

역사가 인간을 살육하는 문명을 낳았다면 그 같은 역사를 만든 책임은 우리 인간이 져야 할 것이며 따라서 당연히 우리가 그러한 역사의 움직임에 대하여 저항하지 않을 수가 없다. 자연이 일으키는 사건 그것의 책임은 신이 져야 한다. 그러나 역사가 저질러놓은 이 현실의 모든 사고는 인간이 져야만 할 책임이다. 그러므로 미아리의 비석들은 하늘을 향하여 항거하고 있지만 동작동 국군묘지의 십자가는 이 대지를 향하여 바로 그 인간을 향하여 항변하고 있다.

그리하여 우리는 이윽고 인간이 인간과 싸워야 하는 슬픈 계절을 맞이하였다. 인간이 인간과 싸워야 한다는 것은 인간이 인간의 역사와 대결한다는 말이며 그 역사 속에서 우리가 눈을 떠야 한다는 것이며 오늘의 이 역사적 현실을 비판하고 폭로하고 그리고 지양해나가야 한다는 것이다.

앞의 인용에서 '저항'이라는 말은 인간을 파괴하는 역사의 흐름에 대한 저항과 부정을 의미한다. 이것은 새로운 시대가 요구하는 역사의식과도 통하지만, 기성의 모든 문학적 관념들에 대한 비판과 반성을 포함한다. 실제로 이어령 선생의 평문 가운데 가장 탁월하게 빛나는 대목들은 한국의 문학을 지방성의 테두리에 묶어두는 관념적 어사들에 대한 비판이다. 예컨대, 당대의 비평가 조연현이나 소설가 김동리 등이 별다른 이의를 달지 않고 한국적인 토속의 세계나 향토성와 혼동해온 전통이라는 개념의 오류를 가장 날카롭게 지적한 것이 선생이다. 엘리엇의 전통론을 들지 않더라도 전통이란 시대적 한계나 공간적 제약 속에 문학을 묶어두는 것이 아니다. 오히려 그러한 제약으로부터 자유로워지는 보편적인 가치의 회복을 더 중요시한다. 이 시기의 비평에서 문학이라는 말의 앞자리에 관형적 투어처럼 붙어 다니는 민족이라는 말을 선생의 평문에서는 거의 찾아볼 수 없다는 것도 이와 동일한 맥락에서 이해할 수 있다.

『저항의 문학』은 전후문학의 정신적 극복 과정을 대변한다. 여기서 주목되는 비평적 쟁점이 1960년대 중반에 본격화된 순수/

참여론이다. 문학의 사회적 참여 문제는 이어령 선생의 '저항'
이라는 테마와 연결된 것이다. 「작가의 현실참여」(1959)라는 선
생의 평문이 던진 이 새로운 과제는 문단의 파문으로 번졌는데,
4·19를 지나 다시 범문단적인 쟁점이 되어 그 중요성을 새롭게
인식할 수 있었다. 선생은 전후의 혼란된 현실 속에서 인간의 삶
과 그 존재방식에 대한 회의와 저항이 교차되면서 현실적 상황에
대응할 수 있는 문학의 요건을 중시하고 있다. 사회문제에 적극
적인 관심을 갖고 현실에 능동적으로 참여해야 한다는 문학의 참
여의식은 우선적으로 작가가 현실에 대해 각별한 관심을 표명하
는 데에서 출발한다. 그리고 현실에 입각하여 시대와 상황에 대
한 책임을 자각하는 데에까지 이르는 것이다.

　이러한 관점은 현실의 부조리를 고발·비판하는 리얼리즘의 정
신을 통해 적극 실천되면서 역사의식에 바탕을 둔 작가의 사회적
책임을 강조하는 참여문학론으로 발전한다. 여기서 가장 큰 문단
적 사건으로 확대된 것이 시인 김수영과의 논쟁이다. 김수영은
언론의 무기력과 지식인의 퇴영성에 대한 비판으로부터 자신의
참여론을 주장하기 시작한다. 군사독재의 획일적인 사회 문화에
대한 통제를 우려했던 그는 문학의 전위적 실험성이 억압당하는
상황의 위기를 극복할 것을 강조한다. 그러나 참여론의 실마리를
쥐고 있던 이어령 선생은 문학의 위기를 극복하기 위해 먼저 문
화 자체의 응전력과 창조력의 고양을 주장하였고, 시대적 상황

변화에만 추종하는 문학인들의 자세를 비판한다. 그 결과 문학의 자율성에 대한 신념을 내세운 이어령 선생이 순수론의 옹호자로 인정되기에 이른다.

『저항의 문학』에서 강조하고 있는 비평적 주제 가운데 '우상의 파괴'를 먼저 주목할 필요가 있다. 이 주제는 온전하게 '작품으로 돌아가기'라는 비평의 본질에 관한 문제와 통한다. 그러나 문단 적으로 '우상의 파괴'는 기성작가들의 권위에 대한 신세대의 도전으로 평가되기도 했다. 이어령 선생은 평단의 거목이었던 백철을 공박하고 조연현을 비판하고 시단의 주역이었던 서정주를 몰아친다. 그리고 소설 문단의 김동리마저 용납하지 않는다. 이러한 비평적 도전은 당신의 문단에서는 하나의 당돌한 구상에 해당한다. 이미 그들은 모두 문단의 우상으로 떠받들어지고 있었기 때문이다. 그러나 실상 이 같은 도전이 의미하는 바는 아주 단순하고도 간명한 비평적 명제와 직결되어 있다. 이제 비평은 더 이상 작가의 주변을 맴돌아서는 안 된다는 것. 오직 작품 자체로 돌아가야 한다는 것이다. 이 명제를 일반화시키기 위해 선생은 이른다 '우상의 파괴'의 선봉에 선 것이다.

'언어 또는 비유의 발견'이라는 주제는 『저항의 문학』의 비평적 핵심에 해당한다. 이 특이한 논리적 거점 위에서 만들어진 이상 연구라든지 현대시에 대한 분석 등이 특히 중요하다. 이러한 작업이 문학의 언어 표현에 대한 기호학적 접근에 집중되어 있다는 것은 널리 알려진 사실이다. 문학은 결국 언어적 기호의 산물이라는 것을 말하기 위해 선생이 주도했던 비평적 논쟁을 돌아보면, 미적 자율성이라는 문제에 대한 신념을 선생만큼 철저하게 실천한 평론가는 다시 찾아보기 어렵다. 선생의 비평에서 볼 수 있는 문학과 그 언어에 대한 관심은 문학 연구를 독자적인 기반 위에서 체계화하여 자율적인 분야로 고정시키고자 했던 비평적 관점과 방법의 확립을 의미한다. 선생은 문학 작품의 속성과 의미와 가치를 밝혀내기 위해 그 작품의 구조에 주목하고 있다. 문학 작품의 구조는 다양한 요소들이 복합적인 관계로 상호 연결되고 있지만, 이들 사이의 균형과 대립, 갈등과 화해 속에서 비롯되는 긴장을 통해 전체적인 통일성을 유지하기 때문이다. 그러므로 선생의 비평 방법은 하나의 독립된 객체로서의 문학 텍스트의 존재를 가능하게 하는 노력에 해당한다. 그리고 이 같은 방법을 통해 문학의 독자적인 의미 또는 효과를 미적 차원에서 해명할 수 있는 가능성을 열게 된 것이다.

3.

이어령 선생의 글쓰기의 원점에 해당하는 또 하나의 저서로 에세이집 『흙 속에 저 바람 속에』를 지목할 수 있다. 1963년에 출간된 이 책은 세상에 나온 지 50년이 넘었지만 여전히 많은 독자들에게 읽히고 있다. 한 권의 에세이집이 무려 반세기의 시간을 두고 살아 있는 언어로 새로운 독자들과 만나고 있다는 사실이 우리의 척박한 독서 환경을 놓고 본다면 경이로운 일이 아닐 수 없다. 『흙 속에 저 바람 속에』는 '한국인과 한국 문화에 대한 자기 발견'에 해당한다. 고뇌하는 한국인의 삶의 모습을 그려낸 이 책은 '한국인은 이런 모습이다'라는 하나의 명제를 에세이라는 형식을 통해 다채롭게 펼쳐나간다. 물론 전체적 글의 성격을 보면 자학적이라 할 수 있을 정도로 강한 자기비판을 담고 있다. 선생은 이 책을 쓸 당시의 입장을 이렇게 말한 적이 있다.

사자는 발톱에 가시가 박히면 혓바닥으로 핥아서 빼냅니다. 거기에는 엄청난 고통이 따르지요. 가시를 빼기 위해서는 그런 아픔을 감수해야 합니다. 나는 그런 고통 없이는 한국인의 자기 발견이라는 것이 불가능하다고 생각을 했지요. 그래서 이 책을 쓰면서 현실론적 측면에서 한국인과 한국 사회를 비판적으로 다루기도 했습니다. 하지만 그것을 넘어서서 '이러했으면 좋겠다'라고 소망을 솔직하게 제기했다고도 할 수 있습니다. 가령, 문 앞에서 자신의 존재를 알리는 기침하는 관습을 두고 이 책에서는 근대화에 뒤처진 한국을 상징하는 부정적인 것으로 그려내면서도, 문 밖에서 '으흠' 기침하는 것은 타인에 대한 배려의 마음의 표현이라고 설명하기도 했지요. 지금 돌아보면, 사실 『흙 속에 저 바람 속에』는 제가 젊었을 때 굉장히 과격하게 쓴 글이라고 할 수 있지만, 부정적인 한국인론과 긍정적인 한국인론이 공존하는 양면성을 가지고 있다고 생각합니다.

『흙 속에 저 바람 속에』에서 그리고 있는 한국인의 삶의 방식이나 태도는 넓은 의미에서 한국의 문화라고 할 수 있다. 그것은 오랜 역사를 통해 습관처럼 굳어져버린 것들이기 때문에 다양한 층위를 지닐 수 있는 것이다. 긍정적으로 볼 수 있는 부분과 부정적으로 볼 수 있는 부분이 있기 마련이다. 더러는 지나치게 현실적이고, 더러는 지나치게 초월적인 면도 드러내고 있기 때문이다. 어느 한쪽만을 강조할 경우 그 뒤에 숨겨져 있는 것들의 의미를 놓칠 수가 있기 마련인데, 『흙 속에 저 바람 속에』는 그 다양성을 여러 차원에서 설명하고 있다.

이 책을 통해 선생은 한국 문화를 우수한 문화, 한국인을 우수한 사람이라고 얘기한 것은 아니다. 오히려 한국인들의 삶 가운데 모순적인 요소들이 여전히 하나의 관습처럼 지속되는 것을 강하게 비판했다고 생각한다. 문화란 우수한 문화와 야만적인 문화로 나눌 수 없다. 모든 문화는 그 자체의 존재 의미가 있기 때문에 부정적인 것과 긍정적인 것을 양분하여 논하는 것은 바람직한 태도가 아니다. 이 책에서 적극적으로 비판하고자 한 것은 한국 문화의 요소들 속에서 체질처럼 굳어졌던 전근대적 제도와 봉건적 사고방식 등이다. 이러한 비판은 그 자체가 '근대화의 징후'으로 읽히기도 한다. 이어령 선생이 근래 만들어낸 새로운 용어 가운데 '디지로그'라는 말이 있다. '디지털'과 '아날로그'의 합성어이다. 한국 문화는 '아날로그 리소스'가 풍부하기 때문에 디지털 시대의 새로운 변화에 융통성 있게 대응할 수 있다는 점에서 이 용어는 한국 문화의 속성에 기반하여 그 특징을 잘 드러낸다. 이러한 관점에서 보면 과거의 부정이 긍적적인 것으로 쓰이는 예들을 『흙 속에 저 바람 속에』에서 찾아볼 수 있다.

『흙 속에 저 바람 속에』 이전에도 한국 문화나 한국 민족, 한국인에 대해서 쓴 글들은 많았다. 해방 직후부터 훑어보면 한국 민족문화의 정체성에 대한 논의가 끊이지 않았음을 확인할 수 있다. 그런데 이런 글들은 대개 그것이 다루고 있는 주제를 끊임없이 관념화하고 추상화시켜서 현실과 동떨이진 얘기로 결론을 맺고 있는 경우가 많다. 그런데 『흙 속에 저 바람 속에』에서는 구체적이고도 일상적인 삶의 현장에서 한국 문화의 특징적인 면모를 찾아내어 새롭게 해석하고 있다. 누구도 관심 있게 다룬 적이 없는 아주 사소한 일상의 일들을 다시 뒤집어보고 새롭게 인식하도록 독자들을 이끌어가고 있다. 그러므로 『흙 속에 저 바람 속에』의 글들은 어떤 시보다도 더욱 시적인 표현이 많고, 어떤 소설보다도 더욱 극적인 장면이 넘친다.

『흙 속에 저 바람 속에』와 같은 한국 문화론, 한국인론이 어떻게 1960년대 초에 나올 수 있었을까? 이것은 4·19로 대변되는 사회변동 속에서 정치적인 자기 발견, 사회적인 자기 발견, 문화적인 자기 발견, 경제적인 차원에서의 자기 발견이 가능해지기 시작했음을 의미한다. 한국 사회는 일제 식민지에서 벗어나면서부터 서구문화와 더욱 가깝게 접촉하게 되었고 그 속에서 근대적인 자기 정체성을 찾으려고 했을 때, 6·25전쟁이 일어난다. 이 전란의 혼동 속에서 한국 사회는 모든 것이 불태워진다. 아무것도 남아 있지 않은 잿더미 속에서 새로운 문화를 만들기 위해 씨를 뿌리지 않으면 안 되었다. 이러한 혼돈의 과정을 거치면서 『흙 속에 저 바람 속에』가 탄생한 셈이다. 그러므로 『흙 속에 저 바람 속에』는 시대가 낳은 책이라고 할 수 있다.

에세이집 『흙 속에 저 바람 속에』는 50년 전에 씌어진 것임에도 불구하고 독자들의 눈에 다시 새롭게 읽힌다. 이 책의 글들이 씌어진 시기는 한국 사회의 근대화라는 화두가 거대하게 제기되기 시작한 때이다. 그러나 선생이 말하고 있는 내용은 이미 근대의 초극으로 내닫고 있다. 근대화를 말하면서도 근대를 뛰어넘지 않으면 안 되는 그런 문제의식이 지금도 여전히 새로운 독자들을 끌어들인다. 1960년대는 학생혁명으로 시작되지만 군사 쿠데타 직후 사회적 혼란이 가라앉지 않았다. 한편에서는 정치와 민주주의를 주장하고 한편에서는 경제개발과 근대화를 내세우며 사회적 긴장이 고조된다. 이런 시대적 상황 속에서 『흙 속에 저 바람 속에』는 정치경제적인 관심과 달리 '나는 누구인가' 하는 지적·

문화적인 물음을 사회에 내던진 것이다. 문화라는 것 자체가 위축되어버렸던 시대적 상황에 비추어보면 이 질문은 사치스러운 것일 수도 있다. 그러나 독자들은 이 새로운 질문에 열광한다. 원래 이 책의 원고는 신문 연재를 통해 만들어졌다는 점을 상기할 필요가 있다. 신문 연재라는 제약된 조건 때문에 하나의 토픽에 정해진 분량의 원고가 작성되어야만 했다. 그러므로 이 글에서 하나의 토픽에 대한 관념적인 서술이나 학술적인 토론은 펼칠 수 없었다. 문장은 간결하면서도 명쾌했다. 게다가 백인수 화가의 삽화도 큰 몫을 했다. 에세이에 삽화를 놓는 것 자체가 그 당시에는 새로운 시도였고 백 화백의 삽화로 인해 독자들은 글에 더욱 몰입할 수 있었다.

4.

이어령 선생의 비평적 글쓰기는 1956년 《문학예술》지에서부터 시작된다. 선생은 반세기를 훨씬 넘도록 글쓰기를 멈춘 적이 없고, 문화예술의 현장을 떠난 적이 없다. 문화예술계를 대표하는 원로이면서도 선생은 언제나 현역 비평가를 자임한다. 그리고 지금도 놀라운 지적 통찰력을 통해 한국 문화의 지평을 확대할 수 있는 새로운 인식의 틀을 제공하는 데에 앞장선다. 그러므로 이어령 선생의 비평적 글쓰기는 해방 이후 한국 문화예술의 정신사적 궤적에 해당한다.

선생의 비평집 『저항의 문학』과 에세이집 『흙 속에 저 바람 속에』는 한국문학사에서 유별난 자리를 차지한다. 선생의 수많은 저서 가운데에는 이 책처럼 화제를 모으고 대중적 관심을 불러일으킨 『바람이 불어오는 곳』, 『지성의 오솔길』, 『축소지향의 일본인』, 『공간의 시학』 등이 있고, 새로운 문명의 패러다임을 추적하고 있는 『문화코드』나 『디지로그』와 같은 화제작도 있다. 최근까지도 『젊음의 탄생』, 『생명이 자본이다』와 같은 베스트셀러를 내놓은 바 있다.

이어령 선생의 『저항의 문학』과 『흙 속에 저 바람 속에』는 비평적 글쓰기가 하나의 새로운 '문화적 시학'을 지향해야만 그 존재 의미가 있다는 것을 그대로 입증해 보인다. 이제 『저항의 문학』과 『흙 속에 저 바람 속에』의 방법과 정신을 발전시키기 위해서는 문학이라는 것이 지니고 있는 사회 문화적인 속성을 통합적으로 이해할 수 있는 '문화의 시학'이 필요하다. 문학 비평은 문학과 문화 사이를 중재하는 자리에 제대로 서야만 하다. 물론 문학 비평은 문학의 개념과 그 범위를 규정하는 방법과 관점에 따라 문학과 문화의 관계를 좁히기도 하고 넓히기도 한다. 하지만 비평의 방법과 실천을 문화의 범주 안에서 새로이 이해해야 하며, 문학을 하나의 문화적 산물 또는 문화적 현상으로 인식하지 않으면 안 된다. 이 경우 비평이라는 것도 보편적인 개념으로서의 문화가 아니라, 구체적이고도 개별적인 문화 현상들 속에서 이루어지는 하나의 문화적 실천으로 인식되어야 한다.

권영민

서울대 국어국문학과 박사. 서울대학교 국문학과 교수로 재직했고, 하버드 대학교 객원교수, 캘리포니아 버클리 한국문학 초빙교수, 도쿄 대학교 한국문학 객원교수 등 역임. 현재 서울대학교 명예교수, 버클리 대학교 겸임교수. 현대문학상, 김환태평론문학상, 만해대상 학술상, 세종문화상 등 수상. 주요 저서로 『한국문학이란 무엇인가』, 『우리 시 깊이 읽기』, 『커피 한잔』, 『분석과 해석』 등이 있다.

작품 해설

저항의 문학, 문화주의 비평

1950년대 비평을 중심으로

강경화 | 한양대학교 에리카캠퍼스 창의융합교육원 교수

1. 참여와 순수 혹은 종합적 사유 구조의 분화와 길항

이어령은 1950년대 중반, 새롭게 재편된 전후의 문학적 상황을 배경으로 기성 문단을 향해 비판적인 공격을 감행하는 동시에 감각적인 문장을 구사하면서 화려한 명성을 높여왔다. 또한 '신세대의 총아' 혹은 '문단의 배덕아'[41]로 전후 신세대군 비평가 중에서 가장 강력한 대중적 흡인력을 발휘하였다. 1950년대 문학(비평)을 논의하는 자리에서 이어령이 언제나 논의의 단서 혹은 중심에 놓여왔다는 사실은 그가 차지하는 비중(대표성)을 단적으로 보여준다. 그럼에도, 새삼 연구사를 들출 필요가 없을 만큼, 그의 비평에 대한 전면적인 그리고 본격적인 논의는 아직 이루어진 바 없다. 이는 이어령의 '화전민 의식'이 폐허 위에 돋아난 가능성의 하나

---

41) 이어령, 「우상의 파괴」, 『지성의 오솔길』(동양출판사, 1960), 137쪽.

이자 그 첫자리를 차지한 점으로 보나,[42] 그가 한 시대를 대표하는 비평가라는 위상에 비춰볼 때도 의외의 현상이 아닐 수 없다.

이 글은 이러한 문제의식에서 전후 신세대를 대표하는 이어령의 1950년대 비평을 전면적으로 재조명하기 위한 의도로 씌어진다. 그 방법으로 이 글이 주목하는 것은 비평 인식과 담론의 실현화 방식이다. 비평은 문학의 어떤 장르보다 세계에 대한 개진, 시대에 대한 지적 반응, 글쓰기의 욕망에 내재한 권력적 성격, 자신에 대한 반성적 경향이 강하다. 비평 인식의 발현 양상과 담론의 실현화 방식은, 비평의 이러한 장르적 특성을 고려할 때, 그리고 주체의 비평 인식과 지향성, 구체적인 서술 전략, 글쓰기의 유효성 등에 대한 문제를 포괄할 수 있다는 점에서 방법적 타당성을 부여한다. 따라서 이 글은 이어령의 비평 인식의 발현 양상과 그의 비평이 대중적 영향력을 지닐 수 있었던 요인, 곧 어떤 담론적 특성이 그러한 위상을 차지할 수 있게 했으며 1950년대라는 특정 시기와 어떤 방식으로 조우할 수 있었는지, 그리고 그것이 1960년대 중반 이후의 비평적 변화와는 어떤 관련성이 있는지 등에 대해 논의하게 될 것이다. 그러할 때 비로소 이어령의 비평에 대한 객관적인 이해가 가능해질 것이다.

---

42) 김윤식, 「1950년대 한국 문예비평의 세 가지 양상」, 『한국문학의 근대성 비판』(문예출판사, 1993) 참조.

이어령이 45년이 넘는 기간 동안 정력적으로 활동한 대표적인 전후 비평가임은 널리 알려진 사실이거니와,[43] 그의 비평적 궤적을 되짚어보면 '문제 제기의 명수'[44]라는 평가처럼 늘 문제 제기적이었으며, 1950년대 비평가 중에서 가장 공격적인 담론을 펼쳤다. 이 때문에 크건 작건 많은 논쟁들의 주체[45]로 자신의 주장을 열정적으로 개진한 비평가였다. 그러나 이어령의 긴 활동은 적지 않은 곡절의 과정이었는데, 이동하의 지적대로 '영광의 길과 고독의 길'[46]이었다. 그 원인으로는 대체로 두 가지 측면에서 찾을 수 있다. 하나는 이어령 비평이 안고 있는 내적 결함과 관련된 것으로, 그의 비평이 창조적 역할을 수행하지 못하고 독자들

---

43) 이어령의 등단은 특이한 경우에 해당한다. 그는 1956년 10월 「현대시의 UMGEB-NUG와 UMWELT—시비평 방법서설」을 《문학예술》에 발표함으로써 공식적으로 등단했지만, 등단 이전부터 공식 매체를 통해 활동했기 때문이다. 서울대 《문리대학보》를 편집하여 「이상론」(1995. 5.)을 발표하기도 하고, '학생투고'의 글인 「동양의 하늘」(1956. 1. 19.~20.)과 문단의 커다란 반향을 일으킨 「우상의 파괴」(1956. 5. 5.)를 《한국일보》에, 「나르시스의 학살」(1956. 10.)을 《신세계》에 발표했을 뿐만 아니라, 《예술집단》에 소설을 쓰기도 했다. 따라서 이어령의 등단은 추천자인 백철의 말대로 형식적인 절차에 불과하며, 따라서 그의 실제 등단은 공식 매체에 발표한 「우상의 파괴」로부터 잡을 수 있다.

44) 김현, 「한국 비평의 가능성」, 『현대한국문학의 이론』(민음사, 1974), 188쪽.

45) 대표적으로 김동리와의 실존주의 논쟁, 조연현과의 전통 논쟁, 김우종과의 아류(개개비) 논쟁, 비평가의 자질과 양식을 둘러만 정태용·이형기와의 논쟁, 김수용과의 불온시 논쟁 등을 들 수 있다.

46) 이동하, 「영광의 길, 고독의 길」, 김윤식 외, 『한국 현대 비평가 연구』(강, 1996).

을 현혹한 사기술에 불과하다는 비판으로 요약할 수 있다.[47]

다른 하나는, 1960년대 중반 이후 뚜렷해진 방향 전환의 불순함에 대한 비판적 시각을 들 수 있다.

> 그들 자신의 진정한 감수성이나 절실한 이념에서 불가피하게 유도된 것이 아니라 남에게서 이름만 빌려 온 것이 많았고 …… 그리하여 '현대 작가의 책임'과 '저항의 문학'을 화려하게 외쳤고 거기에 간단히 동조했던 많은 사람들이, 전쟁의 참상을 겉으로나마 보지 않게 되고 직장을 구하여 생활의 안정을 얻게 됨과 때를 같이하여, '역시 문학은 언어의 예술'이라는 다른 하나의 구호를 마련하고, 옛 문학 노트와 일역판에서 보았던 '메타포'니 '분석 방법'이니 하고 유창하게 지껄이게 되는 것이다. (중략) '증언', '행동', '휴머니즘' 등의 남발된 구호들은 그 구호를 통용하도록 만든 전쟁과 전후의 혼란을 형상화하는 데 있어서도 무력함을 드러내었다.[48]

47) 가령, 홍정선은 「작가와 언어의식」에서, '논리성을 결한 수사적 문체의 부당함과 자의성, 언어의 곡예에 가까운 말재주로 자신의 영역을 구축했다'고 비판하며(김병익·김주연 편, 『해방 40년 : 민족지성의 회고와 전망』, 문학과지성사, 1985, 189쪽), 최동호는 '항거해야 할 정신과 창조의 혼 그리고 힘과 땀의 노동을 강조하고 있지만, 항거해야 할 정신의 토대가 미약한 현실 인식을 화려한 수사로 분장시키는 일회적 마술의 경작자에 불과하다'고 비판한다(『불확정시대의 문학』, 문학과지성사, 1987, 346~347쪽).

48) 염무웅, 「선우휘론」, 《창작과 비평》 1967년 겨울호, 648쪽.

'전후 세대의 문학의식이란 날조된 허구이며 구호적 표현이다.'라고 할 때, 그 공격이 이어령을 겨냥하고 있음은 앞뒤 문맥으로 보아 쉽게 알 수 있다. 이러한 평가는 물론 이어령 비평의 실체와 부합하는 타당한 일면이 없지 않다. 하지만 문학의 참여를 부정하고 순수 문학으로 전환한 데 대한 경멸스러운 비난과 세대적인 문학적 입장 또한 미묘하게 얽혀 있음이 사실이다. 이 미묘함은 1950년대 문학인들의 방향전환을 통해 한국 문학 이론의 급격한 발전이 뒤따랐다는 김현의 관점과 비교할 때 두드러진다.[49]

이처럼 이어령 비평의 전개 과정을 파악하는 일반적인 관점은 창조적 역할을 담당하지 못했다는 것, '참여에서 순수'로의 방향전환, 즉 초기 비평의 강력한 대 사회적 담론을 유지하지 못했다는 것으로 정리할 수 있다. 이러한 모순과 선회를 가장 먼저 갈파한 비평가는 그를 가까이에서 지켜본 동시대 유종호였다. 그는 이어령 비평의 한계와 특성을 다음과 같이 지적하고 있다.

참여 문학이 의식의 영역 확대나 자기 위안을 넘어서서 효용성을 발휘하자면 현실의 관찰이나 묘사나 비판에 그치지 않고 현실 그 자체를 변혁한다는 행동주의와 결합하지 않을 수 없다. 그러한 행동주의의 일

49) 김현, 「테로리즘의 문학」, 《문학과지성》 1971년 여름호, 343쪽.

보 전에서 몸을 움츠리고 있다는 점에서는 절충적 성격을 띠고 있다. (중략) 이어령은 그 후 현저히 뉴크리티시즘적 발상으로 기울어져갔는데 참여론의 시기에 이상 부활을 도모했다는 사실이 이미 그것을 예시해 주고 있었다고 볼 수 있다.[50]

"전후비평의 발광체" 구실을 한 이어령은 위의 지적대로 '저항의 축'과 '분석적 축', 모두를 출발부터 가지고 있었다. 유종호는 이를 예리하게 짚어내고 있다. 그러나 절충적 성격으로 규정한 유종호나 불순한 방향 전환으로 비판한 기존의 판단은, 두 측면 사이의 상호 길항성을 간과하고 있다는 점에서 일면적이다. 이 두 축을 아무런 매개항 없는 모순적 병존으로 보았거나 급조된 허구적 선언으로 보았기 때문이다. 문제는 이어령 비평의 이질적인 두 축은 단순한 절충성이 아니라는 점이다. 그것은 시대의 변화에 따라 부정의 대상을 무엇으로 잡느냐에 따라, 어느 한쪽이 다른 한쪽을 규제하는 규정력이었다.

이어령 비판의 기본적인 인식 체계는 문학의 창조적 상상력과 인간의 본원적 자유를 확보하기 위한 비평적 저항으로 요약할 수 있다. 이 점에 관한 이어령은 출발부터 명확한 좌표를 설정하고 있었다. 45년에 이르는 그의 비평적 작업은 시대적 굴곡과 고비

50) 김현, 「테로리즘의 문학」, 《문학과지성》 1971년 여름호, 343쪽.

마다의 곡절을 담고 있으나 그 근저에는 문학과 인간에 대한 깊은 신뢰가 놓여 있다. 물론 변화의 흔적 또한 간직하고 있다. 하지만 그것은 외형적 틀 바꾸기에 불과할 뿐 본질적으로는 변함없이 인간의 신뢰에 바탕한 문학의 견고한 '성채쌓기'였다고 할 수 있다. 그의 비평은 전쟁의 회색 구름 속에 내면화된 현실과 한국 문학의 정체성에 대한 인식으로부터 인간성의 좌절과 그 회복에 이르는 역동적인 과정으로 존재하기 때문이다.

다시 말해 그는 전후의 '상황 의식'으로부터 '문학의 비평이란 무엇인가'라는 물음을 통해 작가적 책임과 문단적 저항을 주장한다. 그러다 4·19 이후에는 문학의 본질이 변질되는 현실에 맞서려는 인식에서 문학의 창조적 상상력과 내적 법칙으로 표출된다. 이러한 도정은 곧 이어령 비평의 사회학적 관점과 분석적 방법의 사유 구조로부터 그것의 분화와 길항의 과정과 갈라선다. 이 점을 드러내기 위해서는 이어령의 비평을 전후의 세대 의식에서 바라볼 필요가 있으며, 그럴 때 그의 비평적 자의식이 다음과 같은 내면성과 긴밀하게 관련되어 있음에 주목해야 할 것이다.

그때 나는 22세라는 젊음의 재산밖에는 아무것도 가진 것이 없었다. (중략) 가진 것이라고는 분노와도 같은 자기自棄와도 같은 광기狂氣와도 같은 젊음의 반역뿐이었다. 홀몸이었다. (중략) 친구들 가운데는 이미 전쟁의 참호 속에서 죽은 사람도 있었고 미쳐버린 사람도 있었고 소위 망명 유학을 떠나 이방으로 자취를 감춰버린 사람도 있었다. (중략) 생존하기 위해 문관 노릇을 하던 교수님들 밑에서 우리는 반세기 전 증권문서같이 낡아버린 노트의 학설을 베끼며 인생을 배웠다. (중략) 그런데 사람들은 다방에서 커피를 마시며 문학들을 하고 있었다. 내가 몇몇 문인들, 노대가들을 만나보고 기절할 정도로 실망해버린 곳도 그런 다방에서였다. (중략) 구세대의 작가나 비평가는 그 어려운 시절에 직무유기를 하고 있다는 생각이 들었다. 불이 붙은 집에서 바둑을 두고 포탄이 터지는 전선에서 자장가를 노래하는 사람같이 보이기만 했다.[51]

위의 글이 담고 있는 전반적인 의식은 '통증의 문화, 부정의 문화, 반역의 문화'로 표현되는 전후 세대의 '역사의 아웃사이더'[52]적 자세이다. 이 글에서 이어령은 한 인식 주체가 놓인 세계, 그가 대면한 문학과 문단의 자기방기自己放棄로부터 비평적 글쓰기의 현실성을 획득하고 있음을 거칠게 시사하고 있다. '기절할 정도'로 실망해버린 '다방'이란 다름 아닌 구세대의 문학 공간이다. 이 부정의 공간에서 새로운 글쓰기를 시작한다. 그렇다고 할 때,

---

51) 이어령, 『저항의 문학(증보판)』(예문관, 1965), 338~339쪽. 이하 이어령 글의 인용은 이름을 생략한다.
52) 「제3세대 선언」, 『차 한잔의 사상』(삼중당, 1966).

'맨 정신으로는 도저히 살아갈 수 없었던'[53] 그에게 이 공간은 무엇인가. 그것은 질식할 것 같은 '분노의 미학', '반동의 미학'이다. '분노'와 '반동'이야말로 이어령의 비평 인식을 규정하는 원천적 요소다. 근대 비평의 기점을 가르는 비평 정신의 중핵을 '반동의 미학'으로 잡고 있었다는 점,[54] 현대의 상황에 필요한 것이 분노라는 것, 그것은 순수한 자기표현이자 인간이 인간일 수 있는 주체적 자기 수호의 미학이라며, '분노의 상실'에 '분노'했던 점[55] 등 이어령의 비평 전반을 통해 드러나는 정신적 기저라고 할 수 있다. 그런 그에게 질식 상태에서 '숨 쉬고 있다'는 호흡의 문제[56]로 다가선 것이 기성세대에의 공격이었다. 이 '질식의 공간'과 '호흡의 문제', 즉 생사기로의 공간이 자기 근거됨을 부정하는 세계, 곧 '부성父性'의 원리를 원천적으로 차단시키려는 의식을 낳은 것이다. 이로부터 이어령은 앞 세대 문학의 이념과 안이한 인상 비평을 일거에 부정의 대상으로 밀어붙이면서, 그 스스로 새로운 글쓰기의 '아비―시조'가 되고자 했던 것이다.

그러니까 세계와 접촉하기 시작한 인식 주체의 '아비 되기(시조

---

53) 「1950년대와 전후문학」, 《작가세계(4)》(새미, 1997. 10.), 171쪽.
54) 「오해와 모순의 여울목」, 《사상계》 1963년 3월호.
55) 「무엇에 대한 노여움인가?」, 《새벽》 1960년 6월호; 「분노의 미학」, 《신세계》 1963년 3월호.
56) 「1950년대와 전후문학」, 《작가세계(4)》, 176쪽.

의식)'를 행한 욕망이 타락하고 혐오스러운 아비의 세계를 부정하고, 그 세계로부터 떠나 자립적 주체로서 터잡고자 하는 내면 의식으로부터 이어령 비평은 추동되고 있다. 그의 비평 인식을 구성하는 '저항의 축'과 '분석적 축'이 각각 다른 층위로 구성된 것처럼 보이는 외견상의 분열은 이 같은 내면 의식의 현실적 기반과 자기 세계의 구축을 고려할 때 이해할 수 있다. 비평 주체의 자립화와 관련된 이 같은 자기 세계의 구축은 필연적으로 새로운 비평의 방법과 모럴의 탐색을 요구했는데, 이 요구에 방법적으로 부응한 것이 비평가의 분석적 시각이었으며, 비평가의 자의식적 모럴로서 강조된 것이 참여와 저항의 문맥을 형성하게 된다.

이 점을 잘 볼 수 있는 대표적인 글이 「현대시의 UMGEBUNG와 UMWELT」와 「기초문학함수론」이다. 「현대시의 UMGE-BUNG와 UMWELT」에서 이어령은 어떤 존재에게 주어진 조건을 환위環圍Umgebung와 환계環界Umwelt로 구분하여 논의한다. 환위와 환계는 문학의 존재 조건과 비평의 방법을 제기하기 위해 차용된 것이다. 그리하여 이 환위와 환계의 합리적 일치를 과거의 인상비평과 객관비평의 방법론적 오류에 대한 대안으로 제시한다.[57] 따라서 이 글은 비평의 외재성과 내면성, 객관성과 주관성, 나아

---

57) 「현대시의 UMGEBUNG와 UMWELT—시비평 방법서설」, 《문학예술》(1956. 10.). 이 글에서는 『저항의 문학』(경지사, 1959.), 165~166쪽.

가 (비평의) 방법과 (비평가의) 모럴의 교차점을 환경에 대응하는 문학의 유기체성에서 포착한 것이라 하겠다. 당시에는 드물게 민감한 지적 수용력으로 포착한 생태 이론을 적용하여, 비평의 객관성과 주관성의 결합을 시도한 이 야심찬 논지는 「기초문학함수론」으로 이어진다.

「기초문학함수론」은 (인간의) 행위는 환경과 (인간의) 특질의 결합으로 이루어지고 이 행위는 다시 새로운 환경과 인간특질의 생성으로 작용하는 반복의 과정을 통해 발전한다는, 라스웰Lasswell의 이론을 원용한 글이다.[58]

이 글에서 이어령은 다음 두 가지를 전제로 한다. 하나는 새로운 '환경environment·인성predisposition·행위response'의 형성 과정은 그것에 반대되는 방해 요소를 제거하려는 방식으로 진행된다는 것이다. 다른 하나는, 인간의 행위는 그것에 관여하는 외부 조건에 가장 적절하게 반응, 조절하면서 어떤 행위를 생성한다는 원리이다. 이에 근거하여 그는 문학을 인간의 근원적 감정의 표현으로만 보려는 비평과, 작품을 환경의 종속물로만 보려는 비평을 비판하면서 환경과 인간의 특질 그리고 과거와 미래가 연결된, 그리하여 미래를 측정할 수 있는 '한난계寒暖計의 수은'으로써 새로운 비평의 기준을 주장한다. 이러한 글들을 통해 이어령은 환

---

58) 「기초문학함수론—비평문학의 방법과 그 기준」, 《사상계》 1957년 9월호.

경과 그에 반응하는 인간성의 결합, 즉 객관성과 주관성, 외재적 비평과 내재적 비평의 통합을 새로운 비평의 기준과 방법으로 입론화한다.

그런데 비평의 기준과 방법의 입론화라는 측면과 다른 관점에서 「현대시의 UMGEBUNG와 UMWELT」에 다시금 주목할 필요가 있다. 여기에 외형적으로 상호 대립하는, 작품 내적인 문학성과 외적인 사회 참여를 포괄하는 이어령 비평의 중요한 이론 체계가 놓여 있기 때문이다. 이 글이 유기체적 문학론에 근거하고 있음은 쉽게 파악된다. 문학을 살아 있는 하나의 생명체로 간주한다는 점, 문학은 환경과 끊임없이 상호 교류하면서 그 생명력을 확보한다는 것, 문학의 변모와 가치의 판별은 이러한 과정에서 좌우된다고 하는 요지를 통해 확인할 수 있다.

그러나 이어령 비평 인식의 핵심은 "환계란 생명과 미학의 최고원리"라는 구절로 귀결된다. 이 명제는 생명의 미학과 작품의 가치는 자신의 생명을 유지할 수 있는 최고의 상태를 스스로 창조해내는 데 있다는 것, 그것이 생명의 유지와 보존이 가능한 유기체의 진정한 환경이라는 것, 유기체가 그러하듯 문학 역시 자신이 처한 시대적 조건 속에서 가장 철저하게 자신의 환경을 구축한다는 의미를 내포하고 있다. 이에 따르면, 문학은 시대적 조건으로서 '환위'에 수동적으로 반응하거나 기계적으로 반영하지 않는다. 문학은 자신의 존재 조건이나 미적 가치 등에 맞게 유기체가 된다. 그렇다면 이 '환계'를 형성하려는 능동적·적극적 참여의 형식이 문학의 사회 참여이고, 문학의 매체인 언어와 그 운용, 작품의 구조와 형식 등은 외부 조건을 문학의 영역으로 재창조한 '환계 형성'의 유기적인 작용에 해당한다고 볼 수 있다.

　이렇게 보면, 결국 그의 비평에서 사회 참여와 문학성의 탐색은 결코 다른 것이 아니다. 요컨대 환계를 구축하려는 적극적 대응은 문학의 역사적·상황적 투입이고, 문학이 문학으로서 존재할 수 있는 인식적·미적 체계는 그 환경을 문학화 할 수 있는 내적인 힘이라는 해석이 가능해진다. 이러한 태도는 문학의 사회·역사적 지평과 존재론적 지평 위에서의 입장 개진이라 할 수 있다. 이어령 비평은 두 축의 길항 과정으로 전개된다. 그리고 그것은 그에게 동일한 작용의 다른 얼굴이다. 다만 두 내적 요소가 현실적 길항에 의해 표면으로 떠오르거나 이면화 되었을 뿐이다. 그렇기에 우리는 참여와 저항의 논리 한편에 문학의 존재성과 내적 구조를 해명하려는 비평이 지속적으로 공존하고 있는 모습을 볼 수 있다.[59]

---

59)　대표적인 글로「비유법 논고」(《문학예술》, 1956. 11~12.),「카타르시스 문학론」(《문학예술》, 1957. 8~12).「해학의 미적 범주」(《사상계》, 1958. 11.),「상징체계론」(1960. 3.) 등을 들 수 있다. 초기 비평에서부터 중요한 관심사였던 작품의 내적 존재 조건에 대한 비평적 탐색이 최근까지 지속되고 있다는 것은 이에 대한 그의 관심도를 가늠케 한다. 이에 대한 그의 관심을 일별해보면,「현대소설의 반성과 모색」(《사상계》, 1961. 3.),「소설과 아펠레이션의 문제」(《사상계》,

이러한 관점에서 이어령의 1950년대 비평을 참여와 저항으로 규정한다거나, 문학의 구조나 형식을 탐구하면서 문학성을 강조하는 인식적 기반이 1960년대 중반 이후의 변모과정에서 방향전환이라는 비판이 일면적임은 쉽게 드러난다.

물론 '내재적 비평'과 '참여와 저항의 비평'이 상호 공존할 수 있었던 것은 비평의 기준을 '환경'과 '인성'의 상호 함수 관계에서 파악하고자 했던[60] 것과 같은 '균형감각' 혹은 세대 의식을 문학(비평)의 조건으로 끌어들인 남다른 '정치감각'이 있었기에 가능했으리라. 이어령이 이러한 감각을 확보했다는 것은 그의 총명함을 일러주는 대목이긴 하다.

하지만 그보다는 '아비 되기'로서의 현실적 측면이 깊이 개입되어 있다고 보는 편이 더욱 정확할 것이다. 말하자면 그것은 비평적 주체화를 이루기 위한 글쓰기의 현실성이자 방법론이었다. 이 경우 이어령에게 '비평(문학)'이란 '문학성' 혹은 '이해의 방법'

1961. 10.), 「소설론―그 구조와 분석」(《세대》, 1963. 11.), 「현대소설 60년―서설」(《문학춘추》, 1964. 6.), 「현대소설의 구조」(《문학》, 1966. 6~11.) 등의 60년대는 물론 「한국문학의 구조분석」(《문학사상》, 1974.1.), (「바다」와 「소년」의 의미 분석)(《문학사상》, 1974. 2.) 등의 70년대를 거쳐 「문학 공간의 기호론적 연구」(단국대 대학원, 1986)와 「우주론적 언술로서의 처용가」(《문학사상》, 1988. 8.), (「족族빨」의 수식적 초월공간)(《문학사상》, 1988. 11.), 「언술로서의 은유」(《문학사상》, 1989. 2.)를 위시한 일련의 '이어령 문학강의' 그리고 이러한 작업을 묶어 간행한 『시 다시 읽기』(문학사상사, 1995)는 작품의 내적 구조에 대한 이어령의 지속적인 관심이 확대되고 있음을 알 수 있다.

60) 「기초문학함수론―비평문학의 방법과 그 기준」, 《사상계》 1957년 9월호.

이자 '문학하는 모럴'이었다. 그의 비평에서 "필연적인 언어의 조직"과 "역사적인 전투에 참여하라"[61]는 것이 동시적으로 공존할 수 있었던 것. 그러니까 (비평의) 방법과 (비평가의) 모럴이 등가일 수 있었던 것도 이 때문이다. 그리하여 이어령은 '방법'과 '모럴'을 세대적 전략으로 활용하면서 구세대들의 문학을 비판하는 동시에 1950년대 비평가 중에서 가장 문제적인 인물로 부각될 수 있었던 것이다.

그러나 이어령은 자신의 비평적 주체화를 정립하면서, 다시 말해 글쓰기의 현실적 목표를 달성하면서부터 점차 두 인식적 축이 분리되는 모습을 보여준다. 그러한 분리·분화가 1960년대 중반 이후, 문학의 자율적인 영역을 확보하려는 경향과 환경(시대, 역사, 현실)의 비판적 기능으로 작용하려는 경향 사이의 대립으로 나타나게 된다. 왜냐하면 그것은 애초에 내적인 것과 외적인 것, 실존적인 것과 역사적인 것의 화해, 나아가 생성과 확장의 변증법적인 것이 아니었기 때문이며,[62] 또한 그가 주장했던 참여 역시 역사를 추동하는 구체적인 힘의 발견과는 거리가 먼 당위적인 차원에 놓여 있었기 때문이다. 따지고 보면, 이어령의 주된 관심은

---

61) 「현대시의 UMGEBUNG와 UMMWELT─시비평 방법서설」, 앞의 책.

62) 프레드릭 제임슨, 여홍상·김영희 공역, 『변증법적 문학이론의 전개』(창작과비평사, 1984.) 5장 참조.

환경(현실)과 인성(인간성)이 결합된 비평 기준과 황폐한 현실로부터 인간성을 보호할 문학의 정립에 있었다. 그러나 환경과 인성의 결합이란 결국 환경 곧 역사에의 관심보다 그것에 영향 받는 인성 곧 문학을 설명하는 일로 귀착되고, 또 그럴 수밖에 없는 것이었기에,[63] 1960년대 이후 문학 내재적 가치의 탐구와 사회 참여의 기능적 공존이 갈라지면서 전자의 일방적 진행으로 굳어질 수밖에 없었던 것이다. 그가 참여론자들의 문학관을 배타적으로 억압하려는 권력적 함의를 역설적으로 노정한 것도 그들이 문학성(인성)을 억압하고 있다는 판단에서였다.

이러한 현상은 그의 비평 인식 자체에는 큰 변화가 없음에도 문학과 비평의 존재 조건과 기능은 커다란 편차를 드러내고 있다는 점에서 흥미로운 문제가 아닐 수 없다. 그것은 상황의 변화에 기민하게 반응하는 비평의 속성상 '지켜야 할 대상'과 '부정의 대상'이 바뀐 것으로도 이해될 수 있다.

즉 1950년대와 1960년대 사이의 변모 혹은 두 영역의 공존과

---

63) 신비평가들이 언어를 물신화하여 일종의 비역사적 충만함의 원천으로 삼는 전략적인 제약들로 말미암아 구체적 언어의 원천을 '도덕적' 혹은 종교적인 태도로 간주한 것과 유사하게 이어령의 참여 역시 작가의 모럴(책임)로 귀착된 것, 그리고 그 최종의 대가가 역사적 차원이 아니라 문학의 내재적 차원에서 치러진다는 것 등은 이어령의 문학을 언어의 구조(형식)에서 해명하는 방향으로 나아갈 도달점을 예비하고 있었는지도 모른다. 프레드릭 제임슨, 앞의 책, 329~330쪽.

분리는 이어령의 입장에서 보면, 담론실천의 맥락이 변한 것이다. 다시 말해 초기 비평에서 지켜야 할 대상은 인간성이었다. 따라서 부정의 대상은 인간성을 억압하는 제반 외부 조건이었던 반면, 1960년대 중반 이후에는 일부 경직된 참여론에서 파생된 심각한 문학의 위기의식으로부터 지켜야 할 대상이 문학성으로 바뀌게 되었던 것이다. 그러므로 그에게 붙여지는 문학성을 확보하기 위한 '순수'란 일종의 외계에 대한 '평정 유지平靜維持'로서 카타르시스, 즉 개체적 생명(문학)의 자기 목적적인 행위의 강조였다.[64]

이 점에서 이어령의 '순수'에의 편향은 문학의 위기상황이라는 역사적 콘텍스트와의 '함수 관계'에서 벗어난 것이 아니다. 또한 '환계'의 맥락으로 볼 때도 이러한 그의 비평 인식은 문학과 현실의 길항 관계를 유지시킨 중요한 원리였던 것이며, 그 외견상의 편차는 다만 공존의 양면성이 현실적 길항에 의해 극적으로 표면화된 비평적 반응이었다고 할 수 있다.

2. 참여의 의미론적 지평과 저항의 두 층위

그렇다면 문학의 내적 관심과는 다른 역사와 현실적 지평 위에

---

64) 「현대시의 UMGEBUNG와 UMWELT―시비평 방법서설」, 앞의 책, 169쪽.

서의 비평 활동, 즉 이어령의 참여와 저항의 논리는 무엇이며, 무엇에 그토록 저항했는가. 일반적으로 이어령의 초기 비평은 '참여'나 '저항'의 담론으로 규정된다. 이어령 비평에서 참여와 저항은 역사와 현실의 성찰, 나아가 현실과 사회 개조의 한 형식이었다.「현대작가의 책임」,「작가와 저항」,「무엇에 대하여 저항하는가」,「작가의 현실참여」,「사회참가의 문학」등등의 비평문에서 오늘 현대적 상황을 투철히 인식한다는 것, 글쓰기를 통해 문학자로 살아간다는 것에 대한 책무를 결연하게 내세우고 있음을 볼 수 있다. 여기에는 문학과 글쓰기에 대한 비평 주체의 자의식과 열정이 사회적 책무의 형태로 스며 있다. 그것이 '오늘의 현대적 상황에서 작가들은 무엇을 하며 무엇을 쓸 것인가?'라는 질문의 형태로 제기되고 모색되는데, 이어령의 참여의 깃발은 그렇게 현대 상황과 자기 책무의 깃대 위에 세워졌다. 이어령은 과학이나 문명 등의 현대적 상황에 대해 매우 비관적이었다. 현대에 대한 이러한 진단은 다시금 초토焦土의 전야戰野를 맞이할 수도 있다는 심각한 우려와 위기의식의 소산이다.[65]

현대 작가가 짊어져야 할 책무를 제기한 것도 당대를 위기 상황으로 진단한 데 뿌리를 두고 있다. 그래서 현실을 외면하지 않고 충실하게 보는 것을 작가적 책임의 출발점으로 삼는다. 그에

---

65)「현대작가의 책임」,《자유문학》1958년 4월호, 이 글에서는 앞의 책(1959), 72~73쪽.

게 쓰려는 것은 보려는 의지이자 욕망이었다. 본다는 것은 '자아'와 '타자', '나'와 '사회'의 회피할 수 없는 관계에서 일어나는 필연적인 행위이며 그것이 한 사회의 일원으로서 작가의 책임이라는 것이다. 그가 외면하지 않고 보라는 상황은 다음과 같은 타인의 악과 불행이었다.

> 죄없는 짐승들이 도살되어가는 것처럼 옆에서 많은 사람들이 죽어가는 것을—선량한 이웃과 연약한 여인들이 사슬에 묶이어 끌리어 가는 행렬을 오늘도 먹을 것을 위하여 값싼 향수와 웃음을 뿌리는 창부의 창백한 육체를—군화 밑에 짓밟힌 장미를—어린이들의 학살을! 그런데도 지금 상인들의 그 홍수같이 거만한 웃음을—어린 곡예사들의 가냘픈 목과 위태한 몸짓으로 아슬한 천공에서 그네를 뛰는 소녀의 그 해어진 치마폭을—우랄 산맥 밑에 깊이 잠들어버린 인간의 슬픈 생명을![66]

이에 대한 정직한 바라봄과 들춰냄이 바로 작가의 생명이 된다면, 이것은 작가의 책임이 우선 그가 본 상황을 쓰는 것일 수밖에 없음을 보여주는 것이다. 쓴다는 것은 무엇인가. 이름 짓는(명명) 것이다. 이름 지어짐으로 인해 감춰지고 왜곡된 것은 폭로되기 마련이다. 그리하여 은폐된 상황은 또 다른 사물과 상황에 새로

---

66) 앞의 책(1959), 79쪽.

운 생명을 불러일으킬 수 있다. 즉 "괴로운 상황은 변하여 간다. 말해져 있지 않은 상황에서 말해진 상황으로?" 거기에서 이어령은 새로운 의미, 새로운 행위가 만들어진다고 보았던 것이다.

이러한 생각은 결국 언어의 재현성과 존재론에 기반을 둔 '쓰기'와 '명명'의 작업과 다를 바 없다. 그러므로 문학에 대한 그의 개진과 믿음은 언어의 기호성과 상징성에 바탕하고 있다고 할 수 있다. 기호성이 실재를 지시하고 드러내는 재현 작용으로서 존재의 개시라면, 상징성은 그렇게 드러난 존재의 의미와 내적 영혼과의 교감으로 새로운 존재를 표상함으로써 세계의 새로운 영역을 형성하기 때문이다.

그러나 언어를 통해 새로운 현실의 영역이 표상된다 해도 과연 그것만으로 그 현실은 삶의 현실로, 경험 가능한 세계로 우리에게 성취될 수 있는가? 그것이 표상된 그대로의 세계 차원이고, 수동적으로 감득되는 세계에 불과하다면 여전히 삶의 현실은 있는 그대로의 현실일 뿐이다. 그렇다면 문제는 그 폭로된 상황에서 '인간을 어떻게 행동화하는가' 하는 데 놓여질 것이다. 이어령이 제시하는 작가적 책임의 최종 작업이, 어떻게 새로운 역사를 만들어가는가 하는 선택의 문제이자 모럴의 제시로 부각된 이유도 바로 여기에 있다. 이것이 "또다시 그러한 살육의 음모에 작가는 침묵해선 안 되는" 발언자로서 작가적 책임에 해당한다.

요컨대 이어령은 '보고—쓰는' 문학의 창조적인 행위를 통해 이 현실이 어떻게 변화될 수 있는가를 일관되게 주장하고 있는 것이다. 그러니까 문학만이 인간을 구원할 수 있다는 문학의 창조적 상상력과 정화력에 보내는 견고한 신뢰를 담지한 곳, 문학과 작가의 현실참여는 인간 구원으로서의 문학이라는 믿음이 전제된 곳, 여기에 역사와 현실에 참여해야 하는 '저항'의 비평 인식이 놓여 있다. 이러한 믿음에는 문학과 비평에 투신한 자로서의 비평적 자의식이 깔려 있다. 그 비평적 자의식의 촉발제야 물론 위기와 불안으로 점철된 1950년대의 시대적 분위기가 작용하고 있겠지만, 본질적으로는 이어령이 비평 주체의 문학적 감수성과 고유한 실존적 주체의 내밀한 체험이 중요한 심리적 기제를 형성한다. 그리고 그것은 다음과 같은 '체험한 바의 내용'[67], 즉 각인된 감성적 내면성과 긴밀하게 관련되어 있다.

전쟁은 모든 것을 파괴하고 모든 것을 빼앗아갔다. (중략) 고향의 감나무가 포탄에 찢기우던 날 우리들의 이웃이 서로 사랑한다는 말조차 남기지 못하고 끌리어가던 날 비가 내리고 있었던 날 우리들은 알았다. 인간의 사랑이 무엇인가를 자유가 무엇인가를 말한다는 것이 행동한다는 것이 생활한다는 것이 무엇인가를 알았다. (중략) 군화 밑에서 끝없

---

67) 앞의 책(1959), 75쪽.

이 퍼지어가는 카키색의 공포, 「캐타페라」의 검은 음악, 비밀처럼 흐르는 노파의 눈물 그리고 또 완구의 곁에서 쓰러져 죽은 동시童屍가 (중략) 이러한 것들을 우리는 보았다. (중략) 그리하여 우리는 사랑하는 법을 배우기 전에 먼저 학살을 배웠다. 젊음을 알기도 전에 꿈을 이장移葬하는 의지를 배웠다. 그리고 지구의 어느 곳에 또 다른 하나의 인간이 우리와 더불어 살고 있다는 것을 알았다. 우리들의 언어는 이렇게 해서 변했던 것이다. 그 언어는 안락의자처럼 휴식을 주는 것이 아니라 여자의 목걸이 같은 것이 아니라 풍향처럼 바람에 울리는 음악이 아니라 (중략) 그렇다. 그 언어는 잠든 우리의 마음을 일깨우고 자명고처럼 스스로 울려 위기를 고한다. 죽어간 모든 인간의 이름으로 호명되는 언어, 그것은 폭발하여 분출한다. 잃어버린 모든 것이 그 속에서 아침처럼 다시 부활한다.[68]

위 인용은 파괴와 죽음, 헤어짐과 공포로부터 자신들의 문학적 작업이 '안락의자의 휴식', '목걸이와 같은 장식', '바람처럼 울리는 음악'이어서는 안 된다는 것, '위기를 고하는 자명고'나 '죽음 앞에 호명呼名 되는 언어'로서 폭발하고 분출되어야 함을 극명하게 드러낸다. 그것이 차라리 비장하다고 할 감정의 분출과 산문시를 방불할 비유와 이미지, 하나의 서술어 밑에 여운을 던져주

68) 「그날 이후의 문학」, 『지성의 오솔길』(동양출판사, 1960), 117~118쪽.

는 반복적 진술로 울림의 밀도를 높여주고 있다. 이어령이 받아들인 전쟁 경험과 전후 현실은 이렇게 내면화되었다. 이것은 이어령이 전쟁 체험과 전후의 현실을 인식적으로 수용한 것이 아니라 정서적으로 수용하고 있음을 단적으로 말해준다.

이러한 정서적 수용이 전쟁이라는 특정한 경험을 냉철한 인식적 절차 없는 감정의 고양 상태로 진술케 하고 있다. 이 때문에 비정한 현실의 깨달음과 언어적 기능성에 대한 진술이 논리적·객관적 분석적이 아니라 시적·주관적·선언적으로 제시된다. 동시에 경험의 공유성을 기반으로 하여 당대인들에게는 강렬한 감정적 유대감으로 밀착시키는 이어령 비판의 전반적인 그리고 독특한 효과를 가져왔던 것이다. 이것은 시각을 달리하면, 현실과 대상에 대한 정서적 수용 역시 그의 비평 인식을 형성한 중요한 요인으로 작용하고 있음을 보여주는 대목이라 할 수 있다. 이 정서적 수용이 인간의 이름으로 저질러진 잔혹한 만행과 비극에 더욱 강렬한 저항의 의지를 부추겼던 것이며, '잃어버린 모든 것 속에서 아침의 부활'을 노래하게 했던 것이다.

이어령의 참여와 저항은 이처럼 외견상 현대의 기계 문명에 대한 항의와 조바심으로 나타난다. 하지만 근본적으로 인간 구원의 작업이었다. 그러므로 '상황을 통해 보고 상황에의 참여'라는 작가적 책임은, 전쟁의 광포와 그것의 정서적 내면화를 거친 세대만이 가질 수 있는 '인간에의 저항'이라는 근원적인 휴머니즘의 형태로 발현되지 않을 수 없었다.

> 미아리의 공동묘지는 '자연'이 인간을 사멸하게 한 것이며 동작동의 국군묘지는 인간의 역사, 말하자면 인간 그것이 인간의 생명을 빼앗은 흔적으로 남아 있다. (중략) 우리가 두려워해야 할 것은 '자연'이 우리의 생명을 빼앗아간다는 그것이 아니라 인간이 인간의 생명에 상처를 내고 있다는 인위적인 학살인 것이다. (중략) 말하자면 역사가 인간을 살육하는 문명을 낳았다면 그 같은 역사를 만든 책임은 우리 인간이 져야 할 것이며 따라서 당연히 우리는 그러한 역사의 움직임에 대해서 저항하지 않을 수가 없다.[69]

이어령의 인간적 저항은 '인간이 살인의 무서운 패륜을 낳았던 인간에게 싸워야 하는 슬픈 계절'로 요약할 수 있다. 그것이 역사와의 대결이며 새로운 역사의 움직임으로 발현된다면, 새로운 인간성의 의미를 탐색하기 위한 결의와 저항은 새로운 인간을 탄생시킬 수 있는 내적 힘이 된다. 이어령이 규정하는 휴머니즘이 이것이다. 「아이커러스의 패배」에서 이어령은 휴머니즘의 의미를 비판적으로 점검한 바 있다.

그에 의하면, 시대를 뛰어넘어 일정한 규약을 정해놓은 선입견

---

69) 「무엇에 대하여 저항하는가」, 앞의 책(1959), 111쪽.

적 휴머니즘은 '안티휴머니즘'에 불과하다. 인간을 긍정적으로만 파악하려는 그것은 오히려 인간 조건을 명확하게 해명하지 못하는 기만적 행위라는 것이다. 그러나 현대의 휴머니즘은 "인간의 추악성, 인간의 무의미, 치명적인 인간의 비극을 폭로하고 분석하는 정신은 이미 그 상태에서 벗어나려는 새로운 의미의 발굴을 뜻"한다. 이 같은 의미로 본다면, 무조건적인 인간 긍정이나 본능과 같은 인간애가 비판의 대상일 수밖에 없음은 자명하다. 이어령이 절망과 탄생의 '휴머니즘 리듬'을 제기하게 된 것도 이러한 인식의 산물이다. 그것은 인간조건의 비극과 출처를 밝히기 위해 현실과 대결하는 처절한 포즈를 의미한다.

오늘의 휴머니즘은 인간에 절망하는 것이다. 그 절망의 우울한 밤을 거쳐 다시 새로운 인간은 탄생된다. 새로 탄생한 인간은 다시 절망할 것이며 그 절망 속에서 다시 인간은 탄생한다. 이 절망과 탄생 그것이 수시로 움직이는 휴머니즘의 리듬이다. 휴머니즘의 의미는 시대의 인간조건에 의하여 수시로 변하여 인간정신의 형상화이며 그 리듬이라는 것을.[70]

이렇게 볼 때 현대의 휴머니즘은 패배한 인간에게 철저히 절망

---

70) 「아이커러스의 패배」, 앞의 책(1959), 111쪽.

한다는 것, 나아가 그러한 절망을 넘어 '인간의 자유로운 숨결과 혼이 박탈되는 위기'를 벗어나려는 '인간의 구제학'[71]이라고 할 수 있다. 그리하여 이어령은 의미심장한 아포리즘 서두를 장식한 「작가와 저항」에서 '구제의 인간학'을 한 편의 감동적인 드라마로 펼쳐 보이면서, 현대 작가의 책임을 이렇게 강조하고 있다.

현대 작가의 책임은 (중략) 가해자의 역사 앞에선 피해자들의 공동운명체를, 그 인간애를 저버리지 않는 것이다. 공동체, 여기에서 작가적 행동의 전기가 이루어지는 것이고 그 행동성은 인간의 이름을 빌려 인간의 얼굴을 박탈한 그들에게 저항하는 것이다. 그리하여 그들에 오랑우탄의 옷을 입혀주는 일이다. (중략) 인간다운 형체도 찾아볼 수 없는 오늘의 인간들에게 다시금 인간의 감정을 일으켜주게끔 하는 것이다. (중략) 그것을 우리들은 오늘의 작가정신이라고 명명할 것이다.[72]

이어령이 강조하는 '구제의 인간학'은 그가 앙상한 관념적 규범만을 선창하지 않는다는 사실을 단적으로 보여준다. 여기에는 인간에의 신뢰, 즉 '침묵으로 묻혀진 아름다운 영혼'과 문학의 창

---

71) 위의 글 34쪽.
72) 「작가의 저항—HOP-FROG의 암시」, 『지성』 1958년 12월호. 이 글에서는 「저항으로서 문학」, 앞의 책(1959), 104~105쪽.

조적 상상력에 대한 견고한 믿음이 내재되어 있다. 인간의 모습으로 고향으로 돌아간 "귀향자들의 고요한 합창은 모든 인간의 지역에서 울려올 것"[73]을 전망적으로 기대한다는 것. 그리고 그런 작가들의 작품이 "인간의 패배를 다시금 아름답게 불러일으키는 기旗이며 학살된 어린아이를 위로하는 기旗이며 하나의 항거이며 그 증거가 되는 기旗이며 인간에 대한 사랑의 기旗"[74]임을 의심하지 않는다는 것. 이것들이 그의 참여의 지향과 믿음의 견고함을 보여준다. 그가 인간의 행동성을 강조하면서도 '실천적 행동'이 아니라 문학적 언어의 가능성에 철저히 기대고 있다는 사실 또한 이런 맥락에서 주목되어야 할 것이다.

　　작가란 어쨌든 실천적 행동이 아니라 언어 그것을 선택한 사람이기 때문에 커다란 의미에서 보면 문학 그것이 이미 도피라 볼 수 있다. 그러나 작가는 언어를 무기로 하여 싸울 수 있다. 그것을 가지고 인간성을 변형하고 인간의 인식을 변화시킬 수가 있다. 또한 모든 감정을 (중략) 그렇다면 멸망을 향해 묵묵히 타락하는 인간의 역사를 사회의 운명을 언어에 의한 호소 그 고발로써 막을 수 있다. 여기에 작가의 책임이 있고 사회死灰 속의 문학, 그 전망이 트이게 될 것이다. 그럴 때 문학은

---

73) 「작가와 저항」, 앞의 책, 106쪽.
74) 「무엇에 대하여 저항하는가」, 앞의 책(1959), 115쪽.

'실천적 행동' 이상의 행동성을 발휘할 수 있을 것이다.[75)

   그리하여 그는 "그렇게 해서 인류애는 이상이 아니라 우리의 현실이 될 것"이라고 전망한다. 그런데 그런 전망이 현실화될 수 있는가 하는 우리의 의문에 그가 제시한 문학적 참여가 현실적 해결책이 될 수 없음을, "문학 이미 그것이 도피"란 구절에서 간파할 수 있다. 그러나 그의 참여의 특징은, 그럼에도 불구하고 '문학적' 참여로 시종한다는 것이다. 이 지점에 이어령의 참여론을 규정하는 중요한 인식 구조가 놓여 있다. 즉 "독자를 '로고스'에 의하여 정복하는 것이 아니라 '파토스'로써 움직이게 하는 것", "그럴 때만이 작가가 제시한 행동의 모럴은 산다"[76)는 원칙이 시종 견지되고 있다. 이는 곧 그의 참여가 즉각적 해결이나 억압의 형식으로 인간과 역사의 진전을 원치 않았던 것이라 할 수 있다.
   이어령이 또 다른 억압의 형식으로서 참여 문학을 그토록 부정한 궁극적인 이유도 여기에 있다. 그는 문학을 수단화하는 참여문학을 선전 문학이라고 강하게 비판해왔다. 그 이유는 그것이 미리 정해진 상태의 속박에서 시작되고, 따라서 타율적·교리

75) 「현대작가의 책임」, 앞의 책(1959), 88쪽.
76) 「현대작가의 책임」, 앞의 책(1959), 87쪽.

적인 윤리이며, 개인을 희생시켰을 때만 비로소 구현될 수 있기 때문이다. 결국 작가의 자유만이 아니라 문학사적 지평에서 보자면, 이어령의 이러한 판단이 면밀한 고찰 없이 자의적으로 규정되었다는 혐의는 물론이고 편향성일 수 있음도 물론이다. 하지만 이 글의 문제의식에 견준다면 그것은 부차적인데, 그의 문학적 참여의 본질과 관련되어 있는 까닭이다. '선전의 문학'과 구별되는 문학적 참여의 가능성을 주장하는 다음의 대목을 보자.

> 작가는 플래카드를 들고 거리에 직접 나서지 않는다 해도 쓴다는 행위를 통해서 얼마든지 사회에 참가할 수 있다. (중략) 작가가 먼저 이름 지워야 할 것은 개인의 존재와 인간의 자유를 박탈하는 그 억압에 대해서다. (중략) 작가가 하는 일이란 '피상적인 제도의 혁명보다 인간 의식(사상)의 개혁'에 그 특징을 갖고 있기 때문에 (중략) 그 모럴은 음악과 같은 힘을 가지고 그 주어진 상황을 움직여 새로운 인간을 탄생시킨다. 새로운 인간의 탄생을 통해서만 새로운 인간의 상황이 가능해진다.[77]

언어를 선택한 문학자로서 이어령은 언어의 문맥과 창조적 상상력의 차원에서 문제를 제기하고 해답을 마련하고자 했음이 명백히 드러난다. 김수영과의 '불온시 논쟁' 역시 이어령의 입장에

---

77) 「사회참여의 문학」,《새벽》 1960년 5월호, 280~282쪽.

서 조망하면, 결국 문학 외적인 논리로 문학을 재단하려는, 이른바 '오해된 사회 참여론자'[78]들로부터 문학의 진정한 창조적 자유를 확보하기 위한 논쟁이었다. 그가 문학의 창의성이 발휘될 수 없는 억압의 원인을 정치·사회적인 상황에서 찾지 않고 문단과 문학인의 의식에서 찾으려 했던 것도 이런 이유에서였다. 이러한 인식은 '불온시 논쟁'의 여러 평문을 통해 드러나거니와 4·19혁명 전과 후의 문학적 참여를 논하는 한 글에서 '물구나무선 사회 참여'[79]로 비판하는 대목 또한 이를 잘 보여준다. 이로 보면 이어령의 문학적 참여가 1960년대 중반 이후에 변절된 것처럼 파악하는 기존 시각의 부당성이 드러난다. 그보다는 오히려 인식적 측면에서 검토할 때 노정되는 '보편주의 욕망'과 '주체의 부재'가 참여론의 역사적 시효를 한정한 본질적인 원인으로 보았다.

이를 이해하기 위해 우선 이어령의 참여의 지반을 잠시 되짚어보자. 앞서 살펴보았듯 이어령은 현대의 상황을 참여와 저항의 논리로 끌어들였다. 그런데 그가 문제 삼고 있는 현대의 상황이란 사실 세계 일반의 상황과 시대적 조건인 경우가 압도적이다. 그 인간 역시 보편적 인간에 가깝다. 이는 환위와 환계의 구

---

78) 「문학은 정치권력이나 정치이념의 시녀가 아니다」, 《조선일보》(1968. 3. 10.).
79) 「문학과 역사적 사건─4·19를 예로」, 《한국문학》 1967년 2월호, 212쪽.

별에서도 당대 한국의 구체적인 환계를 집중적으로 문제 삼지 않는 편향성과 무관하지 않다. 물론 그런 현상은 한국의 삶을 세계와 같은 동선動線에 두고자 했던 당대의 정치·사회·지적인 분위기의 일정한 반영과 영향이라고도 볼 수 있다. 하지만 전통을 타임리스·스페이스리스로 본다거나, 문학적 언어였던 점에 주목하면, 그의 비평 인식에서 차지하는 '보편주의적 욕망'의 자리가 적지 않음을 보여주는 증표라 하지 않을 수 없다.

이런 '보편주의적 욕망'과도 유기적으로 얽혀 있는 문제가 '주체의 부재'이다. 「무엇에 대하여 저항하는가」라는 그의 평론의 제목처럼 이어령은 저항해야 할 대상, 현실, 상황에 많은 노력을 기울였다. 그 대상의 명확성에 비례하여 대결 정신 또한 강조된다. 하지만 정작 저항의 주체는 보편적이거나 선험적으로 규정된다. 물론 참여의 '주체'를 상황에 억압받는 인간, 작가, 새로운 세대 등으로 설정하고 있긴 하다. 하지만 그들은 정향되지 않은 주체에 불과하다. 다시 말해 보편적 인간(성)과 체험의 보편성에 기댈 뿐 개별화된 자기의식을 가진 것은 아니었다. 따라서 자유든 평등이든 역사의 분명한 방향감각이 갖추어지기 시작한 4·19와 5·16 이후, 이제 '지금 이곳'의 구체적인 상황 아래에서 현실의 주체로 살아가야 될 역사적 전환 앞에, 자기 세계를 확보하지 못한 '주체'가 현실의 실제적 움직임을 창출하지 못하고 무력함을 드러냄은 지극히 당연하다. 여기서 이어령의 참여론은 더 이상 의미론적 지평을 확장하지 못하고 벽에 부딪치고 만다. 요컨대 그의 참여론은 저항의 대상, 즉 상황의 논리를 강화함으로써 이론의 파장과 공세의 기폭을 확장할 수 있었지만, '보편주의적 욕망'과 '주체의 부재'로 인해 한계에 봉착하는 역설적인 성격을 극명하게 보여준다. 1960년대 중반 이후 그의 비평이 현저히 미학적인 측면으로 기울어질 수밖에 없었던 또 다른 원인은 여기에 내장되어 있다. 따라서 그의 참여와 저항이 1960년대의 참여, 1970년대의 민중 문학으로 전개될 것이라는 기존의 해석은 '보수주의적 욕망'과 '주체의 부재'를 간과하고 있다는 점에서 문제가 있다.

그러나 한편 이어령의 참여 문학과 관련하며 주목할 것은 그의 참여가 '새 세대 문학의 거점'[80] 확립과 맥락을 같이한다는 사실이다. '인간적 저항'으로서의 참여는 인간을 억압하는 모든 것에 대한 저항의 관점에서 현대 작가가 짊어져야 할 책무를 규정하는 것으로 요약할 수 있다. 이 같은 참여의 다른 편에 '세대의 책임'이라는 문제 제기가 자리하고 있다. 이어령은 자기 세대에게 주어진 현실과 역사의 부채를 미결인 채로 다음 세대에게 넘겨주지 않는 것을 세대의 문학적 책무로 파악한다. 대표적인 예로, '침묵하는 타성'이야말로 구세대가 남겨준 부채負債로 파악하는 「작가

---

80) 앞의 책(1959), 110쪽.

의 현실참여」나 세대와 세대 간에 아무런 유산과 대화 없이 사라지는 비극의 원인을 전통의 부재로 파악하는 「신화 없는 민족」을 들 수 있다. 만약 어떤 시대의 작가들이 그들 앞에 엄습했던 거대한 정신적 파국 앞에서 침묵했다면, 그것은 세대의 책무를 방기한 것이다. 그 현실의 어둠은 다음 세대의 부채가 되는 것이 분명한 까닭이다.[81]

이어령에게 구세대는 바로 자신들 세대의 문학적 책무를 회피한 무책임한 세대로 보였다. 그들의 문학은 현실에 침묵했고, "현실에 대한 그 역사적 체험에 대한 하나의 근거를 갖지 못"하고 "서녘하늘의 놀 속에서 너울거리며 흘러가는 언어"[82]에 불과했기 때문이다. 그렇기에 이어령은 다음과 같은 일련의 도전적인 질문을 그들에게 던지지 않을 수 없었다.

당신은 아직도 춘향이의 그네를 매고 있는가? 베개모에 그려진 원앙새의 노래를 찾고 있는가? 아직도 뻐꾸기와 진달래의 교향곡인가? 한 마리 학이 춤을 추듯이 죽음의 재[灰] 속을 날으려 하는가? 레스토랑의 배부른 식탁 위에서 향내로 꽂아진 한 폭의 꽃이 되려 하는가? 아직도

---

81) 「작가의 현실참여」, 《문학평론》(1959. 10.). 이 글에서는 앞의 책(1959), 48쪽.
82) 「풍란의 문학」, 앞의 책(1960), 121쪽.

당신은 천년이나 되풀이한 묘혈의 언어를 선택하는가?[83]

　당신은 산중노수山中老樹에 착생하는 풍란을 알고 있는가? 대지가 아니라 허공에 뿌리 뻗고 살아가는 그 슬픈 풍란의 습속을 알고 있는가? 흙에 심고 물을 주면 도리어 고갈枯渴하고 만다는 그런 풍란은 아무래도 땅에다간 뿌리를 박고 살 수가 없다. 그래서 '풍란風蘭'을 '조란弔蘭'이라고 이름 했던가? 당신은 기억하는가? 당신(전전과 문인)들의 문학이 바로 이 '풍란의 문학'이었음을 알고 있는가? (중략) 나약한 풍란의 계절은 간 것이다. 땅속(현실, 역사, 사회) 깊이 뿌리박고 사는 새로운 습속을 새로운 의미를 체험하였다. 이렇게 해서 '풍란의 문학'은 '대지의 문학'으로 옮겨가고 있다. 당신들은 그것을 알고 있는가?[84]

　이러한 질문은 작가적 책임과 인간성의 회복을 포괄하는 '인간적 저항'이 세대론적 책무와 교차하고 갈라지는 바로 그 지점에서, 이와는 미묘하게 단층을 이루는 세대적인 저항의식의 강렬함을 내포하고 있다. 요컨대 이어령 비평의 저항의 축은 '인간적 저항'과 구세대를 향한 '세대적 저항'의 자세가 구세대의 문학을 우상화된 권력적 담론으로 규정하고 우상 파괴를 감행하는 비판적 담론으로 구체화된다. 이 지점에서 세대 저항의 기수로 표상되는

---

83)　「그날 이후의 문학―6·25를 기억하는 메니페스트」, 앞의 책(1960), 119~120쪽.
84)　「풍란의 문학」, 앞의 책(1960), 121, 123쪽.

이어령의 문단적 저항이 비로소 생성된다.

그렇다면 이제, "우리는 지난 세대의 문학인들에게 물어야 할
말이 있다. [...] 한마디로 말해서 당신들은 당신들의 세대와 당신
들의 생명에 대해서 성실했으며 또한 책임질 수 있다고 말할 수
있느냐? 그러나 대답은 이미 공허할 것이다"85)라는 물음 속에 내
장된 글쓰기의 현실적 욕망이 비평 주체의 자립적 주체화의 문제
로부터 어떻게 입지 구축의 핵심 약호로 작용하면서 권력적 담론
을 생산하는지를 담론의 실현화 전략과 관련시켜 살펴보자.

3. 비평적 주체화와 담론의 실현화 전략

3.1. '배제排除'와 '선양宣揚'의 실현화와 비평적 주체화

이어령이 당대의 담론 공동체에서 권위적 존재였던 구세대의
문학에 깊은 불신과 적대감에 가까운 반항의 자세를 견지했음은
익히 알고 있는 사실이다. 1956년 공식적으로 등단하기 전에 이
미 구세대를 비롯한 몇몇 문인들을 질타한 「우상의 파괴」를 발표
한 바 있는 이어령의 비평문들은 구세대를 향한 신랄한 공격으로
가득 채워져 있다. 그리고 '황무지'라는 비유적 표현을 강력한 현

---

85) 「화전민 시대―신세대의 문학을 위한 각서」, 앞의 책(1959), 10쪽.

실 해석의 약호로 부각시키면서 구세대의 문학적 적응력과 무력함을 비판하는 담론을 구사한다. 비로 이 '황무지'와 관련된 시대적·세대적 문학적 감각과 비판적 담론 속에 이어령 비평의 중요한 전략이 담겨 있다. 이러한 전략적 대립 구도 속에서 이어령이라는 한 비평 주체가 실질적으로 주체화되는 과정을 볼 수 있다.

이어령의 비평 인식의 골간은 상황 의식과 그 변혁에의 의지이다. 앞의 「현대시의 UMGEBUNG와 UMWELT」에서 어떤 존재에게 주어진 외적 조건인 '환위'에 대응하여 주체적으로 창조한 세계인 '환계'의 형성을 강조하고 있음을 보았다. 이 글에서 환계의 형성은 현대 문학의 특성과 상황에 대응하는 문학인의 의식과도 밀접한 관련이 있다. 그것은 저절로의 자연이 아니라 갈아엎는 황무지의 개간 작업이라 할 수 있다. 그러니까 이어령 비평에서 '황무지'란 현대의 상황이면서 전후의 상황이고, 생존의 조건이자 현실적 대응력의 비유적 표현인 셈이다. 그가 작가의 현실 참여나 책임 그리고 저항의 문학을 강조한 것은 이러한 맥락에서였다. '수인囚人 같은 존재와 속박의 굴레'[86]로부터 문학이 출발되어야 하고, 참된 비상飛翔이어야 한다는 주장에 이어령 비평의 시대적인 의미와 존재 조건이 담겨 있다. 바로 이러한 인식에서 이어령은 전후의 황폐한 삶을 극복할 문학의 창조적 힘에 대한 신뢰

---

86) 「시와 속박」, 《현대시(2)》 1958년 8월호.

와 열정을 보여주었던 것이다. 그리고 구세대라는 '권위의 암벽'을 파괴하는 작업과 더불어 새로운 세대의 총아로 주목받게 된다. 그러나 신뢰와 열정적 힘은 현실의 객관적 논리로부터 얻어진 것이 아니었다. 그는 당대인의 삶에 매우 민감한 감상의 뿌리였던 전후와 현대적 상황의 황폐함을 구세대 문학의 황폐함으로 전환하여 담론적으로 재구성하는 탁월한 능력을 발휘한다.

① 엉겅퀴와 가시나무 그리고 돌무더기가 있는 황료한 지평 위에 우리는 섰다. 이 거센 지역을 찾아 우리는 참으로 많은 바람과 많은 어둠 속을 유랑해왔다. (중략) 한 손으로 불어오는 바람을 막고 또 한손으로는 모래의 사태沙汰를 멎게 하는 눈물의 투쟁이다. 그리하여 우리는 화전민이다. 우리들의 어린 곡물의 싹을 위하여 잡초와 불순물을 제거하는 그러한 불의 작업으로써 출발하는 화전민이다.

② 새 세대 문학인이 항거해야 할 정신이 바로 여기에 있다. 항거는 불의 작업이며 불의 작업은 신개지를 개간하는 창조의 혼이다. 저 잡초의 더미를 도리어 풍양한 땅의 자양으로 바꾸는 미술이, 성실한 반역과 힘과 땀의 노동이 이 세대의 문학인의 운명적인 출발이다. (중략)

③ 그런데 여기서 우리는 지난 세대 문학인들에게 물어야 할 말이 있다. 당신들은 우리의 고국과 고국의 언어가 빼앗기려고 할 때 무엇을 노래했느냐? 사창굴에서 흘러나오는 한가락의 비명, 전쟁의 초연, 그리고 빌딩과 철가鐵枷의 그늘 그 속에서 배회하는 상인과 걸인의 집단,

그리하여 고향은 폐허가 되고 생명은 죽음 앞에서 화석이 될 때 그러한 시대가 인간을 괴롭힐 때 당신들은 어떠한 시를 쓰고 어떠한 이야기를 창작했느냐? 한마디로 말해서 당신들은 당신들의 세대와 당신들의 생명에 대해서 성실했으며 또한 책임질 수 있다고 말할 수 있느냐? 그러나 대답은 이미 공허할 것이다.

④ 그렇기 때문에 이 세대 문학인은 모두 화전민의 운명 속에 있다. 그 작업은 불과 삽과 괭이를 필요로 한다. 이 반역이 반역으로 끝나지 않을 때, 우리 화전민의 작업으로 개척한 영토 위에 일찍이 가져보지 못한 신비의 꽃들이 피고 세대의 의미가 결실할 것이다.[87] (번호는 인용자)

널리 알려진 위 예문에는 구세대의 문학인들을 폐기하려는 그의 의도, 새 세대의 역할에 대한 사명감, 현실을 바라보는 인식이 잘 나타나 있다. 예문 ①과 ②에서 전후의 사회적 상황을 문화적 상황으로, 문화적 상황을 세대적 문제로 환치시키는 담론적 전략을 구사하고 있음을 볼 수 있다. 이러한 과정에서 각각의 문제적 상황은 하나의 고리처럼 동일한 문제의식의 영역으로 수용된다. 이는 그의 비평이 광범위한 파급력과 대중성을 지닐 수 있었던 중요한 요인이다. 그것은 이미 전쟁과 전후라는 회피할 수 없는 불모의 상황이 필연적으로 강제한 개개인의 삶의 문제와 불가

87) 「화전민 시대 — 신세대의 문학을 위한 각서」, 앞의 책(1959), 9~11쪽.

피하게 관련되어 있기 때문이다. 그래서 ②에서처럼 전후의 황량한 사회에 어떻게든 변화를 추구하고 그 변화 속에서 개개인의 삶과 양식을 변화시킬 수 있기를 희망하는, 바로 그러한 새 세대의 의지와 공감으로 확장시킨다. 이를 바탕으로 ③에서 구세대와 그들의 문학에 대해 어떤 가치도 인정하지 않으려는 담론을 구사한다.

　그의 비평문들을 검토해보면, 구세대에 대한 최소한의 공적마저 부정함으로써 그들을 배제하려는 지속적인 담론 전략이 전개되고 있음을 볼 수 있다. 가령, "시는 표어에서 끝나고 소설은 야담에서 또한 평론은 정실과 파당의 성명문으로 귀결된 한국 문학의 침체"[88], 또는 "영원·도주·자연·도취 그리고 춘향·신라 그리고 순수라는 이름 밑에서 학을 부르고 꽃을 말하는 패배주의자의 문학이었다."[89] 혹은 "한숨에서만 그친 작가는 값싼 니힐리스트요, 눈물에서만 끝난 작가는 단순한 센티멘털리스트요, 미광의 눈초리에서만 끝난 작가는 겁 많은 퓨어리스트purist의 은둔적 레지스탕스요, 이민 가는 작가는 새터리스트에 불과하다"[90]는 발언 등을 들 수 있다. 이를 비롯하여 야유와 비아냥, 호소와 격정

---

88)　앞의 책(1959), 10쪽.
89)　「풍란의 문학」, 앞의 책(1960), 122쪽.
90)　「작가와 저항」. 이 글에서는 앞의 책(1959), 105쪽.

의 자극적인 표현, '풍란의 문학', '패배자의 문학', '은둔의 문학', '동면의 미학' 등 가치 폄하적인 용어로 대지에 뿌리박지 못했다는 구세대 문학을 공격한다. 그러면서 이어령은 세대적 종언을 선언한다.

우리들의 앞에서 하나의 문장이 끝났다는 이야깁니다. 우리들의 앞에는 피리어드period, 전 세대의 역사가 종식된 그 흔적의 피리어드가 있고, 그래서 다음 문장은 우리들에게서부터 시작된다는 이야깁니다. (중략) 이 시대의 현실 가운데서 하나의 주어를 생각하고 그것을 움직이게 하는 동사를 발견해야 되는 것입니다.[91]

위 인용은 어려운 세대의 역사적인 소명과 비장감으로 가득 찬 「주어 없는 비극」의 한 구절이다. 이 글에서 그는 전 세대를 휴지부休止符가 아닌 종지부終止符로 보고 있음이 명백히 드러난다. 구세대를 배제하려는 이러한 이어령의 비평 인식에는 "인식 주체가 인식 대상을 파악할 때, 그 대상이 존재함에 대한 긍정과 더불어, 그 대상을 일단 무엇무엇으로 나누어볼 것인가 하는 존재론적 분절(1' articulation ontologique)"[92]이 전제되어 있다. 분절 체계는

---

91) 「주어 없는 비극」, 앞의 책(1960), 17~18쪽.
92) 이정우, 「나눔의 문제와 타자의 문제」, 미셸 푸코, 『담론의 질서』(새길, 1997), 58쪽.

반드시 배제의 체계를 함축한다. 이어령에게 존재론적 분절은 구세대와 새 세대의 문학적 가치 판단 및 존재의 정당성 여부에서 수행된다. 그가 구세대의 문학적 가치를 인정하지 않고 "써도 좋고 안 써도 좋은 글"[93]로 비판한 것은 이 때문이다. 그리고 당대의 사회 역사적·상황에의 문학적 투여야말로 그러한 정당성의 근거였다.

이와 같이 그의 비평에는 현대의 인간이 놓인 상황과 전후 현실을 외면했다고 판단되는 구세대 문학을 담론적으로 통제하려는 억압의 기제와 권력의 욕망이 발현되어 있다. 이 같은 '배제의 체계'와 동시적으로 '선양의 원리'를 통해서 세대적 일체감을 확보한다. ④를 ②와 관련시켜 살펴보면, 불의 작업을 통해 신개지新開地를 개척할 세대가 누구인지 분명하게 드러난다. 바로 '창조의 혼'을 지닌 것인데, 그들 자신의 작업으로 개척한 영토 위에 '신비의 꽃'을 피우고 '세대의 의미'를 확보할 수 있다는 기대와 의지를 표출시키고 있는 것이다. 그러니까 "상처진 기억 속에서 회진灰塵된 대지 위에서 우리들은 우리들의 언어를 발견해나갈 것이다"[94], "그러면 다음 날 세월이 가고 역사가 바뀔 적에 우

---

93) 「화전민 시대 ─ 신세대의 문학을 위한 각서」, 앞의 책(1959), 12쪽.
94) 「그날 이후의 문학」, 앞의 책(1960), 119쪽.

리들의 기록을 읽는 사람들이 있어 [...] '나사로'처럼 다시 살아나 말할"95)거라며, 배제의 담론 한편에 새로운 세대의 문학적 의의와 결의를 배치하여 상대적으로 자신들 문학의 역사적 동질성과 시대적 자부심을 효과적으로 부각시키는 것이다.

희미한 등잔불 밑에서 길고 고독한 겨울밤을 바느질로 새우는 노파의 작업처럼 우리들의 일은 이 세기의 심야 속에서 헐고 뜯기고 지리멸렬된 인간의 해체를 기워가는 일입니다. 거기 황홀한 우리의 문장 우리 세대의 역사는 전개될 것입니다. 다음 날 우리가 늙어질 때, 그리하여 세월이 또다시 모든 것을 변하게 하고 다음 세대인이 있어 우리를 물을 때에 '우리는 우리의 세대를 성실하게 살았노라'고 부끄럽지 않게 말해야 됩니다.96)

이어령의 비평 담론은 이처럼 '배제排除exclusion'와 '선양宣揚 enhancement'의 전략으로 실현된다. 이러한 담론 전략은 개인이든 집단이든 타자를 향해 힘을 얻고자 하고 행사하려 들며, 자신의 영역 내로 타자를 끌어들이면서 어떤 것을 배제하고 어떤 것을 선양하려는, 타자에 대한 권력적 담론을 행사하는 정치적 욕망에

95) 「슬픈 우화」, 앞의 책(1959), 126쪽.
96) 「주어 없는 비극」, 《조선일보》(1958. 2. 10~11.). 이 글에서는 앞의 책(1959), 23쪽.

바탕하고 있다. 힘의 역학 관계에 놓일 때 정치는 어김없이 생겨 난다.[97] 이쪽과 저쪽의 편가름의 경계를 긋고 그 경계선 안에서 대상을 선명하게 구분한 뒤 배제의 대상을 향해 때론 압력을 넣 고 때론 위협하면서 선양의 지지대支持帶를 돋우는 것이다. 그리 하여 이어령은 "낡고 퇴색해버린 우상을 향해 마지막 거룩한 항 거의 일시一矢를 쏘"면서 "프로메테우스의 형벌을 진 배덕아"[98] 로 자처한다. 이를 통해 신세대의 기수라는 또 다른 '우상'으로 태어나면서 비평 주체의 주체화를 정립했던 것이다. 이 점에서 이어령의 비평적 글쓰기에는 정치·사회적인 현실적 욕망이 자리 하고 있다. 그러므로 당대의 지배적 담론을 부정으로 규정하고 그 권력적 담론을 폐기하고자 했던 이어령의 비판적 담론은 권력 의 위반적 형태를 통한 권력에의 도전이었다고 할 수 있다.[99]

이렇게 보면 이어령의 비평적 주체화는 자기 안에 내재적인 본 질의 발견으로 정립되는 것이 아님을 알 수 있다. 타자의 담론(구

---

97) 정치적 글쓰기에 대해서는 테리 이글턴, 김명환 외 역, 『문학이론입문』(창작과비평사, 1986)을, 전략적 담론의 생산에 관해서는 미셸 푸코, 이정우 역, 『담론의 질서』(새길, 1997)를 참고할 수 있다.

98) 「우상의 파괴」, 앞의 책(1960), 127, 137쪽.

99) 구세대의 담론은 50년대의 담론 공동체에서 권력적(지배적) 담론이었다. 이런 권력적 담론을 부정적으로 파악할 때, 그 권력에 대한 도전은 오직 권력의 위반을 뜻한다. 미셸 푸 코, 홍성민 역, 『권력과 지식』(나남, 1995), 175쪽.

세대의 문학)을 통해 주체화의 근거를 마련하고, 타자의 담론을 억압하면서 주체화된, 말하자면 "타자를 통해, 타자의 언술(담론)에 관여함으로써 주체가 되"[100]었던 것이다. 그러나 타자를 동일자에 차이를 동일성에 종속시킴으로써 동일화시키는 '동일자의 논리'[101]나, '타자의 자리, 즉 타자가 나에 대해 말하고 나에게 바라는 바를 곧 나 자신으로 동일시함으로써 동일성을 획득하는'[102] 방식의 주체화가 아님을 명백히 해둘 필요가 있다. 그의 주체화는 타자의 담론과 타자를 자신의 영역으로 끌어들여 자기화하는 방식이 아니라, 타자를 더욱 타자화하여 그들을 담론 공동체의 영역 밖으로 내몰거나 그들의 지위를 약화시킴으로써 주체화하기 위한 담론 전략을 펼쳤던 것이다. 그러므로 그의 비평적 주체는 본원적 주체화라기보다는 사회적 윤리적 주체화라고 할 수 있다. 그가 결국 문화, 문학, 도덕적인 영역의 비평 주체로 옮겨짐은 이 때문이다.

3.2. 담론의 전략적 활용 양상과 효과

배제와 선양의 전략적 담론 구성과 관련하여 관심을 가져야 할

것은 그것을 뒷받침하는 담론의 기술적인 문제다. 우선 눈여겨볼 사실은 그의 독특한 현실 파악 방식이다. 이어령은 현실의 논리에 따라 현실을 인식하는 것이 아니라 정서적으로 받아들여 제시한다. 그의 담론에서 현실은 '황료한 지평'이고 '황원'이며 '황무지'이자 '폐허'였다. 이것들은 이어령의 독특한 주관적 인상과 반응으로 재구성된 현실이다. 이렇게 비유적으로 장식된 예는 어느 대목에서나 쉽게 볼 수 있다.

이러한 표현들은 현실의 민감한 부위를 건드리면서 그것이 상황의 핵심이자 본질이라고 각인시키는 정서적 약호로 기여하는 것이다. 그런 까닭에 당대의 아픔을 격앙된 감정으로 토로하고 있지만 어떤 구체적인 아픔이 절실하게 다가오지는 않는다. 그가 황무지라고, 기존의 것은 폐허만이라고, 이제는 저항의 몸짓으로 새롭게 창조해야 한다고 할 때, 그것은 현실의 절실함보다는 오히려 한껏 고양된 언어의 주술적 힘을 느끼게 한다. 그러므로 황무지, 폐허, 저항이란 현실을 그렇게 받아들이는 이어령의 인식 구조에 의해 담론적으로 재구성된 독특한 전략적 약호이자 정서적 기호라 할 수 있다. 이런 의미에서 그의 비평 담론은 인식(비평적)보다 표현(문학적)에 가까우며, 그것은 산문시든 수필이든 비평이든 어느 것이어도 상관없는 장르 혼용의 글쓰기였다.

이러한 현실 수용 방식과 더불어 일정한 상황에 매인 집단의 정서적 동일화를 상승시키는 데 효과적인 담론의 활용이 수사적인 문체이다. 이제까지 예문으로 활용된 어느 구절이나 그렇지만 다시 아무 곳에서나 골라보면 다음과 같다.

그것은 혼미의 구름 속이었다. 또 태양을 등진 구름 밑의 음영이었다. 마음은 왜곡歪曲되고, 마비된 사지에는 그저 임리淋漓한 혈흔血痕이 낭자했다. (중략) 슬픈 아침! 무엇인가 있어야 할 그 자리 그 시간 위에 또 부재가 주검처럼 눕는다. 이제 침묵과 인내 그리고 몸부림도 끝났다. (중략) 그리하여 인간의 고향에서 멀리 떨어져 있는 삭막한 터전 그 위에 그들의 서가棲家는 있었다.[103]

보루 속에는 햇볕도 들지 않는다. 겨우 몸 하나 의지할 공동空洞에는 습기에 찬 우울뿐이다. 거치른 흙덩이와 청태靑苔 낀 편석片石의 낭자한 퇴적, 그 속에서는 이야기할 전우도 또한 명령할 상관도 없다. 그들은 자기와 자기의 그림자만을 응시한다.[104]

위의 인용에서 형용사와 부사어, 감각적이고 추상적인 용어의 빈번한 사용, 외부 상황과 내적 심리 사이의 유사한 연관 관계 등의 비유적 장치를 볼 수 있다. 단 하나의 문장도 직설적인 담론으로 구성되지 않고 있는 것 또한 쉽게 파악된다. 그러니까 이어령

---

103) 「57년 상반기의 창작」,《문학예술》1957년 7월호. 이 글에서는 앞의 책(1959), 219쪽.
104) 「시비평 방법서설」, 앞의 책(1959), 157쪽.

에게 현실이나 대상은 수사적 한정과 비유적 전이와 과장된 내적 고양을 통해서만 인식되고 담론화되는 것이다. 이 같은 수사적 문체는 심리적 자극을 통해 감정을 고양시키면서 시적 분위기의 조성에 기여한다. 그러나 그것은 대체될 수 없는 관점과 의미를 전달하기 위해 선택된 것이 아니라 오직 정서적 분위기를 위해 선택된 것이다. 시적 자극 혹은 감정의 동일화는 그것을 통해 촉발된 감정을 자족적으로 즐길 수 있는 분위기 속으로 옮겨놓는 효과를 가져온다.[105)]

따라서 궁극적으로 주체와 타자와의 동일화를 지향하는 서술 전략으로 기능하는 것이다.

이러한 측면에서 수사적 표현에 힘을 얻고 있는 그의 독특한 문체는 구세대와 새 세대 그리고 독자를 향한 강력한 담론적 전략으로 작용한다. 신선하되 자극적인 용어, 논리가 아니라 정서 그리고 호소와 열정으로 구축된 문체는 어떤 현실적인 의도를 분명히 담고 있다. 그 의도는 물론 타자(구세대)의 배제를 겨냥한 것으로, 타자를 자신의 판단이나 관점으로 포용하려는 지향 의식이 전략적으로 담론화된 것이다. 이어령은 이러한 담론을 반복적으로 개진하면서 비평 주체의 열정, 감정, 정서까지 옮겨놓는다.[106)]

---

105) 허창운 편저, 『현대문예학의 이해』(창작과비평사, 1989), 298~299쪽.
106) 이는 장 리카르두의 구분을 빌리면 '잉여의 일반적 축'에 기대고 있다 하겠다. 이 축

따라서 이러한 수사적 담론은, 주체와 수용자의 소통 과정에서 본다면, 논리와 논리 사이의 간극을 메워주는 인용의 문맥과 비유의 담론, 반복적 진술 그리고 '!'와 '?'의 남발 등과 함께 수사와 비유를 필요로 했던 1950년대 당대인들의 독특한 정신 구조와 조우하면서 그의 비평 담론이 널리 받아들여질 수 있었던 중요한 요인인 것이다. 그렇다면 '1950년대'의 독특한 정신 구조란 무엇인가?

전쟁으로 규정되는 1950년대만큼 주체가 세계를 정서적으로 수용해야만 했던 시대를 찾기 어렵다. 전쟁이 감탄사와 느낌표로만 받아들여야 했던 기막힌 상황을 던져주었기 때문이다. 그것은 논리와 이성의 개입이 차단되고, 수사가 난무하고, 계몽과 진보의 합리적 이성이 여지없이 부서져 다만 경악하거나 침묵할 수밖에 없었던 상황을 뜻한다.[107] 만일 인간의 원초적 사유 방식이 논리나 이성보다 비유와 감성에 가깝다면 경악과 침묵의 현장이란 불의 운용으로부터 시작된 문명과 진보의 저편에 있었던 원초적인 삶의 모습이 아닐 것인가. 이 때문에 세계는 비유와 정서로 수

은 '국한적 표현의 축'과 함께 수사적 표현의 중요한 두 축이다. 이 글에서는 이선영, 「새로운 수사학과 성실성의 문제」, 『상황의 문학』(민음사, 1976), 105쪽.

107) 김윤식, 「1950년대 한국문예비평의 세 가지 양상」, 『한국문학의 근대성 비판』(문예출판사, 1993), 237~241쪽.

용되지 않을 수 없었다. 그런 만큼 1950년대 당대인들은 그 어느 시기보다 정서적 연대성을 유지하고 있었으며, 모든 부분에서 감정적 공유의 형식으로 응집되고 발현되었다. 또한 현실(실제)의 전쟁과 의식(정서)의 전쟁을 동일한 지평 위에 올려놓고 이를 집단적 상황의식으로 예각화시켰다. 이 점에서 수사적 문체와 심정적 편향성 그리고 당위적 상황론이 논리적 엄밀성을 대신하면서 담론적으로 실현되었던 이어령 비평의 대중적 효과를 충분히 이해할 수 있다. 1950년대의 바로 이러한 상황과 정신적 조건에서 수사와 비유로 실현된 그의 비평 담론이 당대의 수용자에게 강한 인상과 비평적 힘을 발휘할 수 있었던 것이다. 따라서 독자든, 구세대든, 신세대든 수용자를 상정하고 효과적으로 소통할 수 있었던 그의 비평은 분명 타자를 향한 '외부 지향적外部 指向的' 비평이며 '효과적인 담론'[108]의 전략적 구축이었던 것이다. 요컨대 수용자를 상정한 타자 지향성이 이어령을 비평 주체로 설 수 있도록 했으며, 비평 담론을 실현화시킬 수 있었던 중요한 요건이었다. 그리고 이것은 담론의 수사적 전략에 의해 실현되었다고 할 수 있다.

이어령 비평 담론의 실현화 방식의 또 다른 국면은 '선언宣言

---

108) Oliver Rebowl, 홍재성·권오룡 역, 『언어와 이데올로기Langage et idelogie』(역사비평사, 1995), 145~146쪽.

declaration'과 '규정規定prescription'이다. 비평이 표현의 담론인 작품과 달리 직접적인 담론의 양식임은 주지하는 바와 같다. 그것은 주체의 자족성보다 분명한 타자를 상정하는, 즉 타자(외부) 지향성을 그 본원적 조건으로 한다. 이 말은 비평이 현실적 효과를 기도한다는 것을 뜻하며, 따라서 비평가는 지적 논리만이 아니라 때론 강하고 권위적인 힘을 담론에 투여하게 된다. 이는 담론의 현실적 힘을 규정하는 중요한 요인이 될 수 있는데, 이러한 담론의 권위는 '선언'과 '규정'의 화용론적 측면에서 이해될 수 있다. 화용론에서 '선언'은 지시 대상에게 발화의 효과와 발화 행위를 일치시키는 힘을 갖고 있으며, '~하십시오'의 형식을 포함하는 '규정'은 지시, 명령, 훈시, 권고, 요청, 기원, 간청 등으로 변형될 수 있다. 여기서 발화자는 명백히 권위를 갖는 지위에서 청취자가 지시된 행위를 수행할 것을 기대하게 된다.[109] 이어령 비평의 담론적 성격은 이러한 '선언'과 '규정'의 화용론과 관련지어 파악할 수 있다.

폭탄처럼 우리들의 언어는 폭발해야 되겠습니다. 황무지에 쏟아지는 소낙비처럼 우리들의 언어는 지상을 적셔야겠습니다. 호수에서 증발하여 아름다운 구름으로 결정하는 수증기처럼 그렇게 우리들의 언

---

109) J. F. 리오타르, 유정완 외 역, 『포스트모던의 조건』(민음사, 1992), 50~52쪽.

어는 가볍지가 않습니다.[110)]

우리는 이 문학 선사 시대의 암흑기를 또다시 계승할 아무런 책임도 의욕도 느끼지 않는다. 지금은 모든 것이 새로이 출발해야 될 전환기인 것이다. 우상을 파괴하라! 우리들은 슬픈 '아이코노크라스트' 그리하여 아무래도 새로운 감격이, 비약이 있어야겠다.[111)]

순수 작가의 명칭을 아직도 애용하고 고집하는 작가에겐 영원히 눈 뜨지 못한 난쟁이의 절름발이 개구리라는 이름을 그대로 주어라. 식탁 밑에 쓰러진 트리페타를 보면서도 창 너머 구름을 바라보는 홉 프로그에겐 한 마리의 다람쥐나, 줄타는 한 마리의 원숭이라는 이름으로 불러 주어라.[112)]

이어령의 비평이 당대의 대중에게 발휘한 담론적 힘의 원천은 그가 담론으로 재구성한 발화 상황의 맥락으로 청취자(독자)들을 편입시키는 '선언'과 '규정'의 화용론적 활용에 있다. 위의 예문처럼 이어령의 담론에는 어떤 검증이나 분석의 과정이 없다. 대

---

110) 「슬픈 우화」, 앞의 책(1960), 126쪽.
111) 「우상의 파괴」, 《한국일보》(1956. 5. 5.). 이 글에서는 앞의 책(1960), 128쪽.
112) 「작가와 저항」. 이 글에서는 「저항으로서의 문학」, 앞의 책(1959), 106쪽.

신 지금은 '황무지'나 '암흑기'이고, 따라서 이제는 "새로이 출발할 전환기"라고 선언하거나, "~해야겠다", 혹은 "~해주어라"라고 규정하는 담론을 펼친다. 그러면 청취자(독자)는 그 발화에 의해 생성된 새로운 맥락 속으로 자연스럽게 편입된다. 그 이유는 이어령의 비평 담론이 청취자(독자)의 토론이나 검증이 요구되는 담론의 구성 대신, 지시 대상에게 갖는 발화의 효과와 발화 행위가 일치되는 담론을 구사하고 있기 때문이다.

예를 들면, 그가 '황무지'이고 '암흑기'라고 선언했기 때문에 '황무지'이고 '암흑기'로 인식하는 것이며, '우리들의 비극적 상황이다', '새 세대 문학인의 임무이다', '구세대 문학은 패배자의 예식이다'라고 선언하면 바로 그러한 담론 상황으로 전위되는 것이다. 또한 '해야겠다', '해주어라'라고 규정하면서 청취자(독자)는 그가 규정한 행위를 수행할 강력한 담론적 효과를 갖게 되는 것이다. 그것은 마치 '무녀의 주언呪言'113)과 같은 주술적 힘에 의해 특권화되어 논리적 반박은 제기되지 않는다. 다만, 감정의 포즈로 인해 은연중에 우리 자신의 감정의 줄을 풀어놓도록 강요받음으로써 결국은 선동당하고 마는 결과에 이르는 것과 같다.114) 이 때문에 이어령의 담론은 그대로 흡수·용인되어 영향을 발휘하거

---

113) 「화전민 지대―신세대의 문학을 위한 각서」, 앞의 책(1959), 12쪽.
114) 김현, 「한국비평의 가능성」, 『현대한국문학의 이론』(민음사, 1974), 190쪽.

나 아니면 무시될 뿐이다.

이 점에서 이어령의 담론은 웅변가의 담론 혹은 사제의 주문과 닮아 있다. 하지만 정치한 논리와 검증이 전제되지 않는 이러한 비평은 비록 현실적 대중성과 담론의 지배력을 가질 수 있어도 시대적·문학적 상황의 근본적인 문제 해결 방법이라고는 할 수 없다. 그것은 시대적 해결책을 선언적 의미와 감정적 차원에서 구하는 입장이기 때문이다. 따라서 이론과 이론, 논리와 논리의 부딪침으로 생산되는 대화의 지평이 열리기보다는 담론의 자기 증식만이 두드러지게 되풀이 될 따름이다.

한편 이어령의 실제 담론 방식과 관련하여 주목할 또 다른 특성은 '담론적 전위'라 할 수 있는 실제 비평의 '덮어쓰기overwrite' 방식을 들 수 있다. '덮어쓰기'란 텍스트인 작품을 주체의 문맥으로 옮겨놓는 독특한 해석 방법으로, 폴 드 만Paul De Man이나 롤랑 바르트Roland Barthes의 비평적 글쓰기와 유사하다. 폴 드 만에 의하면, 텍스트의 지혜는 자기 파괴적이며, 이 자기 파괴는 일련의 연속적인 수사학적 반전 속에서 끊임없는 자리바꿈이 일어난다. 이야기로서 비평 텍스트 자체는 불가피하게 비유적 언어에 의존한다. 그뿐만 아니라 비유적 차원과 지시적 차원 간의 혼동을 되풀이하는데, 다른 텍스트에 있는 이야기의 텍스트적 플롯이자 비유의 비유인 비평적 글쓰기의 수사학적 방식이 알레고리라는 것이다. 따라서 비평은 결국 비유적 언어로 말해진 '이야기의 이야기'일 뿐이다.[115] 또한 비평가의 매체는 작가의 매체와 같은 언어다. 롤랑 바르트에 따르면, 비평가는 작품의 의미를 드러낼 수 있는 것이 아니라 자신의 언어로 그 작품을 덮을 수만 있다는 것이다. 따라서 비평은 작품을 가능한 한 완전하게 자기의 고유 언어로 덮을 수 있는 능력에 따라 '입증'되며, 비평가는 텍스트를 자기 고유의 언술로 덮는 사람들이라고 할 수 있다.[116] 이어령의 작품론이나 창작평 등의 실제 비평에서 바로 이러한 '덮어쓰기'가 일정한 담론의 정식을 이루는 모습을 보게 된다.

염상섭 씨는 (중략) 누구보다도 산문의 정도를 똑똑히 걸어가고 있는 듯이 보이지만 사실 누구보다도 신문의 우로에서 방황하고 있는 분이다. (중략) 「절곡絶穀」의 영탁 영감, 『동서』에서 볼 수 있는 불우한 두 부녀의 성격 유형, 「인푸루엔쟈」에 등장했던 늦바람 난 40대의 가정부— 이러한 인물들이 가지는 리얼리티란 오늘날에 있어서는 역사성의 활력과 조명을 받고 있지 않다. (중략) 삼사십 년 전의 틀을 가지고 자꾸 찍어만 내는 그 '국화빵' 같은 소설 (하략)[117]

---

115) 빈센트 B. 라이치, 권택영 역, 『해체비평이란 무엇인가De constructive Criticism』(문예출판사, 1988), 247~255쪽 참조.
116) 페터 뷔르거, 김윤상 역, 『지배자의 사유Das Deuken des Herrn』(인간사랑, 1996), 144~145쪽 참조.
117) 「1957년의 작가들」, 《사상계》 1958년 1월호. 이 글에서는 「1957년의 작가상황」, 앞

후록코오트에 짚신을 신은 콘덕터어는 슬픈 광인이었다. 또한 그 앞에서 연주하는 악사들은 모두가 귀머거리였다. (중략) 허공을 향하여 무질서한 지휘봉의 난무가 시작하면 거기 이윽고 그 슬픈 화음 없는 교향곡이 울려오는 것이다. (중략) 황순원, 오영수 씨 (중략) 이 양씨의 동계열에 위치한 작가들은 모두가 냉혹한 현실과 붕괴하는 인간의 의미, 말하자면 세기의 계절인 이 겨울철을 피하기 위하여 동면의 술법을 배우고 있는 것이다. (중략) 그들의 동굴에는 눈도 서리도 또한 바람도 불어오지 않는다. 엷은 졸음과 흔흔한 지열 속에서 아름다운 환몽에만 젖는다. (중략) '동굴 속의 현실'에는 환상이 있고 온기가 있고 미가 있다. 거기에서는 죽음도 투쟁도 학대도 한낱 전설처럼 아름다운 구름에 의하여 포장되어 나타난다.[118]

이어령의 실제 비평은 대체로 작품 평가에 이르는 구체적인 분석의 논리적 과정이 결여되어 있다. 앞의 예문은 염상섭을 평하는 부분이다. 이 대목에서 '기술의 의지와 정신'이라는 용어를 앞세운 다음 그의 작품이 사회적 현실로 확대되지 못하고 있다는 정도의 설명만이 있다. 다시 말해 작품 인물들의 어떤 점이 리얼리티의 생명력을 확보하지 못하는지에 대한 구체적인 설명이 없

의 책(1959), 243~244쪽.
118) 「1956년도 창작총평 — 유성군의 위치」, 《문학예술》 1957년 2월호, 172~174쪽.

다. 이러한 예는, 가령 "그러나 Saint 서徐(서정주–인용자)의 정신 연령은 칠순이 넘었고 '꽃피는 것이 기특하다'고 하는 그 오만한 정신은 조물주 이상의 것이다. 그러므로 '신라의 하늘'은 너무나 공기가 희박하여 우리들과 같은 성자 아닌 범인들이 살 곳은 못 된다" 혹은 "청록파의 우아한 산속에서 뛰어나온 가녀린 사슴이 저 험준한 '골고다'의 계곡을 향해 달려보자는 비장하고 그러나 약간은 성스러운 박두진 씨"[119] 등 그의 비평문 곳곳에서 확인할 수 있다.

물론 이러한 특성은 시평인 까닭에 충분한 분석이 병행되기 어렵다는 점을 고려해야 하겠지만 그럼에도 우리가 주목해야 할 사실은, 작품을 구체적으로 분석하든 아니든, 이어령 자신의 언어로 재구성된 담론의 존재가 표현의 밀도에서 분석 내용을 압도했다는 점이다. 위의 예문에서 후자의 경우가 그것이다. 이것은 1956년도 창작계의 난맥상과 황순원, 오영수의 작품이 현실로부터 도피하고 있다는 것을 지적한 글이다. 그런데 대상 작품에 대한 구체적인 분석은 희미한 존재로 사라지고 없다. 오히려 그가 재구성한 비판과 비유적 상황과 수사적 담론이 그 자리를 대신한다. 그것은 마치 작품론을 통해 또 다른 작품을 읽는 듯한 착각을 줄 정도이다. 그의 비평 담론이 꽉 찬 것 같으면서도 무언가

---

119) 「1957년 시총평」,《사상계》 1957년 12월호, 252쪽.

빈 듯한 느낌은 이 때문이다. 작품을 통하면서도 정작 논의의 중심에 있어야 할 텍스트 자체는 사라지고 없다. 그래서 거기서는 대상이 되는 작품과는 다른, 비평 주체의 담론들만이 두드러지게 각인된다. 이러한 현상은 담론의 비유적 차원과 지시적 차원이 얽히면서, 텍스트인 작품 비평 주체의 문맥에 의해 담론적 전위를 일으키면서 '덮어 쓰여진' 것이다. 이어령 비평은 바로 이런 담론적 전위를 통한 '덮어쓰기'의 해석 방식을 보여준다. 이런 방식으로 그는 텍스트의 견제나 압력 또는 불가피하게 작품의 영역으로부터 자유롭지 못한 비평 담론이 그 영역으로부터 거리를 확보한다. 그리하여 자유롭게 주체의 입장을 담론화하고 자의적인 수사학적 비유의 현란한 문맥을 형성하면서 타자의 이해 방식을 자신의 영역으로 끌어들일 수 있었던 것이다.

이상의 논의를 통해서 본다면, 이어령은 '배제와 선양'의 권력적 담론, 수사와 비유, 선언과 규정, 덮어쓰기 등의 여러 전략적 담론 기술의 활용으로 구세대라는 타자와 그들의 담론을 억압하면서 주체화하는 한편 대중력 영향을 확대해왔다고 정리할 수 있다. 비평이 외적 발언 형식이라면 그것은 그러한 형식에 가장 효과적인 담론의 실현화 방식을 채택하게 된다. 이럴 때 그 효과의 최대치는 당대의 시대정신 내지는 당대인들의 지배적인 수용 방식에 의해 결정되기 마련이다. 세계를 정서적으로 수용해야만 했던 1950년대의 정신사적 측면에서 볼 때 그의 비평 담론의 실현화 방식은 분명 효과적이었다. 그러나 1960년대 중반 이후 담론 공동체에서 차지하는 이어령의 위상과 영향력은 현저히 약화된다. 가장 큰 이유는 담론 실천의 역사적 조건이 변모했기 때문이다. 주지하듯 전쟁에 대한 역사적 복원력이 갖추어지기 시작한 4·19 이후 당대인들에게 무엇보다 절실했던 것은 현실의 비유화된 흔적들이 아니라, 역사의 합법칙성을 논의할 인식틀과 개별화된 '주체'의 확립이었다. 말하자면 이제 정서가 아닌 논리, 비유적 수사가 아닌 분석적 사유를 필요로 했던 사회적·문화적 상황으로 변모된다. 이러한 변동 과정에서 상황의 정서적, 집단적 공유성에 기반한 이어령의 비평적 담론의 실천이 무력해질 수밖에 없었음은 당연하다. 따라서 그의 비평이 50년대에서 가장 유효하게 받아들여질 수 있었던 담론의 특성은 동시에 60년대 중반 이후 담론적 힘을 상실한 역설적인 결과를 가져온 근본적인 요인이기도 했던 것이다.

4. 주체의 위기의식과 재주체화

이제까지 살펴본 바와 같이 이어령은 정서적 수용으로 내면화된 주관적 현실과 객관적 현실을 동일한 지평 위에 올려놓고, 이를 상황의식으로 예각화하는 동시에 문단과 문학의 황폐함으로 전환시키면서 시적이고 선언적인 담론을 통해 주체화되었다. 그러나 타자를 향한 담론의 지향이 집단적 위기의식과 공동체적 이상에 기댈 뿐 비평주체의 자립성과 자기 성찰을 담지하지 못할 때, 그것은 일정한 시의성 내지는 역사적 상황에 한정될 수밖에 없다. 사실 그의 담론 전략인 '배제'와 '선양'은 정서 이론에서 수용과 배척을 통한 정체성의 확보와도 관련된다. 즉 누구를 집단의 일원으로 허용하고 배제하는가를 결정하려는 욕구라 하겠다.[120]

이는 시각을 달리할 때 비평 주체의 정체성에 집착한 이어령의 주체화 실현 방식은 이성적 주체화가 아니라 정서적 반응에서 촉발된 비이성적 주체화라고도 볼 수 있다. 그것은 '이성'과 '주체'의 대화가 아니라 '정서'와 '주체'의 반응인 셈이다. 이 점에서 이어령이 비평 주체의 자기 성찰과 반성적 인식을 적극적으로 수행하지 못했던 원인을 찾을 수도 있다.[121]

과연 멀지 않은 1960년대 중반 이후 그의 주체는 현저히 약화된다. 타자와 타자의 담론이 소멸하면 그의 주체화 역시 소멸할 운명을 필연적으로 안고 있었기 때문이다. 타자의 인정을 요구하는 신분 투쟁은 자신의 생명을 걸고 적대자를 물리침으로써 주인

---

120) 김경희, 『정서란 무엇인가』(민음사, 1995), 34쪽.
121) 이에 대해서는 알랭 투렌, 정수복·이기현 역, 『현대성 비판』(문예출판사, 1996), 23쪽.

으로 변화된다. 하지만 자기 자신이 인정하지 않는 노예에 의해서만 인정받을 수 있다. 이런 이유로 승리자는 패배자를 죽여서는 안 된다. 여기서 주인과 노예의 형상이 생겨난다.[122] 그러나 이어령은 구세대를 주인(우상)으로 승격시킨 뒤, '우상 파괴'를 통해 주인(구세대)을 죽임으로써 그들에게 인정받을 노예의 자기의식마저 죽여버린 역설적인 결과를 가져왔다. 말하자면 "우상이 현실로부터 파괴될 때 그러나 타도에 참가한 50년대 자체의 형성요인도 파괴되"[123]어버렸던 것이다. 따라서 이어령을 주체화시켰던 '우상'의 존재가 사라지자 '선양의 지지대'마저 허물어지고 만다. 자신을 주체화시켰던, 그리고 인정받을 수 있었던 대상이 사라져버린 형국이었다. 그런 만큼 이제까지의 담론적 존재 역시 현실적 힘을 상실하게 된다. 그리하여 이어령은 경계의 이편도 저편도 없이 고립된 자의 모습으로 남겨지게 된다. 이동하는 60년대 중반 이후의 이어령을 '고독한 아웃사이더'로 규정하는데(앞의 글), 이러한 규정은 정확한 판단이 아닐 수 없다. 그러나 비평가의 '고독'과 관련하여 그는 대체로 문단적 흐름과 세대 개념에서 해명하고 있다.

122) 페터 뷔르거, 앞의 책, 266~288쪽 참조.
123) 고은, 『1950년대』(청하, 1989), 282쪽.

거기에 이미 그가 '예감'[124]해왔던 대로 주인의 승격을 기다리는, 4·19세대라는 새로운 해석 공동체들의 질서 재편의 투쟁 앞에 이제 그는 주체의 소멸을 운명적으로 받아들이거나 주체를 재정립해야 할 어려운 상황에 직면한다. 여기서 이어령은 다시 한번 새로운 담론의 전략을 구성한다. 이를 두고 '새로운 전략'이라한 이유는, 그것이 강력한 비판적 담론을 통해 정립시켰던 사회적 주체를 약화시키면서 타자의 대항 담론 없이 존재할 수 있는 새로운 담론을 형성했기 때문이다. 그것은 실제 두 방향으로 전개됨을 볼 수 있다.

하나는 에세이 형식의 문화 비평적 담론 형성의 강화이다. 사실 이어령은 50년대 주체화 초기부터 문화적인 시각이 자리 잡고 있었다. 환계 형성과 '황무지'의 개간 의지는 '문화'의 어원인 갈고 가꾸는 'culture(경작·재배)'의 바로 그것이다. 또한 환경(상황, 자연)에 대항하여 자생력을 키우는 인간적 저항 역시 '적응론적인 관점'에서의 문화 인식이라 할 수 있다.

따라서 여러 문화적인 현상을 통해 삶의 방식과 인간 의식의 변화를 가져옴으로써 어떤 지향적 가치를 창출하려는 많은 글들이 50년대 비평 작업의 중요한 목록으로 남아 있다. 요컨대 언어, 신화, 전설, 제도, 관습, 신앙 등 어떤 특정한 문화나 일정한 문화

---

124) 「신화 없는 민족」, 앞의 책(1959)과 「제3세대 선언」, 앞의 책(1966) 참조.

권 내에서 삶의 양식과 민족성을 파악하려는 문화주의적 비평의 면모를 일찍부터 보여주었다고 할 수 있다. 이러한 문화 양식적 접근과 관점은 초기 비평에서부터 최근에 이르기까지 그의 인식을 사로잡고 있었던 중요한 해석 방식이었다. 그러니까 60년대 중반 이후의 방향 설정은 그의 비평이 문화주의적 비평으로 급격하게 전환되는 중요한 계기적 국면이라 할 수 있다.

새로운 담론 전략의 다른 하나는, 외견상 타자의 담론에 대한 억압이나 비판과 거리를 둘 수 있는 문학 내재적 담론을 구축하는 일이었다. 가령, 문학적 가치를 재고하거나 방법적 적용을 통해 문학의 자율적이고 풍요한 이해의 지평을 제공하려는 비평적 노력을 들 수 있다. 가치 개념으로서 '문학성'이나, 문학 내적 틀에 대한 깊은 관심, 방법으로서 기호학·원형이론·구조주의 등등의 방법적 시도 등이 그것이다. 그러나 이어령은 거기에 그치지 않는다. 역사·사회학적인 여러 계열의 담론들을 비판하고 견제하는 또 다른 배타적 담론의 유용성으로 그것들을 변화시켜 활용한다. 이것이 새로운 담론 전략인 다른 이유이다.

이 두 가지 작업을 통해 이어령은 다시금 비평 주체를 정립한다. 그러나 60년대 중반 이후 수행된 그의 재주체화의 성과를 따진다면, 새로운 담론 공동체의 지배적인 방향 혹은 질서의 팽팽한 역학 관계에서 그 중심에 서지는 못했다고 평가할 수 있다. 또한 재주체화를 위한 그의 새로운 담론 전략은, 오히려 역사적이

고 실제적인 차원에서 문학의 가능성을 주장하는 문학 진영으로
부터, 그의 비평의 존재 기반이 거부당할 수 있는 대타 의식을 강
렬하게 자극한 직접적인 소인이기도 했다. 다만 5, 60년대 중반
의 영역과는 다른 문화의 제반 영역에서 이룩한 창의성과 놀라운
정력이 새로운 면모로 정립된 이어령의 재주체화의 성과가 어느
정도 긍정적이었음을 우리에게 확인시켜준다.

강경화

한양대 국문과를 졸업하고 성균관대 대학원에서 문학박사학위를 받았다. 현재 한양
대학교 에리카캠퍼스 창의융합교육원 교수. 주요 논문으로는 「김환태 비평론 연구」,
「미당의 시정신과 근대문학 해명의 한 단서」, 「분단 현실의 비평적 소명의식과 민족
문학」, 「1950년대의 비평 의식과 실현화 연구」 등이 있으며, 저서로 『한국문학 비평
의 인식과 담론의 실현화 연구』 등이 있다.

호모 쿨투라의 초상

– 『저항의 문학』

안서현 | 문학평론가

절망의 시절이다. 온 힘을 다해 절망하는 것만이 살아남은 자들의 최소한의 책임이요 윤리인 것 같아서, 세월호 사건이 보여주는 참담한 현실을 직시하려 애쓰는 날들이다. 그러한 암막한 나날들 가운데, 이어령 선생의 『저항의 문학』을 다시 읽을 기회가 찾아왔다. 그렇게 펼친 이 책 안에 50여 년 전의 절망과 고투의 흔적이─지금의 절망과 내용은 다르되 모양은 닮은─선연하였다.

그 시대 지식인의 절망의 정체는 무엇이었는가. 전쟁을 낳은 현대의 비극성이 하나였고, 전후의 황폐와 니힐리즘이 또 다른 하나였으며, 식민과 해방과 전쟁을 연달아 겪고 나서 문득 서구라는 거울에 비추어 보게 된 남루한 자기상, 즉 우리의 문화적 후진성이 마지막 하나였다. 이러한 절망의 의식을 담아낸 비평집 『저항의 문학』이 큰 반향을 불러일으켰던 것은, 그만큼 많은 당대의 독자들이 그러한 위기의식에 공명할 수 있었기 때문이리라.

이 책을 읽던 중 "인간은 절망하라, 인간은 탄생하라, 인간은 절망하라."라는 이상 문학의 한 구절을 인용해놓은 대목이 유독 눈에 들어왔다. 이 구절 아래에 이어령 선생은 "말하자면 오늘의 휴우매니즘은 인간에 절망하는 것이다. 그 절망의 우울한 밤을 거쳐 다시 새로운 인간은 탄생된다. 새로 탄생한 인간은 다시 절망할 것이며 그 절망 속에서 다시 인간은 탄생한다. [...] 다시 탄생되는 인간이 다음 날 다시 절망의 대상이 되더라도 좋은 것이다"(이어령, 『저항의 문학』, 경지사, 1959, 38쪽)라고 적었다. 이 절망의 역설이, 선생이 유일하게 취한 문학사적 유산이었다. 절망의 시대의 화법이 이렇게 계승되고 있었다. 계속해서 읽어나가는 동안, 펜 한 자루에 의지한 채로 절망의 시대를 건너가는 한 사람의 뒷모습이 점점 선명하게 떠올랐다.

불을 지르는 사람

『저항의 문학』의 첫머리에 놓은 글은 저 유명한 「화전민 지역」이다. 이 글은 자주 성명이나 선언의 성격을 지닌 글로 읽혀왔고, 그러한 이유로 수사적 차원에서만 주목을 받거나 감정적 공박이라는 오해를 받기도 했다. 그만큼 "우리는 화전민이다"라는 표현이 강렬했기 때문이리라. 그러나 이 외침은 구호나 시위의 차원으로만 그치는 것이 아니었으며, 공격이나 거부의 담론이기만 한 것도 아니었다. 이 글을 다시 읽을 때 우리는 강력한 실천적 울림을 듣는다. 화전민의 비유를 둘러싸고 있는 농작農作의 비유 때문이다.

> 그리하여 우리는 화전민이다. 우리들의 어린 곡물의 싹을 위하여 잡초와 불순물을 제거하는 그러한 불의 작업으로써 출발하는 화전민이다. 새 세대 문학인이 항거해야 할 정신이 바로 여기에 있다. (중략) 불로 태우고 곡괭이로 길을 들인 이 지역, 벌써 그것은 황원이 아니라 우리가 씨를 뿌리고 결실을 거두는 비옥한 분토일 것이다.(9~10쪽)

물려받은 땅이 가난하다고 통탄하는 이도, 그것을 쉽게 정리하여 고향을 등지는 이도 있을 것이다. 그러나 화전민의 사상은 결국 무엇이었던가. 황폐한 유지遺地에 불을 지르는 마음, 그것은 그곳에 생명을 깃들게 하고자 하는 기원의 마음이요, 그곳에 정착하여 평생 그 땅을 일구어 "씨를 뿌리고 결실을 거두"며 살아가고자 하는 애착의 마음이다. 떠나는 이의 마음이 아니라 머무르려는 이의 마음인 것이다. 결국 그것은 후퇴가 없는 자기 구원의 의지를 드러내는 것에 다름 아니다.

이 글에 나타난 현실비판의 내용은 크게 두 가지로 요약해볼 수 있다. 첫째는 전 세대 문학인의 안이함에 대한 항의이다. 이들을 각성시켜 동명 상태에 가까운 문단 전반의 침체에서 탈피해야 한다는 일갈이다. 두 번째는 별주부의 유혹에 넘어가 용궁에 도달하였으나 그곳에서 자신이 속아 "인간의 고향이 될 수 없"는 바다에 오게 되었다는 환멸과 절망을 느끼는 토끼처럼, 우리가 문명의 환상에 빠져 휴머니즘이 상실된 현실에 이르렀다는 깨달음이다. 또한 "용왕의 강요"로 상징되는 권력의 억압으로 인하여 불구화된 정신을 구제해야 한다는 위기의식이다. 요컨대 「화전민 지역」에서는 당대의 문단에 대한 비판과 함께 총체적인 지성 마비의 현실비판이 함께 이루어지고 있다.

그러나 정작 우리가 놓쳐서는 안 될 것은 이 글의 후반부이다. 전반부에 나타나 있는 것이 문화의 곤비와 정신의 정체停滯라는 당대 상황의 인식이라면, 후반부에 나타나 있는 것은 이를 극복하기 위한 문학적 실천의 요청이다. 이 문화적 위기 앞에서 "언어의 무기"를 들지 않으면 안 된다는 것이다. "상상에 의한 구제"가 그 핵심이다. 다시 말해 언어의 창조적 기능, "가시可視의 현실을 구성"하거나 "불가시의 세계를 소재로 하"기도 하는 픽션fiction의 역능을 회복할 때 우리는 희미하게나마 자기 구원의 가능성을 예시할 수 있다. 문화의 불모를 이겨내고 생명과 휴머니즘을 회복할 수 있는 가능성 말이다. 이를 통해 선생은 초기 비평에서부터 언어와 서사의 권능에 대한 철저한 신뢰에 기반하여 실천적 글쓰기를 모색하였음을 확인할 수 있다. 처음에 이 책은 화려한 수사로 눈길을 끌었지만, 지금 이 책을 다시 읽는 우리가 주목해야 할 것은 그 안에 담긴 실천적 고민의 무게인 것이다.

땅을 일구는 사람

이 책의 「시비평 방법서설」이라는 글에서 이어령 선생은 환위 (環圍, Umgebung)와 환계(環界, Umwelt)라는 개념을 도입하여 시인과 환경의 관계를 설명한 바 있다. 본래 지각학에서 환위는 생물을 둘러싼 주변의 객관적 세계를, 환계는 생물의 감각에 의해 도달 가능한 주관적 세계를 의미한다. 이를 시론에 적용해보면, 환위 는 당대의 인류가 처한 상황 내지 한국인이 처한 문화적 환경을, 환계는 그에 대응하여 주체가 창조해낸 시적 세계를 의미하게 된 다. 이와 같은 생물학적 비유를 가져온 것은 그야말로 문화를 경 작하는 자의 감각일 것이다.

그러므로 때때로 우리가 엘리엇을 평할 때 흔히 시간적 환위의 동일 성만을 인정한 나머지 긴요한 지역적 환위의 차이에 대해서 소홀히 하 는 경우가 그것이다. 엘리엇의 전통 의식과 그 종교 의식으로 이룩된 그의 시 세계(환계)는 우리 한국 시인들의 환계로서 그대로 받아들일 수 없는 것이며, 따라서 실현될 수도 없는 것이다. 그것은 엘리엇의 지역 적 환위와 한국 시인들의 지역적 환위가 전적으로 일치할 수 없다는 점 에서다. 엘리엇이 우리에게 문제시되는 것은 엘리엇의 시적 환계 그 자체의 내용에 있는 것이 아니라 환위와 환계의 조정력의 방법에 있다고 할 것이다. 즉 그 시인의 정신과 방법 같은 점이다.

선생은 문학의 생육을 위해서는 그 자질만큼이나 환위, 즉 그것을 길러내는 기후와 토양이 중요하다는 데 주목한다. 그러나 선생이 보았을 때 한국문학의 환위는 서구문학의 그것과 같지 않다. 한국의 문단은 문약과 패색으로 가득하다. 또 한국의 문화에는 서구의 것과 같은 신화와 전통이 없으며, 그것을 찾고자 하는 사람들은 토속성과 지방성의 세계에서 헤매고 있을 뿐이다. 그렇다면 이러한 환위의 한계를 어떻게 극복할 수 있을까? 해답은 바로 전통의 전유에 있다. 이어령 선생은 이 책에서 한 차례 더 엘리엇의 전통에 관한 논의를 인용한다. 「토인과 생맥주」라는 글이다.

엘리엇의 전통관을 아주 간단히 설명한 다음의 한 문장을 소개한다. '엘리엇이 주장하는 전통은 영문학이라든가 불문학이라든가 하는 일개국 특유의 전통일지방적인 것이 아니라 구주문화를 꿰뚫는 고전적 교양이다.' 즉 그 전통이란 각국 문학으로 하여금 그 지방성을 탈각시키려고 노력하는 말하자면 매슈 아놀드의 '지적연맹'의 실연인 것이다.

위의 글에서 전통이란 고전작품, 혹은 축적된 교양의 총체를 의미한다. 그것은 서구나 동양이라는 자기가 속한 지역의 구획에 국한되는 것만은 아니며 인류 공통의 것으로서 보편화될 수 있는 가능성을 지닌 것이다. 이러한 엘리엇의 논의를 받아들여, 선생은 전통의 빈곤을 "지방성을 탈각"한 보편적 전통의 탐색을 통하여 극복하고자 하였다. 서구의 신화·문학·사상 등에서 자양분을 취하여 우리 문화의 토양을 비옥하게 하고자 했던 것이다. 이러한 교양의 보급과 형성은 매슈 아널드가 말한 비평의 고유한 직무이기도 하다.

이는 이어령 선생의 글쓰기 속에서 구체적·언어적 실천의 형태를 얻는다. 그것은 서구 고전 텍스트의 전유, 혹은 자기화 전략으로 나타난다. 선생의 글들을 읽어보면, 아포리즘이 풍부하며 우화나 알레고리 등도 다양하게 활용되고 있음을 알 수 있다. 그 소재와 전거로는 신화를 비롯한 서양의 고전이 자주 선택된다. 이는 비평에 참신한 화법을 도입하고자 하는 목적에서만은 아니었다. 우리 문학의 환위를 더 넓은 범위로 개방하고자 함인 것이다. 이러한 교양주의적 글쓰기를 통하여 이어령 선생은 우리 문학의 원류를, 또 문인의 시계視界와 지평을 확장해나가는 역할을 자임하였다.

씨앗을 뿌리는 사람

그렇다면 이어령 선생이 문화적 토양을 일구어 그곳에서 발아시키고자 했던 씨앗은 무엇이었을까? 다시 말해 문화에 담고자 했던 내용은 무엇이었을까? 그것은 바로 선생의 사상의 근간인 휴머니즘이라고 할 수 있다. 이 책의 '저항의 문학'이라는 표제에서 '저항'의 의미에 해당하는 것도 바로 휴머니즘이다.

「저항으로서의 문학」이라는 글에서 그 휴머니즘의 성격을 찾아 읽어내려보자. 이 글에서 선생은 에드거 앨런 포의 소설 중 「절름발이 개구리(Hop-Frog)」 이야기를 소개해놓고 있다. '홉 프로그'는 왕의 완롱물玩弄物로 궁정에 잡혀 온, 인간성이 박탈된 자의 이름이다. 그러나 함께 잡혀 온 여인인 '트리페타'가 왕에게 모욕을 당하는 사건을 통해 그는 상실된 인간성의 각성에 이르게 되고, 침묵과 굴종에서 벗어나 반역을 꾀하게 된다. 자신은 개구리 가면을 벗고 대신 왕과 신하들에게 오랑우탄의 가면을 뒤집어 씌워 죽게 만든 것이다.

> 그리하여 오늘의 작가들은 눈뜬 홉 프로그의 결의를 필요로 한다. 그의 붓은 홉 프로그가 가졌던 횃불의 구실을 한다. [⋯]현대 작가의 책임은 그리하여 동일한 운명 속에 놓여 있는 트리페타의 고난을 보고 침묵을 폭발시킨 홉 프로그처럼 가해자의 역사 앞에 선 피해자들의 공동 운명애를, 그 인간애를 저버리지 않는 것이다. 공동 체험, 여기에서 작가

적 행동의 전기가 이루어지는 것이고 그 행동성은 인간의 이름을 빌려 인간의 얼굴을 박탈한 그들에게 저항하는 것이다. 그리하여 그들에게 오랑우탄의 옷을 입혀주는 일이다.

이어령 선생의 휴머니즘은 반역의 휴머니즘이다. 인간성을 갖지 못한 자의 저항이 그 핵심에 놓인다. 그러한 휴머니즘의 실천을 위해 작가는 글쓰기를 통해 억압받는 인간에 대한 독자의 '공체험'을 가능하게 함으로써 인류의 '공동 운명애'를 상기시키며, 이를 바탕으로 인간의 이름으로의 저항을 이끌어내고자 한다. 이 두 가지 파토스, 다시 말해 인간의 권리를 박탈당하는 자의 운명에 대한 공감과 박탈하는 자에 대한 분노를 이끌어내는 데에 문학의 윤리가 있다.

이어령 선생은 뒤에 『저항의 문학』이 전집판으로 재출간될 때 4·19 직후에 기고한 글 「저항 문학의 종언」을 같이 묶었다. 또한 이 글의 중요성에 관해 전집판의 서문에서 직접 언급하기도 하였다. 『저항의 문학』에 수록된 초기 비평문들의 연장선상에 놓여 있다고 할 수 있는 이 글은 '카스토르Castor(동류·동료)'에게 쓰는 서간의 형식을 취하고 있는 글로, 문인 공동체를 대상으로 하여 글들이 선택한 문학이라는 사명의 의미를 다시 환기하고 있는 글이다. 이 글에 선생이 추구하는 휴머니즘의 정체가 다시 오롯이 드러나 있다.

그대는 인간을 사랑한다고 섣불리 말해서는 안 된다. 안이한 휴머니
즘처럼 해로운 병도 아마 없을 것이다. 카스토르여, 우리가 어떻게 저
탐욕하고 오만하고 추악한 인간을 사랑할 수 있을 것인가? 지방 덩어
리인 상인들을, 상상력이 결여되어 있는 저 무식한 정치가들을 우리는
어떻게 사랑할 수 있단 말인가? [...] 그렇다. 카스토르여, 휴머니즘은 죽
음의 항해 끝에서만 미지의 항로 끝에서만 발견되는 대륙인 것이다. 해
결을 모르는 이 자기 부패와 인간의 불신과 증오로 이룩된 죽음의 항해
속에서 그대는 하나의 멍든 핏자국의 상흔을 얻을 수가 있다. 이러한
출발과 이러한 상흔을 갖지 않는 휴머니즘은 모두가 위선적인 분장에
지나지 않는 것들이다. (이어령, 『저항의 문학』, 문학사상, 2003, 442~443쪽)

이어령 선생이 말하는 휴머니즘은 인간애에 대한 일방적 강조
가 아니다. 그것은 오히려 인간에 대한 뼈아픈 자기부정을 포함
하는 것이다. 자신을 포함한 인간에 대한 염오와 자괴에서 출발
하는 고통의 휴머니즘이다. 『저항의 문학』이 "사랑하는 그리고
증오하는 모든 사람들에게" 헌정되었다는 사실이 보여주듯이,
선생의 휴머니즘은 인간에 대한 사랑과 증오의 양면을 함께 품은
고뇌와 번민의 휴머니즘인 것이다.

그러한 반역과 부정의 휴머니즘은 선생의 글쓰기에서 어떠한
실천을 얻고 있는가. 선생은 모두가 순수와 전통을 말할 때 그 안
티테제를 내세웠으며, 아무도 저항을 말하지 않을 때 홀로 '저항

의 문학'을 비평집의 표제로 들고나왔고, 모두가 혁명을 이야기하던 4월에는 굳이 문학이 직접적인 정치성이나 행동성을 띠는 일에 대한 회의와 경계의 뜻을 밝혀놓았다(위에 소개한 「저항 문학의 종언」이 그와 같은 내용을 담고 있다). 이는 휴머니즘은 반역과 부정을 통하여 완성되어간다는 선생의 신념을, 그러한 휴머니즘의 실현을 위하여 스스로 시대의 상흔이 되는 것마저 거부하지 않았던 선생의 글쓰기를 증거하고 있다.

문화를 가꾸는 사람

주지하다시피 '문화'는 '경작·재배하다'라는 어원을 가지고 있다. 다시 돌아본 이어령 선생의 모습은 '호모 쿨투라homo cultura', 즉 '경작하는 인간/문화적 인간'의 그것이었다. 결국 우리 문화를 재생하고 보다 풍요롭게 하고자 하는 의지가 그 비평의 요체이며, 거기에는 통렬한 비판과 뜨거운 애정의 양가적 태도가 게재되어 있다. 그의 향후의 문화론적 작업들도 모두 그러한 시도의 연속이었다고 할 수 있다.

또한 선생이 문화를 풍요롭게 가꾸기 위하여 무엇보다 강조한 것은 부지런한 언어의 쟁기질, 즉 언어의 실천이었다. 언어의 힘에 대한 신뢰와 그러한 언어를 다루는 자로서의 문학가의 소명의식, 그것이 여러 글에서 거듭 표명되고 있는 것이다. 이후 선생의 비평 작업에서 지속적으로 이루어진 텍스트의 언어에 대한 천착도 그 일환으로 이해할 수 있다.

다시 『저항의 문학』의 책장을 덮는다. 한국의 문화적 빈곤에 절망하면서도 그 대지를 이룩고 씨앗을 뿌려 초목을 가꾸어온 사람, 『저항의 문학』에서 시작하여 수십 권의 책을 우리의 서가에 꽂는 것으로 반세기를 걸어온 한 문화주의자, 그리고 언어의 가치를 철저히 옹호한 문학(텍스트)주의자의 초상이 완연히 눈앞에 떠오른다.

그리고, 다시 절망의 계절이다.

안서현

서울대 국어국문학 박사. 2010년 《문학사상》 신인상 평론 부문에 당선되어 등단했다. 대표 평론으로 「환멸을 넘어 기적을 보다—80년대를 '다시' 이야기하는 소설들」 등이 있다. 계간 《학산문학》 편집위원.

이어령 작품 연보

문단 : 등단 이전 활동

「이상론–순수의식의 뇌성(牢城)과 그 파벽(破壁)」	서울대《문리대 학보》3권, 2호	1955.9.
「우상의 파괴」	《한국일보》	1956.5.6.

데뷔작

「현대시의 UMGEBUNG(環圍)와 UMWELT(環界) –시비평방법론서설」	《문학예술》10월호	1956.10.
「비유법논고」	《문학예술》11,12월호	1956.11.
* 백철 추천을 받아 평론가로 등단		

논문

평론·논문

1. 「이상론–순수의식의 뇌성(牢城)과 그 파벽(破壁)」	서울대《문리대 학보》3권, 2호	1955.9.
2. 「현대시의 UMGEBUNG와 UMWELT–시비평방 법론서설」	《문학예술》10월호	1956
3. 「비유법논고」	《문학예술》11,12월호	1956
4. 「카타르시스문학론」	《문학예술》8~12월호	1957
5. 「소설의 아펠레이션 연구」	《문학예술》8~12월호	1957

단평

3. 「화전민지대 - 신세대의 문학을 위한 각서」 《경향신문》 1957.1.11.~12.

4. 「현실초극점으로만 탄생 - 시의 '오부제'에 대하여」 《평화신문》 1957.1.18.

5. 「겨울의 축제」 《서울신문》 1957.1.21.

6. 「우리 문화의 반성 - 신화 없는 민족」 《경향신문》 1957.3.13.~15.

7. 「묘비 없는 무덤 앞에서 - 추도 이상 20주기」 《경향신문》 1957.4.17.

8. 「이상의 문학 - 그의 20주기에」 《연합신문》 1957.4.18.~19.

9. 「시인을 위한 아포리즘」 《자유신문》 1957.7.1.

10. 「토인과 생맥주 - 전통의 터너미놀로지」 《연합신문》 1958.1.10.~12.

11. 「금년문단에 바란다 - 장미밭의 전쟁을 지양」 《한국일보》 1958.1.21.

12. 「주어 없는 비극 - 이 시대의 어둠을 향하여」 《조선일보》 1958.2.10.~11.

13. 「모래의 성을 밟지 마십시오 - 문단후배들에게 말한다」 《서울신문》 1958.3.13.

14. 「현대의 신라인들 - 외국 문학에 대한 우리 자세」 《경향신문》 1958.4.22.~23.

15. 「새장을 여시오 - 시인 서정주 선생에게」 《경향신문》 1958.10.15.

16. 「바람과 구름과의 대화 - 왜 문학논평이 불가능한가」 《문화시보》 1958.10.

17. 「대화정신의 상실 - 최근의 필전을 보고」 《연합신문》 1958.12.10.

18. 「새 세계와 문학신념 - 폭발해야 할 우리들의 언어」 《국제신보》 1959.1.

19. * 「영원한 모순 - 김동리 씨에게 묻는다」 《경향신문》 1959.2.9.~10.

20. * 「못 박힌 기독은 대답 없다 - 다시 김동리 씨에게」 《경향신문》 1959.2.20.~21.

21. * 「논쟁과 초점 - 다시 김동리 씨에게」 《경향신문》 1959.2.25.~28.

22. * 「희극을 원하는가」 《경향신문》 1959.3.12.~14.

 * 김동리와의 논쟁

23. 「자유문학상을 위하여」 《문학논평》 1959.3.

24. 「상상문학의 진의 - 펜의 논제를 말한다」 《동아일보》 1959.8.~9.

25. 「프로이트 이후의 문학 - 그의 20주기에」 《조선일보》 1959.9.24.~25.

26. 「비평활동과 비교문학의 한계」 《국제신보》 1959.11.15.~16.

27. 「20세기의 문학사조 - 현대사조와 동향」 《세계일보》 1960.3.

28. 「제삼세대(문학) - 새 차원의 음악을 듣자」 《중앙일보》 1966.1.5.

29. 「'에비'가 지배하는 문화 - 한국문화의 반문화성」 《조선일보》 1967.12.28.

30. 「문학은 권력이나 정치이념의 시녀가 아니다 - '오　《조선일보》　　　　　　1968.3.
　　늘의 한국문화를 위협하는 것'의 조명」

31. 「논리의 이론검증 똑똑히 하자 - 불평성 여부로 문　《조선일보》　　　　　　1968.3.26.
　　학평가는 부당」

32. 「문화근대화의 성년식 - '청춘문화'의 자리를 마련　《대한일보》　　　　　　1968.8.15.
　　해줄 때도 되었다」

33. 「측면으로 본 신문학 60년 - 전후문단」　　　《동아일보》　　　1968.10.26.,11.2.

34. 「일본을 해부한다」　　　　　　　　　　《동아일보》　　　　　　1982.8.14.

35. 「푸는 문화 신바람의 문화」　　　　　　　《중앙일보》　　　　　　1982.9.22.

36. 「떠도는 자의 우편번호」　　　　　　　《중앙일보》 연재　　　　1982.10.12.
　　　　　　　　　　　　　　　　　　　　　　　　　　　～1983.3.18.

37. 「희극 '피가로의 결혼'을 보고」　　　　　《한국일보》　　　　　　1983.4.6.

38. 「북풍식과 태양식」　　　　　　　　　　《조선일보》　　　　　　1983.7.28.

39. 「창조적 사회와 관용」　　　　　　　　《조선일보》　　　　　　1983.8.18.

40. 「폭력에 대응하는 지성」　　　　　　　《조선일보》　　　　　　1983.10.13.

41. 「레이건 수사학」　　　　　　　　　　《조선일보》　　　　　　1983.11.17.

42. 「채색문화 전성시대 - 1983년의 '의미조명'」　《동아일보》　　　　　1983.12.28.

43. 「귤이 탱자가 되는 사회」　　　　　　　《조선일보》　　　　　　1984.1.21.

44. 「한국인과 '마늘문화'」　　　　　　　《조선일보》　　　　　　1984.2.18.

45. 「저작권과 오린지」　　　　　　　　　《조선일보》　　　　　　1984.3.13.

46. 「결정적인 상실」　　　　　　　　　　《조선일보》　　　　　　1984.5.2.

47. 「두 얼굴의 군중」　　　　　　　　　　《조선일보》　　　　　　1984.5.12.

48. 「기저귀 문화」　　　　　　　　　　　《조선일보》　　　　　　1984.6.27.

49. 「선밥 먹이기」　　　　　　　　　　　《조선일보》　　　　　　1985.4.9.

50. 「일본은 대국인가」　　　　　　　　　《조선일보》　　　　　　1985.5.14.

51. 「신한국인」　　　　　　　　　　　　《조선일보》 연재　　　1985.6.18.～8.31.

52. 「21세기의 한국인」　　　　　　　　　《서울신문》 연재　　　　　1993

53. 「한국문화의 뉴패러다임」　　　　　　　《경향신문》 연재　　　　　1993

54. 「한국어의 어원과 문화」　　　　　　　《동아일보》 연재　　　1993.5.～10.

55. 「한국문화 50년」　　　　　　　　　　《조선일보》 신년특집　　1995.1.1.

15. 「이상의 소설과 기교-실화와 날개를 중심으로」 《문예》 1959.10.

16. 「박탈된 인간의 휴일-제8요일을 읽고」 《새벽》 35호 1959.11.

17. 「잠자는 거인-뉴 제네레이션의 위치」 《새벽》 36호 1959.12.

18. 「20세기의 인간상」 《새벽》 1960.2.

19. 「푸로메떼 사슬을 풀라」 《새벽》 1960.4.

20. 「식물적 인간상-「카인의 후예」, 황순원 론」 《사상계》 1960.4.

21. 「사회참가의 문학-그 원시적인 문제」 《새벽》 1960.5.

22. 「무엇에 대한 노여움인가?」 《새벽》 1960.6.

23. 「우리 문학의 지점」 《새벽》 1960.9.

24. 「유배지의 시인-쌍종·페르스의 시와 생애」 《자유문학》 1960.12.

25. 「소설산고」 《현대문학》 1961.2.~4.

26. 「현대소설의 반성과 모색-60년대를 기점으로」 《사상계》 1961.3.

27. 「소설과 '아펠레이션'의 문제」 《사상계》 1961.11.

28. 「현대한국문학과 인간의 문제」 《시사》 1961.12.

29. 「한국적 휴머니즘의 발굴-유교정신에서 추출해본 《신사조》 1962.11.
　　휴머니즘」

30. 「한국소설의 맹점-리얼리티 외, 문제를 중심으로」 《사상계》 1962.12.

31. 「오해와 모순의 여울목-그 역사와 특성」 《사상계》 1963.3.

32. 「사시안의 비평-어느 독자에게」 《현대문학》 1963.7.

33. 「부메랑의 언어들-어느 독자에게 제2신」 《현대문학》 1963.9.

34. 「문학과 역사적 사건-4·19를 예로」 《한국문학》 1호 1966.3.

35. 「현대소설의 구조」 《문학》 1,3,4호 1966.7., 9., 11.

36. 「비판적 「삼국유사」」 《월간세대》 1967.3~5.

37. 「현대문학과 인간소외-현대부조리와 인간소외」 《사상계》 1968.1.

38. 「서랍 속에 든 '不穩詩'를 분석한다-'지식인의 사 《사상계》 1968.3.
　　회참여'를 읽고」

39. 「사물을 보는 눈」 《사상계》 1973.4.

40. 「한국문학의 구조분석-反이솝주의 선언」 《문학사상》 1974.1.

41. 「한국문학의 구조분석-'바다'와 '소년'의 의미분석」 《문학사상》 1974.2.

42. 「한국문학의 구조분석-춘원 초기단편소설의 분석」 《문학사상》 1974.3.

43. 「이상문학의 출발점」 《문학사상》 1975.9.
44. 「분단기의 문학」 《정경문화》 1979.6.
45. 「미와 자유와 희망의 시인 - 일리리스의 문학세계」 《충청문장》 32호 1979.10.
46. 「말 속의 한국문화」 《삶과꿈》 연재 1994.9~1995.6.
  외 다수

외국잡지

1. 「亞細亞人の共生」 《Forsight》新潮社 1992.10.
  외 다수

대담

1. 「일본인론 - 대담:金容雲」 《경향신문》 1982.8.19.~26.
2. 「가부도 논쟁도 없는 무관심 속의 '방황' - 대담:金 《조선일보》 1983.10.1.
  璟東」
3. 「해방 40년, 한국여성의 삶 - "지금이 한국여성사의 《여성동아》 1985.8.
  터닝포인트" - 특집대담:정용석」
4. 「21세기 아시아의 문화 - 신년석학대담:梅原猛」 《문학사상》 1월호, MBC TV 1996.1.
  1일 방영
  외 다수

세미나 주제발표

1. 「神奈川 사이언스파크 국제심포지움」 KSP 주최(일본) 1994.2.13.
2. 「新潟 아시아 문화제」 新潟縣 주최(일본) 1994.7.10.
3. 「순수문학과 참여문학」(한국문학인대회) 한국일보사 주최 1994.5.24.
4. 「카오스 이론과 한국 정보문화」(한·중·일 아시아 포럼) 한백연구소 주최 1995.1.29.
5. 「멀티미디어 시대의 출판」 출판협회 1995.6.28.
6. 「21세기의 메디아론」 중앙일보사 주최 1995.7.7.
7. 「도자기와 총의 문화」(한일문화공동심포지움) 한국관광공사 주최(후쿠오카) 1995.7.9.

8. 「역사의 대전환」(한일국제심포지움)	중앙일보 역사연구소	1995.8.10.
9. 「한일의 미래」	동아일보, 아사히신문 공동주최	1995.9.10.
10. 「'춘향전'과 '忠臣藏'의 비교연구」(한일국제심포지엄)	한림대·일본문화연구소 주최	1995.10.
외 다수		

기조강연

1. 「로스엔젤러스 한미박물관 건립」	(L.A.)	1995.1.28.
2. 「하와이 50년 한국문화」	우먼스클럽 주최(하와이)	1995.7.5.
외 다수		

저서(단행본)

평론·논문

1. 『저항의 문학』	경지사	1959
2. 『지성의 오솔길』	동양출판사	1960
3. 『전후문학의 새 물결』	신구문화사	1962
4. 『통금시대의 문학』	삼중당	1966
* 『축소지향의 일본인』	갑인출판사	1982
* '縮み志向の日本人'의 한국어판		
5. 『縮み志向の日本人』(원문: 일어판)	学生社	1982
6. 『俳句で日本を讀む』(원문: 일어판)	PHP	1983
7. 『고전을 읽는 법』	갑인출판사	1985
8. 『세계문학에의 길』	갑인출판사	1985
9. 『신화속의 한국인』	갑인출판사	1985
10. 『지성채집』	나남	1986
11. 『장미밭의 전쟁』	기린원	1986

| 『다시 한번 날게 하소서』 | 성안당 | 2022 |
| 『눈물 한 방울』 | 김영사 | 2022 |

칼럼집

| 1. 『차 한 잔의 사상』 | 삼중당 | 1967 |
| 2. 『오늘보다 긴 이야기』 | 기린원 | 1986 |

편저

1. 『한국작가전기연구』	동화출판공사	1975
2. 『이상 소설 전작집 1,2』	갑인출판사	1977
3. 『이상 수필 전작집』	갑인출판사	1977
4. 『이상 시 전작집』	갑인출판사	1978
5. 『현대세계수필문학 63선』	문학사상사	1978
6. 『이어령 대표 에세이집 상,하』	고려원	1980
7. 『문장백과대사전』	금성출판사	1988
8. 『뉴에이스 문장사전』	금성출판사	1988
9. 『한국문학연구사전』	우석	1990
10. 『에센스 한국단편문학』	한양출판	1993
11. 『한국 단편 문학 1-9』	모음사	1993
12. 『한국의 명문』	월간조선	2001
13. 『뜻으로 읽는 한국어 사전』	문학사상사	2002
14. 『매화』	생각의나무	2003
15. 『사군자와 세한삼우』	종이나라(전5권)	2006

    1. 매화

    2. 난초

    3. 국화

    4. 대나무

    5. 소나무

| 16. 『십이지신 호랑이』 | 생각의나무 | 2009 |

17. 『십이지신 용』	생각의나무	2010
18. 『십이지신 토끼』	생각의나무	2010
19. 『문화로 읽는 십이지신 이야기 – 뱀』	열림원	2011
20. 『문화로 읽는 십이지신 이야기 – 말』	열림원	2011
21. 『문화로 읽는 십이지신 이야기 – 양』	열림원	2012

희곡

1. 『기적을 파는 백화점』	갑인출판사	1984

    * '기적을 파는 백화점', '사자와의 경주' 등 다섯 편이
    수록된 희곡집

2. 『세 번은 짧게 세 번은 길게』	기린원	1979, 1987

대담집&강연집

1. 『그래도 바람개비는 돈다』	동화서적	1992
* 『기업과 문화의 충격』	문학사상사	2003

    * '그래도 바람개비는 돈다'의 개정판

2. 『세계 지성과의 대화』	문학사상사	1987, 2004
3. 『나, 너 그리고 나눔』	문학사상사	2006
4. 『지성과 영성의 만남』	홍성사	2012
5. 『메멘토 모리』	열림원	2022
6. 『거시기 머시기』(강연집)	김영사	2022

교과서&어린이책

1. 『꿈의 궁전이 된 생쥐 한 마리』	비룡소	1994
2. 『생각에 날개를 달자』	웅진출판사(전12권)	1997

    1. 물음표에서 느낌표까지

    2. 누가 맨 먼저 시작했나?

    3. 엄마, 나 한국인 맞아?

8.	『느껴야 움직인다』	시공미디어	2013
9.	『지우개 달린 연필』	시공미디어	2013
10.	『길을 묻다』	시공미디어	2013

일본어 저서

*	『縮み志向の日本人』(원문: 일어판)	学生社	1982
*	『俳句で日本を讀む』(원문: 일어판)	PHP	1983
*	『ふろしき文化のポスト・モダン』(원문: 일어판)	中央公論社	1989
*	『蛙はなぜ古池に飛びこんだのか』(원문: 일어판)	学生社	1993
*	『ジャンケン文明論』(원문: 일어판)	新潮社	2005
*	『東と西』(대담집, 공저:司馬遼太郎 編, 원문: 일어판)	朝日新聞社	1994. 9

번역서

『흙 속에 저 바람 속에』의 외국어판

1. * 『In This Earth and In That Wind』 (David I. Steinberg 역) 영어판	RAS-KB	1967
2. * 『斯土斯風』(陳寧寧 역) 대만판	源成文化圖書供應社	1976
3. * 『恨の文化論』(裵康煥 역) 일본어판	学生社	1978
4. * 『韓國人的心』 중국어판	山㑊人民出版社	2007
5. * 『В ТЕХ КРАЯХ НА ТЕХ ВЕТРАХ』 (이리나 카사트키나, 정인순 역) 러시아어판	나탈리스출판사	2011

『縮み志向の日本人』의 외국어판

6. * 『Smaller is Better』(Robert N. Huey 역) 영어판	Kodansha	1984
7. * 『Miniaturisation et Productivité Japonaise』 불어판	Masson	1984
8. * 『日本人的縮小意识』 중국어판	山㑊人民出版社	2003
9. * 『환각의 다리』 『Blessures D'Avril』 불어판	ACTES SUD	1994
10. * 『장군의 수염』 『The General's Beard』(Brother Anthony of Taizé 역) 영어판	Homa & Sekey Books	2002
11. * 『디지로그』 『デヅログ』(宮本尙寛 역) 일본어판	サンマーク出版	2007
12. * 『우리문화 박물지』 『KOREA STYLE』 영어판	디자인하우스	2009

공저

1. 『종합국문연구』	선진문화사	1955
2. 『고전의 바다』(정병욱과 공저)	현암사	1977
3. 『멋과 미』	삼성출판사	1992
4. 『김치 천년의 맛』	디자인하우스	1996
5. 『나를 매혹시킨 한 편의 시1』	문학사상사	1999
6. 『당신의 아이는 행복한가요』	디자인하우스	2001
7. 『휴일의 에세이』	문학사상사	2003
8. 『논술만점 GUIDE』	월간조선사	2005
9. 『글로벌 시대의 한국과 한국인』	아카넷	2007

전집

5. 『한국과 한국인』   삼성출판사(전6권)   1968

     1. 한국인의 정신적 고향(상)

     2. 한국인의 정신적 고향(하)

     3. 노래여 천년의 노래여

     4. 생활을 창조하는 지혜

     5. 웃음과 눈물의 인간상

     6. 사랑과 여인의 풍속도

지성의 숲을 걷기 위한 길 안내

34종 24권 5개 컬렉션으로 분류, 10년 만에 완간

이어령이라는 지성의 숲은 넓고 깊어서 그 시작과 끝을 가늠하기 어렵다. 자칫 길을 잃을 수도 있어서 길 안내가 필요한 이유다. '이어령 전집'의 기획과 구성의 과정, 그리고 작품들의 의미 등을 독자들께 간략하게나마 소개하고자 한다. (편집자 주)

북이십일이 이어령 선생님과 전집을 출간하기로 하고 정식으로 계약을 맺은 것은 2014년 3월 17일이었다. 2023년 2월에 '이어령 전집'이 34종 24권으로 완간된 것은 10년 만의 성과였다. 자료조사를 거쳐 1차로 선정한 작품은 50권이었다. 2000년 이전에 출간한 단행본들을 전집으로 묶으며 가려 뽑은 작품들을 5개의 컬렉션으로 분류했고, 내용의 성격이 비슷한 경우에는 한데 묶어서 합본 호를 만든다는 원칙을 세웠다. 이어령 선생님께서 독자들의 부담을 고려하여 직접 최종적으로 압축한 리스트는 34권이었다.

평론집 『저항의 문학』이 베스트셀러 컬렉션(16종 10권)의 출발이다. 이어령 선생님의 첫 책이자 혁명적 언어 혁신과 문학관을 담은 책으로

1950년대 한국 문단에 일대 파란을 일으킨 명저였다. 두 번째 책은 국내 최초로 한국 문화론의 기치를 들었다고 평가받은 『말로 찾는 열두 달』 과 『오늘을 사는 세대』를 뼈대로 편집한 세대론 『거부하는 몸짓으로 이 젊음을』으로, 이 두 권을 합본 호로 묶었다. 베스트셀러 컬렉션의 세 번째 책은 박정희 독재를 비판하는 우화를 담은 액자소설 「장군의 수염」, 보카치오의 『데카메론』 형식을 빌려온 「전쟁 데카메론」, 스탕달의 단편 「바니나 바니니」를 해석하여 다시 쓴 한국 최초의 포스트모던 소설 「환각의 다리」 등 중·단편소설들을 한데 묶었다. 한국 출판 최초의 대형 베스트셀러 에세이 『흙 속에 저 바람 속에』와 긍정과 희망의 한국인상에 대해서 설파한 『오늘보다 긴 이야기』는 합본하여 네 번째로 묶었으며, 일본 문화비평사에 큰 획을 그은 기념비적 작품으로 일본문화론 100년의 10대 고전으로 선정된 『축소지향의 일본인』은 베스트셀러 컬렉션의 다섯 번째 책이다.

여섯 번째는 한국어로 쓰인 가장 아름다운 자전 에세이에 속하는 『하나의 나뭇잎이 흔들릴 때』와 1970년대에 신문 연재 에세이로 쓴 글들을 모아 엮은 문화·문명 비평 에세이 『현대인이 잃어버린 것들』을 함께 묶었다. 일곱 번째는 문학 저널리즘의 월평 및 신문·잡지에 실렸던 평문들로 구성된 『지성의 오솔길』인데 1956년 5월 6일 《한국일보》에 실려 문단에 충격을 준 「우상의 파괴」가 수록되어 있다.

한국어 뜻풀이와 단군신화를 분석한 『뜻으로 읽는 한국어사전』과 『신화 속의 한국정신』은 베스트셀러 컬렉션의 여덟 번째로, 20대의 젊은이에게 들려주고 싶은 말을 엮은 책『젊은이여 한국을 이야기하자』는 아홉 번째로, 외국 풍물에 대한 비판적 안목이 돋보이는 이어령 선생님의 첫 번째 기행문집『바람이 불어오는 곳』은 열 번째 베스트셀러 컬렉션으로 묶었다.

이어령 선생님은 뛰어난 비평가이자, 소설가이자, 시인이자, 희곡작가였다. 그는 남들이 가지 않은 길을 가고자 했다. 그 결과물인 크리에이티브 컬렉션(2권)은 이어령 선생님의 장편소설과 희곡집으로 구성되어 있다.『둥지 속의 날개』는 1983년《한국경제신문》에 연재했던 문명비평적인 장편소설로 10만 부 이상 팔린 베스트셀러이고, 원래 상하권으로 나뉘어 나왔던 것을 한 권으로 합본했다.『기적을 파는 백화점』은 한국 현대문학의 고전이 된 희곡들로 채워졌다. 수록작 중「세 번은 짧게 세 번은 길게」는 1981년에 김호선 감독이 영화로 만들어 제18회 백상예술대상 감독상, 제2회 영화평론가협회 작품상을 수상했고, TV 단막극으로도 만들어졌다.

아카데믹 컬렉션(5종 4권)에는 이어령 선생님의 비평문을 한데 모았다. 1950년대에 데뷔해 1970년대까지 문단의 논객으로 활동한 이어령 선생님이 당대의 문학가들과 벌인 문학 논쟁을 담은『장미밭의 전쟁』은 지금도 여전히 관심을 끈다. 호메로스에서 헤밍웨이까지 이어령 선생님과 함께 고전 읽기 여행을 떠나는『진리는 나그네』와 한국의 시가문학을 통해서 본 한국문화론『노래여 천년의 노래여』는 합본 호로 묶었다. 한국인이 사랑하는 김소월, 윤동주, 한용운, 서정주 등의 시를 기호론적 접근법으로 다시 읽는 『시 다시 읽기』는 이어령 선생님의 학문적 통찰이 빛나는 책이다. 아울러 박사학위 논문이기도 했던 『공간의 기호학』은 한국 문학이론사에서 빼놓을 수 없는 명저다.

사회문화론 컬렉션(5종 4권)은 이어령 선생님의 우리 사회와 문화에 대한 관심을 담았다. 칼럼니스트 이어령 선생님의 진면목이 드러난 책 『차 한 잔의 사상』은 20대에 《서울신문》의 '삼각주'로 출발하여 《경향신문》의 '여적', 《중앙일보》의 '분수대', 《조선일보》의 '만물상' 등을 통해 발표한 명칼럼들이 수록되어 있다. 『어머니와 아이가 만드는 세상』은 「천년을 달리는 아이」, 「천년을 만드는 엄마」를 한데 묶은 책으로, 새천년의 새 시대를 살아갈 아이와 엄마에게 띄우는 지침서다. 아울러 이어령 선생님의 산문시들을 엮어 만든 『시와 함께 살다』를 이와 함께 합본 호로 묶었다. 『저 물레에서 운명의 실이』는 1970년대에 신문에 연재한 여성론을 펴낸 책으로 『사씨남정기』, 『춘향전』, 『이춘풍전』을 통해 전통사상에 입각한 한국 여인, 한국인 전체에 대한 본성을 분석했다. 『일본문화와 상인정신』은 일본의 상인정신을 통해 본 일본문화 비평론이다.

한국문화론 컬렉션(5종 4권)은 한국문화에 대한 본격 비평을 모았다. 『기업과 문화의 충격』은 기업문화의 혁신을 강조한 기업문화 개론서다. 『푸는 문화 신바람의 문화』는 '신바람', '풀이'라는 키워드를 통해 고급의 예화와 일화, 우리말의 어휘와 생활 문화 등 다양한 범위 속에서 우리 문화를 분석했고, '붉은 악마', '문명전쟁', '정치문화', '한류문화' 등의 4가지 코드로 문화를 진단한 『문화 코드』와 합본 호로 묶었다. 한국과 일본 지식인들의 대담 모음집 『세계 지성과의 대화』와 이화여대 교수직을 내려놓으면서 각계각층 인사들과 나눈 대담집 『나, 너 그리고 나눔』이 이 컬렉션의 대미를 장식한다.

2022년 2월 26일, 편집과 고증의 과정을 거치는 중에 이어령 선생님이 돌아가신 것은 출간 작업의 커다란 난관이었다. 최신판 '저자의 말'을 수록할 수 없게 된 데다가 적잖은 원고 내용의 저자 확인이 필요한 부분이 있었으니 난관이 아닐 수 없었다. 다행히 유족 측에서는 이어령 선생님의 부인이신 영인문학관 강인숙 관장님이 마지막 교정과 확인을 맡아주셨다. 밤샘도 마다하지 않으면서 꼼꼼하게 오류를 점검해주신 강인숙 관장님에게 이 지면을 빌려 감사의 말씀을 드린다.

KI신서 10638
이어령 전집 01

저항의 문학

1판 1쇄 인쇄 2023년 2월 17일
1판 1쇄 발행 2023년 2월 26일

지은이 이어령
펴낸이 김영곤
펴낸곳 (주)북이십일 21세기북스

TF팀 이사 신승철
TF팀 이종배
출판마케팅영업본부장 민안기
마케팅1팀 배상현 한경화 김신우 강효원
출판영업팀 최명열 김다운
제작팀 이영민 권경민
진행·디자인 다함미디어 | 함성주 유예지 권성희
교정교열 구경미 김도언 김문숙 박은경 송복란 이진규 이충미 임수현 정미용 최아림

출판등록 2000년 5월 6일 제406-2003-061호
주소 (10881) 경기도 파주시 회동길 201(문발동)
대표전화 031-955-2100 **팩스** 031-955-2151 **이메일** book21@book21.co.kr

© 이어령, 2023

ISBN 978-89-509-3822-2 04810

(주)북이십일 경계를 허무는 콘텐츠 리더

21세기북스 채널에서 도서 정보와 다양한 영상자료, 이벤트를 만나세요!
페이스북 facebook.com/jiinpill21 포스트 post.naver.com/21c_editors
인스타그램 instagram.com/jiinpill21 홈페이지 www.book21.com
유튜브 youtube.com/book21pub